医者仁心
THE DOCTORS

徐萌 著

重庆出版集团 重庆出版社
重庆科韵文化传播有限公司

图书在版编目(CIP)数据

医者仁心 / 徐萌著. 一重庆：重庆出版社，2011.8
ISBN 978-7-229—04018-5

Ⅰ. ①医… Ⅱ. ①徐… Ⅲ. ①长篇小说—中国—当代 Ⅳ. ①I247.5

中国版本图书馆 CIP 数据核字（2011）第 098623 号

医者仁心
YIZHE RENXIN

徐 萌 著

出 版 人：罗小卫
策　　划：重庆科韵文化传播有限公司·高岭
责任编辑：温远才　高　岭　肖化化
责任校对：余涛生
装帧设计：重庆出版集团艺术设计有限公司·蒋忠智　卢晓鸣

重庆出版集团
重庆出版社　出版

重庆长江二路 205 号　邮政编码：400016　http://www.cqph.com
重庆出版集团艺术设计有限公司制版
重庆华林天美印务有限公司印刷
重庆出版集团图书发行有限公司发行
E-MAIL:fxchu@cqph.com　邮购电话：023-68809452
全国新华书店经销

开本：787mm×1 092mm　1/16　印张：26.5　字数：400 千
2011 年 8 月第 1 版　2011 年 8 月第 1 次印刷
ISBN 978-7-229—04018-5
定价：38.00元

如有印装质量问题，请向本集团图书发行有限公司调换：023-68706683

版权所有　侵权必究

如果没有深入医院调查,你永远不会真正了解病人的难处与医生心里面的苦,也不会知道医院内部的运作机制以及医生们到底在想什么。我就是要刺痛这个社会,刺痛医疗行业……医患和谐,是医改成功的基础,也是终极目标。说到底,医患矛盾最终的受害者还是老百姓。

——徐萌(著名编剧,《医者仁心》的创作者)

九年前与徐萌初次谋面,她一脸"稚气"却透着成就事业的灵气,充满着激情。虽然心存置疑,不信一小小外行女子能写出大医精诚。然而她的执着和深入生活的工作作风突显敬业者的职业精神,感染着我,也感染着与她接触过的医务人员,也才有今天《医者仁心》的成功。期待着续篇!以"本仁恕博爱之怀,导聪明精微之智,敦廉洁醇良之行"共勉!

——王杉(北京大学医学院附属人民医院院长)

《医者仁心》通过王欢、钱宽这种鲜活案例,建构我们社会对话的一种机制。这种对话不是我们平常讲的医患沟通,而是780万医务人员和13亿人民的心灵对话,通过这种对话来实现一种相互心理松绑,通过这种对话走出过去那种零和博弈的怪圈。

——王一方(北京大学医学部教授)

不论你是多伟大的医生,你都将以患者的身份走完生命的全程。《医者仁心》让我们找到坚持的力量,也让我们相信,只有医生和患者真诚相对,才能共同面对人类的疾病,也才能克服我们目前面临的困难。

——任国胜(重庆医科大学附属第一医院院长)

从第一次看到《医者仁心》剧本,我就深深爱上了严如意这个角色,她代表着医学的传统、坚持和在现实面前的挣扎。《医者仁心》表达了医者的尊严、神圣以及坚守职业操守的不易。它的广受欢迎,体现了时代的良心与热度。参演这部电视剧,我非常自豪,我们是在做功德。

——潘虹(著名演员,电视剧《医者仁心》中严如意扮演者)

徐萌以笔作刀,用其恢宏开阔的视野和悲悯的情怀,直击人心痛处却又用情至深。她写医院,写医生,写患者,写的都是社会;写诚实、写坚持,写的都是信仰。《医者仁心》是一部让人心灵回归纯粹的作品,借医者,说仁心。

——谢君豪(著名演员,电视剧《医者仁心》中男一号钟立行扮演者)

《医者仁心》太真实了,医患关系中的尖锐矛盾一点儿也没有回避,医生在职业生活中遇到的那些困惑、欲望、挣扎也没有回避,小说中的所有人物都能在我们医院、在我们身边找到,太真实了!

——上海某医院副主任医师

序言一

大医精诚　医者仁心

2010年12月19日，电视剧《医者仁心》在央视首播接近尾声的时候，我和编剧徐萌通电话说，这是一部重大的作品，它的出现恰逢其时，对正在进行的深化医药卫生体制改革起到了积极的推进作用。之所以这样说，是因为《医者仁心》是一部正面直击医疗界面临的压力与困境的作品，深刻反映了卫生事业面临的体制、机制等重大问题，呼唤着医疗卫生事业的改革，使之沿着体现医疗卫生事业公益性的方向实现突破。它又是一部重塑医疗行业职业信仰的作品，讲述了一群充满献身精神的医生在理想与现实中经过激烈的心灵碰撞和思想冲突，重新找回"大医精诚"的医学传统和"医者仁心"的职业信仰的心路历程。

我认为，传统医学的"大医精诚"理念、西方医学的人文底蕴以及"革命的人道主义"精神，共同构成了新中国医学伦理的三个主要来源。但近些年来，随着医学技术的迅速发展，行业内技术至上主义有所滋生，医学人文关怀逐渐被淡化。同时，随着经济社会不断发展，群众健康需求日益提升与卫生事业改革发展相对滞后的局面形成反差。特别是由于医疗卫生公益性弱化、医保制度不健全、医疗服务和监管能力不足、医学科普缺位、医患沟通不够以及医学人文教育缺乏，造成医疗卫生行业没能完全达到人民群众的期望。在《医者仁心》中，我看到了对这些问题的反映、讨论和思考。

但我们同时也应当看到，多年来我国一直以仅占全球2%~3%的卫生资源维护了全球近五分之一人口的健康。实践证明，我们的医疗卫生队伍，是一支值得信赖、值得尊敬的队伍，是一支关键时刻拉得出来，冲得上去，能打胜仗的队伍，是在日常工作中秉承仁心、行使仁术的队伍。他们对患者满怀尊重、关切体贴，不问贫富，一心救治。他们挑战医学的不确定性，用毕生心血推动医学科学的发展。节假日期间，当人们阖家团圆的时候，有多少医生护士忙碌在急诊室，守护在病房。每当发生自然灾害和灾难事故的时候，第一时间奔赴现场的总是医疗救援人员，他们战斗在第一线，用生命救援生命。可以说，无数平凡而伟大的医生、护士、公共卫生人员就是守护亿万人民身体健康的不倒长城。这支队伍中不乏比钟立行更感人的人。有人说钟立行的形象太过完美，不够现实。的确，钟立行是完美的，他是一个榜样，一个典范，承认不承认钟立行，根本点在于你是不是愿意做钟立行，像他那样全心全意为人民的健康服务。

在深化医改的攻坚阶段，有这样一部作品出现，引起全社会的关注与讨论，既针砭时弊，又弘扬理想，极大地激发了广大医疗卫生工作者的责任感、使命感和荣誉感，增进了社会大众对卫生工作的了解和对医务人员的理解，同时也引发整个社会对信念、信仰和信任的深刻思考。我要感谢徐萌，她和她的团队为我们提供了一份非常宝贵的精神食粮。

现在，根据电视剧改编的同名小说《医者仁心》即将出版，从电视剧到小说，它已经成为一部独立的文学作品，甚至比电视剧更有深度，更加打动人。我希望更多的人热爱这部作品，并从中受到启发。

2011 年 7 月

序言二

大艺亦精诚

我与本书的作者徐萌是中央电视台的同仁，电视剧《医者仁心》创作拍摄的时候，我任中国电视剧制作中心的副主任，这部戏播出时，我刚被聘为央视电视剧频道的总监，《医者仁心》作为优秀剧目，参评第28届"飞天奖"时，我又忝列评委。所以当这部剧的剧本改编成小说出版时，我更愿意为这本书及其作者说上几句助威的话。

在微博爆炸、信息繁杂、印刷出版业无奈困惑的今天，一个出版社看中一个剧目的文本，与作者合作把它打造成一部可以阅读的小说，这不仅仅是一个市场操作的智慧，更是一种对文化、文学、文字的自觉，能选择《医者仁心》这部小说作为重庆出版社的一个重点项目来出版，是很值得电视剧人向出版人致敬的。当然，这也就说明了无论是作为电视剧还是小说的《医者仁心》，它的主题、它的精神内涵、它的每一个人的命运、性格、经历、语言、思想、情感都是很值得我们现代人，把它作为生活中的一面镜子来关照。

一

在中国电视剧制作中心工作时，我和徐萌有过一次意义非凡的合作——就是长篇电视剧《震撼世界的七日》。2008年"5.12"大地震后不到一周的时间里，中国电视剧界的同仁们，觉得有必要用纪实剧的手法展示和再现全国军民同心协力、共担国难的情怀与精神。陈宝国、刘佳、蒋雯丽、陈建斌、孙俪、范伟及香港演员罗嘉良等40多位优秀演员以及主创人员，都是不领一分稿酬地参加了这部戏的创作，我作为这个剧的总导演，徐萌作为这部剧的总编剧，更是义不容辞地"同赴国难"。

那是一次极其特殊的电视剧的创作，所有的自然人文景观都是在四川的地震现场，每一集戏的剧本都是在头一天晚上由编剧整理后电子版传到现场，两周的时间一部14集的电视剧，由四个摄制组共同完成，震后一个月的时间在央视播出。它表达了中国电视剧人对国家、对民族的一种尊重和致敬，也是对中国电视剧60年历史的一次特殊的检阅。由于这次特殊的合作，徐萌给我的印象是热诚与执著。随后，随着电视剧制作中心的转企改制，她又担任了中国电视剧制作中心有限责任公司的策划部主任，她在竞聘会上的演说，更是给大家留下了良好的印象，我用四个字概括"活跃新锐"。

二

在我从事电视艺术的生涯中，无论是做导演、做监制、策划或出品人，我父母应该说是对我关注度最大的"粉丝"。但唯独在中央电视台频道制改革之后，我负责电视剧频道（CCTV-8），他们对我的工作并没有更多的"聚焦"——在电视剧的收视习惯上，他们始终锁定综合频道（CCTV-1），而让我感到"欣慰"的是，《医者仁心》在第八频道播出不久，我母亲两次打电话向我索要《医者仁心》的光盘。母亲今年84岁，十几岁上的护士学校，离休时的职务是哈尔滨市中医院的院长，说《医者仁心》这部电视剧好的信息，都是她几十年一同做医务工作的老同志从外地打来电话称赞。还有他们中有很多是儿女继承上一代的职业，继续医生这个职业，几代人一块看这个戏，精神上都认同。这个信息让我非常振奋，因为不是母亲关心了我工作所负责的业务，而是一部反映当代医患现实的电视剧，做到了"老少咸宜、南北通吃"。

在这个戏的播出过程中，除了普通的观众之外，我的许多医务界的好朋友都纷纷用电话或短信的形式赞许这部电视剧，我的战友周建远是空军总医院干部病房的政治协理员，他前后向我索要了几十套该剧的光盘，分发给不同的科室要求各个支部认真组织收看，并畅谈感受，他认为这部戏直接说明了医患关系的重要所在……同仁医院院长韩德民、协和医院的沈铿、肿瘤医院的医生贺杰、宣武医院的支修益、煤炭总医院的医生屈正、空军总医院院长王建昌、北京大学医学院副院长柯杨等名家名医，都纷纷地代表自己和周围的同事表达了对这部戏的关注，全国人大副委员长韩启德先生通过人民医院院长王杉电话向作者转达了对这部剧的肯定。在卫生部联合中央台举办的该剧的座谈会上，卫生部部长陈竺用很长的时间畅谈他的感想，他对剧中的人物武明训、钟立行、江一丹、严如意等艺术形象的高度评价，让在座的人感觉到他是在谈他的部下、同事和正在改革的大潮中起着领军作用的一所医院。可见一部好的电视剧在观众中的影响也能做到"直指人心"的效应，可惜，这样的电视剧如今是太少太少了。

《医者仁心》在央视播出的时候，正是八频道改革之后收视亟待升攀的时候，对于这样一部严肃内容、悲情色彩、现实主题的作品，我们所有的人对它的收视率确实是有些担心的，在一个"泛娱乐"化的时代，在一个医患关系如此紧张的现实中，它的收视效果会是什么样的呢？应该说真是出人意外的令人欣慰，《医者仁心》当时播出的收视率，竟高踞当年（2010年）的前三名，它的社会影响又是当时的最好，台内台外、业内业外如此地肯定，这也应该算是近年来中国的现实题材电视剧中罕见的"飘红"。

三

医生这个职业，自古就是一个高尚的职业。从孙思邈"大医精诚"为代表的祖国传统医学思想，到以"希波克拉底誓言"为代表的西方医学道德标准，再到由吴孟超、王忠诚、王振义等一大批当代大医所代表的"救死扶伤"的人道主义精神，这是中国医学界一脉相承的优良传统、高尚精神。由于机制体制、管理与宣传众多的原因，这种传统正在丢失。中国的医疗卫生事业，老百姓看病难看病贵的问题，医生面临的困境与压力，医患矛盾的紧张已经达到空前的程度。再往深了说，医患关系，医疗行业面临的困境，实际上是当代中华民族所处的人文生态环境紧张的一个突出表征，是整个社会道德失衡的一个重要表现。我们所处的时代，无疑是一个伟大的时代，改革开放三十年，发展和成就是伟大的，我们经历了前所未有的变革是真实的，但是在伟大的同时，我们也在亲身感受着从未感受过的卑劣和肮脏。不讲道德的商业运作、不讲人性的伪科学、不讲奉献的索取，成为伟大与进取的伴生物。面对这样的现实，如何用艺术的作品反映社会的生活？《医者仁心》给出了答案，它的出现同时解决了两个命题，一是如何看待医疗行业？如何看待医生，如何看待我们的时代？怎样面对和解决我们前进中遇到的问题？二是，艺术工作者面对现实，如何用自己的作品说话。

艺术的社会功能之一，就是要直面现实，直面人生，要有勇气揭开现实的面纱，发现真相，揭示真相，让人民警觉、警醒，而我们目前的创作现实却令人失望，正如《人民日报》最近发表的评论员文章中所指出的，"追溯和总结近年来文化发展的脉络，我们不难发现，在当下文艺创作中，存在着十大恶俗现象，它们分别是：回避崇高、情感缺失、以量代质、近亲繁殖、跟风炒作、权利寻租、解构经典、闭门造车、技术崇拜、政绩工程，正是这十大恶俗现象，阻碍着文艺创作的健康发展"。

评论家毛时安先生也指出："中国的文学艺术，不缺少故事，而是缺乏表达；不缺少能力，而是缺乏责任；不缺少资源，而是缺乏灵性；不缺少资金，而是缺乏生命。""在相当多的剧作中，我们看不到艺术家的个人冲动，却可以一眼看出遵命之作、受命之作的明显痕迹，看到赚钱捞钱的强烈欲望和非审美的功利欲望冲动"。

一个国家、一个民族，某些官员的腐败，某些商人的堕落是可恶的，但如果这个民族的知识分子发不出科学声音，文学艺术家不用自己的作品唤醒国民的警觉，则是可悲的。

多年以来，我们一直呼唤现实主义，究竟什么是现实主义？有人说现实主义要重生，重生之路是一条什么路？有人说不要再搞宏大叙事，不要再搞英雄主义，也不要再写敬业精神。《医者仁心》的出现让我们重新发现与认知了"现实主义"——它写了民生，更写了民心，它让人们在残酷的现实面前找到了信仰，仍然看到了崇高，它让医者重回责任，让患者自我反思，让每个人都沉思、自省，让社会看到坚持、希望和操守，感受到人心的力量，这才是现实主义真正的含义。从这点来说，我不得不说，大医精诚，而"大艺"也更需要精诚。

四

  毋庸讳言，在我们文化繁荣的现实面前，我们亟需启动的应该是精品工程的系统化推进，而所有经典作品的成长，首先都要面对的就是在现实社会中汲取最好的营养。徐萌作为一个有成就的编剧，放弃日进斗金的诱惑，把自己清空，穿上白大褂，进出医院手术室，像个医学生一样学习医学知识，掌握医学技能，了解医学真正的情感与心情。她不仅写准了医生，写活了医生，而且把自己作为一个艺术家全部的才华和思考写进了剧本。此后又放下身段去做了制片人，把所思所想所感全部融进拍摄中，从选演员到确定拍摄场景，从剪辑到合成全面把关，把握创作的主脉，把握创作的方向，进一步深化主题，确立风格，把握作品的节奏和气质，最终创造出了这部伟大的现实主义作品，"小锋霜刃侠女胆，大医精诚仁者心"。她用自己的精诚打动了无数医疗工作者，打动了观众，书写了这个时代先进文化的思想精神。

  这部戏从创作到播出，历时了整整8年，在中国电视剧的生产高度市场化和利益化的今天，它可堪称是一部真正代表人民利益、为人民服务的优秀文艺作品，代表了国家电视台创作的最高水平，它以独特的姿态和视角展示了电视剧应有的艺术品德，关注现实、引导现实、重塑理想、呼唤信仰，是多少年来我们一直呼唤、一直期待的电视剧作品，所以在这个意义上说，这部作品的社会意义与价值怎么评价都不为过。

五

  很多观众和专家都评价说，《医者仁心》的对白很好，既准确生动，又充满了感情。很多医学生、观众把剧中大量的对白摘录下来，作为座右铭，传播率很高。对这点我感受很深。今天的一些电视剧为什么不好看，文学性差是重要的原因。在今天的电视剧创作上，这个剧目的文本语言是有示范作用的。我更认为，强烈的文学色彩，不只是体现在精彩的对白、旁白，还有人物的塑造，主题开掘。可以说，《医者仁心》努力继承了现实主义的优良传统，再加上作者多年深入生活提炼出来的生动的鲜活的典型人物，深刻的人文素养及深厚的文字功底,使这部作品除了好看,还耐看。

六

从剧本到小说,徐萌保持了原作品一如既往的深沉大气,同时对医学的传统的梳理,对人物的心理的刻画,对信仰的忠诚更深刻,更深情。我感谢重庆出版社,也希望有机会能与更多的出版业者合作,把我们央视第八频道平台上推出的优秀电视剧以文字的形式介绍出去,积累经典,启迪民智,弘扬崇高。

中央电视台电视剧频道总监 张子扬

2011年7月15日

目录
CONTENTS

引　　子　雪的哭泣 /1
第 一 章　医之殇 /3
第 二 章　闪回：马里兰的伤痛 /11
第 三 章　心外主任人选 /18
第 四 章　禅心一念间 /34
第 五 章　心外大查房 /47
第 六 章　"仁"与"仁"之间 /57
第 七 章　江一丹的自作自受 /67
第 八 章　注定 /76
第 九 章　救命之恩 /86
第 十 章　扭曲的信任 /94
第 十 一 章　奇迹 /104
第 十 二 章　无尽的烦恼 /115
第 十 三 章　王欢之死 /126
第 十 四 章　医生的尊严 /134
第 十 五 章　恶性高热 /146
第 十 六 章　你是我的玫瑰花 /154
第 十 七 章　丁院长的秘密 /159
第 十 八 章　钟立行出手 /169
第 十 九 章　脏血 /180
第 二 十 章　后继有人 /188
第二十一章　医药代表 /199
第二十二章　麻烦的开始 /214

第二十三章　　恶性事件 /224

第二十四章　　真相？真相！/232

第二十五章　　哭泣的咖啡 /239

第二十六章　　姑息与养奸 /250

第二十七章　　短暂的欢乐 /259

第二十八章　　武明训出离愤怒 /268

第二十九章　　乱象 /278

第 三 十 章　　人性的光芒 /290

第三十一章　　巨额医疗费 /304

第三十二章　　斯文扫地 /319

第三十三章　　危难真情 /333

第三十四章　　割不断的情丝 /344

第三十五章　　一封遗书 /354

第三十六章　　真相报道 /362

第三十七章　　倾诉 /369

第三十八章　　伟大的救赎 /376

第三十九章　　生与死 /389

第 四 十 章　　辩护词 /398

尾　　　声 /408

有两件事我愈是思考愈觉神奇，心中也愈充满敬畏，那就是我头顶上的星空与我内心的道德准则。

——摘自一个医生的手记

引 子
雪的哭泣

1

江东大雪！

这是江东历史上50年不遇的大雪！

雪，飘飘洒洒，飞飞扬扬，覆盖了大地，山川，河流。雪中的世界仿佛静止了，车辆行人仿佛被放了慢格，蠕动，爬行，笨拙又可爱，看上去像童话世界中白雪公主的家乡。喧嚣的世界突然不见了。

江东医科大学附属仁华医院，麻醉科主任江一丹正在赶往医院的路上。车不能开了，出租车也不见了，只好步行，好在医院离家并不远。这样的雪天，对医院、对医生来说可不是好消息，感冒咳嗽都是小事，这样的雪，意味着车祸、骨折、心脏病人增多，无数的奔跑与哭喊。她更担心她的丈夫武明训，仁华医院副院长会不会平安降落。他去美国出差，今晚回来。他在电话上说，他们的老朋友，老同学，美国著名的心脏外科医生钟立行也会一块儿回来。江一丹听到这消息的时候，有些意外，她已经五年多没见过钟立行了。五年前她和武明训在美国完成三年的学习，武明训拿到博士学位，他们向钟立行告别，那时他已经在马里兰州立外科医院当了主治医生，这几年偶尔能看到国外期刊报道他的消息，武明训这次去美国说好要去看他，想不到居然能把人带回来，真够有本事的！

江一丹想着想着有些走神，脚下一滑，差点摔个大跟头，她回头看看身后的雪窝，突然笑了起来。好不容易走到医院大门口，来不及抖落身上的雪，她身后，一辆救护车已经呼啸而来。刚才在电话里，急诊科主任何大康已经通报了情况：机场高速两辆车相撞，连带五辆车追尾，大约五人受伤，有孕妇，具体情况不详。江一丹急忙跑向急诊大厅，她知道这一晚上有得忙了。

2

救护车送来的是位出租车司机，头部重伤，有内出血。何主任带着住院医生顾磊来接出租车司机，刚把担架车推到门口，又一辆急救车开过来。

妇产科住院医生罗雪樱带人来接孕妇，何主任一面吩咐顾磊将病人送进急诊手术室，一面忙着跟罗雪樱一块儿接孕妇。车门开了，推下的却不是孕妇，而是一位五十多岁的女性，脸上戴着氧气面罩。

何主任感觉有点意外："怎么是个老太太？孕妇呢？"

医者仁心

随车医生急忙报告:"何主任,这是我们刚从老虎桥那边接来的,心脏病,——我打过电话的——"

何大康急忙对顾磊说,"赶快准备心肺复苏,叫心外的人来,你来处置这个病人。"又对罗雪樱说:"你再等等那位孕妇,我去看看那个脑外伤的!"

病人被推进急诊室,顾磊开始组织抢救:紧急除颤,紧急补钾,静脉滴注,经过一系列操作,病人似乎有了反应。顾磊这才想起让护士长刘敏抽血做钾测试。电话响了,是何主任询问病人情况,听说有了好转,让顾磊赶快去手术室。

顾磊刚要往外走,迎面,一个出租车司机背了一个人进来:"大夫,这个人喝醉了,赖在我车上,我不晓得把他送到哪儿,你们看一下吧!"送完血样的刘敏刚好走过来,醉鬼就势倒在刘敏身上,刘敏叫了一声:"哎,你别——"

醉鬼一张嘴,"哇"地吐了刘敏一身,刘敏叫了起来:"啊呀!你怎么这样!"她急忙扶住醉鬼,"哎,你这个人怎么回事,喝了酒怎么是这样的!一点酒德也没有!"

醉鬼就势靠在她身上,刘敏急忙把他推开,他靠在墙上睡了起来。

刘敏看着满身的污秽,急忙叫护士:"小马,赶快处理一下,给他输上葡萄糖!"转身进卫生间去擦身上的污渍。

这时,正在输液的心脏病人突然有些不适,难过地捂住心脏,叫了起来:"啊,啊——"手在空中抓挠着。

旁边的家属急冲过来:"怎么了?怎么了?怎么不好了?大夫,大夫!"

刘敏从卫生间跑出来,抓起桌上的药跑过来,为病人换上。

病人痛苦地叫了一声,随即头一歪就死了。

实习医生周小白跑过来,为病人紧急按摩,可病人一点反应也没有。

刘敏伸手摸了一下脉搏,惊呆了:"怎么会这样?"

急诊室里的值班医生奋力抢救了半个小时,病人依然没有任何反应。

死了,就这样死了。一瞬间急诊室的空气仿佛凝固了。这一切来得这么突然,以至于所有的人全都愣住了!死亡就是这么不可预期,蛮横,不打招呼,不讲理。

死者的丈夫突然疯了一样冲过来,一把将刘敏推出老远:"你这个女人,你害死了我老婆!你们给她输的什么药?好好的人怎么说死就死了?"

刘敏没有防备,惨叫一声,跌倒在对面的床上。家属冲过来对着刘敏又踢又打,医生和护士急忙冲过来阻止:"别打,别打,有话好好说,别打!"

家属已经红了眼,抢过椅子一通砸,急诊室里的其他病人狼狈地往外跑。

死者丈夫将刘敏抓到病床前:"跪下!跪下!你害死了我老婆,你给我跪下。"

刘敏屈辱地反抗着,死者女儿上来对着刘敏的腿窝就是一脚。

刘敏一下跪在地上,头埋在胸前,无声地哭泣。

第一章
医之殇

不知从什么时候开始，医生成了高危职业，尤其是急诊，那些家属和病人刚开始还好好的，不知道什么时候，因为什么事，张口就骂，抬手就打，医生每天出诊前，都不知道会面临什么。

如果你恨一个人，就送他去中国当医生；
如果你真的热爱医学，就去中国当医生吧！

1

雪很大，机场跑道已经关闭了。

武明训的飞机还是平安降落了，这是跑道关闭前的最后一个航班。据说是因为飞机上有一位要客。武明训庆幸自己的好运气，和钟立行一块儿取了行李从出港处走出来。雪大，路滑，车开得很慢，武明训的车经过出租车等候区，无意中抬头，却看到仁华医院心外科的副主任王冬正在上一辆出租车。王冬也看见了武明训，一怔，却没有打招呼，低头钻进车里。车开走了，武明训来不及多想，打开手机，往医院打电话。江一丹的手机关着，可能在上手术，他打医务处长严如意的电话，也关着，难道也在手术？他有点担心，再打副院长陈光远，陈光远听见他的声音，顾不上寒暄，急忙告诉他，医院出事了，死了人，家属在急诊室闹事，把刘护士长打了。武明训急令司机想办法超车。雪大路滑，加上堵车，好不艰难回到仁华，一进医院大门就看到急诊室前停了一辆警车，他知道情况严重了，拉开车门就往急诊室跑，围观的护士看见武明训，纷纷一边叫着武院长，一边让开路。

突然闪光灯一闪，武明训下意识地捂住脸，回身寻找光源。一个二十五六岁的年轻小伙子正对着他拍照。武明训大声叫着："谁呀？拍什么拍？""记者，我姓叶，这是我的记者证。"小伙子说着递上证件。武明训抓过证件看了一眼，扔了回去："别拍了，没看这儿正乱着。"说着往急诊室冲。记者边后退边对着武明训的脸不停地按快门，武明训急了："你怎么回事，跟你说了不让拍，你怎么还拍！"上前就抓对方的相机，两人扭打起来，记者不停地按快门。

钟立行冲过来，一把推开记者，武明训把相机抢到了手里。

叶惠林喘着粗气看着武明训："你要干什么？想打架？"

武明训拿起相机，抽出记忆卡，把相机扔还给叶惠林："我是这个医院的副院长，你明天到我办公室拿你的记忆卡！"说完向急诊室冲去。

2

武明训进了急诊大厅，看见到处是惊慌的患者、围观的医生护士，还有一队警察。他的心一下提起来，天呐，麻烦大了！何大康从里面冲出来，一把扯住他："武院长，你别进去！这个时候你绝对不能出现在急诊室里。"他拉着武明训到了背人处，飞快介绍情况：刘敏被家属关在了抢救室，警察在做工作，手术室同时开了三台手术，两个车祸病人，一个孕妇。孕妇伤势没大碍，但已快临产，严如意在守护。其中一个车祸病人伤势不重，但另一个车祸中受伤的出租车司机头部重伤，内出血，脾脏已经摘除了，心跳停止了一个多小时了，还没有复跳，心外的人都不在，只有丁海在。他恳求武明训赶快去组织抢救："这边有我，再说人已经死了，先顾活的吧！"

武明训飞快地想了一下何大康的话，迟疑着后退了几步，拉着钟立行向手术室跑去，是的，人已经死了，先顾活的吧！

3

武明训冲到手术室外，扔给钟立行一套刷手服，自己先冲了进去，江一丹看到他，愣了一下："你回来了？"钟立行跟了进来，江一丹看到他，惊喜地叫道："立行？"钟立行向江一丹点头，微微一笑。

钟立行在门边站着。看见武明训，丁海急忙介绍："伤者头部有伤，何主任已经做清理手术，有内出血，脾脏已经摘除，出血已经止住了，内脏已经没有明显损坏，心脏还是不能启动，已经停跳了一小时四十分钟了——"武明训走过来观察伤者："别急，再观察一下，看看是不是有隐性出血，还没有发现的。"

钟立行在门边走来走去，听到武明训在说病情，他有些焦虑不安。显然，医生的本能让他有些冲动，但他知道这不是他的战场，走动中，他看到水龙头在滴水，他走过去，动手把水龙头关上了。

手术室内，武明训低头在查看："到底什么地方在出血？"用手去翻，突然一股血冲上了他的脸，他大声叫着，"不好，心脏，心脏！快，快！立行！快！"

钟立行听见"心脏"这两个字，就像士兵听到了冲锋号，大步冲了过来："止血钳！止血钳！"手术室的人迟疑了一下。

武明训大声叫着："止血钳！快，快！"

护士长急忙递上止血钳，武明训边操作边叫："赶快给他手术服！手套！"

护士长递上手套和手术服，钟立行戴上手套，穿上手术服，冲过来。武明训让开身位，钟立行低头查看着，随即说道："心脏主动脉破裂，缝合线！镊子！"

护士长有些发愣。丁海递上了镊子，缝合线。

钟立行弯下身开始缝合主动脉，动作十分迅速。

江一丹建议："立行，开旁路吧！"

钟立行道："来不及了！快！帮我止血，血液回收，我要用最快的速度缝合！"

他自己都不明白他怎么突然就回到了仁华，怎么会以这样的方式出现在手术台上。而他自己根本来不及多想。

4

警察和医护人员全部挤在急诊室外。过道上还有打点滴的病人，醉鬼躺在一张担架床上呼呼大睡着，手上还挂着点滴。

THE DOCTORS

医者仁心

门关得死死的，警察在外边叫着："赶快把门打开，我们是警察！"

死者丈夫烦躁地大叫："我不管你们是谁，人死了，说什么也没有用！"

何大康焦急地敲着门："这位家属，请你听我说，我是急诊室主任，有什么问题你跟我说！"

里面却没有人应声，只听到家属对刘敏的喝骂声。

何大康悲愤不已，对警察说道："警察同志，这样下去要出问题的，你们赶快想办法吧！"

警察迟疑了一下："对不起，这种情况下我们警察也不能硬来的！"

何大康失望地看了他一眼，高声叫着："赶快把门打开！不然你自己负责！"

电话铃急促地响起来，刘敏要去接电话，死者家属把她按在椅子上。

何大康和医生们听到电话铃声都涌向门口。

何大康冲着里面喊："120急救中心的电话，赶快接！"

刘敏挣扎着甩开家属，拿起电话："这是医院！"家属冲上来要抢电话。

何大康急忙对刘敏喊："让他们打到1882，我们医院总机转1882……"

刘敏对着电话说："请打1882分机……"回身对何大康喊着，"有两个车祸病人，还有一个心脏病的……"

病人家属抢过电话："仁华医院是杀人医院，别往这儿送病人了！"何大康再也听不下去了，他暴怒地一拳打在墙上，拿过一个输液用的架子，奋力打破门上的玻璃，伸手把门打开，冲了进去。家属狂暴地冲过来："你们要干什么？你们要干什么？"

何大康奋力冲过去，拉起刘敏往外冲，家属跟着追打，急诊室的医生和实习生冲过来，把何大康和刘敏拉了出来。刘敏跑了几步，就晕倒了。何大康急忙扶起她："刘护士长，刘护士长！"

家属全围了上来，冲过来还要打，医生们围成了人墙。

警察急忙冲上来拉住家属。

何大康背起刘敏就往外跑。他老泪纵横。斯文扫地！情何以堪！昔日的白衣天使怎么就成了别人手中待宰的羔羊！

他刚跑到门外，一辆黄鱼车停在了门口，车上跳下来一个浑身湿透的中年男人。

男人哭着冲向何大康："大夫，我儿子晕倒了，他有尿毒症……"

何大康急忙对周小白喊道："赶快把刘护士长送走！"把刘敏交给周小白，何大康冲向黄鱼车，车上，坐着一个中年妇女，她正悲伤地叫着孩子："欢欢，醒醒，我们到医院了，快醒醒！"

何大康看看孩子，病得很重，急忙向中年妇女解释："医院有病人家属闹事，你们还是赶快转别处吧。"孩子的母亲从车上下来，扑通一声跪到了地上："大夫，孩子已经快不行了，求你们无论如何救救我孩子，他得了尿毒症，武明训武院长给他看过病，求你们了！"何大康心如刀割，急忙扶起女人，走过来看看孩子，病人面色浮肿，闭着眼睛。

他回身吩咐周小白："赶快把……把材料室腾出来，紧急抢救，紧急透析，先稳定病情再说。"说着动手去扶王欢，"天呐，这孩子身上全湿了，这么冷的天怎么不叫救护车！肾病可是最怕冷！"

5

钟立行的手指示着一个部位，丁海麻利地剪断缝合线。钟立行把针扔进不锈钢盘子里，把心脏翻过来，整理好，心脏监测仪上依然是一条直线。墙上的表一秒一秒地移动，钟立行用手按压伤者的心脏，一下，两下，三下，四下，五下，六下，七下，八下，突然，奇迹出现了，心脏监测仪上的曲线跳动了一下，发出滴的一声，屋里的人全都屏住了呼吸。

钟立行继续按压，监测仪上杂乱的波纹随即变得有规律了。

钟立行停下了手里的动作，丁海敬佩地望着他，顾磊表情里也充满了尊敬。

江一丹眼圈红了一下，向武明训轻轻点头，她看了一下表。

武明训问了句："多少？"

江一丹回答："缝合时间八分钟，心脏停跳两小时四十分钟后重新启动……"

武明训长出一口气，轻轻点头："好，奇迹！"脱下手套，扔到了盘子里。钟立行也脱下手套，扔在盘子里。江一丹看到两个人的动作，心里突然涌上一股暖流。钟立行向她微微一笑，即使十几年没见，他依然没有那么多话要说，只是微微一笑，仿佛从来没有离开。立行回来了，他真的回来了，多么熟悉的动作，多么熟悉的场景，十几年了，真想不到他会在这样一个混乱的夜晚突然降临，然后给她一个温柔的眼神，一个熟悉的动作，这种感觉让她晕眩。

门开了，王冬冲进来："我来了！"手术室的人都回头看他。

武明训边脱下手术衣边问："你怎么才来？你去哪儿了？一直都不见你人影。"

王冬结结巴巴地说："我，我，我老婆身体不舒服，我一直在家陪她了。"

武明训一惊，看了他一眼，刚才明明看见他在机场，怎么要说在家陪老婆！本来医生出差开会并不是什么大事，他为什么要说谎？武明训没有挑破，接着问："为什么打你电话没人接？"

"手机没电了，我没注意。"

武明训猜想，他一定是去外地做手术了，不满地看了他一眼："你是心外主任医师，今天要求全院主任医师都值班，这种天气，心脏出问题的最多！"

王冬低声说了句："对不起。"走过来，查看病人。

钟立行脱去手术衣，王冬注意到他。

武明训把手术衣扔在一边，走了出去，钟立行也跟了出去。王冬的眼睛一刻也没有离开钟立行。这个人是谁？凭一个外科医生的直觉，王冬知道眼前这个人一定是个医生,他为什么会出现在这里?钟立行走出去的一瞬间。他突然眼熟,想起在医学杂志上看到过这个人,难道是他?他不是在美国,怎么会出现在这儿?

江一丹提醒道:"已经没事了,赶快缝合吧。"

王冬回过神,急忙开始工作。

6

丁海和顾磊一行人将抢救过来的出租车司机推进了ICU,护士为病人装上各种监护装置。

王冬悄然走过来,问丁海:"丁海,刚才那个人是谁啊?手术是他做的吧?"

丁海心头一紧,反问道:"哪个人?"

王冬依然不死心,"你知道我问的是谁。"

丁海冷冷地回答说:"我不知道。"

王冬看着顾磊,顾磊假装什么也不知道,两只大眼睛无辜地看着王冬。

王冬知道这两个小子平时看他不顺眼,也不买他的账,但他不打算就此罢休,接着问道:"他怎么会在手术室里?他好像不是我们院的吧?"

丁海耸耸肩:"不知道,我怎么知道?"把病人安置好,丁海推说去找ICU主任,拉起顾磊就走了。

王冬满脸狐疑,非常不安地看着两个人走开。不知道为什么,他有一种不好的预感,今天晚上发生的事会给他带来某种威胁,这种预感让他十分不安。

其实丁海也有这种预感,虽然他一贯玩世不恭,虽然他平时总是一副不以为然的样子,但今天晚上突然出现在手术室的那个人,也给了他强烈的刺激,钟立行!没错,就是钟立行,虽然已经过了十几年,虽然他戴了口罩,丁海还是一眼认出了他!十几岁时他经常看到他,他到家里来过,妈妈很疼他,天天在丁海面前说起的就是他!

丁海和顾磊走向值班室,顾磊沉不住气,也问丁海那人是谁。是的,那样一个手术,谁不想知道是谁做的?

"钟立行,武院长的同学,我小时候见过他。"

"啊,那不也是你爸的学生?"

"别提我爸,他不是我爸。"

"那刚才王主任问你那人是谁,你怎么说不知道?"

"那不明摆着嘛,你看他酸的,脸都绿了,我干吗给自己惹这麻烦?我可不想给自己找麻烦!"

"嘀,没想到你还挺有心眼的?"

"这不叫有心眼,这叫自我保护,那种人,死书呆子一个,自己没什么本事,专挑别人的毛病,什么老婆病了手机没电了,准是又上什么地方给人做手术去了!"

"我的天,丁海,你怎么什么都知道,我看这医院没有什么能瞒过你眼睛。"

"我呀,什么也不知道,什么也看不见,打死我也不说,坚决只说不正经的,绝对不说正经的,看谁能把我怎么着?"说着,他认真地叮嘱顾磊,"告诉你顾磊,我们是同学,又是最好的朋友,我才跟你说这些的,你要是敢出卖我,我可饶不了你!"

顾磊笑着:"我疯了!你借我一个胆我也不敢啊!"

丁海一进门,衣服也顾不上脱,一头倒在床上:"我要困死了,我已经36个小时没睡觉了,我要把电话线拔了、手机关了,就是天上下刀子也别叫我,听见没有!"一扭头,那边顾磊已经睡着了。

丁海感叹:"哎,苦命的孩子!"关上了灯。电话响了起来,丁海苦笑一声,"别是又有什么事儿了吧?我的命怎么这么苦?"爬起来接起电话,"喂?"

电话里传来武明训的声音:"丁海,是我,武明训,跟你说个事,今天晚上手术的事别往外说,就说手术是你做的,听见了吧?"

丁海怔了一下,应了一声,挂上电话,不满地嘀咕了一句:"我什么时候会做这么大的手术了,这不是……抬举我吗?"蒙上被子睡了过去。

7

凌晨四点,武明训和严如意终于处理完死者的事,赶去丁祖望办公室。

丁祖望、陈光远正在办公室里等着。

武明训报告了与家属交涉的情况:死者已经送到太平间了,文件、材料和器具也当着公证处的面封存了,家属也离开了,急诊室正在收拾。

丁祖望沉重地点点头,他知道医院又没有好日子过了。今天的家属远不是闹得最凶的,每当这种时候,每当有这种事情发生,医院上下的气氛就很压抑。但是事情发生了,总得面对。丁祖望行了一辈子医,开始不明白眼前的事了,不知从什么时候开始,医生成了高危职业,尤其是急诊,那些家属和病人刚开始还好好的,不知道什么时候,因为什么事,张口就骂,抬手就打,医生每天出诊前,都不知道会面临什么。他现在急于知道事情到底怎么回事,医院到底有没有责任,没责任得忍,有责任就更得忍。他让严如意帮忙安排与刘敏的问话,严如意说尸检最快也得两个星期,刘敏看样子受了刺激,丁祖望只好让大家早点回去休息。

8

武明训心情烦乱地走出丁祖望的办公室,今天晚上发生的事一直让他回不过神来,突然间医院就让人砸了,突然间一个濒死的病人、一个心跳停了两个小时的人居然被救了回来！活了的没人感激，死了的不会放过你！他突然觉得很难平衡自己。想起当年他和江一丹去纽约读书，钟立行开车来接他们，见面第一句话就告诉他们关于纽约的一句谚语："如果你爱一个人，就送他去纽约，因为那里是天堂；如果你恨一个人，就送他去纽约，因为那里是地狱！"他听了哈哈大笑，觉得特有文化，就一直记在心里。现在想想，还有哪句话比这句更适合描述中国医生？"如果你恨一个人，就送他去中国当医生；如果你真的热爱医学，就去中国当医生吧！"他心里恨恨地说了一句。这时他突然想起钟立行，急忙找到江一丹问钟立行去了哪儿，江一丹也不知道。他们夫妻俩一时间有些回不过神来，想到钟立行一个人不知道会在哪儿过夜有些担心。天已经快亮了，两人打算到值班室凑合一夜，一切都等天亮了再说。

9

夜深人静，一辆出租车悄然在一家酒店门口停下来。

神情落寞、疲惫的钟立行缓缓打开车门走了出来。他抬头看了看仍在零星飘落的雪花，深吸了一口寒冽的空气，拉着行李走进了酒店。

在房间里，钟立行拉开窗帘，看着夜色中银装素裹的城市，这个陌生又熟悉的城市，慢慢在窗前坐了下来。

"江东，我回来了！爱行，我亲爱的妹妹，我走了！原谅我没有守护你！不是我无情，是我再也无法忍受马里兰的伤痛，痛苦到无法呼吸。"

第二章
闪回：马里兰的伤痛

你知道你母亲现在的心脏是谁的？是我妹妹的，她只有二十五岁，大学刚毕业，是去订婚的，她……就是因为你父亲求我说再过一个星期是你母亲的生日，而那也是我妹妹的生日，你去吧，我受不了了，受不了了，你们这些可恶的家伙，动不动就打医疗官司，如果你和你的家人在医疗行为中受到不公正待遇，请来找我们，203，314，6688……这是我刚才上班的路上听到的广告，你去吧，你去，你现在就去！

1

"美东大雪，这个圣诞节将要在拥挤和延误中度过了。肯尼迪国际机场挤满了急着回家的乘客，纽约的罗纳德里根国际机场也快要爆炸了，很多人放弃航空公司转道公路，州际公路上到处是拥堵的车队，圣诞节，东部的风雪，每年一次，这一次又来了——"

美东大雪是美国一景，交通受阻，航班延误，机场爆满，却又伴随着圣诞马车，缤纷的礼物，这一切，汇聚成一种说不出的情愫，这就是美国。

圣诞之夜，马里兰州立外科医院心脏外科医生钟立行在这漫天风雪的路上开车去上班。他开的是一辆白色雪佛兰。

白色雪佛兰，在中国是一款不受人注目的汽车，中国人喜欢的是加长的凯迪拉克，手工打制的劳斯莱斯，擦得能照见影子的宾利。噢，不，那是华尔街的生活，那是电影明星的秀场，那是有钱的暴发户显示自己身份的炫耀。在美国人心目中，在专业人士心目中，汽车和汽车是不一样的。白色雪佛兰，代表专业、中产、自律、节制，还有那么小小的不以为然甚至可以说自恋。是的，钟立行就是这样一个人，他有足够的理由不以为然和自恋，因为他是钟立行。这位来自中国的医生，成功地在美国一流的外科医院里当上了主治医生，美国的医学系统，不承认任何外国的教育学历，任何人想在当地医院里工作必须全部重新回炉，入他的医学院学习。钟立行就是这样，五年基础学习，通过了考试，进入一家公立医院当住院医，经历了昏天黑地不见天日的五年。某次，他后来的导师，全美顶尖的心脏外科专家来医院手术，他有机会观摩并做三助，他临危不惧的关键表现获得了导师的信任。导师带钟立行在身边五年，使他练就了一手出色的外科技术，直到有个机会，导师推荐了他去他朋友经营的医院任职。在美国，好的外科医生是一所金矿，十年寒窗，虽然艰苦，但一旦到了金字塔塔尖，可就一览众山小了，结交的都是议员、电影明星、橄榄球运动员，绝不是那种三流的货色。

钟立行有些担心地看看表，把收音机的声音关小。电话响了，他急忙拿出电话，电话里传出妹妹的声音："哥，是我，我和比尔已经进到州界了，堵车，说不准几点到。"

钟立行松了一口气："好啊，我正担心呢，我煮了你爱吃的饺子，房间已经收拾好了，钥匙在门口的地毯下。你到了好好在家等我，我值班，明天早上回来，还有，你们开车一定要小心！听到了没有！"

妹妹欢快地笑道："知道啦，哥，我又不是小孩子，比尔开车，你就放心吧！到了我会给你电话，你自己也小心！Bye-bye！"接着是笑声，然后电话就挂上了。

2

马里兰州立医院的招牌在风雪中闪出温暖又迷蒙的红光,院子里挂满了圣诞节彩灯。

这条路每天都要走,这块招牌每天都要看,这是钟立行最喜欢的季节,最喜欢的医院,为了能到这家医院供职,他奋斗了十五年,带着感动、熟悉、温暖、自豪,还有某些辛酸。很多年里,钟立行过的一直是清教徒般的生活,手术室,消毒间,CCU,手术室,消毒间,CCU。什么是家?就是当你嘭地一声把门关上,所有的声音与喧嚣全部消失,你洗完澡,掀开被子,头一挨枕头,突然涌上来的一股淡淡头油味,这所医院,这几个招牌字母对钟立行来说就是那微妙的瞬间。

雪还在下,车灯扫过来,雪花在车灯前飞舞,他在停车场将车停好,拉开车门走下来。他穿着一件黑色呢子大衣,非常考究,但绝不会让人看出来。风吹过来,雪花打在他脸上,他竖起大衣领子,透过漫天风雪看了一眼远处的医院的招牌,突然掏出电话,给妹妹打了个电话:"喂,爱行吗?"

电话里是爱行的声音:"哥,怎么了?"

"我想起来了,12月30号是你的生日喔!"

电话里传出妹妹的笑声:"知道啦,哥,我很快就回来了!"

3

钟立行进了更衣室,刚要换衣服,腰间的呼机就响了,钟立行看了一眼信息:"16号病床紧急抢救,请速来。"钟立行边系扣子边匆匆向病房冲去。

一位七十来岁的白人妇女在床上挣扎,呼吸急促。她身上、手臂上都插满了管子,头顶上是一排悬挂在墙上的监测仪器,仪器上显示着心脏曲线急促变化。她的丈夫,同样也是一位七十多岁的白人在一边焦急地叫着:"露茜,求你,不要走,求你了!"看到钟立行,他急忙拉住他:"Doctor, Doctor!求你了,请你一定要救她,一定要救我的露茜!"

钟立行的助理,一位二十七八岁的白人小伙子 Ken 正在照顾病人,看到钟立行,急忙报告:"Doctor 钟,患者露茜,女,70岁,两年前做过心脏移植手术,两周前开始出现排异反应,他的家人把她送到了这里。"让开身位,钟立行走过来边检查病人,边问:"谁是她的主治医生?她需要再次移植心脏,有没有向移植中心申请?"

Ken 回答:"是克里夫医生的病人,他已经下班回家了。我已经打过电话,他正在往回赶,我已经向移植中心提出了申请,还没有合适的心脏。"

钟立行飞快地检查着病人:"好,做得好,现在赶快把她送到 CCU,先给她做体外循环,再次向器官移植中心紧急求助,看最快的时间里有没有合适的心脏!"

THE DOCTORS

医者仁心

露茜的丈夫还在叫："Doctor，Doctor！求你了，请你一定要救她，一定要救我的露茜！"

钟立行示意 Ken 把家属带走。Ken 走过来，往外轻轻推他，家属再次冲过来，求钟立行："她是我的妻子，她是我的一切，再过一个星期，12月30号就是她的70岁生日，也是我们结婚50周年纪念，我求你了！"

钟立行心头一震，这个人跟爱行同一天生日！他走了一下神，随即让 Ken 把人拉走。

两个护士跟进来，一行人准备把病人移走。钟立行与护士一块儿推着病人出来，Ken 跑过来，神情紧张地递上病案："Doctor 钟，这个病人她签了一份协议，不接受体外循环，不接受气管切开术，不接受非人道救助！"

露茜丈夫再次冲过来："医生，求你了，求你了！"

钟立行接过病案看了一眼，有些为难。Ken 急忙把文件拿给家属看，家属疯了一样哭起来："不，这不是她的本意，她只是怕疼，她根本不知道她做了什么，求你了，再过一个星期，12月30号就是她70岁生日，我们结婚50年了，我们说好了要一起庆祝的，请你们一定救救我的露茜！"

护士的车停下来，询问："钟大夫，我们现在应该去哪儿？"而病人就在床上痛苦地挣扎。这样的情景钟立行不是第一次遇上。美国社会种族复杂，美国人个性意识都很强，不同的种族、不同的病人对疾病的态度差异非常大，尊重患者的意愿是行医的第一原则，每个病人入院前都要签署一份文件，同意在医生指导下，如果有特殊要求也要先申明，比如是不是接受心肺复苏、气管切开或者一些特殊的私人禁忌。文件一经签署，任何人不能违反，否则就等着挨告吧。而医生从上医学院开始，就不断接受各种法律培训，告诉你什么能做，什么不能做，跟患者怎么说话，怎么沟通。中国的民法赔偿是填平法则，只赔偿实际损失，而美国的民法是精神赔偿法，一旦出现纠纷，赔偿将会是天文数字。凡是做医生的，看到病人处在痛苦中，没有人不愿意伸手救，但知道法律后果是什么，有时也只能默默离去。以往遇到这样的事，钟立行虽然心里也急，但基本上还能保持冷静。可是今天，不知道为什么，他就是无法克制对露茜的同情。是因为她与妹妹同一天生日？还是她的丈夫提到了他们的50年结婚纪念？还是因为这大雪天气和可爱的圣诞节？钟立行来不及多想，却下了一个令他自己也理不清的指令："先送 CCU，作好准备！"随即冲到前台，抓起电话，给院长打电话："院长先生，我是钟，这里有个紧急病案，病人两年前接受心脏移植的，出现排异，需要紧急处置，可是她签署过一份文件，拒绝体外循环，紧急救助，等于放弃了治疗。"院长在电话里干脆而直接地拒绝了他的请求，不需要理由，谁也承担不了法律后果。钟立行今天却认上了死理，别人冷静地拒绝是因为他们没有看到病人的痛苦和家属的眼泪："有没有别的办法可以变通？病人的丈夫在这里……"院长坚决说："没有本人的意见，家属也不行。钟大夫，我们不能违背患者的意愿，即使是救她的命……"

第二章 闪回：马里兰的伤痛

钟立行有些克制不住了："我们是医生，怎么能眼看着她死？"院长更强硬的声音传过来："不，不，钟，绝对不行！救过来，救不过来，我们都会有麻烦，如果病人家属把我们告上法庭，我们都承担不了这样的责任！别想了，不是你的错！"

电话挂断了，钟立行无奈地回头看着露茜的丈夫。他像个孩子一样哭了起来："不，不，怎么会这样？露茜，她是那么爱我，爱我们的家，大夫，求你了，求你了！"钟立行同情地看着他，他们都无能为力。

突然 Ken 叫了一声："有了，钟大夫，这儿，这儿有一份文件，她签了，她同意在本院医生的指导下接受治疗……"钟立行急忙抓过来："病人同意在本院接受治疗……不，这只是一份普通的治疗协议……"Ken 指着文件："看，这有一条，治疗手段包括各种情况下的紧急救助……"露茜的丈夫接过文件也看了一眼："是啊是啊，她说了她同意接受治疗，医生，求你了，她说了她接受治疗，您可以救她了，Please！Please！"

钟立行扬起脸，紧张地思索着："你要知道这是经不起推敲的，这只是一份普通的在我们医院接受治疗的文件，但法律规定，如果两份文件矛盾，要以其中一个特别申明的为准……"他艰难地下着决心，此时他已经决心要救露茜，先做气管切开，体外循环，等等合适的心脏，哪怕有一线希望……于是他下令把露茜送进 CCU。

一切顺利，露茜暂时脱离了危险。钟立行走出 CCU，穿过走廊，走向大厅，远处传来救护车的鸣叫声。身边，一队医生护士往外跑，有人在喊："州立公路连环车祸，有四个重伤的患者被送到我们医院来了。"

钟立行心头一紧，车祸，又是车祸！虽然他早就习惯了下雪天，车祸，但每一次都难免感叹。

门前一阵骚动，门厅里推进了两辆担架车，医生和护士跟着跑，一个黑人医生在喊："Chinese！Chinese woman！这里谁懂中国话？"

钟立行急忙回头。

担架车推到了他面前，他一低头，一眼认出了担架上的人，居然是他的妹妹，钟爱行！钟立行疯了一样冲过来："爱行，爱行，怎么是你？你怎么了？发生什么事儿了？"

"请让一让！"担架车往急救室推去。

"她是我妹妹，她是我妹妹，发生什么事儿了？"

随车来的救护队员急忙告诉钟立行："车祸，车上一男一女，男的当场死了，这女孩头部重伤！"

钟立行疯了一样冲进急救室。爱行已经被放到了手术台上，他冲过来参加急救，紧急心肺复苏，头外伤，插管，各种仪器接上了。

钟立行用尽全力抢救，所有的手段都用上了，他的动作有些变形！脑电波消失了，监测仪上只剩下一条直线。

所有人都停下了，只有钟立行不停地在按压心脏。

Ken上前拉开了他，他的脸上已经分不清是泪是汗。

医生看表，宣布：2007年12月24日晚上九点四十五分，脑死亡。

所有人都退了出去，抢救室里突然静了下来，钟立行呆呆站在妹妹面前，脑子里是刚才的电话："爱行，我想起来了，12月30号是你的生日！""知道啦，哥，我很快就回来了！"

他有些茫然，轻轻抚摸妹妹的脸。两个小时前还与妹妹通话，她欢笑着说着话，讨论着自己的生日、订婚宴，她好不容易拿到了博士学位，找到了新工作，和未婚夫一起从外州搬来跟他一起住。他给她包好了饺子，铺好了床，等着明天一早下了班他们一起欢聚。两个小时后，她就躺在他眼前，任他怎么呼喊，她都不会再醒来，不会跟他说笑。阴阳永隔，身体变凉，钟立行的心空了。随即，更让他惊悚的消息传来，一队医生进了抢救室，死者生前签署了一份器官移植协议，承诺将自己的全部器官捐出。

钟立行无法接受，这个消息来得太快了，他还来不及接受妹妹死去的事实，就必须再要承受那些人把他的妹妹肢解！他无法接受，暴跳如雷，拼命叫着挣扎着，阻止医生们的行动。医生们这才知道，眼前这个女人是钟立行的妹妹，他们也无法接受这个事实。但是器官必须赶快取，否则就失去了捐献的意义。人们好不容易才让钟立行平复下来，把他带出了抢救室。

三个小时后，Ken出现在休息室，告诉他，刚接到州立器官移植中心的电话，露茜的心脏有着落了。钟立行眼神空洞，不知道Ken在说什么，Ken不忍，眼神一动，眼神交汇间，钟立行已经明白了Ken所指，妹妹的心脏被分配给了露茜！一瞬间他觉得脑海中闪过一道光芒，妹妹的心脏分配给露茜！她的心脏将在另一个人的身体里跳动！一瞬间他泪如雨下！院长来了，他走到钟立行面前，把宽厚的手放在钟立行的手背上："她是个了不起的姑娘，她会用另一种方式活下去……我们要让她活着！"钟立行满眼是泪，随即声音嘶哑地低声问："医疗协议的事怎么办？我们这样做是有问题的。"

院长坚定地回答："孩子，这次我要跟你站在一起，你说得对，我们是医生，抢救生命是我们的责任，既然已经开始了，我们就要走下去！"

钟立行默然，随即坚定地说："让我来吧，我来做这个手术！"院长一脸惊讶，钟立行转身已经进了手术室。

4

三个小时，一切顺利。像他平时做过的手术一样。但这是世界上唯一一台不一样的手术。

露茜被送回了CCU，钟立行默默地站在露茜的床边，注视着她熟睡的脸。

他伸手想抚摸她的脸，看到她苍老的面容，他停下了，依然注视着她，随即头靠在她的胸前，好像要听她心跳的声音，眼泪不住地流。

走廊里传出一阵急促的脚步声，随即是一阵吵吵闹闹的声音，接着"嘭"地一声门开了，一位三十多岁的白人女性出现在门口。

钟立行急忙抬头，女人冲过来，看到钟立行的脸贴在露茜胸前，一脸困惑的表情："你在这里干什么？你是谁？为什么把脸贴在我母亲身上？"

Ken急忙冲过来，向钟立行介绍："钟大夫，这是露茜的女儿——"

来人一听，指着钟立行："你就是钟大夫？你就是那个违背我母亲意愿给他做紧急处置的医生？你为什么要为我母亲急救？为什么要为她再换一颗心脏？她说过她不想过这种没有尊严的生活。为什么？为什么？"

钟立行愣住了。

Ken急忙上前制止她："女士，请你离开这里。"

来人却一把推开Ken，大声叫起来："你知不知道这两年她过得多么不开心？她活得多么辛苦？每天要吃排异药，不知道什么时候就会倒下，她不喜欢她的新心脏，那不知道是谁的，她不喜欢，为什么要违背她的意志？为什么？为什么？"

Ken一把拉住她："女士，请你离开这里，病人需要安静——"

女人大声喊着："不，不，我要控告你，控告这家医院！我要把你们所有的人告上法庭，我要起诉你！"说着就要扯那些仪器。

钟立行突然暴怒了："All right! 你去告吧，你去吧，我等着！你知道你母亲现在的心脏是谁的？是我妹妹的，她只有二十五岁，大学刚毕业，是去订婚的，她——就是因为你父亲求我说再过一个星期是你母亲的生日，而那也是我妹妹的生日，你去吧，我受不了了，受不了了，你们这些可恶的家伙，动不动就打医疗官司，如果你和你的家人在医疗行为中受到不公正待遇，请来找我们，203，314，6688……这是我刚才上班的路上听到的广告，你去吧，你去，你现在就去！"说着脱下身上的工作服，扔在地上，冲了出去。

第三章
心外主任人选

他今天是来跟武明训告别的,看看医院,看一眼就走。

他已经报名参加了一个无国界医生组织,要到偏远农村巡回,于是他坚决地回绝了。

他感觉自己犯了个错误,不该因为一念之差再进仁华的门。

于是他匆匆拒绝武明训,逃也似的离开了医院。

1

雪还在下。雪中,仁华医院门前的马路上,依然熙熙攘攘。

严如意威严地站在门诊大厅的二楼往楼下看着。

她是这所医院的医务处长,还兼任着妇产科主任。这两个担子中的任何一个都足以把人压垮,严如意也快了,但还是撑着没垮。那是因为她心里有两个不服气:一是,这是她父亲留下的医院,这么说并不准确,但她心里一直固执地这么认为着;二是,她的前夫,也就是这家医院现任院长十几年前跟她离了婚,并在她眼皮底下娶了医院的另一位比她年轻的神经内科女大夫,这让她心里像扎了根刺。她告诉自己不能垮。

仁华医院的前身是一所教会医院,很多年前,一位叫华莱士的神甫创立了这家医院,严如意的父亲,一个贫苦的孤儿跟随了神甫,并得以接受完整的教育。解放以后,严如意的父亲当了第一任院长,他继承了教会医院严谨平和的传统,并结合了中国古老的医者父母心的伦理,使这家医院得以保持了某种高贵、神秘、质朴、秩序与尊严,也成为业内的佼佼者。严如意从小在这样的环境里成长,顺理成章地读了医学院。文革期间,父亲进了牛棚,他的得意门生丁祖望一直不离左右,并且多次替她承担了很多。后来,严如意奉父命嫁给了丁祖望,抛却了相恋很久的恋人。两人脾气扭不到一块,吵吵闹闹半辈子,最终离了婚,丁祖望再娶了医院的一位年轻大夫,这也成了严如意的一块心病。因为这两个原因,让她一直咬牙支撑。她继承了父亲的习惯,每天一早来到医院大厅,巡视医院的各个角落。一般来说,一个公立三甲医院的医务处长并没有这么大的权力,也没有这么大的威望,更没这么大的谱,但因为她,因为她是严如意,因为她的父亲是老院长,她的前夫是院长,她的性格又如此强硬、如此威严、如此霸道,于是仁华医院的人早已接受,习惯了。昨夜的仁华经历了难以言说的伤痛,严如意夜里四点才回到办公室,匆匆睡下,天不亮就起床,她不放心。不知道今天一上班,医生护士听说昨天的事后会是什么反应;下雪天门诊大楼的服务会不会出问题;刘敏昨天受了刺激,情况恢复得怎么样了;昨天车祸中送来的孕妇已经快临产了,昨天已经开始出现宫缩,不知道现在怎么样了;还有,他和丁祖望的儿子丁海,下周就要转到心外科了,心外的王冬能带好他吗?她要操心的事太多了!

2

妇产科住院医罗雪樱下了夜班,匆匆跑进大外科学习室去找她落在丁海那儿的一本书,今年是她住院医第五年,很快就可以升住院总了。

THE DOCTORS

医者仁心

对于医学院来说，年资这个概念很重要，年资就是年级加资历。五年本科，其中有两年做实习医生，毕业后先做五年住院医，一天二十四小时待在医院，之后是住院总，然后才是主治医师，副主任医师，主任医师，这个过程要十五年到十八年。这就是人们常说的白色巨塔。

她和丁海、顾磊三个人从医学院开始就同一班，毕业后在同一家医院做住院医。三个人关系很好，只要有时间就在一块儿待着，一块儿复习，一块儿吃饭。急诊科住院医顾磊也刚下夜班，他边系白大褂的扣子边走进来，罗雪樱看见他好像看见了救星，急忙问："哎，顾磊，看见我放在电脑前的那本书了吗？"

顾磊是他们三人中比较沉稳老练的，对罗雪樱的一惊一乍早就习惯了。他是个冷面书生，秀气白净，戴一副无边眼镜，喜欢从眼镜上边看人，平时话不多，一张口很幽默，是大家喜欢信赖的对象。他故意冷冷地看着罗雪樱说道："没有，我又不是给你看书的。"

丁海拿着一份文件跑进来，喊道："同志们，朋友们，我拿到了下一期住院医轮转排班表！"

顾磊和罗雪樱都回头冷眼看丁海，他们习惯了互相打击，这是他们之间的方式，丁海知道这两个人又在整他，根本不在乎，嘿嘿笑着："告诉你，今天是我们在妇科轮转的最后一天了，下礼拜开始我要去普外做住院总医师了，恭喜我吧！"这期轮转丁海排在妇产科，这让他郁闷坏了，一是他不能接受妇产科，二是他受不了他那厉害的老妈，苦尽甘来，他终于可以逃脱了。

顾磊上来抢丁海手里的文件："我看看，我看看，我去哪？"看了一眼，"哦，急诊科，我的天呐，怎么又让我去急诊？我们这些人除了上正常班，每个星期都要到急诊科值两个大夜班，还让我待在急诊，郁闷！"

罗雪樱一直忙着找自己那本书，对她的无动于衷丁海表示不理解："哎，罗雪樱，你怎么不关心你的？告诉你吧，你还在妇科，不过住院总了！"丁海平时还是挺酷的，不过一看见罗雪樱就酷不起来了。他和罗雪樱从幼儿园就在一起，一起上医学院，一起当医生，罗雪樱是那种天生的领导者，她往那儿一站，不管有多少人，立马都让她领导了。也怪了，别人见了她，不管多大，好像都愿意听她的，就连她的导师严如意，平时总是凶巴巴的样子，看了罗雪樱也总能露出笑脸。仁华的人早就把罗雪樱当成了严如意的儿媳妇，但没把她看成丁海的女朋友。这种感觉中间存在某种落差，其实说穿了，丁海和罗雪樱还没挑开，或者说，罗雪樱的性格跟严如意更像吧。罗雪樱听到自己留在妇科，也不太高兴："真的？我的天，还在这儿？我还想去麻醉科，要不就普外呢！"

丁海逗她："你就在妇科待着吧，我看挺好，你不是一直评价自己做事专注嘛，就专注到底吧！"他一边说一边对着罗雪樱比画着，"哎，罗雪樱，给你作个测试，看着我的手。"

罗雪樱瞪着眼睛："什么呀？"

丁海伸出一个手指："这是几？"

罗雪樱道："一。"

丁海伸出两个手指问："这是几？"

罗雪樱回答："二。"

丁海伸出三个手指头，又问："一加一等于几？"

罗雪樱回答："三！"

满屋子人爆笑，罗雪樱立马明白过来："讨厌！丁海，你烦不烦！"这时，她身上的手机响起来，她急忙接电话："怎么了？有情况！"放下电话就往外跑。

这就是医院，这就是住院医，不管你上一秒在做什么，只要电话一响，所有人就立刻奔向岗位。罗雪樱一路小跑着来到手术室，护士正推着昨天车祸中送来的产妇沿着走廊跑过来。

刚在大厅巡视的严如意也接到通知赶了过来，该来的迟早要来！她边走边高声喊着罗雪樱。罗雪樱边跑边叫着："来了，来了！严老师，孕期三十九周，半小时前自然破膜，羊水二度污染，怀疑是宫内感染，胎心不稳！"说着撞开门冲了进去。

严如意急忙示意罗雪樱："赶快给麻醉科江主任打电话，这个手术让她来！"

产妇被推上了手术台，情况有点紧急，江一丹小跑着冲进了手术室，急促地叫着："紧急剖腹产！体温三十九度，血象升高，血型B型，要求同步抗感染，一级监护！"

产妇挣扎着，江一丹走到产妇跟前，俯下身安慰说："别怕！你会没事儿的，你已经进了手术室，我是麻醉医生江一丹，现在我开始给你麻醉，针打下去会有一点疼，睡一会儿你就没事儿了。"说着将针对着产妇的后背扎了下去，然后轻轻推药："别怕，一会儿就好了。"

严如意准备妥当，开始手术。十几分钟后，传来一阵婴儿的啼哭声，一个新生儿出生了。

孩子的哭声有些微弱，罗雪樱拍拍孩子的后背，哭声还是不大。严如意意识到有问题，急忙向罗雪樱使眼色，罗雪樱匆匆去给孩子除胎膜称重。而这边产妇的情况也不稳定，羊水几乎成了褐色，严如意急忙命令："羊水三度污染！术后加强抗感染！"说完，又笑盈盈地对孕妇说，"生了，男孩儿，是个带把儿的……"回身问罗雪樱，"多少？"罗雪樱把孩子放在称上："2350克。"严如意笑意盈盈："听到了，2350克，就是四斤七两，个儿不算大，看肚子那么大，孩子这么小，全是水！"

严如意一边与产妇说着话，手下的动作一刻也没停。江一丹与她配合默契，一会儿工夫，产妇的情况稳定了。其实严如意也可以不这么辛苦，孩子情况不好，产妇感染严重，她用不着保持笑容，与产妇说话调节气氛。但她就是不喜欢把手术室的气氛弄得很紧张。再说，生儿育女怎么说也是个喜庆事，对妇产科医生来说，接生是个风险很大的事，但对一个家庭，对生命来说，是喜庆事！多难也不能大喊大叫。这也是她从父亲那里继承下来的传统，大将风度，临危不乱，如果她惊惶失措，她手下那些年轻的大夫怎么办？虽然坚持这种风范让她很辛苦，让她看起来有点神经质，让年轻的大夫们私下里一直议论她，可她就是要坚持这种风范！尤其是今天，尤其是这个特殊的早上，她必须得拿出个样儿来！

过了一会儿，罗雪樱匆匆忙忙跑过来，把她拉到一边，轻声说了句什么。严如意一听，有些紧张，回头看了一眼孕妇。江一丹敏感地看到了，急忙说话吸引孕妇的注意力："好，不要动，就好了。"她麻利地把麻醉泵导管粘在产妇后背上，对严如意说道："严老师，我这里都好了。"严如意急忙回过身，露出夸张又灿烂的笑脸："好，谢谢江大夫，也谢谢我们的新妈妈，来，我们去病房。"

3

罗雪樱带来的是个坏消息，刚接生的这个孩子，心脏先天性主动脉反转。

严如意边洗手边把这个消息告诉了江一丹，江一丹也愣住了。她们不约而同记起去年，大约也是这个时候，也是一个男孩儿，也是这种情况，孩子出生一个星期，丁院长做的手术，术后伤口粘连，孩子没有挺过手术后期。因为没有专用的硅胶，纱布粘在了伤口上。江一丹一直记着丁祖望手术后一晚上在观察室守着那个孩子，还记得孩子死后他失魂落魄的样子。所以这次武明训去美国出差，她特意让他带些回来。两人议论了好一会儿，严如意叹了口气，用屁股撞开门走了出去，去看孩子。

新生儿生命监护室，院长丁祖望前后脚也到了。严如意每次看到丁祖望，不知道为什么总是想跟他发火，在一起过了二十年，离婚也十几年了，她那个劲儿就是过不去，好好的话到了她嘴里就不得好说。一见面，一张嘴，她都不知道那些话怎么就出了口，也不知道那些情绪从哪儿跑出来的，她本想说"啊，来了，看这个孩子多可怜，赶快给他做手术吧"，可是一张嘴就来了一句："哎，你不是说一早要出去开会吗？"

丁祖望对严如意的心态还是很了解的，他早就习惯了严如意，无论怎么说话，说出些什么他都不会在意。他走过来，看着孩子。

"我听说银行的事不顺利，不是有老陈吗？他可是管后勤的副院长。"

丁祖望看看严如意，没说话。

严如意继续发着牢骚："跟你说，丁院长，心外那个王冬可是太不像话了，昨天抢救，心外的人一个都不在，手术是丁海上的，有人说他是去外地做手术了！"

丁祖望一怔："他怎么会这样？昨天手术是丁海做的？"

严如意得意地笑笑："武明训说的！不过这个王冬你可得管管了，老陈的大红人，美国回来的博士后，心外未来的主任，这可是你们自己选的！"

丁祖望有些不悦，一是因为严如意说的这些话，二是态度，不就是发牢骚嘛，拐什么弯，他拿过医案查看孩子的病情。两人交代了手术的事，丁祖望就要往外走，严如意依然不依不饶："丁海下星期要轮转到心外，王冬那个样子，孩子跟着他能学到什么？已经走了个徐达恺！"

丁祖望回头看了看严如意："我知道了，我会处理的！"显然，严如意的不着边际是从这儿来，确切地说，她其实是担心她和丁祖望的儿子丁海的事怎么办。绕了一圈，其实说的就是这事，丁祖望走到门口才弄明白。跟严如意说话，他永远到最后一刻才懂她的意思，就像离了婚他才明白，严如意的心其实一直在他这儿，而他，能做什么呢？什么也做不了。他能做的只有一件，听着，然后不懂。

4

武明训在沙发上和衣而卧，呼呼大睡，一是昨天睡得太晚，二是有时差。

门外，传出轻轻的敲门声。武明训听到敲门声，有些意外："谁呀？？"起身看看表，已经十点了！他有些难为情，急忙拉开门，只见一个四十多岁的中年妇女站在门口。"武院长，是我！"妇女说。

武明训有些困惑，他不认识这个人，也不知道她是怎么找到他办公室的。他的办公室门前没有任何标志，甚至医院里的低年资大夫都不知道他到底在哪儿办公，不为别的，怕家属，怕关系，怕所有不该见不能见的人。

妇人急忙介绍说："武院长，我是王欢的妈妈，姓孙，孙丽娜，您不记得了？两年前您为我儿子看过病的，就是那个交大的学生，得了尿毒症的……"

武明训恍然大悟："哦，是你，欢欢妈妈，想起来了，怎么了？这么早有什么事吗？"

孙丽娜眼泪突然涌了出来："武院长，求你了，一定要救救我的儿子，欢欢他昨天晚上突然昏迷了，现在在急诊室住着。"

武明训一脸惊讶："怎么会这样？他不是一直做透析吗？"武明训说完这句话，就知道说了白说，不用问，一定是开始做透析，后来没有钱了，延长周期，再然后就停了，于是就到这儿来了。

武明训已经听够了这种故事，多年行医，他见惯了生死，说实话，他早就累了。遇到患者，能少说一句就少说一句，也不知道自己每天要听多少话，听多少人倾诉。他觉得自己应该算是个好医生，对病人真的很有耐心，他的原则是少露面、少说话，但一露面就要保持热忱，一开口就要有耐心。既然已经让家属堵在了门口，就认了。他穿上白大褂，来到急诊室，看了看王欢。孩子脸色青灰，呼吸中有难闻的口臭。他简单地安慰了王欢，亲切地摸了摸他的头，他的亲切不是装的，是发自真心。行医二十多年，就算他再累再辛苦，只要见到病人，心里总是涌起一种温情，一种说不出的怜悯，那种感觉好像是与生俱来的。他出生在医生世家，父亲是省城里的外科医生，一个医术精湛、性情幽默的外科医生，从小他就闻惯了父亲身上的消毒水味，习惯了父亲半夜被叫去出诊，天亮了才回家。父亲有时去乡下巡诊，偶尔带回些乡下特产，还会时不时跟母亲说几句医院里哪个病人死了,很可怜,谁谁又救了谁一命。那个世界让他很向往。高中毕业考大学,他不声不响填了医学院,五个志愿全填的同一所医学院,让父亲很吃惊,找他谈了一夜的话,告诉他学医是很艰苦的,要穷尽一生的精力付出,他听了依然坚决地说,就是要学医。如果这辈子当不成医生,其余的任何职业对他来说都一样,也就是说任何职业对他来说都没有意义。父亲赞许地看着儿子,一个假期都把他带在身边,给他上了最初的启蒙课,之后亲自把他送进了他心目中的医学院。

武明训找何大康要了孩子的病历看了看,情况不太好,心肺系统有衰竭迹象,急忙让何大康给孩子做多功能透析。何大康显得有些为难,多功能透析,一次费用就好几千块钱,家属连普通的透析都承担不了,这些费用将来怎么算?昨天晚上医院情况紧张,加上孩子母亲又不停地说到是武明训的病人,何大康并没有为难他们,把孩子留下了,也没有让交住院押金,但费用的事将来怎么算?这都是问题,不是医院心黑,欠费问题太多了,医院规定,谁欠下的费用谁承担,医生的工资才几个钱?

武明训听了何大康的一通诉说,不耐烦地挥挥手:"你别再说了,救人要紧!赶快把他转到泌尿外科病房,先给他用上多功能透析!"何主任急忙安排医生去办,有武院长这句话,他心里算有了底,王欢的医药费先欠着,也不会算到急诊科账上了。

5

武明训处理完王欢的事,惦记着昨天抢救过来的出租汽车司机,想去看看他的情况。如果司机能成功苏醒,这又是仁华历史上的一次奇迹,值得好好总结经验,也值得好好宣传。他刚走进ICU,就听见王冬在跟刘主任说话:"刘主任,你觉得这个手术做得怎么样?"

"当然好了,多器官创伤,还能救过来,应该算是奇迹了。"

"手术日志上签的是丁海的名,我怎么看着都不像是他做的。"

"也不都是丁海,听说头部是何主任做的。"

"刘主任,您就别跟我装糊涂了,这么大的手术,心脏主动脉破裂,缝合时间八分钟,有这种速度的全世界找不出几个来,告诉你吧,是外人做的,我打听过了,那人叫钟立行。"

武明训听到王冬说到了钟立行,急忙走进去,打断了两个人的谈话。医院是个知识分子扎堆的地方,凑在一起多了,没好话。王冬看见武明训,急忙打招呼:"啊,武院长早。"

武明训意味深长地看了王冬一眼,询问起出租车司机的情况。刘主任急忙报告:"还没有反应,情况还算稳定。"武明训点点头。

王冬脸上带着谦卑的笑:"武院长,丁海这心脏手术做得真漂亮,想不到这家伙还真有两下子。"

武明训一笑。

王冬酸酸又讨好地说:"虎父无犬子,丁院长是心脏外科专家,想不到丁海也这么利索。"

武明训轻轻一笑。他其实挺受不了王冬这个人的,当初把他从美国请回来,也是因为仁华的心外水平不高,急需有人把团队建起来,陈光远推荐了这个人,他亲自去美国面试,把人请回来的。当时他是在一家心脏中心做研究,并拿了博士学位。武明训自己也去美国做过研究,他了解这种机制,严格地说王冬在美国并不是做临床的,他拿的是研究学位,只有真正在临床系统学习或者进修过的才会真正学到东西,这就是钟立行和王冬的区别。钟立行是在美国重新读了医学院本科,并做了六年住院医,后来跟随著名的心脏专家做助手,至少观摩和参加过几千例手术,并成功地掌握了心脏外科所有的手术技术,这一点他虽然早就知道,但昨天在手术室,一看钟立行的出手就知道他功底深厚,出手不凡。虽然他们大学是同班同学,又一块儿进仁华做了好几年住院医,那时,他手术就已经很漂亮了,但看他出手的一瞬间还是被震动了。武明训也算是外科的一把好刀了,但外科医生这个行当,很多东西是天生的,就好像一个人跑步的速度,虽然后天可以练,可以提高成绩,但速度感是天生的。武明训知道钟立行比自己厉害,他一点儿不嫉妒,反而坚定了一定要把钟立行请回来的决心。看看这个王冬,如果没有钟立行比着,能力还算不错,就是人有点小心眼,但看了钟立行,再看王冬,怎么哪儿都不顺眼!武明训也是个直性子,没好气对王冬说:"王主任,这个病人你要好好照顾,虽然我们是首诊负责,但何主任那边急诊事多,心外你职称最高,下次我不希望急诊室没有心外大夫在,这是严重脱岗!"

王冬急忙称是。他并不知道武明训心里想什么,但他的感觉告诉他,武明训对他的态度有些变了。

武明训对刘主任说:"我刚看见家属进了病房里面,你们要加强管理,ICU严格无菌操作,还要我多说吗?"

刘主任急忙道:"啊,知道了。"

武明训走出 ICU,迎面又碰上了孙丽娜,就是王欢的母亲,他有些意外:"哎,孩子不是已经做了透析吗?"

孙丽娜哭道:"武院长,您能不能告诉我,欢欢的病到底怎么样了?"

武明训皱了一下眉头:"不是已经送去做透析了吗?"

孙丽娜哭着:"我问的就是这事,这么贵的透析我们根本做不起,有没有别的办法?"

武明训叹了口气:"欢欢妈妈,孩子的病很重,说真的,弄成现在这个样子,恐怕没有可能好转了,现在只能先缓解症状,依我看,最好的办法就是二次移植,也许能有转机!"

孙丽娜叫了起来:"又要换肾?那要花多少钱?我们连透析都做不起,哪儿来的钱换肾?"

武明训为难地说:"是啊,你们的情况我已经知道了,可是现在没有别的办法,你们考虑一下吧,孩子情况很差,你们决定吧!"

孙丽娜一边流泪一边央求:"武院长,我们真的是没有办法了,您能不能把孩子先送回普通病房?我们在ICU住不起,透析费也付不出来。"

武明训的心突然就软了,他说道:"这样吧,等做完透析我就让人把他转到普通病房,透析的费用也可以缓一缓,不过,你们要赶快决定,如果决定做肾移植,赶快告诉我们,肾源也不是说找就能找到的。"

孙丽娜边哭边点头:"知道了,谢谢您武院长,您是好人!"

武明训好不容易打发走孙丽娜,往办公室赶,这一早上,真够他呛的,他并不知道自己刚作了一个错误的决定:这个王欢,这个孙丽娜,这个哭泣的母亲会给他带来无穷的麻烦!

他边走边想起钟立行来,对,要找找钟立行。他打电话给江一丹,让她想办法找一下钟立行。

刚走到办公室门口,严如意匆匆忙忙沿着走廊跑过来,告诉他,她一早已经去看过刘敏了,情况不算差,下午就可以开听证会。两人正说着话,严如意的电话响了,她接起电话,是何大康打来的,昨天死亡的病人姚淑云的家属带了七八个人又在急诊室闹开了,严如意一下急了,对着电话高声喊:"告诉他们,别再闹了,带他们去会议室,现在就去,我马上过来!"

武明训看到严如意着急上火的样子,急忙说:"我跟你一块儿去!"两人匆匆向会议室走去。

6

姚淑云的丈夫、女儿和一行人闹闹嚷嚷进了会议室。

丁祖望、武明训、陈光远、严如意等人走进会议室.

众人落座,丁祖望先开了口:"本来我们今天下午就要开听证会内部了解情况的,想不到你们这么早就来了!既然这样,我们就把我们的态度说明一下,发生这样的事,我们也很痛心,我们先向各位家属表示慰问!"

姚淑云的丈夫不耐烦地说:"废话少说吧,说正题,你们打算怎么处理!"

丁祖望回应:"说实话,我们比你们还想知道病人的死因,想知道我们医院到底有没有责任,如果有,我们绝对不会推脱!"

姚淑云的丈夫接着说道:"你少打官腔!明明就是你们的责任,好好的人说死就死了,还有什么可说的。"

丁祖望急忙解释:"尸检报告还没出来,昨天夜里四点钟才散,今天到这会儿也不过五个小时,我们医院上午是最忙的时候,我们的护士长昨天受了刺激,现在还不能正常思维,我们本想等下午再开一个内部听证会,所以请你们体谅。"

姚淑云的丈夫咆哮着："你废话少说，我们没义务体谅你们，你们现在就开会，把病历、用过的东西都拿出来，一样样查，再把那个护士长叫来，我们要参加旁听，对质！"

丁祖望为难地看着武明训。严如意见状，强硬地表示："我说你们几个，想不想解决问题？这是我们院长，是全国有名的心脏权威，一般情况下他是不会出面的，他这么请求你们，你们总要通情达理，医院有医院的规矩，如果你们坚持旁听，我们就不开听证会，直接等尸检报告出来，这之前有什么问题，你可以随时上法院告！"

武明训急忙起身，让人马上通知医院的安全委员会来参加听证会。他知道家属来者不善，而且心里也打鼓，不知道这件事上到底有没有责任，事情闹到这个地步，只能赶快解决了。

7

半个小时之后，安全委员会的委员全数到齐了，除了两个在手术上，来了有七八个委员。

丁祖望亲自主持会议，他完全可以把事情交给武明训甚至严如意解决。但丁院长这个人，身上保留了老派的作风，亲民，平和，很多大医院的院长根本不会过问这种医患的事，但他一直还是很在乎患者的意见的。他老是说，我们是公立医院，我们是老牌子，要让病人放心。这些年医患失和，纠纷不断，他还是努力维持医院的亲民作风，包括减免医疗费的事，他和武明训都是这样的观点，能减免就减免一些。他们努力维持着一种平衡，希望保持一种风范。

刘敏坐在轮椅上被推了进来，脸色苍白，头上还包着纱布，手上还挂着点滴。

陈光远向丁祖望耳语了一句。丁祖望点头，陈光远开口："好，人都差不多到齐了，我们现在开会吧。今天这个会，是个听证会，就是了解一下关于病人姚淑云突然死亡的情况。现在我们要确定的，就是整个抢救程序，医嘱，处方和处置是不是有失当的地方，先请急诊科何主任介绍一下情况。"

何大康沉默了一下，说道："病人姚淑云，昨天晚上八点四十分因为突发性房颤被紧急送院，来的时候，因为有车祸病人，现场混乱，紧急除颤接着就输液了。昨天晚上我们一下接收了四个车祸病人，我要去第一手术室抢救病人，急诊室由刘护士长盯着，后来顾磊也赶回来了，病人入院一个小时后死亡。"

陈光远问："病人入院后是不是做了血钾检测？指标多少？"

何大康沉默了一下，回答说："这个，没做……"

众人注目。

何大康接着说道："病人姚淑云是通过120被送到我们这儿来的，送来的时候，明显的低钾症状，根本不需要做血液检查就可以判断，我可以说，如果等血钾结果，病人不等检查结果出来就会死……"

陈光远又问："另一个问题，刚才死者家属坚持认为输液过程中，护士离开了，没有人在身边照顾，出现异常的情况下没有得到应有的救助，你怎么解释？"

何大康回答："护士怎么离开了？根本没离开。"

刘敏打断了何大康，接着说："何主任，这是我的事，我来说吧。我是离开了。"何大康一怔，众人也有些意外。显然，他们都明白这个答案意味着什么，很可能使刘敏和医院都处于不利的位置。众人的态度有些紧张。刘敏看到众人的反应也有些紧张，停了下来。

丁祖望微微向刘敏点头，示意她说下去，刘敏有些慌乱："不过昨天晚上的情况确实比较混乱，何主任去做手术了，我一直看着病人，情况还比较稳定，我加大了药量，准备去拿强心剂注射，刚走出来，来了个醉鬼，一进门还没说话，就吐了我一身，我……我就去卫生间清洗；还没洗完，病人就不行了……"

医生们都沉默着。

刘敏难过地说："都是我的错，我不该去卫生间清洗，应该先给病人注射完了再去处理……"

众人依然沉默。

何大康说道："你没做错什么，按你说的时间，你去拿了药回来，注射了，也根本救不过来，说到底，是病人的情况很紧急，太紧急了，这是最根本的问题！"

刘敏摇头："不管怎么说，我也应该先注射再去清洗，这样，就算出了什么问题，也不是我们的错，也不会给医院带来这么大的麻烦。"

陈光远说："刘护士长，你工作一直很努力，这一次的事故发生，你能正确认识，这是好事，希望你能配合院方的调查。"

严如意不满地看了陈光远一眼："陈院长，我们现在正调查，还不是下结论的时候，一般地说，对于这种低钾病人的处置，并没有明确规定低钾病人补充液体的时候一定要有护士和医师从旁监护，这才是问题的关键……我这样说并不意味着推脱责任，死了人，出了问题，总要查清原因，到底是什么原因！而且我们绝对不是不同情死者，不管是作为一个普通的人，还是作为医生，这都是人之常情，但现在的问题是，病人家属上来就要闹，很显然是在造势，而且行事的方式很有章法，我们不能跟他们对抗，只能从法律的层面来应对，这个时候，我们也只能拿出操作规程说话。"

陈光远脸色有些不好看。

会开得很别扭，严如意让刘敏先离开，叫来了顾磊。顾磊简要回忆接诊情况，报告说病人来的时候就是低钾症状。

陈光远追问是如何判断低钾的，有没有作血液检查。顾磊迟疑了一下："我下了医嘱，作血液检查，但是，但是，我中间回急诊室，要检查结果，刘护士长说她一忙给忘了，就在中间过程中抽的血……"

麻烦来了，没有严格按程序办事。所有人都默默看着顾磊。顾磊也意识到自己一不小心可能说多了，他心里是同情刘护士长的，他不想给自己和医院惹麻烦。

丁祖望急忙让严如意派人去取报告。他明白，这事要认真对待好好处理了："目前从我们了解的情况看，我们存在几个问题：一是关于病人入院时没有做血钾检测，一会儿要看报告出来，指标怎么样，才能判定责任；二是关于刘护长是不是算离开，离开是不是有责任。今天的会议就到这儿，明训，你让严处长把会议记录整理一下，等尸检报告出来，其余的后面再谈，家属的工作要做好，不要激化矛盾。"他沉默了好一会儿又说道："同志们，我们要有心理准备，死者家属情绪很大，他们的心情可以理解，作为医院，作为医疗行为的主体，我们对病人负有责任，所以不管他们怎么说，怎么吵，责任没有确定之前，我们都要忍让，就算我们没有责任，也要耐心解释，不能激化矛盾，这是最根本的原则。另外，现在医院的生存压力很大，我们准备盖新大楼，进新设备，这个时候医院更要靠口碑生存，出了这样的事，不管怎么说对患者也会有影响，对医源也会有影响，所以，这些天，要通知各科室严格按操作规程做事，遇到复杂情况及时向上报！"

8

严如意向家属通报情况，她轻描淡写地告诉家属，经过初步调查，医生护士的处置程序上没有明显失误。姚淑云的家属一下急了："什么叫没有明显失误？护士输液的时候为什么中间离开了？"严如意心里一惊：果然够专业！看来咨询了专业人士！嘴上却强硬地坚持着："这一点，我要说明一下，按照我们的操作规程，低钾病人补液时并不一定要护士在场，病人的情况很危急是根本原因，后面的情况我们要调查，请你们耐心等结果吧。"姚淑云的家属一下炸开了："你们明明是错了，明明是错了，我老婆就是你们给治死的，你们欺负人，欺负我们！"他冲过来就要打人。严如意喝止了他们。她知道这件事处理起来没那么简单，做医务处长这么多年，她从来没有像今天这样难熬过。

9

姚家人吵吵闹闹了一通，还是走了。医院暂时恢复了正常。接连几天姚家人又到卫生局去告状，还找了记者。有记者打电话到医院核实情况，都让严如意给挡了。卫生局还专门开了个会，再三强调当前医患矛盾比较尖锐，让医院一定要妥善处理好医患纠纷，尽量不要激化矛盾。武明训接到会议通报，生了好几个小时的闷气，这世界真是变了！生气归生气，还是要传达，要做工作。

一晃好几天过去了，武明训忙前忙后，竟然把钟立行的事完全忘到了脑后。这天下午，武明训开完院务会，往办公室走，刚到门口，就看见出事那天拍照那位记者叶惠林站在他门口。他看见叶惠林，才想起他的记忆卡还在他这里，心里突然有点好笑，觉得自己也有点过分，那天晚上也不知道怎么想的，怎么会想出那样的招数，大约是看外国电影看来的。但他心里突然又涌起一阵说不出的烦躁，不想搭理这个人，重要的是，不想让他知道自己的办公室在哪儿，于是直接从他面前走过，假装去别的办公室。

叶惠林看到武明训有些孩子气的举动，不由得心里也在暗笑，觉得这个院长挺有意思："走过了，你的办公室在这边。"

武明训停下来："谢谢，我知道，不劳提醒。"

叶惠林傲慢地说："一个大院长，不会怕我这个小记者吧，连办公室也不敢回？"

武明训叹道："在你眼里，我这个院长算什么？你们记者还不是想怎么写就怎么写？不过我建议你去我们的病房看看，我们的护士长还在接受治疗，你还应该去看看，那天晚上，我们十几个医生一块儿合作，救活了一个心脏停跳两小时四十分钟的出租车司机，我就不理解，这些你怎么就看不到听不到？"

叶惠林反驳："这些我都知道了，你怎么知道我不会写？不会报道？再说，救死扶伤是医生的责任，你们不能因为救活一个人就掩盖另外一个人死亡的真相，都是生命！"

"我不跟你吵，也不跟你辩论，你随便吧。"武明训说着转身往外走，叶惠林不屈不挠地跟在后面。

武明训被逼无奈，只好去按电梯，他也不知道去哪儿。电梯下行到了医院大厅，武明训走出电梯，叶惠林的电梯也到了。

武明训看到叶惠林，又好气又好笑。叶惠林年纪不大，看样子不到三十，这个年纪的人正是自负的时候，而武明训一直是个直性子，按说一个记者和一个院长之间不应该弄成这样，大约是两个人气场不合，居然就弄成了这种奇怪的小孩子打架似的。

叶惠林话语间有了和解的意思："我说武院长，这样行不行，那天晚上发生的事，就算过去了，你抢我相机，删我照片，我不会再跟你计较，你要有时间，我想做个采访，关于姚淑云死亡的事……"

武明训并不想领情："对不起，这个问题，现在还没有调查清楚，我还不能回答你的任何问题。"

叶惠林继续追问："我就问你一个问题，这个事件，医生和医院到底有没有责任，你们一般是怎么处理这种事件的？"

"我已经说过了，事情没有弄清楚之前，我没法回答你，什么也不能说。"武明训说着快步向门口走去。

叶惠林被激怒了，他追过来喊道："武明训，你会付出代价的，我已经知道了，像你这么官僚，医院出这种事情一点不奇怪。"

武明训回头看着叶惠林，很生气："我是不是官僚不是你说了算的！"一扭头,正看到钟立行站在他面前,他一下怔住了,"立行?立行?怎么是你?"

钟立行神情疲倦,穿了一件很长的黑色风衣,看到武明训,微笑了一下。

叶惠林饶有兴趣地看着武明训,武明训瞪了他一眼,拉着钟立行往回走,叶惠林跟了两步,武明训回头:"你想干什么?别没完没了!"叶惠林只好停下脚步。武明训有些尴尬地看看钟立行,急忙转移话题,"你这几天去哪儿了?这几天忙得都没顾上你!"

钟立行一笑:"我到处走了走,十几年没回来了,这个城市我都不认识了。"

武明训笑笑:"是啊,说起来你都十几年没回来了!真是快啊!"他拉着钟立行往办公室的方向走,"走吧,去我办公室坐会儿,一会儿我领你在医院转一转,去看看丁院长,晚上一块儿吃饭啊!"

钟立行从口袋里掏出一个盒子,说道:"我不上去了,也不转了,我就是把硅胶交给你,我就回去了。"

武明训刚要说话,严如意风风火火穿过大厅跑了过来,看见钟立行,远远停下来:"钟立行?钟立行?立行?我的天呐,真的是你,怎么会是你?你从哪儿来?"她大叫一声冲过来,一把抱住他,"罗雪樱告诉我说在门口看见你了我还不信,真的是你啊!我的天呐!"

武明训和钟立行面面相觑。严老师永远是这个脾气。原来,刚才钟立行进门的时候,不留神撞上了罗雪樱,罗雪樱看见他就觉得面熟,上网一查,才发现她撞上的是大名鼎鼎的钟立行,顾磊心中的偶像,她把这个消息告诉了严如意,严如意才赶来的。严如意见到钟立行,别提多高兴了,拉着钟立行就要去自己的办公室。

武明训急忙拦住了她,说要去丁院长那。严如意急忙也跟着去:"我也去,走走,一块儿去。"十二年,这个学生一走就是十二年,严如意看到钟立行,心里仿佛有某种东西复苏了。一时间,她竟有些百感交集,亲热地拉着钟立行的手臂往电梯前走,忍不住上来就说心里话:"立行,我得告诉你一件事,听了别吃惊,我跟你们丁院长离婚了!"

钟立行愣了一下,久居国外,加上久别重逢,他没想到严老师会那么直接。

严如意辛酸地一笑:"别提了,不是告诉你了别吃惊,这年头什么事没有?嫦娥都上天了,我跟丁院长怎么就不能离婚,是吧?"

钟立行有些难过,他知道严如意跟他一直就是这样直来直去的,但十几年没见,一见面就说离婚的事,说明她心里一定很苦闷。钟立行不是不知道这些,只是他不知道应该怎么安慰严如意。

三人来到丁祖望办公室,丁祖望正在跟副院长陈光远说事。丁祖望看到钟立行很高兴,本想留他晚上一起吃饭,但晚上已经约好了有应酬。钟立行借机急忙脱身,约好了再聚。

武明训和严如意追了出来,一定要留钟立行吃晚饭,钟立行再三推辞。武明训知道钟立行的脾气,如果今天放跑他,他的话再也出不了口了,于是,他把钟立行拉到一边直截了当地说了自己的想法，他想请钟立行到仁华做心外主任。

钟立行听到武明训的话一下愣住了，武明训的请求对他来说太突然，但细想想又不突然，他好像一直就知道武明训的想法，心里似乎也隐约想证实这一点，但此时的他，依然沉浸在自己的某种失落中。他今天是来跟武明训告别的，看看医院，看一眼就走。他已经报名参加了一个无国界医生组织，要到偏远农村巡回，于是他坚决地回绝了。他感觉自己犯了个错误，不该因为一念之差再进仁华的门。于是他匆匆拒绝武明训，逃也似的离开了医院。

10

武明训送走钟立行，心里有点不太高兴，一是因为他是真想跟他聚一聚，再就是钟立行这么坚决地直接拒绝他，多少让他心里有点不快，当了十几年的官，他已经习惯了说一不二。钟立行越是拒绝他，他越想得到他，他决定直接去找丁祖望，丁祖望正准备出门开会，看见武明训又折回来，只好又回到办公室。

武明训直截了当就开了口："丁院长，我有话就直说了，我——想请钟立行回来工作，做心外主任。"

丁祖望一怔："钟立行？心外主任？"

"对，就是他！"

"他在美国不是好好的吗？他怎么肯回来？"

"他，他家里出了点事，妹妹出车祸，过世了，出事那天正好让我赶上了，他心情不太好，我就把他拉回来散散心。"

丁祖望轻轻点头，若有所思："噢。"

武明训接着说道："他现在正遇到人生的一个低潮期，需要调整，我也正是看准了这个时机，才想把他拉回来——如果不是这样，他不可能回来的。"

"那，你说他状态不好，能胜任我们的工作吗？"

"当然能！他这个人，天生就是当医生的料，越有情况越兴奋，我相信他的爆发力，他一进手术室，就什么都忘了。那天抢救出租车司机——"他突然停下了。

丁祖望看着武明训说："那个手术是他上的！我就知道丁海没这个本事！"

武明训一怔："对不起，我应该早点告诉您——"

丁祖望点头："没关系，理想地说，医生是不分国界的，但是，这件事还是不要再说了，不管怎么说，他不是我们医院的大夫。"

武明训点头。

丁祖望又道："那，他会答应吗？再说心外主任不是基本倾向王冬来当吗？"

武明训说："我去做做工作，试试看，就是他不来，王冬也不行。"

"为什么？人不是你们选的吗？"

武明训说："王冬这个人，动手能力差，心胸狭隘，嫉妒同行，待人是有些问题的,他这段时间,一到周末就往外跑,做飞行手术,已经脱岗三次了!人当初是我们选的,但人和人是不能比的!"

丁祖望连连点头:"王冬的问题我已经知道了,我对他的看法跟你是一样的,心外一直是我们医院的弱项,我也一直想把他搞上去,邱主任退休了,我也要退了,这个医院迟早是你们年轻人的,所以我会尊重你的想法,但目前的情况,我有点担心,你这样大刀阔斧,会不会引来副作用?"

武明训苦笑一声:"丁院长,您说的这些我都想过,接您的班当院长,我当然想,可是我更在乎这个医院怎么经营下去,当院长当然好,不当,也没有什么好后悔的,我不相信,一个人真心实意想做点事情最后会失败!如果结果一定是这样,我也认了。"

丁祖望看着武明训笑了:"没那么严重,别什么事一说就那么悲壮!"武明训也笑了,这些天一直紧绷的神经随之放松。丁院长就是有这个本事,四两拨千斤,神闲气定。天大的事到了他那儿都算没事。丁祖望顿了顿,"不过,这件事还是要慎重,第一要看钟立行本人的意思;第二,要跟老陈打好招呼,王冬的工作也要做好。"

第四章
禅心一念间

　　我们的新大楼马上就要投入使用了，我们用什么样的精神面貌进入？我们必须得抓团队，搞学科建设，培养一支响当当的学科队伍，创出名声，医源自然就会打开，医院的声誉和收入才会提高，更重要的是更好地治病救人！而且，我个人一直有个理想，不管你再会说，再会讲，做医生的就要有一手好医术，漂亮的手术，准确，利落，能少一分钟就少一分钟，这是我们医生最大的追求！

第四章 禅心一念间

1

钟立行走出医院大门，沿门前的街道漫无目的地闲逛着。

马路上，不时有三三两两的病人走动着。钟立行坐在街边的长椅上，看着眼前来来往往的人群，有些茫然。他只要一停下来，妹妹的欢笑声就会不时在耳边响起，眼前依然是抢救时那些晃动的场面。记忆的碎片时不时闪现，让他心神不定。

一位五十多岁的农村老汉带着一个瘦弱的二十多岁的姑娘缓缓走过来，姑娘虽然病弱，但看上去很清秀。老汉走到他面前，扯住钟立行："哎，啊，小伙子，请问这仁华医院怎么走？"

钟立行怔了一下，回身看看远处高高的门诊大楼："啊，这边，喏，就是前面那个大楼了，您从前面的街道转弯进去就行了。"

老汉急忙道谢，回身看看女儿，又问钟立行："您知道这会儿去还看得上病不？我闺女她心脏不好。"

钟立行听见老人说心脏，心"嘭"地动了一下，禅心一念间，他好像永远听不得别人说"心脏"这两个字。他愣了一下神，定定地看看老人："这么晚了恐怕已经来不及了，都要下班了，看病最好早上来。"

"是啊是啊，来晚了，来晚了。"老汉问女儿，"那怎么办？我们先找地方住下，明天再来？你还走得动吗？"

女孩很虚弱，大汗淋漓。

钟立行心一下软了，起身走过来，关切地问："你，怎么不好？"

女孩蹲在地上不说话，老汉着急地问："女儿啊，你没事吧？"回身对钟立行，"我这女儿啊，从八九岁上就喘不上气，去看过一次，说是心脏不好，干不了重活，这都二十多岁了，在村里当个老师，这两年，连走路吃饭都费劲。"

钟立行同情地看着女孩儿："老人家，还是赶快去看吧，您记着，去挂一个叫丁祖望的人的号，他是心脏方面的专家。"

"丁祖望？你认识他吗？能不能帮我说说话？"

钟立行迟疑了一下："我，不认识，只听说他很有名，您先去吧，去晚了就不好了。"

老汉有些失望："啊，好好，谢谢你。"拉着女儿走了，女孩走了两步，走不动了，再次停下来。

钟立行急忙过来："怎么了？"

女孩脸色发白，嘴唇乌青，捂着胸口，很痛苦。老汉俯下身焦急地说："女儿啊，你这是怎么了？是不是累得？快蹲下喘口气，都怪爹不好，让你坐了一天的火车，又走了这么半天的路！"

钟立行再也听不下去了，手在身上摸索着："老人家，你，身上有手机没有？"

"我们乡下人哪儿来的手机？"

钟立行四下看着，边上有个电话亭，他冲过去，掏出硬币准备打电话。丁祖望的车正沿着街边开过来，丁祖望看到钟立行，急忙叫司机停车，司机把车停下，丁祖望摇下车窗："立行！"

钟立行看见丁祖望，一脸的惊喜。

"你去哪儿？我送你一程。"

钟立行急忙跑过来，指着路边的父女："丁院长，我正想打电话找您呢，这儿有个病人，心脏病，情况不太好，您给看看吧。"

丁祖望一惊，急忙拉开车门跑过来。

女孩蹲在地上，嘴唇乌青。丁祖望上前摸了一下女孩的脉搏，随即掏出手机打电话："明训，是我，我在医院前面的路口，这儿有个心脏病人，情况不好，你通知急诊室作一下准备，再打电话叫王冬过去，我用我的车把病人送过去，五分钟后就能过来！"挂断电话，他对司机说，"快，把人抬上车，我们回去！"

司机急忙冲过来，扶起女孩，老汉看着突然发生的一切有些不明白，问扶起女儿的司机和丁祖望："哎，你们这是？"

钟立行冲过来："老人家，这就是我跟您说的丁祖望，您女儿有救了！"接过丁祖望的手，把女孩儿扶上车，又对老汉说，"老人家，车里坐不下，你走这边过去，去急诊室找人！快！"

2

武明训带着王冬一块儿来接贺志梅去急诊室。当他弄明白事情的原委，知道病人是钟立行从路边捡的，他的心猛然跳了两下，他隐约觉得钟立行的事会有某些转机。

钟立行看到病人有了着落，又要走，武明训却一把扯住他："别走，让你别走别走！跟我一块儿去看看病人，然后一起吃饭！"他拉着钟立行进了急诊室，一起看贺志梅的CT扫描，结果出来，在场的人都吓了一跳，心肌肥大满视野，根本看不出边界。王冬对这个病案有些束手无策，丁祖望只好下令让病人先留下观察几天。处理完病人的事，一行人一块儿走出急诊室，丁祖望突然心里有一种久违的感动，前几天家属闹事，虽然人走了，但留给医院的压抑还在，今天的事突然让他有一种说不出的温暖和崇高感，他感慨地看着身边的几员大将："你们都去忙吧，我还有事。"再看看钟立行，赞赏地说，"立行，谢谢你！医者仁心，以天下为己任，不容易！"走了出去，刚才发生的事，钟立行所做的一切，已经深深打动了他，医不近仙者不能为医，德不近佛者不能为医！钟立行，他没有看错这个人，出国数年，仁心未改，一瞬间他已经决定，心外主任就是他了，不管多难，他也要把钟立行留下！

3

武明训拉着钟立行穿过大厅，边走边说道："跟我回家吃晚饭吧，江一丹应该已经回家了。"

钟立行停下来："不去了，我真的要回去了。"

武明训有点急了："立行，你，真的不想考虑我的请求？你都有什么条件？"

钟立行知道武明训是认真的，他也是认真的："没有条件，我是真的——累了。"

武明训一时语塞："立行，你，你不觉得，你跟咱们医院，精神上有割不断的联系吗？你说你厌倦了，可是你总跟这里扯不断，你回来只有几天，已经为我们做了那么多的事。"

钟立行激动地说："你说得对，我承认，我对——咱们医院精神上有一种眷恋，可是我也闻到了那种熟悉的陈腐、纠缠、紧张的气味，还有，我看到了我逃避的那种紧张的医患关系，甚至暴力，我不喜欢，我就是因为讨厌这种东西才逃回来的，所以，我真的不想回来。"

武明训语塞："你，看到了——你不喜欢，你跟我一起，我们一起来改变这一切不是很好吗？"

钟立行无奈地看着武明训，摇摇头，说了声："抱歉！"然后走了。武明训恼火地站在那儿。好一会儿，他才打起精神，准备回家，刚走出医院大门，王冬远远地站在那儿。

武明训看到他："王主任！有事啊？"

王冬走上前两步："武院长，我有几句话想说。"

武明训一怔："什么事？"

王冬非常干脆："武院长，我一会儿还要出个诊，就长话短说了，我听说你想请那个钟立行回来当心外主任？"

武明训怔了一下："是，是有这么个想法。"

王冬愤愤不平："你们这么做不太合适吧！三年前我从美国回来的时候，您承诺过，这个心外主任是我的。"

武明训直率地回答说："你提醒得对！是有那么回事，但现在，情况变了。"

王冬傲慢地说："什么变了？他是你同学，你就变了？他算什么？一个被这个医院开除的人，而我是个博士！博士后！"

武明训直盯着王冬："嗬，王冬，知道得不少啊！王冬，如果你一定要把话这么说，我也就直说了，平心论，你条件是很好，可是，学历并不代表能力，你自己的能力怎么样，你心里应该有数，你来的时候，我们的心外是什么水平，三年后还是什么水平，前几天抢救，你去干什么了？这实在是说不过去吧？"

"我老婆生病了,我在家陪他——手机没电了,我承认这是我的失误。"

武明训一下火了:"王冬,你够了没有?什么你老婆生病了?你明明就是去外地做飞行手术了,实话告诉你,那天我在机场看见你了!"

王冬瞠目结舌。

武明训怒吼:"你一定要让我把你的航班号、登机牌都查出来,拿给你看你才承认吗?你不是第一次了,这样说有意思吗?"

王冬有些无趣。

"你不要总找原因,你天天说,丁院长是心脏专家,有他在上面压着,什么事儿都得听他的,所以你发挥不出来,我明确地告诉你,丁院长是心外专家,挂在你们科,这是好事,不是坏事,你配合他了吗?你主动了吗?住院医培养计划你做了吗?我们大外科十几个住院医,轮转的时候没有一个人愿意去心外,你没有想过你怎么会落到这步田地?"

王冬辩解着:"现在医生的素质不高,年轻人都不思上进,病人都很麻烦,大家都不愿意当医生,我能有什么办法?"

武明训愤怒地说道:"好,你没有办法,我有办法!我可以明确告诉你,我现在已经把钟立行作为人选之一了,当然,我说了不算,星期五院务会会讨论的,到时候看结果吧。"

王冬也有点火了:"那好吧,我也可以明确告诉你,如果我落选了,我一定会离开这里的。"

武明训冷笑一下:"好,你自己说的,我没有逼你,你随便吧。"说着起身,"对不起,我还有事!"

4

江一丹用钥匙打开门,鼻子立刻抽起来:"什么味啊?"她扔下书包,直接冲进厨房。

灶上的锅已经溢了出来,流得到处都是。江一丹闻了一下,急忙关掉煤气,打开抽油烟机,回身叫:"林秀,林秀!"

厕所里传出一个女孩儿的声音:"来啦!"冲出一个二十多岁的年轻女孩儿,长得斯斯文文,很白净,个头不高,细眉细眼的。

江一丹很恼火:"你在干什么?煮东西为什么不看着点?不能离开人,抽油烟机也不开,你想干什么?"

林秀冲进厨房,看到灶上的混乱:"呀,溢了!"端起锅,锅把烫了手,她尖叫一声,"啊!"锅里的汤洒了出来。

江一丹急忙伸手:"哎,怎么回事?烫着了没有。"

林秀吹着手:"没事儿!"用手去抓台子上的菜。江一丹急忙拦住她:"喂,你在干什么?用手抓,不烫吗?起来吧,起来吧。"她拿过抹布,抓起台子上的菜扔到垃圾桶里，"行了，汤好了，赶快盛饭吃饭吧，快八点了。"

林秀站在一边，一脸的不高兴。

江一丹喊道："看什么看？赶快摆饭啊！"低头看见地上放着两箱牛奶，便问道，"这是什么？哪儿来的？"

林秀嘟着嘴："啊，早上有个人送来的，说是姓徐。"

江一丹一怔："姓徐？"

林秀回说："他说一说他您就知道了，说也是医院的。"

江一丹有些心烦："我们医院？姓徐的多了！"接着又生气地说，"跟你说过多少次了，我不在家，不要随便开门，更不要接受别人的东西，你怎么不听？"

林秀不满地哼了一声，去拿碗。

江一丹不满地说："赶快把这牛奶扔出去！以后别再放人进来了！"说着进了卫生间。

门"嘭"地一声关上了，林秀恼火地对着门挥了挥拳头。

这样的情景在江一丹和林秀的生活里几乎天天都在上演。林秀是江一丹家新来的保姆，说新来的，时间已经不算短了，三个月了。江一丹一直不想用保姆，但她近期实在是太忙了，太累了，脾气也一天天变得更坏了。武明训看她实在辛苦，就让她赶快找个保姆。话说了半年多，江一丹忙得连找个保姆的时间也没有。直到有天下班，路过楼下的保姆介绍所，看到里面坐着个清秀的女孩儿，就是林秀，她也不知道怎么想的，走进去三言两语问了几句，直接就把人领了回来。按说新来的保姆，进家总要带一带，调教几天，可她实在太忙了，也没心思，就这样一天天地混着。林秀天天惹她生气，一生气她就对着她喊。江一丹虽然脾气急了点儿，但心眼不坏，所以她和林秀就形成一种奇怪的场面，一面发火，一面疼她，说话总是一句高一句低，说实话，这种态度谁也受不了。好在林秀虽然看着细，其实是个没心没肺的姑娘，所以两人居然混了好几个月，也没出什么大事。林秀嘟着嘴走进厨房，江一丹让她把牛奶扔了，她有点儿想不通，好好的牛奶怎么说扔就扔了？就算再有钱再清高也没必要这么摆谱吧？她决定打开牛奶箱子，喝一包。她打开箱子却发现，里面居然有一个厚厚的牛皮信封，她好奇地打开，里面是厚厚的一叠钱。她心头一惊，随即慌乱地把钱放了回去，只听见自己的心嘭嘭地跳。

江一丹突然出现在她身后，拉开冰箱，拿出牛奶，倒了一杯想喝。

林秀指着地上的牛奶："阿姨喝这个吧，这个好。"

江一丹大为恼火："不是让你把这牛奶扔出去吗，你怎么不去？"

林秀说道："我，我觉得好好的东西扔了怪可惜的——我看电视上天天做广告，这个牛奶我在超市见过，可贵了，一箱好几十，就这么几小盒。"说着打开，拿出一盒，看见里面放着的信封，她迟疑了一下。

江一丹一下火了："你怎么回事？一天到晚不干正经事，这种事怎么这么起劲？去，扔出去！"

林秀紧张地说:"扔出去?收都收了,扔出去不是浪费了?"

江一丹十分生气:"我让你扔出去你就扔出去!我再跟你说一次,往后我不在家,谁来你也别开门,你还小,好些事你不懂!"

林秀吓得直眨着眼睛,看看江一丹,小心地搬起牛奶走了出去。

武明训开门走过来:"怎么了?又怎么了?"

林秀低声地说:"阿姨让把这个扔了。"

武明训不理解:"好好的牛奶为什么要扔了?"

江一丹大声嚷道:"林秀你怎么回事?让扔了你就扔了!你说不清楚的事怎么乱说,是让你扔牛奶这么简单吗?你为什么不说这是不知道什么人送来的,为什么不说我们不在家的时候你擅自开的门?这种东西不扔出去怎么办?"

江一丹的突然爆发让武明训莫名其妙,林秀急忙低头出门。

武明训看着江一丹,好言相劝:"行了,别发那么大火,我知道了。"

江一丹仍然大声地喊着:"有一种人,天生就会偷换概念,一张嘴就把别人往坑里推,我就受不了这种人。"

武明训想息事宁人:"行了,不就一箱牛奶吗?她还是个孩子!较什么真儿?"

江一丹突然一把推开武明训:"武明训,你就没原则吧!没原则吧!这种生活我真是过够了,过够了!每天像打仗一样,回到家里还不开心!"说着往卧室冲去。

武明训感觉莫名其妙,好一会儿才跟了进去。江一丹冲进卧室,掀开床罩,看见自己穿的是出门的衣服,拿出一件白大褂套在身上,躺在床上,眼泪往下流。

武明训跟过来,看见江一丹的动作觉得好笑:"你看你,累不累,想躺一会儿也那么麻烦!你快成严如意了啊!"

江一丹泪眼看着武明训,武明训一下哑了。哎,这江一丹脾气也太臭了,不知道何时就会炸!说实话,对江一丹的情绪化他有时挺烦的,谈恋爱的时候闹点小脾气就当是调剂了,结婚这么多年了还动不动就折腾,他实在是受不了,他心里也明白江一丹是累的,让她哭一会儿吧,他转身走了出去,一回头,江一丹也走了出来,武明训笑了笑:"吃饭吧!"

江一丹朝武明训翻了个白眼,算是告诉武明训她好了。武明训苦笑了一下,江一丹走过来,接过武明训手里的活,说道:"哎,我听严老师说,你想请钟立行回来?"

武明训一愣:"你听谁说的?我刚有那么个想法,怎么谁都知道了!"

江一丹道:"这种事,还用说嘛!我可告诉你,你就别再想这事儿了,你要真对立行好,就别让他回来了!在中国当医生,有那么容易吗?再说心外那个王冬,也不是好惹的,立行真的回来,不会有好日子过的!"

武明训幽幽地说:"可能不可能,总要试一试!江一丹,你别以为请立行回来是我一时冲动，本来我这次去美国，就一直想找机会，看能不能挖几个人来。立行家里出事，是给我们一个机会。我不是为我自己，说是为这个医院，知识分子穷则独善其身，达则兼济天下，既然不能独善其身，就得把自己舍出去，我们的新大楼花那么多钱，我们能不能有个好的机制，能不能有一个好的队伍住进去，不然怎么配得上那么漂亮的新大楼？"

江一丹意外地看着武明训："嗬，你还挺有理想的。"

5

风乍起，吹皱一池春水。

钟立行的两次出现，立即在仁华医院掀起一阵暗涌。这个世界有时会有很多问题，但只要稍微正派一点儿的人，都知道什么是好的，只不过是不愿意把它说出来。钟立行的事让严如意也很操心，说真的，钟立行这样的医生谁不喜欢？严如意忙了一天，下班了还不能走。

罗雪樱走进来："严老师，还没走？"

"尸检报告出来了，正看呢。"

罗雪樱一怔："啊，有问题吗？"

严如意把一张单子抽出来："尸检血钾浓度只有1.5，这种指标，就是神仙也救不过来。"

罗雪樱满脸惊喜："真的？那，是不是就没有我们的责任了？"

严如意无奈地说："有，原则上说，有两点：一是病人入院时，没做血钾检查；二是输液时刘护士长离开了一下。"

罗雪樱显得有点困惑："那，结果不是已经证明了，我们的处置是正确的，这也是没办法的事呀。"

严如意无奈地解释道："处置错误和程序错误，对家属来说是一样的，病人是不会听你解释的，他们只认一样，就是你是不是有错！所以我们只能死扛，不能说自己有错，一点点沟通，寄希望于他们早点接受事实。"

罗雪樱沮丧地说："哦，严老师，可真是的，其实这都是没办法的事，当医生的谁不想把病人治好！病来得太快了，有什么办法！"

严如意抬头："是啊，说是这么说，可是人死了，家属总得有个接受过程！我这个医务处长干的不就是和稀泥的事嘛！"

罗雪樱叹了口气："严老师，为什么不能实话实说？是怎么回事就怎么回事，这样搅来搅去，不就更乱了吗？"

严如意说道："你懂什么？你以为我不想说真话？"罗雪樱无语了，她陪严如意坐了一会儿，说了几句闲话，就去查房了。严如意放下单子，在屋里走来走去，她决定给丁祖望打个电话，一是说说尸检报告的事，二是钟立行的事。她已经听到了太多的议论，想探探丁祖望的态度。

6

丁祖望一进门，沈容月就把饭端上了桌，两碗面，一碟辣椒酱，几样小菜。

丁祖望走过去，在桌前坐下，拿起筷子挑起面条："啊，又是手擀面！看着就香！"坐下来大口吃了起来。沈容月说："啊，刚才——严处长打电话找你，我说你不在，她电话就搁了。"

丁祖望闷头吃饭。

"不是天天一块儿上班，白天刚见过面，什么事还要追到家里。"沈容月小声嘀咕道。

丁祖望依然只是吃饭。

"我听医院里的人都在说，武明训想请一个叫钟立行的人到心外当主任？"

丁祖望哼了一声："你还听说什么了？"

"我还听人家说，那个钟立行原来在我们医院，劝一个老太太捐角膜，结果让家属给告了？"

"嗯。"

"真够缺德的，也够缺心眼的，要是他自己妈他肯定不会那么干。"

丁祖望一脸责怪："你怎么这么说话？年轻人嘛，都有股子热情，捐角膜是件高尚的事！当医生的都不理解，还有谁能理解？"

沈容月大口喝着汤，喝得很响："说实话我是不太喜欢这个人，眼睛太亮，眼睛太亮的人心眼都多，好像也不太爱说话，这种人心思都很深，看着不实在。"

丁祖望无奈地笑笑："你什么时候看见他了？"

"当然看见了！那天武明训带着他，我看见了，我当时就想，这个人，眼睛怎么这么亮？你不觉得他看上去心思挺深的？"

"也不算吧，当医生的，心思就是深，能考进医学院的，都是最聪明的人，有的时候，下意识的就想得多，那是大脑体操，不代表什么。"

沈容月不再说话。

丁祖望叮嘱说："这些话你在家说说就得，别到外面乱说，现在一切都没说定，而且王冬的事也不好办，我估计老严打电话也是为这事。"

沈容月听了，想了一下："啊，是为这事啊，跟我有什么不能说的？"

丁祖望无奈地笑笑："跟你有什么可说的。"两口把面条吃完，放下碗，起身走进书房，拿起电话，又往外看了看沈容月。他想打给严如意，又怕她多心，正想着打还是不打，沈容月端了茶过来，看见他手里拿着的电话，转身就往外走。

丁祖望放下听筒："有个新生儿先天性心脏主动脉反转，要给他做手术，晚上我要准备手术，有电话找就说我不在。"

"知道了。"她刚答应了一声，电话就响了起来，急忙接起来："喂？"

电话里传出严如意的声音："喂？我找丁院长！"

沈容月干脆地回答："他不在。"

"不在？秘书说他回家了，怎么会不在？"

"说了不在就是不在，秘书说他回家了你就去找秘书问吧。"沈容月说着挂断电话，不满意地对着电话做了个鬼脸。

严如意吃了沈容月的抢白，气得在屋里转了一圈，再次拿起电话，电话通了，严如意上来就骂："哎，我说你会不会接电话？你说话能不能客气点？"

"我怎么了？我怎么不客气了？"

"我要找秘书问还用得着找你吗？你会不会当院长夫人？"

沈容月怔了一下："我——我不会当也得当，你会当，你来当啊，得看老丁答应不答应！"

严如意恼了："沈容月，你别得意，那是我当剩下的，少废话，让丁院长接电话！"

沈容月也不客气："说了他不在，告诉你，有事儿办公室说去，没事儿别老往家打电话！"

丁祖望在屋里听见了两人的对呕，这种事以前也有过，他都是眼不见心不烦，但今天沈容月说话有点太不客气了，再说又是自己不让沈容月接的电话，于是他急忙从屋里走出来，接过电话，满怀歉意地看了沈容月一眼："喂？严处长，我是老丁！"

严如意怒气冲冲："啊，你在家啊，在家她怎么说不在？"

丁祖望怔了一下："行了，你有什么事说吧，我在忙着看资料。"

严如意气消了一半："就是钟立行的事，我还想跟你谈谈。"

"你说这事啊，明天办公室说吧。"

严如意又火了："明天什么时候？你不是一早要查房，下午还有手术吗？"

丁祖望无奈地说："好吧，这事我个人没意见，我和明训已经商量过了，星期五院务会上就讨论，你不用做我的工作！"说完挂断电话。

7

星期五的院务会整整开了一下午。光讨论新大楼的内部设计，就花了三个小时。众人看完方案，提了很多意见后，武明训开始下一个程序：讨论心外主任的人选。其实大家都已经知道了这次会上一定会讨论这件事的，就看武明训怎么说了。

"下面，我们进行下一议程，我们想任命一位新的心外主任，目前，人选有两位，一位是王冬，三年前到我们医院，目前是我们医院心外的主任医师，教授；另一位是美国马里兰州立医院的心脏外科医生钟立行。两个人的背景材料已经在前天发给各位了，今天就讨论一下。我和严主任、丁院长交换过意见，我们比较倾向请钟立行来当这个主任，理由是，第一，钟立行是我们院出去的，这不是门派，我们都知道医学是科学，还是门技术，他在这里接受的训练，对我们的体制，操作条例非常了解，一来就能上手，进入得比较快；第二，他是临床专家，我们是教学医院，教学、研究固然重要，但医生最重要的是治病救人，是临床实践，是身体力行，钟立行在我们医院的时候就是外科手术的一把好手，去美国十二年，先是在医学院读本科，又在公立医院做住院医生，是在美国严格的医疗体系里历练出来的，是美国心脏外科学会的核心会员，也是美国东部有名的外科医生，是响当当的一把刀，我更看重的是这一点，他是实干家！我们的新大楼马上就要投入使用了，我们用什么样的精神面貌进入？我们必须得抓团队，搞学科建设，培养一支响当当的学科队伍，创出名声，医源自然就会打开，医院的声誉和收入才会提高，更重要的是更好地治病救人！而且，我个人一直有个理想，不管你再会说，再会讲，做医生的就要有一手好医术，漂亮的手术，准确，利落，能少一分钟就少一分钟，这是我们医生最大的追求！"

陈光远突然开了口："我不同意！我听说，他以前在我们医院，就是因为不经病人家属同意擅自取了病人的角膜，给人做了移植，引来病人家属打官司告状！这样的人，这种违背医德的人，就是医术再好我们也不能用。"

丁祖望叹了口气，不出所料地叹气。

陈光远虽然看到了丁祖望的表情，依然固执地说："另外，有件事，我也不得不在这里说出来，上个月，就是医院出事的那天晚上，据我所知，他参加了抢救，一个没有医师资格的人，怎么可以公然在我们医院行医？这是什么人同意的？什么人允许的？这事要是让病人家属知道了，要是那天晚上病人没救活，很可能又会给我们引来致命的官司，我们连辩解的余地都没有，这个问题谁来解释？"

会议不欢而散，武明训始料不及。陈光远的态度激怒了严如意，她把罗雪樱和丁海找来，让他们去把钟立行以前的医疗档案全找出来。

罗雪樱和丁海到档案室翻档案，翻了几个小时，终于找到了钟立行当年做的那个眼角膜移植的病案，上面清清楚楚地写有捐献者的签名，而严如意也从医务处堆积如山的档案中查到了钟立行通过住院医的材料，她长出一口气，急忙给武明训打电话，武明训通知下午临时召开院务会，再次讨论人事任命问题。

8

严如意把两本记录摔到桌子上："各位，前几天开会的时候，我们有位同志言之凿凿地提出了两个问题，一是关于当年那起著名的、沸沸扬扬的角膜事件，二是关于行医资格的问题，我这里有两份资料，请你们看一下。一份是手术记录，一份是钟立行在我院担任住院医生的任职通知，文件还是丁院长签发的。"

会议室的人都很惊讶。

武明训、丁祖望、陈光远、何大康和七八个科主任都在场。武明训急忙伸手去拿材料，看完，把材料递给陈光远。

严如意补充道："这是我们昨天花了一个晚上的时间到医案室找出来的，我要告诉大家，捐角膜的事是老太太同意的，有她自己的签名，家人不同意也没用的。"

丁祖望有些意外："噢？我看看！"

严如意递上一个厚厚的记录本。

丁祖望拿过来翻看着，严如意指点着："看，这是老太太的亲笔签名，孙桂珍，不会有错吧，如果你们不愿意相信，可以请家属来看是不是老太太的笔迹。还有这个，这个手术记录，也是钟立行写的，记录写得非常漂亮。"

丁祖望看完，把本子放在一边，众人传看着。

严如意接着说："我们得承认，当年我们实际上是冤枉了钟立行！他的手术没有任何问题，在十几年前，这个年轻人就有这样的勇气，动员角膜捐助，我们非但没有支持他，反而迫于家属的压力对他进行了处理……"

丁祖望插话："好了，你别把话题扯远了……"又对众人说，"有了这两样东西，大家还有什么意见吗？"

陈光远有些尴尬："我要说明一下，我反对钟立行当心外主任，也不是对他个人有成见，我只是照章办事，希望大家不要误会。"

丁祖望说："那好，那我就说一下我的意见吧，我完全同意请钟立行回来，做我们的心外主任，我这里有一份三年前出版的美国心脏外科杂志，看，这个封面上的是谁？"

众人传看着杂志，杂志上的钟立行手握一把手术刀，在无影灯下显得异常年轻英俊。

丁祖望接着说道："这个年轻人，三年前就上了美国一流医学杂志的封面，他的外科技术在国际上也是一流的，如果不是这次武明训请他回来看看，我们没有机会请到他，我完全同意武明训的意见，做医生，治病救人要落到实处，一手抓管理，一手抓学科建设，规范操作不是一句空话，看大家有什么意见？"

众人都不说话。

丁祖望果断地说："好，这样就算通过了，明训，明天你就去通知钟立行到我们医院来。老严你用最快的速度去办理各种手续，需要我们医院做什么，我们全力配合！"

9

武明训把车开得飞快，一散会，他就直奔钟立行所住的酒店。他到酒店的时候，钟立行正跟一个国际医疗组织的干事在大堂说话，原来他已经报名参加了一个巡回医疗，第二天就要出发了。武明训不由分说直接把钟立行拉回房间，告诉他，院务会刚刚通过，想请他回来当心外主任。

钟立行一时不知道该怎么表态，只有沉默。他何尝不知道武明训的心情，其实他自己也并不是不想回仁华，只是他对做医生早已心灰意懒，不想面对任何病人。武明训当然也了解钟立行的心情，每次看见他疲倦的眼神，就知道他承受着什么，但他真不愿意放弃，因为一旦放弃，钟立行就不会回来了："立行，回仁华吧，为了我，也为了你自己，你知道我在说什么。"钟立行思索着。

武明训又说："我可以给你一个月的假，让你先休息一下，如果真的想去参加巡回医疗，也不是不可以考虑……我们医院每年都有名额参加国际救援和巡回医疗，还有医疗下乡的活动，相信会有无数的贺志梅等着我们去救助……"

钟立行眼神一动。

武明训热诚地说："很多年来，我一直以为自己很强，我承认我把你从美国带回来，是有点小心眼，但当我看到你看见病人时那种眼神，我就知道，你其实从来没想过放弃，所以，回来吧，立行！"

钟立行轻轻点头："我知道了，我明天回老家把家里的事处理完，一个星期以后就去上班。"

武明训高兴极了，走过来，给了钟立行一个大大的拥抱。

或许是天意，当天晚上十二点多，一直处于昏迷中的出租车司机突然醒了。昏睡中，他轻轻动了一下头，随即发出轻微的呻吟，睁开了眼睛，然后神情呆滞地看着前方。

一位护士走进来，为他换上新的液体，随即低头，发现司机正在看着她。她尖叫一声，捂住了嘴："天呐，你醒了！你醒了！"

司机点头，眼角流出了泪水。

护士急忙跑出去："快来人啊，刘主任，这个病人醒了，醒了！醒了！"

走廊里跑出好几个医生。

出租车司机的家属听到里面的叫声，一跃从地上跳起来，满脸是泪："老公，老公，你醒了！"冲了过去，拼命拍打着ICU的门。

第五章
心外大查房

　　仁华我回来了！行走在仁华的走廊里，这种感觉让他感觉很自豪，很温暖。出国十几年，其实他并不想念这个城市，并不想念仁华，也不想念什么人，
　　没有时间，来不及想，顾不上。
　　但今天当他穿上仁华的工作服，走在查房的路上，他才知道，他是渴望这个时刻的。

1

又是一个忙碌的早晨。

一大早,仁华医院的挂号处又排满了起早挂号的人们。

一位护士走出来翻牌,电子显示牌逐幅显示今日出诊的专家的姓名、职务与出诊时间,她把钟立行的介绍放上去,放在王冬的前面:钟立行,心外主任,心脏外科专家,出诊时间周二、四下午。

贺志梅的父亲沿着墙边走着,一副茫然不知所措的样子,他怯生生地看着周围的一切,时不时地用袖子抹一下眼睛。

顾磊穿过大厅走过来,贺志梅的父亲看见他眼前一亮,他认识他,孩子入院那天,他一直跟着忙活来着。他跑过来,拉住顾磊,顾磊吓了一跳。

老人家一脸焦急,怯生生地问:"大夫,俺能不能跟你打听打听,俺闺女的病到底上哪儿治去啊?"

顾磊认出他是贺志梅的父亲,便问:"怎么心外又没来接人?"

贺志梅的父亲一脸茫然,他怎么分得清心内心外。

"昨天不是去找过心外的王主任嘛!你们现在还在观察室吗?"

"俺们就没动过地方,也没个大夫来看看,俺只见过护士。俺怕你们忙,也不敢问。"

顾磊有些尴尬:"对不起,您先别急,我是急诊室的医生,不能管心外的事儿,不过一会儿我会过去看看。"

武明训走进大厅,看到顾磊正在跟贺志梅的父亲说话,贺志梅的父亲老泪纵横,点头哈腰,便朝他们走过来,只听顾磊说:"老人家,你别着急,我一会儿就跟我们主任说你们的事情。你也要自己去跟我们主任说,知道吗?"

武明训问:"顾磊,怎么回事?"随即认出了贺志梅父亲:"哎,你不是贺志梅家属吗?不是王冬负责的吗?"

顾磊小声说道:"王主任到今天也没来看过诊,他们现在还住在观察室呢。"

武明训十分恼火:"不像话。"又安慰贺志梅的父亲,"老人家,真是对不起了,今天我们一定给你安排了,你先去陪着闺女吧,不用担心,啊!"

贺志梅的父亲千恩万谢,三步一回头地走了。

武明训看着老人家卑微的样子心里有些难过。

顾磊紧张地说了句:"武院长,我去工作了。"刚要走开,武明训叫住他:"哎,顾磊!上次跟你说的去心外的事你考虑得怎么样了?"

顾磊迟疑了一下。

"问你话呢,痛快点!"

顾磊笑道:"我当然愿意,就是,怕何主任不高兴,我这期轮转急诊住院总医师，我都住院总了，要是去心外，还是住院医……"

武明训不以为然地笑着："切，你小子，心眼还挺多，去心外当住院总行不行？我跟钟主任说！"

顾磊激动地说："真的？那，那丁海怎么办？"

"丁海？他下期轮转我让他去我那里，你一个月后再转住院总，行不行？"

顾磊连连点头："行行，我没意见！"

武明训一笑："小子，这回不怕何主任不高兴了？"

顾磊一笑："重赏之下必有勇夫嘛！"

"好，你通知丁海，二十分钟后到外科病房，你也去。"

顾磊答应着跑开了，他一路小跑冲进值班室，冲到床边拼命摇醒丁海："哎哎，丁海，快醒醒！交班了！"

丁海睁开一只眼睛看看顾磊："再让我睡一分钟。"

顾磊兴奋地说："你赶快起来吧，告诉你一个好消息，刚才武院长跟我说，调我上心外当住院总，让我们两个赶快去外科病房。"

丁海一骨碌坐起来："真的？"随即泄了气，"心外那种破地方你也去啊？"

顾磊有些扫兴："什么呀，我的梦想就是当心外医生。"

丁海翻翻眼睛："那个王冬你受得了吗？你可真是的，何主任对你那么好，忘恩负义。"

顾磊认真地说："我不是忘恩负义！钟立行要来当心外主任了，这样我去心外就能跟着他了。"

丁海一骨碌坐起来，口是心非道："真的？心外那种破地方你也去啊？钟立行来了，那王冬怎么办呢？"

顾磊轻蔑地说："管他呢？"

丁海一脸惊讶："哎，你是怎么了？你不是一向口不臧否人物，从不说人坏话的正人君子，见着哪个上级大夫都谦虚得不行的吗？"

顾磊不满地说："势利小人一个，看贺志梅是乡下人，又没什么背景，竟然把人家扔在急诊观察室不管了，我们催了他好几次，他也不派人来接。"

"是够恶心的，不过倒符合他的一贯作风。"丁海边起身穿衣服边说，"哎，我说顾磊，你不是一向挺冷漠的吗？这回怎么这么热心啊？不是让那个钟立行给传染了吧？当心同情心泛滥！"

顾磊不满地看看丁海："谁说的，人家贺志梅一家人多好啊，王冬把人扔在观察室一个礼拜，人家什么也不说，刚才他爹看见我，急得直哭，还直说不急，你说这要放在别人身上，不早就闹开了？这样的病人不同情同情谁啊？"

丁海思索着："也是，钟立行要不是同情心泛滥，也不会被迫离院出走，也不会去美国，也不会学一身好手艺，更不会在街边捡回个病人，你也就没有同情心泛滥的机会……"

顾磊生气地打了他一巴掌，一脸严肃地说："丁海，不说刻薄话你会死吗？

对病人好点,叫什么同情心泛滥?你快点!"丁海急忙闭了嘴。

2

钟立行穿过医院大厅,严如意正在大厅等着他。她拉着钟立行往心外走,边走边高兴地说话:"我陪你去科里,明训说他直接过去,丁院长今天一早给那个先天性主动脉反转的孩子做手术,先去手术室了,他说下了手术让你去找他。"

严如意和钟立行一块儿走进病房,走廊里正忙碌的医生护士都停下来看着他。一位年轻的小护士端着盘子过来,一眼看到钟立行,呆住了:"我的天,帅呆了!"钟立行向她微微一笑。小护士傻掉了,随即扯住严如意的衣角:"哎,严老师,这人谁呀?太帅了,结婚了没有?"严如意眼睛里全是笑意,凑到小护士耳边小声说:"长点出息吧,人家孩子都会打酱油了!"小护士哈哈大笑,走廊里的其他人不知道她在笑什么,也跟着笑。心外病房突然变得很欢乐。

江一丹正抱着手术夹子走过来,看到钟立行,微笑着伸出手:"欢迎你,立行,没想到你真的会回来,没想到还能跟你一块儿工作!"钟立行温柔地一笑:"谢谢!"江一丹看到旁边围着的人:"看,你都成这儿的明星了。"钟立行耸耸肩:"我习惯了!"江一丹惊讶地张大嘴,开心地笑起来:"你这个呆子,什么时候学会开玩笑了。"钟立行认真地说:"我有开玩笑吗?我是认真的。"江一丹笑得更开心了。

罗雪樱风风火火跑过来,四下里张望。丁海和顾磊正走过来,丁海说了句:"看什么呢?这么专心?"罗雪樱回头看看丁海:"哎,你们看,江主任这是怎么了?看她笑得脸上真像开了花,我从没见她这样过哎。"丁海边整理医案边说:"你不懂了吧?这是哲学!你听说过酿酒吗?酒酿好了,封在坛子里,窖存着,越陈越香,这老同学啊,就像老酒,醉人啊,酒不醉人人自醉啊。"

电梯铃一响,武明训从里面走了出来,一眼看到钟立行和江一丹正在说话。江一丹脸上笑容灿烂,钟立行也在笑,武明训开心地走过来。江一丹看到武明训,急忙迎上来:"哎,武明训,你昨天跟我说,我还以为你开玩笑,你本事可真不小。"

武明训笑笑:"我不是一直就很本事吗?"

江一丹笑得更开心了:"天呐,你们今天一个个怎么了?都这么自信啊!"

三个人一块儿笑起来。

王冬走过来,看到三个人笑得很开心,脸上的表情很阴沉。

江一丹急忙对钟立行说:"立行,那你就开始工作吧,我那边还有手术,丁院长,下了手术再说啊!"她匆匆跑回手术室。丁祖望正在刷手,看见江一丹,急忙问她钟立行来了没有,江一丹高兴地告诉他,一切正常,武明训在那边,心外很热闹。丁祖望放心地点点头,心里一块石头总算落了地。虽然在院务会上,在公开场合,他一直表现得很平淡,但对钟立行的到来,他心里却是比任何人都在乎。作为一个大医院的院长，他比谁都清楚一个好的外科医生就是块金字招牌，除了经济效益，更重要的是能把团队建起来。

护士长把那个先天性主动脉反转的孩子抱了进来，孩子不安地哭着。丁祖望听见孩子的哭声，抬头看了一眼，心里突然涌起一种说不出的不安。护士长似乎感觉到了丁祖望的不安，急忙耐心地逗着孩子："好宝贝儿，不哭，不哭啊！"孩子哭得更凶了。

江一丹向丁祖望点了下头，跟着护士长进了里间。她一手拿着拨浪鼓，一手拿着氧气面罩，问护士长："孩子早上没吃奶吧？"

"问过了，没吃。"

江一丹笑嘻嘻地哄着孩子："宝贝儿，看这儿，看这儿！"孩子的目光转过来。一瞬间，江一丹麻利地把面罩戴在孩子脸上，孩子的哭声瞬间止住了，接着就睡着了。

丁祖望刷好手进来，看见江一丹麻利地做着准备工作，心里又是一阵激动，江一丹真是太棒了，仁华有这样一批年富力强、经验丰富的业务骨干，真是太好了，他穿好手术服，准备上台。不知道为什么，他心里突然闪过一道阴影，一年前那台失败的手术又浮现在他眼前，这让他有点紧张。

3

武明训带着钟立行来到为他准备的办公室。

办公室已经布置好了，一张办公桌，一台看片器，还有两个柜子，一对沙发，整整齐齐，白色的窗帘被风吹动着，气氛安静圣洁。

钟立行有些意外："这，有点太、太奢侈了吧？我，只是个普通医生。"

武明训一笑："你不是普通医生，你是我们的主任医师，你的学衔研究衔正在申请过程中，我们是教学医院，这一套要走程序需要时间，严老师和教办周教师会替你去办这些手续，可能需要一点时间，现在只能先委屈你了。"

钟立行说不出话来："这，待遇有点太高了吧，我没想到。"

武明训道："不高，我可不是白给你这么好的待遇，我想拜托你一件事，我让你帮我带出一批学生来，跟你说实话，我有野心，我想在新大楼投入使用的同时启用新机制，外科中心，心脏中心，急救中心，打破现在的分科过细的毛病，你在美国的大医院全外科待过，知道那套机制，所以我想让你帮助我带出一批全科人才。"

钟立行有些激动："我当然愿意，只是，我不知道能不能做好。"

"至于住处，院里商量了一下，给你临时安排住在单身宿舍楼里，要是你愿意，也可以就近在医院边上租个公寓，看你的意思。"

钟立行急忙说："啊，不用了，住医院最好，一间屋子足够了。"

武明训走到门口，推开门，叫了声："进来吧！"

门开了，三个年轻的医生走了进来，在武明训面前站成一排，武明训说："我给你介绍一下，这位是我们新来的心外主任，钟立行钟大夫，这几位，顾磊、周小白、王小鱼，是我们的住院医生，还有一个丁海，去准备查房的材料了，你们几个，从今天开始跟着钟主任，要认真跟他学，一举一动、一招一式都要跟着学，一个月要考一次试，谁不行，马上淘汰，换别人，听到了没有？"

几个年轻医生又紧张又激动，同声说："听到了！"

4

墙上的电铃响了，时钟指向八点。心外医生和护士全体出动，准备查房。

丁海站在值班台前迎接钟立行，他身后，四个实习医生、四个主治医都站在门口。

对学医的人来说，职业生涯中最重要，最自豪，也是最紧张的时刻，就是查房了。那是一个充满仪式感的过程，一队医生列队走在并不宽敞的走廊里，年资最高的走在中间，依次排序。那种神圣感令人难以忘怀。

钟立行带着他的人马走在心外的走廊上，仁华我回来了！行走在仁华的走廊里，这种感觉让他感觉很自豪，很温暖。出国十几年，其实他并不想念这个城市，并不想念仁华，也不想念什么人，没有时间，来不及想，顾不上。但今天当他穿上仁华的工作服，走在查房的路上，他才知道，他是渴望这个时刻的。十几米的走廊，他仿佛走了十几年。他来不及想太多，已经走进一号房间。

房间里住了四个男病人。钟立行走了进来，身后十几个人跟了进来，那阵仗还是有点吓人的。病人早已得到了通知，知道今天是新来的主任查房，他们也有点紧张。

钟立行在一床面前停下，丁海急忙走过来介绍："一床，六十五岁，心脏血管瘤，三天前手术，手术时间二十小时，术后ICU监护，一切正常，今天早上刚转回这里。"

钟立行走过来，看了一眼病案，床上的老人露出一张满是病容的脸。

钟立行向老人点头示意，微笑着说："您好，感觉怎么样？"

老人一脸的茫然。

钟立行动手掀开病人身上的被子，试了一下，解开病人的衣服，查看伤口："伤口还疼吗？有没有什么不舒服的感觉？"

老人摇头。

钟立行看到床下的导尿管，问道："已经三天了，导尿管为什么还不拆除？"

丁海回答："啊，老人家年纪大了，又做了大手术，不愿意动。"

钟立行沉默了一下，动手把导尿管拔了："您得早点下床，早点活动，这样对身体才有好处，防止伤口粘连，也有利于排气，六十五岁，你不是老年人，是中年人，你要对自己有信心，病才能好得快！"

第五章 心外大查房

老人睁开眼睛看了看钟立行，又闭上了眼睛。

钟立行走到另一张床前，这是那天出车祸的出租车司机。丁海开始介绍："二床，三十五岁，出租车司机，两个星期前车祸紧急送院，来的时候脾破裂，伴有腹内大出血，心跳停止，两小时四十分后心跳恢复，目前恢复情况良好……"

钟立行笑了一下，走过来，掀开病人的衣服，掏出听诊器听了心脏，又看了伤口："嗯，奇迹！"对病人说，"你很幸运，很了不起，我相信是医生救了你，更是你自己救了你自己，谢谢你！"出租车司机惊讶地看着钟立行。

他的妻子端了尿壶走进来，看到一屋子人吓了一跳，放下东西在床上坐了下来。

"下一个。"丁海边说边往三床走。

钟立行问："现在是非探视时间，这个人为什么会出现在这里？"丁海愣住了。家属也愣住了："我，我丈夫他现在还不能动，需要有人照顾，我……"钟立行继续说道："请你现在就离开，病人有什么问题，有医生护士照顾。"

家属一声不响，拎着包走了出去，钟立行看着她从自己面前走过。然后走到三床，丁海急忙介绍："这位，六十五岁，高血压，糖尿病，他是，他是因为，因为胃不舒服住进来的……"钟立行狐疑地看着丁海，丁海有些紧张："啊，他的情况比较……简单，因为普外没有床位，所以住到这里了。"钟立行走过来，看了看床头牌，上面写的是慢性胃炎。他掏出听诊器，听了一下心脏，脸上的表情略微变化了一下，随即看了丁海一眼，收起听诊器，微笑着对病人说："您安心休息吧，有什么情况随时叫医生。"随即走向四床。

这是那天车祸时坐在出租车里的乘客，他半靠在床上，丁海走过来："这位是跟二床同一天车祸送来的，经过了头部CT扫描，全身检查，没有严重外伤，只是轻微钝伤，但病人一直说胸痛、胸闷，所以，暂时在这里观察……"

钟立行走过来，按了按病人的胸部，病人叫了起来，随即开始咳嗽。

钟立行掏出听诊器听了一下，对丁海说："送他去做个胸部CT扫描。"

丁海有些困惑，钟立行把听诊器递给他，对着病人的胸部又按压了一次。丁海听了一下，眼睛有些发直："气胸？"身后的人全围了上来，钟立行让出身位，丁海也让开，三个住院医生轮流用听诊器听着病人的胸部，病人有些不耐烦："你们这是干什么？动物园看动物？"

钟立行对病人笑了一笑，说："抱歉，我们这里是教学医院，学生们需要机会学习，请你配合一下，好医生都是从小大夫做起来的。另外，只有好的医院才有资格做教学医院，所以，我想您选择好医院的同时，也得稍微忍受一下这种被围观的不舒服，是不是？"

病人盯着钟立行看了一会儿，问道："我，不会有什么问题吧，大夫？"

钟立行微笑着说："根据我的判断，你有轻微的气胸。"看到病人困惑的表情，钟立行又说道，"这说明您胸腔里的某些部位可能有破裂的地方，需要进一步的检查，如果确定有，您需要转到胸外科做一个手术，这样我保证你就不会再胸痛了。"钟立行说完，又回身对身后的人说："一会儿记着送他去做检查。"

丁海正对刚才的事有些后怕，只听钟立行说道："下一个房间。"便急忙跟了过去。钟立行走出病房，丁海跟在后面。钟立行停下来，对丁海说："那位胃病的病人明显心脏有三级杂音，看症状应该是心脏的问题，你为什么要对我隐瞒病情？这是不允许的。"丁海结结巴巴地说："对不起，我不是故意向您隐瞒，这位老人他情绪非常紧张，家属要求不告知真实病情，所以我不得不这样说。"钟立行看了看丁海，说道："好的，我知道了，一会儿再说。"

5

钟立行的总查房整整进行了两个小时，十几间病房，几十位病人，一个一个问下来，如果没有点看家的本事，真的是拿不下来的。其实查房除了是个高技术的工作，还是个体力活，两个小时下来，大家已经累得差不多了，还要提防钟立行冷不防问个病情，问个术语，个个都精疲力竭了。更让大家没想到的是，查房结束，还要开会讲评，钟立行把人带到示教室，开始了讲评。

丁海心情很紧张，他也是第一天当班。护士长也很紧张，不知道新来的主任什么范儿，不知道他对心外是什么印象，也不知道他会提什么样的要求。

钟立行走到讲台前，开始讲评，众人这才真正领教了他的功夫。钟立行说："今天的查房结束了，现在我来谈谈今天查房的一些问题。"

学生们急忙拿出本子做记录。

"第一，病房的被子太厚，透气性不好，需要全部重新更换。"见大家一脸困惑，钟立行忙解释说："病人所以被称做病人，是因为他们生病了。"底下发出一阵轻微的笑声。钟立行接着说："我说的是事实，生病意味着什么？意味着跟常人不一样，意味着虚弱、脆弱、体力下降，所以被子的轻重和透气性对他们来说很重要，他们能不能自如地翻身、掀被子，对康复很重要。"听他一说，大家的表情开始变得严肃，认真记录着。丁海说道："钟主任，被子的问题是，是由后勤处统一管理的，我们没权利更换。"钟立行说道："去找他们协调，把必要性和理由说清楚，相信他们不会不管的。"丁海无奈地点头："好。"

"第二个问题，窗帘的颜色太强烈了！"众人发出一声奇怪的叹息。钟立行解释说："病房里面的一切设计都是有道理的，窗帘颜色过于鲜艳，会让病人过度兴奋，影响他们的情绪和休息。"丁海在本子上记着，不以为然地说了声："知道了。"

钟立行接着说："第三，要严格执行探视制度，像今天二床的家属，非探视时间出现在病房里，是不允许的。"丁海说："钟主任，那个女人很泼的，我们根本管不了。"钟立行一脸严肃："管不了也要管，医院要有医院的样子，医生要有医生的权威，在我们这样规模的医院里出现这样的事，我感到非常震惊。"

"第四，病房的保洁，以我的眼光看，是很差劲的，我不知道是什么人在做保洁，我们的条件有限，一个房间要住四个病人，但我希望有一个干净的环境，这个问题由谁解决，请丁大夫过问一下。"丁海点头："好，我会去跟护士长商量。"

"我知道，你们一定期待我说一些更加爆炸性的话题，更专业，更深奥，可我却抓住这些小事不放。我可以告诉大家，做医生，什么叫专业，这就是专业，从衣着仪态，到病房的管理，到卫生情况，到生活用品的配置及餐饮的安排。治病是一种态度，也是一个系统工程。请大家要时刻记住！"

大家在本子上记着，钟立行继续说道："下面我说一些技术问题，一号床的导尿管为什么过了二十四小时还不撤？这是谁决定的？"众人沉默。

"这不是人道不人道的问题，也不是有没有同情心的问题，有的时候，医生需要冷静，我不认为这是冷漠或者是冷酷，是职业的冷静，每个医生都应该知道操作规程是什么，为什么不按规程做？这些规程后面，是一个个的经验，有的甚至是血的教训换来的，需要我们执行，这些后面是有数据支撑，有生理指标支撑的。我问你们，是术后出现粘连重新手术对病人的身体损害大还是病人下床自主小便，摔倒或者忍受一些必要的痛苦对身体的伤害更大？"

一个小医生说："钟主任，病人摔倒可能会引起伤口撕裂，家属会投诉……"

"这是个伪问题，护士们在做什么？为什么要让病人摔倒？"

护士长柴大姐张大了嘴，委屈地说："钟主任，我们人手不够，不可能随时跟着病人。"

钟立行严厉地说："什么叫人手不够？为什么不跑起来？"

众人沉默。

钟立行接着说："三号床那位老先生，明明是心脏病，为什么说是胃炎？"

丁海回答："对不起，这是家属要求的，我们也没办法。"

钟立行笑道："我明白，就算是家属要求的，胃炎是内科的病，怎么会住在外科病房？稍微有点儿医学常识的人就应该知道这一点，不是想骗过他吗？编假话也要编得像一点吧！"

"我是不主张向病人隐瞒病情的，但我了解我们的国情，十几年前，我跟你们在座的一样，就在这家医院里做实习医生，住院医生，我知道我们的医疗现状，也知道病人的心理，但我希望每个人都拿出点精神来。"

丁海："钟主任，我知道了，病人明天就要做手术了，现在改病名也不现实，下次我们会注意的。"

钟立行点头："好，这次就这样，现在我们说六床，气胸病人……这不是任何人的错，气胸的发生和发展需要时间，这就是留院观察的意义，只是今天发展到了一定程度，正好到了可以被诊断的临界状态。这件事上，坚持留院观察是正确的决定，今天丁医生报告说病人主诉胸部疼痛也是好的，所以，我不准备批评任何人。"

众人长出一口气，丁海张大了嘴。

钟立行说："我第一天来，就说了这么多，我很抱歉，批评的多，表扬的少，我希望以后这个比例会变过来，我也相信我们会做到的。"他沉默了好一会儿，深情地看着眼前的一张张脸，说道："各位，我还想再多说几句，我知道目前国内的行医环境并不好，而你们，其实都是有职业理想的。我们心脏外科医生，在所有的外科医生里，是最辛苦最具风险的！因为我们面对的，是跳跃的心脏，最活跃的器官！我们虽然需要技术，但更需要勇气、信心和力量！我希望我们每一个人都拿出全部的信心、力量和勇气来，拯救每一个病人，打造我们的团队！另外，各位的外语要加紧训练，我们要逐步实现查房说英语，这不是摆架子，有时讲解和讨论病情需要回避患者。这一点目前不算正式的要求，算是一个愿望，可以吧？我的话说完了。"

周小白带头鼓起了掌，大家愣了一下，也跟着鼓起了掌。

武明训一直站在门外，整个查房过程中，他一直跟在后面。他向钟立行投去微微一笑，做了个OK的手势，走了出来。

丁海拿着本子走了出来，有些沮丧，看到武明训，尴尬地一笑。

武明训拍拍他的肩膀："怎么样，这个住院总不好当吧。"

丁海不以为然地说："嗨，全是些鸡毛蒜皮的破事儿。"

武明训笑着："别小看这些事，每一件都是大事。"

丁海烦恼地看着武明训。

武明训："待会儿带钟主任去他宿舍，帮他安排一下，告诉他餐厅在哪儿，让总机班给他装个电话，让后勤处送个沙发给他，别忘了。"

丁海："哎，武院长，我是医生，不是保姆。"

武明训已经走开了，边走边回头："住院总就是大总管、大保姆，你就受着吧，学医的就是命苦。"他向丁海调皮地招招手，向办公室走去。

钟立行真的回来了，他终于挖到了这块宝，这让武明训非常非常愉快！

第六章
"仁"与"仁"之间

是啊，丁院长的确太伟大了！

武明训不是不知道这个行业的不成文的规矩，他今天已经算冒犯丁院长了，钟立行也没有考虑太多，江一丹更是猛，直接就打电话找人，这种事放在任何人身上都会引起轩然大波，谁这样做都意味着别想在这行混了！

1

快乐总是短暂的。武明训的快乐没有持续多久，就被姚淑云的事给打断了。这天，姚淑云的丈夫老高一早就来到一家律师事务所，准备找律师帮忙解决与医院的纠纷。主任把这个案件指派给了刘晓光。这年头开个律师事务所也不容易，上面规定，一年必须有5%的案子是免费代理的，叫无偿法律援助，用以维护那些没有能力支付律师费从而有可能导致人身权益被侵害的公民权益，说到底是为了公平。

老高对刘晓光说他老婆姚淑云因为心脏病被送到仁华，输液过程中莫名其妙就死了，人死得不明不白。刘晓光听他那么一说，的确挺气的，好好的一个人说没就没了，医院到现在也没给个说法，说是医院没有过错。

第二天，刘晓光好不容易找到了医院的医务处，一进门，见严如意正在打电话。看样子是个厉害的主，所有的医院，医务处长都很厉害，一看就不太好说话，话说回来，太好说话，也坐不成这个位子。刘晓光耐心等严如意打电话，听她在电话里说的是抢救了一个什么出租车司机，只用了两个小时，创造了奇迹，卫生局让他们组织宣传。刘晓光心里哼了一声，抢救个病人算什么，你们医生不就是干这个的嘛！干点好事就忙着宣传，眼下这个治死的看你怎么说！

门难进，脸难看，让你等，没商量，现在的医院真是过分！

好容易严如意打完了电话，冷着脸问他有什么事。

刘晓光从包里拿出文件："您就是严如意严处长吧？今天我代表姚淑云家属来向医院提出交涉，这是家属的委托书，您看一下。"

严如意看也不看，直接问："说吧，想怎么解决？"

刘晓光被严如意的态度弄得有点不舒服，语气上也就不那么客气了："家属方面提出一百万的赔偿请求。"

严如意眉头一挑："一百万？打劫啊！"

刘晓光淡淡一笑："严处长，您话不好这么说的。"

严如意冷笑着："你让我怎么说？我说好啊，欢迎？"

刘晓光依然一笑："严处长，我知道您的作风，也知道您这个位子不好坐，我们都为自己的当事人服务，所以您就别对我冷嘲热讽了。"

"哈，你话说得太随意了，你为当事人服务，我可是为人民服务！我可以明白地告诉你，你们提的这个条件不可能！尸检报告已经证明，我们的处置没有问题，你条件这么高，你认为这合理吗？"

"不管怎么说，医院是有过错的，病人入院没有做检查，这是你们也承认了的。"

严如意厉声说道："我告诉你，入院不做检查，我们是有原因的，但那只是过失，算不上过错，如果等结果出来，人会死得更快，对我们医生来说，紧急抢救并不是事事都要检查。"

刘晓光一下急了："你这不是解决问题的态度。"

严如意一拍桌子："你们也不是！我可以明确地告诉你，医院不是慈善机构，也不是软柿子，想解决问题，要提合理要求！你们冲击医院，严重干扰我们的秩序，我们的护士长受了刺激，还在住院，她的费用谁来出？我在这个医院待了二十多年了，这种事情也见多了，这不是解决问题的态度，你请回吧！"

刘晓光被这个横眉立目的女人弄得有点无奈："好吧，这是家属的一份意见书，我留下，你们院长是哪位？能安排我见一下吗？"

严如意强硬地表示："第一，在家属没有正确态度之前院长不会见你；第二，院长今天上午手术，没空。"

"那主管副院长呢？"

"副院长在查房，也没空。"

刘晓光很无奈："那好吧，请你告诉我他办公室在几层，总可以吧？"

"不可以，有什么事我转达就是。"

"好，那我自己去找。"刘晓光知道今天这一趟算是白来，说着起身，严如意倨傲地说："那不送了。"

2

刘晓光生气地离开医务处，他算是领教了。他决定自己去找人。

严如意虽然嘴上强硬，但还是怕律师万一去找武明训就难办了。她看了下时间，估计查房已经结束了，就直接去他办公室找他。刚走到办公室门口，就看到武明训沿着走廊走过来。

严如意说道："明训，刚才那个姚淑云的代理律师到我办公室来了，要求赔偿一百万，还说要见你。我说你在查房，你先别回办公室，我来应付。"

武明训一怔："一百万？打劫啊！"

严如意说："说的就是呢！先不理他，先拖着！"

武明训无奈地点头："谢谢你，严老师。"

严如意一笑："没有什么，反正我也老了，老皮老脸，豁出去了。明训，我知道你心里的想法，知道你脑子里想什么，我当这个医务处长就是替你们年轻人，替一线的医生挡子弹的，看看这医院都成什么了，我生在这家医院，长在这里，以前的人多干净、多圣洁，现在，别提了，我老了，帮不上你什么忙了，你按你的想法做，我支持你。"

武明训一笑："严老师，别什么都说得那么悲壮，不至于！"

严如意笑了："我先走了，老丁在给那个主动脉反转的孩子做手术，我得去看看。"

武明训注视着严如意远去的背影，好一会儿，回身向楼下走。

3

武明训走下楼梯，迎面，刘晓光上楼，两人打了个照面，同时哎了一声："哎，武明训！""哎，刘晓光！你怎么会在这儿？"

武明训指指楼上："我在这家医院工作，你怎么到这儿来了？看病？"

刘晓光高兴地说："啊，我，我来办点事，哎，明训，我们得有二十年没见过面了吧？"

武明训说："就是啊，从高中一毕业，就再没见过，你怎么样？"

刘晓光说："啊，我，还行吧，我现在和朋友开了家律师事务所，合伙人，哪天去我那儿坐坐。"

武明训说："好啊，你现在成了合伙人了？厉害啊。"

一位年轻的女医生从楼梯上经过，武明训让了一下，对方叫了声："武院长，早！"

武明训挥手："早！"

刘晓光脸色突然一变："你，你是院长？"

武明训自嘲道："副的。"

刘晓光有些尴尬："哦，那，那，原来他们说的武院长就是你。"

"怎么了？谁说的？"

刘晓光有些尴尬："咳，我到处找你，我是代表姚淑云家属来的。"

武明训脸色一下变了。刘晓光急忙说："对不起，我不知道是你们医院，也不知道是你。"

武明训一笑："没关系，你也是为了工作嘛。"

刘晓光激愤地说："不只是工作，也是为了道义，我觉得现在的医院太不像话了，医生们也太不负责任了，家属没钱，我们是免费的法律援助。"停了一会儿，他又说道，"哎，你现在有空吗？我们聊聊？"

武明训冷眼看着眼前这个人："对不起，我一会儿还要开会，还有手术，如果叙旧，我有兴趣，如果说官司，跟我们院的律师谈，我先走了。"

刚走了两步，身上的电话响了起来，武明训向刘晓光点下头，接起电话："喂，江一丹，怎么了？"电话里传出江一丹的声音："明训，丁院长在第六手术室，正在做手术，好像有点不对劲，你赶快过来一下。"武明训急忙说了句："就来！"匆忙跑开了。

4

丁祖望的手术正在进行。

孩子的胸腔已经被打开，心脏脆弱地跳动着。

孩子出生十天，先天性心脏主动脉反转，手术要点很简单，打开心脏，找到主动脉，切断，扭转，缝合，关胸。但不一样的是，成人的心脏有拳头大，新生儿的心脏只有核桃大，主动脉有多细你想都想不出来。

丁院长坐在手术台前的椅子上，大汗淋漓。

武明训冲进来，大声叫着："江一丹，怎么了？"

江一丹急忙走过来，示意他噤声。

丁院长没看到武明训。

严如意风风火火冲了进来，看见武明训："啊，你先过来了。"

江一丹拉过武明训，轻声对他说："丁院长今天状态不好，手一直在抖，一直在出汗，他不想让人知道。"

严如意一脸震惊的表情。

武明训忙问："那怎么办？王冬不是在吗？"

江一丹道："王冬怎么行？丁院长让他试了一下，他不行！"

武明训为难，与严如意对视，严如意也着急。

江一丹思索着："这种手术我们院只有丁院长能做，下面那些低年资的还做不了，我正在想办法给孩子做外部生命支持，想等丁院长恢复一下再说，可是看来他情况很不好，如果不行，只有请儿童医院的梅主任过来了。"

武明训思索着："让外院的人来？这不好吧。"

严如意果断决定："都到这会儿了，顾不了那么多了，救人要紧。我去打电话。"她冲到电话旁，手有些抖动，好不容易拨通了电话，轻声说："喂，老韩，是我，仁华医院严如意，你们心外梅主任在吧？"

手术室里的护士长冲出来，叫江一丹："江主任，快！"

江一丹急忙跑了进去。作为一个麻醉医生，江一丹是很专业的，麻醉科医师的首要职责是保证患者在手术期的生命安全，业内有句话，"麻醉医生保命，手术医生治病"。因为经常与不同医生合作，对医生的手法、能力是最了解的。孩子的生命指征开始出现紊乱，江一丹急忙操作，加大麻醉指数。

丁祖望坐在一边，王冬也有些束手无措。

严如意放下电话："梅主任不在医院，怎么办？"

武明训思索着："让立行来吧。"

"他？他今天头一天上班，孩子的情况他一点也不了解，如果出了什么意外，你这不是毁他名声吗？再说，你，你这样让钟立行上，老丁他会怎么想？"

武明训怔住了。两人正犹豫着，丁祖望突然出现在门口，淡淡说了一句："打电话叫钟立行来！"

严如意眼圈一下红了，武明训也愣住了。

5

钟立行以百米速度冲进手术室,护士长拿着一件刷手衣在门口等着他,他冲过来,张开双臂,穿上刷手衣,冲到水池边刷手。

江一丹正在为孩子做紧急支持。钟立行冲了进来,武明训、严如意也都穿好手术衣跟了进来。

丁祖望看到钟立行,向他点头。

王冬看见钟立行,有些尴尬。钟立行与王冬对视了一下,向他点头示意。

钟立行向丁祖望点头示意,助理把孩子的心脏造影片子放在机器上,向他指示位置,江一丹报告孩子的生命指征数据:"体温35度,血压70,50,手术已经进行了两个小时,王主任已经将心包打开。"

钟立行走过来,查看了一下,随即开始手术。他果断地伸出手:"剪刀!"

时间一秒秒过去,钟立行沉稳地进行着手术,动作很轻,每一下看着都不快,但其实每一下都很坚定。行家一看就知道功夫有多深。监测仪上的曲线一直波动着,接着却突然变成了一条直线,手术室一下没了声音,人们全像定了格。

钟立行对江一丹下着命令:"继续生命支持!"他继续操作着,手术衣的后背湿了,汗打湿了帽子,终于缝合完毕,命令江一丹:"升温!"

江一丹有些迟疑。

钟立行道:"快!"

江一丹深吸了一口气,开始操作,温度显示从30开始上升,钟立行用手轻轻按压婴儿那弱小的心脏,一下,两下,三下,四下,依然没有反应。

时间好像停止了。

钟立行低声命令:"微型电击仪,5毫安!"

所有人都呆住了,不敢相信钟立行的话,孩子出生只有十天!能受得住吗?

钟立行再次命令:"微型电击仪,5毫安!"

护士急忙去充电,忙中出错,居然按错了键,按成了50毫安。这一切来得太突然了,钟立行突然出现在手术室,他们一下适应不了。钟立行严厉的目光扫过来,瞪了护士一眼:"请你小心一点!再忙的时候都要 Double Check!尤其是对孩子,这是生命!"护士捂着嘴哭了起来,太紧张了!

钟立行拿过微型电击仪,对着小小的心脏轻轻一击,"哧"地一声,冒出一阵白烟,那是水汽蒸发的结果。终于,"滴"地一声,心脏监测仪上出现了波动,所有人都紧张地盯着仪器:先是乱波,随即渐渐平稳。

手术室的人都有些激动,钟立行急忙用眼神制止了人们的激动,下着命令:"缝合!"护士长急忙递上纱布。

钟立行看了一眼:"硅胶呢?"

护士长怔住了:"什么硅胶?"

钟立行看了江一丹一眼。江一丹一怔，看着武明训，武明训也愣住了："这……我忘了交给江一丹了！"

江一丹不满地看了武明训一眼，钟立行用目光制止了她，随即感情复杂地看了一眼那纱布，有些迟疑，随即用镊子夹起纱布，轻轻地把伤口上的血迹沾了又沾。他动作十分轻微，很温柔，人们静静地看着。随后他伸手，护士长递上一块纱布，他把纱布轻轻盖在了孩子的伤口上，又掀开，反复了几次，然后对江一丹说："保持这种状态半小时，加大凝血指数，半小时后再缝合！"

王冬紧张地说："孩子已经手术快三个小时了，要紧急关胸，不然会支持不住的。"

钟立行看了他一眼："一会儿我会加快缝合速度把时间抢回来，这三十分钟是为了防止纱布粘连在伤口上，这个手术，速度不是要点，要点是防止术后粘连，这才是致命的。"

6

定时器响了，钟立行急忙俯下身："缝合！针持！"

护士递上针持，钟立行开始迅速缝合。他十分流畅地做完这一切，随即脱下手套，扔进盘子里，长出一口气。

王冬呆呆地看着钟立行。

丁祖望一声不响，悄然离开了。

7

手术成功了，孩子得救了，手术室骚动了。

一切看上去依然那么平静，但很多事变了。

钟立行走到外间，叫住麻醉医生："麻烦你给顾磊打电话，让他今天晚上特别注意这个孩子，任何情况随时给我打电话！"麻醉医生急忙点头，用敬慕的眼神看着钟立行，太神了！

武明训一直站在边上看着钟立行手术。丁祖望走出手术室的时候，他本想跟出来，但他知道此时最好的方式是让他独自安静一会儿。他站在水池边，长时间凝思，心里涌上十分复杂的感情。钟立行的表现让他再次觉得自己做了一件了不起的事，他隐隐觉得仁华会发生很多改变，这种改变让他很激动，很期待。

王冬走过来洗手，看到武明训，有些紧张。武明训看了他好一会儿，问了句："那个病人贺志梅处置得怎么样了？"

王冬紧张地说道："啊，我，马上就去急诊接人……"他迟疑了一会儿，"武院长，那天……我说的话都是气话，我，会在心外好好干的……"

武明训长时间看着王冬，轻轻点头："好，我知道了！"

THE DOCTORS

医者仁心

钟立行走出来，武明训向他示意，钟立行一笑，走过来洗手，王冬看看钟立行，悄然走开。

武明训看着钟立行洗手，说了句："跟我一块儿去看看丁院长吧。"

钟立行这才回过神来："对了，丁院长，丁院长他怎么样了？手术室出了这样的事，放在任何医生身上都很难堪，更何况丁院长这样泰斗级的人物！"

"今天的手术，是他让我打电话叫你来的。"

钟立行很感动："他这样做是把病人的生命放在第一位，而不是什么个人的面子，像他这样级别的专家，能做到这一步，太不容易了。"

是啊，丁院长的确太伟大了！武明训不是不知道这个行业的不成文的规矩，他今天已经算冒犯丁院长了，钟立行也没有考虑太多，江一丹更是猛，直接就打电话找人，这种事放在任何人身上都会引起轩然大波，谁这样做都意味着别想在这行混了！而丁院长自己却作出了这样的决定。他们两人一起到丁祖望办公室，秘书却说他还没回来，武明训一下就知道了丁祖望会在哪儿，他一定跟那个孩子在一起！

8

孩子被安置在恒温箱里。

门开了，丁院长走了进来，他走到孩子面前，注视着他，手伸进去，拉着孩子的小手，孩子的手动了一下，他有些意外，再拉，孩子的手又动了一下，江一丹走过来，看到这一幕，心里有些感动。

丁祖望回身看着江一丹，一笑。

江一丹说："这孩子生命力真强，这么大的手术，居然这么快就开始恢复了。"

丁祖望说："一丹，谢谢你，你今天作了一个正确的决定。"

江一丹一怔。

丁祖望说："钟立行他手术做得很漂亮，盖纱布的时候，我看到了，他很小心，做了特别处置，看来我们选这个心外主任是选对了。"

江一丹眼圈红了。

门轻轻开了，武明训和钟立行出现在门口。

丁祖望说："我老了，的确是老了，做了一辈子手术，今天一上手术台，不知道为什么，心里特别乱，一直有个声音在说，不行，不行……"

江一丹默默注视着丁院长。

丁祖望轻轻说道："你还记得，去年的今天，也是一个刚出生的孩子，同样的手术……第二天，纱布粘在伤口上，孩子死了……"

江一丹一怔，随即温柔地劝慰："您，应该把那件事儿忘了才好！"

丁祖望伤感地感叹："怎么会忘了呢？那么小的一个孩子，来到这个世界上，只活了十几天，我没有把他救活，不是因为技术不行，而是因为……一块……

64

纱布。"

江一丹眼圈红红地："您别太难过了，不是……谁的错，今天晚上我会待在这儿，观察这个孩子的。"

丁祖望点点头说："我也会守着他。"

江一丹感动地看着丁祖望，朝他莞尔一笑。丁祖望轻轻点头，一种职业的温暖油然而生。"一丹，你和明训也不小了，早点要个孩子吧，你知道我为什么坚持每星期都要上手术吗？我实在太喜欢孩子了。"

江一丹怔了一下，随即温柔地点头。

门外，武明训和钟立行对视了一下，悄悄退了出去。此时，所有人只是以为丁院长心理上有压力，年纪大了，力不从心，连丁祖望自己也不知道他已经重病在身，他只是伤感，他并不知道这一次，已经是他最后一次上手术台了。当然，这是后话。

9

钟立行和武明训分手，匆匆赶回科室里，忙着处理别的事情。王冬已经接回了贺志梅，顾磊和丁海算是正式到心外报到了。何大康不愿意放顾磊走，武明训说了半天好话，顾磊也说自己会经常去急诊值班，连钟立行都答应亲自去急诊值班，何大康才有了笑脸。

武明训回到办公室，才觉得有点累，一个上午，连口水也没顾得上喝，秘书从食堂给他叫了一碗面条。他边吃边看报纸，刚一打开，就看见医药版上的大幅标题："仁华医院处置不当致病人死亡。"

武明训恼火地把报纸扔在一边，叶惠林，他还是下手了。他抓起电话就找严如意，严如意手机关机，可能在手术。他本来想找丁祖望，一想到上午的事，就算了。想找卫生局周局长，一想到层层交涉，说不完的废话他就烦。他脱下工作服，换上西装，抓起包走了出去，他要去会会这个叶惠林！

他把车停在报社前，刚走到传达室门口，保安伸手拦下他："找谁？"

武明训迟疑了一下："叶惠林。"

保安："哪个部门的？"

武明训想了一下："医疗。"

保安查了一下："我们这儿没有医疗部。"

武明训思索着："那找你们总编，或者办公室，我是仁华医院的，有事要交涉。"

保安看了一眼武明训，拿起电话："你到外面等。"

他听见保安在电话里通报，里面的大约说着"不见"什么的。他知道这门也不好进，就趁保安不注意，直接闯了进去，保安在后面大呼小叫，他直接就上了电梯。

10

　　武明训走进报社的办公室，里面到处堆着报纸，很乱。武明训头一次来报社，说不出来应该找谁，办公室一个四十多岁的中年妇女不耐烦地问他："你到底是找叶惠林还是我们主编？小叶出去采访了，主编在开会。"

　　武明训知道全是这一套，索性直接说了："我来是想交涉这篇文章的事，我是仁华医院的副院长，这篇稿子严重失实，严重损害了我们医院的形象，我们需要一个合理的解释。"

　　中年妇女看着武明训："噢，你是来投诉的，那你到群工组去吧，我们这里是办公室，只管行政，不管外联。"

　　武明训一下火了："我不管你行政外联，不要跟我来这一套，我现在就要见你们老总！"

　　中年妇女也火了，指着门外："你也不要来这一套！你出去！"

　　武明训一拍桌子："你这副样子对待读者，该出去的是你！"

　　中年妇女愣住了："哎，你还敢拍桌子！"走过来也拍了一下桌子，"我现在就让你出去，你给我出去，你不出去，我喊保安拖你出去！"

　　武明训急了，大喊："你叫，现在就叫！"中年妇女抓起电话就要打，走廊里传出脚步声，随即叶惠林出现在门口："张姐不要打了！"

　　武明训看到叶惠林，一句话不说就冲过来，逼住叶惠林："啊，是你，走，跟我出去，我有话跟你说！"

　　中年妇女嚷道："哎，你这个人怎么这样野蛮？你想干什么？"

　　叶惠林止住了她："张姐，你别管。"又对武明训说，"走吧，有话出去说。"

　　两人来到二楼的平台，叶惠林脸上挂着嘲讽的笑："武明训，说实话，你今天这样做让我刮目相看。"

　　"你什么意思？"

　　"你是用男人的方式解决问题的，没找上级压我，是直接找上门，所以我看得起你。"

　　武明训怒了，他最受不了这种腔调："你少说废话，我要告诉你，你做得太过分了！你不要以为你在主持公道、维护正义，你不了解！"

　　叶惠林大声说道："我再说一次，你有你的工作，我有我的工作。"

　　武明训说："好，你随便吧，我告诉你，总有一天，你会后悔的，你这样做是错误的。"说着气呼呼地走掉了，走了几步，回过身，从口袋里掏出一个信封："这是你的记忆卡！"

　　叶惠林接过来："喂，忘了告诉你，你们那个抢救出租车司机的报道明天见报。"

　　武明训头也不回："我不稀罕！"他带着一肚子气往外走，钟立行的到来带给他的惊喜顷刻间全被冲散了！

第七章
江一丹的自作自受

我就是只有工作没有生活！

立行，你应该知道麻醉医生的生活是什么样的，每天像打仗一样！你们手术紧张，我们，比你们还紧张，手术开始，让病人麻醉，就是暂时停止他们的生命机能，就像给生命按下了暂停键……而我们必须时时刻刻关注病人的生理指标，任何一个微小的指标都要注意到……手术完了，要把他们从生死线拉回来……

身，心，手，脑，耳朵一刻也不能停，那种紧张，真的让人受不了，更多的时候，我会觉得很自豪，可是有时，真的会很恐惧……

THE DOCTORS

医者仁心

1

这天上午,一个人来找陈光远。这人从前也是仁华的医生,名叫徐达恺,跟丁海、罗雪樱、顾磊同年级,在他们四个人中,他本来是最有天资、成绩也是最好的,因为与患者发生了一些冲突,一气之下离开了医院,去一家医药公司做了医药代表。其实当医药代表并不是什么见不得人的事,只是这些年这个行业门槛太低,鱼龙混杂,行规给弄乱了。徐达恺天资聪明,专业出身,加上又长得帅,很快就做到了部门经理,没过两年自己承包了一个部门,每年给公司上交一部分利润,独立了。他今天来是推销他们公司新代理的麻醉器械,陈光远是管医药器械的副院长,以前在医院时对他也不错,他打过几个电话说起这件事,陈光远一听就拒绝了,让他直接去找器械科,徐达恺不死心,就直接找上门了。

陈光远看见徐达恺,有些意外,脸一沉:"你,你怎么来了?"

徐达恺赔着笑:"陈院长,我,今天到药剂科送材料,顺便来看看您!"

陈光远起身:"我还有事要出去,你以后工作时间不要到我办公室来,院里三令五申医药代表不能随便进科室,我是主管副院长,又是药房主任,你不是给我上眼药吗?"

徐达恺急忙赔着笑脸:"啊,是,是,我这就走,院长,我是这个医院出去的,虽然说是去了医药公司,心里可从来没有离开过这家医院。"

陈光远哼了一声。

徐达恺真诚地说道:"陈老师,上次我们那个药的事还要谢谢您,我们总经理说,什么时候有空,请你吃个饭。"

陈光远扫了徐达恺一眼:"吃饭就免了,那是你们的药好,我就用了,徐达恺,你什么也别再说了,赶快走吧,我呢,知道你跟别的医药代表不一样,所以希望你不仅代理好的产品,也要有好的风气,啊,就这样!"

看到徐达恺的样子可怜,陈光远有些不忍,让他先去找江一丹。徐达恺只得起身离开。说实话,他想到要去找江一丹实在是有些发怵,不过为了生意,顾不了那么许多了。

2

麻醉科一向壁垒森严,外人是不能轻易进去的。因为通常麻醉科跟手术室连在一起。徐达恺不敢给江一丹打电话,决定在门口等,反正她进进出出总有看见的时候。一会儿,江一丹就从里面走出来了。徐达恺看着边上没人,急忙凑过去跟江一丹说话,请她看看他的资料。江一丹对徐达恺印象不好也不坏,客气地说这种事应该找陈光远陈院长。徐达恺说已经找过陈院长了,陈院长让他来找她。

江一丹知道这是陈光远让她表态，想照应徐达恺的生意，她不是不给面子，只是实在不愿意掺和这种事情，于是让徐达恺去找器械科。

徐达恺一看江一丹软硬不吃，一点儿面子不给，只好厚着脸皮："江主任，您就别跟我打官腔了！我这东西真的挺好的，再说，您进谁的不是进啊！"

江一丹听见徐达恺这副腔调，也有些不耐烦了："徐达恺，你到底什么意思？医院三令五申医药代表不能随便进科室，你是这医院出去的，规矩你应该懂的！"

徐达恺听江一丹一句也不让，心里有些纳闷，难道前些天送的两箱牛奶的事她不知道？于是小声提醒她牛奶的事，谁知江一丹一听牛奶的事恍然大悟："啊，原来，原来，那牛奶是你送的！"她突然觉得徐达恺很好笑，回身拿出200块钱直接给了徐达恺，她这个也够绝的，说话做事一点儿余地不留："喏，还你两百块钱，两箱牛奶，两百块钱够不够？不够再加一百，连你的车钱也算上行不行？"

徐达恺有些挂不住："江主任，您这是干什么？"

江一丹指着门："徐达恺，你赶快给我走！听到没有？告诉你，牛奶我已经扔了，钱我还给你了，你现在可以走了吧？"

徐达恺脸上一阵青一阵白，江一丹指着门外："你走啊！"徐达恺怕惹急了江一丹就更不好说话了，急忙走出来，一出来，又觉得不甘心，这样不明不白的就让她打发了也太容易了吧，于是又回来找江一丹，直截了当地问她，为什么拿了钱不办事。

江一丹一时摸不着头脑，徐达恺这才告诉她，牛奶箱子里有一万块钱。江一丹一听，脸色一下变了："你说什么？"转身就往外跑，边跑边回头惊讶地看着徐达恺，差点撞到墙上。

徐达恺也有些毛了："她真的不知道？"他也晕了。

3

江一丹一阵风一样回到家里，一进门就大声喊着："林秀！林秀！"冲进厨房，转了一圈，又冲出来，"林秀，林秀！"低头看到林秀的鞋在，"鞋在呢？人呢？"大声叫着，"林秀，你在哪儿？"冲进客厅，又冲进卧室，都没人，她听到浴室里传出水声，有些困惑，推开门，林秀正躺在浴缸里悠然自得。

江一丹大叫一声："林秀！"

林秀睁开眼睛，看到江一丹，吓了一跳，急忙起身，觉得不妥，吓得急忙拉上帘子。

江一丹冲过来："你在干什么？你怎么会用我的浴缸？赶快出来，我有话要问你！"

林秀战战兢兢走出来，江一丹上来就问她那两箱牛奶扔哪儿了。

林秀情知坏事了，紧张地说就扔在垃圾间了。

江一丹："垃圾间什么地方？"

"垃圾间外面的地上，东西太大，垃圾箱里放不下，就放在一边了。"

江一丹叹了口气。

林秀紧张地问了一句："怎么了？"

江一丹："没事！"她有些恼火，觉得自己很倒霉，起身准备回医院，又不死心，想再问林秀到底看没看见牛奶箱里的钱，又不好直接说，只得问："林秀，你那天扔牛奶的时候，见没见到牛奶箱子里有什么东西？"

林秀惊慌地回答："没有没有，我没看见，没钱！箱子里什么也没有……"

江一丹眼神一动，心里已经猜到了什么，但又不好说，气呼呼地走了出去。

她拿了家里的存折，去银行取了一万块钱，里面的钱都是定期，损失了好几百块钱的利息，让她很心疼。随后她匆忙赶回科里，一上楼就打电话找徐达恺。

徐达恺一直在医院里转悠，见江一丹找他，忙跑到她办公室。江一丹看见他，把一万块钱摔在他面前说："这是你的一万块钱，你数好了，拿好了，赶快从我眼前消失！"

徐达恺一听，气得脸色煞白。

江一丹不依不饶："徐达恺，我给你一个忠告，以后给人送东西把话说清楚！省得人家不领情！"

徐达恺难过了好一会儿，把钱收起来："江主任，我也给你一个忠告！你太傲慢了！你这么傲慢是要吃大亏的，都是在外面混的，别把话说太满了！谁也不能保证不犯在谁手里，我就不信你们家武明训没收过别人一分钱！"

江一丹一下怒了，所有的火气全撒向了徐达恺："徐达恺，你够了没有？那我就明告诉你，我们家武明训的确是没收过别人一分钱！我以后也不会犯在你手里！你是混的，我不是，我是医生，不是混的，你愿意上哪儿混就上哪儿混！别在我眼前混！"

走廊里医生护士全跑出来看热闹。

钟立行正好从边上经过，看见江一丹在发飙，急忙过来拉住她："干什么？别发这么大火！"

江一丹气得仍然说不出话。

钟立行好脾气地说："你也别太绝对了，其实医药代表也不全是坏的，他们也不容易。"

"都不容易，就用这种方法拖人下水？"

钟立行笑笑："也不能这么绝对，现在的大环境就是这样，其实医药代表这个职业本来应该是很高尚的，是医生的良伴，只是有些方法不对头，要客观。"

江一丹怒气冲冲："我受不了的就是他们的方法！这个徐达恺，他本来也是这家医院出去的，本来也是个不错的医生，他们那一班里他是很出色的，现在居然成了这样！他，他公然挑战我的尊严！"

钟立行看着江一丹认真生气的样子觉得很好笑，温和地劝着："说严重了，别什么事都往尊严上扯啊！你脾气也太大了，钱也还了，人也骂了，就行了。"

江一丹不满地说:"怎么是我脾气大,我又没有招他!"

钟立行看着江一丹,笑了笑:"行了,江主任,我也给你一个忠告吧,我这次回来才发现,你呢,太较真了,太紧张了,只有工作没有生活!跟严老师一样!你要是再发展下去,就是下一个严老师!到时候别怪我没提醒过你!"

江一丹不以为然地转头,突然回过头来:"你说什么?我快成严老师了?你怎么跟武明训说得一样?"

钟立行紧张起来:"我只是开个玩笑,你别当真。"

江一丹认真地看着钟立行,想笑,却哭了:"我,我就是只有工作没有生活!立行,你应该知道麻醉医生的生活是什么样的,每天像打仗一样!你们手术紧张,我们,比你们还紧张,手术开始,让病人麻醉,就是暂时停止他们的生命机能,就像给生命按下了暂停键……而我们必须时时刻刻关注病人的生理指标,任何一个微小的指标都要注意到……手术完了,要把他们从生死线拉回来……身,心,手,脑,耳朵一刻也不能停,那种紧张,真的让人受不了,更多的时候,我会觉得很自豪,可是有时,真的会很恐惧……"她说不下去了,抹了把眼泪。好一会儿,江一丹突然破涕为笑,朝钟立行挥挥手:"我没事儿了,你走吧!"

赶走了钟立行,她走到窗前,往外看了一会儿,突然回身拿起电话找武明训,说了句:"在大厅等我!"放下电话跑了出去,她跑到大厅,武明训正慌慌张张往这边赶。

江一丹看见武明训,直接跑过来,拉着他就往一边去,严肃地问他:"武明训,我问你个问题。"

武明训吓了一跳:"什么事儿这么严肃?"

江一丹急切地问:"我,有女人味吗?"

武明训一怔,急忙四处看看。

江一丹表情十分认真:"我问你话呢。"

武明训迟疑了一下:"你想听真话吗?"

"当然。"

武明训挠挠头:"以前有,现在……少了。"

江一丹震惊地看着武明训:"真的?"

武明训笑笑:"逗你的,怎么了?谁又说你什么了?"

江一丹失落地看着武明训,头扭向一边:"没有,我没事了,你走吧。"转身走开。

江一丹回到科室,一直冷着脸,一个下午谁也不敢跟她说话,都以为她是让徐达恺气着了,其实她在想武明训和钟立行说的话。好不容易熬到了下班,她没有像往常一样再加会儿班,直接就回家了。

她扔下包,换上拖鞋,叫了声:"林秀!"一抬头,却看见林秀已经穿戴整齐坐在门边的餐桌前,脚下放着一个大包。江一丹愣住了:"哎,你这是干什么?"

林秀冷冷地说:"阿姨,我要走了。"

江一丹感觉很意外："哎，这是怎么了？好好儿的怎么说走就走？"

林秀突然爆发似的哭了起来："什么叫好好儿的？你什么时候对我好过？我到你们家，你天天吵来吵去的，动不动就骂我，叫什么好？"

江一丹好声好气地说："哎，林秀，你别这么说，我什么时候骂你了？什么叫吵来吵去？"

林秀哭着："你天天回来，不是说桌子不干净，就说地不干净，你们家的活儿我干不了，你另请高明吧。"

江一丹突然有了耐心："林秀，我让你讲卫生，也没有别的意思啊，一个女孩子，不管在自己家还是别人家，都要爱干净不好吗？我态度不好，以后注意还不行？我给你道歉。"

林秀哭道："晚了！我不是你的奴隶！我也是人！你问我是不是拿了牛奶箱子里的钱，我没拿！你不信任我！你伤害了我，我也是有自尊心的！"

江一丹怔怔地看着她。

"我知道你看不起我，你看不起任何人，是的，我家穷，可我也是有人格尊严的，你看我买了新睡衣，问我那种眼神，好像我穿不起，我告诉你，我也看不起你，哼，我还以为你们院长家有什么好呢？我早看透了，一天到晚面条馄饨速冻饺子，有什么可吃的，就那么几样破家具，天天擦来擦去的，我不伺候了！给我结账，我要走了！"

江一丹惊异地看了看林秀，一声不响地走过去拿过包，打开钱包，抽出八百块钱递给林秀："这是你的工资，你数数。你要走就走吧，以前的事对不起，别往心里去，到了介绍所给我打个电话，让我知道你是安全的，好吗？"

林秀接过钱，数了一下，装进口袋里，拎着行李往外走，江一丹呆呆地看着她。

林秀走到门口，拉开门，突然回身："我的行李你还要检查吧？"

江一丹疲倦地挥挥手："不用了，你走吧！"

林秀拉开门走出去，把门撞上，江一丹一屁股坐在餐桌前，把手插进头发里。

我真是自作自受！江一丹在心里骂着自己！好一会儿，她才打起精神，开始做家务。她先去刷浴缸，又是消毒，又是冲洗，忙得不亦乐乎，接着来到厨房，看见到处都是油渍，索性又把微波炉冰箱全擦了一遍，看看表已经八点多了，武明训还没回来，看样子是不会回来吃饭了，她一个人又不想做饭，于是烧了开水，煮了泡面。她把泡面外边的塑料纸包装团成一团，打开水槽下面的柜门，拉出垃圾桶，要把垃圾扔进去，突然一低头看见垃圾桶里一个牛奶的包装，愣了一下，拿出来，看了一眼，是徐达恺送来的牛奶！她脑子里想起林秀的话："你问我是不是拿了牛奶箱子里的钱，我没有拿！你不信任我！你伤害了我，我也是有自尊心的！"

她把牛奶包装扔进垃圾桶里，脸上浮现出苦笑，接着咯咯地笑了起来，她突然觉得生活像一出荒诞剧,每个人却又表演得认真,想到这儿,她反而快乐了起来:"只有工作,没有生活,越来越像严如意了,那又怎么了?如果只有生活,没有工作,那才惨呢!"

她决定了,不改变自己,就这样了!

4

林秀拎着行李走在街上,手紧紧捂着包,她不时低头看一眼自己的包,脸上是梦游般的表情。她成功地使用苦肉计,离开了江一丹家,江一丹居然没有再追问她,这让她心里小小地佩服了一下自己。她先回中介公司报了个道,交了一百块钱重新登记,并号下了晚上的床位,就开始漫无目的地在街上闲逛。前面不远处有家服装店,林秀走过去,在门外的橱窗前停了下来,看着橱窗里的模特,看着模特身上的衣服,充满了向往。

徐达恺刚好路过这里,他看见林秀,一下就认出了她。看到林秀把全部家当都带在身上,一瞬间就明白发生了什么,他知道钱一定是让她拿了。他突然就有一股无名火,伸手抓住了她的包。

林秀一惊:"干什么?"

徐达恺笑着:"你说呢!"

"你放开我!"

"我不放开!"

"你再不放手我喊人了!"林秀说着就喊,"抓小偷!"

徐达恺一把卡住林秀的脖子:"叫!你再叫!你敢叫我就敢叫,我们去见警察怎么样?"他一把抢过林秀的包,从里面翻出一个信封,上面写着先达医药公司:"这是什么?你叫啊,你叫啊!"

林秀眼泪一下流了出来:"那是我捡来的,你还给我!"

"还给你?想得美!"徐达恺顾不上林秀又哭又闹,生生把钱抢到手,扬长而去。一想到下午的事,他就气得要命,叫了出租车回到家,刚要开门,感觉到身后有人,回头,见是林秀,怔了一下:"你要干什么?你敢跟着我?"

林秀上前拉住徐达恺:"把我的钱还我,那是我的!"

徐达恺笑了:"嘿,这年头,真是见鬼了,你胆子还真大!你赶快给我滚,告诉你,我受了一天的气,这一肚子火正没地方发呢,别找不自在!"推门就要进屋,林秀抢先一步跟了进去,徐达恺一愣,"嘿,你还真够硬的啊!"

林秀态度坚决:"今天你不把钱拿出来,我是不会走的,看谁硬得过谁!"

5

徐达恺的家是一套三居室的公寓,公司和住宿全在一起。

林秀大模大样地在沙发上坐下，又哭又闹，声称徐达恺不把钱还她她就不走。两人唇枪舌剑吵了半天，谁也说不过谁，徐达恺累了，不想再吵了，起身给自己泡了一碗方便面，坐下来吃。

林秀看见了，生气地说："你就一个人吃啊？也不管我？"

徐达恺看看林秀，不理她。

林秀起身走进厨房，看见厨房又脏又乱。她见操作台上放着方便面，便拿过来，想找个碗泡面，但没看见一个干净的碗，只好从池子里拿起一个脏碗洗干净了，又见其他碗脏兮兮的太恶心了，索性洗了起来。

徐达恺端着碗走过来："你干什么？"

"你怎么这么脏啊！"

徐达恺吃着东西："你要帮我刷碗啊？"

林秀看了看徐达恺，一声不响把碗全洗了，徐达恺居然有些感动。

林秀接着又把橱柜全擦了一遍。

徐达恺有些坐不住了，他看了林秀好一会儿，突然问了一句："哎，你，是什么地方人？"

林秀没好气地说："你管！"

徐达恺一愣："我不管，哎，我说你可真够笨的，武院长家多好，你怎么会见钱眼开？"

林秀突然眼泪就落下来："她让我把牛奶扔了，我看见钱才拿的。"说着捂着脸，显然她很后悔。徐达恺心也有些软了："不是你的就不该拿！"

林秀哭着："她不要的，我当然要拿了。"

徐达恺这才不得不对林秀刮目相看，心想这个女孩不简单。

林秀瞪了一眼："看什么看？"

徐达恺由衷地佩服："我发现你，你其实真的挺聪明的，脑子真是够快的！"

林秀又恢复了得意："那是啊，你以为呢？"

徐达恺放下碗，对林秀说："你跟我来！"

他进了客厅，拿过包，从里面拿出那个信封，拿出钱，从里面点了一千块钱，扔在林秀面前。

林秀拿过来，看了看："这么少？你也太黑了！说好了一个人一半的！要不你就给我找个工作！"

徐达恺让林秀逗乐了："你说得轻巧！找工作？你学什么的就想让我给你找工作？"

林秀说："看不起人？告诉你，我以前是卫校的，三年学制上了两年半，差三个月就毕业了，要不是家里出事，你以为我会找不到好工作？"

徐达恺不相信："就你？还念过卫校？那你怎么跑去当保姆了？"

"保姆怎么了？保姆有什么丢人的？"

"谁说你丢人了？当保姆不丢人，像你这么干才丢人！"

林秀哼了一声："我是看上江一丹家是院长，以为到她家能找到点机会，没想到她们家一天到晚没人，吃得也不好，算我倒霉！"

　　徐达恺打量了一眼林秀："行了，就你，还机会？这样吧，你跟我干吧，我是医药公司一个部门的经理，你给我当业务员，怎么样？"

　　林秀不相信自己有这样的好运气，困惑地问："你说的是真的吗？你真的让我给你干？"

　　徐达恺说："我骗你干什么？好好儿的我骗你什么？骗你干什么？"

　　林秀把钱拿起来，看了看，又放下。

　　徐达恺说："去买几件像样的衣服，再把头发弄一弄，我以前在大公司做业务员，跨国公司，刚从公司出来自己做，承包的是医药公司的一个部门，这个部门现在只有我一个人，你跟着我跑医院，就攻仁华吧，我手头有三种药，还有器械，我一个月给你一千块钱工资做底薪，药品推销出去了再加提成，这个房子是我办公的地方，也是我住的地方，一共三居，一间做仓库，另一间你可以住，你管做饭，打扫卫生，怎么样？"

　　林秀紧张地看了一眼房间。

　　徐达恺笑道："看什么看？就我们两个住也没关系，我不会碰你的，你就别想了。"

　　林秀屈辱地看着徐达恺："我什么也不懂，做药怎么做啊？"

　　徐达恺扔过一本书："这是一本入门的书，你自己看，还有，里边屋里有药品说明书，你先看，剩下的我教你！"

　　林秀接过书，翻了翻，眼睛乱转。

　　世事难料，转眼间徐达恺和林秀就化敌为友，居然成了同事兼搭档！

6

　　深夜时分，钟立行拎着箱子搬进了医院单身宿舍。宿舍已经布置好，沙发，电话，一张桌子，一张简单的单人床。

　　钟立行打开箱子，从里面拿出妹妹的相框放在桌上，在床边坐下。

　　回来了！踏实了！

第八章
注定

有人星夜赶科场，有人辞官归故乡。
这个世界就是这样，
有人生，有人死，有人结婚，有人离婚。
不会因为任何人的愿望和心情而改变。
而我们能做到的只有一样：接受！

第八章 注定

1

昨天下班的时候，武明训接到科里打来的电话，说经过几天的多功能透析，王欢的情况已经有所好转，可以准备二次手术，但从入院到现在，他们家一分钱也没交过，问他怎么处理。武明训一早来到医院，关于王欢二次换肾的事，他早些天就打了招呼让人去找肾源，还没消息。行政业务两头忙的确有点让他招架不住，有时他也纠结，但他又不想放弃，如果真的不再上手术了，那种感觉他是受不了的。

他刚一进办公室，电话就响了，药剂科长孙礼华打来的，说王欢的肾源找到了。武明训喜出望外，孙礼华告诉他，肾源是志愿者捐的，陈光远给联系的。武明训有点感动，这个老陈，不声不响做了这么大一件事！前些天因为钟立行的事，因为王冬的事对他的不满顷刻烟消云散了。他匆匆赶去病房看王欢，把这个好消息告诉他，要知道能找到一个合适的肾源多不容易！谁知王欢听到消息并不快乐，这孩子虽然一直生病，武明训每次见到他的时候他都是病怏怏的，但从来没叫过疼，只要缓过神来永远是一张笑脸。武明训做了这么多年医生，虽然对病人从不挑剔，但还是有倾向的，这也是他喜欢王欢，愿意疼他的原因。

王欢微笑地看着武明训："武院长，我不想做这个手术了。"

"为什么？"

"做手术要花好多钱，我这病看样子怎么也治不好了。"

武明训心里一酸："傻孩子，不能这么想，做完手术，你很快就会好的，过不了多久，你就能回家了，就又是健康人了。"

王欢难过地摇头。

孙丽娜推门走了进来，看到武明训，"啊，武院长！"看到王欢不开心的样子："怎么了，欢欢？出什么事儿了？"

王欢把脸扭向一边。武明训示意孙丽娜出来说话。

两人走到门口，武明训告诉她肾源的事，并说王欢不愿意手术，怕花钱。孙丽娜惊异地叫起来："这怎么行？要换的，武院长，一定要换的，就是要多少钱也要换！"

武明训想说一句费用的事，换个肾好几十万，加上入院来一直没交钱，孙丽娜似乎知道武明训要说什么："钱，我会去想办法，我有房子，我把家里的房子卖了，房子不好，可是也能卖几十万，武院长，求你了，这个肾源我们要，一定要给欢欢做手术！"

武明训同情地看着孙丽娜，说真的，每次听到患者说卖房子卖什么的，他心里都不是滋味，外人听见这样的对话一定会觉得医院太黑心了，可是不收费，医院拿什么维持？他只好假装冷漠："好，我当然希望欢欢能做这个手术，不过如果真的要做手术，费用你们要抓紧，最迟明天就要做手术了，不能再耽误了。"

"明天？一天的时间我们上哪儿去筹那么多钱？要二十几万吧？"

武明训也为难："费用的事，我真的不好再跟院里开口了，本来，已经欠了很多，估计已经有好几万了，其实，我是一直不愿意跟病人家属，尤其是欢欢的家属谈这种事的，不过希望您能理解，我真的无能为力。"

孙丽娜眼泪汪汪地看着武明训，武明训向她点点头，走了出去。

2

王冬走进大厅，陈光远从后面走过来。

王冬看见他，点头："早，陈院长！"

陈光远点头："你早！"

两人一块儿往里走。陈光远看着王冬："听说昨天那个手术丁院长出了点状况，是钟立行和你接手的？"

王冬看着陈光远，没说是也没说不是。医院里这种事总是传得很快，王冬愿意让人误传。

陈光远说："钟立行一来，立刻在咱们医院刮起一阵钟旋风，好像全院都知道了。"

王冬望着陈光远："您不是一直反对他来吗？怎么这么快就转向了？"

陈光远一笑："我说过我支持他了吗？"看了看王冬，"不过我也不是反对他，我是照章办事。"

王冬笑笑："您总是那么滴水不漏，我还以为您是为了我呢。"

陈光远笑笑："王主任，他刚来，正红，你要学会跟他合作，不然吃亏的是自己。"

王冬苦笑了一下，众怒难犯，这个道理他是懂的。

"对了，王主任，我前段时间跟你提过那个金行长的母亲，她检查结果已经出来了，情况不太好，我建议早点搭桥，这样比较保险。"

"搭桥？上次你不是说她要去美国做手术吗？但年龄大了，出去不太方便。"

"找钟立行不就行了？听说他搭桥做得不错。"

王冬一怔："找钟立行？你真的这么想的？"

陈光远严肃地说："当然，为什么不能这么想？王主任，你不要以为我个人对谁有什么特别的偏向，谁有本事，我就愿意相信！"

王冬看了看陈光远，不满地耸了耸肩。

陈光远走到办公室前，刚要开门，武明训走过来："哎，老陈！"

陈光远回头，武明训走过来，"这么大的事儿为什么不跟我说一声？王欢的肾源，谢谢你！"

陈光远心里暗自高兴，嘴上却客套着："哎，那不是应该的嘛，那孩子年轻，再说，又是你的病人，我当然要支持。"

武明训开心地说："谢谢你，老陈！我也替王欢的父母谢谢你！"转身要走，陈光远叫住他："哎，明训！"他快走了两步，"上次我跟你说的那个金行长的母亲，冠心病好多年了，两年前在我们这儿做的支架，效果不太理想，王冬去看过了，应该搭桥，他们一直想去美国做，老太太年龄大了，怕顶不住，你看让钟主任帮着做怎么样？"

武明训眉头一挑："让立行做？当然行，你直接说就行了。"

陈光远有些尴尬："我，有点不好意思跟他说呢，他来的时候，我不是……"

武明训一笑："哎，你想太多了，老陈，立行他不是小心眼的人，再说，你也是公事公办，你就直接说！这样最好！你直接跟他说，我也跟他说！"

一早上，高兴的事还是不少的，陈光远也算舒了口气。

3

王冬虽然对陈光远的态度有点不以为然，但还是听了他的话，一到科室就张罗贺志梅的事，他把贺志梅的心脏CT片放在看片器上，看着那心脏发愁。

顾磊走进来，王冬看了他一眼，把他叫过来："顾磊，你过来看看这片子，我让你帮我查的资料查到了没有，有没有什么资料，这种情况怎么办？"

顾磊看了看片子，他也有点害怕："我昨天查了一晚上，什么也没有查到，这种情况，其实，您就是不做这个手术也没人会说您。"

王冬一怔，随即有些烦恼："我现在的情况很尴尬，如果我做了，病人可能会死，不落好，不做，推出去，跟家属，丁院长都不好交代。"

顾磊看到王冬真的是有点进退两难，小心地劝解说："其实，我觉得您想多了，医学是科学，来不得半点虚假，行就行，不行就不行。"

王冬看着顾磊："你脑子还挺清楚，一套一套的。"

顾磊开心一笑："什么呀，何主任老说我一脑子糨糊。"

"那你说我现在该怎么办？"

顾磊说："把情况向钟主任和丁院长汇报，再跟家属做做工作，让他想别的办法吧。"

王冬用手里的笔敲着桌子，思索着。

4

王欢的肾源配型结果出来了，很理想，武明训想尽快手术。他通知各部门作手术准备，又花了一个下午的时间研究王欢的病案，并让助理通知王欢母亲交费，并进行了术前谈话。

丁海已经到泌尿外科报到了，武明训让他跟自己上明天的手术。孙丽娜推门走进来，武明训看见她急忙说："王欢妈妈，你来得正好，手术方案已经订了，明天就手术，您手术的费用准备得怎么样了？"

孙丽娜"扑通"一声跪下："武院长，求求你了，我跑了一天了，实在凑不齐那么多钱，我让欢欢爸爸去卖房子了，可是一时半会儿也拿不出钱来，您就先给欢欢做了这个手术吧，等我把房子卖了就一定交钱，我求求你了！"

武明训扶起孙丽娜，无奈地说："好吧，我答应你，可是手术完了，您一定得交费！"

孙丽娜连连表示："谢谢您，我一定，我一定！"

5

第二天下午，王欢的手术开始了。换肾手术以前要十几个小时，现在手术成熟了，只要三四个小时。手术过程很顺利。丁海是第一次跟武明训上手术，这之前他上午跟了三台手术，饭也没有顾得上吃，厕所也没有顾得上上。武明训边做手术边跟丁海打趣，一是调节一下气氛，二是给他一些鼓励。武明训是个细心的人，他知道年轻大夫要调教，要让他们觉得工作是件有意思的事，最重要的是要让他们感觉到被重视，有人时刻关心着他。他上学的时候，丁祖望和严如意他们一见着学生就逗，开个玩笑，甚至拿他们的小毛病当笑话说，开始他们不理解，以为老师只是喜欢说笑，后来才明白，这就是传承，就是教育，就是爱。丁祖望说过，医学教育是个特殊的职业，他们一生都要跟人打交道，人上一百形形色色，因此怎么把持自己，怎么既保持距离又要让人信任，就是一门学问，医学院里，除了教人知识，还要教学生怎么跟人相处。外科医生是一个特殊的群体，他们身上都有那么一种大大咧咧，什么都不在话下的劲头，说话做事干净利索，有时甚至很粗鲁，那股劲并不太容易修炼。在武明训眼里，丁海不错，体力智力都够，就是性情不稳定，心智还没开。

武明训慢悠悠地说着："我说丁海，你得好好修炼，得学着拿得起放得下，上手术别紧张，该放松得放松，不然，天天这么站着，等你老了，腿上静脉曲张，痔疮、前列腺都会来找你。"

丁海咧着嘴笑："武院长，我不累，您甭逗我。"

"小子还挺聪明，知道接话碴！"武明训笑着，"我是认真的，我们这么天天站着，也是功夫，不吃不喝不上厕所。我们算快的，你知道肝移植要三十几个小时，更惨，我真听说过有外科医生穿成人纸尿裤的，我们国家最著名的肝移植专家吴教授，都八十多了，有次开会我碰上他，老人家腿上的血管曲张得一塌糊涂！老爷子最绝的就是三十几个小时不上厕所。"

丁海笑道："您别再说了，反正外科医生都得有副好膀胱。"

武明训继续慢悠悠地说着："我说你们谁有叶惠林的电话，真该给他打个电话，请他来这儿看看，阳光灿烂的好天气，有一群白衣天使却关在屋子里，忍着尿、忍着饿在做手术，哎，我们容易吗，啊？"

6

手术室外面，孙丽娜一直揪着心。两年多了，孩子的病像山一样压在她心上，昂贵的医疗费更是摧垮了她的神经。她已经精疲力竭了，但看到孩子的样子，看到武明训的那份热心，她想再赌一下。孩子进了手术室，她才真正感觉到紧张，她趴在手术室的门上不停往里张望，王茂森怎么也劝不住。过了一会儿，手术室门开了，护士推出一张担架床，不是王欢，孙丽娜眼看着门开了，趁人不备，冲了进去，王茂森也跟了过去。

武明训终于缝合完最后一根血管。他把镊子丢到盘子里，"当"地一声，随即脱下手套，虚弱地在椅子上坐下："我实在太累了，我得喘口气，丁海，小祁，你们两个接着缝合吧！"

江一丹心疼地看着武明训。

丁海紧张地说："实话跟你们说吧，我的膀胱都快憋炸了！我一个上午没上厕所了！"

众人同情地看着丁海，手术过程中上厕所是件极其麻烦的事，出去一趟要重新刷手，换衣服，所以大夫上手术前一般都会先去清空"内存"，丁海今天可算是栽了！

武明训累成这样还不忘整丁海，他也想去上厕所，他知道急着上厕所的人最怕提这事，故意夸张地艰难地起身，用临牺牲前的那种语气沉痛地说："同志们，我要去上厕所了，下回再做手术，我看真得穿纸尿裤了！"说着走了出去。

丁海看着武明训走出去，他实在憋不住了，扔下镊子："对不起，我实在忍不住了，一分钟！就一分钟！"冲出手术室。

孙丽娜冷不丁冲过来："完了没有？"

武明训看见孙丽娜，吓了一跳，摆摆手："快了！就好！"说完努力稳定地冲向卫生间。

丁海从手术室冲出来，差点撞上孙丽娜，他大叫一声："哎，这谁呀！让让！"冲向卫生间。

孙丽娜更急了："哎，怎么又来一个，大夫都上厕所了，欢欢怎么办？"起身就追进了卫生间："你们怎么回事，都出来了，我儿子怎么办？"

丁海吓得大叫一声："别过来！"

王茂森冲过来，把孙丽娜拉了出去："你干什么，这是！"

丁海走了出来，孙丽娜冲动地问："你们都出来，我儿子怎么办？"

丁海怔了一下，说了声："他，很好，已经快完了！"

孙丽娜一下更来了劲儿："你说什么？谁快完了？"

丁海意识到自己说错话了："对不起，对不起，口误，对不起，我不是故意的。"

孙丽娜眼里全是眼泪，武明训和丁海看见了，都不再说话。

武明训走到水池边洗手，重新刷手。

孙丽娜突然冲动地对武明训喊："快点啊，洗个手要那么久！"

丁海有些急了："哎，你有完没完，上完厕所当然要重新刷手！"

孙丽娜歇斯底里地喊道："那就不要上，你们都出来了，我儿子在里面怎么办？"

丁海一下发火了："我都一天不吃不喝不尿了，上个厕所还要你批准？"

孙丽娜声嘶力竭地喊道："我也一天不吃不喝了，我儿子在里面，我就是没有上过厕所！"

丁海一字一句地回应："那是你儿子，不是我儿子！"

武明训大喝一声："丁海！"丁海住了嘴。

武明训举着手，用脚踢了丁海一下："赶快进去！"他温和地对孙丽娜说，"欢欢妈妈，你的心情我理解，孩子挺好的，手术很顺利，您在外边等吧，这里面是无菌的！"

王茂森急忙拉着她走了出来："你说你真是的，你就安心等吧！别闹了。"孙丽娜狂躁地喊了句："我不是心里烦嘛！"

7

下了手术，武明训和江一丹回到家里。江一丹问："你饿不饿？我给你煮点面条？"武明训摇头："不吃了，赶快睡吧。"

江一丹进了卫生间，拿起牙刷准备刷牙，突然涌起一阵恶心，她呕了一声，随即抬头看着镜子里的自己。武明训走进来："怎么了？"江一丹摇头，再次刷牙，又呕了一声。武明训看了她一眼，"怎么了？是不是累得？"江一丹放下牙刷。

武明训胡乱洗了一把脸，一头倒在床上。江一丹掀开床罩睡了进来。

武明训突然叫了声："江一丹，帮我揉下腿，我的腿今天老是抽筋。"

江一丹坐起来，撩开武明训的睡裤，见他的腿上静脉曲张得厉害，她心疼地叫了声："怎么会这样？"忙为他揉了起来。

武明训深情地说："江一丹，谢谢你，谢谢你当了我老婆，也谢谢你这辈子当了麻醉医生，我还能在手术室里看见你！我很知足。"

江一丹眼圈红了，看了武明训一眼："武明训，今天那个女的怎么那么凶？我怎么老是觉得，你不应该对她那么没原则？她一哭，你就心软，可她翻起脸来比翻书还快，现在的人，太可怕了。"

武明训叹了口气："两年前，我第一次见她的时候，还是个斯斯文文的女性，听说在大学里做后勤工作，两年了，她已经不成样子了，她这是让孩子的病折磨

82

的……"过了一会儿，他又迷迷糊糊说道，"江一丹，对不起，我太累了，不洗澡了，也不洗脚了，别嫌我臭，也别像严老师那样闹离婚啊！"说着就睡着了。

江一丹长时间看着武明训，接着听见了他的鼾声。她默默起身，走到卫生间，拿了一个验孕棒测了一下，上面清晰显示出两条线。怀孕了！江一丹看了一眼，低下头。

8

夜深人静，一辆出租车开过来，刘敏拿着装换洗衣服的大包下了车，向楼门走去，她出院了。本来一早她就办好了出院手续，但她先到科里上了一天的班，忙到这会儿才回来。半个多月没回家了，也不知道家里成什么样了。她住院期间，丈夫卫思云只来看过她一次，送了点换洗衣服。

对她遭遇的打击，卫思云一句安慰的话也没有，态度冷淡，让刘敏很寒心。她本来有一肚子委屈，但看见卫思云那副样子就什么也没说。她匆匆忙忙进了门，卫思云还没睡，孩子已经睡了。家里乱得不成样子，她放下东西就急忙收拾屋子，边收拾屋子边对丈夫说着好话："思云，对不起，我天天忙，也照顾不了家，出了事还得让你跟着忙。"

卫思云一直坐在书桌前看书，听见她的话头也没回，只淡淡地说了一句："没什么，我已经习惯了，这个家有你没你都是一样的，你就是不出事，也在家待不了多大会儿。"

刘敏眼睛里的光暗淡下去："思云，这一次，我可能，可能要受处分了。"

卫思云这才回过身，上下打量着刘敏："早就跟你说别当这个护士长了，你就是不听，惹下这么多的事，真是不值。"

刘敏叹息："我不干这个，干什么去？我都快四十的人了，改行也来不及了。"

"谁说让你改行了？做点收费什么的工作不行？就是不当护士了，回家，当家庭主妇不也行，我们一家三口，琪琪正需要照顾，我的工资也够花了。"

刘敏急了："你说得容易，我放着好好的工作不干，回家当家庭主妇？再说你那点工资，怎么够？孩子一天天大了，要学的东西哪样不得花钱？"

卫思云看看刘敏，不再说话。两人其实早就没话说了，这样的争吵早就不是头一次了。

刘敏挽起袖子，穿上围裙，准备去洗碗，卫思云看着刘敏，起身走到沙发前扒了个地方坐下。

刘敏急忙跟过来收拾，卫思云对她说："你先别收拾了，我有话要跟你说。"

刘敏心里一沉。

卫思云有些迟疑，摸索着在沙发上坐下，从怀里掏出一包香烟，笨拙地点上，吸了一口，呛了一下，刘敏有些心疼："你抽上烟了？什么时候学会的？"

卫思云没有回答她的话，直接换了个话题："刘敏，我们离婚吧。"

刘敏怔住了。

卫思云又说了一句："离婚。"

刘敏呆呆地看着卫思云，卫思云坚决地说："对不起，我，我，我不知道怎么跟你说，可是我已经下了决心了。"

刘敏一句话也说不出来，眼泪滑落下来。

卫思云又抽起了烟，刘敏看他那副难过的样子："不会抽就别抽了。"

卫思云把烟灭了。

刘敏问："什么时候开始的？"

卫思云一怔。

"什么时候开始有这个想法的？"

卫思云想说什么，又没有说。

刘敏低声说："不这样不行吗？孩子还小……"

卫思云淡淡地说："她总会长大的，可是我也会老的。"

刘敏伤心地看着他："你是不是得了什么重病？还是在外面出了什么事？"

卫思云凄凉地一笑："我能生什么病？能出什么事？你也别想太多了，我一没有生病，二没有出什么事，三没有什么别的女人，我就是，不喜欢现在的生活，我已经四十多岁的人了，再也不喜欢一个人晚上孤零零的，下了班，回家还是一个人，自己煮，自己吃，自己铺床自己睡……那些病人那么坏，凭什么要待在急诊室？凭什么要为他们付出？"

刘敏呆呆地看着卫思云："思云，你，你，那是我的工作，我，我也是没办法呀！"

"我也没办法，我这辈子最后悔的事就是娶了个护士做老婆……"

刘敏震惊地看着卫思云。

卫思云冷漠地说："以前年轻的时候不知道，不懂，现在我才知道，一个男人，老婆年轻也好漂亮也好，都不重要，重要的是心里要有这个家，家要有家的样子，家要有家的感觉，要温暖，温馨，我过的是什么日子？这辈子真是白活了。"

刘敏心凉了，她努力克制住痛苦，淡淡地说："你不要再说了，这些话你也不是第一次说了，我明白了，我都明白了，没有事情比有事情可怕，哪怕是你在外面有了女人，有了麻烦，都没事，没有事情才是真的没有感觉了。"

卫思云沉默着。好一会儿，他冷静地说："房子、孩子、车子、存款，你随便挑吧，挑剩下的归我，如果都想要，都拿走也行，我只把我的书和衣服带走。"

刘敏眼泪一下流了出来："卫思云，你，你的心真狠，这些天，你是不是天天在想这些事？你是不是，什么都想好了？"卫思云淡漠地看着桌上的杂乱。

刘敏哭诉："你，我，你，你替我想过没有？我也快四十岁了，我一个女人，快四十岁了，突然没了丈夫，没了家，你让我怎么活？你以为我喜欢待在医院，喜欢待在那个急诊室？这是我的工作，我没办法，当初你是怎么追求我的？我？"

第八章 注定

卫思云依然淡漠地看着刘敏。

刘敏哭着:"算了,我不说了,我知道说了也没用,我只跟你说一句,这个婚是你想离,不是我想离,是你要离的,将来女儿要是怪罪,你跟她解释——那些房子,车子的事我都没有想过,你只要把琪琪给我就行了——"说着起身进了卧室,关上门,接着里面传出嚎淘大哭声。

卫思云坐在过厅里,听见刘敏的哭声,一动不动。

有人星夜赶科场,有人辞官归故乡。

这个世界就是这样,有人生,有人死,有人结婚,有人离婚。不会因为任何人的愿望和心情而改变。而我们能做到的只有一样,接受!

第九章
救命之恩

　　别，别，何主任，这是两回事，这不是数学，是人命！不能往一块儿说！
　　我家里的事您谁也别告诉，我不想让人知道，我这个教授夫人没当够，就是个虚名我也想要，我不想让人知道，不想让人笑话我！

1

钟立行刚来一个星期,心外的周一大查房已经成了心外年轻大夫心目中最盼望的事了。

一大早,例行查房又开始了,那个出租车司机已经能坐起来了。生命是奇妙的,生死就在转瞬间。这些天,科里到处洋溢着一种欢乐的气氛,出租车司机爱说爱笑,他的复活,让人感到很奇妙,钟立行看到出租车司机的时候,心里还是很有感触,虽然他早就习惯了生死:"怎么样?还好吧?"

出租车司机欢快地笑着:"很好,谢谢你钟主任,我都听说了,我听说我的手术是您做的,是您救了我的命。"

钟立行一笑:"别这么说,是很多人一块儿挽救了你的生命。"

查完房,钟立行带着人去示教室做讲评,王冬迎面走过来,看见钟立行和他身后的一队人马,有些紧张。钟立行来了以后,王冬一次查房都没有参加过,总是说有事,钟立行知道他是心里有想法,也不跟他计较,他客气地问道:"王主任,您有什么事?"

王冬有些尴尬,迟疑了一下:"那个叫贺志梅的病人,我想请你帮我看一下。"钟立行一怔,随即说:"好!"跟着王冬走向病房,其他人大吃一惊:"王主任吃错药了吧今天!什么情况?"

2

钟立行随王冬去看了贺志梅,示意他去办公室谈。

对王冬的态度,钟立行非常明白,他知道他这是示好,一个人不可能永远跟大家对立,他对王冬并没有什么恶意,在他眼里那些小心眼太小儿科了,但他也不打算招惹他,听其自然吧!让每个人按照自己的个性生活,不是更好吗?钟立行把贺志梅的心脏造影片子放在看片器上,简单干脆地说:"王主任,这个病例说复杂也复杂,说不复杂也不复杂,这是一起罕见的心脏异常肿大,从图像上看,这个心脏已经长满了整个胸腔,这种情况就是在美国,也不见得人人都能治好。"

王冬异样地看着钟立行,有点不太敢相信,又感动于他的坦诚:"真的吗?这么说,不是我们耽误她的病情了?"

钟立行点头:"不是,以前我见过一个病例,心脏比这个要小一半,病人手术中就死亡了。所以,我的意思,由你决定,或者我们一起决定,到底要不要做这个手术,不然,我们就请丁院长和几个专家一块儿会个诊吧,再征求一下家属的意见,再作决定,你说呢?"

王冬高兴极了："好，好！我现在就去请严处长安排会诊。"说完，他起身往外走。走廊里，顾磊和几个小大夫正在议论，周小白说："哎哎，你们看，你们看，王主任刚才找钟主任去看贺志梅的病。"

顾磊十分不屑："我就知道他绷不住劲儿，这种事还得钟主任！"

王小鱼感叹："这人也真够没劲的，钟主任上任那天他就不来，天天暗地里使劲儿，这回知道钟主任厉害了吧？"

见王冬朝这边走来，顾磊和几个小大夫都住了口。

王冬看到顾磊，说道："顾磊，帮我给医务处严处长打个电话，为十六床贺志梅申请会诊，请丁院长、武院长、麻醉科江主任、胸外科宋主任参加，时间就在这周。"

顾磊急忙跑开了，跑了两步，又回身说："周小白，你跟我去，帮我填单子！"

王冬对王小鱼说："你还待在这里干什么？还不赶快去看病人？"王小鱼也跑开了。

钟立行在办公室，听见外面的动静，脸上是会心的笑。一切刚刚开始，一切都会好的。他一直盘算着，心外的人手其实不少，只是管理不到位，所以显得有些混乱。他想把心外的重症监护功能强化一下，心脏手术，术后监护是重点，他想调一个CCU护士长，有时间要跟武明训讨论一下，其实他来的第一天就看好了一个人，这个人就是刘敏。

3

刘敏推着自行车走在街上，神情恍惚。本来何大康让她休息三天，这三天，卫思云一直没回家，刘敏吃了睡，睡了吃，昏昏沉沉，什么心思也没有。卫思云不回家，意思很明白，无非是逼她早点签字，她想通了，离就离，谁怕谁！

前面不远处是十字路口，她走过来，绿灯已经开始闪烁，红绿灯上的数字显示只有5秒，她迟疑了一下，推着自行车横穿马路，走到路中间，灯已经开始变红，她依然慢慢在走。这时，一辆110警车闪着警笛开过来，见刘敏正走过来，就来了一个急刹车，刘敏吓了一跳，摔倒了。

车门打开，一个警察从车上跳下来，上来扶刘敏："怎么搞的，走路怎么不看灯？"

刘敏甩开对方："你怎么搞的，你怎么不看人！"两人对视，刘敏见对方居然是上次出现在急诊室的警察曹成刚，曹成刚也认出了她："啊，是你？"

刘敏生气地说道："啊，原来是你？"那天晚上在急诊室，姚淑云家属闹事，警察来了，却在一边什么也不管。刘敏记住了这张脸，曹成刚也记住了这个让人同情的护士长，他不是不想管，他们有纪律，医疗纠纷警察不能太多介入。

曹成刚关切地问："看摔坏了没有？"上来就拉刘敏的裙子。

第九章 救命之恩

刘敏恼怒地甩开他的手:"干什么?你要干什么?"曹成刚有些尴尬。

车上,所长正在对讲机里说着:"马上来,五分钟!"探下身来,"怎么回事?快上车,快!那边事情搞大了!"曹成刚急忙对刘敏说:"对不住,我们要去执行任务,你理解一下,我知道你在哪儿工作,有时间我去看您!"

刘敏一下火了:"有什么任务可执行的,执行任务还不是在边上看热闹,去了有什么用?"

曹成刚尴尬地看着她:"对不起,那天的事对不起,这种事情,我们警察是不能干预的,有规定,让您受委屈了!"刘敏推起自行车就走。曹成刚一步三回头上了车,边上车边说:"大姐,对不起了,有时间我就去看您!"警车开走了,刘敏推着自行车在路边发呆,眼泪不争气地流了下来,她掀开裙子,腿上已经擦破了皮,青了一片。她费劲地到了医院,进了急诊室,拿出碘酒,撩起裙子往腿上擦药。

电话铃突然响了起来,刘敏急忙接起:"你好,仁华医院急诊室。"

电话里传出:"刘护士长,这是120急救中心,我们接到一位受伤的警察,腹部刀伤,心脏受损,手臂骨折,十分钟以后到。"

4

救护车呼啸着开到急诊大楼前,随后一辆警车也开到了。

担架从救护车上抬下来,被推进了急诊室。接着三四个警察冲进了急诊室,为首的正是患者家属闹事时执行任务的所长:"大夫,救救我们的警察,一群人聚众斗殴,他冲进去制止,受伤了。"

何主任认出了所长:"是你啊?"

所长有些尴尬:"大夫,求你了,无论如何也要救活我们的小曹,他还只有二十六岁,太年轻了。"

何主任脸上的表情有些怪,走过去为伤者检查,曹成刚脸色苍白,腹部不停地流血,何主任急忙命令:"送手术室!"

刘敏看到受伤的居然是小曹,心动了一下,不管有多少怨恨,看到他前后不过一个小时就伤成这样,还是于心不忍。他刚才在车前还对她不停地说对不起,还说有时间就会过来看她!刘敏推起担架车往外走,所长追了过来:"我帮您推!"刘敏挡开他的手:"谢谢,不用了,您不会推!"

5

丁海和顾磊在为曹成刚紧急抢救。他伤得太重了,这家伙也太猛了,打架斗殴的事,一般警察不往前冲,等两边的人都累了再出手,不然危险太大了!这家伙原来也是个不要命的人啊!

血不停地往外涌,丁海有些手忙脚乱,他大声叫着:"腹部大出血,赶快给严主任打电话,组织抢救,我不行,这么大的手术我对付不了!"护士冲出去打电话。

麻醉医生在叫:"血压下降太快了,通知血库再备两千毫升血!"

护士又冲出去打电话,一会儿跑回来报告:"丁大夫,血库说只有六百毫升了,他是RHAB阴性血,我们这儿只有六百毫升了。"

丁海急了:"怎么搞的?打电话到血液中心,让他们赶快送过来!"何大康和几个医生撞开门冲了进来,几个人一边穿手术衣,一边戴手套。

钟立行冲进了手术室,丁海让开身位,钟立行顶上来,看了一眼:"你做得很好,交给我吧!"

钟立行厉声叫着:"血!快!"

麻醉医生说:"只有这最后的六百毫升了,他的血型太少见,RHAB阴性,医院没那么多。"

"血液中心呢?"

"正在联络!"

电话铃响起来,护士接起电话:"啊,只有一千毫升,好,知道了,你们赶快送过来!"冲过来对麻醉医生,说:"血液中心来电话,只有一千毫升!"

钟立行愣了一下:"让他们赶快送过来!"

刘敏听到钟立行的话,急忙冲过来:"钟主任,还差四百毫升,我去想办法!"冲出手术室。

钟立行喊道:"赶快给武院长打电话,组织全院抢救!"

6

刘敏冲出手术室,几个警察守在门口,高声叫着:"你们谁是AB型血?"

三个人冲过来:"抽我的,抽我的!"

刘敏没好气地说:"抽什么?要配型,谁是AB型?"

几个警察面面相觑,刘敏说:"跟我来验血型吧!他的血型很少见,RHAB阴性,你们最好多找些人来配血,不然病人很危险!"

所长小心地问:"血液中心呢?血液中心没有吗?我们开警车去取!"

刘敏瞪了他一眼:"已经打过电话了,那边只有一千毫升,不够!"

所长急忙吩咐一个警察:"你赶快打电话去局里,通知他们赶快组织人来医院!大夫,先验我的血!"

武明训、江一丹赶到了,冲进了手术室。

第九章 救命之恩

7

江一丹、武明训、钟立行都围在伤者面前,武明训在主刀,最后一袋血被挂上去了,江一丹通报着:"最后一袋了!"

武明训紧张地看了一眼血袋:"血液中心那边怎么样了?"

护士报告:"刚打过电话,那边已派人送出来了,太远了,还要半个小时。"

武明训一边操作着,再次看了看血浆袋:"来不及了,供不上了,赶快去把所有的夜班医生、护士和所有的病人都动员起来,看看有谁是 RHAB 血型,现在就去!"

走廊里冲进来二十几个警察:"所长,这边先来了五十个,我们地段的都来了,局长说其他地段的人正往这儿赶,能来三百个!"

几十个警察在排队取血。一队医生护士跑过来帮忙。一位护士搬了张桌子,放在一边:"本院的到这儿来抽血,确定自己不是 AB 型的就别抽了!"

刘敏绕过警察进了血液室,对验血的护士说:"先抽我的吧,我是 RHAB 阴性!"说着挽起袖子坐下来。门外的警察听见刘敏的话,一起围了过来,都感激地看着她。

8

手术室里护士把最后的一袋血浆挂上去,武明训紧张地做手术。一袋血挂上去,转眼只剩下半袋,出血还没有止住!武明训紧张地说:"这些不够,赶快配型,至少先准备六百毫升的,再去催血液中心,快点。"

抽血室里,刘敏坐在一旁,脸色煞白,血浆袋刚刚充满,抽血护士拔出针管。其他几个护士忙着抽血配型。手术室的小护士跑进来:"手术室里血浆不够了。"

抽血护士把刚充满的血浆袋递给她。

"这些不够,至少要六百毫升。"

抽血护士说:"还没验出合适的血型!"

小护士忙说:"那怎么办啊?"

刘敏坚决地说了句:"再抽二百毫升吧。"

屋里的警察和其他护士全看着她,护士着急地说:"刘护士长,不行,已经抽了四百毫升了,你会受不了的。"

刘敏坚决地说:"让你抽就抽,我自己知道。手术室等着用呢,你动作快点。"

抽血护士眼圈一红,急忙开始给刘敏抽血。

所长对身边的警察说:"去,赶紧买点糖分高的营养品来。"警察忙出去了。

小护士抱着血浆袋出来，警察们让开一条路。

血被送进了手术室，武明训喊着："再去催，这些坚持不了。"

护士报告："刘护士长已经抽了六百毫升了，还没有找到其他配型合适的人。"问武明训，"还能支持多长时间？"

武明训看着血袋，加快了动作。

血浆袋挂了上去，血压一个字一个字往上升。

武明训指着一个部位，丁海迅速把缝合线剪掉。

血压再次往下掉，人们紧张地注视着血压仪。

门撞开了，一个护士带着血液中心的人冲进来，手里拎着一个蓝色冰桶："血来了！血来了！"

江一丹冲过来，接过冰桶，拿出一袋血挂上去，人们长出一口气。

9

刘敏摇摇晃晃走进急诊室，脸色苍白，神情麻木，一头倒在值班的床上。

何大康推门进来，关切地看着她："小刘，你没事吧？那个人已经救过来了。"

刘敏虚弱地点头。

何大康关切地说："你可真够实在的，一下抽那么多血！"

刘敏苦笑着摇摇头。

何大康觉得自己的话说得不太合适，急忙解释："你别误会啊，我就是觉得你……这儿没什么事儿了，你回家休息吧，打个出租车，车费科里给你报销，我明天跟院里给你申请献血补助。"

刘敏突然哭了起来："何主任，我回不了家了，我丈夫要跟我离婚了！"

何大康一脸震惊："你说什么？这是什么时候的事？"

刘敏哭着："那天我出院回家，没等我坐稳他就提出来了。"

何大康依然震惊地问："离了没有？为什么呀？是不是有第三者？"

"还没办手续，可是已经没法挽回了，我看他是铁了心了，不会回头了。"

何大康急得摊手："这到底为什么？总得有个理由啊！"

刘敏说："他说他……他不喜欢我老上夜班。"

何大康和刘敏关系一直很好。刘敏技术全面，人又好，一般的漂亮女人总会有些个毛病，可刘敏这个人人长得漂亮，心眼也好，对谁都客客气气。说实话，何大康当了大半辈子医生，有些年没见着这么好的护士长了。他心疼地说："出了这么大的事，你怎么不说一声？那你今天还抽那么多血？"

刘敏伤心地说："出了多大的事，也不能见死不救啊？谁让我这辈子当了护士，他不喜欢我当护士，我不能看不起我自己，我要让人知道我还有用，我的血还能拿来救人，何主任，你说我是不是个好护士长，是不是好人？"

第九章 救命之恩

何大康心疼地看着刘敏，劝慰道："刘敏，刘敏，别这样想，别这样说，你是最好的护士长，你是个好人，没事儿，没事儿！姚淑云的事不怪你，没人责怪你，咱们医院的人都知道你是个好护士长，是个好母亲，好妻子，你别折磨自己！我明天就去找丁院长武院长，跟他们说说你的事儿，献血的事和姚淑云的事，总能功过相抵吧！"

刘敏抹着眼泪："别，别，何主任，这是两回事，这不是数学，是人命！不能往一块儿说，我家里的事你谁也别告诉，我不想让人知道，我这个教授夫人没当够，就是个虚名我也想要，我不想让人知道，不想让人笑话我！"

何大康红着眼圈，点点头。

第十章
扭曲的信任

我理解你，谁让你开的是医院，不管怎么说，中国老百姓，对医院，对医生还是信任的，出了问题吵也好闹也好，你就当是一种扭曲的信任吧。

不论发生什么事情，不管外部环境多么恶劣，我们医护人员，要尽好自己的本分，我们没有权利要求别人，但我们要管好我们自己，严格按照操作规程办事。往好的方面说，是严格要求自己，往坏的方面说，出了问题，我们才可以理直气壮地保护自己！

第十章 扭曲的信任

1

清晨，ICU病房，手术后的王欢醒了过来，他睁开眼睛，静静看着天花板，一声也不响，护士走过来，给王欢换药，看见王欢醒过来，高兴地叫着："呀，你醒了？"

王欢点头，他目不转睛地看着护士给他换上一袋液体，问了一句："阿姨，我的病怎么样了？"

护士高兴地说："很好啊，到底是年轻，恢复得不错！你可真算好命的，做了武院长的病人，医药费缓交，陈院长帮你联络的肾源，父母又那么疼你，你就好好养着吧，多好啊！"

护士走出病房，孙丽娜和王茂森在门外守候着。

护士高兴地告诉孙丽娜："孩子醒了！挺好的！"

孙丽娜高兴极了："太好了，谢谢你们！"

护士有些为难地说："欢欢妈妈，有件事想跟你们说一下，收费处让我通知你们尽快缴费。"

孙丽娜皱起眉头："护士小姐，再容我们几天好不好，我们正在凑呢。"

护士为难地说："您跟我说没用，这是收费处的事儿，而且时间也不短了，你们赶快想办法吧，不然用药会有影响了。"

孙丽娜叹气，王茂森说："走吧，咱们今天还得去中介公司看看，不行降降价吧。"

孙丽娜眼泪掉下来："你说，咱们那房子真的卖了，以后咱们住哪儿啊？"

王茂森无奈地说："那医院的费用总得交吧！"

孙丽娜想想，说："现在这房子急着卖也卖不上价钱，要不咱们再去找找武院长，再求他一次，缓一缓！"

王茂森有些为难。

孙丽娜忙说："不是我们不想交，是现在一下交不上，武院长那么好的人。"说着往外走，王茂森急忙追上去："行了，你就别去找了！"

2

刘敏脸色苍白地走进急诊室，值班护士看见她："刘护士长，您怎么来了？何主任不是给了你三天假吗？"

刘敏笑笑："在家待不住，我没事。"

护士高兴地指着桌上的鲜花礼品："刘护士长，那个小警察的所长来找过您，这几天都来了好几回了，那个小警察醒了，已经转到普通病房了，他们说还会来看您的。"

刘敏怔了一下，点头走开。她刚走到门口，只见所长带着几个警察迎面过来，刘敏一想到又是鲜花、又是拍照、又是锦旗，头就大，她现在不想见任何人，就急忙转身悄悄向后门走去。她想穿过后门，到花园坐一会儿，一出门，突然觉得身上一沉，这才发现有个人靠在自己身上，快要倒下了。刘敏连忙抱住这个人，是王欢。他穿着便装，脸色惨白。

刘敏扶住王欢问："你怎么了？孩子，你哪儿不舒服啊？"

王欢抬眼看了看刘敏："阿姨，对不起，我刚做完手术，身上没劲儿。"

"手术？你做的什么手术？什么时候做的？怎么一个人啊？家里人呢？"

王欢努力说着："没什么，谢谢您，我想赶快出院，阿姨，您能不能送我出去啊？"

刘敏看着王欢："不对，我看你这样子手术完没多久，谁让你出院的？你哪个病房的？"

王欢带着哭腔："阿姨，您就让我走吧，没人让我出院，是我自己想走的。"

刘敏急忙扶起王欢："不行，你绝对不能走！赶快回去。"她正往回扶他，一个小护士跑了过来。看到刘敏扶着王欢，她急忙跑过来，大声喝道："王欢，你怎么回事？谁让你跑出来的？"

刘敏严厉地对护士说："你小声点，小心吓着他。他是你病房的？"

护士焦急地说："刘护士长，您不知道，可吓死我了，这个病人刚做完肾移植三天，我刚离开没一会儿，回来就找不着他了，我都快把医院给翻过来了。"

王欢央求："护士姐姐，求你了，让我走吧，谢谢你们照顾我，你们让我走吧。不然我家人来了就不会同意我出院了。"

护士没好气的说："不行，我已经给你们家里人打了电话，想出院等你们家里人来了再说，再说你医药费还没交呢！赶快跟我回去！"

王欢哭了起来，求刘敏："阿姨，您是护士长，您给我说说，就让我出院吧，我家里实在没钱了，我爸我妈说要卖房子，我不想让我爸和我妈为了我都睡马路去。"

刘敏心里很难过："先回病房吧，有什么跟你爸爸妈妈商量好再说，你这样自己跑出来是很危险的。"又对护士说："去，推个车来！"护士跑开。

刘敏不知道，此时，姚淑云的丈夫和女儿带着一群人正在到处找她，这一次，是他们联系了一个叫朱三儿的医闹一块儿来的，十几个人把急诊室围住了，值班护士急忙打电话找警卫室。刘敏和护士正推着王欢出现在走廊的另一端，正要到电梯门前，姚淑云的女儿一眼看见刘敏，跳起来指着刘敏："那不是吗，快，快！"

一群人冲到电梯前，不由分说就把刘敏、王欢和护士围住了。朱三儿不由分说拖着刘敏往外走，护士和王欢急护着。一行人吵吵闹闹中，孙丽娜正从外面进来，看见一群人围着王欢，冲过来："这是我儿子，你们想干什么？"

朱三儿瞪着眼睛："告诉你啊老太太，这个女的是个害人精，你家人要是耽误了可别怨我，要怨就怨她。"说着冲过来就抓刘敏，往外拖。王欢急得直叫："你们这是干什么？你们这些人怎么这么野蛮？"

孙丽娜冲过来抱住王欢。王欢对孙丽娜喊："妈妈，妈妈，你别管我，你赶快去帮帮那个阿姨，是阿姨救了我，她是好人，那些人是坏人！"

孙丽娜左右为难，王欢叫着："妈妈你快去，快去找武院长，要不就去叫保安，我不会乱跑的，我现在就回病房。"

孙丽娜答应着跑向导医台去报信。

3

刘敏被一群人拖着从楼里出来，这群人对她又踢又打，又叫又骂。

何大康带着一队护士赶到了，他不顾一切地冲过来："放开她，放开她！"三四个医闹把他拦下。大楼里，丁海、罗雪樱、顾磊、周小白、王小鱼和实习的医生们都冲了出来，丁海带头冲向人群："你们欺人太甚了，我今天跟你们拼了！"

罗雪樱拉住他："丁海，你不能去，你是医生。"

丁海脱下白大褂："脱下这大褂就不是医生了！"他冲了过去，顾磊一声不响也跟着冲了过去，他们想把刘敏救出来，但没成功，于是两边的人厮打起来。

丁祖望、钟立行一行人接到报告也跑了出来。丁祖望边跑边喊："住手，别打了，都别打了！我是丁祖望，我是院长，你们有什么问题我们坐下来谈，不能这样！"

有两个女人冲向丁祖望，上来就要打，丁海和严如意同时冲过来护住丁祖望。

丁海冲着两个女人一通拳脚，丁祖望大声喊："丁海，别打人，你不能打人！"

丁海冲动地喊道："爸，这都什么时候了，管不了那么多了！"

丁祖望激动得全身发抖，突然晕了过去。严如意急得叫了一声："老丁，你怎么了？"

钟立行和丁海一左一右架住了他。丁海背起丁祖望进了急诊室，武明训闻讯赶来了，他焦急地注视着丁祖望。钟立行走过来，轻声对他说："你去处理事情吧，这里有我在，别担心。"

武明训看着钟立行，钟立行向他点头示意，他这才放心地走开了。武明训快步走进办公室，向严如意要了刘晓光的电话，开始拨号，电话通了，里面传出刘晓光的声音："喂？哪位？"

武明训一肚子火："刘晓光，我是武明训，你给我听着，你代理的那起医疗案子，当事人家属现在又到我们医院来闹了，把刘护士长打了，是不是你让人来的？"

刘晓光忙说:"你说什么?我怎么会让他们这么做?"

"那好,既然不是你让人来的,你就赶快让人走,既然你们已经决定起诉了,就按法律程序走,吵吵闹闹算怎么回事?你赶快过来把人给我弄走!"武明训说着挂断了电话。

严如意站在一边,看着愤怒的武明训,说道:"对不起,明训,是我工作没做好,我应该想到这事没那么容易解决,我不应该对他们那么强硬。"

武明训宽慰说:"严老师,别急着认错,有时也不能由着病人的性子!家属有什么情绪我都能理解,今天的事没这么简单,我看里面有医闹!一会儿刘晓光来,我得好好儿跟他理论理论!"

4

医院大楼前,姚淑云的丈夫和女儿坐在门前的台阶上,进进出出的人好奇地看着他们。

又来了,医院最怕这一手,家属不哭不闹,静坐示威。好事不出门,坏事传千里。不用说,一会儿的工夫,全市的医院就会都知道仁华出事了,没人给你断是非,人们只是看热闹。要是记者再写上几篇稿子,仁华不知道又得多少年月才能抬得起头来。

丁祖望醒了,他突然眼角湿润。想起刚才的一幕,他悲从中来。当了一辈子医生,怎么成了这样,他怎么也理解不了,人都是父母养的,怎么就下得了手,张嘴就骂,抬手就打,成什么了?他眼泪不停地流着,何大康和钟立行急忙走过来,何大康关切地说:"您醒了!"

丁祖望默默点头。

看到丁祖望流泪,他不知道怎么安慰他,也知道安慰是没有用的。这个时候所有的人心情都很压抑。检验报告出来了,没有太大的问题,只是血压高。何大康没事儿一样对丁祖望说:"丁院长,报告出来了,问题不大。"又把报告递给他看。

丁祖望接过来,看了一眼,还回去。

何大康问:"您是在病房住一晚上还是回家休息?"

丁祖望故作轻松:"我没什么问题,一会儿就可以回家了,别告诉小沈。"

话音没落,沈容月已经推门走了进来:"老丁,怎么了?怎么回事?"

丁祖望和何大康苦笑着对视一下,沈容月问:"好好儿的怎么会晕倒?都做了什么检查?"

丁祖望忙说:"哎呀,我就怕你这样,没事儿,啥事儿没有。"

沈容月着急地说:"啥叫没事儿,有事儿就晚了,你这阵子身体一直不好,饭也吃得不多,老胃疼,那天还差点虚脱了,说让你好好歇一歇,你也不听,何主任,你就好好给他查一下吧,该做的检查都做了。"

何大康点了点头。

丁祖望不耐烦地说："哎呀，你们女人家就是麻烦！说了没事就没事，你赶快走吧，正忙的时候，快去！我晚上就回去了，你给我做点细面条。"

沈容月看了看丁祖望："好，好，我走，我走。"说完就走开了。

何大康劝说道："丁院长，我看您就好好查查吧，你一吃饭就胃疼是怎么回事？是胃不好还是什么？"

丁祖望回答："没事儿，老毛病了，年轻时落下的毛病，别听她瞎说。"

钟立行拿起丁祖望的衣服，里面掉出一板药，他拿起来看了一眼，是一种强力止疼药，他有些奇怪，他把药放回去，把衣服递给丁祖望。

丁祖望叹息："哎，真是丢人啊，当大夫的也要生病，这种感觉不好，很不好。"

钟立行劝说："丁院长，我看您最好做一个全面检查吧，用不了一个小时。"

丁祖望眼里闪过一丝紧张："不用，我说不用就不用！"他笑着穿好衣服，"我走了，回办公室。"

钟立行跟了几步，丁祖望上了楼梯。

钟立行回身，路过化验室，看到化验员正在做化验，他停了一下，又走开了。

5

刘晓光开车赶到医院，病人家属正在台阶前坐着。

刘晓光走过来，扒开警察。姚淑云的丈夫看到刘晓光，抱住头。

刘晓光问："老高，谁让你们来的？"

姚淑云丈夫回答："我的事你不要管！"

刘晓光说："我是你委托的律师，既然委托了我，就要交给我处理。"

"我的事我自己解决，你们这些律师都靠不住，出了事，争着要帮忙打官司，这都多长时间了，你什么也没干！"

"老高，我再说一次，如果你不赶快离开，我就真的不管了。"

"你懂什么？不这样闹，他们是不会在乎的，他们是不会拿出钱来的。"

刘晓光耐心劝解着："你不要钻牛角尖了，你的心情我理解，可是这样做就出格了，你起来，我带你去见院长，我刚跟他通过电话，我们坐下来解决问题。"

姚淑云丈夫固执地说："你告诉他们，如果不拿出一百万，我就到卫生局去告，我还会再来闹的。"

刘晓光无奈地叹气，他好说歹说老高才听他的，一家人坐到了会议室。

严如意开始说话："好，人都齐了，我们开始吧，我先声明，家属方面提出的一百万赔偿我们是不可能接受的，请你们慎重考虑。"

姚淑云丈夫怒吼："一百万有什么不能接受的？现在猪肉多少钱一斤？一栋

房子多少钱？那是一条人命！"

严如意厉声说道："你怎么不说你一个月工资才多少？"

武明训拉了严如意一下，刘晓光也拉了家属一下。

院方律师："这样吧，我们双方先从基本事实认定开始，然后才能根据事实商定解决办法。"

刘晓光点头。

院方律师："针对这个事件，根据尸检报告和院方召开的几次听证会，我们初步讨论，这一次的事件院方在接诊、紧急处置方面没有明显过失，死者家属提出病人入院时没有做相应的血钾测试，我们认为，根据病人当时的病症完全可以判定是低钾，先做处置，再做测试，并无不妥，只是死者突然死亡，检测结果没有出来，这是一种误解，也是一种强辩。此外，死者家属认为低钾病人输液时护士应该守在身边，但那天情况特殊，一是有四起车祸，二是有醉鬼闹事，最重要的是相关的操作条例也就是医典里并没有明确规定这种情况下的处置必须待在病人身边。鉴于上述情况，所以如果真的打官司，医院从法律上可以不承担责任，但医院理解家属的心情，所以愿意给予人道主义赔偿，数额为二十万元，如果接受就接受，不接受就走法律程序！"

家属情绪激动地跳起来："二十万？二十万，就买一条人命？"

严如意强硬地说："你理解错了，这不是赔偿，是人道支持。"

"我情愿不要这二十万，我要你们还我老婆来！"姚淑云丈夫说着就要掀桌子。

刘晓光急忙拉住他，让他女儿把他扶走。老高边走边骂："我不会放过你们的，二十万买一条人命！你们良心都坏了，我还会再来闹的，不闹出一百万不罢休！"

武明训起身就要往外冲，他有点忍无可忍了。刘晓光急忙拉住武明训："明训！别急，别急，别冲动！我再去找他商量一下，这件事上，我个人感谢你们。"

武明训脸色阴沉："没什么好感谢的！刘晓光，看在我们以前算是同学的分上，我劝你一句，以后这种缺德的事最好少干，不光彩！"

刘晓光有些尴尬："你有你的观点，我有我的立场，我是律师，只能站在弱者一边。"

武明训不满地说："谁说他们是弱者？他们又砸又闹，怎么成了弱者？"

刘晓光："不管怎么说，你们是医院，他们是个体！你们是掌握信息的一方，他们是被动的一方。"

武明训："好啊，下次再有人急病，我让人把病人送你家去，死在你家里，你是不是就得给钱？"

刘晓光苦笑了一下："行了，你这张嘴也够狠了，我理解你，谁让你开的是医院，不管怎么说，中国老百姓，对医院，对医生还是信任的，出了问题吵也好闹也好，你就当是一种扭曲的信任吧。"

武明训气得直拍桌子:"我们是人,不是神,这么重的担子压在我们身上,我们担不起!我这个医院几千号人要吃要喝,要养家,要运转,我真不知道这个赔偿从哪儿出!"

刘晓光同情地看着武明训:"我会尽力做工作的。"满屋子人面面相觑,武明训孤独地站在那里,显得非常无奈。

6

姚家人吵吵闹闹,到天黑才走。钟立行处理完科室的事,走进心外的大办公室,拉开书柜,拿出一本药典,从中查找丁祖望口袋里的药的药名和适用症。

顾磊走进来,钟立行急忙放下书,问顾磊:"有事吗?"

顾磊急忙说:"啊,没有。"看到钟立行的动作有些奇怪,不太放心。

钟立行放下书往外走,走了两步,突然回头:"顾磊。"

顾磊急忙走过来。钟立行望着他,迟疑了一下:"我能信任你吗?"

顾磊一怔:"当然,钟主任,您有什么吩咐?"

钟立行注视了顾磊好一会儿:"顾磊,我知道你跟丁海是形影不离的好朋友,就像我跟当年的武院长。"

顾磊点头:"是,主任!"

钟立行回身拿起笔在纸上写了一个药名:"这是我从丁院长口袋里发现的药名,是不小心从他衣服里掉出来的,我查了一下,这种药不太寻常。"说着指了指书上的说明。

顾磊眉头一动。

钟立行问:"你知道各种检验方式吧?"

顾磊回答:"知道。"

钟立行:"今天急诊室的护士刚刚为丁院长采了血样,我想让你方便的时候,帮我做一些检查,你明白我的意思。"

顾磊怔了一秒钟:"明白。"

钟立行看看顾磊:"去吧,越快越好,前提是保密。"

7

这天,姚淑云的事再次上了报纸:仁华医院医疗事故,赔偿家属二十万。

武明训一上班就看见了报纸,跟上次比起来,他已经没了那么大的火气,或者说愤怒变成了沉默。他把报纸揉成一团,丢在一边,起身走出办公室。他找到严如意,商量赔偿和善后的事,二十万,不是小数,相关科室也要受罚,严如意据理力争了半天,武明训也不通融,她只好去下通知。急诊科主任何大康和当事人刘敏严重警告,全科室扣发三个月奖金。

何大康看了通知，有些伤心，这让严如意有点过意不去。何大康平静地说："严主任，你不用过意不去，不管怎么说，人是死了。二十万也不是个小数，出了这种事，病人也好，医院也好，谁心里都不好过，所以，记过、扣奖金都是应该的。"严如意叹气。

何大康又说："老严，不过我只有一个请求……我是科主任，责任由我全负，刘护士长她，处分能不能免了？"

严如意叹了口气："我跟院长商量过，恐怕不行。"

何大康急了："急诊室是医院的窗口，也是最难待的地方，本来就不好带，你们这样处分我下面的人，让我无颜以对啊！"

严如意无奈："制度就是制度，我也没办法……要不这样吧，上面说扣三个月奖金，我去找武院长商量一下，看能不能少扣点。"

何主任更着急了："老严，你真的以为我求你是为了钱？三个月奖金是不少，好几千块，可是让人寒心啊！可是刘敏她，她老公为这事已经要跟她离婚了，咱们不能雪上加霜啊！"

严如意一脸惊讶："什么时候的事？"

何主任道："就是这几天，刘敏不想让人知道，她爱面子，她嫁了个教授，一直都挺知足的，没想到……"

刘敏从外面走进来："何主任！"看到严如意，停下了。

严如意看着刘敏，怜惜地说："刘敏，何主任说的是真的吗？这么大的事你为什么不告诉我？"

刘敏一下明白了，她责怪地看了何大康一眼："没什么，还没离呢！"

严如意生气地说："我去找他，问问他凭什么，我们医院最漂亮最能干的护士长，怎么就配不上他了？"刘敏急忙拉住她："严主任，您就别再说了……"她难过地说，"严主任，何主任，正好你们都在，我想调个工作，不知道行不行？"

何大康忙问："调工作？你想去哪儿？"

刘敏哭了起来："我想离开急诊室，想换个岗位，这个地方我实在不能再待了，一天也不想待了。"

严如意和何大康同情地看着她。

严如意劝道："你别哭了，刘敏，我去找武院长，我替你去说，别哭了啊！"

刘敏含泪点头。

8

一张处分公告贴在医院的告示栏上，医生们坐在礼堂里开大会。

武明训正在讲话："这一次的医疗纠纷，就这样了断了，后果是严重的，教训是深刻的，院党委和院务会经过讨论，决定对相关责任人给予处分，目的是引起大家的高度重视，我们要求各科室严格执行操作条例，不论发生什么事情，不管外部环境多么恶劣，我们医护人员，要尽好自己的本分，我们没有权利要求别人，但我们要管好我们自己，严格按照操作规程办事。往好的方面说，是严格要求自己，往坏的方面说，出了问题，我们才可以理直气壮地保护自己！至于这次事故的责任人，何主任和刘护士长，两位同志都是我们医院优秀的工作人员，出现问题并不代表你们不优秀不尽职，也不代表你们个人的品格、个人的能力有问题，希望两位不要背包袱，大家也不要因此就对他们有任何不信任，在困难的时候，我们要看到希望，更要严格要求自己，这样，我们才能保持一个好的心态，才能更好地生存。"

台下的医生、护士个个神情麻木。

会议结束的时候，严如意叫住了刘敏，她告诉刘敏，武明训同意她调离急诊，钟立行说只要她愿意，他想调她去心外CCU做护士长。

刘敏无限心酸又无限感激地接受了。

第十一章
奇迹

你知不知道你做的已经超出了一个医生的范围?

如果有什么意外,一是你感情上受不了,二是如果家属反过来责怪你,你会觉得受伤害。

其实我知道,其实我也想过,我这样做,不全是我的同情心泛滥,而是因为,贺家人太好了,他们那么信任我们。我记得我刚入学的时候,丁院长给我们讲过,一个好的医生,需要很多很多次失败才能累积经验。

第十一章 奇迹

1

家家有本难念的经，行行都有说不出的苦。

严如意心里非常清楚姚淑云的事对外损害了医院的形象，对内伤了医护人员的心。她又不糊涂，但谁又能救得了谁？她越来越觉得这个医务处长难干了。收费科郑科长打了好几次电话，告诉她心外贺志梅住院费的事，入院那天丁院长发话，武明训签字，一个钱也没交，医院的人都喜欢钟立行，觉得他刚来，不好意思多说，让她去问问。她往心外科打了电话，说钟立行查房去了，她只好先作罢。

贺志梅在心外已经住了半个多月了，前几天会诊，最后的决定还是准备手术。贺志梅父亲急忙通知了老伴，老伴带着小贺的三个姐姐来看她，一早就进了病房。顾磊走进病房，看见一屋子人，吓了一跳。贺志梅父亲急忙说是家里人，刚下火车，求顾磊让他们待在一块儿说会儿话。顾磊有些不忍，悄悄告诉他们可以再坐一会儿，十分钟后钟主任来查房，那时就得走了。贺家千恩万谢，顾磊正要往外走，贺志梅母亲却拉住顾磊问东问西，怕手术有风险，不想让孩子做，顾磊没办法回答她，只是劝她好好想想，就退了出来。

想到贺志梅一家悲惨的处境，顾磊有些难过，决心去找钟立行，将贺志梅母亲不愿意贺志梅做手术的事告诉他。钟立行急忙去看贺志梅，顾磊紧张地跟过来："对不起，钟主任，本来上午不是探视时间，他们刚从老家来，是我让他们待在病房里的。"钟立行看了一眼顾磊，说了句："同情心泛滥！下不为例啊！"让别人散去，只跟顾磊一块儿进了病房。

2

虽然顾磊打了预防针，钟立行看见一屋子人还是吓了一跳："哟，这么多人。"贺志梅父亲走过来，拉着钟立行的手："大夫，对不住你，我闺女她娘不愿意孩子做这个手术，怕孩子挺不过来。"

钟立行拍拍老人的手："别着急，有话慢慢说，你们不想做有不想做的理由，我都能理解。"

贺志梅的母亲拉着女儿的手："闺女，娘不是不想让你做这个手术，只是万一出点啥事，娘就再也见不着你了。"

贺志梅眼泪汪汪地看着母亲："娘，您别哭！做也好，不做也好，我总算见到了好大夫，知道自己得的是什么毛病了。"

"闺女，你别怪娘，娘一是怕你出点什么差错，二来咱们家也没那么多钱，娘对不起你，这么多年让你受苦了。"

"娘，我不委屈，能活到现在都是俺运气好，这么多年，姐姐们，爹，您都没嫌弃过我，我就是死了也值了。"

母女两个在哭，姐姐们也在一边哭。王冬走进来，看见一屋子人也吓了一跳："怎么了？怎么这么多人？出什么事儿了吗？"

顾磊对他说了一句什么，王冬一怔："你说什么？不做了？为什么？"他冲动地走到贺志梅面前，"贺志梅，这是你自己的事，你应该自己做主！"

贺志梅眼里闪过希望的光，随即暗下去。

王冬问："是你母亲不愿意是吧？"回身看着贺志梅的母亲，"是你不愿意是吧？你也不看看她过的是什么日子，她这种情况随时会死，她这样活着跟死了有什么两样？你们说，你们说！"

贺志梅的母亲哭着："大夫，我们不是不想做，可是我们哪儿花得起那么多的钱？"

王冬愣了一下："没钱？又是钱的问题？"回身看着钟立行，钟立行走了出去。

3

王冬、钟立行、顾磊走进办公室。王冬气呼呼地坐下："顾磊，你帮我算一下，贺志梅的手术大约要多少钱？"

顾磊回答："我算过了，大约要五万多。"

王冬一惊："那么多？"

顾磊又说："而且从她住进医院，在急诊住了十几天，加上检查的费用已经花了两万多，都欠着呢。"

王冬看着钟立行："钟主任，有没有什么办法解决一下手术的费用？"

钟立行迟疑着："不然我去找武院长和陈院长商量一下吧，不知道医院这方面有什么规定，我去了解一下。"

王冬急切地说："据我所知，咱们医院好多医生，碰上疑难病案，都希望医院能免一些费用，一是帮助病人，二是能搞一些科研，发表点论文……"

钟立行异样地看了王冬一眼："啊，是吗？那我去找找他们。"说着往外走，顾磊追上来："钟主任，我跟你说，我早就觉得王主任他这么热心是另有所图，您听见了吧？"

钟立行低声但严厉地叫了声："顾磊！"

顾磊答应："是！"

钟立行严肃地说："我知道知识分子扎堆的地方，容易有很多小动作小心眼，我不希望你是这样的。"

顾磊看着钟立行："是，对不起，钟主任。"

钟立行："知道当医生的职责是什么吧？只要对病人有利的事，就可以做！"

顾磊:"知道了,钟主任。"

钟立行:"更何况医生搞科研也不是什么过错,自己的事业是事业,别人的事业就都是阴谋,这不好。"

顾磊尴尬:"我知道错了,您别再说我了,钟主任!"

钟立行看了他好一会儿,走开。王冬这个人还是不错的,虽然脑子走直线,不太拐弯,但对贺志梅的事还是很上心,这让他很欣慰。他去找武明训,准备说贺志梅的事。一进门,严如意也在,钟立行急忙把情况说了一遍,问院里是不是能减免手术费用。武明训一听又是费用的事,和严如意互相看看,叹了口气,告诉钟立行,他马上就找丁院长商量这事,让他等一会儿。

4

午休时间,顾磊走出外科大楼,往食堂走去。一个上午他都纠结贺志梅的事。钟立行的话让他很受震动,王冬的态度让他很看不惯,他们这些小大夫还没有自己的价值观,摇来摆去,起伏不定,要看谁来带,怎么带。钟立行刚来时间不长,顾磊已经起了很多变化,他非常努力,想把一切都做好,让钟立行满意,但还不知道怎么使这个劲。他走到食堂门口,无意中回头,看见草地的长椅上,贺志梅的母亲和三个姐姐正坐在那儿,吃着随身带来的干粮。贺志梅的父亲在不远处的水龙头处正接水,接完,端着一个杯子过来,把水递给贺志梅的母亲,看着她喝。贺志梅的母亲喝完了,杯子在几个人手中传来传去。

顾磊突然有些不忍心,他匆匆忙忙跑进食堂,买了六个盒饭,然后又对师傅说:"师傅,麻烦你再给我五瓶矿泉水。"师傅把水装好,递给他。

丁海走过来:"哎,顾磊,你这是干什么?怎么买这么多饭?你们科中午也不休息啊?让不让人活了?"

顾磊看了看丁海:"不是。"拎着东西跑了,丁海好奇,端着饭盒跟了出来。

顾磊拎着吃的东西匆匆跑过来,贺志梅的家人还在那儿安静地吃东西。

顾磊过去,把吃的东西放在他们面前:"钟主任让我给你们送点吃的。"

贺志梅的父亲一怔:"大夫,你这是,你这是干什么?"

顾磊忙说:"没什么,我,我……"

贺志梅的母亲和几个姐姐也有些不安,全站了起来。

贺志梅的父亲惊讶地说:"你们,是不是不想给我闺女治病了?是不是想让我们走?"

顾磊急忙说:"不是,不是,真的不是。"

贺志梅的父亲哭丧着脸:"我们不是不想让闺女做手术,是,怕。"

顾磊急忙说:"不是,不是,您误会了,不是钟大夫让我送的,是,是我想送给你们。"

贺志梅的父亲一下哭了起来:"大夫,您这是……可怜我们是不是?我知道,您是可怜我们，我们、我们、不要这吃的，你们对我们这么好，给我闺女看病，我们已经够不落忍的了，这吃的我们不要，我们虽然穷，可是我们都好好的，我们……"

顾磊眼圈红了："对不起，您千万别误会，我就是觉得，你们一家人，太好了，那么善良，那么本分，我不知道怎么才能帮你们，我，能做的只有这些了。"

贺志梅的父亲明白了顾磊的意思，走过来拉住顾磊的手："大夫，谢谢您，您这么说，您要这么说，我们就、我们就吃，我们就收下……"回身招呼家里人，"你们别愣着，别让人家大夫拿那么沉的东西……"贺志梅的姐姐急忙上来拿东西。

丁海端着饭盒跑过来，看见这一幕，呆住了，罗雪樱也跑了过来，停了下来。

严如意端着两只手，匆匆走了过来，看见这一行人，再看到丁海："哎，丁海……"停下来，"你们这是？哎，你不是贺志梅的父亲吗？这是？"

丁海和顾磊互相看着，顾磊有些尴尬："严老师，我们……我们……"

罗雪樱推了他一把，示意他有话快说。

顾磊严肃地说道："严老师，您有空吗？我想找您谈谈。"

严如意见顾磊严肃的样子，有些好笑。

顾磊鼓起勇气："我们想，贺志梅的手术的事……"

严如意恍然大悟："啊，你是想跟我说这事？告诉你，武院长跟丁院长一块儿商量过了，手术费用院里出。"

顾磊惊喜地说："真的？真的？那可太好了！"

贺志梅家人感动地互相看着，顾磊、丁海和罗雪樱也互相看了看，都笑了。

5

黄昏时分，钟立行、王冬、顾磊走进贺志梅的病房。钟立行示意王冬把好消息告诉贺志梅，王冬走过来，微笑地看着贺志梅："小贺，跟你说个事，今天院里开过会了，你的手术费用由院里替你出。"

贺志梅眼里闪过希望的光芒。

"不过，有些情况我要事先向你说明，手术成功了，当然一切都没问题，如果失败了，你要有心理准备。"

贺志梅听了这话，显得有些害怕。

这个王冬，好话永远不会好说，不知道为什么，他一说话总是让人不那么舒服，钟立行早就发现了王冬的这个毛病。看见这局面，他急忙走过来："你先别急，贺志梅，你听我说，王主任说的情况只是可能性的一种，这也是，算是惯例吧，还是那句话，做不做的决定权在你，你们再商量一下，我们等你们的意见。"

见贺志梅有些紧张，钟立行鼓励着她："贺志梅，生命是你自己的，你自己决定，不要有压力，也不要害怕！"说着向她点了一下头，走了出去。王冬和顾磊看着他走出去，也跟了出去。

贺志梅叫了声："钟主任！"

钟立行回头。

贺志梅坚定地说："钟主任，我想做手术！我把我的命交给你们，我想活着，这种生不如死的日子我一天也过不下去了，从我第一天看见您，我就相信您，我做，就是死了，我也认了！"

贺志梅的父母和姐姐走了进来，拉住她的手："闺女，我们也想给你做，就是怕，万一出个啥事，对不住你！"

贺志梅哭道："爹，娘，我明白，我都明白。"一家人全哭了，钟立行带着人退了出去。

三个人来到走廊里，王冬对钟立行傲慢地点了下头，匆匆走开。顾磊恼火地看着王冬，他不明白王主任的脸色为什么变得总是那么快，他不会认为功劳是他的吧？这人自我感觉也太好了吧，钟立行心里也闪过一丝不快，不过他不会把这种事放在眼里的，在他看来，王冬只是不善于管理自己的情绪，还有，他太缺乏自信了，如果他有很多成就，就不会在一点点儿小事上计较。他带着顾磊一块儿往办公室走，边走边用余光看着顾磊："听说你用我的名义给贺志梅家里人送了吃的？"

顾磊有些尴尬："没有。"

钟立行一笑："我有那么小气吗？要送也送点好的吧！"

顾磊怔了一下，随即咧嘴笑了："我不是没那么多钱吗？我要是有钱，就请他们一家子下馆子。"

钟立行欣赏地看着顾磊："嗯，顾磊，为什么要这么做？你知不知道你做的已经超出了一个医生的范围？如果有什么意外，一是你感情上受不了，二是如果家属反过来责怪你，你会觉得受伤害。"

顾磊怔了一下："其实我知道，其实我也想过，我这样做，不全是我的同情心泛滥，而是因为，贺家人太好了，他们那么信任我们。我记得我刚入学的时候，丁院长给我们讲过，一个好的医生，需要很多很多次失败才能累积经验。"

钟立行看了顾磊好一会儿："你是不是从内心深处害怕手术失败，所以提前释放焦虑？"

顾磊看了钟立行好一会儿，认真地点头："我没想过，可是您这么一说，好像也有点道理。"

钟立行沉默了，两人低头往前走去。费用的事解决了，手术同意书也签了，但说真的，对贺志梅的手术，谁也没有把握。

6

护士长柴大姐推着贺志梅的担架床从病房出来,贺志梅一家跟在后边。

走廊里聚集了十几个医生、护士和病人,一位护士长跑过来,把一束花送给贺志梅:"小贺,这是我们几个护士送给你的,希望你手术顺利!"

贺志梅激动地看着护士长:"谢谢你!"

罗雪樱跑了过来,把一个信封交到贺志梅手里:"小贺,这是,这是我们几个年轻的住院医给你捐的一点钱,不多,只有三千多,是个心意,你做完手术拿这个买点好吃的!"

面对医生、护士们的举动,贺志梅和家人都很惊讶,王冬也很惊讶。

罗雪樱有些难为情:"看我干什么?丁海捐了,顾磊也捐了,我们大家都喜欢小贺,喜欢你们一家人,你们一家人都那么善良、淳朴、真诚,还那么安静,你一定会好的,我们等着你!"

贺志梅感激得满脸是泪。

钟立行远远走过来,看到这一幕,异样地看着丁海和顾磊,丁海咧嘴一笑。

顾磊推着车往外走了两步,回头问道:"钟主任,您,怎么还在这儿啊?"

钟立行看了看顾磊:"啊,今天手术王主任上,曲主任加上你,够了,我还有别的手术。"

顾磊迟疑了一下,贺家人也有些紧张,车推走了。

贺志梅被推进手术室,抬上手术台。

江一丹走过来,俯下身,对贺志梅说:"我是麻醉医生江一丹,现在我来给你麻醉。"说着对着她的脊柱扎下去,随即挂上血浆及其他药液。

王冬带着几个医生走过来,向江一丹点头:"江大夫,怎么样了?"

江一丹有点意外:"钟主任呢?不等他了?"

王冬自信地说:"啊,我主刀,这是我的病人。"

江一丹怔了一下,随即走到贺志梅面前,轻轻问:"贺志梅,现在你告诉我,这是一根针还是一根棍?"说着拿起一根针刺她的腿。

贺志梅迷迷糊糊地说:"有触觉,没痛感。"

大夫们全惊住了,互相看了一眼。江一丹笑了:"小贺,你的描述可太专业了,我以后要向你学习!"

贺志梅笑了:"大夫,我从十几岁开始,知道自己有这个病,就看了不少医学书,这些手术的过程,我全都知道,我都会背的,我相信你们!"

江一丹心头一热,与顾磊对视了一下。王冬看了看江一丹,江一丹点头,王冬示意手术开始。

7

丁海凑完贺志梅的热闹，赶回科里，刚一进门，就接到电话，王欢那里出现了状况：体温急剧升高，三十九度三！丁海一路小跑着进了重症监护，王欢呼吸急促，满脸通红，表情很痛苦，他急忙俯下身："王欢，你怎么了？你怎么样了？"

王欢忍着疼："大夫，我肚子痛，肚子痛，痛得好像，好像……"

丁海急忙转身对护士说："赶快叫武院长来！"护士冲出病房。武明训接到电话，急忙赶来，王欢在病床上痛苦地扭动着身体。武明训冲进来，问丁海："怎么回事？"

丁海报告："腹痛，高烧！"

武明训走过来："怎么个疼法？什么时候开始的？"

王欢虚弱地说："从早上就开始了，到处都疼，很疼。"

护士拿着一堆单子跑进来，交给丁海。丁海向武明训报告："心肺正常！呼吸音清！白细胞偏高……"

武明训掀开床单，看了一下王欢的伤口："伤口疼不疼？"

王欢摇头。

武明训戴上手套，示意王欢："别怕，我做个直肠检查，就一下！"手伸向下部，随即拿出手指，手套上沾满了血。

丁海紧张地看着武明训，武明训道："直肠探查有少量含血物。进手术室，剖腹探查！"丁海和护士冲过来解除病床上的锁，武明训吩咐着："再做一次血液检查，拍一张腹部 X 光片。"

护士急忙冲过来抽血，丁海将王欢推进了手术室。

武明训在刷手准备紧急剖腹探查，护士拿了一叠化验单跑进来："武院长，检测报告出来了，血像不好，两个小时升高很快。"武明训接过来看着。

丁海拎着一张腹部 X 光片进来，放在看片机上。

武明训穿好手术衣走进来，到机器前看片："腹平片，看，大小肠襻扩张，横结肠壁内有薄弯月状气体。"说着用笔圈一下，"门脉内有气体分布。"

"看到了没有，典型的横结肠缺血性梗死。"

手术开始了，又是一场生死之战。

8

贺志梅的手术正在进行。

胸腔已经打开，王冬吩咐顾磊："胸腔已经打开，胸腔扩大器，勾子！"

护士递上勾子，顾磊用力拉，胸腔开了，顾磊看了一眼，惊叹了一声：

"天呐！"

所有人都被眼前的景象惊呆了，整个胸腔全部充满了心肌，几乎有一个面盆那么大。

王冬震惊地退了一步："这，这……"

顾磊看了一眼，也怔住了，跟江一丹对视了一下。

王冬用手碰着心脏，有点儿不知所措："主动脉在哪儿？我找不到主动脉！"几个助理都在一边看着他。

顾磊问："王主任，怎么办？"

王冬有些乱了，向江一丹求助："江大夫，开体外循环吧。"

江一丹说："你找不到主动脉，我怎么开？"

王冬说："你别急，让我再看看。"

顾磊刚要说话，江一丹对他使了个眼色。顾磊看着王冬，心里充满了自责，这个时候他才真正体会，钟主任说不要同情心泛滥，很多老师告诉他们，不要过多地跟病人和家属建立过分亲密的关系是为什么，一旦出现后果，就算家属不闹，谁又能承受这种失败。

手术做不下去了，这种情况也不是没有发生过，疾病是不以人的意志为转移的，王冬慌忙跑出手术室，贺家人紧张地围在手术室外。

王冬表情很难看："很抱歉，胸腔已经打开了，可是，情况比我们想象的还糟，整个心脏，有这么大……"说着比画着。

贺家人紧张地靠在一起。

王冬说："我想征求一下你们的意见，这个手术可能不能往下做了。如果你们没有意见，我就把刀口缝上吧。"

贺志梅的母亲哭了起来。

王冬急忙回去。其实他比谁都想让这个手术成功，但命运如此，谁又能改变。

江一丹站在手术室门口，听到了贺家人的哭声，她眼圈也红了，她心里很清楚，这个手术是做不下去了，但她又不甘心，她趁人不注意，拿起电话，拨了个号，找丁祖望，她希望丁祖望、钟立行都过来。不管怎么说，再试一次，再想想办法，实在不行，也不会留下遗憾。江一丹虽然平时挺冷漠、挺严厉，但其实心是热的。她打完电话，王冬正好进门，两人一起回到手术室。

王冬和江一丹走过来，顾磊还在查看主动脉。

王冬沮丧地说："别看了，关腹吧，快呀！"

顾磊小心问道："王主任，要不要，打电话叫钟主任来看看？"

王冬道："不用了，打也没用，他说过，他以前也没见过这种情况。"

顾磊看看王冬，不再说话，再看江一丹，江一丹低头做事，没有表情。

顾磊伸手拿过镊子，准备缝合。

门开了，丁祖望和钟立行走了进来。

第十一章 奇迹

王冬看到钟立行，一怔："钟主任！"再看到丁祖望，"丁院长，你们来得正好，看看这个人的情况吧！"

丁祖望看着王冬好一会儿，说道："王主任，下次像这样的大手术，最好全科的人一起上，这是医院的惯例，也是对病人负责！"

王冬尴尬地点头："是！"

钟立行换上手术服，走了进来，丁祖望也跟了进来。

钟立行看到病人的情况，也是一怔，与江一丹对视，江一丹报告着生命指征。

钟立行查看着心脏，丁祖望问："怎么样？有希望吗？"

钟立行沉默了一下："的确比较复杂，无法判断主动脉位置。"

王冬附和："你看，我说吧，钟主任说过，以前这种情况他也没见过。"

钟立行仔细查看着血管，丁祖望也过来查看，两人不时轻声交流，王冬面呈不悦。

钟立行与丁祖望对视了一下，钟立行问江一丹："江主任，循环机能同时开两个通路吧？"

江一丹怔了一下，点头。

钟立行叫王冬："王主任！"王冬走过来。

钟立行说："你看这个位置，整个心脏全布满了血管，但这里，和这里，这两根静脉管明显比较粗大，所以我想试试，能不能用这两根静脉管做一个循环，然后再做手术。"

王冬看看钟立行，再看看血管："这，不会太危险了吧？"

钟立行看看丁祖望："家属在吗？去商量一下吧。"

丁祖望点头，示意王冬去沟通。

王冬跑出手术室，向家属解释着："我们想试一试，不知道你们有什么意见？"

贺志梅的母亲哭着问王冬："大夫，行吗？你到底有没有把握？"

王冬脸上有些不高兴："我真的不知道，要看你们的决心了。"

贺志梅父亲走上来，扶住母亲："孩子她娘，都到这份上了，咱们什么也别说了，就做吧，人家医院已经尽了这么大的力，咱们就做吧，好坏都是命！"

贺家人互相看看，贺志梅的母亲说："大夫，你们做吧，我们等着！"

王冬点头，跑回手术室。

医生们围在手术台前，丁祖望信任地望着钟立行："立行，你来吧！"

钟立行一怔。王冬也一怔。

丁祖望说："到了这个时候，病人的安危，医院的声誉都在我们手上了，没什么可谦让的！"

钟立行看看丁祖望，急忙动手，他选中一根静脉管，稍微屏住气，伸出手："剪刀。"

护士递上剪刀，他对着血管剪下去，王冬把止血钳伸过来，钳住了切口，江一丹急忙把循环管接过来。

钟立行又剪断另一个切口。

循环机转了起来，手术室内一片欢腾。

丁院长突然有些发晕，摸索着坐下。

钟立行无意抬头，看到了他头上冒出的汗水，愣住了。

丁祖望摸索着起身，往外走去，钟立行抬头看他，丁祖望做了个手势，示意他噤声，走了出去。

第十二章
无尽的烦恼

　　是啊，我知道我的毛病，我要是不操心，也不会受这么多累，也不会把自己弄得孤家寡人似的。

　　也不会有这么多人尊敬您，严老师，您在我们心里一直是最好的！

　　尊敬？尊敬有什么用？一天到晚忙忙碌碌，一回头，两手空空……

1

顾磊和王冬把贺志梅送进CCU。

已调到心外CCU上班的护士长刘敏和CCU刘主任迎了出来:"手术成功了?真了不起!王主任,你们可是创造了一个奇迹!"

王冬得意地笑着,顾磊看了他一眼。

武明训刚下王欢的手术,听说贺志梅手术成功,急忙过来查看,刘主任兴奋地说:"武院长,武院长,手术成功了,贺志梅的手术成功了!"

"真的?我看看!"武明训走过来,看看贺志梅。

王冬兴奋地说道:"武院长,我真是头一次遇到这种情况,钟主任也说没见过,最后,开了静脉循环,这在国际医学界也算创举了!"

武明训兴奋地说:"太好了,我们总算又创造了一个奇迹,你们好好总结一下,多写几篇论文。"

王冬点头:"当然,那是当然!"

顾磊不以为然地看着王冬。

武明训说:"顾磊,你也不错,今天丁海也不错,王欢出现术后并发症,他处置得很果断,你们这些年轻人,都这样我就放心了。"

2

罗雪樱绘声绘色地把贺志梅手术的情况讲给严如意听。严如意听了别提多高兴。她下了手术直接回到办公室,一开门,屋里坐了一男一女两个中年人。

严如意困惑地问:"你们两位?"

中年男子起身:"您是严主任吧?我们是化工设计院财务处的,我们单位的合同医院在这儿。"

严老师急忙说:"啊,对对,你们好!你们这是?"

男人和女人互相看了看,女的开了口:"严主任,我看您也挺忙的,我们就有话直说了,您看看这些药费单子和处方吧,这个程大林,是个男的,可是他的单子里居然出现了妇科检查和调经的药。"

严如意一惊,接过单子看着,一眼看到医师沈容月的名字,一下火了:"这个沈容月,怎么又是沈容月!"她说了半天好话,送走了两位客人,拿着单子直奔神经内科。前两天,她刚接到三个投诉,武明训不让她找沈容月谈,怕她控制不住自己的情绪。她私下找沈容月谈了一回,但沈容月态度强硬,惹了她一肚子气,这回看她还有什么好说的。

她下了行政楼,往内科门诊大楼走去。丁祖望也沿着走廊走过来,看见严如

第十二章 无尽的烦恼

意，一时有点不知所措，他怔了一下，闪身进了 CT 室。

一位医生走出来，看到他，热情地说："丁院长！您有事儿？"

丁祖望急忙说："啊，没事，我到前面去。"说着往前走，他拿出手机，拨打沈容月的电话，电话里传出一个女声："对不起，您所拨打的电话已关机。"他挂上电话，知道沈容月在看诊，决定到科室去找她。

科主任正在跟沈容月谈话，告诉她这个月的考评结果，她仍然没有完成任务，要扣奖金了。科主任很为难，虽然她是院长夫人，但院里的规定，谁也没有办法。沈容月苦笑一下："没关系，主任，扣就扣吧，我没意见。"

科主任边说话边往外走："沈大夫，你别误会，我也是没办法，别人一天看七十个，您每天只有五十个，这儿都有纪录的，我也是没办法。"

沈容月说："没关系，主任，您别为难，说真的我没办法，只能看这么多，就这已经让我很累了。"

严如意"嘭"地一声推开门，冷笑地看着她："别人能看，你怎么就不能看？"

沈容月怔怔地看着严如意。科主任见状急忙往外走。

严如意厌恶地说："你说话呀？你不是总有理吗？"

沈容月眼圈一下红了："严主任，对不起，我，我没完成任务是我的错，可是您能不能别这么跟我说话，我知道您心里对我有意见，您怎么说我我都不生气，可是您这样说话，对您影响不好……"

严如意怒道："沈容月，谁问你这些破事了，这是工作时间，这是办公室，没人跟你讨论那些破事！"

沈容月也急了："那好，那就说说工作的事，一个医生每天要看七十个病人，你算一下工作时间，平均每个病人只能看七分钟，在这七分钟里，我要考虑很多问题，做很多算数，要了解病人的家庭情况、情感、收入，是不是有医保，凭良心说，我没做错什么，我完不成任务就完不成，扣我奖金就扣吧，顶多我做一辈子主治医，临退休再评个副教授，又怎么样？我不在乎，我什么都不在乎，我就是不愿意糊弄病人，看人下菜碟，三言两语打发了。看神内的，都是些头痛脑热的慢性病，除了外伤遗留的，大多数都是心因性疾病，那些病人找到医生，说说心里的烦恼，病就好了一半，看病开药，语言的疗效要占 50%，我就是相信这一点！"

严如意看着沈容月："我不管你相信还是不相信，话说得别那么好听，你自己看看这个吧，人家合同单位找上门来了！男员工，报销的药费里却出现了妇科检查的单子，你自己看！"

沈容月惊讶地接过单子："这个病人，这个病人，噢，真的是我看的……"

"当然是你了！一个女的，叫程大林，你也不想想！真不知道这大夫你是怎么当的！"

沈容月一句话也说不出来，好半天才说了一句："病人没有医保，用了她丈

117

夫的名字，当医生的也不负责查户口，再说，也不是什么好吃好喝的，看病开药的事，能饶人就饶人吧！"

严如意眉毛立起来："你说什么？你以为就你是菩萨心肠？以为就你有同情心？都像你这样想，还要制度干什么？告诉你，人家单位找来了，这钱人家不出，得你自己出！"她把单子拍到沈容月面前，转身就走。一出门，却看到丁祖望在门外，她怔住了："老丁！"

丁祖望有些责怪地看着她，一句话也没说，默默走开。

严如意虽有些歉意，但随即倨傲地看了他一眼，向另一个方向走去，本来她以为今天证据在手，可以完胜，却没想到让丁祖望看了个正着，她这个气呀！

3

丁祖望拖着疲倦的身躯回到家里，屋里只亮了一盏小灯，沈容月坐在灯下正写着什么。

丁祖望放下大衣和皮包，换上拖鞋，走到沈容月身边，叫了声："小沈？"

沈容月抬头看见丁祖望："回来啦！你吃过饭没有？"

丁祖望慈祥地说："我吃过了，你呢？"

沈容月指指面前的白开水和包子："吃过了。"说着低头继续写。

丁祖望在床边坐下，看着沈容月："小沈，你写什么呢？"

沈容月头也不抬："论文！不是又要评职称了嘛。"

"噢。你，你今天还好吧？"

沈容月抬头看着丁祖望："挺好的。"

丁祖望走过来，摸着她的头发："今天的事我都听、听说了，你受委屈了。"

沈容月惊讶地回头："你怎么知道的？谁告诉你的？"

丁祖望伤心地说："我知道，都是因为我，让你受委屈了。"

沈容月眼泪毫无防备地流了出来，随即冷静地说："没事，我都忘了。"

丁祖望同情地看着沈容月："我说你呀，可真是的，当了这么多年医生，看了那么多病人，你真是看不出来那个患者用的是别人的名字？"

沈容月低着头，放下笔："严主任她也太过分了，小题大做。"

丁祖望耐心地劝解："她不是小题大做，这种事放在谁身上，她都会这么处理的。"

沈容月有些委屈："反正她就是看我不顺眼，处处找我麻烦。"

"你别瞎想，她不会的。"

沈容月火了："什么不会，你老是向着她说话！你就向着我一回怎么了？"

丁祖望有些不忍，叹气。

沈容月伤心地说："嫁给你这么多年，认识你这么多年，我没过过一天好日子，跟你说实话吧，要不是，要不是看着你不容易，我早就回陕西老家了，回去，怎么也能给自己挣碗饭吃，在这儿，像什么？我嫁你十几年，得了什么好处了？沾你什么光了？看别人的脸色还不算，还要看她严如意的脸色。当初是你找的我，不是我找的你，你跟他离婚之前，我可是什么也没答应过你，也没做过对不起她的事，你们两个过不到一块儿，跟我有什么关系，凭什么都冲着我来？"

丁祖望看到沈容月当真的样子，知道她是真急了，急忙劝慰："哎呀，你没看见她对我，不也是那个样子，那个人就是那脾气。"

"谁没脾气？以为我就没有？我当年在老家，也是说一不二的，离婚了，就不是一家人了，凭什么还当自己是丁家人！"

丁祖望叹口气："你就少说两句，她这人心高气傲一辈子，也怪我，当初做得太绝了……"

沈容月受刺激地看着丁祖望。丁祖望说："我当时做得有点绝，让她心里一下接受不了，所以这点火就没处发去，弄得你也不好过，我要是处理好点，也不至于让你这么难受。"

沈容月怔怔地看着丁祖望："你要是处理好，是不是就不会娶我了？"

丁祖望无奈地说："你看你看，你怎么又想歪了，小沈，我跟你说句心里话，我娶你一点儿不后悔，从来就没后悔过，这么多年了，你还不明白？"

沈容月小声嘀咕着："我有什么好，又笨，又直，还倔，不会过日子，也不会照顾你。有时我都不明白，你为什么找上我？"

丁祖望开心地笑起来："你就别再纳闷了，我知道，这些年你不容易，跟着我，也没过什么好日子，为了丁海，孩子也没要。"

"你别说了，我心甘情愿的，说句心里话，我每次看见她，心里也不好受，对丁海好点，也能让她安心点。"

丁祖望感动地看着沈容月："看，看，还说不明白我为什么找你？多好的一个人！小沈，今儿我就告诉你吧。你呀，又傻，又直，可我就喜欢你这点，心善，心眼好，傻乎乎的，我看中的就是你的实在，不管我的事，也不问我那么多，老老实实，本本分分，过日子，心里踏实。我十八岁到了江东，四十年了，我适应不了这个城市，看见你，就觉得回家了，娶媳妇，过日子，不想那么累。"说着突然有些伤感，呆呆地看着沈容月，伸手替她理了下头发，捧起她的脸。沈容月紧张地问："你今天是怎么了？没出什么事吧？"

丁祖望凑过来，在沈容月头发上亲了一下，沈容月把丁祖望抱住了："老丁，我心里怎么有点乱，你不会是有什么事吧？你这阵子吃饭也不香，人也瘦了。"

丁祖望抱着沈容月："我没事儿，看见你就没事儿了，今天的事别往心里去，往后碰见这种事，也别往心里去，对病人好不是错，你做得对！这钱我给你出。"

沈容月委屈地哭了起来，丁祖望抚摸着她的头发："哭吧，想哭就哭。"

沈容月哭得更厉害了："其实我不是不知道大姐的心思，我也不求她对我怎么样，只要能像对别人一样，我心里就好受了。"丁祖望点头。

沈容月抹了把眼泪，破涕为笑："行了，我没事了，你别管我了，我赶快把文章写完,有个杂志社的编辑,常来找我看病,她答应帮我发这稿子。"说着低头继续写。

丁祖望问:"什么文章?我能看看吗?"

沈容月捂住稿纸:"你别看了,我这文章你看不上眼的。"

"哎呀,我又不是外人,我怎么会笑话你呢?"丁祖望拿过文章,"小沈,你得抽空学学电脑了。"

沈容月不好意思地说:"我也想学,不是笨嘛!"

丁祖望坐在沙发上,看着沈容月的文章。沈容月有些紧张:"怎么样?不好吧?"

丁祖望笑了笑:"挺好的,文风朴实,举的例子也实在,挺有意思的。"

沈容月惊喜地说:"真的吗?我其实根本不会写文章。"

"就是……学术性差了点,这样的文章其实算是科普文章,要是拿这个评职称,可能说服力不会那么强。"沈容月的表情稍稍有点失望。

丁祖望说:"你别往心里去,我是实话实说。"

"你实话实说,我才高兴,我就是觉得我怎么这么笨,什么也干不好。"

丁祖望耐心地说:"哎,你别这么想,你今天不是说了,一辈子就当个主治医,临退休评个副教授也认了,我觉得这话说得挺好的,现在的医生,除了成天看病,还要搞研究,搞学术,申请各种基金,如果真的就是为了研究,为了治病,没问题,可是实际上有多少人是专心做学问?不过是你抄我,我抄你,大部分是为了混职称,有你这样的想法挺好,医生就是一心一意为病人看病,我支持你。"

沈容月高兴地说:"好,我不管那么多了,我就把我想的这些都说出来,管他是科普还是学术,我就这么点本事,不管了。"丁祖望宽容地笑起来。

"那我写了,你也去忙吧。"

丁祖望看看沈容月,点点头。

4

严如意在吃饭,有一口没一口地,吃着吃着,突然有些委屈,扔下筷子。她眼前闪现丁祖望责怪的眼神,落泪了。她扔下吃了一半的饭,披上外套走出办公室,到院子里走了一圈,心里还是平静不下来,就往外科大楼走来,她要去找钟立行。钟立行看到严如意突然来访,心里有些不安,回来有一段时间了,一直没坐下来说话,他知道严如意一定会找他的,但是今天这个时候来找他,不知道该不该对她说丁祖望的病情。他怔了一下:"啊,严老师,有事吗?"

严如意情绪低落:"没事儿,在你这儿坐会儿。"

钟立行急忙拉了椅子给严如意坐:"您吃饭了吗?"

严如意在椅子上坐下:"吃过了,你吃了没有?今天手术做得怎么样?"

第十二章 无尽的烦恼

钟立行一笑："还没吃，晚一会儿再说吧，今天手术做得很成功，我正整理呢。"回身去烧咖啡，"严老师，我这儿有上好的牙买加咖啡，是我从美国带回来的，我给你烧一点。"

严如意叹了口气："哎呀，还牙买加咖啡呀，还是我们立行知道疼人！"

钟立行接好水，从柜子里拿出咖啡，倒进咖啡壶里，按动开关，在严如意面前坐下。

严如意笑着看着他："一看见你，一身的疲惫就都没了，尤其是你那一笑，立行，你怎么老是能笑得出来？"

钟立行又是一笑："心静自然凉，严老师，你以前不是老这么跟我们说吗！"

严如意咯咯笑起来："哟，你什么都记着啊？你可真是有心人！"

钟立行腼腆一笑："严老师，你就是心太重了，操心的事太多，什么事别想那么多。"

严如意看着钟立行，叹了口气："是啊，我知道我的毛病，我要是不操心，也不会受这么多累，也不会把自己弄得孤家寡人似的。"

钟立行依然笑着："也不会有这么多人尊敬您，严老师，您在我们心里一直是最好的！"

严如意看看钟立行，有些心酸："尊敬？尊敬有什么用？一天到晚忙忙碌碌，一回头，两手空空……"钟立行看到她伤心，递过纸巾，微微一笑。严如意有些难为情，接过纸巾擦了一下眼泪，难为情地笑着。

咖啡烧好了，钟立行从柜子里取出一只精致的咖啡杯，为严如意倒上，放在小盘子里，把勺子、方糖放在盘子边上，又从冰箱里取出蛋糕，放在另一个盘子里，端到严如意面前，自己也端了一杯。

严如意看着钟立行从容地做着这一切："你哪儿来的这么多玩意儿？哪儿来的蛋糕？"

钟立行笑笑："医院门口有家西点铺，我每天早上跑步回来就买一点，全当犒劳自己的。"

严如意开心地笑起来："你真行，难得活得这么有滋有味！孩子，我算看明白了，难怪你会这么有出息，以前我父亲活着的时候，也是这样，不管发生什么事，老是安安稳稳的，每天饭后一杯咖啡，一块点心，我总是笑他资产阶级生活作风，他总是说，会生活的人才会工作，看来他是对的。"

钟立行微笑着听严如意诉说："可惜，这种好日子一去不复返了，我是个失败者……"她沉默了一下，"你说我哪点比不上那个陕西来的婆姨？凭什么就让她占了我的窝？"

钟立行愣了一下，低头搅动咖啡。

严如意幽怨地说："我就是不明白，我有什么地方不好？两人吵架归吵架，怎么能说翻脸就翻脸？"

钟立行知道今天的主题是躲不开了，真诚地说："严老师，您想说什么就说吧，在我这儿说完，出了这个门，就别再想了。"

严如意怔了一下，随即哭了起来："其实也没什么好说的，说来都怪我自己，我以为两个人在一起，只要是为对方好，就可以不那么在乎形式，我对你们丁老师，从来都是一心一意，他的心也太狠了。"

钟立行同情地看着严如意。

严如意伤心地说："立行，说起来你也不是外人，我这些年过得很不好，跟老·丁弄得很狼狈，丁海也不听话。医院的工作忙，我又是行政业务两头忙，有时候回到家里就顾不上那么多。我这人你也知道，心直口快，有什么不痛快就喊出来，时间长了，老丁就受不了，觉得我脾气不好。他身体不好，胃不好，我天天想着方儿给他做饭。他从农村来，生活习惯不好，我就天天逼他洗澡换衣服。有时候，一累，态度就不好，我们家天天吵架，丁海也不愿意回家。后来，来了这么个沈容月——老丁的老乡，陕西榆林，一个地区医院的进修大夫，一个地区医专毕业的，又土又笨，一口陕西土话。有一年过"五一"我跟老丁吵架了，正好医院里开联欢会，这个女的开口唱了一曲陕北民歌——《三十里铺》，一开口，我眼看着老丁眼泪就往下掉，拉着人家的手问长问短。第二天，她给老丁做了一顿榆钱饭，也不知道她哪儿来的本事从哪儿找来的那种东西。老丁他胃不好，吃不了那东西，吃完了胃疼了三天。我知道就跑去把她骂了一顿，结果，就把他们两个骂到了一起……"

钟立行意外又震惊。

严如意哭着，好一会儿，摆了摆手："我也知道，不是她的问题，怪老丁，也怪我。可是，我就是出不了这口气——你不知道，待在这个医院里，天天低头不见抬头见，我心里特别不是滋味。今天，有人投诉，沈容月一个月让人投诉了好几回，我去找她，一看见她我就压不住火，骂了她，结果让老丁听见了……"

钟立行惊讶地问："什么时候？"

严如意绝望地说："快下班的时候，我骂完她一出来，老丁正在门外。"

钟立行想说句什么，又停下来："快下班的时候，那他一定是……"

严如意自顾自地接着说："他是来接她下班的，我跟了他二十年，他一次都没去科室找过我……"

"他去找沈老师，一定是……"

严如意愤怒了："不就比我年轻十几岁，他喜欢她，我知道！"

钟立行不再说话。沉默，长时间的沉默。

严如意抹了把眼泪，端起咖啡，喝了一口，钟立行把点心送到她面前，她拿起来，一只手在下面接着，优雅地吃着："哎，我已经好久没有这么优雅地吃过东西了。呵呵，人老了，离了婚，就破罐破摔了。立行，你别担心我，我明天就去找老丁，跟他道个歉，也跟沈容月道个歉，不管怎么说，我们也是一家人。"

钟立行不自在地笑笑："这样就好。"

严如意突然说："哎，立行，你要是我儿子就好了，我要是有你这么个儿子，什么也不怕了。"

钟立行笑笑:"严老师,这么多年,您待我们这帮学生,个个都像自己的孩子一样,再说,丁海也不错,您就别难过了。"

严如意含着眼泪一笑:"就是,丁海,我骂他归骂他,他是挺聪明的,你以后就多费点心,好好帮我管管他。"

钟立行点头:"我会的。"

严如意看看表:"好,我不占你太多时间了,你忙吧,我要查房去了。"说着起身往外走。

钟立行看着严如意走出去,把咖啡杯子端起来到水槽边去洗,洗完,用一块干布擦干,放回柜子里。今晚的谈话让他更加清醒,丁祖望的事不能乱说,他要赶快找到丁祖望,问清楚他本人的意思。还有丁海,也要好好管教了。

5

丁祖望洗完澡,换好睡衣,突然,又一阵疼痛袭来。他摸索着走进书房,拿过皮包,从里面掏出药,吃了一片。他又从皮包里掏出一个牛皮信封,打开,里面是一篇文章的清样,他拿起来,走出书房把文章放在沈容月面前:"小沈,你看看这个!"

沈容月抬头,看看文章。丁祖望接着说:"这是我写的一篇论文,已经说好了要在心血管杂志上发的,用我们两个的名字吧。"

沈容月很困惑:"心血管的?我是神经内科,搭不上啊?"

丁祖望说:"现代医学虽然分工越来越细,其实边界也开始模糊,比如心脏内科和心外合一就是趋势,神经内科与神经外科融合也是趋势,我这篇文章就是讨论这种趋势的,也谈了些脑神经的问题。"

沈容月欣慰地笑了:"行啦,丁院长,您,这一辈子没费过这么大劲说假话吧?咱们医院要是谁敢拿这文章评职称,你还不把人骂死?"

丁祖望心虚地笑了。沈容月眼圈红了:"你这人一辈子眼里不揉沙子,为我,破这个例,我心领了,老丁,你就别替我操心了,我真的不用。"

丁祖望把沈容月抱在怀里,沈容月哭了。"小沈,你这样我心疼。"

沈容月哭着:"我也心疼,人人都看你是个院长,风风光光的,只有我知道你心里的苦。老丁,你别操心我,大姐那儿我会让着她,你别管,让她欺负,让她出气,她话说得重,其实心也挺软的。"

丁祖望连连点头,泪水涟涟。

6

第二天早上,钟立行晨跑回来,刚进办公室就打了个电话让丁海到他这儿来一趟。丁海倒也听话，早早在门口等他。钟立行进门，脱下运动衣，把手里的一个纸袋子放在桌上："啊，没什么大事，我找你，是想问问，丁院长他，平时身体怎么样？"

丁海怔了一下，随即大大咧咧地说："啊，这事儿啊，您得问我妈，不，问沈老师，我平时不怎么回家。"

钟立行看了丁海一眼，丁海急忙说："我父亲他身体挺好的，他年轻时也是运动员，我这好身板就是从他那儿遗传来的。"

钟立行看了他一眼，烧上咖啡："丁海，给你个忠告。"

"您请说！"

钟立行道："别那么玩世不恭！"

丁海愣了一下："我，怎么了？"

"改改你那说话的腔调，那不是做医生的腔调！"

丁海低下头说："是！"

"天底下不只你一个人父母离婚的，也不是谁都有机会子承父业。"

丁海不说话了。

钟立行把咖啡放在他面前："喝一点赶快走吧，我没事儿了。"

丁海还是没有说话。

钟立行打开带回来的纸包，掏出两个牛角面包："你住院医快满期了，想好了去哪儿了吗？"

"我想去泌尿外科，不知道行不行。"

"真的不想回心外？"

丁海迟疑了一下："不想。"

"到底为什么？"

丁海说："我爸爸就是心外的，我不想跟他一行，走出去开会，碰见的全是他认识的人，郁闷！"

钟立行一怔："这，你也想太远了吧？你出去开过几回会，遇见什么人了？"

"就是不想。"

钟立行说："这样吧，先不说死，我刚来的那天，武院长跟我说过，让我带几个年轻医生，其中一个就有你。"丁海看着他。

钟立行接着说道："但是你好像并不太喜欢，我也没太要求你，但是从今天开始，你要好好跟着我了。"

丁海怔怔地看着钟立行："为什么？我真的不想当心外大夫，我不喜欢那个王冬。"

钟立行迎着丁海的目光："因为不喜欢一个人，就放弃一个专业，是不是太幼稚了？"

丁海低头不说话。

钟立行同情地看着丁海："丁海，能听我说几句实话吗？"他竖起一根手指，

"实话，也是重话！丁海，其实，在我眼里，你是个不错的外科医生的料！你聪明，手快，思路清楚，我说你只是块料而不是好的外科医生，是因为你还没有信仰！还不够了解你自己！我知道你的家庭让你很有压力，所以你用表面上的玩世不恭来掩饰你自己的内心，而其实，你心里是要强的，你虽然表面上说不喜欢跟你父亲一行，父母管得严，但是你做梦都想得到他们的承认，我说得对不对？"

丁海看着钟立行，沉默着。

"你不用急着承认，我也没有给你贴标签的意思，但我要告诉你的是，躲不是办法，回避自己更没有意义，你好好想想你到底是谁，你需要什么，你想干什么，你想成为一个什么样的人？成为这样的人，你还缺什么，然后想办法磨炼自己，想好了可以找我谈！"

丁海有所触动，若有所思地看着钟立行。

钟立行说："回心外吧，先去CCU，你需要磨一下性子，慢慢你就会知道你真正喜欢什么。"

丁海看了钟立行好一会儿，轻声说："行，我听您的！"

7

就在钟立行和丁海还在谈论未来的时候，丁祖望悄悄去外院作了检查，这些天他的疼痛越来越频繁，他知道出事了。想了整整一夜，他决定去外院作了检查，没别的办法，因为家里家外，所有的一切，让他作出了这个悲壮的决定。他到了一家小医院，用了假名挂号，一个上午作了多项检查，结果不出他的意料，非常残酷：肺癌三期，已经转移。他一直以为自己能承受这个结果，但他拿到检查报告的时候还是像被人打了一拳，他拿着报告坐在街边花园，大脑一片空白。完了，他已经没时间了，他要好好想想怎么处理这件事。他得好好想想。

第十三章
王欢之死

　　我，不想在这种鸡毛蒜皮的事情上纠缠，而且，我认为，我们不需要争这些东西，而要想办法把科室的团队建起来，等团队建好了，操作规范了，大家都有事可做，这些矛盾就自然解决了。

　　我是喝酒了，我长这么大第一回喝酒，喝这么多酒，也是第一回，第一回为一个死去的病人难过，那孩子，太可怜了，才二十岁，他父母怎么办啊！

1

江一丹和钟立行在做手术。

钟立行扔掉手套，长出一口气，对顾磊说了声："检查手术器械，准备缝合吧！"

顾磊急忙过来，和护士一块儿忙起来。

钟立行对江一丹说："这个病人情况特殊，手术只做了一半，两个星期后再搭旁路，给他做滞留针！"又对几个年轻助手说了声："你们辛苦了，麻醉醒了通知我一声。"然后走出了手术室。

顾磊看了钟立行一眼："哇，钟主任简直太酷了，跟着他真长见识！"

江一丹得意地一笑："这才哪儿到哪儿？他那手绝活还没亮呢，心脏不停跳搭桥，听说过吗？"

顾磊倒吸了一口气："当然听说过！我想那个手术都快想疯了！江主任，什么时候才能在我们医院开展这个手术啊？您赶快跟武院长说说，也跟钟主任说说！"

江一丹一笑："这哪是我说了算的？你知道开展一个新手术哪有那么容易？设备，人员，培训，都得重新适应，你要是真想学，就抽空赶快多了解一下这个学科，赶快私下练习！"

顾磊一本正经地说："江主任，我在练，我天天练，我每晚睡觉前都把心脏的血管分布图在脑子里过一遍。"

江一丹惊讶地说："哟，你也学会这招了？跟你说，当医生就是得勤奋，没别的方法，当年我们上学的时候，武明训、钟立行两人就是比着赛地背血管图。我们那会儿女生不喜欢做解剖，钟立行一个人就把全组的活都包了，开始我们都以为他傻，觉得他好说话儿，结果发现他最聪明了！解剖成绩他最好，一上手术他最快，哪个大夫都愿意带他！"

顾磊崇拜地说："哇，真厉害！江主任我明白了，其实最笨的办法就是最聪明的办法，是不是？"

"嗯，开窍了！"江一丹开心地笑着。

2

病人被推了出来，江一丹跟着走了出来。

王冬走过来，突然喊了一声："江主任！"江一丹回头。

王冬走过来，有些迟疑："江主任，有件事，想跟您商量一下。"

江一丹有些困惑但依然客气："啊，什么事儿你请说。"

"就是，关于贺志梅那个手术，我做了个论文提纲，想请你参加，以我们两个人的名义一块儿写这篇论文，我已经跟杂志社的人说好了，他们，非常感兴趣。"

江一丹满脸的震惊："约我？我是麻醉医生，我们不是同一个学科。"

"这个案例，是很少见的，手术做得很成功，写了论文，对同行也有好处。"

江一丹似笑非笑着："王主任，谢谢您的好意，我想您记性不会这么差，如果我没有记错的话，手术，可是钟立行钟主任做的！"

王冬脸色一下变了。

"如果，你一定想写就写吧，不过我不会参与的。"江一丹说着走开了。

王冬愣在那儿，脸上一阵红一阵白。

3

江一丹走进办公室，愤怒地把帽子摘下来扔在桌子上，喊道："无耻！"

武明训刚好走进来，看见江一丹："怎么了？出什么事儿了？"

江一丹生气地说："那个王冬，简直就是个混混，弄虚作假，争名夺利，虚伪，虚荣！"

"怎么了，这又是怎么了？一口气给人贴那么多标签？你又愤世嫉俗了！"

"贺志梅那个手术，打开了，一看做不了，既不通知丁院长，也不通知钟立行，就打算停止，要不是钟立行，那个病人就完了！"

武明训一听，非常震惊："你说什么？手术是立行做的？"

"当然，是我——打电话给丁院长，让他带着立行一块儿来的，最后还是立行上的手。"

武明训生气地说："这个王冬！这样就太过分了，我去找他谈谈！"

"你去找他谈，怎么谈？他刚才还跟我说，要约我联合写论文，这样的人，真是不可思议！"

"那，这？"

"什么那、这的，我要让钟立行写论文，绝对不允许这种人在医院里得逞！"

武明训赶紧劝道："算了吧，他，论文不是还没写吗？你拿什么说他？"

钟立行手里拿着单子走过来，看见武明训和江一丹，停下来。

武明训说："立行，江一丹跟我说，贺志梅的手术是你做的？"

钟立行怔了一下："啊，不是，是大家一起做的！"

江一丹一下火了："立行，你怎么回事，是谁做的就是谁做的？"

钟立行愣住了。

江一丹愤怒地说："那个王冬刚才找我，说贺志梅那个手术，他要写论文，要拉我一块儿写！"

钟立行看着江一丹，笑笑："他想写就写吧，写论文是好事。"

江一丹火了:"立行,你到底想干什么?你怎么一点个性也没有?这种事,怎么能让?这是原则问题!手术是你做的,就算是写论文,至少也应该大家一块儿写,集体协作吧!"

钟立行看着江一丹发火有些不安,轻声说道:"我,不想在这种鸡毛蒜皮的事情上纠缠,而且,我认为,我们不需要争这些东西,而要想办法把科室的团队建起来,等团队建好了,操作规范了,大家都有事可做,这些矛盾就自然解决了。"武明训轻轻点头。

江一丹却不依不饶:"立行,你太天真了,这是原则问题,这是学风,这是医德,一个医生没有好的品德,我不相信能带出好学生……"

"我知道你的意思,我会看着处理的。"钟立行依旧好脾气地回答。

江一丹生气地瞪了钟立行一眼。

武明训看看江一丹,对钟立行说:"立行,这件事你看着处理吧,有件事我要跟你说一下,有位金行长,他的老母亲心脏不好,想在我们医院搭桥,你看看有没有可能?如果有,我让她先住进来,作检查?"

钟立行想了一下说:"行,可以做,我正想在医院开展搭桥手术呢,你看着安排吧。"

4

贺志梅穿了病号服,在病房来回走动着,看上去气色很好。

钟立行走了进来,贺志梅眼里一下闪过光芒:"钟主任!"

钟立行微笑着点头:"怎么样?今天还好吧?"

贺志梅开心地说:"嗯,特别好,您看我现在,都能下地了,也能走到走廊里,下午还下了楼。"

钟立行微笑着:"嗯,刚开始别运动太多了,一点点儿来,有什么问题随时跟我说,跟护士说也行。"贺志梅点点头。

钟立行正准备往外走,贺志梅叫住他:"钟主任!"

"钟主任,我,谢谢你为我做手术,谢谢你为我所做的一切!"

钟立行一笑。

贺志梅接着说:"还有,我不喜欢那个王大夫,他到处跟人吹牛,说手术是他做的,有一天查房,他像展览一个战利品似的,给我拍了好多照片。"

钟立行脸色有些变了:"噢,是吗?"

"钟主任,我们都知道您是美国回来的有名的外科医生,我们一家人都感激您,我们病房里的人都说您是最厉害的。"

钟立行回过神来,笑了笑:"谢谢,不过,贺志梅,你最好别这么说,王主任他一直很努力在帮你,你也要感谢他才对,感谢所有的医生和护士!"

贺志梅点头:"嗯,我知道了。"

顾磊走进来，神情严峻地叫道："钟主任！"

钟立行回头，看见顾磊手里拿着一叠化验单，比画了一下。

钟立行急忙向贺志梅点头，走了出去。

两人回到钟立行办公室，顾磊把一堆单子交给钟立行："这是，您让我做的化验，结果都出来了……"

钟立行眉头一挑："有问题吗？"

顾磊抽出一张单子说："这个，指标有点高，癌症迹象很明显，只是，不知道原发部位在什么地方。"

钟立行看了一眼："我知道了，你去吧。"他看着那张单子，出了神。

5

晚上，陈光远非要拉着丁海去吃饭。丁海觉得奇怪，不明白陈院长葫芦里卖的什么药。到了饭店，他才知道是医院大楼的装修商请陈院长吃饭，而陈院长为了避嫌，证明自己在施工中没做手脚，就拉上了他。丁海本想转身回去，陈光远好说歹说不让他走。丁海只好硬着头皮跟着他走进包间，桌上已经摆满了菜、白酒，屋里已经坐了好几个人。陈光远殷勤地向对方介绍着丁海："老郑，这是丁海，丁大夫，我们院长的公子。这是老郑，建筑公司的郑老板，我老乡，这一次咱们医院盖新大楼，装修就是他们，刚中了标。"

郑老板热情地伸出手："哎呀，原来是丁院长的公子，幸会！"

丁海伸出手与郑老板握了一下："我跟我爸关系不好，他当他的院长，我当我的小大夫，我医学院毕业，是班上第一名，全靠自己进的仁华医院，不是靠我爸爸！""那是，那是，丁公子一看就聪明过人，有其父必有其子，坐坐！"

丁海有一搭无一搭地听着他们说话，玩着手中的游戏，一心盼着谁能给他打个电话好让他早点抽身，哪怕是急诊，加班都行！正想着电话居然就响了，他接起电话，是徐达恺，他成交了一笔大单子，想请丁海吃饭，丁海打着哈哈拒绝了，陈光远却张罗着让徐达恺也过来。

看来大家都很无聊，看来大家都喜欢热闹！一会儿的工夫，徐达恺就到了，还带着林秀，林秀已经换了打扮，青春靓丽。丁海看到林秀，眼前一亮，上来就给了徐达恺一拳："哟，这谁呀？你小子，行啊，离开没几天，就什么都置办齐了！"

徐达恺连忙解释："别瞎说，这是我们公司的业务经理林秀。林秀，这是丁大夫，这是我们陈院长！"

林秀向丁海点头示意，与陈光远目光对上，陈光远眼前也是一亮，呆了一下。

徐达恺看在眼里，对陈光远说："陈院长，我们那批器材的事多亏了您，我今天可要好好谢谢您！"

陈光远一笑，摆摆手："这事儿还没最后定呢，你先别谢我！有事回头再说，今天可是老郑做东，你别搅了人家的局！"

林秀却已经端起酒，起身对着陈光远："陈院长，我借这位老板的酒敬您一杯，我刚入行，徐经理不嫌弃我，我才有机会，我以后一定好好努力，争取给医院多进些好药。"

陈光远有些不好意思，端起酒杯说道："哎哎，我，不能喝酒，意思一下。"

林秀却把酒已经干掉了："那好，我干了，您随意！"说着把杯底对着陈光远照了一下。

陈光远看看杯里的酒，又飞快地看看林秀，不经意间看到林秀正含情脉脉地看着自己，愣了一下，随即端起酒，一口干掉。众人鼓掌。

丁海惊奇地看着眼前的局面突然就变了，忍不住多看了林秀两眼。林秀却又端起酒瓶给丁海倒上，然后给自己也倒上，端起酒杯说道："丁大夫，我再借这位老板的酒敬您，徐经理跟我说你们是好同学，也是好朋友，以后您得好好指点我，我以前上过卫校，家里穷，读了两年半，眼看要毕业，家里供不起，我才出来打工的，供我弟弟上学，给我娘治病，我就是喜欢你们这些有本事的人……"说着把杯中酒干掉了。丁海傻了眼，有些发愁："这，还真喝啊？我真的不行！"

徐达恺说："哎呀，你就赶快喝吧，不然我替你喝！"

丁海一咬牙："那行，我喝！"端起来一口喝干。

众人一起叫好鼓起掌来。

酒局，加上女人，开始热闹了。一会儿工夫，陈光远已经有些不胜酒力，一双醉眼看着林秀。

丁海轻声问徐达恺："哎，你哪儿找来这么个女的？够野的！"

陈光远不知所措又意乱情迷，张着嘴看着林秀，周围的人哄笑着。

桌上放着一张陈光远的名片，林秀趁人不注意，把名片放进自己口袋。

6

丁海醉醺醺地回到医院，摇摇晃晃地沿着病房走廊走过来。

病房里，突然传出孙丽娜尖利的叫声："欢欢，你怎么了？你怎么了？"

接着护士冲到了楼道里："大夫！刘主任！快，王欢不行了，大出血！"

正在走廊的丁海本能地一惊，急忙冲进了病房。王欢正在病床上大口吐着鲜血。

看到这一幕，丁海惊呆了，孙丽娜也浑身是血，大声叫着："欢欢，欢欢！你怎么了？"

丁海冲过来，推开孙丽娜："离开这里！护士长，把病人家属带走！给武院长打电话，快快！"声音里已经带了哭腔，"送手术室！"

王欢被推上了手术台。

血浆袋挂上去，各种仪器连接起来。

王欢还在大口大口吐着鲜血，武明训、江一丹跑进来，钟立行、何大康、王冬也冲进了手术室。

丁海正在为王欢开腹，血喷了出来，溅在他脸上，他顾不得闪，也顾不得擦。

护士向他报告着：体温，三十九度五，血压七十，四十，心率五十四次，血氧饱和度百分之二十……

另一个护士跑进来报告："丁大夫，转氨酶2000，黄胆指数二十四。"

丁海愣住了："爆发性肝炎？腹腔压力过大，引起门腔大出血？"

武明训冲过来，推开丁海，麻利地戴上手套，手伸进腹腔，握住了出血口。

屋里的人惊呆了，钟立行冲过来："给我镊子，吸液器！"

护士递上了吸液器。

负压吸液器吸着血，武明训用电烧刀开始烧灼。

输液的血浆急速流着，王欢身体里的血也不断在往外流。

武明训看着血压表："快，血压一直往下降！还有地方在出血！再去取血，2000ml，快！"

钟立行加快了动作，护士冲出手术室。

监测仪上，王欢的心脏已经开始出现乱波。

江一丹报告："血压持续下降，休克！"

王欢体内的血快速流动着，一滴接一滴地落在地上。

武明训和钟立行一块儿在止血。

护士再次换上血浆，血压监视柱在往下掉。

钟立行低声："加凝血剂！"

江一丹急忙起身往输液瓶里加药，换上。

心脏监测仪上，心脏曲线剧烈波动着……直线……血流如注……漫延到了地面上。

护士抱着血浆袋冲了进来。

血压跳成了零，接着心脏曲线拉成了一条直线。

"滴"的一声，时间仿佛停止了。

所有的人都呆住了。

孙丽娜的声音打破了平静，她撕心裂肺叫了声："欢欢！儿子！你要顶住啊，妈妈不能没有你！"

孙丽娜的哭声仿佛惊醒了医生们。

武明训看了一下表，低沉地对丁海说："死亡时间，三点五十五分，死亡原因，急性多器官衰竭。"然后脱下手套走了出去。

丁海的眼泪落在了自己的手上。

7

丁海精疲力竭走进宿舍，脱下白大褂，一屁股坐在椅子上。

顾磊迷迷糊糊伸出脸来："这都几点了，你怎么才回来？"

"王欢死了，那个肾移植的大学生死了！"他狠狠地将自己摔在床上。

顾磊抽了抽鼻子，问道："丁海，你身上怎么有股酒味，你喝酒了？"

"我是喝酒了，我长这么大第一回喝酒，喝这么多酒，也是第一回，第一回为一个死去的病人难过，那孩子，太可怜了，才二十岁，他父母怎么办啊！"

顾磊看着丁海："丁海，睡吧，别想那么多了，你以后还是别喝酒了，万一，家属纠缠起来，说不清楚，再说，你也应该好好关心一下自己的亲人……"

丁海坐起来，边脱衣服边难过地说："本来今天不该我当班，我是回来的时候撞上的……我没有亲人……谁也不关心我，他们也不需要我关心……"他从裤子口袋里掏出手机，准备关机，突然看到了手机上的未接电话，迟疑了一下："顾磊，记着明天早上提醒我给我爸打个电话，他今天打电话找我了，我跟徐达恺喝酒，怕他知道了骂我！"说着关掉手机，昏沉沉睡去了。

8

孙丽娜两眼发直，躺在医院的病床上，王茂森在她床边坐着。武明训给他们夫妇开了间单独的病房，让他们度过这难过的夜晚。

孙丽娜突然回过身："他爸……"王茂森抬起头。

"刚才抢救欢欢的时候，我闻着那个小大夫，那个丁院长的儿子身上有一股酒味，他是不是喝酒了？"

见王茂森迟疑的目光，孙丽娜陷入自己的思绪："他喝了酒，怎么能救欢欢？一定是因为他喝了酒，欢欢才死的。"

"他妈，你别想了，欢欢这孩子命不好，你别乱想了。"王茂森劝慰着。

孙丽娜哭了起来："那天做手术的时候，武院长说他很好，快完了，我心里就觉得不好，都是让他说的，都是让他说的！"

王茂森长叹一口气："你别再胡思乱想了，都不是，要怪就怪我们命不好。"

黑暗中传出孙丽娜压抑的哭声。

第十四章

医生的尊严

有完没完随你的便!
我在这家医院工作了十几年,什么样的病人没见过,
多大的官,多普通的百姓,我们从来都一样对待,
我不知道你们是什么人,她在我这儿就是个病人,
你们在家怎么哄她宠她那是你们的事,
医学就是医学,不是陪你们哄老太太过家家,
我们医生也是有尊严的!

第十四章 医生的尊严

1

一大早，丁海就给家里打电话，沈容月告诉他，丁祖望昨天也没回家，他有些失望，放下电话，准备去查房。

罗雪樱从后边跑了几步过来，看见他一副愁眉不展的样子："喂，一大早给谁打电话呢？"

丁海咧了咧嘴。

罗雪樱明知故问："沈老师？你就不怕严老师听见，生你的气？"

"别说得那么血淋淋的！"

"这就血淋淋了？"

丁海恼火地说："本来就血淋淋的，你老说它干什么！不理你了，我要查房去了，今天该我出门诊。"

罗雪樱一笑："原来你也有怕的时候！"

丁海烦恼地说："我真倒霉，有家不能回，在医院上班，不是碰上这个就是碰上那个，你说我烦不烦？"

严如意从身后走过来："怎么了，丁海？"

丁海看见严如意，忙说："啊，妈，严主任！我挺好的！"

严如意并没放过他："你昨晚上出去喝酒了，是不是？晚上十二点多才回来？"

丁海要晕了："谁呀？"

"你呀，你说是不是你？"

"我是说谁嘴这么快啊，再说也不到十二点，十一点五十五，我还参加抢救了呢，要不是我回来得晚，抢救也不会那么快！"

严如意抬高了声调："你别跟我油嘴滑舌的，我告诉你丁海，一码归一码！病人家属要是纠缠起来，又没完！你马上住院总就要满了，升主治医生，你自己得努力，你要是敢给我惹事，我可先拿你开刀！"

丁海有点烦了："行啦，我不升主治医了，我就当一辈子住院医生怎么了？病人家属纠缠什么？昨天根本不是我当班！"说着逃似的进了电梯。

罗雪樱急忙要溜，严如意叫住了她："罗雪樱，你一天到晚跟丁海待在一起，你要好好教育他，别让他不学好！"

罗雪樱答应着："是，是，我努力！"

2

孙丽娜和王茂森茫然地站在大厅门口收费处，等着收费员计算王欢的医疗费。

　　收费员面前堆着一叠厚厚的单据，他一边按着计算器，一边念着数字："188，2580，356，495，588，3457，8896……"

　　听着那些数字，孙丽娜的表情有些紧张，王茂森轻轻握住她的手。

　　收费员加完最后一个数字，看了他们一眼，叹了口气。

　　孙丽娜紧张地问："多少？"

　　收费员迟疑了一下："三十二万五千八百一十。"

　　孙丽娜倒吸一口气："这么多？搞错了吧！"

　　王茂森也有些紧张。

　　收费员把计算器推到他们面前："你自己看。"

　　孙丽娜看了一眼数字："看了有什么用，单子都是你们出的。"

　　收费员把厚厚的单据放在她面前："你自己算一遍也可以，我昨天加了两个小时的班算这笔账，今天一早又算了一次。"

　　孙丽娜看着那堆单据，足有半尺厚，拿过来，一张张翻看着："输血费，治疗费……"与丈夫互相看了看，随即问道，"我们，能不能把这些单据复印一份，拿回家仔细看看？"

　　收费员面有难色："这个……我做不了主，这样吧，我问一下我们主任……你等一下。"

　　孙丽娜和王茂森麻木地坐在那儿等。孙丽娜突然哭了起来："老公，我们怎么办？孩子没了，又要交这么多的钱，三十几万，我们拿什么出啊？"

　　看着桌上的单子，孙丽娜想伸手抽出几张，王茂森拉住她："你别这样，老婆，这样不好！"

　　孙丽娜有些羞愧，起身往外走，王茂森急忙起身跟了出去。

　　收费员从里间走出来，没见到人，有些意外："哎，人呢？走了？"

　　孙丽娜径直来到武明训办公室，捂着脸大哭起来，王茂森站在一边有些不安。

　　武明训同情地看着孙丽娜："王欢妈妈，您，您的情况我知道，您也别太难过了，这样吧，这件事情我会认真处理的，您先别急，好好养身体，这么大的事，我一个人也做不了主，我去找丁院长商量一下，还要通过院务会讨论……"

　　孙丽娜"扑通"一声跪在地上："武院长，我知道您是好人，我知道您一直对我们很好，对欢欢也好，我们一家都感谢你，求你再帮我们一次，孩子没了，家里什么都没了，我们真的是走投无路了。"

　　武明训急忙扶起孙丽娜："您起来，赶快起来，这样不好，别这样，我现在就去找丁院长，你们回去等消息吧，有消息我会让收费处给你们打电话。"

　　孙丽娜抱住武明训的手臂哭了起来，武明训又同情又尴尬。

　　王茂森急忙上来将哭得一塌糊涂的孙丽娜拉走。

3

　　金行长带着四五个人，坐在会议室，陈光远坐在对面，秘书忙着倒茶，陈光远热情地说："哎呀，金行长，欢迎欢迎，百忙之中到我们医院视察，很不巧，我们丁院长他，他去外地开会，没赶回来，只好由我来招待各位，你们先看看材料，一会儿，我带各位各处去看看，你们想知道什么，想了解什么，尽管说。"

　　金行长是一位四十七八岁，戴金丝眼镜，神情富态的学者型的人物，他微笑着说："好好，一样一样来，不急！"

　　武明训匆匆忙忙走进来，陈光远看到他急忙迎上来："哎，明训！"拉住他，"来来，你可来了！正等你呢！"回身对金行长，"金行长，这是我们的主管副院长武明训，这位是金行长，金行长前两天刚从德国考察回来，就上我们这儿来了！"

　　武明训急忙伸出手与金行长握手："谢谢谢谢，欢迎欢迎！"

　　金行长说："不客气，应该的！"

　　陈光远拉过椅子，对武明训说："坐坐坐，我刚跟金行长说了看材料，一会儿再去看看科室，金行长老母亲昨天已经住进我们医院了，我们请我们心外技术最好的钟主任给老人家看病！"

　　武明训一怔，随即说道："啊，是吧？我们一定会尽力的！"

　　金行长连连点头，有些难为情："谢谢，谢谢！两回事，别放在一块儿说。"

　　武明训异样地看了金行长一眼，是欣赏。

4

　　护士推着金行长的母亲，跟在后面的，是一位三十多岁的男士和一位打扮富贵的年轻女士，他们是金行长的弟弟和弟媳妇。

　　顾磊安顿好病人，急忙去麻醉科找江一丹，钟立行吩咐麻醉要请江一丹，所以现在请她去作术前探视。

　　江一丹一边换衣服，一边问："检查都作完了？"

　　"昨天一来检查就都作了，一会儿有结果我给您送过来。老太太前几年在我们医院做的支架，最近情况一直不好，前一阵来过，住了没几天就回去了。"

　　江一丹拿起夹子："好，我现在就去！"她跟着顾磊到了病房，金老太太正躺在病床上，她的儿子、儿媳妇围在一边。

　　江一丹走过来，看了一眼床号："一号床是吧？"

　　金老太太抬眼看了看江一丹，哼了一声。

　　"咱们现在就作个术前探视，了解一下情况，您别紧张。"

　　金老太太有些紧张。

　　江一丹拉过椅子在床前坐下："您以前做过外科手术吗？像切阑尾这样的

都算。"

金老太太摇头："没有，没做过。"

江一丹边记录边问："您体重是多少？最近一两年体重变化大不大？"

金老太太说："我体重？"转头问儿子，"我体重多少？"

儿子想了想："大约是150斤吧，大夫，你问这么细干什么？我妈她一直就很胖，好多年了就是这样的。"

江一丹点头："好，我知道了，您心脏不太好？合并糖尿病是吧？"

金老太太："是，哎，我说大夫，你，你不是都知道了吗？为什么还问那么细？不是都有检查报告吗？"

江一丹淡淡一笑："啊，我是麻醉医生，关心的要比手术医生更具体，问您的体重变化，是因为一两年内体重变化过大会对心脏产生影响，还有心脏病和糖尿病会对麻醉有影响。"

金老太太眼睛有些发直："啊，这么复杂，儿子，你不是说，打麻药就像拔牙一样吗？不是，就是拔牙时打麻药那种？"

江一丹笑笑："不同的手术麻醉方法会不一样，您这手术要开胸，您要有心理准备……"

金老太太眼睛一下直了："开胸？你是说开胸？啊，我不做了，我不做了！"掀开被子要下床，腿一软，昏了过去，重重地从床上滚了下来。

她儿子和儿媳妇忙扑过去："妈，妈，你怎么了？"他们把老太太扶起来，叫道："快来人，救命！"护士急忙冲了进来，顾磊冲过来高声叫："紧急床边救护！家属离开！"护士为老太太戴上氧气面罩，接通各种监护设备。

儿子回身推了江一丹一把："哎，你是什么大夫？你想干什么？我妈要是有个好歹，我饶不了你！"

江一丹脚下不稳，后退了两步，重重地摔倒在沙发上。她痛苦地叫了一声："哎呀！"随即捂住肚子。

护士急忙上来拉起江一丹："江主任，您没事儿吧？"又生气地对家属说，"你，你怎么能这样！出去，请出去一下！"

顾磊一边用力按压心脏，一边高声对护士喊："赶快给钟主任打电话！请他过来！"

江一丹在沙发上靠了好一会儿，慢慢起身，茫然地看着眼前忙乱抢救的人们。

5

金行长正在跟武明训他们谈事儿，手机响了，他看了一眼号码，对陈光远说："不好意思，我接个电话。"电话里传出急切的声音："喂，哥，你在哪儿呢？你找的这是什么医院？什么大夫啊？咱妈刚才让大夫吓晕过去了，你赶快过来看看吧！"

金行长放下电话，目瞪口呆："陈院长，我母亲住在哪个病房？我弟弟说她让大夫给吓晕过去了？"

陈光远和武明训都呆住了，两人急忙跟着往病房赶。

病房这边，抢救还在继续，家属被劝了出去。江一丹走出病房，家属冲上来："怎么样了？"

江一丹说："还在抢救！"家属冲上来抓住江一丹，"你别走！这事还没完呢！"

江一丹甩开家属的手："你要干什么？"

"哎，你还有理了？"家属又上来扯住江一丹的衣服。

钟立行匆匆赶来，看到这情形，急忙冲过来，拉开家属。江一丹看到钟立行，有些委屈，一句话也没说，转身走开。

家属又追过来想拉江一丹："你是干什么吃的，惹了这么大麻烦想走？"

钟立行急忙拦住他："先生，对不起，今天的事我负责，有什么情况跟我说吧！"

家属愤怒地说："有什么可说的？你们这叫什么医院？你们这是什么大夫？要不是陈院长一个劲儿地说你们医院好，我们才不会来呢！太不像话了！"

金行长、陈光远、武明训匆匆赶来。江一丹看了一眼武明训，武明训急切地问："江一丹，怎么了？到底出了什么事儿？"

金老太太的小儿子看见金行长，急忙过来："哥，你来了！"

陈光远脸色一下变了："江主任，是你，是你把金行长的母亲吓晕了？"

武明训怔住了。这一幕恰好被王冬看见了，他脸上流露出不易察觉的微笑。

6

一个小时后，金老太太心脏复跳了。所有人都长出一口气。

武明训、钟立行、江一丹、严如意、陈光远、金行长等人坐在会议室里。

武明训问顾磊："顾磊，今天的事到底怎么回事？"

顾磊有些紧张："啊，今天的事其实是个误会，我们不知道这位病人，就是金行长的母亲，其实知道不知道，我们也会一样对待的……"

武明训皱了一下眉头："没问你这个！"

顾磊接着说道："这位女士两天前入院，心脏病，合并糖尿病，病人性格比较……比较强势，又比较胆小，家属要求不告诉实情，所以，就没告诉她……"

武明训皱了下眉头："说重点！"

顾磊紧张地看了看武明训："重点就是，江主任去作术前探视，病人心理承受能力太差，我觉得这事不怪江主任，是病人自己的问题。"

金行长皱了一下眉头，他的弟弟急了："怎么是病人自己的问题？你们说话要负责任，明明告诉过你们，我妈她胆小，你们为什么不打招呼？为什么要跟她说这么多?"

顾磊看着武明训不敢说话。

钟立行迟疑了一下:"这位先生,事情是这样的,原则上说,医生是没有权利向病人隐瞒病情的,当然,特殊情况下,我们会考虑家属的意见。这次的事情,怪我,是我没有向下面的医生交待清楚,有什么问题,我来承担。"

金行长的弟弟说:"你承担?你怎么承担?本来我们一直不想做这个手术,要不是陈院长说你是从美国回来的,你的技术怎么好,我们也不会上这个当的,从我们进院第一天,你就一直不冷不热,这还不算,你个麻醉师跑去看什么病人?跟你有什么关系?"

顾磊有些急了,钟立行急忙说:"对不起,也许我的工作态度有什么地方让您不满意,您尽可以提意见,但是关于麻醉医生术前探视病人,这是正常的工作程序。"

金行长的弟弟一下急了:"你们什么意思?合着说来说去你们都没有错,就我妈有错是吧?"

江一丹再也忍不住了:"钟主任没说病人有错,可是我可以告诉你,我也没做错什么!麻醉医生术前谈话有自己的重点和程序,重点是了解既往病史、麻醉史、身体状况,从而评估麻醉风险和病历上没注明的特殊情况……"

武明训急忙打断她,江一丹却继续说,"我得了解手术中可能会出现的情况,比如说需不需要鼻插管、术中有没有可能大出血、要不要血液回收、术前备血、术后是否送重症监护病房等,然后拟定一个详细的麻醉计划,要不要穿深静脉,动脉测压,这些东西不是医生能代替的!"

众人看着江一丹,江一丹情绪有些激动:"我,我理解家属的心情,但我也并没有对病人做特别的恐吓,我只说了一句这个手术可能要开胸,她就晕倒了!"

武明训急忙制止江一丹:"江一丹!"

金行长的弟弟叫了起来:"你没错,你们都没错,那我妈就该昏过去?告诉你,她要是有个三长两短,我跟你们没完。"

江一丹一下火了:"有完没完随你的便!我在这家医院工作了十几年,什么样的病人没见过,多大的官,多普通的百姓,我们从来都一样对待,我不知道你们是什么人,她在我这儿就是个病人,你们在家怎么哄她宠她那是你们的事,医学就是医学,不是陪你们哄老太太过家家,我们医生也是有尊严的!"说完扬长而去。

金行长脸色有些难看。

陈光远急忙赔不是:"对不起,对不起,是我们工作失误,您别介意,我们会认真处理的。"

金行长取下眼镜,擦了擦,然后戴上,一句话没说就走了出去。

他的弟弟急忙跟了出去:"哥,你怎么走了?你说句话啊!人家根本不拿我们当回事,你这行长怎么当的!"

陈光远和武明训也追了出来。

金行长回头看看陈光远，看看弟弟："陈院长，我先去看看我母亲，有话回头再说吧。"

好一会儿，武明训才缓过神来问钟立行："怎么搞的？你为什么不告诉江一丹这是金行长的母亲？"

钟立行迟疑了一下："这很重要吗？我一个人知道就行了，我不想让所有的人都有压力。"

"当然重要！这个金行长，今天专门到我们医院来听汇报，我们的新大楼资金有缺口，他已经初步答应了。"

钟立行异样地看了武明训一眼，说了句："对不起，我，很抱歉，我会处理的！"说完走了出去，留下武明训、陈光远、严如意坐在屋里大眼瞪小眼。

严如意生气地说："怎么搞的，金行长的母亲住在我们医院我怎么不知道？"

陈光远说："哎呀，我，也没想那么多，说实话老太太她的确有点事儿多，她其实在我们医院进进出出已经好多次了，金行长是老大，她平时住在二儿子家。我先走了，去看看，这事儿要是处理不好，我看，我们的贷款全完！"

严如意看着武明训："你说怎么办？明训？"

"能怎么办？跟人家道歉呗！"

7

江一丹沿着走廊走过来，手术室里的人都听说了这事，都从里面走出来，同情地看着她。江一丹倔傲地看了她们一眼，走进自己的办公室，她叹了口气，无力感袭来。

钟立行走进来，安慰道："今天的事，怪我，我没告诉你那位是金行长的母亲。"

江一丹看了钟立行一眼："怎么会怪你？你有什么错？"

钟立行一下沉默了。

江一丹幽幽地说："我在这个医院这么多年了，什么样的病人都接触过，多大的官，多普通的人对我来说都是一样的，我从没有区别对待过。"

钟立行迟疑一下，说："这位金行长，他跟别人不一样，他，我们医院的新大楼，他们正准备给我们贷款，金行长今天就是带人来作评估的。"

江一丹怔了一下，委屈地说："那又怎么样？他不会因为出了这事就不给我们贷款了吧？这也太不专业了吧？银行又不是他们家开的。"

正说着，武明训走了进来："你这就不懂事了是不是？你这不是较劲吗？"

江一丹看了武明训一眼，说："怎么成了我较劲了？我就是不明白，我们医生成了什么？他弟弟，上来就推了我一下……我……"

武明训打断了她："一丹，看在我的份上，去给老太太道个歉，不管怎么说她是病人，也是个老人家。"

"不去，要去你去！"江一丹倔强地说。

武明训刚要发火，钟立行拉了他一下，两人对视了一下，走了出去。

钟立行小声地说："明训，对不起，这事儿交给我处理吧，全怪我！"

武明训突然火了："交给你怎么处理？立行，我跟你说，你，江一丹都是一样的毛病，都太拿自己当回事了！你以为我不清高吗？你以为我没有自尊吗？你以为我喜欢跟别人拉拉扯扯吗？"

钟立行吓住了，怔怔地看着武明训，江一丹听见武明训的吼声从里面探出了头。

武明训怒气冲冲地走了。

钟立行看看江一丹，向她摆摆手，走开了。江一丹在门口站了好一会儿，走了回来，她刚走进办公室，突然觉得肚子有点疼，一脸难受的样子。

助手高小雅走进来，见她这副情景，忙问："呀，江大夫，你怎么了？您不舒服了吗？"

江一丹扶着椅子坐下："高小雅，帮我一个忙，去把严主任请来！"

8

严如意给江一丹作完检查，脱下手套怒道："这个混蛋！真是可恶！怎么能动手推一个孕妇呢？"江一丹起身穿衣服。

"有点先兆流产，我给你打一针，静养几天吧。"说着去取针药。

江一丹无奈地说："他又不知道我怀孕了。"

严如意很惊异："你还够大度的？不怀孕就随便推呀！一丹，这回我绝对站在你这边，管他什么行长！"

江一丹小声地说："严老师，这事您先别跟武明训说了，他还什么都不知道呢。"

严如意一惊："他不知道你怀孕了？哎，你可真沉得住气，这不行，得跟他说，得让他知道！这个浑小子，老婆怀孕了，他还一天到晚吹胡子瞪眼的！"

江一丹摇头："他也是没办法，严老师，您最好别跟他说，谢谢你了！"

严如意举着针过来，眼里全是无奈。

9

金老太太躺在床上，金行长、金行长的弟弟、弟媳妇、陈光远守在一边。

金行长好声好气地说："妈，您没事儿了，就好好养着吧。"

金行长的弟弟却不依不饶："哥，这事儿不能就这么算了吧？"

金行长看看弟弟，示意他不要再说。

陈光远赔着笑脸："金行长，真是对不住，我们一定会严肃处理的。"

老太太虚弱地说:"儿子,我要回家,手术我不做了,我要回家,这个医院我不待了。"

金行长好声劝慰着:"妈,您现在这个样子怎么回家啊?您的身体本来就不好,还是好好儿在这儿养着吧,手术的事咱们回头再说,做不做再商量,您先把身体恢复了再说吧。"

陈光远走上来,笑着:"老人家,您还是在这儿安心住几天吧,今天的事对不起您了,您有什么要求,尽管提,我会天天来看您的。"

老太太眼泪汪汪又不胜心烦,摆摆手,背过脸去。

金行长起身往外走,陈光远急忙跟了出来,他们刚出门,武明训迎面走过来,他向金行长点头示意:"金行长!"

金行长苦笑着:"让老太太在这儿住几天吧,手术的事儿再说吧。"

武明训连忙点头。陈光远想说句什么,武明训拉了他一把,他知道陈光远想说贷款的事,但觉得不合适。送走金行长,他让陈光远去他办公室,王欢的父母哭哭啼啼,他们要商量一下他家欠费的事。

10

孙丽娜和王茂森在大厅的长椅上坐着。大厅里进进出出的医生、护士,来往的病人看上去都像是无声无息的影子。孙丽娜失魂落魄,王茂森也神情木然,夫妇两个坐在那儿,看上去让人心酸。一个年轻的医生走过来,满脸朝气。孙丽娜眼睛花了,好像看着是王欢的笑脸。她起身,轻轻走过去,拉住他的手:"孩子,欢欢!"医生奇怪地看着她:"你有什么事吗?"孙丽娜定住了神,看清了眼前这个没有表情的脸:"啊,我认错人了,以为是我儿子,我儿子是交大计算机系的学生,跟你一样大,他死了。"医生做了个抱歉的表情,走开了,孙丽娜失神地待在那儿。

又一个医生走过来,孙丽娜走过去,拉住他的手:"孩子,你好吗?欢欢,你去哪儿了?妈妈想你,知道吗?"

服务台的护士看到了,走过来,拉住她:"这位女士,你不要在这儿了,请你出去吧,我们这是医院,我们要工作的。"

孙丽娜却转过身,仇恨地看着护士。

王茂森走过来,拉住孙丽娜,护士解释说:"我看你在这儿已经坐了很久了,我们这里不能长时间停留的,请你们出去吧。"

孙丽娜满脸是泪:"我们是王欢的父母,我儿子死了,武院长说要给我们免医药费的,我们在这儿等他。"

护士迟疑了一下:"现在都下班了,你们明天再来吧,有消息他会给您打电话的。"

孙丽娜的眼神一下变冷了,王茂森急忙拉着她走了出去。一直在边上转悠的朱三儿，看到孙丽娜夫妇走出去，连忙跟了出去。

孙丽娜和王茂森在台阶上坐着，失魂落魄。

孙丽娜低声哭了起来："两年了，进出这家医院不知道多少回了，老公，孩子没了，我们以后怎么活？"王茂森叹气。

朱三儿走到两人面前，凑过来："两位，家里出什么事了？孩子出事了，是吧？"

王茂森紧张地说："你是什么人？你怎么知道？"

朱三儿同情地说："我刚在大厅里都听见了，可怜啊，好好的儿子，好不容易养大，一场病，人不见了，钱也花完了，哎。"

孙丽娜听见这句更加悲切地哭了起来。

朱三儿继续问："孩子是怎么死的？医院有没有责任？"

孙丽娜说："两次换肾，第二次好好的，可是却死在了肝炎上！"

"肝炎？是不是血液传染啊！没好好查查？"

孙丽娜脸色变了："就是啊，我怎么没想到？这些天都没顾上想。"

朱三儿马上从口袋里掏出一张名片："两位，这是我的名片，我们公司是专门替人打医疗官司的。"

孙丽娜接过名片："打医疗官司？"

"对，你们听说过前几个月这家医院赔了病家二十万的事吧？就是我们帮的忙。"

"二十万？"

"是，二十万，就算医院没有过失，也能拿到一些钱。你这个案子，我看五十万应该是稳稳的！"

孙丽娜有些心动了，拉了一下丈夫的手，王茂森也有些迷惑，与孙丽娜对视着。

"你打算怎么打这个官司？"

朱三儿来了精神："那好办，我们可以替你们请律师，也可以请人到医院来闹，两方面下手，医院要面子，上面顾及影响也会干涉……"

孙丽娜好像突然想起了什么事儿，她脸色一变："你不是上次那个、那个打刘护士长的人吗？"

朱三儿兴奋地说："对呀！怎么样？"

孙丽娜冷冷地说："原来是你！我儿子告诉我说，妈妈，这样的人是坏人，是坏蛋！"

朱三儿脸色变了。

王茂森困惑地看着孙丽娜，孙丽娜猛地起身："都是因为你，吓着了我儿子！他才病情加重的！我儿子死了，我们会弄清楚的，我们就算再没良心，也不会跟你这种人打交道！你快滚！"

朱三儿莫名其妙，只好往后退，退了两步，转身走了。

王茂森伤心欲绝:"他妈,你看天都快黑了,我们还是回去吧。"

孙丽娜坐着不动:"回去?回哪儿?欢欢走了,那个家怎么回?我们不等武院长了?"

"你看这外面起风了,我们回家吧,武院长已经答应我们了,我们就回去等吧,老待在医院也不是办法,我们还是回去吧。"

孙丽娜迟钝地回过头,看看王茂森,点点头,又哭了起来。

11

武明训召集陈光远和严如意开个会,商议减免王欢医药费的事,他已经好几天没见到丁院长了。严如意拿来了账单,一共是三十二万五千八百一十。

陈光远有些为难,医院也要讲效益,今年已经欠费几百万了。

武明训坚持着:"没办法,这孩子太年轻,又那么可爱,父母受不了,家里的情况也比较特殊。"

陈光远也坚持:"我也不是不想减,可是从哪里减?"

武明训想了想:"除了材料费、检查费,所有的治疗费、手术费、人工费、床位费都减吧,这笔费用从院长基金里核销。"

陈光远说:"院长基金已经用得差不多了。"

"不是还有一笔采买紧急抢救药品的费用没动过吗?我们医院是国家化学品救助基地,每年有五十万采买紧急抢救药物的钱,今年没出过什么大事,我看这笔钱可以用。"

"那笔钱不能动的,上次进的那些药,两年的保质期,明年一月就要到期,要全部扔掉重新进,这个我们不敢随便动的。"

"没别的办法了,只能打这笔钱的主意了,不是明年一月才到期吗?明年就可以用明年的预算了,到时候再说吧。"

"好吧,只好这样了,也不能全部从这里出,只能用一部分,那批药还是要买。"

武明训坚决地说:"那这事基本就算商量定了,等丁院长回来我们再一块儿向他做个汇报吧,严老师,请你通知一下王欢父母,告诉他们,原则上我们会减免部分费用,大约在30%左右,让他们耐心等。"

陈光远又说起金行长的事,他主管新大楼建设,操心钱的事也是正常的。

武明训心里不快,但知道轻重,只好答应回家劝江一丹给老太太道个歉。

严如意一下急了:"你们想干什么?道什么歉?明训,你真不知道啊?江一丹怀孕了,刚才让她那儿子推了一巴掌,差点流产!"

武明训愣住了,陈光远也吃了一惊。顾不上正在开会,他直接奔回家了,把答应孙丽娜的事忘得一干二净。他不知道此时孙丽娜还在等他的回话,严如意也忘了通知收费室,因为这个疏忽,他们付出了巨大的代价。

145

第十五章
恶性高热

恶性高热，麻醉医生的克星！要用特殊麻醉药品，否则死亡率百分之百！恶性高热最大的危险是判断，十个麻醉医生一生中都不会遇上一个这样的病案，能在最快的时间里反应过来，判断出是恶性高热，需要极大的勇气和极佳的专业素养。

江一丹闭上眼睛，长出一口气，走出手术室。她疲倦地蹲在地上，头深深埋在腿中间，后怕、累、恐惧、喜悦、担忧，所有的一切一瞬间袭来，她双泪长流。

第十五章 恶性高热

1

钟立行在为金老太太作检查，听完心脏，他拿下听诊器说："嗯，老人家，您，情况还算不错，多注意休息吧！"

老太太赌气把头扭向一边。

钟立行知道老太太在赌气，真诚地说："今天的事对不起，都是我的错，您别生气了，有什么情况随时找我，我二十四小时都在办公室值班。"

老太太的儿子和儿媳妇皱起眉头："行行行了，你就别再说了，赶紧走吧！你说什么都没用！"

钟立行脸上挂着笑，客气地点点头，走了出去。

金老太太无助地说："儿啊，我们回家吧，这医院我们不住了。"

儿子急忙劝说："妈，您现在还不能随便动，我们再凑合两天吧，等好点了再走。"

金老太太固执地说："我要回家，我不想住院了，手术也不做了！"

儿子着急地说："妈，您别急，我找我哥商量商量！"

2

丁祖望坐在办公室里，关掉大灯，只亮了一盏工作台灯，他从抽屉里拿出自己的片子，放在面前的看片器上，出神地看着。

钟立行走出高干病房，向办公大楼走去，无意中抬头看到三楼丁祖望的办公室亮着灯。他迟疑了一下，快步走进大楼，来到丁祖望办公室门口，徘徊着，随即，敲了门。里面没有声音。他继续敲，门开了，丁祖望出现在门口，钟立行吓了一跳，随即笑了笑："丁院长。"

丁祖望让开了门，钟立行跟了进来。屋里有些暗，丁祖望坐在沙发上，一句话也没说。钟立行看到看片器上的片子，随口说道："丁院长这么晚了还不回去？我从楼下过，看到您这儿还亮着灯……"丁祖望点点头。

钟立行迟疑地看着丁祖望："丁老师，我，是想问您……"

丁祖望摆手示意他停下："啊，不用说了，我给你看个东西。"说着指着片子。

钟立行走过来，看了一眼："肺癌？谁的？"

丁祖望伤感地看着钟立行。钟立行心头一动："丁院长，您？"他伸手拉住丁祖望的手，丁祖望眼圈一下红了，轻轻点头。

钟立行一下眼圈也红了。丁祖望静静地说道："立行，你不来我也要去找你。帮我做两件事。第一，替我保密，除了你和我……现在的医院局面很复杂，明训

147

他内外交困，不能让他烦心。"

钟立行点头："我懂。"

丁祖望沉默了一下："第二，帮我找个医院，做手术。"

钟立行怔住了："您，不在我们医院做？"

丁祖望伤感地说道："在我们医院做，还叫什么保密？沈老师、丁海，还有严老师，光是家里这些事就够麻烦的，更不用说别人了。"

钟立行有些震惊，随即表示："我明白了，都明白，我会处理的，给我几天时间，最迟这个周末，我会安排。"

"谢谢你，立行，我知道我没看错你。"

钟立行拉着丁祖望的手，庄重地点头。

整个谈话过程，他一直保持冷静，但一离开丁祖望的办公室，立刻就崩溃了，他快步回到办公室，忍不住掉下眼泪。他敬爱的丁老师，居然遭受了这样的命运，他无法接受，在地上来回走动着，好一会儿才平复了情绪。随即，钟立行抓起电话找到他离开仁华去美国前工作的一家医院的周院长，拜托了帮丁院长做手术的事情。

钟立行放下电话，把丁祖望的片子放在看片器上，长久地凝视着。

3

金老太太的事在医院闹得沸沸扬扬，老太太执意要出院，一大早，金行长就到了仁华。他想好好再劝劝母亲，江一丹那天的话虽然不中听，其实他还是听进去了。金行长是个有涵养的人，当着外人的面不好说什么，他回家把弟弟好好儿训了一顿，准备到医院跟江一丹道个歉，把话说开。他一早就来到了麻醉科门口。江一丹来上班，看到金行长一行人正在麻醉科门前徘徊，她有些紧张。金行长也看到了江一丹，两人认了出来，江一丹怔了一下，微微点头："您好！"

金行长客气地回应："您好！"

江一丹想到武明训说的道歉的事，想开口，又觉得唐突，小心地说了句："您，有什么事儿吗？"

金行长也有些为难："我是来……"刚想说句什么，江一丹的电话突然响了，她急忙接起电话："喂？高小雅，怎么了？"

高小雅带着哭音："江大夫，您在哪儿？今天来上班吗？"

"我就在麻醉科门口，出什么事儿了？"

"江大夫，您快来吧，第六手术室，有个病人，刚上手术台就昏迷了！"

江一丹挂断电话就往里跑，跑了两步，回过身对金行长说："对不起，有急救病人！"匆匆跑往手术室，钟立行正走过来，从后面叫住江一丹："怎么了？"

江一丹看了钟立行一眼："有事儿！"话音未落就跑开了。

金行长看了一眼助理，紧张地说："别是老太太吧？"也跟了上来，金行长和钟立行互相对视了一下，钟立行也冲了过去。

4

江一丹匆匆跑进了手术室，高小雅迎上来："江主任，病人情况不太好……一上手术台就开始发烧，体温上升很快。"

江一丹点头示意知道了，开始查看病人的体征。

病人是一个十七八岁的男孩子。

江一丹拿过病历："什么时候送来的？"

顾磊说："早上刚送来的，诊断是急性阑尾炎。"

"急性阑尾炎？"江一丹对助理问道："家属在吗？"

"在，在门外。"

江一丹急忙走了出来，金行长一行人依然在门外，金行长紧张地问："是不是我家老太太？"

江一丹急忙说："不是，是个男孩！"

高小雅指着门前的一对夫妇，江一丹走过来问："你们是傅彬家属是吧？能跟我说一下他发病的情况吗？"

病人母亲急切地说："他昨天晚上就说肚子疼，我们给他吃了些止疼药，到了夜里更疼了，所以一早就把他送来了。"

江一丹皱着眉头："他以前做过手术吗？"

母亲摇头："没有，这孩子身体一直很好，从不生病的。"

江一丹思索着："家里，有没有人做过手术？"

夫妇两个互相看了看。

江一丹又问："家里的长辈有没有做过手术的，麻醉时是什么情况？"

母亲迟疑了一下："有，孩子的爷爷，一年前，做过胃癌手术，手术中间，突然昏迷，再没醒过来。"

江一丹吃惊地说："在什么医院做的？是什么情况？"

母亲说："其实，他已经是晚期了，本来我们不想手术，但是，总觉得不做对不起他，就做了，刚上手术台，就开始，对了，医生也是说高烧，然后，就不行了。"

江一丹脑子里像被人打了一拳："恶性高热！我知道了！"转身进了手术室。

病人的父母也跟在后面冲了进来："大夫，怎么回事？恶性高热怎么回事？我儿子会不会死？"说着哭了起来。

江一丹紧张地看了一眼病人的父母："请你们出去等。"

病人的母亲哭着不走。

江一丹抓着病人家属的手臂往外推："对不起，请你们出去等，我现在需要紧急抢救，请你们配合我，你们的安静就是对我最大的支持，请你们一定安静!!"她越说声音越大，几乎是喊了起来，但不是发火那种喊，而是激动了，医生面临死亡挑战时，会有一种激动的情绪。

5

江一丹冲进手术室，边跑边叫着："恶性高热！恶性高热！"她声音已经变了调，手术室里的人全探出头来。

恶性高热，麻醉医生的克星！要用特殊麻醉药品，否则死亡率百分之百！恶性高热最大的危险是判断，十个麻醉医生一生中都不会遇上一个这样的病案，能在最快的时间里反应过来，判断出是恶性高热，需要极大的勇气和极佳的专业素养。

钟立行已经去刷手，丁海也跟了过来。

江一丹冲到器材柜前，打开柜子，从里面往外拿药品："高小雅，把这些司可林全拿走！全拿走！病人可能是恶性高热症。"顾磊和高小雅都傻了："江主任，什么是恶性高热？"

江一丹把麻醉药往外搬："就是因麻醉引起的高烧，有人体质不适合麻醉……"

高小雅眼睛一下直了："我的妈呀，我想起来了，我知道了，这、这是要死人的。江大夫，怎么办？怎么办？不用司可林用什么？"

江一丹把药送到外间，堆到地上，她抓起电话，拨通了武明训的电话，急切地说："武明训，我是江一丹，我现在要抢救一个恶性高热的病人，我需要全力支援，我需要丹曲洛林，请打电话去调集药品，快！"手术室里的人一下全懵了，事情来得太突然，人们反应不过来，只看到江一丹一个人呼来喊去，忙来忙去。

打完电话，江一丹冲进手术室，穿上手术衣，戴上手套，冲到病人身边，高小雅在一边报着病人的指征："体温三十九度八，血压九十，六十，心率一百二十次。"

江一丹命令："把氧气面罩给病人戴上！"随即跑到仪器柜前翻出一本厚厚的麻醉手册。

武明训、严如意、何大康等人从不同方向跑过来，病人家属看到来了这么多人，吓得直叫："大夫，大夫！怎么回事？"金行长一行也站在门口。

武明训看到金行长，愣了一下，来不及打招呼，推开了家属，冲进手术室。

身后十几个大夫跟着冲了进去。

一个护士走出来，家属着急地问："到底怎么了？"

护士说："恶性高热，麻醉中可能发生的意外，家族遗传！现在还不能确定，正在抢救！"家属哭了起来。

金行长一行呆呆地看着，助理提醒说："金行长，咱们走吧！"

金行长缓过神来，带着人往外走。

第十五章 恶性高热

手术室，江一丹正在翻看麻醉手册，边翻嘴里还叫着："快快，恶性高热，恶性高热！"见到武明训，忙问："药找到了没有？"

武明训说："严老师在盯，已经找到了，最快的速度送过来也要四个小时。"

江一丹把书抱在怀里，深吸一口气："恶性高热，现在，我要做有创性动脉压力监测，你们谁能帮我做清醒气管插管？"

钟立行走过来："我来做！"丁海急忙上来帮忙。

江一丹看着一屋子人："我还要做动脉插管，静脉插管，插胃管，中心静脉插管……"王冬、罗雪樱、何大康都穿上了手术衣，来到手术台前，江一丹开始为病人做有创性动脉压力监测。随后又进行了一系列的操作，实施物理降温，等着药品到来。

手术室里静得掉根针都能听见。难熬的四个小时终于过去了，药来了！

江一丹汗如雨下，深吸一口气："好，我现在开始给药！"

渐渐地，病人开始失去意识，江一丹看了一下表，对丁海轻轻点头。丁海走过来，深吸一口气，伸出手："scrap！"

护士递上了手术刀，丁海对准病人的小腹轻轻划下去。病人很安静，管用！

江一丹长出一口气，随即说道："好，从现在起，我要用升压药维持血压，补液，输血，做血气分析，治疗严重代谢性酸中毒，量体温，监测及维持尿量！"

武明训、钟立行、王冬、丁海、何大康一块儿围上来，给病人实施手术。

手术室气氛很安静，只听到器械的碰撞声，白布单后面，病人安静地睡着，他突然有些不舒服，哼了一声，江一丹急忙加大了麻药量，病人渐渐安静下来。

武明训问："江一丹，怎么样了？快好了吧？"

"没事儿，情况不错。"

丁海用吸液器将创面吸干净，终于，武明训把一截阑尾夹出来，当一声丢在盘子里。

众人的目光投过来，武明训心情复杂地说："就是这么个小玩意！要不是江主任发现病人可能是恶性高热，又要害死一条人命！而家属那里怎么解释也说不清！江主任，你可是立了大功！我要给你奖励啊！"

江一丹看了武明训一眼："你行了！万一我们出了什么事，你别拍着桌子叫着处分我们就行了！"

武明训看了江一丹一眼："我在你们眼里就这形象啊？太差了！好了，可以缝合了。"

江一丹闭上眼睛，长出一口气，走出手术室。她疲倦地蹲在地上，头深深埋在腿中间，后怕，累，恐惧，喜悦，担忧，所有的一切一瞬间袭来，她双泪长流。

6

江一丹好不容易恢复了平静，走进办公室。武明训跟了进来，太惊险了！他好像第一次真正认识江一丹，这个女人是他的妻子，他从不知道她这么牛气，一瞬间对她刮目相看！他关切地问："累了吧？"

江一丹虚弱地说："麻醉医生一辈子能碰上一回这样的事，也算值了。"

武明训扶着江一丹坐下。江一丹对武明训说："明训，我一直说，要在医院开展恶性高热筛查，我得做了。"

武明训点头，电话响了。武明训接电话，是陈光远打来的，说金行长来了，他母亲要出院！

武明训一下愣住了，他转身往病房走。江一丹迟疑了一下，也跟了上来。

7

金老太太在床上躺着，金行长也在，儿子媳妇在收拾东西。武明训、江一丹、钟立行、顾磊、陈光远一块儿走了进来。武明训看到金行长，急忙说："金行长，对不起，刚有个病人在抢救，没顾上招呼您！"

金行长笑了一下："没关系，我看到了，很惊险啊！"

陈光远走过来，热情地说："老人家，江大夫来看您了，你好点了吗？"

金老太太看了江一丹一眼，把脸背过去。

江一丹走过来，低声说："老人家，您好些了吗？我来是向您道歉的，我说话，不注意方式，吓着您了……"

金老太太背着身仍然一声不响。

江一丹接着说："您别担心，您的病没什么大不了的，手术也不复杂，打一针，睡一觉，就会好。"

金老太太依然不说话，儿子和儿媳妇互相看了一眼，儿子挥挥手："行了行了，你赶快走吧，她一看见你血压就升高，你现在说什么也没有用了，我们要走了！"

钟立行急忙走过来说："老人家，您，还是留下吧，我们明天就给您做手术！"

金行长的弟弟不耐烦地说："行啦，别再说了！你们都走，别再惹我妈生气了。"

江一丹眼圈一下红了，说了声："对不起。"走开了，钟立行急忙追了出去。

金行长的弟弟对陈光远说："陈院长，我们已经收拾好了，您给我去办出院手续吧！"

陈光远忙说："金行长，这，这，这怎么行呢？老太太她……"

金行长想说句什么,看看母亲,只好说:"陈院长,我母亲的事辛苦你们了,老人家坚持要走,还是让她回去吧,手术的事回头再说……"

陈光远劝道:"金行长,这、这不行的,老人家要是不做手术,怕是有麻烦,再说,再说,您这么走了,不就是还在生我们的气,不就是不原谅我们,那我们的贷款?"武明训急忙制止陈光远。

金行长看着陈光远,说道:"陈院长,今天先什么也不说了,我会再跟你们联络的。"

陈光远木然点头,目送着金行长一行。王冬不知什么时候走了过来,在陈光远耳边,阴阳怪气地说:"陈院长,金行长的母亲来我们医院,您怎么也不告诉我一声?您是信不过我的技术是吧?你如果跟我说,由我来安排,绝对不会出这样的事,也不会让医院这么被动的。"

陈光远看着王冬:"你,什么意思?是幸灾乐祸是吧?"

王冬笑笑:"不是,怎么会呢,我只是觉得,这个新来的钟主任太书生气,江一丹又太傲慢,开医院,当大夫,不知道跟病人搞好关系怎么行?吃亏的还是医院。"

陈光远喝斥王冬:"这些话你说说就完了,别再说了。"

王冬不服气地看着他。

8

钟立行到处找江一丹,原来她独自坐在楼梯间。

钟立行走过来,在她面前停下:"你,没事儿吧?"

江一丹微微一笑:"没事儿!"转身要走。

钟立行跟了过来:"你别走,我有话要跟你说。"江一丹回头。

钟立行安慰说:"这次的事是我的错,让你跟着受了伤害,你就别再难过了,我以后不会再让这种情况发生。"

江一丹眼圈一下红了:"怎么会是你的错?我们都没错!"说着走开了。

武明训坐在黑暗中。钟立行又来到武明训办公室,敲了下门走了进来。

武明训看看他,示意他坐下。钟立行说:"对不起,金行长的事……"

武明训说:"你别说了,不是你的错。"

"不然,我去跟陈院长一块儿去金行长家里看看?"

"你也别难为自己了,这种事不是你强项,没有就没有吧,我们再想别的办法!"

钟立行默默离去。

第十六章
你是我的玫瑰花

　　钟立行默默望着眼前这个脆弱又刚烈的女人，他心里突然知道这些年他为什么一直不愿意接近别的女性，一直牵挂着她。
　　他爱她！喜欢她的质朴、纯粹和本真，喜欢她的直率透明！
　　这个发现让他自己也很吃惊，他的心突然变得柔软了，目光潮湿，深深凝望她，他有太多的话想告诉她，想告诉她，她有多么纯粹，多么干净，他对她全部的感觉……

第十六章 你是我的玫瑰花

1

钟立行心情沉重地离开了武明训的办公室。他刚回到自己的办公室，电话就响了，是周院长打来的，告诉他丁祖望手术的事安排好了，星期五晚上，让他放心。钟立行急忙打电话找江一丹，丁院长手术的事想请她帮忙，高小雅告诉他江一丹不在科里。钟立行放下电话又打手机，手机关机。钟立行想到江一丹承受的压力，很难过，他知道她在哪儿，她的习惯一定是躲起来了。他来到江一丹值班室门外，看到门里有灯光，就知道自己的判断没有错。他刚要敲门，听到里面有人在说话。他停了下来，听了一下，里面却是江一丹读书的声音：

"你是谁？我是狐狸。"

"来跟我玩吧，小王子向他提出：'我很伤心。'"

"我不能跟你玩，我没经过驯养。"

"什么叫驯养？"

"这件事记得的人不多了，意思是，建立感情联系。"

"建立感情联系？"

"不错，"狐狸说："你对我不过是一个男孩子，跟成千上万个男孩子毫无两样，我不需要你，你也不需要我，我对你不过是一只狐狸，跟成千上万只狐狸毫无两样，但要是你驯养我，咱们俩就会互相需要，你对我是世上唯一的，我对你也是世上唯一的。"

"我开始懂了"，小王子说，"有一朵花，我相信她把我驯养了。"

狐狸说："我的生活单调枯燥，我追鸡，人追我，所有的鸡都是相像的，所有的人都是相像的，我有点厌了，但是你驯养我，我的生活就会充满阳光，我听得出你的脚步声跟别的脚步声不一样，别的脚步声让我钻入地下，你的脚步声好比音乐，让我走出洞穴。还有，你看那边的麦田，你看见了吗？我不吃面包，麦子对我来说是没有用的，麦田引不起我的遐想，这很不幸，但是你有金黄色头发，你驯养我后，事情就妙了，麦子，黄澄澄的，会使我想起你，我会喜欢风吹麦田的声音。"狐狸没有说下去，对小王子瞧了好久，又说："请你……驯养我吧！"

"我愿意！"小王子回答。

"人只能了解自己驯养的东西，"狐狸说道，"现在那些人再也没有时间去了解什么啦，他们要东西，都在商店买现成的，可是哪儿也没有供应朋友的商店，所以人也就得不到朋友，你要朋友就请驯养我吧。"

"怎样驯养呢？"小王子问。

狐狸说："这要非常耐心！你先离我远一点，像这样，在地上坐下，我用眼稍瞅你，你一句话也别说，语言是误会的源泉，但是，每天，你可以靠近一些坐，每天最好在同一时间来……"狐狸接着说，"比如说，你在下午四点来，一到三点我就开始幸福了，时间愈近，我愈幸福，到了四点，我已坐立不安了；我发现了幸福的代价，你要想什么时间来就什么时间来，我就不知道什么时候装扮我这颗心……"

"就这样，小王子驯养了狐狸。离别的时刻近了，'啊，'"狐狸说，"'我会哭的。'"

"这就是你的不是了，"小王子说，"我不想要你难受，但是，我要驯养你。"

"那又何苦来呢？"

"我不苦，"狐狸说，"因为我心里已经有了麦子的颜色。"接着他又说："你回去看看你的玫瑰花，你会明白，你的那朵花是世上唯一的，你回来再跟我道别，我送你一个秘密作为礼物。"

小王子回去看玫瑰花，对她们说："你们跟我的玫瑰花一点儿不像，你们还什么都不是，谁都没有驯养过你们，你们也没有驯养过谁，你们跟我的狐狸以前一样，那时他不过是同成千上万只狐狸毫无两样的一只狐狸，但是，我跟他做了朋友，他现在是世上唯一的了。"

玫瑰花听了发怔。

"你们漂亮，但是空的，"他还对她们说，"别人不会为你们去死，当然我的那朵玫瑰花，一个普通的过路人也会以为她跟你们一样，但是，在我看来，她比你们全体都宝贵，因为我给她浇过水，因为我给她盖过罩子，因为我给她竖过屏风，因为我给她除过毛虫，因为我听过她的埋怨，她的吹嘘，有时甚至她的沉默，因为这是我的玫瑰花。"

他又去找狐狸，说："分别了。"

"分别了，"狐狸说，"我的秘密是这样，很简单，用心去看才能看得清楚，本质的东西眼睛是看不见的。"

"本质的东西眼睛是看不见的。"为了记住，小王子跟着念。

"你为你的玫瑰花花费了时间，才使你的玫瑰花变得那么重要。"

"对你驯养的东西你要永远负责，你必须对你的玫瑰花负责。"

为了记住，小王子一直在跟着念。

钟立行在门外静静听着，他知道江一丹伤心了，她在借读书排遣失落。他不想破坏她的心情，转身想离开。王冬走了过来，看到钟立行，想走开，钟立行却跟他打了个招呼。王冬尴尬地没话找话："啊，钟主任，贺志梅她要出院了。"

钟立行点头："嗯，我知道了！"

江一丹听到外面有人说话，拉开门，看到钟立行，一怔。

王冬看到江一丹，再看看钟立行，挥了下手，走开了。

钟立行看着江一丹，笑了笑："我打过你电话，想着你可能在这儿。"

江一丹一句话也没说，回身进屋。钟立行跟了进来："你没事吧？"

江一丹摇头："没事。"

"今天的事，你别往心里去，有些事发生了就发生了，越想会越难过的。"

钟立行打量着江一丹的值班室："你刚才读的是什么？"

江一丹迟疑了一下，把枕边的书拿过来，钟立行接过来看了一眼，是《小王子》，钟立行笑了一下："这种时候，你还能看得下去这种东西？"

江一丹无奈地苦笑："这种时候，也只能看看这些东西了。你不觉得，我们生活的这个世界，太功利了，人和人之间，不再互相有情感关联，不再互相驯养，不再互相信任，所以每个人只想着自己的需求，感受……"

钟立行轻轻点头。

江一丹伤感地说："我知道，我是罪人，全医院的人，包括武明训心里都在责怪我，因为我把事情搞砸了，贷款泡汤了，把金行长得罪了，他们不管你是谁，你吃了多少苦，受了多少煎熬，救了谁的命，做了多少别人不可能替代的事，那些东西他们不懂，也看不见，只抓住他们能看得见的，你做错的一件小事，你所有的价值都不重要，重要的是他们的脸面，他们彼此之间的关系，我们是外人，哪怕是你最亲近的人……"她眼圈红了。

钟立行默默望着眼前这个脆弱又刚烈的女人，他心里突然知道这些年他为什么一直不愿意接近别的女性，一直牵挂着她。他爱她！喜欢她的质朴、纯粹和本真，喜欢她的直率透明！这个发现让他自己也很吃惊，他的心突然变得柔软了，目光潮湿，深深凝望她，他有太多的话想告诉她，想告诉她，她有多么纯粹，多么干净，他对她全部的感觉。但是他克制住了，其实他骨子里是不在乎任何世俗的，道德、社会习俗对他其实没有任何约束，武明训也不是障碍，重要的是他根本不想冲破，不想占有。他只知道世界上有这样的一个女人，他心里有这样的感觉就够了，她是他的玫瑰花，但他不想采，他要为她除虫浇水，不想让她自我沉沦："我知道你心里是过不去的，也知道你在坚持什么，不过，我想，其实，我们本来可以做得更好，有时候，我们是不是也太苛求世人了？"

江一丹一怔："你什么意思？"

钟立行迟疑了一下："我其实，一直在反思，有的时候，我们过于专注自己的内心世界，过于专注于自己的逻辑，就会觉得与世界格格不入，就像你刚说世人都只关心自己的感受，而我们是不是也如此？孤独是好事，但孤独有时会让我们陷入自恋。"

江一丹惊讶地看着钟立行："立行，你是说我自恋？"

钟立行笑了一下："我不是那个意思，我只是想，我们是不是应该找个时间去看看金行长的母亲，不管怎么说，她是我们的病人，医生没有挑剔病人的权利。"

江一丹低下头，显然钟立行的话让她有些难以接受。

钟立行沉吟了一下："一丹，你，能不能帮我一个忙？"

江一丹抬头望着他。

"你能不能跟我出去做一台手术？癌症。"

江一丹一怔："去哪儿？外地？"

钟立行迟疑了一下："应该在本市，还没有最后定。"

江一丹也迟疑了一下："啊，行，什么时间，你说吧。"

"应该就在星期五晚上，你能不能帮我再找一个靠得住的护士长，不光是技术可靠，还要人靠得住。"

江一丹平静地说："我明白你意思，可以！你觉得刘护士长行不行？"

"可以，她不错！"

"立行，是什么人？为什么不到我们医院来？"

钟立行沉默了一下："到时候再告诉你吧！你准备一下，明天晚上，我再跟你联络，最好不要告诉任何人，你知道我意思。"

江一丹心里一惊，但还是坚定地回答："我知道了，我不会告诉武明训的。"

钟立行有些尴尬："对不起，让你为难了。"

江一丹一笑："没什么，你的事，我永远都不为难。"

钟立行感动地看着江一丹。

2

钟立行走过中庭，月明星稀，他抬头看了看天上的星星，走向办公室。

Life，is，beautiful！他心里一个字一个字蹦出了这么一句。他突然想起某位德国哲学家的一句名言："有两件事我愈是思考愈觉神奇，心中也愈充满敬畏，那就是我头顶上的星空与我内心的道德准则！"是的，在我头顶，星空闪亮，在我内心，道德长生。那是我心中的自律和美好的心情。他突然感觉既沉重又放松，什么是医生的心情？这就是吧！

第十七章
丁院长的秘密

我要告诉你，我们做医生的，不管对什么样的病人都一视同仁，这是对的，但是，如果你真的能一视同仁，对那些做官的也好，有权的也好，也不应该太，太傲慢，这其实也是一种不平等，有钱不是错，做官也不是错，所以对他们好，也不是错……

1

星期五那天，一上班，钟立行就来找江一丹，把一袋资料交给她，告诉她是晚上手术的资料。江一丹急忙找到刘敏，交代出去手术的事，刘敏二话不说，一口答应了，其实她们心里都有顾虑，都知道医院三令五申不能出去手术。但钟立行的事，她们怎么都会答应。

下午下班后，刘敏收拾好手术器械，跟江一丹上了车，她们一句也没有问，去哪儿，给谁做手术。她们信任钟立行。

2

手术室的门撞开了，病人被推了进来。周院长和两个护士跟在后面。

钟立行和周院长一块儿把病人抬上手术台，江一丹走过来，掀开被单，被单下是丁祖望苍老的脸，她一下呆住了，神情悲伤地叫了声："丁院长？"随即失声地哭了起来，我的天呐，怎么会是丁院长，立行为什么不早告诉她？到底发生了什么事？丁祖望微笑地看着江一丹，眼睛里却有一种悲伤。

丁祖望微笑着："孩子，别哭，这些日子，医院出了不少事，我，因为不方便见大家，就一直没出来，别担心，我不会有事的，医院也不会有事的。"

江一丹哭着点头，丁祖望拉着江一丹的手："一丹，你是个好大夫，金行长的母亲……你没做错什么……贷款的事，你不要自责。"

江一丹点头。

"但是，我要告诉你，我们做医生的，不管对什么样的病人都一视同仁，这是对的，但是，如果你真的能一视同仁，对那些做官的也好，有权的也好，也不应该太，太傲慢，这其实也是一种不平等，有钱不是错，做官也不是错，所以对他们好，也不是错……"

江一丹意外地看着丁祖望，好一会儿才止住了哭，她完全明白丁祖望的话了："我明白了，丁院长，我心里，是有那么点逆反，我不应该这样，我明白了。"丁祖望放心地点头："你是个聪明的孩子，我知道你会明白的。"

江一丹深深点头。钟立行对着江一丹轻声说了句："开始吧！"

江一丹回过神，急忙去准备，她把随身带来的药品拿出来，去调试麻醉设备，溶解药物。刘敏一边抹泪，一边准备着手术器械。

钟立行把扫描的片子放在仪器上，让丁祖望看："丁院长，这就是占位病变的部位，您看清了，不用担心。"丁祖望点头。

江一丹走过来，示意钟立行可以开始了，钟立行点头。江一丹举着麻醉针，丁祖望侧过身，闭上了眼睛。

第十七章 丁院长的秘密

手术顺利进行，胸腔打开。

周院长看了一眼，随即愣住了，钟立行也愣住了："天呐，怎么会这样？"

江一丹看了一眼，难过地说："已经扩散了！"

周院长有些伤感地说："晚了，太晚了，丁院长他，他怎么能这么大意？这种情况，他人已经很不舒服了，真不知道他每天怎么挺过来的。"

一屋子都沉默着。

周院长下令："尽量清理吧！把扩散的地方都清理掉，没别的办法了。"

江一丹和刘敏对了一下眼神，眼睛里有泪光。

3

武明训在沙发上呼呼大睡，昨天下午，他约了银行马行长吃饭，没顾上给江一丹打电话。金行长的事泡汤了，他得赶快落实其他家，晚上陪人吃了饭，喝了酒，匆匆回到家，酒冲得他头疼，他躺在沙发上等江一丹，不想就睡着了。早上七点多，江一丹回来把他吵醒了。他睁开眼睛，看到江一丹，急忙坐起来："怎么这么晚，你去哪儿了？"

江一丹迟疑了一下，没吭声。

武明训看看墙上的表，已经七点，再看看窗外，天已经快亮了："你这是，去了什么地方？""我快累死了，我要睡了，有话明天再说吧。"江一丹说着往里屋走去。武明训坐在沙发上，困惑地看着江一丹，起身跟了过来："江一丹，你到底去哪儿了？我找了你一晚上。"江一丹钻进被子："哪儿也没去，你就别问了。""你，是不是有什么事儿瞒着我？"

江一丹不再出声。

武明训在床边看了一会儿江一丹，知道也问不出什么，回沙发上又躺了一会儿，去厨房给自己做早饭。他刚把饭做好，端到桌上，江一丹穿了睡衣迷迷糊糊走了出来，武明训急忙把饭放到她面前："吃吧！饿了吧！你不再睡会儿？"江一丹坐下就吃，她真的是饿了。

武明训还在问："你到底去哪儿了？我不是要管你，我得管我儿子！"

江一丹笑笑，眼圈却红了。

武明训看出江一丹心里有事，又不想说，只好说了句："你一会儿再睡会儿，我一会儿要再去见马行长，他昨天答应给我们放些款，我昨天晚上跟他们喝酒，喝多了，晚上要是回来得早，我买菜。"

江一丹怔了一下，有些内疚地说："明训，金行长的事对不起！我，不应该那么强硬，丁院长说我了……"自觉失言，她停了下来。

"丁院长？你什么时候见到他了？"

江一丹支吾着："就是，就是前几天……"

电话响起来，江一丹急忙去接："喂？啊，沈老师，您好，明训他在家，您等着。"回身示意武明训,"你的电话,沈老师!"

武明训一怔,起身接起电话:"喂?沈老师,丁院长,我也好几天没有看见他了,没说开会,也没听说他要出差,前两天我在医院碰见他,说是没带充电器,您别急,他可能是找清静地方写东西去了,嗯,好!"放下电话。

江一丹正用悲悯的目光看着武明训,武明训问:"怎么了?"

江一丹摇头,眼圈有些红:"没事儿!"

武明训说:"要不,我今天不去了,在家陪你?"

江一丹起身往卧室走:"不用了,我还是接着睡一会儿吧。"武明训不解地看着她。

4

武明训叫上陈光远一块儿去找另一家银行的马行长,约好了上午十点见面,其实医院贷款并不麻烦,只是事情突然有变,外人摸不清情况不愿意贸然接手。车开到一半,武明训突然接到电话,马行长有事临时飞香港,会见改期。武明训只好让司机把车开回医院去办公室,一眼看见江一丹正往外科大楼走,他心里十分纳闷,好好的不在家睡觉,到处跑什么?他下了车直奔麻醉科,高小雅说江主任今天没来,还笑武明训怎么会找不到江主任。武明训急忙去值班室,敲门也没人,打电话,江一丹却说自己就在值班室。武明训一下明白了,昨天晚上江一丹一定是跟钟立行在一起,他们一定有事瞒着他,很可能外出做手术,这种感觉很不好,他不愿意想下去了,转身去办公室。

江一丹找到钟立行,说她怎么也睡不着,她觉得要赶快把丁祖望的事告诉武明训,否则丁院长得不到很好的照顾,钟立行说这事一定要征求丁院长的意见,早上他离开的时候,丁院长已经醒了,他征求过他的意见,丁院长没表态,他只能过两天再去做做工作,让他放下包袱。两人说完,钟立行送江一丹出门,一块儿往电梯间走,武明训正好走过来,他看到江一丹从钟立行办公室走出来,急忙停下。

钟立行回身,正好看到武明训往相反的方向走,他怔了一下,走了几步,又停下来,他知道事情严重了。

严如意从另外的方向走过来,叫住钟立行,钟立行回身看到严如意,吓了一跳:"严老师!"

严如意神情有些落寞:"你今天忙什么?"

钟立行急忙说:"我,我,我正要去查房。"

严如意失落地说:"啊,好好,那你赶快去忙。"转身走开。

钟立行长叹一口气,长时间站在门口,一地鸡毛,他应付不来,他必须赶快去找丁院长做工作,否则,误会会越来越深。

就在所有人都在沉默中煎熬的时候,丁海又惹祸了。

5

事情的起因很简单，后果却很严重。

星期二上午是丁海的出诊时间，一大早他走进诊室，一位年轻女孩唐小婉已经坐在里面。大约是她洒的香水太浓，丁海一进来就打了个大大的喷嚏。唐小婉急忙捂住嘴："哎呀，怎么搞的，打喷嚏也不避人！"丁海立刻表示歉意："对不起！"从抽屉里找出口罩戴上，拿过病历本，"怎么不舒服？""胃疼。"丁海说："胃疼？你应该去内科，这儿是普外。"

两人一问一答，女孩开始诉说她的种种不适，胸闷，喘不上气，觉得好像有人抓着她的心不松开，吃不下东西，所以胃疼。丁海认真听着，虽然他平时嬉皮笑脸的，出诊的时候还是很认真的。患者的倾诉在医学上叫主诉，如果你去过解剖室，看过太多的死亡病例，你就会知道主诉和诊断之间的差异。丁海他们上学考试，考的最多的就是这种判断题，告诉你主诉病情，你得出判断，这个过程考的就是怎么排除主观推测，所以，对医生来说，必要的检查，让生理指标说话，就很重要。

丁海听她说完，拿出听诊器说："衣服撩起来，我来听一下。"

女孩儿愣了一下："干什么？"

"你不是说心脏不舒服吗？我给你听听！不听听怎么知道有没有问题，就一分钟！"

女孩撩起衣服，丁海听了两下，又去听后背，事情就出在这儿，女孩衣服穿得紧，丁海手一扭，女孩一下跳起来，对着丁海就是一个耳光。

丁海躲闪不及，被打了个正着，他满脸惊愕，不假思索就还了一巴掌。

女孩儿"嗷"地一声叫起来，随即大叫着扑上来："你浑蛋，你敢打我！我今天跟你拼了！"丁海往后一躲，撞翻了椅子，他敏捷地跳开，女孩儿没躲开，绊在椅子上，摔在地上，随即坐在地上大哭："来人啊，救命啊！"

门开了，门外的病人和医生冲进来："怎么回事，怎么回事？"

女孩儿指着丁海："他浑蛋，他耍流氓，他解我胸罩！"

医生询问的目光投向丁海，丁海头都大了，冲过来就要打人："你胡说八道！我疯了，我……耍流氓？我没见过女人？"

女孩儿放声大哭："你就是耍流氓了！"冲过来就要打丁海。丁海拉住女孩儿的手："你再敢动？一个女人动不动就动手，你知不知道你的形象多丑恶！"

罗雪樱从外面冲过来："怎么了？怎么了？"急忙对病人说，"对不起，别吵，别吵！这样影响多不好！"

女孩儿不满地看了罗雪樱一眼："你算干什么的？有你什么事儿？"

丁海冲过来："你有完没完？你还想见一个灭一个？"两边嘴都快，一个不让一个，吵翻了天。

这种事在医院说常见也不常见，严如意接到电话急匆匆跑过来，听见两边吵成一团，厉声叫着："丁海，你给我住口！"走到女孩儿面前，"我是这个医院的医务处长，有什么事到我办公室去说。"对丁海，"你也去！"

丁海气得满脸通红："我那是不小心碰上的，根本不是故意的！"

严如意二话没说就打了丁海一个耳光。

女孩儿尖叫一声，惊呆了，这医院管医生也太狠了！丁海捂住脸，震惊地看着严如意："您，打我？"

严如意厉声说："走，去我办公室，走！"

丁海脖子一梗："我不去！我不干了行不行，老子今天不干了！"脱下白大褂扬长而去。

罗雪樱急忙追出去："丁海，你去哪儿？"

严如意断喝一声："你给我回来！"

罗雪樱止住了步，女孩儿吓得有点发傻，罗雪樱看看她手里的病历，她叫唐小婉。

6

严如意用一次性纸杯子接了一杯水放在唐小婉面前："喝点水吧，坐下，咱们有话慢慢说。"唐小婉心神不定地坐下。

严如意拉了把椅子在唐小婉面前坐下，拿过一个厚厚的本子，让身边的助手记录。"说说吧，怎么回事！"严如意今天情绪很低落，不然也不会那么简单粗暴地制止丁海，医院因为贷款的事弄得上下不安，不能再出意外了。她开始问唐小婉细节："您把今天的情况详细复述一下，我们要做记录，然后要找医生本人核实，还要把处理意见反馈给你的。"

唐小婉委屈地说："你们的医生太不像话了，我是今天早上五点钟排队挂号的，挂的是第一号，到了八点钟，医生也没来，过了十分钟他才来的。"

严如意"嗯"了一声："医生迟到是他不对，我先向你道歉。"

唐小婉接着说："我心脏不舒服，我对医生说，他理也不理，一进门就说我身上香水味太浓了，还当着我的面一个劲儿地打喷嚏，很不礼貌。"

严如意点头："嗯，这也是他的不对，我会批评他。"

"他态度一直很冷淡，然后就说要听听心脏，手伸到我衣服里面，让人很不舒服……"

"等会儿，我问问你，他听诊器伸进去前有没有打招呼，是你自己掀开衣服还是他动的手？"

"啊，他倒是一直说让我自己掀开衣服，我穿的衣服不方便嘛，你说说看，一个男人对你这样心里是不舒服的。"

严如意听了没吭声，她已经明白了，这个女孩儿，仗着自己长得漂亮，生活

第十七章 丁院长的秘密

中到处有人追，把医院也当成社交场所了，公主病！罗雪樱告诉她的，不过打死她也不敢流露出来，她要解决问题。

唐小婉继续说道："他听完前面还要听后面，我穿的衣服不方便，我掀开衣服，他从后面听，然后胸罩搭扣就开了。"

严如意和助理互相看了一眼，严如意说："我能看看你的胸罩搭扣吗？"

"这，有什么好看的？肯定是他解的，不然怎么会那么巧？"

严如意沉默了一下。

唐小婉生气地说："人家都说没病最好别上医院，我现在总算知道了。"

严如意一直坐在那儿看着唐小婉，唐小婉有些不自信地停下来："怎么了？我说得不对吗？"

严如意叹了口气："孩子，你多大了？"

"二十五岁。"

"你是做什么工作的？"

"我？在一家建筑公司，做建筑设计的。"

"噢，挺好的工作。"

唐小婉一笑："还行吧，就是挣得不多。"气氛缓和了下来。

严如意从鼻子里笑了一下："是啊，你到街上随便拉住一个人问问，不管是挣一千还是挣一万的，没人说自己挣得多的。"

唐小婉不好意思笑了，露出一对兔牙，显出有一些可爱。

严如意看了唐小婉好一会儿，真诚地说："孩子，你笑起来挺好看的，有点像张曼玉，有人这么说吗？"

唐小婉捧住脸："是吗？您也这么说？我以前的男朋友也这么说呢。"

"那他眼睛还不算瞎，还知道什么是好看。"

唐小婉笑了笑。

严如意严肃地说："孩子，论起来，我的年龄应该跟你妈妈一样大，怎么也算是阿姨了，想听我说几句心里话吗？"

唐小婉坐得端正了："您说吧，我愿意听。"

"孩子，今天的事，那个大夫肯定是不对的，第一他迟到，第二他打喷嚏，第三，说你身上香水的味道，这都是他不对，医生没有权利挑剔病人……不过呢，你也得听我解释几句。孩子，说轻了说重了，你别往心里去啊。"唐小婉点头。

"今天的事，最主要的是衣服引起的，我跟你说，其实以后你看病最好别穿高领衣服，穿开衫衣服，我说得有没有道理？"

唐小婉迟疑了一下："是，我没想那么多，本来我想穿的，忘了。"

严如意"嗯"了一声："是啊，好些病人是不想这么多的，这点我们也有责任，我在想是不是应该写到导医手册里呢。"

唐小婉笑了，严如意看看唐小婉笑了，知道今天不会有事了："好，那么第

165

二，就是那个核心问题，孩子，我跟你说实话，不管你理解不理解，爱听不爱听，在医生眼里，病人不管是男是女，漂亮不漂亮，就是一堆器官，你信不信？"

唐小婉有些困惑。

严如意庄重地点头："我知道我这么说很难听，可是真实的情况可能就是这样，你要是不信，你去问问那些当大夫的，一进医院，就是这感觉。"

唐小婉困惑地点头。

"孩子，也许你看报纸，看电视，看到过人家说流氓医生的事，什么女病人照X光被非礼了，什么做妇科检查让男大夫怎么样了，这种事不是没有，但是少，一般说这里面有误解，也有夸张的成分，就是有，也是那些医生个体的事，就像哪个行业里都有些变态的，不正常的，不能把这种个体现象说成是整个行业的问题是不是？一个白领有问题会说成是一个人，一个医生有这样的问题就说成所有医生都这样，这是一种误导，当然，这也是人们对医生这个职业有一种特别的要求，说明他重要，是不是？"唐小婉连连点头："是是是，老师，您说得太对了，其实人们对医生心里还是尊敬的。"

严如意一笑，挥挥手："跑题了，现在咱们说说病人这边，好些漂亮女孩儿走在外面被人追，但这儿是医院，一般来说，99%的医生不会这样，我可以告诉你，我们医院的医生没这样的，我们这儿看诊有严格规定，你没看医生们走路手都抄在口袋里，有病人家属一激动上来就抱、就亲，我们这儿的医生都是手举起来，表示我的手在这儿呢，我可没有碰你的身体，然后退着走，不信你去观察……"唐小婉听得入神。

"这样跟你说吧，孩子，就算别人我不了解，这个医生他是我的儿子。"严如意说到这儿，突然有些心疼丁海。唐小婉夸张地捂住了嘴："啊，您的儿子？怪不得您刚才打了他，我还想，你们医院管理方法够狠的。"

严如意苦笑了一下："我也是一时没控制住。"

唐小婉没心没肺地笑起来："那，看来您管得可真够严的，其实，您这么一说，我也觉得，可能是我多心了，可是不管怎么说，他也不应该动手打人。"

严如意一笑："呵呵，姑娘，你可真够不讲理的，你先打人，又不让人还手，不过话说回来，就算病人先动手，大夫也不应该还手，得忍着是不是？"

唐小婉不好意思地笑笑："也不是，哎，别说了，是我不对，我不该那么冲动。"

严如意一拍手："哎，这么说就对了，孩子，认错不是什么坏事，你是有点冲动，不过也能理解，没关系，再说丁海已经挨了两个耳光了，应该够了吧？"

"也是，他也够可怜的，一早上让人打了两回。"唐小婉说着咯咯笑起来。

严如意开始有点喜欢这个女孩儿了："是啊，所以孩子，你觉得这事现在怎么办呢？你想让我怎么处理这件事呢？让他给你道歉？扣他奖金？还是开除他？"

唐小婉急忙摆手："啊，不用不用！"说着想了一下，"要是，您能让他给我道个歉，我也没意见。"

严如意眼里闪过一丝不快："啊，可以，我可以做到。"

唐小婉又说："其实也不是道歉，就是，就是见个面，解释一下。"

严如意有些困惑。

唐小婉扭捏着问道："他，没有女朋友吗？"

严如意有些困惑："你什么意思，是不是还不相信丁海的人品？"

唐小婉扭捏了一下："不是，就是问问，我觉得他这人挺有意思的。"

严如意恍然大悟，脸上全是笑："啊，就是，我儿子啊，就是挺有意思的，别看他表面上大大咧咧的，其实心很细的，在医院可算是招人喜欢呢！不过他有没有女朋友我不清楚，我可以问问他。"

唐小婉笑盈盈地说："嗯，他其实挺不错的，那就麻烦您什么时候让我们见个面，我们解释一下就行了，什么处分、扣奖金就算了，我也不是什么小心眼的人。"

严如意长出一口气："真的？有你这句话就够了，这样，孩子，你留个电话给我，我呢找一下他，约个时间让你们见个面，好吗？"说着走到柜子前，从里面拿出一个纸制的礼品袋，又拿了几样礼品，"这是我们医院的一点礼品，一点心意，一个体温表，还能当笔架的，这个呢，是个小型的血压计，送给你，算是给你赔个礼，今天的事就这样了，你看好不好？"

唐小婉接过礼品，惊喜地说："啊呀，还有礼品啊，谢谢您。"说着拿出一张名片，"这是我的名片，我叫唐小婉，我的电话就在上面，我等您电话了。"她兴高采烈地走出严如意办公室，那样子好像不是来投诉的，而是刚走完亲戚。罗雪樱正抱着手臂站在门外，唐小婉吓了一跳："哎，这儿怎么有个人啊！"

罗雪樱直逼过来："你说对了，这儿就是有个人！"

唐小婉有些紧张："你，怎么了？我可没得罪你。"

罗雪樱愤怒地说："可是你得罪我了！告诉你，你刚才说的话我可全听见了，别以为你是个女的，就到处有人追你！我就是丁海的女朋友，我可是比你漂亮多了！"说着夸张地摆了个造型。

唐小婉气得都结巴了："你，你是丁海的女朋友怎么了？你太过分了！"

罗雪樱道："我过分？你才过分呢！告诉你，就你这副样子，白给丁海都不会要的，非礼你？做梦吧！"

唐小婉气得叫起来："你要干什么？你欺人太甚了！"

罗雪樱不依不饶："到底是谁欺人太甚？别以为医生都是好惹的，有本事冲我来，怎么样？"

严老师闻声出来，看见两个人在吵，大声叫着："罗雪樱，你干什么？干什么？你还嫌我这儿不够乱的？"

罗雪樱愤怒地说："严老师，我反对您这种没原则的方式！我们医生不是给人欺负的！丁海他不是那种人！"

严如意厉声说道："罗雪樱，你有完没完，赶紧给我走！"

罗雪樱愤怒地看着严如意，狠狠瞪了唐小婉一眼，走了。严如意回身急忙安慰唐小婉："行了，别理她，她最近工作忙，情绪有点乱，别往心里去，看我的面子，啊！"

唐小婉眼泪汪汪地看着严如意。严如意心里一声长叹，这群八零后孩子，如何是好，医生不像医生，患者不像患者，全是一群孩子，如何是好！

罗雪樱一气之下跑出来，到处打电话找丁海，丁海连她的电话也不接，她知道丁海这回是伤心了。没劲！

第十八章
钟立行出手

　　走遍全世界，只有两种医生，一种是好医生，一种是坏医生！你现在，以我的眼光看，仅仅不算个好医生，还不算是个坏医生，所以我希望你能摆正自己的心态，做一个好医生！

　　至于你的那些个学术论文，我可以明白地告诉你，我的确没有那么多，可是我也可以明确地告诉你，我不认为论文多少是评价一个好的外科医生的标准！

　　一个好的外科医生，必须要有精湛的医术，用最快的速度挽救病人的生命，把与疾病对抗，与疾病作战看成是最重要的事，这是我坚持的职业理想，否则，你就是写的书堆成山一样也是没意义的！

1

贺志梅要出院了,她换上一套新衣服,照前照后让父母姐姐看。

换上新衣服的贺志梅漂亮极了。母亲抱住她,说道:"闺女,真好看,闺女,你真是全好了,我都不敢相信!"说着哭了起来。

贺志梅抱住母亲:"娘,别哭,您看我好了,我以后好好孝敬您!"

贺志梅父亲在一边劝道:"她娘,别哭了,闺女好了,以后好日子长着呢!你快把这锦旗给钟主任送去,要不是他,哪儿有娃娃今天啊!"

贺志梅的母亲急忙抹了把眼泪,拖着全家去给心外送锦旗。

心外办公室里,顾磊抱了一摞新出的杂志走进办公室:"哎,你们谁来帮我个忙?周小白?"周小白急忙跑过来,接过杂志:"什么呀?""新出的《心外科》!"

周小白把杂志放下,拿出一本,翻看着,叫了一声:"哎,有王主任的论文!说贺志梅的!哟,这照片怎么拍成这样啊,怎么还有人脸啊?"

顾磊急忙过来:"我看看!"拿过来看了一眼,"哟,怎么成了他一个人的成果了?怎么就署了他一个人的名字?怎么把人家贺志梅拍成这样了?"

正说着,贺志梅一家人走了进来,顾磊急忙把杂志放在桌上。

贺志梅的母亲一进门就兴奋地叫着:"钟大夫呢?钟主任呢?"

顾磊一时回不过神:"他,他刚还在……"

钟立行从外面走进来,贺志梅的母亲看见他,急忙上来拉住他的手:"钟主任,我闺女她全好了,我们打算出院了,我们一家人,商量了好几天,也不知道怎么谢你们,就做了这面锦旗,请你们无论如何也要收下。"

钟立行有些难为情:"贺妈妈,你,你太客气了,谢谢!"

贺志梅和母亲把锦旗打开,上面写的是:送给钟立行主任及心外全体医生,医德高尚,技艺一流,妙手仁心,回天有术。

众人一块儿鼓掌,贺志梅的父亲张罗着非要把锦旗挂上。贺志梅的母亲一低头看到桌上的杂志,正好看到了贺志梅的照片,拿起来看了一眼。当看到贺志梅光着上身的照片时,她一下呆住了:"这是啥?"

顾磊脸色一下变了,看了钟立行一眼,急忙过来:"贺妈妈……"

贺志梅的母亲举起杂志来:"这是啥意思?怎么把我闺女的照片登这上面了?"

钟立行急忙过来,接过杂志看了一眼,脸色也变了。

贺家人都围过来,看了一眼杂志,也都不说话。

贺志梅母亲追问女儿:"闺女,这照片谁照的?啥时候照的?我怎么不知道?"

"就是有天下午照的,妈,人家大夫治好了我的病,拍张照片算什么?人家王主任说是写论文用的。"

贺志梅的母亲生气了:"治好病,也不能这么糟蹋人?你还是个大姑娘,这王主任怎么能这样呢?"

王冬抱着一摞杂志兴冲冲进来:"各位,我的论文上了心外杂志了!"看到屋里一屋子人,愣了一下,"哟,这么多人!"

钟立行生气地看了他一眼,王冬不自知:"是不是小贺要出院了?哟,这还送了一面锦旗呢!你们可真够客气的!"看到屋里气氛有些紧张,他不安地说,"怎么了?"

贺志梅的母亲张了半天嘴:"王主任,您,怎么能这么做事?您怎么把我闺女的照片这样子就给登出来了?"说着拿出杂志。

王冬看看杂志:"这怎么了?这是病案照片……"

贺志梅的母亲哭道:"王主任,你救我闺女,我们一家都谢你,谢你们大夫,谢你们医院,可是,你也太不把我闺女当人了吧?她还是个姑娘,还没嫁人,你让她以后怎么见人?"

王冬满脸不在乎:"这,这是贺志梅同意了的,小贺,我拍的时候你是同意的。"

贺志梅脸色通红:"你说要做处理,你说不照我的脸。"

王冬有些尴尬:"这,可能是编辑没做处理……"

贺志梅母亲说:"王主任,您,您也太不厚道了,我们是乡下人,我们穷,可我们也有脸面,这种事你为什么不跟我们大人说?她一个孩子,十几年不出门,知道外面怎么回事?"王冬有些尴尬。

钟立行急忙劝道:"贺妈妈,您别生气,王主任写论文,也是为了让更多的医生了解这类病的治法,您,别生气,可能是编辑发文章的时候没做处理,这事怪我,您千万别生气。我给您道歉!"

贺志梅拉住母亲的手:"娘,您别生气了,这是我的事,我谢谢钟主任,也谢谢王主任,是他们治好了我的病,还不收咱们的钱,您就别生气了,啊!"

贺志梅父亲也劝着:"她娘,闺女说得对,这不算个啥事,大夫治病嘛,再说人家把咱们闺女的病都治好了,咱们可不能做忘恩负义的人!"

贺志梅的母亲抹了一把眼泪:"嗯,好,只要闺女不说啥,我们也不说啥了。"转向钟立行,"钟主任,那俺们就走了,谢谢你们!"

钟立行急忙伸出手:"谢谢您,贺妈妈,你们一定多保重!"贺志梅拉住钟立行的手,依依不舍地哭了起来。气氛一下转了回来,看见贺志梅哭,钟立行心里也很热,这个可爱的小妹妹,眼前这一家人,是他心目中完美的案例,奇特的病情,家属的配合,医生的努力,共同创造了生命奇迹,他打心眼喜欢和感激贺志梅一家,是他们的明事理、他们的鼓励才有了奇迹。想想自己为什么要回来行医,其实,不只是攻克高精尖,他心里明白,救治贺志梅这样的人才是他真正的理想与乐趣。年轻时，志存高远同心想着 Aiming high，目标更高，经历了这么多年的波折，才明白，医术要 Serving all，服务大众。他就那样一直握着贺志梅的手，送她下电梯，出院门。一千次回头，一万声珍重，贺志梅深深鞠躬，一步三回头走了。

钟立行回到办公室，叫住王冬："去我办公室一下，我们谈谈！"贺志梅的事虽然过去了，但王冬的问题一定要谈谈了。

2

钟立行示意王冬在他对面的椅子上坐下："王主任，我希望我们能开诚布公地谈一谈，您对心外的发展有什么建议，有什么意见，都可以说出来。"

王冬尴尬地笑起来："我有什么可说的？我没什么意见，也没什么建议，什么事儿都听您的就是了。"

"王主任，今天的事儿，你的确有所不妥，写文章是好事，但是适当保护患者的隐私，应该是医生的义务。"

"钟主任，您这么说我可不同意，拍照片是贺志梅同意的，再说她又不是未成年，最重要的，是我们治好了她的病，而且免费。"

"治好了是事实，免费也是事实，她同意了也是事实，但是你想想，她母亲的话是有道理的，她是个农村小姑娘，因为生病，十几年没出过门，你做他的主治医生，她对你心怀感激，你说拍张照片，她当然会同意，她既没有反对的理由，也没有反对的能力，而我们应该知道界限在哪里，至少应该后期处理一下，没有理由把患者的名字公布出去，也不能不尊重她的人格——"

王冬眯着眼睛："钟主任，话说重了吧？论职务你是科主任，可是论年资，你年资可是比我低，你好像没有权利指责我吧？"

"我不是指责，是劝导！"

"你要是觉得我违规，你就处分我，如果劝导那就算了，我看你是因为我的文章发表了而你没有论文不平衡了是吧？"

钟立行有些生气了："王主任，您怎么可以这样理解？我一直认为谁写文章都是好事，只要对我们科有利就是好事……"

王冬打断了钟立行的话："别说漂亮话了，我查过你的资料，你做医生这么多年，论文并不多，你自己也明白，在医学界混，没有像样的学术头衔是混不开的，没有拿得出手的论文也是吃不开的。"

钟立行脸色一下变了，他看了王冬好一会儿，缓缓地起身："王主任，请你把你刚才的话收回！"

王冬傲慢地说："怎么了？"

钟立行走到王冬面前："王主任，我刚到心外一个多月，我知道我当这个心外主任，按照通行的说法是占了你的位子，所以我本来不想这么早、这么快就跟你发生冲突。在我们互相之间没有足够的了解和信任之前，不想因为某些话、某些小事引起不必要的误会和冲突。说得再直白些，我是一直让着你的！"

王冬冷笑着："你让着我？"

"对！我让着你，因为在我眼里，你根本不是个好医生！因为你今天的话，我来之后你所做的一切，让我觉得你根本不是个好医生！什么叫混？怎么混？你认为当医生是混的吗？当个好医生是靠混的吗？东抄一点，西抄一点，把别人的成果据为己有，发表一堆论文，别人看不懂自己也看不懂，弄来一堆学术头衔干什么？骗病人？走穴的时候多要点钱？说到底你是在骗你自己！让自己生活在虚幻的自我感觉里！因为你根本就没有信仰，没有坚定的意志！"

王冬脸色变得很难看。

"别以为我不懂你们那些东西，不懂你那些所谓的行情、圈子。我去美国之前在这家医院做过三年，我在美国十二年，什么样的事没见过？走遍全世界，只有两种医生，一种是好医生，一种是坏医生！你现在，以我的眼光看，仅仅不算个好医生，还不算是个坏医生，所以我希望你能摆正自己的心态，做一个好医生！至于你的那些个学术论文，我可以明白地告诉你，我的确没有那么多，可是我也可以明确地告诉你，我不认为论文多少是评价一个好的外科医生的标准！一个好的外科医生，必须要有精湛的医术，用最快的速度挽救病人的生命，把与疾病对抗，与疾病作战看成是最重要的事，这是我坚持的职业理想，否则，你就是写的书堆成山一样也是没意义的！"

王冬露出不以为然的表情。

钟立行平复了一下："好，今天的谈话就到这里，我希望你以后好好儿配合我的工作。"

王冬一句话不说，起身就走了。

3

顾磊、周小白和几个年轻医生都站在门外，看见王冬走出来，急忙散开。

王冬扫了年轻大夫们一眼，向走廊另一头走去。

顾磊走到钟立行门前，敲门后走了进去。

顾磊眼里满是敬佩，也有些难为情："钟主任，我，都听见了！钟主任，我，我想跟你说，我坚决支持你，坚持站在你这一边！"

钟立行自信地一笑："噢。"

顾磊说："钟主任，我知道我不是个聪明人，但是我愿意努力，我从小就喜欢当医生，喜欢当医生的感觉，但其实我心里并不明白我到底喜欢当医生的什么，但今天听了您的话我才知道，我喜欢的是当医生的那种神圣感！以后，我要向你学习，要带着科里的年轻大夫一块儿，努力做个好医生！"

钟立行摆了一下手："谢谢你这么说，顾磊，不过我要纠正你一下，不是支持我，也不是站在我这一边，而是我们，都要站在好医生这一边，我不喜欢拉帮结伙，也不打算排斥异己，我们要做的只是每个人自觉地要求自己。"说着走过来，拍拍顾磊的肩膀。

顾磊激动地说："钟主任，我知道了，我，我一定努力！"

4

钟立行忙完工作来看丁祖望。丁祖望已经转回普通病房，能吃点流质了。钟立行在丁祖望床边坐下，看着他枯瘦的面容很是心酸，委婉地问他要不要把病情告诉沈老师。

丁祖望明白钟立行的意思，他知道一个医院院长好多天不见人影，是不合适的。其实他是没想好怎么面对这一切，于是说道："说实话，我是天天都想回去，可是一想回去以后，医院里一定会掀起轩然大波，就觉得没办法面对。"

钟立行劝慰着："人生病是常有的事，到了这时候，您就别想这么多了。"

丁祖望说："立行，我不是害怕面对医院的人，也不是不愿意承认生病的事实，我只是怕……"他沉默了一下，"我本来今年已经五十九岁了，年底就退休了，如果没有意外，我想让明训接班，可我这一病，一回去，恐怕就会生出很多波折来。"

钟立行怔住了。

丁祖望："我并不是贪恋权力，也不是所谓的扶持亲信，只是我担心，现在医院并不太平，我这一病，出现真空，真是不敢想……"

钟立行知道丁祖望的担心是对的，这样说来他也不好硬劝，只是他和江一丹还得再瞒下去，有点儿辛苦。

丁祖望关切地问起金行长母亲的事，希望钟立行有时间上门去看看。钟立行觉得很尴尬，连忙回答，一时忙忘了。

"立行，难为你们这些年轻人了，本来，一切都是很正常的，但现在，社会风气就是这样，公事私事家事什么都不分了，你们就看在医院的份上，受点委屈吧，我要是能动，一定会自己去的。"

钟立行急忙说："丁院长，不委屈，说到底麻烦是我惹下的，是我处理不得当，所以还要我自己来弥补！"

丁祖望说："好，不管怎么说，我们的确有失当的地方，去上门看看，做医生的，就做到问心无愧了，贷款成不成我们该做的事还是要做。我真的是希望你们能早点成熟起来，能顶门立户，这样我就放心了。"

钟立行心里一阵感动，丁院长什么时候都能做到心平气和，每次跟他谈话总能得到人生的教益："丁院长，我会认真处理的，您放心吧，我以后，也不会那么被动，什么事都会往前走一步，让您早点放心！"

丁祖望欣慰地点头："那好，那你赶快回去吧，我什么时候回去，你让我再想想,想好了,我就会给你打电话。"

5

王冬被钟立行训了一顿,心里很不服气,他越想心里越有气,直接去找武明训。武明训正在锁门准备下班,王冬走了过来:"武院长,要下班了?"

武明训回头:"你,有什么事吗?"

王冬干脆地说:"我有话要跟你说!"

武明训重新开了门,推门进去:"有话进来说吧!"他进门,指着对面的沙发,示意王冬坐下,"坐,有什么话就说吧!"

王冬迟疑了一下,直截了当地说:"我对钟主任有意见!"

武明训一愣:"什么意见?说吧。"

王冬说:"我记得上次钟主任刚来的时候,你说我抢救病人不及时,说我去外地做手术的事,但是,我有充分的证据证明,钟主任也出去做手术,只不过不是外地,而是本市。"

武明训一惊:"有这样的事?你怎么知道的?"

"上星期五下午五点多,我亲眼看见他和刘护士长一块儿走的。"

武明训说道:"你怎么知道他们是去做手术了?你说话可是要负责任的!"

"我当然会负责任!我调查过了,刘护士长带走了全套的手术室器械。星期六一早才回来。你可以去查工作记录。"

武明训脑子里飞快回想起江一丹晚归的那天,对,是星期六,他已经明白了八九分:"好,这事我可以去调查,查清楚我会给你说法的。"

王冬说:"还有……"

武明训说:"还有什么?"

"我认为钟主任这个人,没有能力带好心外,像金行长母亲这个病例,明显是他处理不当。这种特殊的病人,就是要特殊对待,更何况人家还关系着咱们医院的贷款,一个科主任,不但要有好的技术,更要有能力处理好各种人际关系,他的失误给医院带来重大损失,你要考虑这样的人还值不值得任用!"

武明训也干脆地说:"这个问题,你不用再说了,我有我的观点,钟主任虽然有些不太热情,但他有他的想法,不能只看后果,我并不认为这中间有什么必然的联系。"

"武院长,你这是偏袒!"

武明训挥挥手:"行了,你别再说了!就算他有问题,我也不会用你的!你那篇论文的事别以为我不知道!你自己做得就那么好?"

王冬不服气地看着武明训。

武明训嘴上虽然这样说,但对王冬的话也不敢不重视,医院三令五申不能外出做手术,一旦出了问题,院方和手术医生的责任是分不清的,受害的还是医生本人，这点道理怎么不明白，这个立行，刚回来几天怎么学得这么快！他急忙去找刘敏，先问她。

6

武明训找到刘敏，一点弯也不转，直接开口就问："刘护士长，我有件事想问问你，希望你能如实回答我！"

刘敏紧张地说："好，您问吧。"

"你，上星期五是不是跟钟主任一块儿出去做手术了？"

刘敏一下怔住了。

"我问你话呢，是，还是不是？"

刘敏迟疑了一下："是！"

武明训心里踏实了一些，态度还算老实："去了什么地方？做的什么手术？"

刘敏沉默着："我不能说。"

武明训一怔："为什么？"

刘敏紧张但坚决地说："谁跟您说的您去问谁，我不能说。"

武明训一惊："为什么不能说？"

"我答应过不告诉任何人，所以我不能说。"

武明训生气地说："刘敏，你，你怎么成这样了？你知不知道医院三令五申不能外出走穴，你这样做让我很被动！"

刘敏为难地说："我，真的不能说。您别再问我了，您要是处分我我也接受！"

武明训气得半天说不出话："好，刘敏！你厉害，我佩服你！你是好样的！我以后跟你做朋友！"

刘敏委屈得快哭了，武明训愤然离去。他决定直接去找江一丹，这事跟江一丹一定有关系，他进了江一丹办公室，江一丹正在打电话："我知道了，谢谢你，刘敏，让你承担压力，真是不好意思，没关系，你别担心！"放下电话，武明训已经走过来，江一丹的话他全听见了。

江一丹看看他："你怎么来了？"

武明训火气很大："我怎么就不能来？"

江一丹看了他一眼，不说话。

武明训说："有人说上个星期五钟立行和刘敏一块儿出去做手术了，我刚问了刘敏，她死活也不说，你刚才的电话是不是刘敏打的？你是不是也参与其中了？"

江一丹有些心虚，故意转移话题："我不知道你在说什么。"

武明训严肃地说："江一丹，我可告诉你，现在医院里议论纷纷，人心惶惶，你可千万不能再给我惹麻烦了！"

"什么叫给你惹麻烦？"

"这不是麻烦是什么？有人已经告到我这儿了！"

"要说惹麻烦也是给我自己惹麻烦，反正我的麻烦也不少了，我不在乎多这一件！"

武明训生气地说："江一丹，你这是什么态度？就算你不把我当你老公，我总还是副院长吧！"

江一丹一笑："那好，武副院长，对不起，我态度不好，请你原谅，处分我就处分！我没意见！"

"好，这可是你说的，这件事我会调查的，如果，真的有你的事儿，我也不会不管的！"

江一丹强硬地说："你去调查吧，我无所谓！"

武明训扭头往外走，走了两步，回身问："钟立行在什么地方？"

"你怎么会问我？"

武明训气得看了江一丹好一会儿，转身走了出去！反了，全反了，老实的刘敏，清高自负的江一丹，怎么全成了这样，他很生气，打电话找钟立行，让他下班后到他办公室来。

7

钟立行走进武明训办公室，武明训正站在平台上，背对着门，钟立行进来，他头也没回。他知道武明训故意的，对他有意见。武明训找刘敏他看见了，刘敏什么也没说，也没有向他报告，他知道刘敏厚道。想必武明训也找过江一丹了，两人谁都没有把压力传给他，这让他很感动。他也觉得应该跟武明训谈谈，其实不只是手术的事，最近的很多事需要沟通了，金行长的事武明训嘴上没说什么，心里是不满意的。

钟立行走过来，在他身边坐下："你找我？"

武明训看看钟立行，没说话。

钟立行沉吟着开了口："你是想问，我上星期五出去做手术的事吧？"

武明训看看钟立行，他没想到他这么坦率。

钟立行接着说："我是出去做了个手术，是，帮一个朋友的忙，这事，我应该跟你打招呼的，是我的错。"

武明训一下没了脾气，他本想着钟立行不会承认，他会借题发挥，发几句火。钟立行坦率承认，又不谈细节，让他有火发不出来，他其实也不可能真正批评钟立行，无奈地笑笑："算了，我不是问你这个，别再说了。"两人默默看了好一会夕阳，武明训问钟立行，"你晚上，有事儿吗？"

"没什么特别的事。"

"那走，我们一块儿去吃饭！你回来好几个月了，我都没正经请你吃一次饭。"

8

武明训和钟立行坐在包间里,服务员端了盘子来上菜。

武明训对服务员说:"去,拿一瓶白酒来!"

钟立行紧张地问:"怎么?你要喝酒?还要喝白酒?"

武明训一笑:"我今天,要喝个一醉方休!"

服务员拿了一瓶酒走进来,打开。武明训给钟立行倒上,也给自己倒上,然后端起酒杯,对钟立行说:"来吧,喝一个!"说完把酒一口干掉。

钟立行端起杯子喝了一口,酒有些辣,他皱起眉头,悄悄拿起桌上的餐巾假装擦嘴吐在了上面。

武明训注意到了他的动作:"哟,立行,你跟我还来这套?"

钟立行尴尬地笑笑:"晚上还要值班,万一有什么事,会出问题的。"

武明训怔了一下,随即把酒放在桌上:"算了,你说的有道理,那就不喝了!"

钟立行有些不安:"没关系,你喝吧,我们两个有一个人是清醒的就行了!"

武明训呵呵笑了起来:"我们两个有一个是清醒的,好啊,立行,你记不记得,以前我们上学的时候就是这样,学医的不让喝酒,大家又想试试,一帮人出去,总要留一半人不能喝酒。哎,这是不是就是人家说的,留一半清醒留一半醉?"

钟立行一下笑起来:"你怎么像个诗人了。"

武明训把酒杯再端起来,看着钟立行:"立行,你刚才说,我们两人留一个清醒的就行了,我们现在还能做到像以前那样亲密无间吗?"

钟立行听出武明训话里的意思,有些伤感:"当然能,明训,我知道你心里可能对我有些失望,也知道有些话不愿意跟我说,但是,明训,我请你相信我,只要你愿意相信我,我们还是能回到以前的样子!"

武明训久久凝望着钟立行:"好,谢谢你,立行!我对你,没有什么意见,也没有失望,可能,我们只是太长时间没有交流了。好,我喝一杯!留你的清醒,让我醉!"说完又把杯中的酒一口喝干。

钟立行拿过酒瓶为武明训倒上酒,武明训感动地看着他。气氛有些缓和了。武明训双手握在一起:"立行,我很郁闷,那个王欢,我在他身上花的心血太多了,结果却是这样。"

钟立行一怔,他以为武明训会批评他:"是啊,我心里也难过,可是再想想,谁让我们是医生呢?做医生的,面对的是病人,病人之所以叫病人,是因为,他们病了。"

武明训呵呵笑起来:"这话谁说的?真经典!"

钟立行一笑:"我说的。"

武明训端起酒杯:"立行,告诉我,你回来,后悔了没有?"

钟立行迟疑了一下:"怎么说呢?后悔,也不后悔。"

"怎么说?"

"后悔是,已经说好了不做医生,结果还是做了;不后悔是,说了不做医生,其实不做是活不下去的。"

武明训哈哈笑起来:"你说的是废话!"

"废话也得说!有时候说废话也是一种解脱吧!"

武明训再次笑起来:"立行,这么多年,我发现你身上还有幽默的一面,冷幽默!"

钟立行一笑:"是吗?你怎么才知道,我一直都以为我很幽默的。"

武明训哑然失笑:"怪不得这医院的上上下下、太太小姐们都爱你!"

"是吗?我怎么不知道?没有人告诉我啊!"

武明训哈哈笑了起来,钟立行也笑了起来。笑中带泪的感觉,两人之间开始有了温暖的东西,友情在复苏。

武明训伤感地说:"立行,能告诉我,去做的什么手术吗?"

钟立行迟疑着:"过几天吧,过几天,我会都告诉你的。"

武明训有些不悦:"你不信任我?"

"不是,只是不到时候。"

"什么时候才是时候?那你告诉我,是不是江一丹也参加了?也参与了?"

钟立行迟疑了一下,点点头。

武明训有些失落:"看来我真是失败啊,江一丹跟我宁死不屈,怎么也不愿意告诉我到底发生了什么事,还有刘敏。她们两人都说,宁可挨处分也不说,口气神态都一个样,我真不知道我们医院有这么多刘胡兰!立行,你行啊!"

钟立行尴尬地看着武明训:"明训,你误会了,这事其实不是你想的那样,我出去做的手术是……是丁院长!"

武明训震惊:"丁院长?他怎么了?"

"癌症,肺癌!不想让你知道,怕你有压力,也怕医院里引起混乱,所以就委托我在外面做的手术,我一直想找机会告诉你,又不知道怎么开口!"

武明训一下呆住了,他腾地起身:"他现在怎么样了,在什么地方?你带我去看他!这么大的事你怎么能瞒着我!你们太不像话了。"

钟立行内疚地说:"明训,对不起,他现在在周院长的医院,手术效果还可以,但是已经扩散了。"

武明训呆住了。这时,电话响了,他手忙脚乱地接起电话:"喂?"

电话里传出陈光远急切的声音:"武院长,你在什么地方?金行长的母亲,心脏病发作了,怎么办?"

武明训紧张地看了钟立行一眼,对电话里说:"你说什么?"

"老太太她,她已经昏迷了,怎么办?"

钟立行一把抢过电话:"赶快送到医院里,我十分钟内赶到!"他边说边冲了出去。

第十九章
脏血

　　这是他回国后第一次失手，几乎是他医生生涯中第一次失手，这种失败让他伤心至极！

　　是啊，就连，就连露茜那样的病人，他不都救活了吗？他不是连自己妹妹的心脏都奉献出去了吗？连同他的医术和所有的伤痛，就算家属不领情，人毕竟是救活了！

　　可这算什么！这算什么！愤怒，屈辱，不值！！他的心凉了！！谁都没有错！都在坚持自己的道理，老太太就该死！他钟立行就该失手，就该沾上这脏血！就该在屈辱和孤独中自责！！

第十九章 脏血

1

120急救车呼啸而来。

钟立行、武明训、顾磊冲出来，金老太太被推下车。

何大康和几个护士推着金行长的母亲跑进了手术室。

后面，武明训、钟立行、陈光远匆匆跑过来。

金行长、他的弟弟、弟媳妇和好几个人一块儿跑了过来。

金行长想进去，护士告知他："请在外面等！"

江一丹冲了进来，迅速行动起来，钟立行穿好手术衣，走进来。

顾磊报告："突发性大面积心肌梗死，心跳已停止。"

钟立行命令："2mg巴比妥，静脉注射！"顾磊急忙去准备。

钟立行指示江一丹："紧急插管！"江一丹急忙操作。

钟立行命令护士长："紧急开胸！"护士长急忙去准备。

钟立行拼尽全力做心脏按摩，对顾磊说："准备电击，两百安培。"

护士打开开关，钟立行接过电击仪，对准心脏，一下，没有反应。

钟立行命令："二百五十！"

护士再准备，钟立行再次电击，依然没有反应。

钟立行命令："三百！"

人们呆住了。顾磊紧张地说："三百，钟主任！太强了吧？"

钟立行坚定地高声喊："三百，Again！please！"护士急忙操作。

钟立行再次电击，依然没有反应。

钟立行有点急了，高声问护士长："开胸准备好了没有？"

护士长急忙端着器械过来。

钟立行对江一丹喊："紧急麻醉，开胸！"

武明训紧张地问钟立行："立行，行吗？"

钟立行说："要救，一定要救！去征求家属意见，签同意书！"

2

金行长、他的弟弟、弟媳妇站在门外，六神无主，陈光远在一边陪着。

武明训走出来，几个人急忙冲过来。

武明训说："还没抢救过来，钟主任要紧急开胸，你们有没有意见？"

金行长急忙回答："没意见，没意见，都听你们的！"

武明训急忙冲了进去。

金行长叫住他："武院长！我能进去看看吗？"

武明训迟疑了一下："你跟我来！"武明训带着金行长走进去，打开监视系统，指着椅子，"你就在这儿看吧！我请个护士陪您，我就不陪了，我要进去了！"说着高声叫了声，"你们来个人，陪一下家属！"匆匆冲了出去。

3

心包已经打开，顾磊拉着钩子对钟立行说："钟主任您看！"

钟立行看了一眼，脸色一下变了，大面积梗死，心脏已经成了死黑色："完了，怎么会这样！"对护士说，"电击！"手术室里的人全都愣住了，钟立行喊道："快！"他伸出手直接按压心脏，一下、两下、三下、四下，没有反应。护士递上微型电击仪，钟立行再次电击，依然没有反应。钟立行急了，再次用手直接按压心脏，一二三四，二二三四，三二三四，四二三四。

监测仪上，血压完全丢失，钟立行不停地按摩，用拳头敲打心脏，他动作越来越大，越来越急。武明训急忙拉住他："立行，放弃吧！"钟立行急得快哭了："不，不行，要救，要救！"还在徒劳地按摩。手术室里，人们都走了出去，只有钟立行一个人孤独而固执地还在按摩。

观察室里，金行长满脸是泪，走了出去，他知道一切都晚了，救不过来了。死亡是对人最大的教育，只是太过严厉，无人能承受！

钟立行呆呆坐在手术室里，尸体已经拉走了，手术台空了。

这一切都是在安静中进行的，没有人敢跟钟立行说话。

钟立行看看自己的手，手套上满是鲜血。护士上来想替他除掉手套，被他挡开了。

血，鲜红的血，在医生眼里，是希望和生命的象征，此刻却那么刺目，狰狞！这是脏的，脏的血！钟立行心里突然冒出一句：脏血！因为他没有挽救得了金老太太，因为他本可以救她！以他的医术，搭个桥算什么？何至于此？他有些愤怒了！这是他回国后第一次失手，几乎是他医生生涯中第一次失手，这种失败让他伤心至极！是啊，就连，就连露茜那样的病人，他不都救活了吗？他不是连自己妹妹的心脏都奉献出去了吗？连同他的医术和所有的伤痛，就算家属不领情，人毕竟是救活了！可这算什么！这算什么！愤怒，屈辱，不值！！他的心凉了！！谁都没有错！都在坚持自己的道理，老太太就该死！他钟立行就该失手，就该沾上这脏血！就该在屈辱和孤独中自责！！跟生命相比，所谓的尊严算什么！

门开了，江一丹走进来，在他对面的椅子上坐下。他第一次没有抬眼看江一丹，第一次没有跟她交流的愿望。江一丹眼泪倏然而下，钟立行的态度让她感觉到了责怪："你，是不是心里在怪我？"钟立行抬眼看了看她，不做声。江一丹哭了："我很后悔，如果，我知道是这样，我就不应该那么固执，跟生命比起来，我们所谓的尊严算什么？我们本来有机会给她做手术，本来，有机会救活她。"

钟立行心软了，江一丹说对了，他不想看到任何人自责，检讨，他宁可什么也不说，只让病人能活着，就是他最大的心愿了。"我想的是一样的，我应该早点去看她，去解释，可是现在，说什么都晚了。"他只淡淡说了一句，但他却知道，自己的心里，这个结永远解不开了！如果你恨一个人，就送他去中国当医生，如果你真的热爱医学，就请你去中国当医生，这句话，他现在全懂了！懂了！

4

武明训、陈光远、严如意陪着金行长，金行长呆呆坐在那里。

陈光远说："金行长，对不起，您节哀吧，有什么话，您想说就说，我们真的是对不起您，对不起老人家。"

金行长难过地说："该说对不起的应该是我，如果，我早点送她来医院，如果，我能强硬一点，不让老人家由着性子来，也许老太太还能多活几年。你们打过好几次电话，我都给挡了，我、我是个不孝的儿子……"屋里的人很难过。

门开了，江一丹和钟立行走进来，在他面前站住，钟立行难过地说："金行长，对不起，本来，我一直想去家里探望一下老人家，劝她回来做手术，我，打过电话，但我没有坚持，没想到今天就出了这事，我不知道怎么表达我的歉意，只希望您能，原谅我们。"

金行长说："钟主任，您别说了，不是你们的错，是我们自己的问题，其实那天，我不是来接我母亲出院的，我是想找江大夫，想找你，想请你们再给我母亲做手术，正好赶上抢救，我就没说下去。江大夫，您说得对，你那天说的话，我都记住了，你说，你们在家里，怎么宠着是你们的事，怪我，怪我太由着老人家了，是我的错，不是你们的错！"听了这些话，一屋子人都很震惊。

金行长接着说："你们都去忙吧，我一个人待一会儿。"

武明训想说句什么，又没有说，走了出去，一行人都跟了出去。

钟立行真诚地说："明训，对不起，是我的错！我应该早点去看金老太太。"

江一丹眼圈一红，也低下头："对不起，是我的错！"

武明训看看两个人："你们这是干什么！认错也要比赛？"

江一丹诚恳地说："那天，立行说要去看老太太，我心里还不服气，现在，我真的知道我错了，我是真的错了。"

武明训感动地看看钟立行，再看看江一丹，伸手拍拍她的后背，又对钟立行说："立行，你先带我去把丁老师接回来吧！出了这么大的事儿，我突然觉得好像应付不了，如果丁院长在，事情可能不会这样。"

5

深夜时分，丁祖望被接回了医院，被安置在高干病房，行了一辈子医，住进自己的医院，也算老有所依吧。

武明训把心外的护士长柴大姐调来专门照顾丁祖望，自己亲自担任他的主治医生，嘱咐沈容月不要对外人说起。丁祖望听说金行长人还没走，一安顿下来就急着让武明训把金行长请来。武明训担心太晚了，丁祖望坚持要请："去请他过来，一定要跟他说清楚，我病了，动不了，不然我会亲自去看他的。"

丁祖望半躺在床上，手上插满了管子，金行长走进来，看到丁祖望的样子，一下子愣住了。

丁祖望伸出手："金行长，对不起，我刚回来。"

金行长上前拉住丁祖望的手："丁院长，您，这是？"

丁祖望苦笑一下："病了，刚做了手术，老人家的事，我们对不起你！本来，她离开医院，我想上门去拜访，请老人家回来，没想到我自己先倒下了，谁想到，出了这么大的事。"

金行长连忙说："丁院长，您别这么说，这事不怪你们，谁也不怪，要怪就怪我们自己。"

丁祖望感动地拉着金行长的手："您就看在我的分上，原谅我们吧。"

"丁院长，您别再说了，这事儿已经过去了。老院长，你们医院贷款的事，我等过几天，我母亲的事处理完就给你办。"屋里的人面面相觑。

"我很抱歉，让家里的事搅和进来，我最不喜欢公事私事不分，这不是好的风气，你们别担心，这事儿会有结果的，这段时间，我进出这医院好几次，亲眼看到了你们医院医生、护士的工作态度，把钱贷给你们这样的医院，我们放心，我信任你们！"

丁祖望握住金行长的手，久久说不出话。

6

一晚上发生了太多的事，让武明训有些焦头烂额，怎么把丁院长的事告诉严如意呢？他决定连夜找严如意谈谈，如果她从别人那儿听了，一定会怪武明训，也一定会更不好受。

严如意推门走了进来："明训，出什么事儿了？这么晚了急着找我？"

武明训沉痛地看着严如意："严老师，有件事跟您说了别意外。"

严如意吓了一跳："怎么了？出什么事儿了？"

"丁院长病了，肺癌，三期，已经转移了。"

严如意一下惊呆了："他，他在哪儿？"

"他，在外院做的手术，立行给找的人，江一丹和刘敏都去参加了手术。"

严如意一下急了："为什么？这为什么呀？"

武明训又说："我也是今天刚知道情况，把丁院长接回来了，住在高干病房里，派了柴大姐去专门照顾。"

严如意依然不能接受，情绪激烈地问："为什么？他为什么早不说？为什么要瞒着大家?"

武明训嗔怪道:"您看,丁院长怕的就是您这急性子,怕您知道了,全医院就知道了。"

严如意怔住了,眼圈一下红了:"明训,我在你们眼里形象就这么差?"

武明训急忙安慰:"不是的,严老师,我不是这意思,我只是……"他沉吟着,"严老师,答应我一件事!"

严如意伤心地说:"你说吧。"

武明训很沉重:"本来,您跟丁院长的事,是您的家务事,我不该多嘴,但是现在,医院里事情多,丁院长的意思是,暂不对外宣布,我也希望您能克制,不要跟沈老师起冲突。"

严如意的眼泪一下流了出来:"明训,对不起,我以前不是故意的,你不用嘱咐我,我知道了,我以后再也不会了!"说完放声哭了起来。

武明训同情地看着严如意,叹了口气:"这会儿沈老师在那儿,也有点晚了,明天早一点您去看看他吧。"他这样说其实是提醒严如意,别再像以前那样不分里外,不管不顾地大半夜跑去看丁祖望,其实丁祖望选择在外院手术也是怕这个,她比沈容月还积极,让人情何以堪!

严如意哭着说:"知道了,谢谢你明训,你也是为我好,我明白!离婚这么多年,其实我心里,从来就不能接受这个事实,所以,有时候,就有点过分,以前,老丁好好儿的时候,我随时都能看见他,跟他说工作的事,今天我才感觉到,做前妻不容易,你就是心里再牵挂他,他病了,你也不能到跟前,只有这种时候才知道……"

武明训眼圈也红了,清官难断家务事,丁院长是国事家事家务事一塌糊涂!

7

严如意边走边哭,脚步踉跄,这个刚强的女人仿佛一夜之间变老了。电话响了起来,她看了一眼电话,是沈容月,她迟疑着接起电话:"喂?"

电话里是沈容月的声音:"是,严主任吗?"

严如意听见沈容月的声音,一时不知道该说什么。

"大姐,是我,我是小沈,沈容月!"

严如意听见沈容月叫她大姐,眼泪奔涌而下,怔了一下,却故意冷淡地问:"啊,这么晚了有什么事儿吗?"

沈容月哭着:"老丁他病了,在高干病房住着,您过来看看吧!"

严如意拿着电话,泪流满面,沈容月啊沈容月,你真是个好人,她心潮涌动却冷静地说:"哦,我知道了,我明天早上去吧!"

"大姐,您还是现在就来吧!他病得很重,刚从外院转回来,您看一眼,我也就放心了。"

严如意哽咽着，好一会儿才克制住："不用了，还是明天一早吧，太晚了！"说着挂断电话，哭着去了办公室，她走进文件柜后面的行军床前，坐下，痛哭了起来。

好不容易天亮了，她匆忙打电话找丁海，丁海电话关机，她赶着查房，做手术，到中午才有时间去找丁海。科里人说他已经一个星期没来上班了，她大惊失色，知道丁海这回是真的跟她较上劲了。

8

此时，丁海正在一家游泳馆里，在这个星期里，他闲云野鹤，到处吃喝玩乐，打定主意不再当医生了，到底干什么还不知道，他只想痛快玩几天，别的事再说。

他在游泳池已经泡了好几天，这儿的人都混熟了，今天他已经游了五千米了，还在玩。丁海一个猛子下水，从很远的地方冒出头，奋力游到岸边，折回，再游，爬到岸上坐下，用脚踢水。

泳池边，一个五十多岁身体健壮的男人动作很漂亮，扎进水里，好长时间不见人，随即从更远的地方冒出来，往丁海这边望了望。

丁海一笑："嘀，比赛是吧？"他跳进泳池，一头扎进去，从很远的地方冒出来，往岸上看。中年人正看着他，随即他再次入水。两人显然较上劲儿了。

丁海急忙入水，拼命游，赶上了那人，两人并肩游，水花四起，好不热闹。丁海渐渐超过对方，他兴奋地往前游，突然一回头，看到那个人整个人脸朝下漂到水面上，一动不动。

他神情大骇："不好，快来人啊！有人溺水了！快来人啊！"他奋力往回游，岸上的人们紧张地观望着。

丁海快速游到那人身边，边回头大叫："快叫救护车，快叫救护车！"

岸上的人跑动着，有人拿出手机，两个救生员跑了过来。

丁海把人拖到岸上，脸朝下放在自己的膝盖上，用力拍后背，那人嘴里流出些水。他又把人平放在地上，有人冲过来要抬他，他大声制止着："别动他，别动他，我要做紧急CPI，快去打电话叫救护车！"然后自言自语地说，"紧急CPI，对，程序……"拍拍脑袋，"别短路，别短路！"对病人做心脏按压，一二三四，二二三四，三二三四，四二三四……"

有人跑过来："车来了，救护车来了！"

9

丁海和病人一起上了救护车。

救护车上，丁海穿了游泳裤，身上披着条浴巾，依然在对病人进行心脏按压。他边按压边对护士说："给他注射2mg巴比妥！"

护士有些发愣。

丁海喊道："愣着干什么？我是医生，仁华医院的，司机师傅，你给仁华医院打个电话，告诉他们，我是丁海，病人心跳骤停，男性，我正在做心脏按压，通知他们准备。"司机看了丁海一眼，急忙启动呼叫器。

救护车一路狂奔着进了仁华。

医生、护士推着担架车来接。丁海依然做着心脏按压，他上气不接下气，大声喊着："心外的人快来，叫钟主任来！"他把吃奶的劲全使出来了。

何大康跑出来，看见丁海穿着游泳裤，在做CPI，都傻掉了。

那个叫唐小婉的病人这几天一直在医院进进出出，想见丁海一面，此时她正坐在门厅的走廊里，看到丁海穿着这身从救护车上下来也傻了。

钟立行匆匆跑过来，跟着担架跑着。

丁海声嘶力竭地叫着："钟主任！心源性猝死，已经紧急注射了2mg巴比妥，我已经做了四十分钟的心脏按压。"

钟立行高声喊："紧急插管！紧急除颤，来个人换下丁海！继续心脏按压！"

担架车推进了急诊室，顾磊跑了过来。

紧急除颤，心肺复苏，又过了半小时，心脏监测仪上，病人的心跳曲线乱跳了几下，随即恢复了正常。

丁海一屁股坐在椅子上，累得精疲力竭。

钟立行回身看看丁海，向他竖起了大姆指。丁海怔了一下。

钟立行吩咐顾磊："密切观察，送CCU，醒过来给他作心电图应激测试，头颅CT扫描、脑电图及24小时动态心电图。"他看看丁海，轻声说了句："你的裤子呢？把裤子穿起来！"

丁海这才发现自己只穿了游泳裤。

顾磊回过身："喂，你这是从哪儿捡了个病人？你怎么这副打扮？"

丁海咧嘴一笑："哥们，给我点水喝吧，我累得起不来了。"

第二十章
后继有人

　　严老师，这个案例是个成功的案例，从第一现场紧急救护，叫救护车，送院，我们医院的应急，紧急绿色通道，值得总结，心脏病25%是以猝死为首发症状的，病人发病的前十分钟是最关键的，我都在想，是不是应该找机会到社会上宣传一下第一现场紧急救护常识，我们全民都应该有这个常识。

1

钟立行刚走出急诊室，就看见严如意匆匆忙忙跑过来，罗雪樱紧跟在后面。严如意听说丁海在急诊闹故事，不知道怎么回事，魂都飞了："怎么样了？怎么样了？丁海他又闹事了？"

钟立行看看严如意急切的表情，一笑："严老师，别急，我们科后继有人了！"

严如意一怔。

钟立行一笑："干得漂亮，心源性猝死，第一时间抢救，从现场到医院四十分钟，一气呵成！"

严如意和罗雪樱互相看了看，一脸的惊喜。

钟立行说："如果我们的心外医生都这水平，我们国家的心脏病发病致死率会大大下降的。"

严如意兴奋地说："立行，没你说得这么玄吧！"

钟立行点头："有，严老师，这个案例是个成功的案例，从第一现场紧急救护，叫救护车，送院，我们医院的应急，紧急绿色通道，值得总结，心脏病25%是以猝死为首发症状的，病人发病的前十分钟是最关键的，我都在想，是不是应该找机会到社会上宣传一下第一现场紧急救护常识，我们全民都应该有这个常识。"

严如意看着钟立行，又惊又喜。

钟立行面带得意："这事儿回头再议吧！"

丁海从急诊室走了出来，严如意冲过来，抓住他："你上哪儿去了，这么多天，让我这通找！"

丁海紧张地说："我，我哪儿也没去。"

严如意生气地说："家里出事了，你不知道？"

丁海一怔。

严如意突然哽咽了："你爸爸病了，得的是肺癌，就因为怕家里人担心，跑到外院做的手术！"

丁海一惊："啊？那他人呢？现在有事吗？几期？转移了没有？"说着浑身有些发抖。

严如意眼圈红了："已经接回来了，你自己去问吧！去看看他吧，把衣服穿上！"脱下白大褂给他穿上。

丁海急忙披上衣服，从手腕上解下钥匙圈："妈，我，我的衣服、手机还都在游泳池呢，妈，您让罗雪樱帮我去取一下，我……"不顾一切，撒腿就跑。

他一路狂奔，顾不上等电梯，一口气上了十二楼，进了丁祖望病房。丁祖望正坐在床边，沈容月喂他吃面条。

丁海推门冲了进去："爸！"

丁祖望看见丁海，一怔："丁海，你怎么来了？"

沈容月急忙让开，把碗放下："小海来了，快坐下。"

丁海冲过来，跪在床边，叫了声："爸，您这是怎么了？你怎么成这样了？"说着就哭了起来。

丁祖望悲伤地看着丁海，慢慢抬起手，用力打了丁海一个耳光。

丁海没防备，惊愕地捂着脸："爸！"

沈容月也吓坏了，失声叫道："老丁，你这是干什么，你怎么能动手打孩子！"

丁祖望厉声说道："不要叫我爸，我没你这样的儿子！"

丁海哭喊着："爸，我，我，我……"

严如意冲了进来："你干什么？你凭什么打丁海？"

丁祖望指着门外："出去，你们都给我出去！你这个母亲怎么当的，你这个医务处长怎么当的？喝酒，打病人，一个星期不上班，你想干什么？"

丁海惊愕地看着丁祖望。

沈容月劝说道："你别再说了，他已经知道错了，他今天刚救了一个心源猝死的！"

丁祖望生气地说："那又怎么样？做医生的，怎么能想怎么样就怎么样？"指着丁海，"你好好给我检讨！这回我一定要好好教育你！别以为有你妈护着你，你就能过去！"

严如意悲愤地喊道："丁祖望，我什么时候护着他了？这孩子要不是你从小一直打，怎么会成这样！"拉起丁海，"还不赶快走！写你的检查去！我不护着你，看你怎么办！"

丁海怔怔地看着父母，起身往外走。

严如意也跟了出去，沈容月急忙追了出来："严，严主任，您别生气！他这么做也是为丁海好。"

严如意回身看看沈容月："我和孩子之间的事，用不着你多嘴！"

沈容月气结，起身往回走。丁祖望气得发抖，沈容月急忙劝他："你看你这是干什么！刚动完这么大手术，怎么能动气！"

丁祖望闭上眼睛。

2

丁海垂头丧气地往外科大楼走，顾磊抱着夹子迎面过来，叫了他一声："丁海？"

丁海哼了一声，问顾磊："那个老头怎么样了？"

"刚送了CCU，这老头特怪，问他们家人，他死活不肯说，让他作检查也不作。"

丁海看看顾磊，困惑地说："他什么意思？他想干什么？"

"谁知道啊，刘护士长和刘主任正在做工作呢，他一口咬定自己没病，一醒就要出院，我这赶着给他送血样作检查呢。"

丁海幽幽地说了句："他这是身在福中不知福，有人救了他的命，他还不知道好歹，不像我爸爸……"

顾磊看看丁海："丁海，你怎么了，看上去情绪不高啊。"

"没事儿！"丁海说完转身往院里走，他想到门口的小店吃点东西，他累了，饿了，郁闷坏了。他刚走出门，远远地，一个病人穿了病号服，一步三回头往外走。

丁海走过去，突然停了下来，回头看看病人："哎，我说你，你，医院里规定不能穿病号服外出，再说天又这么冷。"

那人头也不回，继续往前走。

丁海追了上去，一把抓住他："哎，你怎么回事，说你呢！"随即，他一眼认出了对方，就是刚才救下的那个人，"怎么是你？"

病人姓苏，是位大学教授，他趁人不备，正想私自出院。看见丁海，他有些紧张："你是谁？"不过他很快认出了丁海，热情地说："哎，你不是那个游泳特棒的人吗？你怎么也在这儿？"

丁海严肃地说："我是这个医院的医生。"

苏教授恍然，故意打着哈哈："哦！是你啊！小同志，他们说是你救了我，我得谢谢你！"

"谢就不必了，你告诉我你现在要去哪儿？"

苏教授指着前面："我，我出去走走！"继续往外走。

丁海冲过来，一把拉住他："你是不是想私自出院？我可警告你！你这样做很危险！"

苏教授一把挡开他："危险？有什么危险？我现在好好的人一个，没危险。"

"你不能走就是不能走，你听我说，您这病是心源性猝死，是冠状动脉疾病引起的，您得作一个冠状动脉造影和电生理检查！"

苏教授不以为然："你别吓唬我了，他们都跟我说了，我现在不是好好的，你看，我什么事儿也没有，我现在下床就能跑三千米，我上大学的时候可是万米冠军！"

"我吓唬您干什么？您听我说，第一，心源性猝死常常是事先无症状的，今天你在游泳池突然发病就是这种情况；第二，你现在虽然没事儿，但是成功复苏后如没有给予有效的抗心律失常治疗，第一年死亡率高达百分之三十。所以，几乎所有的心源性猝死患者都应实行冠状动脉造影和电生理检查。"

苏教授嘴唇冻得有些发青，依然固执地说："行了行了，别拿你那些术语吓唬我！我听不懂，我也不想听，我都听说了，现在的医院，没事儿专给人开大药方，作各种检查，我不作，就是不作。"

"您对医院有意见归有意见，反正你今天不能走，快，天太冷了，你这样太危险了！"丁海说完就上前拉他。

苏教授一下火了，一把甩开丁海："哎，你这算管的哪门子闲事儿啊？我走我的，不关你事！"说着，他突然脸色有些难看，腰也随即弯下了。丁海见状，上前抱住他："哎哎，你怎么了？你不会真有事吧？"

苏教授脸色越来越难看，他痛苦地看着丁海："我没事，我要回家，我不喜欢生病，送我回家。"

丁海抱着苏教授，大声喊道："有人吗？来人！有人晕倒了！"

顾磊、刘敏慌张地从医院大厅里冲出来，看到丁海，忙问："怎么了？"看到苏教授，他俩震惊，"他怎么会在这儿？我们到处找！"

丁海说："快，快！帮帮我！"

刘敏和顾磊扶起苏教授，丁海背着苏教授向急诊室跑去。

何大康看见丁海背着一个人，惊讶地问："怎么了，丁海？怎么了？"

丁海将苏教授背进急诊室，和顾磊一块急救。

过了一个多小时，苏教授长出一口气，醒了过来，他虚弱地看了看周围的人："我这是在什么地方？"

顾磊说："你是在医院里。"

苏教授看了一眼顾磊，目光扫视，看到丁海，丁海正恶狠狠地看着他。他有些紧张："大夫，带我去作你说的那些检查吧！现在就去。"

顾磊、何大康对视了一下，丁海脸上是欣慰的表情，他拿过病历本："您的姓名！"

"苏东昌。"

丁海一笑："哦，跟苏东坡差一个字。"

众人笑，丁海问道："年龄，职业，家庭住址。"

"年龄，五十五岁，职业，大学教授。"

众人惊讶极了，刘敏听到大学教授，目光投了过来。

"家庭住址，联系电话——"

苏教授说："哎呀，你们这么多人围着我，我不习惯，你把本儿给我，我给你写吧。"

3

丁海两次救了苏教授的事一下在医院传开了，奇人奇事！让人欣慰，也让人哭笑不得。

武明训把钟立行叫到办公室，打算跟他商量丁海的事。再这么闹下去，医院快成好莱坞了！

武明训说："我刚去看过丁院长了，他很着急，还打了丁海，跟严老师也吵了起来，你有什么好办法？"

钟立行看看武明训，苦笑一下："你心里其实已经有想法了，是不是？"

武明训也笑起来。

钟立行干脆说道："这样吧，丁海其实是干心外的好苗子，我前不久跟他谈过一次，我想让他回心外，先去重症监护室磨磨性子，他答应了。"

武明训有些迟疑："去心外可以，但我得给他处分，不然不好跟其他的大夫交代。"

钟立行说："处分你照给，我不会有意见，丁海也不会有意见的。"

武明训想了一下："好，我跟院务会商量一下，我估计会给他一个记过处分。"

"行，决定了我来跟他谈。"武明训点头。

钟立行迟疑地看着武明训："明训，丁院长在外面手术的事，你不会怪我吧？"

武明训怔了一下："啊，怎么会呢？我，我只是觉得，有点，伤心，在他心里，我难道是一个不值得信任的人吗？"

钟立行急忙劝导："你不能这么想，他都是为了你。"

武明训点头："这我明白。"

钟立行想了一下："还有件事——我想尽快开展非体外循环冠状动脉旁路移植，OPCAB。"武明训一怔。

"第一，这是我回来的动因，我想把这种技术带回来；第二，只有发展学科，带动团队，心外的工作才能搞起来。"

武明训一听，兴奋极了："好啊，当然好啊，我们现在的力量行吗？"

"当然行，那些年轻的医生比我们有活力，有体力，只要用心带，就一定能做好。明训，我前一段时间工作太被动了，丁院长这一病，我明白了，我必须得往前走，往前冲，我以后会努力的。"

武明训感动地点头："好，我支持！"

严如意匆匆忙忙跑来："怎么了？我听说丁海又惹祸了？"

武明训急忙说："没有，严老师，他做得很好，这个病人很固执，不肯接受检查，丁海劝住了他，他已经答应接受检查了。"

严如意长出一口气："我的天，我还以为他又惹祸了。"

武明训又说："您来得正好，我们刚研究了丁海的事，立行说要让他回心外。"

严如意怔住了："不处分他了？"

武明训说："处分是要的，心外也要回。"

严如意眼圈一下红了："谢谢你，明训，谢谢你，立行！我真是教子无方。"

武明训急忙劝道:"哎,严老师,您就别难过了,丁院长今天打丁海,我看其实是苦肉计,他是疼他才打的,是为了让我下不去手。"

严如意含着眼泪笑了:"坏小子!"又接着欣慰说道,"你们两个,哎,我算是没白疼你们!"

4

丁海、顾磊、周小白、王小鱼推着苏教授走了过来。刘敏跟在后面。刘主任迎了出来,笑着对苏教授说:"哟,回来了?欢迎回来!"苏教授开心地一笑。

刘敏说:"刘主任,您可是不知道,人家还是大教授呢!这大教授怎么这么孩子气啊!"苏教授看看刘敏,笑笑。

刘主任开心地说:"您可算好运气了,碰上丁海,碰上我们刘护士长,我们刘护士长的老公也是个教授!"

刘敏敏感地看看刘主任,又看看苏教授。苏教授向刘敏笑笑:"谢谢刘护士长。"又看看丁海:"谢谢小同志。"

刘敏高兴地碰了丁海一下:"真有你的!"又对苏教授说,"这回你可不许再闹着要走了!"

苏教授答应着:"是,是!"

一行人把苏教授的床安放稳当,丁海把床锁死。

刘敏熟练地为苏教授接上各种监护设备,说道:"苏教授,您刚才的表还没填完呢,您得把表填完,写一下家里人的电话号码,好通知家属。"

苏教授依然只是笑笑:"我一会儿填,一会儿填,耽误不了。"

刘敏笑着:"您好好儿休息,今天已经晚了,明天一早我来接您去作检查!"

几个小大夫在一边看着,有点不知所以。

丁海嘱咐周小白和王小鱼:"好了,这儿没事儿了,今天晚上我值班,你们回去把今天的医案整理一下,明天早上交给我。"

几个小大夫互相看看,走了出去。丁海对刘敏说:"您也去忙吧,这儿我盯着。"刘敏不放心地往外走,边走边回头看着苏教授。苏教授笑呵呵地看着她,向她招招手,刘敏抿嘴一笑,走开了。钟立行悄悄走进来。丁海看看钟立行,有些紧张,急忙喊道:"钟主任!"

钟立行含笑看着苏教授,向他点头:"怎么样?这一天过得够值的!"苏教授笑了起来。

丁海急忙向苏教授介绍:"这是我们心外的钟主任。"

苏教授急忙伸过手:"钟主任,您好,您好!"

钟立行急忙伸手扶他躺好:"别动别动,动作不要太大!"苏教授笑起来。

钟立行说:"您的情况我都听说了,您在这儿好好儿休息,明天一早我们给您作全面检查!看您的情况,很可能需要作冠状动脉搭桥手术。"

苏教授急忙说："行行，好好，都听你们的！"钟立行急忙又示意他动作不要太大。

钟立行示意丁海出来一下，丁海走到门外，钟立行告诉他："我刚跟武院长开了个小会，还有严老师，我们都认为你是干心外的好苗子，所以打算让你回心外来。"

丁海表情惊讶。

钟立行竖起一根手指头："听我说完，是有条件的：一是要写检查；二是，可能要给你处分！你要有心理准备，怎么样？划算不划算？"

丁海看着钟立行好一会儿："处分？"

钟立行继续说道："还有一个条件，我跟武院长商量，要在心外开展不停跳冠状动脉搭桥手术，很可能，这位教授先生，是我们第一个病例，而你，将会是他的主管医生。"

丁海惊喜地说："行行，我答应，检查我写，处分我接受！"

钟立行笑着看着丁海："那好，那就赶快行动吧！什么时候有空，去看看丁院长，把这些情况告诉他！好让他放心，听见了没有？"

丁海急忙点头："是！"

5

丁海疲倦地走进宿舍，罗雪樱从后面跟过来，把一个包交给他："你的衣服，手机！"

丁海看着罗雪樱，眼皮也不抬："谢了。"

罗雪樱看着丁海的样子："哎，丁海，我也给你做一个智力测试吧。"丁海翻着眼睛看着她。

罗雪樱伸出一根手指："这是几？"

丁海不以为然地一笑："一"

罗雪樱伸出两根手指："这是几？"

丁海答道："二！"

罗雪樱伸出三根手指："一加一等于几？"

丁海烦了："二，没劲！"

罗雪樱又伸出四根手指："这是几？用英语告诉我！"

丁海道："four！"

罗雪樱把四个手指弯起来："这个呢？"

丁海翻翻眼睛："不知道！"

罗雪樱笑道："弯的 four，也就是 wonderful！"

丁海张开嘴笑起来："你无不无聊？"

罗雪樱开心地说："不无聊！丁海，你今天的表现真的就是 wonderful！"

丁海懒懒地说:"弱智!"

罗雪樱上来就要打丁海:"我要是弱智,你就是脑残!"

丁海握住罗雪樱的手:"别动手动脚的!"

罗雪樱用力挣脱,丁海用力握紧,两人对视,罗雪樱眼圈红了:"丁海,你其实真的很棒,我不许你自暴自弃!"

丁海眼圈也红了,松开手:"谁呀!谁自暴自弃了!"

罗雪樱说:"今天那个唐小婉又来了,看她那样好像看上你了。"

丁海一怔:"她看上我?她有病吧!"

罗雪樱满意地说:"你嘴上说,心里肯定乐翻了吧。"

丁海恢复了自信:"你才乐翻了吧?有人看上我,你正好可以心安理得去找徐达恺了,是吧?"

罗雪樱生气了:"不理你了,没劲!"

丁海坏笑着,罗雪樱看到丁海的笑容,又要打他。丁海一把抱住她:"你还没完没了。"

顾磊推门走进来,看见两人抱在一起,愣住了。

罗雪樱急忙抽出身,往外走。顾磊看着丁海,笑了起来。

丁海有些难为情:"你别多想,刚才她是脚下不稳!"

顾磊急忙点头:"是,是,我知道。"他看看丁海,"哎,丁海,刚才你说你爸爸,丁院长他怎么了?你都知道了?"

丁海看看顾磊,摇摇头。

顾磊说:"丁海,其实我早就知道了,丁院长身体不好。"

丁海一怔:"你什么时候知道的?你怎么知道的?"

"好长时间了,就是上次,有个病人闹事,丁院长晕倒那次!钟主任无意中看到丁院长吃的药,就让我悄悄作了血液检查。"

丁海怔怔地看着顾磊:"你早就知道了?为什么不告诉我?我算什么?我还是不是我爸爸的儿子?你们一个个把我当什么了?"

"哎呀丁海,你别急,不是故意不告诉你,钟主任不让我说,我今天本来也不应该跟你说这事,再说了,丁院长生病,不是连,连你妈和武院长也没说吗?再说你看你们家现在这情况,要是真说了,还不得早就乱套了。"

丁海颓然坐着:"是啊,我们家,我们家,我爸也不容易,我妈她也不容易,都不容易,加在一起就更不容易了……"他突然有些伤心,起身往外走。

顾磊在后面叫:"哎,丁海!你没事儿吧?"

丁海回头看看顾磊:"有事儿!"他走出大楼,穿过后院,向高干病房走去,此时他很想念父亲,想去守护他一会儿。他走上十二楼,来到丁祖望病房门外,轻轻推开门,丁祖望在床上熟睡着,沈容月趴在床边睡着了。丁海看到父亲一下变得那么苍老,心很酸,但看到沈容月在,他很难过,爸爸早就不是他的了,他分别属于两个水火不容的女人,从他记事的时候起,他就知道,这个家早就没他的位置了。这让他很伤心,他转身走开。在院子里晃荡了很久,决定去看苏教授。

6

丁海悄悄走进苏教授病房,站在床前看着苏教授出神。恍惚中,苏教授的脸好像变成了丁祖望的脸。他拉过椅子,在苏教授床边坐下,看着他。苏教授睁开眼睛,看到丁海吓了一跳,丁海也吓了一跳:"啊,对不起,教授,吵醒您了!"

苏教授温和地一笑:"没有!我本来也睡不着。谢谢你,小同志,这么晚了还来看我,谢谢你救了我。"

丁海一笑:"我得谢谢您,是您救了我。"

苏教授不解:"这话怎么说?"

丁海笑笑:"说了你也不明白。"苏教授笑了。

"您感觉怎么样?"

"挺好。"

丁海伤感地说:"挺好就好,您就好好儿在这儿躺着吧,辛苦半辈子了,拿住院当休息吧。"

苏教授一笑:"我发现你年纪不大,还挺会劝人的,文的武的都在行!"

丁海咧嘴一笑:"哎,这不是赶上了。"

苏教授欣赏地看着丁海:"哎,我说大夫,你为什么要对我这么好?"

丁海突然有些伤心:"苏教授,我跟您说了您不许告诉别人。"

"当然,我又不是女人,干吗那么多嘴!"

丁海突然冒出一句:"我爸爸得了肺癌!三期,已经转移了。"他自己也不知道为什么会对苏教授说这些。苏教授惊讶地张大了嘴。

丁海伤心地说:"我以前,根本不知道什么叫父亲,从小到大,他老打我,我爸跟我妈一天到晚地吵架,他跟我妈离婚,又娶了别人,有一段时间我特别恨他,现在他病了,我才知道,我其实很在乎他,可是他,已经没机会了。我——特别难过,可是又不敢跟他说,他也不会听我说……"丁海说着哭了起来。

苏教授伸手拉住丁海的手:"孩子,别哭,我也有个你这么大的儿子,到外地上大学了,我知道做父亲的心情,你爸爸心里是疼你的,男人的方式跟女人不一样。"丁海点头。

苏教授说:"哎,你知道我是干什么的吗?"丁海摇头。

苏教授接着讲:"我是搞天文的,就是观测星星的,研究宇宙,研究小行星的,跟你说,星星看多了,再看人,觉得生命特别渺小,跟漫长的星空宇宙比,人的一生太短了,所以我从来不把人世间的这些东西放在心里,你也得学着心宽点,知道吗?"

丁海点头:"我知道。"

苏教授向丁海点头:"等我好了,我带你上我们天文台看星星。"

丁海抹了下眼泪,门外,刘敏看到这一幕,悄悄走开了。从第一眼看见苏教授,刘敏心里就一动,不知道为什么,很喜欢这个人。他今天演出的这场闹剧,放在别的病人身上她会很生气,但对这个人,她只是觉得好气又好笑。

7

孙丽娜痴痴地等着武明训答应她减免费用的消息,一连等了快一个月也没有下文,这天一早却等来了医院催款的电话。这是她最害怕的事,却不得不面对,她对电话里的人说,武院长答应给她减费用的。收费员也算认真,让她等一会儿,说去查医院的文件,不过很快就回话说没有接到任何通知,让她们一个星期内务必交费。孙丽娜一听,顿时觉得天塌了。她叫着要去找武明训算账,说他说话不算数,被王茂森拦下了。孙丽娜在家生了一天闷气,突然心思一转:"老公,你说欢欢的死是不是有问题?"

"有什么问题?有问题孩子也死了。"

"不对,我总觉得孩子死得不明不白的,我老是梦见欢欢跟我说他冷,他腰疼,人没了,又要交这么多钱,不行,我得找人打听打听,孩子的病到底是怎么回事。"

王茂森惊讶地看着孙丽娜:"你打听有什么用?"

"我要是打听出有问题,就跟他们打官司,我的孩子不能死得不明不白。"

"他妈,你别这样,你就别钻牛角尖了!"

孙丽娜生气地说:"怎么是我钻牛角尖,你想想,从欢欢得病,到透析,换肾,一直都是在这家医院,我们就没再去别的地方看过,万一他们说的都是错的,欢欢不是冤死了吗?"

王茂森怔了一下:"也是啊,要不就找人打听打听吧。"

有的时候,事情就坏在这么一转念间。孙丽娜就这样开始走上了另外一条路。她拉着王茂森辗转了好几家医院,到处打听,东问一句西问一句,每次说孩子的病情都把多器官衰竭说成肝炎,得到的回复是:一种情况是,移植后可能出现排异反应,导致器官衰竭;第二种,也可能是药物引起的,如果病人身体机能比较差,短时间内使用大量药物,也可能会引起药物性肝炎;还有一种情况就是手术中输血,血源污染。

孙丽娜听不懂,也听不进去前面的两种情况,却死死抓住了血源污染:"血源污染,您是说血里有肝炎病毒?"她死死记住了这句话,开始盘算着怎么跟仁华打官司。

仁华医院的多事之秋开始了。

第二十一章
医药代表

小徐啊，你不懂，我在这家医院干了快三十年了，对这儿的一草一木都有了感情。

医院就是我的家，再说江一丹和钟立行他们，也是真有本事的人，我现在最后悔的就是当初离开科室去当这个副院长，我要是在神内接着干下去，现在也早就是知名专家了。

1

陈光远刚在医院停车场停好车，就看见金行长从旁边车上下来，身后跟了一干人马，他急忙热情地打招呼："金行长，您怎么来了？"

金行长看见陈光远也很高兴，热情握手："老陈你好，我们今天来，是跟你们签合同的。"

陈光远很高兴，陪着金行长一行往里走，王冬从后面跟了上来。走到行政楼，金行长却说："老陈，我去那边找丁院长，约好了到他病房见面的。"

陈光远有些不快，这么大的事怎么没通知他！

王冬跟过来，陈光远看看他，没多说什么，王冬却有意逗话："金行长来找武明训的？"

陈光远不知道王冬什么意思，随口答着："去找丁院长。"

"丁院长住在高干病房？那边可是高干病房。"

陈光远看看他，知道他在说什么，武明训在院务会上已经通报了丁祖望生病的事，但提醒大家不要声张，陈光远这点组织原则还是有的。他一声不响进了办公室，走到桌前给丁祖望打电话，他想确认一下金行长的事是不是真的，重要的是他想提醒一下丁祖望，签约的事是不是把他落下了。丁祖望听到他的声音很高兴，客气了几句，却没有提签约的事，随即说有事就挂了电话，陈光远一下挂不住了，他再打电话到武明训办公室，秘书说武明训去了高干病房。他一下明白他被甩出了局。他心里一下空荡荡的，说不出的滋味，失落，沮丧一起袭来。混官场的人最怕什么？就怕把自己落下，其实不过几分钟的事，都是些客套，但在与不在，是待遇。

门外，传出敲门声，陈光远冲着门外叫了声："进来！"门开了，徐达恺出现在门口。

陈光远一怔："徐达恺？你怎么来了？"

徐达恺走进来，赔着笑："陈院长，不好意思，没跟您打招呼就直接来了。好长时间没来拜访您了，我们公司最近新拿了几个产品的代理，想请您看看。"说着从皮包里掏出几本册子。

陈光远烦恼地说："行行行了，别掏，我不看！"

徐达恺一怔："您怎么了？谁惹你不高兴了？"

陈光远克制了一下："没有，跟你说过多少次了，以后不要随便到我办公室来。"

"是是，我这就走！"徐达恺急忙往外走。

桌上的电话响了起来，陈光远抓起电话："喂？"

电话里是武明训秘书的声音："陈院长，刚才忘了通知您，武院长通知下午两点去会议室开会。"

"开会？什么会？"

秘书说："具体不清楚，就是讨论开展新手术的事，是今天早上临时通知的。"

陈光远放下电话，有些郁闷。

2

会开得很简洁，武明训通报心外开展不停跳搭桥手术事项，没有争议，武明训让陈光远主持前期准备，器械，人员，技术培训，跟钟立行、江一丹对接。商量一下，做个预算，要尽快。

陈光远虽然情绪不太高，但对医院有好处的事还是坚决照办。接着武明训又通报了银行贷款的事，说合同已经签下来了。主任们都很高兴，陈光远脸上再起乌云，没有人注意他的反应，陈光远自己也不知道他竟然这么在乎这件事。会议结束了，众人往外走，陈光远叫住武明训："明训，新手术设备招标的事你有什么想法？"

武明训一怔："当然是最好的！你是主管副院长，由你决定。"

陈光远点头，看着武明训："明训，你刚才说今天上午签银行的协议，我怎么不知道？"

武明训怔了一下："啊，对，是，我忘了通知你了。"

陈光远带着怪怪的表情，转身走开了，武明训这才知道自己太大意了。

3

药剂科门上贴了一个条，上面写着："接待时间：一、四下午，其余时间非请勿入。"

门前十几个穿着时髦的男男女女，林秀也站在其中。

一位穿着劣质西装的小伙子走过来，双手递上名片："孙科长，我是蓝帝公司的，这是我们的样品说明书，我已经来了好几回了，您看……"

孙礼华把材料放在桌边上，桌子上已经摞了一尺多高，地上两个大箱子，上面堆满了药品。

小伙子问道："孙科长，您什么时候能给我们回话？"

孙礼华眼皮也不抬："回去等吧，有消息我们会通知你们的，下一个！"

小伙子沮丧地往回走，孙礼华叫住了他："哎，你等会儿！你，蓝帝公司的，是吧？"从箱子里拿出材料和药品，"你们公司是不是到科室做促销了？"小伙子有些紧张。

孙礼华在墙上的表上查了一下，"就是你们！你们到科室促销，让病人投诉了，把你们东西拿回去吧，回去告诉你们经理，你们的药暂停两个月，交五千块钱罚款！"小伙子目瞪口呆。

孙礼华面无表情地说："下一个！"

林秀走过来，对着孙礼华一笑："您好，我是先达医药公司的，这是我们的新产品，我们刚拿了独家，这个产品……"

孙礼华挥挥手："行行行了，东西留下！"

林秀一句话没说完，把材料递上，转身走了。她来到大厅，找了个椅子坐下，心情坏透了，这活没法干，一天到晚看人脸色，到处求人！她把袋子里的资料拿出来翻看着，有些无聊。

在她身后，周小白和王小鱼匆匆跑了过来，边跑边说："哎哎，你们听说了吗？院里已经决定开展不停跳搭桥手术了，陈院长让钟主任写报告呢，过几天就开始做培训。"

林秀听见手术和陈院长的名字，脸上一惊，急忙起身追上周小白："哎，大夫，大夫，请你停一下！"

周小白看见林秀，吓了一跳："哎，您有什么事儿吗？"

林秀赔着笑脸："大夫，我刚听你说什么搭桥手术，那是什么呀？"

周小白紧张地看着林秀："就是一种心脏手术，怎么了？"

"啊，那您能把手术全名告诉我吗？"

周小白突然看到了林秀手里的袋子："你是干什么的？你为什么要问我这个？"

"啊，我是给家里人取药的。"

王小鱼扯了周小白一下，示意他不要说，周小白说："对不起我还有事，先走了。"

林秀看着两人跑开，生气地哼了一声："牛什么牛！"拿出电话，拨号，电话通了，是徐达恺的声音："喂？"

"徐经理，是我，我在医院呢。我刚送了资料进去，人家只给了我三分钟，话都不让说，就下一个了。"

"你什么意思？"

林秀恼火地说："怎么办啊？我是一点办法也没有。"

"你没办法我就有办法了？我要是有办法还用得着花那么多钱请你吗？"

林秀快哭了："我一个人也不认识，也不能进科室，我刚看见有个公司进科室，让人罚了，五千！"

"罚也得进去了才罚，我看你是连让人罚的机会都没有吧？你要是再没业绩，我可就不再管你了。"

林秀急了："哈，我算是看透你了！我要是有业绩呢？"

"你能有什么业绩啊？"

林秀对着电话："我有重要的情报，不过你得先答应我，做成了你得给我加工资。"

徐达恺嘿嘿笑起来："行啊，林秀，涨行市了，什么情报啊？你说，我得先听听值不值得给你加钱啊！"

"我不告诉你！"林秀说完，恼火地挂断电话。她站在大厅里想了很久，决定一不做二不休，不就是个手术嘛，去心外问问就知道了。

4

林秀大模大样走进心外办公室，顾磊正忙着准备下午业务报告会，看见林秀，急忙问："你有什么事儿吗？"他把林秀当成了患者，一般地说，医生办公室是不让外人进的，但钟主任下令，患者进出心外不要阻拦。

林秀脸上挂着谄媚的笑："请问这是心外办公室吗？"

顾磊说："是，你有什么事儿吗？"

林秀坐下："啊呀，这天好热，满身都是汗，你们这儿可真凉快啊，天天在这有空调的办公室里多幸福啊。"

顾磊有些困惑，不知道这位姐姐何方神圣，又不敢得罪："你找谁？有什么事儿吗？"

林秀说："我找你们主任。"

"找我们主任？约好了吗？"

"嗯，他让我两点钟到这儿来等他。"

"他说了吗？他说了两点钟让你等他？"

"对呀！他就是这么说的。"

顾磊有点困惑了："我们两点钟开会，他怎么可能让你两点钟等他？"

林秀愣了一下："开会？在哪儿开会？可是他电话里就这么跟我说的！您能给我点水喝吗？我好渴。"

顾磊看看她，起身走到饮水机边，拿过一次性的杯子，倒了杯水，放在她面前。外面有人在喊："开会了，心外大办公室！都去开会了！"

林秀说了声："谢谢！"伸手摸了一下，"好烫呀！"杯子撞翻了，水洒了一桌子，顾磊急忙说了声："啊，对不起！"

林秀大度地说："没关系，没关系，你去忙吧。"

顾磊有些莫名其妙，走了出去，他觉得这位姐姐多少有点"二"，但也没往心里去。

5

会是术前培训会，钟立行图文并茂，加上模型演示，讲解不停跳手术的手术要点，麻醉科和心外的人都在，大家都很兴奋。重点不只是新手术，而是一种特别的学术气氛。两个小时很快过去了，钟立行结束讲座："好，今天的会就到这儿结束，顾磊已经把材料发给了大家，希望回去以后都看一下，有任何问题，随时可以问我、问江主任，打电话，发 E—MAIL 都可以。顾磊将在我们医院的网站上开一个专题，欢迎大家前去讨论，我希望我们可以形成一个好的学术气氛。等我们有了一些成功的案例，积累一些经验后，会出一本书，每个人都可以加入。就这样，散会。"人们起身往外走。

顾磊走到钟立行身边，轻声说了句："钟主任，您是不是约了人？刚才有个人到办公室找您！"

钟立行怔了一下："我去看看。"

钟立行走进办公室，林秀居然还在。林秀看见钟立行，笑着问："您是钟主任吧？"

钟立行愣了一下："我是，请问你是？"

林秀很大方："钟主任，我是，我叫林秀，是，徐达恺他们公司的，我听说你们要开展一个什么什么搭桥手术，想了解一下情况。"

钟立行看看林秀，觉得这姑娘胆子不小："徐达恺？他自己为什么不来？"

林秀故作老练地说："他是经理，很忙，所以让我先来问问情况。"

钟立行觉得林秀的样子很好笑："啊，好，你要了解情况可以，我们的设备要统一招标，院里会统一安排，你要了解情况最好到那儿去问问！医院有规定，医药代表不能进科室。"说着指指门上的纸条。

林秀拿出小女人那一套："哎呀钟主任，我都等您半天了，您又不是不知道器材科那些人。"

钟立行皱了下眉头，但忍着没发作。

江一丹走过来，看见林秀，有些困惑："林秀？你怎么在这儿？"

林秀看看江一丹，不理她，继续跟钟立行撒娇："钟主任，您就跟我说一下吧！"

江一丹叫住她："林秀，我在叫你呢，你怎么听不见？"

林秀傲慢地说："干嘛？"

"你怎么会在这儿？"

"我怎么就不能在这儿？"

钟立行急忙向江一丹介绍："她是徐达恺他们公司的，说是来了解我们新手术情况的，我让她去器材科。"

江一丹惊讶地说："徐达恺公司？你当上医药代表了？你可真够有本事的，几天不见当上医药代表了？告诉你，医药代表不能进科室，你赶快走。"

林秀强硬地说："你管那么多干什么？我又不是找你的！"说着往外走，江一丹无奈地看着她。

钟立行看到江一丹的表情很诧异："怎么回事？你认识她？"

江一丹尴尬地笑笑："认识，岂止是认识，这都什么事儿啊，什么人都能当医药代表，你说这行业还好得了吗？"

钟立行宽容地笑笑："哎，也别一下子把人看死嘛，医药代表也不是什么见不得人的职业。"

江一丹不满地说："我不是说医药代表见不得人，我当然知道医药代表是个正当职业，只是我不明白，现在这个行当怎么成这样了！你等着看吧，咱们这个新手术一上，什么人什么关系肯定全来了，到时候你根本招架不了！"

钟立行笑笑："别想那么多，没发生的事儿不要担心，发生的事一件件处理，你呀，什么事儿别那么急。"

江一丹看看钟立行，耸耸肩。

6

林秀垂头丧气地坐在沙发上。徐达恺从外面进来，走到沙发前坐下："说说吧，你今天得了什么重要情报了？"

"我不告诉你，你得先答应给我涨工资。"

徐达恺扫了林秀一眼："行啊，我先答应你！你说吧。"

林秀神秘地说："我今天去医院，听那儿的小大夫说他们要开展什么什么搭桥手术，一种心脏手术！"

徐达恺一怔："心脏搭桥？不是什么新手术啊！就这还叫情报？行了，涨工资没戏了啊！"

林秀生气地说："你耍赖！你说话不算数！"

"谁耍赖了？你这叫什么情报？我可告诉你林秀，你别当这碗饭是好吃的，你别老动不动就说什么涨工资的事，你是医药代表，是很专业的事，这跟卖衣服卖烧饼不一样！"

"就是啊，我说你当初怎么那么大方，要是好干，你怎么会平白无故带上我！"

徐达恺也很生气："我跟你好好说话呢，你别打岔，我说的是你得学着钻研业务！我当初看上你是看着你聪明，泼辣，上过卫校，有专业基础，你要是动不动还拿出撒泼打滚儿那一套，就趁早给我走人！"

林秀紧张地看着徐达恺："谁呀，谁撒泼打滚儿了。"徐达恺哼了一声。

林秀说："行啦，我知道啦，我听你的，好好学还不行！我明天再去医院打听一下，把情报弄准，行了吧！"说着从徐达恺口袋里掏出钱包，从里面抽出一叠钱。徐达恺要去抢钱包，林秀把钱包拿在手里，"我这月钱不够花，算借你的！"

徐达恺无奈地笑着："别拿多了啊！你这人怎么这样？我都服了你了！"

林秀数着钱抽出几张："我就是想不通，我看他们那些小大夫一个个那么欢，要是像你说的那样，就不值钱？他们怎么会高兴成那样，下午我还偷偷去听过他们的课，那个钟主任还讲了半天什么不停跳！"

徐达恺一惊："不停跳？你说的是不停跳冠状动脉搭桥手术？"

"对对，就是这个名字，很怪很长！怎么样怎么样？是不是重要情报？"

徐达恺一阵激动："我应该早就想到的！"说着冲进屋里。

林秀追过来："哎，怎么回事怎么回事？哎，你这人怎么过河拆桥啊？"

徐达恺在电脑前坐下，打开电脑："那钱算给你加的工资，不算借的，行了吧！"

"好你个徐达恺，你要这样，我就自己去干了，我就不信我干不成！"

徐达恺好奇地问："你有什么办法？"

林秀倔强地说："我不告诉你！"

7

林秀拎着一个大袋子沿着走廊走过来，远处传出尖利的猪叫声。

几个小大夫沿中庭跑过来。周小白边跑边打电话："小鱼，小鱼，你在哪儿？快点，钟主任今天要做活体实验，在猪身上搭桥，你听见猪叫没有？快，来晚了就没地儿了，别怪我没提醒你！"

身后，王冬匆匆跑过，周小白急忙挂断电话跑了过去。远处猪叫声音越来越大。林秀拎着一个大袋子迎面走过来，看见周小白眼前一亮："哎，你不是那个，哎，你们的搭桥手术怎么样了？"

周小白莫名其妙地看看林秀："请问你，你，你有什么事吗？"

林秀扭上了周小白："上次不是你说什么搭桥的吗？"

王小鱼跑过来，看见两人纠缠，一把扯开林秀："哎，怎么又是你？你是医药代表，我知道！你赶快走吧！"拉着周小白跑开了。

林秀生气地说："神气什么？早晚有一天我要比你们强！不就是个实习大夫吗？我要是上完学，说不定还能当上手术室护士长呢！"说完又失意地叹了口气。

8

钟立行、江一丹带着心外和麻醉科的人正在作准备。

钟立行对顾磊说："把手术要点再重复一遍！"

顾磊急忙认真地回答："是！所谓不停跳并不是绝对的不停跳，也需要将心脏的跳动频率降下来，保持在每分钟二十跳左右，同时需要给心脏进行降温，这样进行手术，要点依然是快……"

正说着王冬冲进来："对不起，我刚下手术，来晚了。"

钟立行向他点头："王主任，正好，我们今天开始做活体，争取每个人都有机会上手，今天你先上，顾磊二助！"

王冬又惊又喜："我？"顾磊也是满脸的惊喜。

钟立行说:"是,然后是黄博士,曲主任,大家都要对这个手术有了解,争取早点掌握。"

王冬兴奋地点头:"谢谢钟主任,谢谢钟主任!"

门外,高小雅走过来:"钟主任,江主任,麻醉已经生效,可以开始了。"

钟立行和江一丹对视了一下,一行人依次向里间走去。

钟立行回身问丁海:"丁海,苏教授那边情况怎么样了?"

丁海说:"情况挺好的,各项生理检查已经作完了。"

"那他本人的态度呢?"

丁海怔了一下:"啊,我还没跟他说,一会儿我去跟他说,他会同意的。"

钟立行点头:"好,那家属呢?"

丁海怔了一下:"家属,对呀,您要不说我都忘了,他从入院到今天,根本就没填家属的那张表,也没人来看他。"

钟立行严厉地说:"家属不来,手术做不了,这叫情况很好吗?一会观摩完了,你赶快去做做工作!"

丁海答应着:"是!"

9

苏教授正躺在床上看书,刘敏走了进来:"又看书了?跟您说过好几回了,您这是在住院,不要再看书了。"苏教授看见刘敏,急忙放下书。刘敏把体温表递给苏教授,像哄小孩一样拉长声音问:"苏教授,今天感觉怎么样啊?"

苏教授笑笑:"嗯,挺好的。"

"您的检查结果都出来了,指标还不错,我们医院要开展不停跳搭桥手术,钟主任是从美国回来的,说要亲自给您做手术。"

苏教授脸上掠过阴影,嘴上却说:"我没意见,你们安排吧,什么时候都行,让我做什么我就做什么。"

刘敏笑笑:"您变化也太大了,判若两人啊。"

苏教授苦笑着:"人嘛,得相信科学,跟你说,刘护士长,我呀,其实不是不相信你们大夫,就是觉得,哎,怎么说呢,生病的感觉不好,觉得一生病,就得让人帮,我要是不承认呢,不就没病了?"

刘敏开心地笑起来,她拿过病案:"对了,苏教授,您这张表到现在也没填,您生病住院这么长时间了,怎么家里人一个也没见着,单位也没来人啊?"

苏教授脸色沉了一下:"啊,不用,我这不挺好的,再说还有你们照顾呢。"

"那可不行,做手术必须得家属同意,再说我们和家属毕竟还是有区别的。"

苏教授摆手:"不用,我说了不用就不用。"

丁海走了进来,苏教授看见丁海很高兴:"哎,丁大夫,您怎么来了?"

丁海兴奋地说:"苏教授,我们医院要开展不停跳搭桥手术,钟主任要亲自给您做手术。想征求一下您的意见。"

苏教授指指刘敏："啊，我听说了，刚刚刘护士长已经跟我说过了，我没意见。"

丁海说："还有家属的事，您儿子什么时候能来？"

苏教授打着哈哈："啊，这个啊，刘护士长也跟我说了，我呢不需要，有你们照顾我就行了。"

"那怎么行？家属来，可不只是照顾的事儿，还需要签字。"

苏教授不安地看看丁海。丁海示意刘敏出去，走过来关切地问："怎么回事？有什么问题吗？"

"没什么，就是不想，不想让孩子为我担心。"丁海怔了一下。

苏教授迟疑了一下，说："孩子五岁的时候，我和他妈分开的，他一直跟着他妈，我对他照顾不够，现在突然有事儿了，让他来，不合适。"

丁海怔了好一会儿，随即劝着："啊，您这就多虑了，不管怎么说他毕竟是您的儿子。再说，您对他的感情我是知道的，您就别顾虑了，给他打个电话，不然把电话给我，我来打！"

苏教授看了丁海好一会儿："你让我再考虑一下行吗？"

10

王冬依然在练习做手术。心外的人和麻醉科的人都在，还有很多实习生在一边观摩。钟立行走过来，王冬抬头看看钟立行，兴奋地说："钟主任，我好像找到感觉了！"

钟立行点头："好，多练习！"王冬欣慰地点头。

钟立行对顾磊说："顾磊，你来练习一下快速缝合，把定时器设置好。"

顾磊把定时器设置好，走过来，开始缝合，他动作非常熟练。王冬不服气地看看顾磊，走过来，也开始缝合，两人比赛，王冬快了三针。钟立行看看王冬，向他竖起大拇指。王冬看看自己的手套，疲倦而满足地坐下。钟立行转身往外走。丁海迎面走过来。

钟立行看了他一眼："怎么样？"

丁海摇摇头："不说，打死也不说，说要考虑考虑。"

"为什么？"

"他离婚了，儿子从小没跟他长大，五岁就分开了，他有负担。"

钟立行眼里闪过惊讶："再好好做做工作吧，实在不行，就先排别人。"

11

江一丹果然没说错，一旦新手术上了，各种关系全来了。这些天她已经挡了好几档子事，不过最让她想不到的是林秀居然也来凑这个热闹。她从观摩室走出来，往办公室走，林秀出现在她面前："阿姨！"

江一丹看到林秀，脸一下拉下来："你又来干什么？"

林秀真诚地说："阿姨，我是来向你道歉的，我错了！"

江一丹一怔："道歉？道什么歉？跟我吗？"

林秀低着头："是的，阿姨，我是来道歉的，那钱，徐达恺放在牛奶箱子里的钱是我拿的！"

江一丹一怔，惊讶地看着林秀："真的是你拿的？钱呢？"

"我，我寄回老家了。"

江一丹笑笑："寄回老家了？那你来找我什么意思？"

"阿姨，我错了，等我有了钱，一定还你！"

"那徐达恺知道吗？"

"他知道，所以，找我要钱，我没钱还他，就，给他打工了。"

江一丹眼里闪过一丝同情，随即释然："行了，这事儿我知道了，你就回去吧。"

林秀跟了几步："阿姨，我说的是真的，我是真心认错的，求你了，钱我一定还！"

江一丹困惑地说："我都原谅你了，你还想干什么？"

"阿姨，我，我不想跟你结仇，我现在这份工作不容易，想求你手下留情，别老对我恶声恶气的。"

江一丹睁大眼睛："哎，林秀，你说什么呢？这是两回事，家务事是家务事，医院是医院的事儿，你别往一块儿扯，那事儿已经过去了，别的事我也管不着。"说着她突然明白林秀过来找她什么用意了，不禁哑然一笑，"你倒是挺聪明，曲线救国啊！"

林秀抹起了眼泪。江一丹笑笑："行了，别哭了，不知道的以为我欺负你了，赶快离开这儿，我走了啊！"说着走开。

林秀站在走廊里哭起来，走廊里过往的医生、护士都往这边看，丁海也探头探脑往这边看，看到林秀，便招呼说："哎，这不是林秀吗？林小姐？"

林秀委屈地哭起来，边哭边扭着两条手臂："丁大夫！你好，好久不见了。"

丁海被林秀的样子逗乐了，走过来："哎，怎么了？你怎么会认识江主任？你是不是上她科室了？告诉你，医药代表不能进科室！"

林秀哭得更凶了："我知道，我以前在她家做过保姆，说了好些伤她的话，我是来道歉的，可她就是不愿意原谅我，她看不起人，看不起我们乡下人。"

丁海息事宁人地说："行了行了，别再痛说革命家史了。"林秀身走开。她垂头丧气地回到公司，把事情告诉了徐达恺。徐达恺好一阵笑话她："哈，林秀，闹半天这就是你的办法？我还以为你有什么好办法呢！"

林秀烦恼地说："这个姓江的，油盐不进，软硬不吃，我真是恨死她了！"

徐达恺悠悠地说:"你别这么骂她!她这人就这脾气,你攻不破她的。"

"你怎么天天打击我呀?"

徐达恺正色道:"我告诉你,别看江一丹对我也很过分,可是我服她,我佩服她身上那股正气,谁也拿她没办法!"

林秀冷笑一声:"徐达恺,我明白了,我发现你的短处了,你还是喜欢医院是不是?就算你不当医生了,还是羡慕医生的生活是不是?你傻不傻呀?人家根本看不起你,你这种人,还不如我呢!告诉你,我可没有什么好怕的,我一无所有,我知道你看不起我,觉得自己是医学院高才生,你们这些人,都活得太虚伪了,早晚有一天我要让你知道我的厉害!"

徐达恺眯着眼睛看着林秀:"小人暴动,小人得志,我等着你,你先成功了让我看!嗯?"

"等着就等着!"

12

陈光远在医院有滋没味地吃完饭,开车回家,拉开车门下车,一抬头徐达恺拎着大包小包站在门口。陈光远看见徐达恺,愣了一下:"你怎么来了?"

徐达恺尴尬地笑着:"我等您一个晚上了,您不是说不让上办公室,我就到家来了。"

陈光远哼了一声,打开门放徐达凯进来。

这是套简陋的两居室,灯光暗淡,家具简单。徐达恺打量了一下,在门口的餐桌旁坐下,把手里的东西放下说道:"陈院长,这是一点小意思,老家拿来的土特产,不成敬意。"

陈光远不以为然地挥挥手:"东西你拿走,我不会收的。"

徐达恺赔着笑:"我又不是外人,说起来,我还是您的学生呢。"

陈光远冷淡地说:"我要是不当这个院长,你还认我当老师?我要是不管药房,你会大半夜给我送土特产?"

徐达恺尴尬地笑着:"咳,陈院长,您可真是,让您说的,我一点面子都没了!"

陈光远淡淡地笑着:"我是给你面子才说你的,徐达恺,我觉得你人不错,也是学医的出身,不然我连门也不会让你进的!"

徐达恺一怔:"对对,是是,谢谢陈院长看得起我!"

"副的,我这个院长是副的!"

徐达恺又是一怔:"哎,陈院长,什么正的副的,在我眼里,您就是最好的,一身正气两袖清风,为医院的事忙上忙下,我以后一定好好向您学习,您多指教!"

陈光远受用了些:"嗯,好。"他坐在沙发上,就那么呆呆坐着,徐达恺也陪在一边，两人就那么坐着。

徐达恺没话找话："陈院长，您，家里人，不在啊？您平时，都喜欢干些什么？"

陈光远淡然一笑："我离婚了，好多年了，平时上班忙工作，下了班，单位食堂吃点饭，就一个人，想想真是没意思。"

徐达恺笑笑："是啊，是啊，我也是，一天到晚忙个臭死，钱没赚到多少，回到家身子像散了架，只想睡觉，又睡不着，我们这行，不是人干的。"

陈光远哼了一声，算是认同："你当初真是不该离开医院，你看丁海，论专业比你差多了，现在也开始当住院总了，跟着钟立行忙着上新手术，多好。"

徐达恺急忙点头："是啊是啊，我也听说了，他们要上不停跳心脏搭桥，我一听高兴死了。"

陈光远一怔："你怎么听说的？你听谁说的？你消息倒挺灵通的？是不是孙礼华？"

徐达恺急忙摆手："哎哎，不是不是，陈院长您误会了，我可没那么消息灵通，跟孙科长也没什么关系，是医院里的人说的。"

陈光远追问："那是谁说的？"

徐达恺迟疑了一下："说起来不怕您笑话，是林秀说的！"陈光远困惑。

"是她在医院大厅听几个小大夫说的，只听了那么一耳朵，还没记全，让我猜到的！"

陈光远笑笑："林秀那小姑娘还挺精的。"

徐达恺赔笑道："是是。她是很聪明。"

陈光远放心地笑起来："你也很聪明，我早就说过，徐达恺就是徐达恺，聪明，举一反三！"

徐达恺不好意思地一笑："说起来我也算心外出来的，我一听见这消息真是高兴啊！我在医院的时候，天天都盼着能做这种手术，那得救多少人的命，以前这种手术只能去美国才能做……"

陈光远看着徐达恺跟着瞎高兴，还是很欣慰。徐达恺却意识到什么，尴尬地停下来。

陈光远对徐达恺说："你陪我下盘棋吧。"

徐达恺有些发愣："啊？好，好，我陪您，不过我棋艺可不怎么好。"

陈光远从桌子下面拿出一个棋盘，两人开始摆棋。陈光远说："徐达恺，你能不能帮我个忙？"

徐达恺一怔，急忙道："您说！"

"有一种试剂，说是做恶性高热测试的，你知道恶性高热吧？"

"知道，前几天江主任不是刚抢救过一个嘛。"

陈光远笑笑："你倒什么都知道。"

"那是，那是，我好歹也是学医出身的。"

"那就好，那就麻烦你帮我个忙，帮着找一下，先进一点，是江主任想要。"

"好，好，我回去就找人问，那价格？"

"价格好说，要得少当然价就得高，以后有市场了再说。"

徐达恺点头。两人边说边摆棋，徐达恺不时偷眼看着陈光远。一抬头，陈光远正打量他，徐达恺尴尬地笑笑："陈院长，跟您下棋我紧张。"

"紧张什么？"

徐达恺憨厚地笑着："觉得您深不可测！"

陈光远无声地笑了："得了吧，我有什么深不可测的，不过是个落魄书生！"

"您可别这么说，您那么有学问，那么有风度，您真是不知道，上学的时候，我们都说您最有风度！"

陈光远摇头晃脑地笑笑："你这小子，就是嘴甜！徐达恺，我就跟你明说了吧，我也知道你是为什么来的，不过从你一进门，我也在看你能不能把事做到我心里。"

徐达恺傻乎乎地笑着。

陈光远说："我觉得你这人还是不错的。实话跟你说，关于新手术的事，武院长说设备要进最好的，进哪家的由我决定，设备清单是江一丹和钟立行开的，你拿着单子给报个价，我要质量，质量，明白吧？这事儿绝对不能出错！"

徐达恺惊喜地问道："那您，不招标了？"

"招不招标看情况，你没听懂我的意思吗？我要质量！东西好，怎么都行，东西不好，说什么也没用。"

徐达恺连忙说："是，我知道了，我会认真准备的！您放心吧，我一定把这事办好！"

陈光远长叹一口气，有些走神。

"陈院长，我看您，好像情绪不高，是不是有什么不顺心的事？"

陈光远叹了口气："哎，要说有，一大堆，要说没有，也没有，你听说金行长的事了吧？"

"听说了，江主任和钟主任把他家老太太给弄死了。"

陈光远急忙正色说："哎，你别这么说，不是这么回事，说来说去，这事儿就是个命，我是说，金行长是我给找来的，人是他们得罪的，最后丁院长一出面，金行长还是放了行，今天他们来医院签合同，理都没理我这个副院长。"

徐达恺一怔："噢，这事儿啊，您别往心里去，陈院长，现在的事儿啊，别太当真了，我觉得你当这个副院长不是挺好的吗？"

陈光远哼了一声。

徐达恺说："陈院长，这我就不懂了，您说的设备的事，那不也是帮江一丹和钟立行吗？"

"我是帮他们，也是帮医院，小徐啊，你不懂，我在这家医院干了快三十年了，对这儿的一草一木都有了感情，医院就是我的家，再说江一丹和钟立行他们，也是真有本事的人，我现在最后悔的就是当初离开科室去当这个副院长，我要是在神内接着干下去，现在也早就是知名专家了。"

徐达恺敬佩地看着他："我明白了，陈院长，您其实真是个好人，您是个特认真的人，陈院长，我是认真的，我尊敬您！"

陈光远长出一口气，舒服多了。他喝了一口茶："听你口气，那个林秀好像还不错是不是？挺能干？"

徐达恺一怔："啊，是啊，是啊，她是不错，聪明，能干！谢谢陈院长还想着她。"

陈光远有些难为情："是啊，我那天看这小姑娘也是不错，聪明，伶俐，不错！"

徐达恺眼睛一转："那，哪天带她一块儿来见见您，您给指点指点？请你一块儿吃饭？"

陈光远伸了个懒腰："吃饭？吃饭就算了吧，找个时间大家一块儿喝茶吧。"

徐达恺眼睛一转，感觉到了陈光远的羞涩，急忙说："好好，一定！不过，她这两天跑外地了，等她回来，我就给您打电话！"

13

徐达恺推门进屋，林秀正坐在灯下抄写东西。徐达恺一怔："这么晚了，怎么不睡？"

"我敢睡啊，这个月的报表还没做出来呢！"

徐达恺嗯了一声。

林秀好奇地问："哎，你去找陈院长，陈院长怎么说？"

徐达恺含糊回答说："什么也没说，就让我陪他下了一会儿棋。"

林秀一笑："还对我保密啊？"

"真的就下了会儿棋！"

林秀点头："好，那我明天也找他下棋去！"

徐达恺盯着林秀看了好一会儿："林秀，我可跟你说，你……"

"我什么？"

徐达恺谨慎地告诫他："我告诉你，做这一行很辛苦，以前的时候，还比较正规，现在行情乱了，好些人都在想歪招，你在这行里做，有些底线是不能破的，你得知道！"

林秀眨着眼睛看了徐达恺好一会儿："你什么意思啊？我破什么规矩了？"

徐达恺摇头："没事儿——"说着进了里屋，走了两步回过身，"跟你说个事，陈院长今天打听你来着，我说你去外地了，你这两天先别去仁华了，不然我就穿帮了。"

林秀先是惊讶，随即眨着眼睛思索着，眼睛里全是笑意："好，我知道了，我不去就是了。"

第二十二章
麻烦的开始

　　几个月的医药代表生涯，让她成熟老练多了。酒桌上对付各种男人，她已经完全掌握了男人的心理，从他们贪婪的目光中她知道自己的魅力，或者更确切地说，中年老男人的空虚。她至今还是处女，但是她已经准备把自己献出去了！只不过她还没看准献给谁。

　　心外的人，钟立行、刘敏和几个实习医生并不知道，他们捡回来一个麻烦，这个钱宽把所有的人卷进了一场巨大的麻烦中。

第二十二章 麻烦的开始

1

林秀轻手轻脚起床，看到徐达恺趴在电脑前睡着了，她悄悄走进去，看到桌上放着一份报告，上面写着报价单。

她拿起报告迅速地翻看着，很是惊讶："好你个徐达恺，背着我去见陈院长拿到了好处，不告诉我还不算，还不让我去见陈院长！"她放下报告，走回自己房间就给陈光远打电话。陈光远听到林秀说她就在公司，十分意外，他飞快地判断着林秀到底什么意思，是徐达恺改主意了，还是林秀自作主张？林秀说要约他见面，说说那批器材的事，陈光远吃不准她到底想干什么，推说以后再说，匆匆挂断了电话。

林秀打了辆出租车，直奔医院而来。到了医院门口，她拿出电话，拨通了陈光远的电话："喂？陈院长！是我！林秀，您在医院吗？我在医院门口！"陈光远显得有些紧张："啊？我现在不方便，有空再说吧。"说完挂断了电话。林秀失望地看着医院里面，不甘心地到处看着。"我就不信等不到你！"林秀到医院门前的小店坐下，叫了一杯咖啡，准备坐等陈光远出现。

几个月的医药代表生涯，让她成熟老练多了。酒桌上对付各种男人，她已经完全掌握了男人的心理，从他们贪婪的目光中她知道自己的魅力，或者更确切地说，中年老男人的空虚。她至今还是处女，但是她已经准备把自己献出去了！只不过她还没看准献给谁。徐达恺对她管束还是很严的，但她这回不想再失去机会了，她已经熬得太苦太久了，她想抓住陈光远，脱离苦海。

2

黄昏时分，陈光远开着车出了医院大门。林秀在街角出现了，她看见陈光远的车，拿出手机打电话。陈光远接起手机，看到是林秀的号码，迟疑了一下，接起来："喂？"林秀的声音在发抖："陈院长，是我，林秀！"

陈光远的声音也在发抖："啊，你有什么事儿吗？"早上他虽然挂断了林秀的电话，却还是把她的号码存了下来，一整天林秀的样子都在他眼前挥之不去。他甚至有点后悔，就假装跟她谈生意，见一下怎么了？反正主动权在自己手里。但他也明白，林秀就这样贸然出现，他还没想好怎么处置跟徐达恺的关系。胡思乱想了一天，林秀居然从天而降，他的心已经投降了。

林秀的声音像从天外飘过来："陈院长，我就在医院门口，您往前看……"

陈光远抬头，看到林秀正对着他笑，他怔住了，张着嘴好半天说不出话，对着电话："你等会儿！"他把车停下，林秀快步过来，拉开了车门，无声无息地坐了进来。

陈光远一句话也说不出来，只是呆呆看着林秀，此时他已经不是陈院长，而是一个饥渴的、失意的男人。林秀把手放在陈光远腿上："陈院长，我等您一天了，我们去吃饭吧，我请客，地方您挑。"陈光远看了林秀好一会儿，把车开起来。

陈光远不时偷眼看着林秀。林秀捂着嘴笑了起来。陈光远紧张地问："笑什么？"林秀笑道："陈院长，您都开车带我转了一个小时了，这条路上根本没有吃饭的地方，这边是风景区啊！"

林秀真是天生的尤物，对付男人简直无师自通，她这一套浑然天成，既直率又老练，没有城里小女人的扭捏，也没有人们见惯的风尘味，三下五除二就把陈光远的伪装全剥掉了，陈光远此时只有发抖的份了，而且那是相当受用。男人不就吃个味嘛！林秀直接把自己摆上桌，就看陈光远怎么吃了。不过陈光远还有最后一件事没想通，林秀的老练让他生疑，他还不能确定林秀是不是老手。他紧张地看着林秀，两人目光相接，林秀大胆看着陈光远，也不回避，陈光远急忙收回目光。

林秀笑道："陈院长，我发现您这人挺有意思的。"

陈光远抬头看看后视镜里的自己："怎么有意思了？"

"刚一接触，觉得您很严肃，可是实际上，您其实挺随和的，而且，还有那么点害羞！"

陈光远一脸惊讶，林秀开心地笑着。

陈光远瞟了林秀一眼："林秀，你，哪儿来的我的电话？"

林秀笑笑："那天吃饭，您放桌上的名片，我拿走了。"

陈光远笑了："就知道你鬼精鬼精的。"

林秀有几分得意："那是啊！"

陈光远冷不丁问了一句："你住哪儿？"

林秀没心没肺地回答："我跟徐达恺住一块儿。"陈光远一惊。

林秀将手放在陈光远的腿上，陈怀远心动了一下，想躲，林秀解释说："您别多心，他那是套三居室的大房间，公司就在那儿，他挺老实的。"

陈光远放心地一笑："那他一个月给你多少钱？"

"底薪一千，外加提成。"

"提成能有多少？"

"没准儿，好的时候，一个月能有一两千，不好的时候，一分也没有。"

陈光远点头："不容易。"

林秀笑嘻嘻地说："没关系，已经挺好的，比起在老家，已经强多了，我妈身体不好，我弟弟在上大学，我的钱全寄回家，一个月就留点零花钱。"

陈光远看看林秀，点头。前面不远处有一家超市，陈光远声音有些发抖："林秀啊，咱们别在外面吃饭了，我们到前面超市买点东西，去我那儿随便煮点面条怎么样？"

林秀惊讶地看着陈光远:"那,那……"

陈光远紧张地说:"怎么,你怕去我那儿不好?"

林秀急忙说:"不是,不是,我当然求之不得了,陈院长,您对我太好了,根本没拿我当外人,我真是受宠若惊!"林秀真是语言天才,商场历练把她会的几个成语用得天衣无缝。

陈光远不等林秀说完,伸出手把林秀的手握住,林秀身子快速靠过来。

陈光远把车停在路旁,冲进超市,胡乱买了一堆吃的,然后径直开车回到家。他一手拎着几个塑料袋,另一手开门,打开门让林秀进来。

林秀走进来,低着头,一言不发,她已经知道会发生什么。陈光远把门反锁上,把东西扔到地上,一把抱起了林秀,林秀一头扑在陈光远怀里:"陈院长,我第一眼看见您就知道您喜欢我,我也喜欢您!"

陈光远抱着林秀进了卧室,直接把她放到了床上,上来就扒她的衣服,两人不顾一切地纠缠在了一起。

3

两个小时后,林秀穿着陈光远的大衬衫,已经在厨房煮饺子了。陈光远洗了澡,精神焕发,走过来,站在一边看着,他目光充满柔情,焕然一新。最大的惊喜是他发现林秀居然是处女,一瞬间他头发立起来了,也让他欣喜若狂。他几乎没顾上想太多,就一头栽了进去,他已经爱上林秀了。

林秀把饺子捞出来,放进盘子里,端进餐厅,陈光远跟过来,坐下。林秀拿过醋,口碟,放在陈光远面前,温柔地看着他。陈光远坐下来,一口吃掉一个饺子:"哎呀,太好了,好久没吃过饺子了。"他满脸幸福的表情让林秀很意外。

陈光远笑了笑:"我离婚了,女儿跟着她妈,我天天在医院吃饭。"他摘下眼镜,开始认真地吃饺子,他吃得很香,好一会儿才抬头看看林秀,"你怎么不吃啊?"

林秀也被陈光远的真诚打动了:"陈院长,要不我不当医药代表了,我到您家来给您当保姆吧!"

陈光远听到这话,有些惊讶。

林秀真诚地说:"我照顾您的生活,我是认真的,我会做饭,什么都会做,我,怎么也没想到,一个堂堂的院长,家里这么简朴。"

陈光远放下筷子,拉起林秀的手,拉着她坐到自己身边:"林秀,你是个好姑娘,你的心意我领了,保姆的话就不要提了,你这么漂亮,心这么好,这样吧,你接着在徐达恺公司做,他人是靠得住的,我以后能帮就帮你!"

林秀惊讶一切来得这么容易,这么快。

"你要是有空,就过来陪陪我,给我做顿饭吃,我一个月,给你……两千块钱零花钱。"

林秀更惊讶了,她不知道怎么判断这件事。

陈光远苦笑着:"我,挣得不多,一个月工资只有五千多,还要给我女儿一千,剩下的一半都给你了!"

林秀彻底明白陈光远的意思了,她感动地靠在陈光远身上:"陈院长,我不是嫌少,我是……我不要您的钱。"

陈光远摸着林秀的脸:"你那么漂亮,又那么乖巧,我知道你是好姑娘!"

林秀感动地点头,眼里有泪光。

4

天色大亮,林秀用钥匙轻轻打开门,进了屋,脱了高跟鞋,轻手轻脚进屋。徐达恺出现在门口,林秀吓了一跳。"你去哪儿了?"

林秀迟疑了一下:"你管呢!"

徐达恺笑笑:"我管呢?我当然要管!你是我的员工!"

"得了吧,这会儿我成了你的员工了!早干什么去了?"

徐达恺呆呆地看着林秀,好一会儿:"你,什么意思?你去找陈院长了?"

林秀得意地一笑。徐达恺脸上一阵尴尬,好一会儿才似笑非笑地说:"哟,你可真行啊!我是左拦右拦也没拦住你啊。"

林秀瞥了徐达恺一眼。

徐达恺不服气:"你别得意,陈院长不会拿你当回事的。"

"他都说了,以后会帮我的,还答应每月给我两千块钱。"

徐达恺很惊讶:"两千块钱?"

林秀白了徐达恺一眼:"怎么了?看不起呀?比你强多了!"

徐达恺的电话响了起来,他接起电话:"喂?哎,陈院长!您好!什么?说好了?太好了,我一会儿就去医院,您放心,您要的那批试剂,我已经打听到了,要从美国进,时间要两个星期左右,加上报关,要二十天左右,你放心吧!"放下电话,笑嘻嘻地对林秀说:"告诉你一个好消息,陈院长说那批麻醉仪器他们同意进了,我明天一早就去医院签合同,看来这世道还是女人好办事啊!以后我也得靠你了!"林秀得意地笑着。

徐达恺有些困惑:"哎,我就纳闷了,你怎么把陈院长搞定的?说实话他这人其实挺正派的。"林秀得意地看着徐达恺:"当然了,他比你正派多了!你不知道,他真的是个好人。"徐达恺说:"我警告你,这关系跟谁也不要再说了,知道吗?你要敢说出去,我立马让你走人!"林秀感觉很意外:"哟,你什么意思?"

"你们俩的事是你们的私事,我可不想让人家说我利用女人!"林秀娇嗔地说:"那还用你说?你用得着嘛!"

徐达恺严肃地说:"林秀,我还要跟你说,你要是真跟陈院长怎么样,你得把你那野性子收一收!你身上一身的坏毛病,陈院长是个知识分子,他不会喜欢的!"林秀不满地看看徐达恺:"我知道!我改还不行!"徐达恺不放心地说:"我再警告你一句,别陷太深了,明白吗?"

林秀眨眨眼睛:"我愿意,你管得着吗?"

徐达恺无语,虽然他一直想做成仁华的生意,但用这种方式还是让他觉得不爽,他宁可多吃点苦,想把自己的公司弄得专业一点,这是他潜在的心态,但眼看到手的生意,也不能不做,于是去找了陈光远。陈光远告诉他,以后仁华的生意交给林秀,他会关照的。徐达恺很震惊,陈光远居然毫不掩饰,但是一想,他当初招林秀不就是图这个吗?

5

心外的新手术终于成型,开始进入临床了,钟立行一再嘱咐丁海赶快把苏教授的术前同意书签了,其实手术同意书本人也可以签,但这么大的手术,又是第一例,钟立行坚持让家属签。丁海软磨硬泡终于拿到了苏教授儿子的电话,兴冲冲一打,竟是空号。他气坏了,任他怎么说,苏教授却再也不说话了,丁海知道他是不想做这个手术。钟立行无奈下令先给别的病人做。

手术毫无悬念地成功了,这对钟立行不是难事。心外的人很兴奋,毕竟是他们的第一次。王冬看到大家的兴奋,心里很不是滋味,手术一完,他没参加术后清理工作,就离开了。

王冬穿过走廊,走向办公室。在走廊的尽头,他看见了正坐在窗前往外看的苏教授。王冬向苏教授一笑,走了几步,又回过身,看着苏教授:"您怎么会在这儿?您的手术什么时候排?"苏教授叹了口气。王冬别有用意地说:"您的情况我听说了,钟主任和丁大夫他们,其实是太较真了。"苏教授仍然叹气。王冬说:"如果您愿意,我可以安排您到别的医院做这个手术,不需要家属签字。"苏教授眼前一亮。"我们医院在外面有联合协作的医院,有的时候,病人因为医保的原因不能转院,又想做这个手术,就请大夫到外面做手术。"苏教授看了王冬好一会儿:"那王主任,您能给我安排一下吗?"王冬想了想:"可以,您先出院吧。我去安排一下,您把电话号码留给我,安排好了给您打电话。"苏教授感激地说:"好好,我明天就出院,谢谢您王主任,那就麻烦您了。"

6

丁海下了手术,把病人送进CCU,又写完手术日志,好不容易腾出空,就急匆匆去看苏教授,苏教授已经成了心外年轻人的偶像,他想把新手术成功的消息告诉他,跟他分享。不料一进门,床已经空了,护士告诉他,苏教授已经出院了。他急忙找到钟立行,告诉他这个消息。钟立行也是一惊:"什么?谁让他走的?谁给他开的出院手续?"丁海递上单子:"王冬!"

钟立行扫过单子看了一眼，直奔病房，病房确实空了。刘敏坐在床边，看见钟立行，急忙起身："钟主任！"钟立行扫了一眼刘敏，对丁海说："你们赶快想办法联络家属，抓紧时间再做做工作。他的病不能耽误。"

刘敏看了看丁海，忧虑地说："丁海，我怎么老觉得心里不踏实，你什么时候有空，我跟你一块儿去看看苏教授。"

丁海点头："他这个人真倔！还是想办法找他儿子吧，儿子不来，谁说也没用。"

刘敏拿出一张纸条："我已经打听到了，他儿子就在本市上学。"

丁海接过纸条，看了刘敏一眼。

"那天我替他整理床铺，看见他钱包里放着一张照片，照片有学校的名字，我打过电话。他儿子叫苏越，二十二了，大四！"

丁海异样地看看刘敏："那哪天去找他一下吧！"

7

周小白、王小鱼等人沿着街道走过来。街道两边到处是餐馆。新手术成功，他们出展板成功，钟主任犒赏他们五百块钱，让他们出来吃饭。

几个孩子边走边看："哎，吃什么？吃什么？"

"当然是火锅！"

"不行，我不能吃，太辣了！"

"外婆桥！我每天从那儿走过，就流口水！"

"我想吃牛排，想吃正宗的西餐！"

几个人叽叽喳喳。

周小白用手紧紧地捂着口袋。

王小鱼说："哎哎哎，别那么紧张，生怕别人知道你口袋里有钱。"

周小白说："当然了，五百块，你当是个小数呢！"

几个人走到一间燕鲍翅酒楼前，看着闪烁的招牌："我的天，要是能进去吃一次多好。"

王小鱼说："得了吧，你就别做梦了！你好好努力，下回让钟主任再请咱们！"

门里突然传出一声声嘶力竭的叫声："快来人呐，救命啊！快救我爸爸呀！"

周小白听见叫声，急忙四下看。一个四十多岁、面相富态的中年男人冲出酒楼："快来人，救救我爸爸！我爸爸昏过去了！"周小白和王小鱼几个人互相看了看，撒腿冲了过来。周小白对中年男人说："别急别急，我们是大夫！交给我们，赶快打120，快快！"钱宽——那位富态的中年男人赶紧拿出了电话。

8

救护车鸣着笛，呼啸而来。顾磊带着两个医生和两个护士从急诊厅大门冲出来。救护车后门打开，一个医生下来，大声喊："七十一岁，男性，不明原因休克！"

一位乡下老者被推出来，车上还有钱宽，他一下车就拉着顾磊大呼小叫："快救救我爸呀！快救救我爸呀！爸呀，你可不能有事啊，儿子还没好好孝敬您呢，爸爸呀……"

接着一辆黑色奔驰600也开了过来，在门前停下。周小白、王小鱼和几个实习医生跳下车，也跟着冲过来。

顾磊困惑地问："你们几个，怎么回事？"

周小白兴奋地说："我们出去吃饭碰上的，赶快抢救吧！"

众人推着老者进入抢救室，钱宽追进来："爸爸呀，您这是怎么了啊？您倒是说话啊。您起来骂儿子两句也行啊，您骂啊？你睁眼啊？大夫，大夫，我爸爸这是怎么了？啊？"

护士挡住钱宽："对不起，请在外边等！"

担架床被安置好，顾磊给病人戴上氧气面罩。

钱宽大声喊着："什么意思？要紧吗？大夫？"边说边走向顾磊，都快要贴到顾磊身上了。

顾磊往后退了一步："检查呼吸道是否顺畅。准备测试心律。"又问钱宽，"你父亲有什么病史吗？"

钱宽一脸迷惑："什么病史？"

顾磊解释说："比如说心脏病什么的？"

"不知道啊！"

"那其他什么呢？"

钱宽着急地说："不知道啊！"

顾磊摇摇头说："那你知道什么就说一下吧。"

"我什么都不知道啊！我们正吃着鲍鱼，他就晕了，是不是吃坏了？"

顾磊无奈地叹了口气："我们会认真检查的，你出去等吧。"

钱宽抓住顾磊苦苦哀求："大夫，你一定要救救我爸啊。你不知道，兄弟小时候家里穷，兄弟十一岁才穿上鞋，十一岁啊……"

顾磊拨开钱宽的手："您放心吧，我们会尽力的，请您先出去，不要影响我们工作。"

钱宽赶紧说："好好，您尽管治，现在兄弟有钱了，花钱兄弟不在乎，您别心疼药，什么好您用什么……"

顾磊客气地对钱宽点着头："好，好，知道了，您请出去吧！"对护士，"连接心电图仪器，准备注射2mg巴比妥。"

护士答应着去准备。一个小大夫过来对钱宽说："请您跟我去交费！"

钱宽往外走，边走边喊："大夫，您一定救活我爸啊，花多少钱都无所谓！"

钱宽交了费，又回到抢救室前。一位医生走过来，他冲过去："大夫大夫，麻烦你告诉我，这人怎么好好的就晕倒了？"

大夫急匆匆地说："对不起，我，我忙着抢救病人，一会儿会有医生跟你解释的！"

钱宽着急地来回走动着，像热锅上的蚂蚁。

丁海从一边经过，钱宽冲过去抓住他："大夫，大夫，您帮帮忙，无论如何要救救我爸，他老人家可怜啊，兄弟我也可怜啊……"

丁海急忙想要抽回手，但钱宽的手却死死地抓着他的手不放。丁海用力甩开他，进了诊室，钱宽也追了进来。病人在床上熟睡着，心电监视显示平稳。

丁海走进来："怎么了？出什么事儿了？"

顾磊看看他，说道："病人突然休克，正抢救！"

钱宽两步就蹿到顾磊面前："大夫，怎么样？怎么样？好了吗？"

顾磊说："暂时稳定住了……"

钱宽高兴地打断顾磊，连珠炮似的："那就是好了，是吧？哎哟，谢天谢地。太谢谢您了。我爸爸要是再不好，我就该躺着进去了。您不知道，我爸可千万不能有事，兄弟小时候家里那叫穷啊，兄弟十一岁才穿上鞋，十一岁啊！容易吗？现在终于有钱了，这还没让我爸好好享受一下呢，他要就这样有个三长两短的，我对得起谁啊？说实话，兄弟长这么大，我爸还没夸过我呢……"

顾磊忍不住："对不起，您先听我说，好吗？"

"哦，好好。"

顾磊说："病人暂时稳定并不是说他就好了。我们初步诊断是心源性休克。"

钱宽满脸不解。顾磊解释："也就是说这次休克是心脏功能缺失引起的，因为你不能提供你父亲的病史，所以我们必须进行全面的检查才能够确诊。"

"好好，检查，检查，钱不是问题，全检查一遍。"

"等检查报告出来，我们会提出相应的治疗方案，您现在不要着急。"

钱宽像捣蒜似的点头："好好好。"

顾磊："现在我们要把病人送到CCU，也就是冠心病重症监护室，护士会告诉你需要办什么手续的。"

"好好好，办，办，办什么都行，钱不是问题。"说着跟护士往外走。

顾磊对几个小大夫说："你们赶快给刘护士长打电话，通知他准备接病人！"

9

周小白、王小鱼、顾磊推着钱宽的父亲沿走廊走过来。

刘敏从里面迎出来:"怎么回事?听说你们几个从街上捡回个病人?咱们心外这是怎么了?"

周小白兴奋地说:"嗨,别提了,刘护士长,这些天我们不是一直忙着出展板吗?今天刚搞好,本来好不容易钟主任开恩,赏了五百块钱让我们吃饭,我们饭没吃上,倒碰上个病人,不过也值了,我们可是坐大奔回来的,这人的儿子看样子巨有钱,说是晚上吃的鲍鱼,嘿!"

刘敏笑起来:"哟,坐回大奔就美成这样,人家晚上吃的鲍鱼,你跟着高兴什么啊?"

周小白憧憬着:"总有一天会吃上的!就算吃不上,有人能吃上我也高兴!我的理想是全天下的人们都能吃上鲍鱼!"

一行人笑着推着病人进了病房。

钱宽跟了过来:"大夫,我爸爸不会有事儿吧?"

刘敏一惊:"哎,你怎么进来了?赶快出去!这可不是你能进的地方。"说着往外推他。

钱宽有点翻脸了:"哎,你推我干什么?那是我爸爸,他病了,我守着他还不行?"

周小白解释:"先生,这里是重症监护室,您真不能进来。"

钱宽看看周小白:"你算什么东西?轮得着你教育我吗?重症监护怎么了?老子有钱,一高兴我把这病房全包下来!"

几个大夫你看我我看你,都不说话。

刘敏加重了语气说:"这位先生,请你出去,这是医院,如果你一定要这样做,我们要报警了!"

钱宽看看刘敏一脸严肃的表情,怔了好一会儿,走了出去。

心外的人,钟立行、刘敏和几个实习生并不知道,他们捡回来一个麻烦,这个钱宽把所有的人卷进了一场巨大的麻烦中。

第二十三章
恶性事件

　　面对轻微蠕动的心脏，不知道为什么他总是下不了手，总是跑神，这让他感觉很差。他也算是个老手了，心脏手术做过上百例，搭桥也做过。他知道自己有杂念了，他太想成功了。

　　仁华的历史上还没出过这么恶性的事件，手术出意外总是难免，但想不到的是，王冬居然公然把病人偷走，第一次上手就造成这么严重的后果，而且死者是心外的人都熟悉和喜欢的苏教授，太恶劣了！

第二十三章 恶性事件

1

一大早,钟立行就带人来查房,他已经听说了街边捡回来的病人钱国兴的事。几个小大夫添油加醋地把救钱国兴的事还有碰上了个土大款的事告诉了钟立行,钟立行笑笑,表扬完他们又批评了他们,不许给病人和家属贴标签。

丁海报告着病情:"患者钱国兴,七十一岁,因为急性休克紧急入院,经过心肺复苏,心跳恢复,但一直昏迷。既往病史不详,初步检查,血糖偏高,患者家属说患者一个星期前从安徽老家打电话来说发烧一个月,下午到的本市,吃饭时晕倒,入院时体温三十八度八,无好转迹象!"

钟立行接过医案看了看,丁海继续报告着:"作了心电图,心脏CT,全身核磁共振和各种血液检查,结果还没出来。"

钟立行查看病人,用听诊器听心脏,用手电筒翻看眼睛,病人瞳孔没有反应。

钟立行说:"先监护吧,不急着退烧。等检查结果出来,一块儿开会讨论。"

检查结果很快出来了。这天,钟立行带着丁海和顾磊在办公室研究病情,情况比较复杂,肺部有浸润,外加心肌炎,二尖瓣闭合不全,无法判断目前的高热是哪里引起的,只能先用抗生素,等炎症消了再考虑下一步手术的事。

正说着,钱宽一闪身走了进来,丁海看见钱宽一怔:"哎,你怎么进来了?请你外面等!"

钱宽焦急地问:"大夫,我爸爸到底怎么样了?你们有法子治没有啊?"

钟立行回身看看钱宽。

丁海急忙介绍:"啊,钟主任,这是病人家属……"对钱宽介绍钟立行,"这是我们钟主任,我们医院的心外专家,心外主任。"

钱宽高兴极了:"专家啊?好好,太好了!又是主任,又是专家,我爸肯定有救了。"

钟立行看看钱宽,暗想小白他们说得没错,但他脸上没有表示:"钱先生是吧?你先坐下。"钱宽急忙坐下。

钟立行认真地说:"钱先生,我们必须得告诉您,您父亲的情况并不乐观。"

钱宽听了,表情一下僵住了,随后立刻带着哭腔扑到钟立行面前,一下跪在了地上:"大夫,我求求您,求求您了,您一定要救救我爸,求您了。"

丁海急忙上来把钱宽拉起来:"快起来,快起来,别这样……"

钱宽眼圈红红的:"大夫,求你们了,兄弟求你们,你们是真不知道啊,兄弟小时候家里穷,兄弟我十一岁才穿上鞋,十一岁啊!那是什么滋味啊?穷就算了,我爸还总骂兄弟没出息,兄弟拼命混了这么多年为的是什么啊?不就是为了脱贫吗?现在兄弟有钱了,老父亲却享受不着。你们说,我这些年为了挣钱连老家都没回去过几次,我对得起谁啊?有钱有个屁用啊?连我爸得过什么病都不知道,还让他老人家发着高烧来看我,我,我对得起谁啊?"

钟立行安慰道:"您的心情我们能理解,我们也会尽力挽救老人家的生命。您现在要稳定情绪,配合我们治疗,好不好?"

钱宽点头,大家重新坐下。

钟立行说:"您父亲是心内膜炎引起的心源性休克被送进来的,根据观察报告,应该已经高烧了好几天了,现在情况比较危险,他身体状况很差,有糖尿病,而且肺脏器有衰竭的迹象,这种情况下手术很容易引起白色念球菌性霉菌血症,死亡率是非常高的。您明白了吗?"

钱宽紧张地问:"那如果不开刀,怎么办呢?"

丁海说:"我们想先用一个星期的抗生素,如果不行,再考虑手术。"

钱宽斩钉截铁地说:"好,就这样了!如果药不行就手术,哪怕只有百分之一的希望也做。药用最好的,什么都用最好的,我不怕花钱。"正说着,墙上的电铃响了起来,屋里的人同时冲出了办公室,钱宽急忙追了出来。

监护室的护士已经忙成一团,丁海冲到病床前急忙抢救。钱宽站在外面,紧张地望着里面。一个医生走出来,钱宽冲过去:"我爸爸怎么样了?"

医生推开钱宽:"对不起,在抢救,请你安静。"

钱宽一屁股坐在监护室外的地上,边哭边抹眼泪:"爸,只要你还有心跳,儿子就是花光所有的钱也要给你治病,您不用担心,儿子有出息了,钱花完了我再挣去,只要您能睁开眼看看我,不,最好能和儿子说话聊天,那儿子这钱就不白花……"

刘敏走出来,看见钱宽吓了一跳,钱宽眼圈红红地看着刘敏。

刘敏同情地说:"先生,您还是到大厅去等吧,这儿是治疗区,家属不能停留。"

钱宽立马变了脸:"我有钱,这个病房我全包下来,行不行?"

刘敏耐心地说:"您误会了,现在您父亲的情况很不好,这里严格消毒,这样对您的父亲不好!"

钱宽瞪了刘敏一眼,依然坐着。

丁海走出来,钱宽情绪激动,抓住丁海就问:"怎么样了?我爸爸救过来没有?"

丁海说:"已经平静下来了!"

"那,我能不能进去看看啊?赶快给他做手术吧!"

丁海说:"他现在烧没退,不能做手术!不是说好了先用一个星期抗生素吗?"

钱宽更加激动:"还用什么抗生素啊?你们一天什么都不干,光站在旁边看着,这不就等于眼睁睁地看着我爸死吗?你们怎么就不积极点啊?"

丁海也有点激动:"谁说我们不积极了?他现在这种状况,体温高,术后出现并发症的概率非常高，会更加危险！"

钱宽不讲理地说："还能怎么危险？你们看看我爸现在都什么样了？我都不怕了，你们还怕什么？怕我付不起钱吗？我都跟你们说过多少遍了，我现在有的就是钱，让你们做就做，你们就放开了治，多贵的药我都买得起，你们就给他用最好的。"

丁海苦笑了一下："不是贵就一定管用。"

"这兄弟知道，可总不会有坏处的。给我爸花钱我不会心疼的，兄弟现在有的是钱，穷那是以前，你不知道，兄弟小的时候那叫穷啊……"

丁海抢着说道："是，是，十一岁才穿上鞋嘛，不容易啊！"

钱宽笑了："是，是。"

丁海笑着指了下钱宽的鞋："不过你现在这双鞋可是真不错啊。"

钱宽一下得意起来："那当然，正宗老人头。这款的，兄弟我一次买了八双，吉利嘛。你喜欢啊？送你一双，兄弟你穿多大号的鞋？"

丁海笑着："别，别，千万别！"说完就走，钱宽追着："不用跟兄弟客气，我跟你说这鞋穿着那叫舒服……"

2

心外来了个土大款的事一下就在医院传开了。十一岁才穿上鞋，已经成了各科室的笑谈。钱宽每天上午八点准时来，夜里两点才走，精力旺盛，孝心可嘉。他在走廊里大呼小叫，大家都习惯了，也厌烦了。日子一天天过去，老人的情况不见好转，丁海是主管医生，每天像打仗一样跟钱宽周旋。

终于，老人家的高烧有些退了，钟立行决定给他做手术，钟立行亲自上阵，心外的人都一起祈祷，希望老人手术成功，早日康复，那样，他们就再也不用看见钱宽了，真让人受够了。他们都没有注意，王冬已经好几天没来科室上班了，因为钱宽的事闹腾得人人心里很乱。他们更不知道，王冬已经把苏教授接到了外院，准备给他做心脏搭桥手术。

3

一大早，王冬就来到了医院，换了手术服，在手术间外刷手。他一夜没睡好，一直在重复手术要点，他还是有信心的，毕竟已经做了那么多活体。

苏教授被推了进来，王冬走过来，看到苏教授，朝他点头。

苏教授微笑着："王主任，谢谢你！谢谢你帮我安排手术！"

王冬点头，示意护士把人推进去，担架车进了手术室。

王冬走到水池边继续刷手，他手中的肥皂滑落下来，他心头一惊。随即低头去捡肥皂，不知道为什么，他心抖了一下，但很快就克制住了。

半小时后，手术开始了，他看着苏教授的脸，有些发呆。

身边的助手叫着："王主任，王主任！"王冬看看身边的人，回过神："手术要点是什么？给我重复一遍。"

"打开胸腔，寻找主动脉，减缓血液流速，诱使心脏减缓跳动，降温以保持心脏不受损害……"

王冬看看助手，再看看苏教授："好，按流程进行吧。"助手开始操作，一会儿，王冬将一截动脉血管取下，放进冰桶里，对助理说："好了，现在备用血管已经准备好了，可以开胸了。

助理拿过一把电锯，开始操作，操作完对王冬说："王主任，开了！"

王冬听见心脏有力的跳动声，有些心慌。

助理对麻醉师说："停跳诱导。"麻醉师给液，心脏开始微弱地跳动。

心率速度已经下降，王冬开始操作："把冰袋拿过来，给心脏降温。"

护士递上冰袋。王冬每一个动作都有些迟疑，看上去不那么有信心，两个助理一直在观察他，他们也有些紧张，毕竟也是他们院的第一次，虽然之前他们去仁华参观过，但他们还是怕出事。

助理紧张地问："王主任，要不要启动人工心肺机？不然我们改体外循环吧。"

王冬冷冷地看了助理一眼："你什么意思？我不需要你教我怎么做。"

助理和麻醉师互相看了一眼，递了个眼神。

助理跑出来，对一个护士说："去请院长过来。"护士急忙跑开了。

王冬的手术还在进行，面对轻微蠕动的心脏，不知道为什么他总是下不了手，总是跑神，这让他感觉很差。他也算是个老手了，心脏手术做过上百例，搭桥也做过。他知道自己有杂念了，他太想成功了。他闭上眼睛，静心，准备动手。

院长和几个医生走了进来。

王冬看见院长，有些不悦："您怎么来了？"

院长不客气地说："王主任，我听说手术不顺利，我们是不是改用体外循环方式手术，已经一个多小时了，病人怕是要出问题。"

王冬摇头："不，不需要，我一会儿就结束。"

院长迟疑了一下，走了出去。王冬拿着手术刀，有些迟疑。

助理与麻醉师互相看了看。

院长再次不放心地走了进来，麻醉师摇头。院长走出来，麻醉师也跟着走出来，她忧虑地说："院长，下令手术停止吧，已经快三个小时了，病人承受不住的。我看他根本做不了这个手术。"

院长看看麻醉师："手术已经做了一半，怎么停？血管已经取出来了。"

麻醉师说："只有一个办法，请钟主任过来！否则病人的罪就白受了。"

院长下决心似的说："好，我去打电话，你去监护，钟主任来之前手术不要往下做了。"

这时听到手术室里一阵惊恐的叫声："不好了，心脏停跳！"麻醉师急忙冲了进来。

院长也冲进来，对手术室的人高声喊："快打仁华医院，找钟立行钟主任！快，紧急除颤，开通体外循环！"手术室的人动了起来。

4

心外办公室的电话铃急促地响了起来，刚下手术的顾磊冲过来接起电话："喂，心外！"

电话里传出急促的声音："仁华心外，你们王冬在我们医院做心脏搭桥手术出事儿了，麻烦你们请钟主任来帮下忙！"

顾磊脸色一下变了："在什么地方？什么情况？"

电话里的声音："您赶快请钟主任来……"

顾磊也急："钟主任正在手术，你让王冬接电话，让他打我手机！"他放下电话，顾不上换衣服，直接冲进手术室。钟立行正出手术室，顾磊边跑边叫："钟主任，钟主任！快，快，王冬在外面给人做手术出事了！"手机响了起来，他拿出电话，看看是王冬，"喂？王主任，什么情况？"

王冬颤抖的声音："顾磊，快请钟主任过来，是苏教授！"

顾磊一下呆住了："是苏教授！"

丁海正走过来，听到苏教授大吃一惊："苏教授怎么了？"

钟立行接过电话，边说话边往外跑："王冬，告诉我什么情况，手术进行到什么程度了？"

一行人跟着跑了出来。他们跑过大厅，刘敏带着一个二十多岁的男孩子匆匆进门，他是苏越，苏教授的儿子，刘敏花了一早上的工夫去学校把他找来的，刘敏看见丁海，急忙叫到："丁大夫！"丁海回头，看见苏越。

刘敏高举着苏越的手："丁大夫，这是苏越。"

钟立行和顾磊听见苏越的名字，都呆住了。司机把车开过来，钟立行一行急忙上了车，丁海把刘敏和苏越也推上了车。

5

监测仪器不时发出各种叫声。手术的人们在抢救。王冬狼狈地站在那儿，一动不动。血压急速下降，心率紊乱，接着"滴"地一声，人们全都停下了。

钟立行、顾磊、丁海、刘敏和苏越冲进手术室，看到一条直线，全呆住了。苏教授已经死在了手术台上。王冬狼狈地看着钟立行。丁海冲过来，看了一眼床上的苏教授，对王冬叫着："你怎么搞的，你在干什么？你在搞什么名堂？"

钟立行和顾磊急忙上前查看手术情况，顾磊看着手术台，紧张地说道："不行了，已经晚了。"

丁海冲过来，一把把王冬推出好远，王冬差点倒下。好一会儿，他默默脱下手套，一声不响地走了出去。

丁海泪流满面。苏越冲过来，看到了苏教授的脸，大声哭喊着："爸爸！爸！"

钟立行忙对刘敏高喊："赶快把人带走！"刘敏冲过来，把苏越拖出了手术室。

钟立行低声对顾磊说："赶快缝合起来吧，缝得认真点！"顾磊失神地看着钟立行。

这一切来得太突然了，谁都无法接受。刘敏拖着苏越出来，苏越失声痛苦："这是怎么回事，我爸爸怎么会在这儿？他怎么死了？不是说去仁华的吗？他怎么会在这儿？不是说手术很安全的吗？他怎么死了？"

刘敏紧紧抱着苏越："苏越，别哭，苏越，你别喊！你冷静，你冷静。"

苏越哭了起来，刘敏也哭了。屋里人听见苏越的哭声，都沉默。

丁海抹着眼泪。钟立行看着丁海："先别哭了，你去陪着苏越，这几天都陪着他。"丁海走了出去。

钟立行吩咐顾磊："你留下，把苏教授的遗体处理好。"顾磊点头。

钟立行对院长说："我现在要打个电话，请我们的严主任过来，事情没有弄清之前，我建议我们两家对外都不要跟任何人说起。"院长连连点头。

钟立行解释："我这样说，没有别的意思，人是我们的，手术是你们的，是我们的责任，我们一定会承担，请放心，"

院长急忙说："是，钟主任，我放心的！王主任说他能做这个手术，以前也经常请他到我们这里手术……出了这样的事，我很抱歉。"

钟立行扫视对方一眼，点头。钟立行、院长一行走了出来，王冬一直站在水池边洗手，他不停地用水冲着手。钟立行看看他，两人长时间对视，钟立行说了句："走吧，跟我回去。"王冬抬头看看钟立行，眼里全是眼泪。

6

消息传回仁华，武明训立马傻眼！仁华的历史上还没出过这么恶性的事件，手术出意外总是难免，但想不到的是，王冬居然公然把病人偷走，第一次上手就造成这么严重的后果，而且死者是心外的人都熟悉和喜欢的苏教授，太恶劣了！也太不利了！

王冬、钟立行坐在武明训办公室里。武明训脸色铁青："王主任，你说说情况吧。"

王冬无动于衷地说："我没什么好说的，手术就是这样，做医生的，谁不会遇到几次意外？"

武明训看了王冬好一会儿："王主任，我希望你能有一个好的态度和认识。"

王冬却很干脆："我的认识很明确，这是意外。"

武明训皱起眉头："你现在不冷静，我给你时间，不要急于回答问题，你想好了再来找我。"

王冬起身走了出去。钟立行看着王冬前后判若两人的样子很震惊，他以为王冬会痛哭流涕。他急忙对武明训检讨："武院长，不管怎么说，事情出在我们心外，所以我要承担责任。"

武明训眉头一挑："你承担什么责任？"

钟立行认真地说："王冬不具备做这种手术的能力，导致病人死亡，而我，是科主任，是我管理上的问题。"

武明训怔怔地看看钟立行，点头："你先回去吧，我们找时间再谈吧。"他目送钟立行离去，开始评估这件事的后果和解决方案，他第一个念头就是，无论如何，不要让火烧回仁华，烧到新手术。

第二十四章
真相？真相！

  家属不会领情，社会也不会领情，好医生是无数失败换来的，可是现在这种局面下，谁敢说出真相，说出来，社会不把我们骂死？你完了，医院也完了，什么都完了。

  我替我父亲难过，他活到那么大年纪，依然那么单纯，那么善良，那么轻信，可是，我又能责怪他什么呢？这是医院，不是别的地方！他看到的是医生，不是别人！穿着白褂，戴着眼镜，温文尔雅，你怎么会想到他其实就是个凶手？他怎么有能力区分谁是好人谁是坏人？你们让我们相信谁？"

第二十四章 真相？真相！

1

刘敏和苏越坐在苏教授住过的病房里，苏越沉默着一声不响。从回到仁华开始，他就一声不响，谁问也不说话。一个上午，他如同地狱走了一遭，他正在操场打球，一个阿姨找到他，说是他父亲手术让他签字，然后他就看到了父亲的死。这打击太大了，他回不过神来。

刘敏小声说："苏越，这就是你爸爸住过的病房，我们天天盼着他能给你打电话，把字签了，好给他做手术，可是他就是不肯，不然他怎么会到外院手术。"

苏越沉默着，终于开了口："阿姨，都是我不好，我应该多关心他。"

"不，苏越，我不是这个意思，我是说，他怎么这么糊涂。"

"阿姨，你不用说了，您去忙吧，我一个人待会儿。"

刘敏怔了一下，点头："我就在外边护士站，有事儿你就叫我。"刘敏出来，走到没人的地方，抹了把眼泪。严如意走过来，看见刘敏在哭，停了下来。刘敏看见严如意，转身跑开了。刘主任走了过来，严如意与他对视。刘主任轻声说了句："刘护士长好像对苏教授很有感情。她就喜欢有文化的人，苏教授离婚多年了，人又有学问又风趣，听说他们很谈得来。"严如意很震惊，随即快速思考着，开始评估这个关系可能的后果。丁海走过来，看见严如意，叫了声："妈！"

严如意看着丁海："丁海，你这些天多陪陪苏越，事情没弄清楚之前，尽量少说，明白吗？"丁海迟疑了一下，答应了。

严如意看着丁海走开，小声对刘主任说："刘主任，我就不一个个说了，你也知道医院出了这种事是最麻烦的，作为一个医务处长，我很难做，你私下告诉科里的人，这事没弄清楚之前，任何人都不能议论，也不许打听，尤其是刘敏，要多注意她的情绪。"刘主任默默点头，严如意心事重重地叹了口气，走开。

2

丁海是来看苏越的，他走进病房，在他身边上坐下。苏越已经能记住谁是谁了，他看了看丁海："我听刘护士长说，你跟我爸爸很熟？"丁海点头。

"你能不能告诉我，这一切到底是怎么回事？刘护士长说，我爸爸本来应该在这儿手术，但是因为他不想叫我来签字，是不是我的错？"

丁海摇头："你别瞎想，不是你的错。"苏越追问："那是什么？"

丁海叹气："给你爸做手术的医生叫王冬，是我们心外的医生，我们也不清楚为什么他把你父亲带到那家医院去做手术，现在是什么情况还不清楚，我们正在调查。苏越，你不要急，你如果想回学校，我让人送你回去，如果你想待在这儿，你可以住到我宿舍去，也可以到外面给你开间宾馆，都可以的。"

"我能在这间病房待一个晚上吗？"

丁海怔了一下："行，我答应你！我去跟钟主任说，他一定会答应你的。"

苏越点头："谢谢！"

丁海起身往外走。苏越看看身边的病床，眼泪突然流下来。他是个聪明的孩子，其实他已经从丁海的话里听出某种躲闪，他想离开这里，出去透口气，好好想一想。他走出病房，突然跑了起来，刘敏看见苏越跑出来，急忙跟了过来。

苏越边跑边抹眼泪。远处在长椅上躺着的孙丽娜看见他，眼前一亮，坐了起来。苏越看见孙丽娜，有些意外。孙丽娜起身，走到苏越面前，小声问："你是那个苏教授的儿子吧？"

苏越困惑地问："阿姨你是谁？我认识你吗？"

孙丽娜慈祥地笑笑："你不认识我，我是王欢的妈妈，王欢是我儿子，他死了，死在这家医院。"

苏越困惑。孙丽娜神神秘秘地说："我今天看见你跟他们好多心外的大夫回医院，我听见他们说你的名字了。那个王主任，他根本不会做搭桥手术，这个医院只有钟立行钟主任能做。"

苏越很惊讶，他有些怀疑这个人的神经是不是正常。孙丽娜继续说着："我儿子也死得不明不白，好好的人往医院一送，就进了老虎口，钱也没了，人也没了。"苏越追问："阿姨，您是怎么知道的？"

孙丽娜幽幽地说："我当然知道，我儿子死了以后，我天天就待在这医院里，这儿的人我都认识，医院里的人都在议论这件事，只不过没人跟你说。"

苏越有点相信孙丽娜的话。刘敏远远跑过来，听见孙丽娜的话，呆住了。苏越看见刘敏，目光直射过来："阿姨，她说的是真的吗？那个王冬是不是没有能力做这个手术？"

刘敏张了张嘴，说不出话来。苏越悲伤地看着刘敏："阿姨，我知道您是个好人，您一到我们学校来找我，我就知道您是个好人，我爸爸都死了，连个真相都弄不清楚吗？"

刘敏默默回身，往楼里走。苏越追过来："我要去找王冬！请您带我去！"刘敏回过头，表情复杂。

3

王冬在椅子上呆呆地坐着，他神情散乱，完全被击垮了。忽然他听到敲门声，他抬头盯着门没动，眼里全是恐慌。随着又一声敲门声响，门开了，苏越走了进来。

王冬看到苏越，有些紧张，再看到刘敏，更是惊讶。刘敏转身走了出去，苏越在王冬面前坐下。沉默，长时间的沉默。王冬虚弱地看着苏越，两人对视，好一会儿王冬推推眼镜，虚弱的声音："你父亲的事，我很抱歉。"

苏越伤心地看着王冬："我不是来听你道歉的。"

王冬有些紧张，起身要抓电话。苏越把电话扣住了："不用害怕，我不会伤害你的，人已经死了。我只想问问你，你到底有没有资格做这种手术，我刚在花园里，听一个人告诉我，你们医院只有钟立行一个人能做这种手术！"

王冬低下头，好一会儿："我，当然能做。"苏越失望地看了王冬好一会儿，起身走了。

他走出来，刘敏迎上来："怎么样？谈得怎么样？"苏越摇头。

刘敏着急地说："到底怎么样？"苏越低头往前走，刘敏跟了过去。

苏越突然回头："阿姨，我就问您一句，王冬到底有没有资格做这种手术？"

刘敏怔了一下："这个，我不清楚，这个手术我们医院刚上，所有的人都经过培训。"

苏越飞快地看了刘敏一眼，走开。刘敏追过来："你要去哪儿？"

苏越看看刘敏，勉强笑笑："刘护士长。"刘敏听到这个称呼，愣了一下。

苏越伤心地说："刘护士长，我爸爸他，有没有留下什么话跟我说？"

刘敏摇头："他，他只说，病好了要去你们学校看你。"

苏越点头，长时间看着刘敏，慢慢走开。刘敏站在原地，很孤独，她知道苏越已经知道了什么，孩子已经开始疏远她了。

4

王冬失魂落魄地坐在陈光远对面，陈光远把一杯茶放在他面前。王冬已经完全崩溃，声泪俱下："老陈，你得保我，你得救我！"陈光远看看王冬，摇头。

王冬委屈地说："我以为这个手术很简单，听钟立行讲了那么多遍，练习了那么多遍。我本来就是心脏外科医生，我不比别人差，我能行，我绝对不是故意的，我只是，不知道为什么，突然，就慌了，我……"

陈光远看了王冬一眼："没有一个医生想把病人治死，但是病人还是死了，现在想想，还是当内科医生的好。"

王冬痛苦地说："老陈，你就别说风凉话了，告诉我怎么办？"

陈光远冷冷地说："我不是说风凉话，我说的是真心话，外科本来就有风险，没有一个医生敢说自己的手术百分之百成功。"

王冬看了陈光远好一会儿："对呀，就是这样，我就是这么想的。"

陈光远幽幽地说："这件事，别人帮不了你，只有你自己能救你自己，武明训不会放过你，但关键还在家属，如果家属不依不饶，谁也救不了你。"

"武明训不放过我，对他有什么好处？这是医院的事儿，他应该明白。"

"是啊，这是大事故，你应该被判刑，但是，你是医生，你是有执照的医生，你是个主任医师，而我们的心脏搭桥手术刚刚开展，设备，技术，人员培训花了几百万，如果就这样公布出去，结果会怎么样？"

王冬一脸震惊。陈光远冷冷地接着说："家属不会领情，社会也不会领情，好医生是无数失败换来的。可是现在这种局面下，谁敢说出真相，说出来，社会不把我们骂死？你完了，医院也完了，什么都完了。"王冬眨着眼睛看了陈光远好一会儿，突然茅塞顿开："陈院长，我知道了，我，已经找到方法了，我就把我自己和医院拴在一起，看他武明训敢把我怎么样。"陈光远飞快地看了王冬一眼："这可是你自己说的，我可是什么也没说。"王冬点头："当然！"

5

王冬走进武明训办公室，武明训正坐在夕阳下的半明半暗间。王冬走过来，在沙发上坐下。武明训抬头看了他一眼，王冬叹了口气。

武明训的声音好像从很远的地方飘过来："想好了？"

王冬缓缓抬头，看着武明训，一字一句地说："武院长，您得保我！"

武明训一惊，长时间看着王冬。他这一惊，其实惊的是自己，王冬够聪明。其实他一直不知道怎么跟王冬谈这个事，现在，他豁然开朗。

王冬"扑通"一声跪在地上："武院长，求您了！救救我！我错了，我知道我错了，我知道我犯了不可饶恕的大罪，我现在全知道了！"

武明训长时间看着王冬跪着。王冬哭着："我现在全明白了，我不该逞强，不该嫉妒钟主任，不该轻易动手做自己不熟悉的手术，我全明白了，可惜晚了，苏教授死了，人死了，不能复生，我给新开展的手术抹了黑，医院花了这么大的力气，进了几百万的设备，做了那么长时间的培训，好不容易开展的项目全让我一个人给毁了！钟主任的名声毁了，医院的名声让我毁了，项目让我给毁了，什么都毁了！"

武明训看着王冬，说了句："你起来吧！别这样。"

王冬爬起来，重新坐到沙发上，两只眼睛从镜片后面小心翼翼地看着武明训。

武明训冷眼看着王冬："你戏演完了？"

王冬一怔。武明训说："你是来认错的吗？"王冬又是一怔。

武明训冷笑一声："我怕是来要挟我的吧？你看你演的这个戏，多感人啊，下跪，求情，哭诉，忏悔，可是你的话句句都在要挟我！人死了，不能复生，我给新开展的手术抹了黑，医院花了这么大的力气，进了几百万的设备，做了那么长时间的培训，好不容易开展的项目全让我一个人给毁了！钟主任的名声毁了，医院的名声让我毁了，项目让我给毁了，什么都毁了！所以，我要是处理你，要是把真相公布出去，这一切就成真的了，钟立行的名声完了，医院的几百万白花了，所以我不能处理你，是不是？"

王冬紧张地看着武明训："武院长，您怎么能这样说我，我不是这意思，我是真的知道错了。"

武明训愤怒地拍着桌子:"这就是你的真心认错吗?如果你真的认错了,就不该是这种态度,就该老老实实!你不是第一天当大夫了,你甚至曾经是我们医院心外主任的人选,你怎么可以犯这样的错误,不,你是在犯罪,作为一个医生,这是滔天的罪行!"

王冬哭着:"武院长,我错了,我有罪,求你一定要帮我,不然我这一辈子就毁了,我还有家,还有老婆孩子,你让我怎么办?不管怎么说。我也曾经是个不错的大夫,我真的以为我能做那个手术,我就是再坏,怎么可能故意把病人弄死,我是真的想做这个手术,可是我一打开胸腔,就慌了……"

武明训愤怒地说:"你以为这手术是做模型?你以为你自己无所不能?"

王冬边哭边说:"我是真的知道了,我就以为跟做模型差不多,我就以为自己技术很强,我真的是相信自己能行我才去做的,我现在才明白钟主任一直跟我说要培训,要快,要动手,是什么意思,我真的是全懂了,当一个好的外科大夫得花多大的工夫,得多专注,得多努力,得承担多大的心理压力,我全懂了。"

武明训火气渐渐下去了:"你总算说到正题上了,总算说了几句人话!"

王冬还在哭着:"可是这代价真的太大了,太大了!刚才苏教授儿子去找我了,他看着我的眼睛,问我能不能做这个手术,我说能,你以为我不想说真话吗?现在不是那个年代了,我要说了,人家还不吃了我?好大夫都是多少次失败换来的,现在的病人这么不信任医生,我要是真说出去,不是全完了?"

武明训愤怒极了:"你又说错了,我告诉你王冬,你没资格说好大夫是多少次失败换来的,你不是好大夫,因为出发点是不一样的,你这是自私,是贪婪!你得认清你自己!"

王冬连连点头:"我知道,我知道,我再也不这么说了,我就是有罪,我就是利欲熏心,我虚荣,贪婪,想当主任,要让人崇拜,我不是人……"

武明训长叹一口气:"好了,别再说了,你先回去,我跟几个院长再商量一下,看这事儿怎么处理吧。"

王冬眼睛滴溜溜转着。武明训吩咐道:"你先停止一切工作吧,这几天先不要上手术,也别出门诊,就在病房待着,另外再交一份情况说明。"

王冬急忙答应着:"是是是,我一定。"起身走了出去。

武明训疲倦地用手捂住额头。他刚才的话句句是真的,但他心里清楚,多少有些演戏。

6

刘敏、丁海和顾磊陪着苏越在门前的花园坐着。刘敏担忧地看着苏越,这孩子又开始不说话了。刘敏一直陪着,不住地掉眼泪。苏越看刘敏的样子很可怜,终于说了句:"刘护士长,我想见一下严主任,就是那个管医生的人。"

刘敏急忙起身:"啊,我知道,严如意严主任,我们医务处长,我去给你约。"严如意听说苏越要见她,很紧张,急忙向武明训请示,武明训说一定要见,孩子的任何请求只要不过分都答应。严如意又急忙找到王冬,警告王冬:"苏越说有话要对你说,他说什么你不要还嘴,听他说就是了,听见了没有?"

苏越被请进了严如意的办公室。严如意、王冬、刘敏、丁海都在,他们不知道苏越要说什么,都有些紧张。丁海同情地看着苏越,他心里明白,这个孩子太小了,他对付不了这些成年人。

苏越看得出丁海对他的同情是真的,他甚至苦笑了一下,对丁海说:"你们不用这样看着我,我知道这一切是怎么回事,你们的心脏搭桥手术刚开始,我父亲他,应该是第一个,可是因为我的原因,耽误了,所以只能说他没有这个运气,结果让王冬钻了空子。据我所知,王冬根本没有能力做我父亲这种手术,我父亲就是他害死的!"

严如意惊讶于苏越的条理:"孩子,王主任他其实也是个不错的大夫,再说这个手术在我们医院也是刚刚开始……"

苏越冷冷地看了严如意一眼:"严主任,您说的不是事实!如果事情真的像您说的那样,我想我能原谅,但是,王冬根本没有这个能力!其实,我妈就是个大夫,所以我对医生这个职业并不陌生,我上网查过,你们医院做这个手术最好的是钟立行,目前为止做过的四例手术全是他做的,如果你们告诉我,是王冬的错,告诉我实情,我还可以考虑是不是可以原谅王冬,原谅你们,可惜你们没有。刘护士长,丁大夫,你们天天陪着我,照顾我的生活,可是你们谁也没有告诉我真相,每个人都说,你父亲的事我们很遗憾……你们遗憾的到底是什么?"

严如意瞠目结舌。

苏越沉浸在自己的思路中继续说:"记得我小时候,我妈给我说过一个故事,说梁启超到医院去做肾摘除手术,医生出错,明明要摘坏的一边,结果把好肾给摘了,家属、所有的人都让他去告医院,可是他却说不能告,他说,当时的西医刚刚在中国兴起,如果他这样一个文化名人去告了医院,西医在中国的发展就会受影响。我也看过好多医学的书,我记得有个有名的脑外科专家,他讲过一个故事,说他四十几岁的时候,看过一个病人,看了那病人的片子,脑部血管有个弯曲,他就认为那一定是个肿瘤,结果,打开一看,并不是,而病人并没有责怪他,他很感慨,说一个好的大夫是在病人的宽容中成长起来的,但是,现在也没有这样的好医生了。我替我父亲难过,他活到那么大年纪,依然那么单纯,那么善良,那么轻信,可是,我又能责怪他什么呢?这是医院,不是别的地方!他看到的是医生,不是别人!穿着白褂,戴着眼镜,温文尔雅,你怎么会想到他其实就是个凶手?他怎么有能力区分谁是好人谁是坏人?你们让我们相信谁?"

一屋子人默默无语,严如意长叹一口气。

第二十五章
哭泣的咖啡

钟立行回身在椅子上坐下,出神地看着咖啡壶上滴落的咖啡。

他没有像上次那样安慰严如意。

在严如意面前,钟立行最大的反抗,只能是没有反应。

一滴一滴,渐渐接满了一杯。每一滴,都是钟立行的眼泪。

1

柴大姐把丁祖望的床升起来，又在背后垫了个枕头，调整了输液的速度，悄声退了出去。

武明训、陈光远、严如意坐在病床对面的沙发上。

武明训沉重地说了："今天我们开个临时院务会，丁院长身体不好，就在这病房开了。我们说说王冬的事吧，看这个问题怎么处理。"

屋内一阵沉默。严如意打破沉默："我先来表个态吧！这一次的事件，后果是很严重的，王冬的动机、出发点也是很恶劣的，是一次严重的恶性责任事故，必须严肃处理。"

武明训和丁祖望都点头。陈光远不出声。

严如意突然语调一转："但是……"众人一怔。

严如意接着讲："一般来说按照我们行业的惯例，像这种情况，如果家属态度坚决，我们就要坚决处理，所以，家属的态度很重要，现在还不到出意见的时候，我的意思是要再看一看。"丁祖望表情惊讶。

严如意赶紧说："老丁你不要用这种眼光看着我，我不是为了我自己，你想想，我们的新手术刚上，设备、人员培训花了那么大的代价，王冬的确糟糕透了，按照我的想法，开除他，判他的刑都不为过。可是，他毕竟也是我们医院的大夫，如果我们现在就公开处理他，就会带来一连串的负面影响……"

陈光远轻轻点头。丁祖望问道："那你有什么办法？去跟家属做工作？"

严如意迟疑了一下："先放一放吧。"

丁祖望皱起了眉头："你说什么？"

严如意道："先放一放，看看情况再说。"丁祖望失望地看着严如意。

严如意看看武明训："明训，你的意见呢？"

武明训迟疑地看了一眼丁祖望："看丁院长什么态度吧。"

丁祖望飞快地看了一眼武明训，随后沉默着，过了好一会儿才说："这事再想想吧！让我考虑考虑。"

几个人面面相觑。

2

苏越走出住院部大厅，丁海和刘敏陪着他一块儿出来。丁海伤心地看着苏越："苏越，对不起。"苏越看看丁海，眼睛移开。

丁海难过地说："我知道在你眼里，我们形象很差，我们天天陪着你，谁也没有勇气告诉你真相，我觉得自己很丑恶。"

苏越看看丁海，苦笑了一下："你有你的立场，我不怪你。"

丁海羞愧地说："可是作为苏教授的朋友，我不够格……"苏越看看丁海，不再说话。

过了一会儿丁海坚决地说："苏越，你要是想起诉，想打官司，你就告吧，我给你做证人。"苏越飞快地看了丁海一眼。

"我给你证明王冬没有能力做这个手术。你今天说的话，每句都那么有道理，我对不起你，对不起苏教授……"

苏越看看丁海："你别说了，我谢谢你！"说着要往外走。

"你去哪儿？"丁海追问道

苏越回过头说："出去走走，我要回我爸爸住的地方看看。"

丁海跟过来："我陪你去吧！我也想看看苏教授住的地方。"

3

丁海和苏越走进天文馆，一位工作人员看见苏越，很惊讶："哎，这不是苏越吗？你可来了！"

苏越苦笑一下："对不起，我，应该早点来。"

工作人员同情地看着苏越："哎，你不知道，你爸爸天天盼着你能来看他！真是想不到出这样的事！"苏越点头。

工作人员说："现在的医生，实在是不像话，不像话！你应该去告他们！给你爸爸讨个公道！"

丁海脸上是惭愧的表情。

工作人员热情地说："走吧，我带你去看看你爸爸的办公室。"

他领着苏越上了二楼，打开门让苏越进去。一间简陋的房间，开间很大。靠窗的地方有一张单人床，上面堆满了书。地上放着一个巨大的天文望远镜，一张办公桌，一只老式衣柜。苏越走过来，抚摸着望远镜。

"你爸爸平时，舍不得吃，舍不得穿，攒了钱都买了书，今天晚了，你改天再来吧，他的工资卡和存折，馆里已经给他收起来了，哪天交给你。"工作人员继续说着。

苏越一声不响，走到望远镜前，往外看。

"现在天还没黑呢，什么也看不见，天黑了星星才出来，才能看。"丁海说道。

苏越点头，走到床边坐下。

"你在这儿坐一会儿吧，有什么事儿就叫我一声，走的时候把门撞上就行了。"工作人员说着走了出去。

丁海走过来，也在床边坐下，两人年轻人并排坐在床边，低头不语。丁海看到苏教授床头有一张照片，是一张他年轻时的照片，英姿勃发，他有些感慨：

"苏越，你有多久没见过你爸爸了？"

苏越想了一下："快半年了吧，我跟他见面的时候不多，我上大学前就没怎么见过他，我妈说他在国外，后来我上大学的时候，他到学校找过我一次，我才知道他就在国内，再后来，一个学期见一面，他来了，叫我出去吃顿饭，什么也不说，留点钱。"

苏越拿起照片，看着父亲："我现在最难过的，就是，我其实一点儿也不了解他。"

丁海叹了口气："可是他经常跟我说起你。"他看苏越的表情很认真，就说，"苏越，我给你讲讲我跟你爸是怎么认识的吧。我跟他是在游泳池里认识的，我们两个比赛游泳，他突然发病了，我救他，从游泳池到医院，我一路上一直给他按摩心脏，你知道按摩心脏有多累吗？我穿了游泳裤，身上全是湿的，到了医院，他被救过来了。他很倔，刚缓过来就要出院，正好又让我撞见了，他跟我犟，结果他又晕了，我又救他。他像个孩子，又像个哲人，我爸爸也得了癌症，可是我爸爸没他幸运，已经扩散了。我爸打我，你爸就安慰我，说男人爱孩子的方式跟女人的不一样，他很自豪地告诉我，他有一个儿子在上大学，他很爱自己的儿子，我那时突然觉得你比我幸福……"

苏越泪流满面。丁海向往地说："苏教授对我，更像个父亲，我知道他其实是害怕手术，他给过我号码，是错的，他是故意给错的，他在跟自己做游戏，他在跟我撒娇，想让我劝他，哄他。可是，我又是个医生，我没有权利强迫他做自己不想做的事，我现在最后悔的就是没有逼着他交出手机，直接打你的电话。"

苏越无声地哭着："你别再说了，我不怪你，我从来没有怪过你！我其实是在怪我自己，怪我自己不懂事，我应该明白我爸爸，我应该多来看看他。"

丁海心碎了，多好的一对父子，他走过来，轻轻抱住了苏越，苏越忍不住失声痛哭。在他们身后，透过巨大的落地窗户，月亮升起来。苏越哭了好一会儿，转身看见月亮，就起身走到望远镜前，对着望远镜看起了月亮。透过望远镜，月亮上的环形山依稀可辨。丁海走过来，苏越让开身子。

丁海看着天上的月亮，说道："那天晚上，你爸爸对我说，等他出院了，找时间带我到天文台看星星，他说星星看久了，觉得人世间的纷纷扰扰特别无所谓，跟浩瀚的宇宙相比，人的一生根本什么也不是。"

苏越突然笑了起来："他跟你也是这么说的？"丁海点头。

苏越又哭了："他跟我也这么说，跟我妈也这么说，我妈就是受不了他这副样子才跟他离婚的，看来，这个观点他坚持了一辈子。"

丁海泪流满面："一个人坚持自己的生活方式，至死不渝，也是境界！说真的，我很喜欢苏教授，我很想他。"苏越怔怔地看看丁海，点头。

他们在苏教授的房间里坐到很晚，苏越一会儿哭一会儿笑，丁海把他知道的关于苏教授住院前前后后的每件事都说给他听，甚至说到了刘敏和钱宽。苏越对刘敏的事很感兴趣，渐渐开朗了一些。

夜深了，他们离开苏教授的房间。两人都饿了，找了一间饺子馆吃饭。他们叫了两盘饺子和几样小菜，低头吃饭，谁也没说话。几天的相处，他们已经很熟悉了，经历了这样一个晚上的真诚交流，彼此更亲近了。

电视里放着吱吱呀呀的节目，两个女演员各自嘴里叼着一个灯台样的东西在唱歌，样子有点怪，歌词更怪：

"正月里说媒二月里嫁，

三月里生了个小儿郎，

四月里会爬，五月里会跑，

六月里他就开口叫爹娘，

七月里他就入了学堂，

八月里他就学会做文章，

九月里进京去赶考，

十月他就中了状元郎，

十一月他告老就还乡，

十二月他就见了阎王，

你说这孩子命有多苦，

一辈子没喝过饺子汤，

你要问这故事叫个啥名，

这故事就叫两头忙。"

苏越和丁海默默吃着饭，听到这段唱词，都有些莫名其妙。苏越放下筷子："这唱的是什么啊？怎么听着那么荒唐啊？"

丁海也放下筷子，用心想了一下，说道："听着每句都荒唐，听完了觉得每句都是真的……人生，就是一个从生到死的过程。忙来忙去，都是为一碗饺子汤，喝不着，就是命苦，喝着了就不算苦。"

苏越长时间看着丁海，脸上是钦佩的表情，觉得他很睿智，突然问丁海："丁海，你说，我爸爸喝着他那碗饺子汤了吗？"

丁海想了一下："看怎么想了，你就是他的饺子汤吧！他其实一直想着你。"

苏越默默点头，喝了一口汤。

4

苏越和丁海走出餐厅，沿着街道走着。丁海问苏越："你晚上去什么地方？"

苏越叹了口气，看看天空："我还没想好，我想回我父亲住的地方住一晚上，可是说真的，我没有勇气。"

丁海真诚地说："跟我回医院吧，今天晚上我值班，你就睡我的床，你好好想想，到底怎么做，怎么做我都支持你。"

苏越看看丁海，点头："谢谢你，丁海，我现在觉得不那么孤单了。"

就在丁海和苏越两个年轻人越走越近的时候，严如意却坐不住了。下午开会，她说了对王冬的处理意见，她之所以那么说，是因为她从苏越的话里听到了某种和解的意味，确切地说是理性，讲理的孩子就好办。严如意心里暗暗下着决心，她不是不痛恨王冬，但她知道，王冬的事一旦闹起来，最终受伤的是仁华。她整整想了一个晚上，决定来找钟立行，她知道，如果放掉王冬，钟立行将是最强烈的反对者，她只能冒险试一试。

5

钟立行坐在桌前写报告。门外，传出敲门声。钟立行回头看看，说了声："请进！"严如意推门走了进来。钟立行怔了一下，急忙起身。严如意神情严峻地看着钟立行。

钟立行起身走过来，拉开椅子请严如意坐下，起身去烧咖啡。他接好水，把咖啡粉放好，咖啡壶发出烧水的声音，接着开始有咖啡滴落下来。钟立行接了一杯咖啡，取出糖和奶，放到严如意面前。

严如意伸手摸了一下咖啡杯子，眼泪突然滑落。钟立行看到严如意哭了，一瞬间就明白了她的来意，都是冰雪聪明的人，用不着多说什么。钟立行心里突然有些悲凉，他一声不响地坐在她对面："严老师，您有什么话就直说吧。"

严如意抹了一把眼泪："刚开了个会儿，商量处理王冬的事。"钟立行沉默。严如意声音有些哑，显然哭过："我是个医生，也是医务处长，这两个身份其实是打架的……"

钟立行倏然看了严如意一眼。

"作为一个医生，我当然知道什么是医生的良知……作为医务处长，我却天天扮演一个和稀泥的角色，其实我何尝不知道，医生和病人的矛盾，可以说主要的原因是在医生，门难进，脸难看，排了几小时的队，三言两语就打发了，冷暴力，不负责任……在医疗行为中，医生绝对是主动的一方，我们辛苦，病人不是更不容易？那些生病的人们，多么无助，他们是把命交给医生的，我心里清清楚楚，可是，我能说什么？就这么多医生，都处理了，谁来看病？民不告，官不究，有求必应，其实还有一句，不求不应……我什么时候变得这么世故，油滑……"

钟立行苦笑了一声。

严如意长叹一口气："这个行业，有好多不为人知的秘密。古语说，医者父母心，做父母的有时为了孩子好，会说一些善良的谎言，比如不直接说出病情，比如有些治疗过程不能让病人知道，这是这个职业古老的法则，但是，现在被拿来利用了。出了事故，一律封口，能不能知道真相，要看病家的道行、能耐和本事，我每天笑脸面对每一个来投诉的病人，化解矛盾，但现在，我有点支持不下去了……"

钟立行打断了严如意的话："严老师，您就直接告诉我结果吧。"

严如意长时间看着钟立行，她知道她今天的形象很不光彩，她也知道钟立行会答应她的，她更知道如果钟立行答应了她，自己在钟立行眼里就再也不是那个慈爱的母亲，她全明白，但为了仁华，她认了。她慢慢起身，走向钟立行，突然冲动地抓住他的手："立行，这是我父亲留下的医院，一百年了！我不能看着它垮掉！不能看着它让王冬毁了……这不是处置一个王冬的问题，这关系到医院的名声，医源……"

钟立行被严如意抓住手，动不得，他想把手抽出来，严如意却抓得更紧了，钟立行脸上的表情急剧变化着，他艰难地说："严老师，您……别再说了，怎样处置我都没意见！我，没意见……"说着抽出了手。

严如意失声痛哭。钟立行回身在椅子上坐下，出神地看着咖啡壶上滴落的咖啡。他没有像上次那样安慰严如意。在严如意面前，钟立行最大的反抗，只能是没有反应。一滴一滴，渐渐接满了一杯。每一滴，都是钟立行的眼泪。

6

严如意捂着脸痛哭，钟立行一直默默看着她。好不容易严如意止住了哭，电话响了，她看了一眼号码，是丁祖望，她有些紧张，顾不上礼数，匆匆拿起衣服就往外走，一路小跑到了丁祖望病房，她不知道这么晚了丁祖望找她干什么，更害怕他万一改了主意。

她匆匆进了病房。丁祖望躺在病床上看着她，严如意张着手不知道该怎么办。丁祖望指着眼前的沙发："你坐！"

严如意急忙半个屁股坐下。丁祖望闭上眼睛，好一会儿，再睁开，看看严如意："你哭过了？"

严如意有些意外，急忙掩饰，眼泪却再次流出来，她抹了一下眼角。丁祖望看看身边的茶几，上面有纸巾盒，他拿过纸巾递给严如意。严如意惊讶，接过来，眼泪再次涌出来。丁祖望长时间望着严如意："如意，这些年，你不容易。"

严如意又有些意外，张大了嘴，眼泪往下流。

丁祖望看着严如意："你明天一早，把那个叫苏越的孩子请到我这儿来，我来跟他谈谈，看他有什么要求。"

严如意显得有些困惑。

丁祖望平静地说："看能不能，私下做一些补偿，让他写一个材料，不再追究医院的责任……"

严如意睁大了眼睛。

丁祖望伤心地说："我老了，没什么用了，就让我来做这件事吧。"

严如意惊讶地看着丁祖望："老丁，你这是……"

丁祖望缓缓地说："这医院是你的父亲传下来的，不能毁在我手里。"

严如意捂着嘴哭了起来。她是个要脸面的人，却做了这么多不体面的事，她悲从中来，放声大哭。她突然觉得自己在钟立行那儿的样子很不堪，她又想到这么多年，自己一到事上就把丁祖望往坏处想，刚才她还一直想着丁祖望会不会改主意，现在她全明白了，老丁的心一直都是跟她在一块儿的，丁祖望没有辜负她，她更想到她和丁祖望、武明训干的事明显就在算计那个可怜的没了爹的孩子，一瞬间，千头万绪，百般委屈全涌上心头，她哭得山崩地裂。丁祖望把手搭在她后背上，任她哭个够。

7

丁海值完夜班回到宿舍，脱下白大褂，扔到一边，往上铺一看，苏越的床铺叠得整整齐齐。

丁海怔了一下，桌上放着一张纸条，他拿过来，看了一眼："丁海，我走了，我要回学校上课了，谢谢你这些天照顾我，我不知道该说什么，就不多说了，我知道如果我不为我父亲讨公道，在别人眼里我就是个不孝的儿子，可是如果我要讨这个公道，又能怎么样呢？我虽然跟我父亲在一起生活的时间不长，其实我知道我父亲是个怕麻烦的人，而我还是个学生，如果我打官司，将会面临一个漫长的过程，而我想得到什么呢？我并不想得到钱，只想讨个公道，那公道就是不想让王冬这样的人继续以医生的名义去害别人。我相信医院会对王冬做处置，我只有这个要求。我不知道我这样做算不算不孝，算不算傻……不多说了，希望你一切都好，谢谢你救过我父亲，在他最后的日子里我相信他跟你在一起，找到了属于他的快乐和安慰，我也希望你继续做个好医生。"

丁海拿着纸条，急忙往外走。严如意走了进来，看见丁海："哎，丁海，苏越在吗？"

丁海看见严如意，愣了一下，把手里的纸条递过去。严如意看了一眼："他什么时候走的？"丁海摇头。

严如意急忙来到武明训办公室，把纸条递给他。武明训看了一眼，也愣住了，他与严如意对视了好一会儿，严如意低下头，转身走了出去。

武明训叫住她："严老师，怎么办？"

严如意脸上的表情很复杂，跟做贼似的，却又难以克制心中的悲伤："你们商量吧！孩子的意思很明白了。"说着逃开了，她觉得她这辈子不干净了。

武明训长时间看着那张纸条，一动不动。

8

丁海、顾磊、罗雪樱坐在食堂里吃饭。丁海托着腮帮子，呆呆地看着眼前的盘子。

罗雪樱疑惑地说："那个苏越就这么走了？这事儿就这么完了？""看院里怎么处理王冬吧！"丁海若有所思地回答。

罗雪樱又问："你觉得会怎么处理他？要是你会怎么处理他？"

丁海叹口气："不知道。"

严如意匆匆忙忙走过来，罗雪樱看见严如意，刚要起身。严如意往这边看了看，招招手，拿过一份饭就走开了。

罗雪樱说："丁海，你妈怎么了？怎么看见咱们也不热情？"

丁海摇头。

"那天我看见她哭了，这事对她的压力好像挺大的，最近一直都不高兴。"

丁海做着鬼脸，说："这种事谁能高兴啊，跟你说啊罗雪樱，如果这事处理不好，我也不会答应。"

罗雪樱异样地看看丁海，低头吃饭。严如意端着盒饭，走出食堂门口，武明训迎面走过来。严如意看见武明训，停下。

武明训说："严老师，正好，我正要找您，王冬的事儿我想过了，您找时间找他谈话，让他自己找地方走吧。"

严如意显得有些困惑。武明训看了严如意一眼，匆匆走开。严如意端着饭呆呆地站在那儿，一阵风吹过来，把她的头发吹得很乱。

9

武明训让严如意找王冬谈话，让他自己走人，严如意一直拖着没办。她好像生了病，一直打不起精神。消息却在医院传开了，人们纷纷议论着，却不敢多问。两个星期过去了，没有消息。这天上午，武明训从手术室走出来，走到刷手处洗手。

电话铃响了，助理小祁的声音传过来："是，在，知道了，刚做完，好，知道了，我跟他说。"他拿着电话走过来，对武明训说："武院长，人事处打来电话，问您手术完了没有，说是有事。"

武明训一怔："什么事儿？"小祁把电话递给武明训。

武明训接过电话，电话里是人事处秘书的声音："武院长，有家医院人事处的两位同志来外调，说是想请王冬去他们那儿做心脏中心主任，我刚打电话，秘书说您去手术室了，我就让人带着他们直接去心外了。"

武明训目瞪口呆，他担心钟立行处理不好这事，放下电话，匆匆洗了几下手，转身冲向更衣室。

10

钟立行带着医生们查房回来。秘书带着两位中年男人走过来，看见钟立行，叫了一声:"钟主任!"

钟立行停了下来。

秘书介绍说:"这两位是外院人事处的同志,他们是来外调的,想请王冬去他们那儿做心脏中心主任,听听科里同志的意见。"钟立行目瞪口呆,所有的医生也都呆住了。

钟立行回过神来,急忙说:"到我办公室去吧!"

钟立行把人带进自己的办公室,请两位在沙发上坐下。屋内一阵沉默。

对方为首的一位男士先说明了情况:"钟主任,是这样,我们医院想成立一个心脏中心,缺一个主任,我们找了好长时间,跟你们心外的王冬主任也谈了好长时间了,想请他过去,我们初步已经决定了,这次来就是想到这儿来作一个调查,听一下群众的意见,走一个程序。"

钟立行有些迟疑地点头:"好,明白。"

对方看出钟立行的犹豫:"怎么了,钟主任?有什么问题吗?"

钟立行回过神:"啊……你们想了解什么情况呢?"

"就是走一个程序,听听他周围的同事对他的评价,了解一下业务水平、医术和医德吧,您觉得他能不能胜任我们的心外主任?"

办公室外,顾磊、周小白、王小鱼和几个实习生、护士都围拢过来。

丁海拿着夹子走过来,看见一群人围在门口,走过来问道:"怎么回事?怎么回事?"

周小白看看丁海,急忙躲开:"听说王冬要到外院去当心脏中心主任,人家到咱们医院作背景调查了。"

丁海很惊讶:"你说什么?他要当心脏中心主任?"

顾磊神情严肃,低头思索着什么。

办公室里,谈话还在进行,钟立行有些迟疑:"你们这是,什么时候的决定?很长时间了还是最近?""大约有一两个月了吧,我们医院新引进了很多新设备,新成立了心脏中心,我们知道王主任是美国博士后回来的,而且仁华也是个大医院,而且他说,他能做不停跳心脏搭桥手术,这是个了不起的技术,我们希望他能把我们的学科带起来。"

看到钟立行惊讶的表情来人神情有些紧张:"怎么了,有什么问题吗?"

钟立行话还未说完,"你们,难道没有听说……"顾磊已经推门冲了进来。

钟立行一惊:"怎么了顾磊,有事儿?"

顾磊神情严肃地说:"钟主任,我听说王冬要到外院去当心脏中心主任?"

来人急忙回答:"是是,我们希望通过他引进新的搭桥技术。"

顾磊生气地说:"他怎么有资格坐这个位子?他,根本没有这种能力,他,只是刚刚跟着钟主任做了培训,就在上星期,他刚把我们一个病人接到外院做手术,病人死了!"

来人震惊地看着顾磊,再看看钟立行。

钟立行点头:"是,这是我们的顾磊顾大夫,他说的没错,事情刚刚处理完。王主任他没有告诉你们?"

来人一声不响地看着钟立行,好一会儿,说了句:"谢谢钟主任,谢谢顾大夫!谢谢!"起身往外走,两人走出房间,围在门外的人让开了。

武明训走过来,正看到了这一幕,停了下来。钟立行也跟着走了出来,顾磊跟在后面。

丁海看见顾磊,与他交换眼神,顾磊向他点头。丁海表情释然。

两位外调人员用敬佩的眼神看着心外的人,武明训已经全然明白发生了什么,他一句话也没说,转身就走了,完了,全完了,他一直担心的事终于还是发生了,他快气疯了,但他明白,众怒难犯,他这个时候不能生气,不能发怒,否则就失了立场。

钟立行看见武明训,急忙过来:"明训!"武明训意味深长地看了钟立行一眼,走开了。门外的人围着钟立行,钟立行生气地说:"站着干什么?病人怎么办?"众人散开了。

11

武明训匆忙打电话找来了严如意,把刚才的事告诉了她。严如意站在窗前长时间一言不发,几天不见,她看上去好像老了不少。

武明训幽幽地说:"看来,我低估了年轻人的正义感,顾磊今天的表现让我吓了一跳。"

严如意一字一句地说:"还有丁海,罗雪樱,这一帮年轻大夫,心里一个比一个明白,带好了,是我们的财富,带不好就毁了他们,这件事处理不好,全院的积极性都会受到影响。"

武明训深深点头:"我当然明白!我不是不想公开处理王冬,可是处分决定你让我怎么写?如果真把他赶出去,我心里也是害怕,说真的,今天要不是顾磊说了实话,我都不知道我自己会怎么做,如果我不坐在这个位子上,我也许会跟他们一样……"

严如意长叹一声:"屁股决定脑袋……屁股里有屎,脑袋里也只好有屎!"

武明训惊讶地看着严如意。严如意悲愤地看着武明训:"明训,我从来没有像现在这样艰难过,但是为这个医院,只能一步步往前走了。我们只能寄希望于新手术,如果一切顺利,就让王冬留下!狠狠处分他,让他永远记住这个教训!"

第二十六章
姑息与养奸

钟立行，你的确是把好刀，我佩服你！不过我也忠告你一句，别以为武明训对你有多好，当初我刚回来的时候，他对我也一样，你有技术，能给医院赚钱，他当然对你好，假如哪天你没用了，下场跟我一样！不信咱们走着瞧！

别再说了，说真的，我情愿他留在我们这里，给他机会，我真怕他到社会上，到别的地方，再去伤害别人，可是，我什么也做不到！

第二十六章 姑息与养奸

1

武明训和严如意最担心的事还是发生了，一大早，心外办公室的电话响个不停，搭桥手术预约的病人一下取消了六个。严如意亲自打电话询问病人取消预约的原因，前几个支支吾吾，终于有一个病人说了实话，听说仁华的新手术出了问题，有个亲戚在医院工作的，这事在行业内都传开了。

钟立行也听说了这个消息，他急忙赶到护士站，要走预约病人的医案。他压力很大，只是没想好怎么应对。他刚拿到医案，就看到武明训怒气冲冲走过来，他知道他为什么而来，急忙把他让进办公室。办公室气氛有些紧张。武明训把取消预约的病人名单放在钟立行面前："这个你看到了吗？"

钟立行看了一眼："看到了。"

"你对这事怎么看？"

"这是误会，我正准备请患者到医院来，向他们说明情况。"

武明训眉毛一挑："说明情况？怎么说明？告诉他们我们医院的大夫在做同样的手术时死了人？就像你跟来调查的人说过的一样？"钟立行语塞。

武明训语气很重："你能向六位说明情况，那没来的那六十个、六百个呢？"

"明训，你别激动，你话不能这么说。"

"你让我怎么说？光是这名单上的六个，是多大一笔收入，还加上流失的病人，你让我怎么说？"

钟立行心里一阵难过："对不起，以后不会再出这种事了，给我时间，我们会控制住局面的！"

武明训一下急了："控制住？你怎么控制住？你拿什么控制住？苏教授的事我并不怪你，我生气的是你不应该对外院的人说起这件事，你做这一行不是第一天了，应该知道怎么面对这种事，你以为我不想说真话吗？你以为我面对苏越的时候保持沉默是一件容易的事儿吗？你以为当那外院的人到我们医院来问王冬的情况，我不想告诉他们实情吗？我听到王冬居然还在招摇撞骗，我的心是凉的！可是，如果我说了，后果会是什么？就是现在这样！你的人是怎么管的？你这个科是怎么带的？顾磊这样做太不顾后果了！"

钟立行有些被激怒了："那你打算怎么做？"

武明训恶狠狠地说："我要处分顾磊！"

钟立行一下急了："处分他什么？处分他说了实话？"

武明训语塞："我……我要处分他给医院带来的损失！"

钟立行再也忍不住了，虽然他知道武明训在气头上，说的是气话，但气话说成这样就太荒唐了："如果你一定要处分就处分我！我是主任，而且，那天调查的时候，就算顾磊不说，我也会说的！"

武明训被钟立行的态度激怒了:"立行,你什么意思?你以为我不敢处分你是不是?你在要挟我!"

"不是,我在承担自己的责任!"

"你别逼我!"

"我不是在逼你,我是在承担我自己的责任!"

两个人面对面几乎咆哮起来,心外的人听到争吵全都围到了门外,武明训恼怒地看着钟立行,抓起桌上的名单,起身走了出去。围观的人急忙散去,这更让武明训恼怒!心外快成了自由王国了,心外的人全都不听他武明训的了,武明训怒气冲冲,扬长而去。

钟立行也快气疯了,不可理喻,不可理喻!他抓起医案走进心外办公室,气氛压抑,人人都阴着脸,看见钟立行进来,大夫们全都起身。钟立行扫视屋里的人,怒气冲冲地说:"都站着干什么?还不赶快去做事儿?病人谁管?"

大夫们急忙往外走。

钟立行看到手下个个慌乱的样子又有些不忍,收敛了怒气叫住顾磊,把手里的医案交给顾磊:"打电话请这名单上的几位患者,包括我们以前做过手术的患者,邀请他们这周五下午两点,到我们心外会议室开个座谈会,术前咨询和术后检查座谈会!无论如何都要把人请到!"

钟立行一瞬间就下定了决心,他要召开患者交流会,他决心破釜沉舟试一试,面对面地交流、沟通,看能挽回多少病人。

2

星期五下午两点,座谈会开始了。

顾磊领着几个年轻大夫忙了两天,把会场终于布置好了。他们做了会标,拉了横幅,还准备了鲜花、水果、点心。没有声张,没有告诉任何人,他们做这些准备工作的时候,有一种背水一战的悲凉,大家互相都没说什么,但谁都能感觉到彼此心里有句悲伤的话,他们能做的只有这些了。有时坏事能变成好事,坏事能让大家团结,心外的人似乎比以前更团结了。

会议快开始的时候,柴护士长推着丁祖望走了进来。柴护士长扶着丁祖望坐到中间的座位上。随后,丁祖望示意把轮椅收走了,放在旁边的屋子里,意思是不想让人看见。

顾磊看到丁院长,一下呆住了。他有点不知所措,也不知道怎么应对,脑子里第一反应:谁告诉丁院长的?他怎么来了?接着就是跑出去找钟主任。

钟立行出现在门口,看到丁祖望的一瞬间,看到他端坐在会场中间的一瞬间,有一种说不出的感动,丁院长在用行动支持他!

丁祖望向钟立行招招手,脸上充满慈祥与鼓励。陆续有患者进场了。钟立行默默站在原地,没有上前说话,他不知道该说什么。丁祖望示意他开始,钟立行轻轻点头，急忙转身走开，他要回办公室把今天演示需要的文件再检查一遍。

3

心外的座谈会让王冬坐立不安。

那天武明训与钟立行的争吵他全听见了，科里人的反应他也全知道。这些天他每天早早到科里，把自己关在办公室不出来。查房不参加，所有的活动都不参加，他无力面对眼前的一切，只能一天天熬着。其实他是很想做点什么的，可是又不知道该做什么。他终于体会到了孤独的滋味。外面不时有人走动说话，他忍不住好奇探出头来，随即走了出来。他很闷，想透透风。

丁海从王冬身后跑过来，手里拿着一个医案本。

顾磊迎面过来，忙着招呼人去开会："丁海，快，快，会议已经开始了，丁院长也来了！你还不快点！"

丁海一惊："我爸也来了？"随即紧张地说，"我妈让我把王欢的病案整理出来，我刚去化验科取了单子。"放下王欢的病案，丁海冲向会议室。

王冬站在办公室门前，脸上的表情很难看。他百无聊赖地走过来，坐在丁海的座位上，一眼看到桌上的东西，是王欢的病案。他无聊地翻看着。接着他拿出手机，拨通了电话，他小声地问："喂？韩处长吗？我是王冬，请问，我到咱们医院任职的事进行得怎么样了？"

电话里是一阵沉默，随即传出一个压抑着愤怒的声音："王主任，我真不能相信这个电话是你打来的？"

王冬紧张地问："怎么了？出什么事儿了？"

"出什么事儿了？你怎么会问我？你自己做的事，以为我们不知道？"

王冬惊恐地问道："你们知道了什么？"

"你根本没有能力，你的事我们已经知道了！"

王冬挂断了电话。他瘫坐在椅子上，脸色苍白。

4

"各位患者朋友，我是丁祖望，这个医院的院长。"丁祖望望了一眼坐在身边的钟立行："这位是我们心外科的主任钟立行。我们今天把做过心脏搭桥手术的患者和准备做搭桥手术的患者都请来了，感谢你们，特别要感谢这四位做过搭桥手术的患者，他们的身体还在康复中，就来支持我们的工作，实在太感谢了……"

丁祖望用低沉的声音开始了开场白，这是他刚跟钟立行商量过的，钟立行开始还担心他身体吃不消，但他用微笑表示了坚持。

接着是钟立行开始演示心脏不停跳搭桥的手术过程，讲解手术要点，那是他花了两个晚上亲手做的三维演示，还加上他们前几例手术实拍的一些画面，使用

THE DOCTORS

医者仁心

这些手术镜头他还是斟酌了一番，他知道大多数的患者其实很脆弱，对医院、对手术室是很陌生的，因为陌生带来隔膜与恐惧，这些镜头会吓到他们，但是他又知道，适当地给他们一些专业感，让他们多少了解一下手术室的真实情况，会让他们慢慢适应。这是一个两难的选择，但又是必须进行的教育。他一面讲，一面观察患者的反应，会场气氛还是比较好的，这让他开始有了信心："心脏搭桥手术在国外，尤其在美国很普遍，技术已非常成熟。虽说在我们这里才刚刚开始，但我们实际上十分谨慎，在这之前我们已经做了大量的培训，我们要求课题组的医生都要全面掌握操作要领，我想各位已经听说了，前些天我们医院的大夫私自到外院手术，造成病人死亡，因此，大家有顾虑，我们完全理解。"

患者家属开始窃窃私语。

门突然开了，严如意、江一丹和几位科主任一块儿走了进来。钟立行有些意外，严如意向钟立行微微一笑，看到丁祖望，向他做了个微小的手势。钟立行明白了，严如意他们也是来支持他的，这让他很感动。

会场出现一阵小小的骚动，丁祖望微笑着对患者介绍着："各位，我给大家介绍一下吧，这几位，是我们医院各科的科主任，他们，他们也是来支持我们今天这个座谈会的。"患者们互相交换眼神，他们并不适应这样的场合，一下能见到这么多医院的科主任，这种经历还是挺新鲜的。

钟立行接着说："关于这个手术的基本程序，我们已经演示完了，现在我们开始回答各位的提问。在国外，有各种各样的患者俱乐部，叫做病友俱乐部，尤其接受过重大手术的人，对某个手术不了解，就需要交流。我们等时机成熟的时候，也会组织这样的活动，这对增加医生和病人的了解是一个很好的事——"

这时武明训推门走了进来，看到丁祖望，怔了一下。丁祖望向他微微点头。武明训走到严如意身边坐下。门开了，王冬沉着脸走了进来，一言不发地走到钟立行面前。钟立行看看他："你有什么事儿吗？"

王冬上前抓起钟立行就要打，武明训一步跨过来，拉住了王冬："王冬，你想干什么？怎么回事儿？"众患者一脸惊讶的表情。

王冬浑身发抖，看着武明训："武明训，这话我倒要问问你，你想干什么？你们还想把我逼到什么地步？你们是不是要逼死我？我死了你们才开心？"

武明训不解地说："你什么意思？"

"什么意思？我的新工作丢了，本来说好了我要去当心脏中心主任了，我的工作没了，你让我怎么办？你们这些浑蛋！坏蛋！"

武明训脸色难看，刚要发作。钟立行拉住了他。他对王冬吼了声："王冬，你如果还有一点点做医生的自尊，就请你不要在患者面前咆哮！"

王冬被钟立行震住了，住了口。钟立行急忙示意顾磊把患者带走。

钟立行镇定地对王冬说："好，王主任，现在病人走了，正好各位科主任都在，你有任何问题，我们都可以交流了。别冲动！"

王冬脸色苍白，用抖动的声音说："正好，你们这些科主任都在，各位，本来我今天是不想把话说绝的,但我现在已经明白,我们这些人,是没有发言权,也没有出路的。他武明训可以为所欲为,扶持亲信,结党营私,我们,就不能有任何的错误,他欺上瞒下,一而再再而三地犯错误,其实各位可能不知道,丁院长生病了,肺癌晚期,在外院做的手术,而且就是他老婆和钟立行到外院去做的,他为了自己能当院长,隐瞒欺骗所有的人,制造权力真空,从而大权独揽,我们要是再不说话,这医院就完了。"众人一片哗然,一起看着丁祖望。武明训愤怒地说:"王冬,请你出去!赶快离开!"

王冬已经失去理智了:"我会走的!我今天已经看见了,你们精心安排,让院长坐在这儿,就是给你当傀儡,如果我说错了,就让丁院长先离开,让我们看看他是健康的!"

众人惊讶地看着丁祖望。丁祖望看着众人,微笑了一下:"对不起,各位,请听我说几句,我今天来,一是因为听说立行有一个创意,要组织一个患者座谈,我听了很受感动,也很惭愧。因为王冬的事,心外承受着很大的压力,他们自己想出这样的办法,我要支持。还有一个想法,我就是想告诉各位,我已经很长时间没有见到大家了,有些情况要通报一下……"说着要起身,却没有起来。

科主任们震惊地看着丁祖望,丁祖望示意,柴大姐推了轮椅进来。科主任们看见轮椅,再看看丁祖望,互相对了个眼神,不约而同起身,低头往外走去。

每个人走过王冬的面前,都是责怪的眼神,他们其实早就听说了丁祖望生病的事,谁也不问,谁也不传,谁也没去探望过他,没有人愿意看到英雄末路。

何大康走到他面前,说了句:"如果我不是医生,我现在最想做的就是在你脸上打一拳!"

王冬站在那儿一动不动。会议室只剩下武明训和丁祖望、钟立行、江一丹。

丁祖望对王冬招招手:"王主任,你过来坐下,我们好好谈谈!"

王冬脸上的剧烈地扭曲着:"没什么好谈的,你们,你们全是一伙的,你们这是在逼我!你们,你们没有一个好东西!"

丁祖望说:"王冬,你现在很不冷静,你先回去休息一下,什么时候想好了来找我,我们好好谈谈!我还是希望你能对自己有个正确认识……"

王冬挥挥手:"没什么好谈的!"走了出去。

丁祖望表情失望,随即缓缓起身,却又起不来,只得重新坐下。钟立行推过轮椅,把丁祖望扶了上去。

5

柴大姐把轮椅推到了病房,武明训和钟立行一起把丁祖望抱到了病床上,柴大姐把床调整到了合适的位置,让丁祖望靠在病床上。武明训、钟立行守在一边。丁祖望累得已经喘不上气,他喘息了好一会儿,柴护士把点滴给他打上。丁祖望看看武明训,再看看钟立行,左右为难。

武明训看看钟立行，起身对丁祖望说："对不起，王冬的事是我工作没做好。"

丁祖望看看武明训，摇头："我是院长，错也是我的错。"

武明训坚定地说："您好好休息吧，后面的事我会处理。"

丁祖望看着武明训好一会儿："好！我相信你！"

武明训转身往外走，钟立行也跟了出去。丁祖望叫住钟立行："立行！"

钟立行回过身。丁祖望伸出手，握住钟立行的手，眼里全是期待："立行！去找王冬好好谈谈，如果可能，尽量不要激化矛盾。"

钟立行怔了一下，丁祖望渴望的目光让钟立行心里一动。丁祖望眼含泪水，钟立行明白了丁祖望的苦心，他并不希望事情搞大，他艰难地点头，默默退了出去。与武明训目光相接，两人心知肚明，钟立行走了出去。他心情沉重地进了心外办公室，王冬正在整理自己的东西，把书放在一个纸箱里。王冬看到钟立行，脸上似笑非笑，与钟立行对视，随即把目光移开，继续收拾书。

钟立行低声地问："你这是要干什么？要走吗？"

王冬低声地："不走我留下来干什么？钟立行，你现在是仁华医院的救星，一个手术二十几万，武明训，丁祖望全都听你的，我留下来能干什么？就不给你们添恶心了！"王冬愤愤不平地说。

钟立行很严肃："你以为你做的事可以一走了之吗？"

王冬冷笑："不一走了之怎么样？"

"事情没有查清之前，你最好待在这里，你这是犯罪，不是想走就可以走的！"

"钟立行，你别傻了，别以为你跟外院的人说了我的事，我就死路一条了！告诉你，我还是个外科医生，当初你不也是惹了祸，丁祖望保了你？这是这行的规矩！"

钟立行有些气结："你！我当初手术是成功的，手续是全的，我没有违规！"

"别跟我说这个！只要有家属告你，不管是成功还是失败，都一样！我告诉你们，现在没人告我，你们就没权利处置我！"

钟立行无语。王冬得意地说："钟立行，你的确是把好刀，我佩服你！不过我也忠告你一句，别以为武明训对你有多好，当初我刚回来的时候，他对我也一样，你有技术，能给医院赚钱，他当然对你好，假如哪天你没用了，下场跟我一样！不信咱们走着瞧！"

钟立行愤怒地看着王冬，不再说话，转身走了出去。

王冬继续收拾东西，他走到桌前拿自己的杯子，看到丁海的夹子放在桌上，迟疑了一下。他打开夹子，看到了那张化验单，拿起来看了一眼。他耳边突然闪过前面丁海的话："我妈让我把王欢的病案整理一下，这张化验单要放到档案里。"苏越的话："有个患者的家属告诉我，你根本没有能力做这个手术！"他迟疑了一下，四下看看没人，把那张单子放进了自己的口袋。

6

钟立行坐在办公室里，情绪很低落。江一丹急匆匆推门进来："立行！"

钟立行看到江一丹，急忙起身："啊，有事吗？"

江一丹看看他："怎么一个人坐这儿？"钟立行沉默。

江一丹在对面的椅子上坐下："王冬的事怎么处理了？"

钟立行低沉地问答："走了，离开了！"

"你说什么？走了？就这么走了？院里怎么会放他走？"

钟立行伤心地说："他说，院里没有权利处置他，家属都不告，谁也拿他没办法！"

江一丹很气愤："那院里就这么让他走了？我找武明训去！"起身就走，钟立行一把拉住她："别去！"钟立行艰难地说："这件事，就让它过去吧，明训他，还有丁院长，严老师，其实心里一直希望是这个结果，我们……"他说不下去了。

江一丹惊讶地看着钟立行："立行！立行，这样不对，这样不行！"

钟立行痛苦地摇头："别再说了，说真的，我情愿他留在我们这里，给他机会，我真怕他到社会上，到别的地方，再去伤害别人，可是，我什么也做不到！"

江一丹同情地看着钟立行，叹了口气。

7

王冬在办公桌前坐下，从口袋里拿出那张化验单看着，好一会儿，他下了决心，往外走。他搬着箱子穿过住院部大楼，目光四下寻找着，孙丽娜和王茂森在大厅的长椅上睡着。王冬看到两人，眼前一亮，迟疑了一下，走过来，孙丽娜和王茂森睡着，没有反应。王冬看了他们好一会儿，走到门外，掏出记事本，从上面撕下一张纸条，写了几个字，走回来，把纸条放在孙丽娜身边，偷偷地走开。

孙丽娜突然醒了，坐了起来，看到身边有张纸条，拿起来看了一眼，上面写着："打官司，告武明训。"她愣了一下，急忙推王茂森，王茂森迷迷糊糊从椅子上坐起来："他爸，你看看！这是什么？"

王茂森看了一眼："哪儿来的？谁放在这儿的？"

孙丽娜四下看着，大厅里很安静。孙丽娜跳起来，冲出大厅，跑到门外，门外，只有街灯闪亮和一个男人远去的身影。

8

严如意正在桌前写着什么，丁海表情愤怒地推门进来。严如意抬头，看见丁海:"哎,丁海,你怎么来了?"见他愤怒的表情,有些吃惊,"你,怎么了?"

丁海走过来,直通通在严如意面前坐下。严如意走过来问道:"怎么了?出什么事儿了?"

丁海语气虚弱:"王冬走了。"

严如意出了口气:"啊,你说这事,走了就走了,这种人,早走早清静。"

丁海大声叫了声:"妈!"

严如意吓了一跳:"干什么?"

丁海起身,愤怒地看着严如意:"妈,你不觉得你说得太轻巧了?早走早清静,你清静了,苏越怎么办?苏越说他相信会处理王冬,他说他的请求就是不让他再到社会上害别人,现在你们就让王冬这么走了,你们怎么对苏越交代?"

严如意瞠目结舌:"丁海,你怎么跟你妈说话呢?我,我……王冬这样不是已经很惨了吗?他去外面,人家不是已经不要他了吗?"

丁海愤怒地挥动着手臂叫喊着:"那是因为顾磊说了真话!那是因为钟主任支持了顾磊!可是你们没有处分他!没有向全院通告!没有向司法部门控告他!他可以去更小的医院,还可以行医!"严如意目瞪口呆。

丁海指着严如意,一字一句地说:"你们利用了我,利用了我跟苏越的感情,你们这样做让我觉得我像个小人!"

严如意呆呆地看着丁海,一句话也说不出来。

丁海突然哭了起来:"妈,这么多年,我一直以你和爸为荣,我一直想做个好医生让你们自豪,现在,我对你们再也不崇拜了!"说着转身跑了出去。

严如意如同受了雷击,呆呆站在那儿。

9

丁海回到心外,哭着去找刘敏,他突然觉得心里的某个东西失去了,他和刘敏坐在办公室里,依然是泪眼迷离。

刘敏拍拍丁海的头:"丁大夫,你对苏越的感情是真诚的,你不要多想。"她伤心地想,"早知道这样,真不该对苏教授花那么多心思!得过且过多好。"

丁海泪眼看着刘敏:"刘护士长,你是不是喜欢苏教授?"

刘敏长时间看着丁海,认真地点头:"是!我喜欢他!我喜欢他的单纯,他的认真,他的孩子气,我对他是那种对文化人的尊敬,说真的,到今天,我都觉得他好像一直都在。"

丁海深深点头:"我也很想他!可是,我觉得我再也没有资格想他了,我们,没有给他一个公道,我不配想他!"说着哭了起来。

刘敏倏然落泪。

第二十七章
短暂的欢乐

　　丁海看见严如意抹了一下眼泪，他的心也有些动了。他突然感觉到了严如意的不容易，谁没有过青春飞扬的时候，谁没有过为理想献身的热情？

　　经历了那么多不愉快的事，他们依然还能在一起，这一瞬间让人感动。

　　他多希望一切能重归于好。

1

武明训走进医院大厅，一眼看见顾磊正领着心外的几个人在大厅里布置展板，上面是心脏搭桥手术的宣传图。

武明训一看见顾磊就心烦，确切地说，一看见心外的人就心烦，处理王冬的事让他很没面子，心外的人不听他的，只听钟立行的，这让他更恼。钟立行这家伙，平时看着挺老实，想不到群众工作还很在行，发动群众，依靠群众，想不到大学里学生会那一套他全用在了患者身上。

陈光远从他身后赶上来，与他并肩而行："武院长，听说那些取消预约的病人又回来了，这个钟立行还真是有手腕啊！"武明训掠过一丝不快。

陈光远继续没心没肺地说着："钟主任真的是真人不露相，我看他这次事件处理得不错啊，组织患者座谈，人就回来了！"武明训扭身看看陈光远，笑了笑："是，这件事上，他比我做得好。"说着走开。陈光远这才觉得自己话说多了，无趣地四下看看，示意顾磊跟他去办公室。

进了办公室，他客气地请顾磊坐，顾磊有些受宠若惊。陈光远一脸真诚："你们钟主任真是了不得啊，四两拨千斤，王冬的事，他处理得不错，既坚持了原则，又干出了成绩！"

顾磊咧着嘴笑着，陈光远拿出一个信封："顾磊，这是，这是，下个月在海南召开的一个心脏方面的学术会议的邀请函。"

顾磊连忙说："您交给我们钟主任就行了。"

陈光远说："哎，这是给你的，钟主任的我另外给他送。这可是我专门给你要的，你得去，费用也是他们出。"顾磊迟疑了一下，接过信封："陈院长，我得盯手术，还得盯急诊，去不了。"

"你怎么这么死心眼儿？你就倒休的时候去，用不着通过什么人，车子住宿都会有人安排，辛苦了一年了，就当休假了。"顾磊终于放了心："谢谢陈院长。"陈光远笑着对顾磊说："啊，对了，你回去跟钟主任说，这个周末晚上，徐达恺他们公司想请你们心外的人吃个饭，你们进的那批手术器械，人家想表示一下，你们心外的人都得来，一个也不能少。"

2

顾磊拿着陈光远给的请柬回到科里，开始心里还挺高兴，越琢磨越不对味，陈院长为什么要对自己这么好？他心里有点不踏实，在屋里走来走去好几回。他把徐达恺公司请吃饭的事告诉了钟立行，但请柬的事却没说。

钟立行听到顾磊说陈光远要请客，就知道发生了什么。他知道陈光远在向心

第二十七章 短暂的欢乐

外释放信号,知道有人在利用他和武明训的矛盾。钟立行何等聪明,这样的事情怎么可能看不穿!只不过他从来不把任何心思放在这种人际纠葛上,也不愿意自己的手下学这一套。他想来想去,还是决定跟顾磊聊一下这件事,于是直截了当地问顾磊:"顾磊,你是不是很想去吃这个饭?"

顾磊老实地点头:"是!陈院长说请心外的人都参加,大家好不容易有个机会一块儿出去聚会,我们这一年太辛苦了!"

钟立行心疼地看着顾磊,走到桌前,从桌上拿过一张请柬:"我问你,你是不是也收到这个了?"

顾磊怔了一下,老实地低头:"嗯。"

钟立行恍然的表情,耐心地问:"你不觉得,最近一段时间有些事情很奇怪,比如,我们心外的会议邀请、国际学术会议、度假旅游,吃饭的事儿,多起来了?"顾磊点头。

"那你知道这是为什么吗?"顾磊一怔。

"因为……王冬的事!"

顾磊困惑地问:"王冬怎么了?"

"我不知道该怎么对你说,因为王冬的事,我跟武院长之间发生了点矛盾,你们都看见了。但我想,不管怎么说,我相信武院长他心里是有自己的立场的,虽然,我不赞同他的作法,但这并不妨碍我们之间的感情。"

"您的意思是说,原则没有了,没原则的事就多起来了?"

钟立行意外又欣赏地看着顾磊:"你很聪明!本来我不应该跟你们年轻人说这些,但我想告诉你们的其实不是这个,而是即使工作中遇到障碍、挫折,也不能自我放弃,大环境不允许我们坚持自己,我们自己也不能放弃自我要求……"

顾磊飞快地说:"钟主任,我知道了,谢谢您跟我说这些。我知道,最近丁海情绪一直不好,苏教授的事对大家的情感和信念都是一种伤害,但我们,不会放弃原则的!"

钟立行点头:"那就好!"他看看手中的请柬,说道:"顾磊,我知道你们跟着我很辛苦,我什么也给不了你们,加班费,夜餐补助,甚至报销一张出租车票,可是,我想给你们东西——一个外科医生最重要的精湛的技术和不怕吃苦的精神,学医的,其实是很清苦的,十年寒窗,只是学个皮毛,更多的是要在实践中,在年复一年日复一日的工作中积累感觉,积累能力,一个好的医生要几十年才能学成……"

顾磊羞愧地说:"您不用再说了,我懂,钟主任,我都懂。"

"那好!明天晚上,我请客,我请心外所有的医生、护士去吃饭,你挑地方吧。"

顾磊惊喜地说:"那,那我就不客气了。钟主任,你带我们去吃西餐吧,说起来,不怕您笑话,我,我们是西医,可是,我真的没有吃过像样的西餐。"

"西餐?那不如我给你们做!"

"真的吗？"

"当然。"钟立行肯定地答复。

"那，我们干脆就在公寓里，自己做吧，又省钱，又过瘾！"

3

心外的新年大聚餐选在了单身宿舍的楼道里。

楼道里摆放着一个煤气灶，几张桌子，桌子上摆满了酒水、饮料和干果、小菜。顾磊、丁海、罗雪樱、周小白、王小鱼和一帮年轻小大夫围在一起胡闹。钟立行系着围裙一个人忙活着，看起来很利索，不一会儿，几道冷菜上桌，居然有模有样。顾磊惊诧于钟立行的手艺，钟立行趁机吹起了牛："你师傅我当年可是在纽约最好的西餐馆里端过盘子！我做的可是顶级餐馆的菜式！"众人欢笑，笑声传出很远，惹得楼上楼下很多别的科室的单身汉们不停地向这边张望。

晚上八点多，武明训才走出办公室，新年对医院来说是更忙碌的日子，很多科室在外面聚餐，但他一个也没参加。这段时间他心情烦闷，老是想发火，今天打算早点回家补个觉。他刚一出门，看见两个实习医生正从楼里跑出来，边跑边议论着心外的聚餐，说是钟主任亲自下厨。武明训听到这个消息，心里一动，不知道为什么，他很想参加这个聚餐。这个钟立行，搞群众运动都成精了！他其实一直躲着钟立行，但听到钟立行跟心外的年轻人聚餐，还是动了心。朋友之间生气是可以的，不可以生分太久。他急忙给江一丹打了个电话，让她赶快过来，给严如意也打了个电话，不管怎么说，终归还是要见面的。

桌上已经摆好了八套餐具、沙拉、煎好的虾，每人面前都放了饮料。

钟立行端着一只大锅过来："来了，俄式红烧牛尾，管你们够！"大家欢呼着。

顾磊说："主任，差不多了吧？我们开始吧！"

钟立行乐呵呵地说："好，你们先开始，我还要再去做鱼。"

罗雪樱端起杯子："来，我们感谢钟主任给我们做这么好吃的菜，也感谢我们这艰辛的一年！"大家端起杯子，一块儿碰了碰，各自喝了一口。

顾磊吃了一口大虾，叫了起来："好吃！"

丁海也叫道："好吃！"

罗雪樱也跟着说："我从没有吃过这么好吃的虾！"

钟立行开心地笑起来。

武明训和两个实习医生走过来："什么东西这么好吃啊？"

众人看见武明训，尖叫起来，一齐护住盘子："啊，武院长来了！"

武明训笑起来："不给我吃？"看看钟立行，"立行，你的人对我可是越来越不客气了！"钟立行笑起来。

顾磊几口把自己的虾吃完："没了！"

罗雪樱也吃下去:"没了。"

众人大笑。

武明训上来就抢丁海的。丁海迟疑了一下,无奈地把盘子给了武明训。

钟立行急忙说:"快坐,快坐!还有,好吃的还多呢!都有!"

武明训吃着丁海的虾:"好吃,你们几个可真有福气,我跟钟主任同学这么多年,还没吃过他做的饭呢!"说着看了看钟立行。钟立行也笑着看着武明训。

门外,江一丹拎着一篮子水果走了过来,边走边喊:"你们谁来帮我一下!"

武明训和钟立行急忙回头,看到江一丹正挺着大肚子吃力地拎着东西,钟立行急忙跑了过来。接过东西:"哎哟哟!你怎么拿这么重的东西!"

江一丹冲钟立行一笑:"好啊,你们聚会竟敢不叫我!"

丁海跑过来:"哎,江主任,你怎么知道的?"问罗雪樱,"是不是你告诉的?"

江一丹笑着:"不是她!我自己猜的!"

丁海拉着江一丹:"江主任,快坐下!我给你弄点好吃的,快尝尝我们钟主任的手艺!"说着替她张罗起来。

正忙着,严如意走了进来,丁海抬头看见严如意,怔住了。

钟立行看见严如意,急忙迎上来:"严老师,您怎么来了?"

严如意笑着:"你们声音大得整个医院都听见了。"

丁海起身往一边走,钟立行拉住了他,丁海想甩开,甩不开。钟立行高兴地说:"太好了,这下我们更热闹了!丁海,去帮严老师拿些好吃的。"说着用力握他的手。江一丹看见钟立行手上的动作,笑了起来。

钟立行对江一丹做了个鬼脸,丁海黑着脸走开了,严如意脸上有些挂不住。

江一丹急忙拉着严如意坐下:"严老师,你看今天的气氛多好,立行真有本事,把心外的人团结得这么好。"严如意点头,脸上掠过一丝阴影。

罗雪樱端了盘子过来,送到严如意面前,笑道:"严老师,这沙拉特别好吃,严老师,您能来我们特别高兴!"严如意终于露出一丝笑容。

音乐响起来,桌子已经靠边站了,年轻人跳起了舞。武明训、钟立行、江一丹、严如意坐在一边兴奋地看着。严如意捧着一个纸盘子在吃东西,钟立行不时给她往盘子里加菜。严如意不停地说:"够了,够了!够了,嗯,好吃,好吃!"

路过的人都停下来往这边看,不时有人加入。音乐换成了圆舞曲,武明训跑过来,拉起严如意:"严老师,快,跳舞,我请您跳个舞!"严如意急忙放下盘子,武明训带她跳起了舞,年轻人欢呼着,也跳起来。钟立行走过来,请江一丹,江一丹迟疑了一下,两人跳起来。

武明训跟严如意边跳边说:"严老师,我知道王冬的事让你有很大压力,我觉得很对不起您,如果您真的觉得不喜欢当这个医务处长,我可以考虑换个人。"

严如意苦笑了一下:"我不当,谁来当?谁当不是一样有压力?别再说了。"

"那就辛苦您了。"

"明训，这次的事，对立行其实是一种伤害，我们心里都要明白，我希望以后有机会，你们能坐下好好谈谈！"

"我知道严老师，我会的。"

钟立行和江一丹跳着舞，江一丹笑着："立行，真有你的，看你把心外的队伍带得多好。"钟立行笑笑："不说工作，行吗？"江一丹笑起来。

边上，丁海坐在椅子上，低头吃沙拉。罗雪樱凑过来："哎，别吃了。"

丁海看看罗雪樱："罗雪樱，是不是你告诉我妈这儿有聚会的？"

罗雪樱急忙否认："怎么可能？不是我。"

丁海认真地说："罗雪樱，我问你个问题。"

罗雪樱一本正经道："问吧。"

"要是我跟我妈妈打起来，你向着谁？"

罗雪樱惊奇地看着丁海："哎，丁海，你什么意思？我怎么觉得这话像问要是我和你妈妈掉河里，你先救谁啊。"

丁海强调："回答我！我是认真的！"

罗雪樱认真地回答："那得看因为什么原因，谁有理我向着谁！"

丁海放下叉子："你答对了！我喜欢你的答案。"

"你什么意思？"

"你的答案意味着你会向着我，这回，我妈和武院长真的做得挺差劲的。"

罗雪樱苦笑一下："丁海，你听我说，这次的事，我的看法跟你是一样的，但是顾磊今天跟我说，钟主任告诉他，我们要学着既要坚持原则，又不伤害感情，就算别人没有原则，自己也不能放弃，今天的饭就算他犒赏咱们的！"

丁海感觉有些意外："钟主任真的这样说的？"

"当然！"

丁海若有所思地点头。音乐停止了，所有的人都停了下来。钟立行走到CD机前，重新放上音乐，是熟悉的罗大佑的歌：明天会更好！

前奏中，钟立行认真地说："我很抱歉，这是我唯一会唱的一首歌，今天的聚会，我很高兴，不在于我们吃到了什么好吃的，而在于，我们大家又重新聚到了一起，我们之间可能会有这样那样的问题，但我希望我们能够真诚相对，这样，我们就能形成一种力量，保持一种精神，保持我们的正直和自尊，这是世界上任何财富都买不到的。"

顾磊和罗雪樱带头鼓起了掌。武明训和严如意互相看了看，心里不是滋味。歌声越来越响，人们加入了合唱。"轻轻敲响沉睡的心灵，慢慢张开你的眼睛，看这忙碌的世界是否依然孤独地转个不停，青春不解风情，吹动了少年的心，让真情融化成音符，唱出你我的祝福……"音乐响起的时候，在场的人都哭了，丁海看见严如意抹了一下眼泪，他的心也有些动了。他突然感觉到了严如意的不容易，谁没有过青春飞扬的时候，谁没有过为理想献身的热情？经历了那么多不愉快的事，他们依然还能在一起，这一瞬间让人感动。他多希望一切能重归于好。

4

可惜，这种欢乐第二天一早就被打破了，一大早严如意刚进办公室，刘晓光就上门，告诉严如意，王欢妈妈起诉武明训和医院。

严如意目瞪口呆地看着刘律师，好半天说不出话来："你们，你们这也，太过分吧？武明训一天到晚到处找人说情，要给他免医药费！"

刘晓光解释说："严主任，这是家属的意愿，我是律师，你们说的情况只能代表一方，真实的情况到底怎么样，我还要调查！请你派人跟我一块儿去复印病历吧。"

严如意把刘晓光手里的起诉书拍在桌子上："你随便吧，你想怎么做就怎么做！你们去法院，去递起诉书，我们等着法院来传票再说！你现在给我出去！出去！"说着把刘晓光往外推。

刘晓光大声喊着："严主任，你这样做是不正当的，你没有权利侮辱我的当事人和当事人的律师。"

严如意大声喊着："你少给我来这一套！你让王欢的父母来见我！他们到现在还欠着我们三十几万医疗费，钱不交，就没资格起诉我们，你让他们先把钱交了再说，听见没有？"说着连推带搡把刘晓光推了出去。

走廊里进进出出的医生、护士全都惊讶地看着严如意。严如意高声叫着："看什么看？有什么可看的？都回去！回去！"

武明训快步跑了过来："严老师，怎么了？出什么事儿了？"

严如意泪流满面："明训，王欢的父母要告你！要告你！"

武明训一脸震惊地看着刘晓光，刘晓光的表情倒是很平静。

武明训急忙拉住严如意："严老师，别这样，别这样！有话好好说，咱们是医生，不能情绪化！"严如意放声大哭。

武明训急忙对刘晓光说："你还不赶快走？有什么事回头再说，直接找我！"

刘晓光迟疑了一下，走开了。武明训急忙拉着严如意进屋。严如意坐在沙发上，依然控制不住情绪。武明训劝慰着："严老师，您，别太在意了，这种事，来了就一点点应对吧，我自信我问心无愧，我是对得住自己良心的！"

严如意哭着："你现在说这些有什么用？一件事没完又来一件，这到底是怎么了？"

武明训安慰道："严老师，别急，别急！如果您压力太大了，这事就让我来处理，您别太在意了。"说着拿起起诉书，转身走了出去。

5

武明训回到办公室，把自己扔在沙发里，拿着起诉书看了起来：

THE DOCTORS

医者仁心

原告：孙丽娜，王茂森
被告：武明训
案由：医疗行为不当，致人死命
主要事实和理由：

患者王欢，二十岁，因感冒入院治疗，诊断为尿毒症，紧急换肾，术后两年出现排异反应，再次入院，主治医生武明训提出再次换肾，耗费巨资，王欢于术后两周死于爆发性肝炎，院方提出死亡原因系多器官衰竭表现在肝上，家属对此无法认同。

一个年轻的生命，因为感冒入院，引发一连串的治疗，治疗效果一次比一次差，病人对治疗过程毫不知情，只能听信医生的说法，一入医院，生死未卜，如同入了老虎口，这样的医院良心何在，这样的医生良心何在……

武明训脸色发青，手在发抖。他把起诉书扔在了茶几上，难以平静。

门外传来敲门声。武明训怔了一下，敲门声继续。

武明训想着："会是谁呢？"他不情愿地起身，拉开了门，钟立行站在门外。果然是他，这个时候来敲门的只有他了，武明训心里有些酸楚，一言不发。钟立行跟了过来，武明训把桌上的起诉书递给钟立行，苦笑了一下："行医几十年，我终于当上被告了。"钟立行凄然一笑。

武明训无奈地说："你是不是应该恭喜我，我离名医不远了。"说着眼圈有些发红。钟立行苦笑一下。

武明训悲愤道："不当医疗，致人死命，'一个年轻的生命，因为感冒入院，引发一连串的治疗，治疗效果一次比一次差，病人对治疗过程毫不知情，只能听信医生的说法，一入医院，生死未卜，如同入了老虎口，这样的医院良心何在，这样的医生良心何在……'看上去字字都有理，其实理一句也说不通。我对王欢，倾注了全部的心血，两次换肾，我像绣花一样给他做手术，这么多年，可以说没有一个病人，我这么用心过，有时我常常觉得，他就像我的一个孩子……"

武明训说不下去了，此刻他非常悲伤，难以自控。

钟立行也忧伤地看着武明训，好一会儿，缓缓地说："交给我处理吧，我去找王欢父母作个沟通。"

武明训凄然一笑："沟通？已经上了法庭，怎么沟通？你不知道现在的病人，你去找他沟通，他就以为你怕了他，传出去会对我们医院很不利。"

钟立行默默点头。

武明训伤感地挥挥手："你不用管了，好好带你的团队，做你的手术吧，这事儿没有那么简单，一旦进入法律程序，事实就会不重要，重要的是人心向背，是证据，是法官的认知……"

钟立行默默点头，他被家属纠缠过，他知道什么叫诉讼，知道什么叫医疗官司。人人都说法律是最公正的，其实法律是最不公正的，武明训说得对，任何事情一旦进入法律程序，使用法律语言描述的时候，事实早就不存在了，只有立

第二十七章 短暂的欢乐

场。他何尝不知道这一切,这也是他来找武明训的目的,他很想劝他与王欢父母和解,第一他知道诉讼的后果,第二他深知自尊心很强的武明训面对这样的诉讼根本不能接受,但他又知道,武明训不是一般人能劝得了的,他很自负,甚至有些刚愎自用。所有这一切他比任何人都清楚,但他还是决定单刀直入,把事情的原委说给他听,他和武明训是朋友,是兄弟,兄弟的意义在于关键时刻,能给把把关、指个道,有时话虽然不好听,但必须要说。

他想了好一会儿,看到武明训情绪稍微平复了些,小心开口,试着说出他自己的观点,他知道这些话一旦出口,武明训很可能接受不了,但他还是说了:"明训,我知道你心里很不平衡,但是我想跟你说个事,你想过没有,王欢父母起诉你的根本原因是什么?他们其实一直是很信任你的,这里面一方面有失去孩子人财两空的问题,其实,根本上说是苏教授的死让他们对王欢的死产生了怀疑。"武明训表情困惑。

钟立行接着说下去:"显然,王欢的死是无力回天,但苏教授的死却是另有原因,两件事性质根本不同,但结果都是不了了之,所以他们会从根本上产生怀疑,如果他们出于这样的心理去起诉,案子会变得很麻烦,他们不会轻易和解,所以你要想清楚对策。"

武明训长时间看着钟立行:"你是说我咎由自取?你是觉得我对苏教授的事处理不当才惹出麻烦?"

钟立行知道武明训误会了,忙说:"对不起,明训,我这样说不是有意让你难堪,我只是希望你能保持清醒,了解王欢父母的心理,知道官司因为什么引起的,知道问题出在哪儿,这样才能想出解决问题的办法。"

武明训一下急了,他猛地起身挥手:"我当然了解王欢父母的心理!但我了解有什么用?他们理解我吗?清醒!这个时候你跟我说清醒!我清醒有什么用?告诉你,我比任何人都清醒!那就是,无论如何,我这个案子是不能输的,就是不能输!这不是我个人的问题,是这个行业的尊严!对待王欢的事上,我武明训是问心无愧的!"钟立行怔怔地看着武明训,同情地看着他。

武明训有些失望地看着钟立行,努力克制着情绪:"你的意思我都明白了,这事交给我自己处理吧,我会面对的!!"钟立行长时间看着武明训,默默点头,他知道,武明训和王欢的父母都钻了牛角尖,这个案子怕是不会轻易解决。

第二十八章
武明训出离愤怒

　　你们是不是认为，我们医生都是无所不能，无所不知的，就是因为冷漠，没有人情味，所以病人才会死，是吧？

　　你，你们偶尔身边死一人就这么难受，我们要面对多少人死去的场面，而每个人，我们都是付出最大的努力去挽救！

　　不管是出现意外的患者，还是早就已经知道是无能为力的患者，只能眼睁睁看着他们离开的时候，那种复杂的情绪是你们这辈子、下辈子也体会不到的……

1

　　武明训穿过走廊，走进办公室，不时有人跟他打招呼："早上好，武院长！"

　　武明训一边回应着一边进了办公室。这是武明训接到起诉书的一个星期，一个星期里他露面少了。医院里的人知道他心烦，没人敢招惹他，他就生活在自己孤独的愤怒中，内心很焦苦。

　　他换上白大褂准备去查房，刚走进外科病房的走廊，老远就听见一个男病人在大呼小叫："疼死我了，大夫，求求你们再给我打一针吧！"

　　武明训走过来，看到江一丹和一个护士匆匆走进病房，急忙跟了过去。

　　很多人不了解，麻醉医生除了手术麻醉，还有一个任务，就是治疗疼痛，很多病人如果有疼痛，需要麻醉医生出面，因为治疗疼痛的药品属于管制药品，容易成瘾，必须有麻醉医生的处方。

　　病人看上去四十多岁了，胡子很长，很胖，躺在床上呼爹喊娘，大呼小叫，不用说，是一个意志薄弱的人："哎呀，疼死我了，哎呀，疼死我了，我的妈呀，疼死我了！"

　　江一丹走过来问："怎么不好？"

　　"大夫，我疼，我腿疼！"又是一通大呼小叫。

　　边上一个七十多岁的老太太急得团团转："儿啊，你别叫了，大夫来了，你就别叫了！"

　　"我要死了，我要死了，你们都不心疼我！"

　　武明训走进来，问边上的医生："怎么回事？"

　　一个小大夫低声说："脉管炎，腿疼，叫了一晚上了。这人可太矫情了，四十好几的大人了，拉屎撒尿全在屋里，让他七十多岁的老娘伺候，真想给他一巴掌！"

　　武明训已经完全明白发生了什么事，以前碰见这种病人，他总是耐心说服教育，再给他打上一针，但今天他很生气，他决定教训一下这小子，他走过来，站在病床前："你，哪儿不好？"

　　病人看看武明训："大夫，我腿疼，我得了脉管炎，我要死了，快救救我吧！"

　　江一丹知道武明训要出招了，轻轻碰了一下他。武明训把江一丹的手挡开了。

　　老母亲着急地说："儿啊，你别叫了，忍一忍啊！"

　　武明训温和地问："你哪条腿疼？"

　　"右腿。"

　　武明训用手指压他的右腿："这儿疼不疼？"

"疼！"

"这儿疼不疼？"

"疼。"

武明训飞快地换成左腿："这儿呢？"

病人叫着："疼！"

周围的人全笑了，病人有些不好意思。

武明训正色道："赶快给我起来，下楼跑一百米，回来哪儿都不疼了！"

病人尴尬地说："我就是疼嘛！"

武明训板着脸："你老母亲七十多了，让她给你端屎端尿，像什么样子？"说着转身走了出去。

2

武明训向手术室方向走去，江一丹也跟了出来，她笑嘻嘻地看着武明训："好多年没见你这么认真严肃过了。"

武明训苦笑了一下，收拾了这个病人，让他心里多少有点气顺了。他年轻的时候当住院医，收拾不听话的病人是出了名的，说真的，当医生的谁没有几个撒手锏，就看用不用了。

江一丹当然知道武明训在想什么，她太了解武明训的脾气了，他能修炼成现在这样子真是不容易。两人一前一后往手术室走，江一丹挺着大肚子，走路像只企鹅，武明训不由得放慢了脚步。身后有人喊他："武院长。"

武明训回头，是他最讨厌也最头疼的记者叶惠林，不由得皱起眉头。江一丹也停下来，有点担心。

武明训对江一丹说："你先去吧，我马上就来。"

江一丹不放心，目光掠过叶惠林的脸，向他微微点头，转身走开了。

叶惠林客气地对武明训说："你好。"

武明训忍着厌烦，客气地回答："你好！"

叶惠林脸上挂着讽刺的笑容："武院长，你今天脾气好像不错。"

武明训气得咬牙切齿，转身就走，叶惠林跟在后面。

"你跟着我干什么？"

"我是来跟踪王欢医疗案的。"

"我忙着呢，一会儿要上手术。"

"我不采访你，刘晓光约我来的。"

正说着，刘晓光从远处跑过来。刘晓光先忙着对叶惠林说："对不起，我来晚了。"又向武明训说，"我约了公证处的人一块儿看王欢的病历，希望你不要介意。"

武明训转身就走，刘晓光和叶惠林跟了上来。武明训恼怒地说："你们跟着我干什么？看病历去跟病室联系，我忙着呢。"说着要走。

叶惠林挑衅地说："哎，武院长，你别走，我还有问题要问。"

武明训警觉地问道："什么问题？"

"我想知道，通常情况下这种官司的程序，还有，你面对这场官司是什么态度。"

武明训冷笑了一下："程序？你不是跟刘晓光来的吗？他是律师，你让他告诉你！"

刘晓光有些不安，伸手想制止叶惠林。

武明训走过来："至于心情，我可以告诉你，我现在如果不是医生，如果不当这个院长，第一件事是往你脸上打一拳！"

叶惠林显然生气了："你……"

武明训逼近一步："我什么我？就是你这种人，自以为是，在这儿惹是生非！还有你！"指着刘晓光，"你简直混到家了！别再说你是我同学！我们现在是对手，是对手就拿出对手的样子来，别来这一套！！"

武明训掉头而去，刘晓光急忙追了过来："明训！"

武明训头也不回，刘晓光冲过来，挡住他："武明训！"

武明训停下。

刘晓光说："你现在有情绪，我能理解！我必须告诉你，你是医生，我是律师，我必须站在弱者一边！"

"别跟我说弱者！我现在才是弱者，我就像一条鱼让人放在案板上，只能等死，连动也不能动！"

"明训，我知道你的心情，本来，我接这个案子，也考虑了很长时间，如果我不接还会有别的律师接，这是第一。第二，关于王欢，我知道你对他很好，但是你再想想，一个年轻人，本来正是生机勃勃的年龄，得了病来医院做了手术，却又感染上了肝炎就那么死了，你能说你们一点责任都没有吗？"

武明训大声但冷静地说："那不叫感染，那是肝脏衰竭！就是人的整体器官全面衰竭，表现在肝脏上，这是完全不同的概念！"说完转身就要走。

刘晓光再次拉住武明训："作为病人，他们没有知识、没有能力理解你说的那些，他们只是想知道儿子是怎么死的。如果你真的没错，让家属、让社会了解你说的这些也不是什么坏事，一个社会不能总是强者说话，也要让弱者发出声音，这是我律师的责任，也是你做医生的必须向社会负的责任！"

武明训很不耐烦："我没有精力去管那些死人，那些活着的人已经让我忙得焦头烂额了，我是医生，不是牧师，医院不是慈善机构，不负责安慰死者家属的灵魂！"

"明训，你让我很失望，你不是牧师，医院不是慈善机构，你都说对了，可是这种话从你嘴里说出来还是让我觉得刺耳！我告诉你，王欢的母亲最不能接受的就是你们在王欢死后变得很冷漠，没有人关心她，没有人安慰她，她受不了，可以说是你们激化了矛盾！"

　　武明训愤怒到极点："她这样说太没良心了吧！我们的热情全用在抢救上了，我们的同情心就是努力让孩子多活一分钟！她没看见我们都做了什么，她没看见丁海的眼泪吧？她只看见丁海喝了酒。我们规定，医生不能喝酒，如果休息时间喝过酒就绝对不能上岗，丁海那天本来也不当班，可是如果不是他第一个跑过去，那孩子就会死在他母亲面前，吐血而死！哪个母亲能承受这种打击？孩子死了，我们给她单独开了监护病房，全部免费，她还希望我们怎么样？给她的孩子披麻戴孝？你们是不是认为，我们医生都是无所不能，无所不知的，就是因为冷漠，没有人情味，所以病人才会死，是吧？你，你们偶尔身边死一人就这么难受，我们要面对多少人死去的场面，而每个人，我们都是付出最大的努力去挽救！不管是出现意外的患者，还是早就已经知道是无能为力的患者，只能眼睁睁看着他们离开的时候，那种复杂的情绪是你们这辈子、下辈子也体会不到的……"说到这里，武明训有点哽咽，调整了一下情绪之后继续说："我们能怎么样？陪着家属捶胸顿足？和家属抱头痛哭，然后再喝醉了睡上三天？不能！我们要保持绝对的冷静，因为还有下一个生命垂危的病人在等着我们。我们实在做不到上一秒还痛哭流涕，下一秒就冷静地站在手术台上切开另一个人的胸腔。所以面对死亡，我们只能保持一种假装的冷漠，这是我们的自我心理保护！否则每个人都会崩溃，你明白吗？"

　　刘晓光瞠目结舌，随即沉默了。江一丹不知道什么时候悄然站在武明训身后，武明训回头看到江一丹，怔了一下。

　　江一丹眼圈有些发红，轻声说："手术要开始了！！"

　　武明训怔了一下，急忙走开。

　　刘晓光下意识地跟了几步，失声叫道："明训……"

　　武明训回头。刘晓光眼圈红红的，担心地问："你没事儿吧？"

　　武明训冷静又冷淡地说："放心，我知道我是医生！"说完匆匆离开。江一丹意味深长地看了刘晓光一眼，向他微微点头，走开了。

　　叶惠林与刘晓光对视，叶惠林说："这个武明训，真是强人啊！"

　　刘晓光怔了一下，对叶惠林说："小叶，不好意思，我想单独处理这些事，如果你没事，就回去吧！"

　　叶惠林也怔了一下："刘晓光，你怎么了？你是不是改主意了？"

　　"不是，但是，我不想再让你跟我一起，这样会给他们很多压力！"

　　叶惠林若有所思地看着刘晓光："好，我知道了。"

3

　　武明训沿着走廊大步走过来，他还沉浸在愤怒中，但努力克制着。江一丹大着肚子走得很急，有些艰难。武明训回头看了江一丹一眼，仍然大步走进手术室。江一丹在门口停下，喘了几口气，然后走了进去。

他俩很快换好手术服，走到水槽边上开始冲洗胳膊和手。好一会儿，武明训才平复下来，走进了手术室。病人已经麻醉了。武明训走过来，开始手术。他弓着肩，动作有些僵硬，伸手要止血钳，护士急忙递上。武明训没接稳，止血钳掉在了地上。

武明训看了一眼地上的止血钳，对护士怒道："你怎么回事？不想干就出去。"

护士慌忙说："对不起。"重新拿了一把递到武明训手里。

手术室气氛突然有些沉重，江一丹微笑着："大家坚持一下，手术完了武大夫请大家喝咖啡。"

一位年长的医生笑着："真的吗？听说医院门口新开了一家星巴克，要请就请我们喝星巴克的咖啡。"

江一丹笑着："星巴克，那玩意儿多小资啊，要喝就喝钟主任亲手做的蒸馏咖啡，那个呀，其实更小资。"

医生和护士都笑了，武明训感激地瞟了江一丹一眼，之后放下了一直端着的肩膀。

4

武明训痛骂刘晓光的事儿不一会儿就在医院传开了。那些逼人的话、才华横溢的话经过添油加醋的流传，更加神奇了。还有人说武明训往刘律师脸上打了一拳，打得牙都掉了。还有的说记者也让武明训打了。武明训的形象一下突然高大起来，虽然大家觉得平时武明训有点霸道，总爱训人，但骂律师那些话还是很痛快的！

钟立行在手术室里就听说了武明训骂人的事，他听到那些话，心里也觉得武明训说得不错，武明训一向口才很好，当了院长总要垂范，骂人的事不怎么做了，但偶尔为之也不错。但他又有些担忧，口舌之快解决不了问题，官司的事需要理性。一下手术，他就直奔法务部找赵律师，希望看看王欢的卷宗，看能不能帮上什么忙，对付诉讼，他还是有足够的经验的。

赵律师很敬重钟立行，但还是要讲原则，他急忙要给武明训打电话，问能不能让钟立行看卷宗。正说着，严如意走过来，她早就希望钟立行能伸手帮忙，只是不知道话怎么说。

5

武明训一天之内马不停蹄地做了三台手术。天都黑了，他才出手术室，换好衣服，办公室也没回，直接开车回家了。

其实他已经好多年没有这样一天到晚待在手术室里了,他是专家,权威,大拿,不论查房还是做手术总是前呼后拥。有时就是在台下站一站,关键时候上一下手。今天的三台手术从头到尾他都站在台子上,这样的情况让他感觉很舒服,居然有一种说不出的放松。当个普通的外科医生,有一手好技术也不错!手术时,江一丹坐在他边上,调节着气氛,下了班两人一块儿下班,这种感觉好像也久违了。

两人在车上有一句没一句地闲聊,江一丹也觉得很放松。武明训吃官司的事让她心里很窝火,从接到法院传票开始,家里气氛就变得很怪异。武明训一句也没跟她说起过这事,她也一句都没有提过,仿佛一切都没有发生,但实际上,什么都变了。今天武明训的表现让她知道他心理压力比她想象的还要大,她很想劝劝他,她看武明训兴致很好,忍不住就多说了几句:"哎,我觉得你今天骂那话挺过瘾的。"

武明训笑了笑,没吭声,两人间一直回避的话题,江一丹还是说了。

"你说的都是医生的心里话,说真的,我很感动。"

武明训异样地看了江一丹一眼,又苦笑了一下:"哎,你这样坐着累不累?要不我把座位给你往后调调?"

"不用,凑合一下,一会儿就到家了。哎,其实我觉得你还是有点太当真了,问心无愧的事,就没有必要那么冲动,愤怒!"

武明训看到江一丹不肯换话题,只好接着说:"我当然愤怒!他们本来就是无理取闹!我看这次的事没有那么简单,这后面一定有什么人在操纵!我现在都后悔我以前做事太好心了,我应该世故一些,冷漠一些,那样就不会惹来这么多麻烦!"

江一丹有些惊讶地看着武明训,当初武明训对王欢那么好,她是有意见的,但现在事儿出来了,武明训突然说这样的话,让她觉得有点不安:"哎,武明训你到底什么意思?你是后悔对王欢太好了?我以前也对你对王欢太好有意见,但现在,我还是觉得,那没有错,他父母只是不理解,你一定要相信自己所做的,否则心态会变得很差,这样对自己不好!"

武明训看看江一丹,突然觉得她很幼稚:"哼,只怕我不这么想,他们会把我往死路上逼!这事儿你就别管了,这是我自己的事。"

6

武明训用钥匙打开门。江一丹走了进来,在门边的椅子上坐下,武明训弯腰为江一丹脱下鞋,换上拖鞋。

江一丹突然拉住武明训的手,武明训吓了一跳,江一丹急切地说:"明训,我知道你心里烦,但我还是想告诉你,你刚才说,后悔对王欢太好了,这是不对的!这事,说到底,你也是有责任的!你要想明白王欢的父母为什么会突然翻了

第二十八章 武明训出离愤怒

脸,是因为王冬的事,因为苏教授的事让他们开始怀疑王欢的治疗,所以你要想办法打消他们的顾虑,否则这件事会非常难办!"

武明训看了江一丹好一会儿:"你怎么跟立行的说法一样?我到底什么做错了?王冬的事与我何干?我对他不是一点儿不客气,不是一点儿情面也没留吗?"

江一丹没有停下来:"那你又为什么因为病人取消预约的事要处分顾磊,又要跟立行吵架?"

武明训低声吼了声:"你别再说了,我已经够烦的了!"

江一丹吓了一跳,急忙护住肚子。武明训歉意地看着江一丹。

江一丹失望地说:"武明训,你,你,好好的一个人怎么变成了这样?你什么时候变得这么狂躁,这么不理智!我都快不认识你了!我知道你冤,你委屈,可是你天天这么大喊大叫就能解决问题吗?我知道你为什么这么烦,因为官司的事让你不仅丢了脸,还会影响你的前途!要是当院长让一个人这么阴暗,我情愿你是个普通医生!"

武明训又吼叫起来:"我当这个院长是为了我自己吗?王冬的事弄得行业里人人尽知,手术全都取消了,你们新手术还能做下去吗?你的职业理想还会存在吗?这个医院还不早就关门大吉了?你以为我是为了我自己吗?"

"大家不是都在努力减小影响吗?病人不是又开始回流了吗?这样大吵大闹能解决问题吗?"

武明训依然大吼:"我不跟你讲,你根本不知道我在说什么!"拿起桌上的皮包进了书房。

江一丹完全傻眼了。她不知道她的确触动了武明训心里的隐秘,他的确太想当院长了,官司的事的确让他太伤心了。武明训进了书房,还是不能控制自己的情绪,整整一个星期他压抑着愤怒,但今天,他完全控制不住了,从医二十多年,他从来没有像今天这样伤感,痛苦。他在屋里烦躁地走来走去,好不容易平静了一点,他看到书架上有一个肾脏的模型,想起手术前一天的晚上他一直拿着模型看,现在物是人非,自己成了被告,武明训突然悲从中来,眼泪终于流了下来。

7

华灯初上,月上梢头。这样的夜晚,不会因为谁的伤心而改变。钟立行翻完卷宗告诉严如意,卷宗里虽然有一份捐助者的体检报告,但日期是,手术前三个月的,而在移植前没有报告,这样,就无法证明肾源是不是有污染。

严如意惊讶地接过报告:"我去问问,这个手术术前检查是……小祁,我问问他!"

小祁赌咒发誓地说自己绝对作了术前检查,但他疯了一样把化验室全翻遍了的时候,还是没找到那张单子。

"本来，本来，那个捐助者是临终后就要取的，但是，因为王欢家没钱，就多等了两天，按规定，是不需要检验的，但武院长特意嘱咐要作一个，是快速检验单子，我不会记错的。"

第二天一早，武明训刚进办公室，严如意就把情况告诉了武明训。

武明训如五雷轰顶，随即长叹了口气，沉默。他知道没了这张单子，这个案件将非常麻烦。

秘书探头进来："武院长，刘晓光来了，说要见您！"

武明训与严如意对视了一下："让他进来吧。"

刘晓光走了进来，武明训道："这么早，有什么事儿？我一会儿要查房。"

刘晓光把一份文件放在武明训面前："我们请人看了一下王欢的医案，可能你们自己也发现了，王欢的移植肾源没有术前快速检验单……"

武明训和严如意对视了一下，武明训说："然后呢？你们什么意见？"

刘晓光说："我查了一下相关的法规，卫生部的医疗条例里的确有规定，这种情况不需要检验，但是，王欢得的是肝炎，虽然你们一再说，是器官衰竭，表现在肝上面，但这么敏感的情况，你们应该有个解释吧，如果你们有报告，就能说服家属，但你们现在没有。"

武明训沉默。

刘晓光接着说："还有，上次姚淑云的案子你们拿出卫生部的条例说话，说条例没有规定低钾病人补液时需要医生护士全程在场，这一次你们不会又拿出条例说话吧？这种事发生在你武院长身上，有点说不过去吧。"

武明训气得一句话也说不出，他长时间盯着刘晓光，然后突然说道："刘晓光，我尊重你作为律师的职责，你给我点时间，我把检验单找出来，如果找不出来，我也不会拿条例说话，你们就直接去法院起诉，我应诉！你说得对，我是院长，是主管业务的副院长，如果我的手术经不起检验，就没资格继续行医。"

刘晓光干脆地点头："好，我等你消息！"

8

丁海匆匆忙忙来请钟主任，请他无论如何去看看钱国兴，就是那个大款钱宽的父亲。换瓣手术做过了，情况没有丝毫好转。

丁海报告着病人体征："体温三十八点一，血压九十六，六十二，脉搏一百一十二，深度黄疸伴全身浮肿，无自主运动，阵发的对疼痛有躲避反应，口腔内有凝血块及鲜血，气管插管内有血块及鲜血，胸部有弥散性干啰音。心功能ⅡⅥ级，有收缩期杂音。腹部软而且无肌紧张，胸片上双侧有较粗的肺泡浸润及左肺片状影。"

钟立行边听边作检查，随即让丁海把钱宽请过来，他需要跟钱宽好好谈谈了。再治疗下去已经无意义，有些情况需要告知家属。一般地说，现在的医院，

第二十八章 武明训出离愤怒

如果病人家属不提出中止治疗，医生一般不会给这样的建议，但钟立行有时视患者的情况会给一些这样的忠告，回国已经快一年了，他亲眼看到中国的患者对疾病的态度，不理性，胆小，不愿意讨论生死。而家属一般也都是这样的态度，似乎中止治疗就是对病人不够意思。他们的一生，大部分的钱花在了最后三年，最后的三个月，甚至最后的三天里。钟立行了解这一点，但希望适当地作一些改变，作为医生，他太了解病人，尤其是钱宽父亲这样的病人，这样的全面衰竭，对病人来说意味着什么，让病人有尊严地死，这是一件多么艰难的事。

钱宽一听到父亲的情况很不乐观，一下就哭了起来，他哭得那样伤心，钟立行劝了好一阵他才稍微平静了一下，他抽泣着："就是说我爸的五脏六腑都坏了？"

丁海点头："是的，这是非常复杂的多脏器功能衰竭，其肺、肝、肾和血液系统功能衰竭，并有免疫功能抑制和多种严重感染，包括白色念球菌性霉菌病。神经系统也受到了严重的损害，恢复的可能性几乎没有……所以，我们认为再治下去，就是无意义治疗了！"

钱宽傻傻地问："什么意思啊？"

丁海说："就是建议放弃治疗。"

钱宽一下从椅子上弹了起来："不行，我爸还没死呢，你们这不是见死不救吗？你们还算是医生吗？"

"因为能治愈的希望几乎是没有的，所以继续治疗也是没意义的。"

"不行，我不同意！这才做完手术几天啊？你们这么快就说没得救了？我不相信，说不定再过几天我爸就缓过来了呢，再要是不治了，那手术不就白做了？"

丁海看着钟立行不说话。

钟立行走上前说："这不能这样理解，手术是必需的，但术后没有改观……"

钱宽哭着："丁大夫，我求求你，再治疗一段时间吧。您就辛苦辛苦，兄弟我求你了。"说着又哭起来。

丁海无奈："这样吧，我们继续治疗一周，如果这期间心脏停搏，不进行心肺复苏。一周后如果没有任何好转迹象的话，我们就放弃治疗，你看怎么样？"

钱宽勉强点头同意。

第二十九章
乱象

你别贬低我，我不生气，我就是高兴。你忘了克鲁特先生的名言：有时，去治愈；常常，去帮助；总是，去安慰。我今天做的事只能算是帮助吧。

刘敏是个优雅的女人，从不说脏话，再不高兴的事也不会挂在脸上，但不知从什么时候起，她发现自己开始变得粗俗，变得暴躁，变得恶毒，穿着也不讲究了。她其实很清楚自己心理的变化，但就是不愿意制止，苏教授的死对她打击很大，这种打击让她变得心灰意冷，她并没有指望能嫁给他，其实根本没有往那上面想过，她就是喜欢他的风趣和纯真，喜欢他的教养和风度，如果病人都像他那样，她这个护士长当得多么体面。

1

丁海已经被钱宽磨得快没有了耐心。医院里最近气氛很差，武明训的官司严重影响了大家的心态。即便上班时间，医生护士们也开始仨一群俩一伙凑在一起说小话，小道消息满天飞，风气很不好。

罗雪樱跟严如意的感情也受了影响，两人不像以前那样亲近了。人压抑久了会失态，罗雪樱最近就经常对患者发火，她知道这很不好，但就是控制不住。

这天早上她出门诊，一个年轻女孩儿，半年里已经是第二次来仁华流产了。罗雪樱为她作了检查，从屏风后面出来，女孩子也从屏风后面出来，边走边整理衣服。罗雪樱情绪很差，让病人坐下，她告诉病人，她的子宫壁已经非常薄了，再做人流的话以后可能都不能再怀孕了，还是不要做了。病人一下哭起来，哭诉说她没工作，男朋友不想要孩子，她已经为他做过六次人流了，每次一怀孕，他就说不是他的，要是不打掉，就要跟她分手。罗雪樱目瞪口呆，一怒之下，就问病人要电话，说是给她男朋友打电话，告诉他流产的后果。

罗雪樱打通了电话，男人却满不在乎："那又怎么了？她想当妈就生呗，生了自己养不就完了嘛。"

罗雪樱终于火了。现在的病人太不像话了，当病人不像话是因为当社会的人也不够格，她决定发一次火："你太过分了！你这样说话算什么男人，你太坏了！"

男人一听也变得愤怒："你骂谁呢？"

"骂的就是你，你是个浑蛋！你就是个大浑蛋！你过来，现在就过来！我有话要跟你说！"说完气呼呼地挂了电话。

过了好一会儿，那男人居然真的来了，也许他从没见过这样的医生，敢打电话来直接教训他，他走到妇产科门口，高声叫着："我找我媳妇！刚才谁给我打电话说要教育我来着？"

罗雪樱闻声走出来："是我！"

男人看看罗雪樱，一脸横肉："你刚才说我什么来着？"

罗雪樱厉声说："你过来，我给你看样东西！"

男人有些紧张："干什么？"

罗雪樱严厉地说："你过来，我让你过来！"

罗雪樱带着男人进了诊室，拿过一张很大的教学挂图，对男人说："你坐下，我跟你讲讲！"

男人一愣："你这是干什么？这是我们家的事儿！"

罗雪樱很坚决："等你生病住院了，就是大夫的事儿了！"她打开图，说道"你来看，这是女人子宫的解剖图，这就是子宫壁，通常情况下，正常的分娩，胎儿属于正常剥离，不会伤害子宫壁，而人工流产是侵略性的，是要把正常生长的胚胎用机械方式刮下来，子宫壁就会受刺激，就会越刮越薄。你女朋友现在的子宫壁已经很薄了，后面很难再怀孕，就算不想要孩子，内分泌也要受影响，女性的雌激素承担着很多功能，如果雌激素不足，会引起早衰，皮肤松弛先不说，骨质疏松，心脏都会出现问题，你看她现在三十岁不到，已经很憔悴了，如果你不想跟她结婚，就赶快分手。如果你心里还疼她，就不要老让她频繁怀孕，伤害她的身体。"男人怔怔地看着罗雪樱，这大夫也太强了。他被她说的吓坏了，原来流产这么可怕。

罗雪樱严肃地说："你不要因为现在一时冲动做出让人后悔的事，我们在医院里，天天收治很多病人，有些病人就是因为流产太多，想要孩子的时候也要不了，因为流产出人命的也不是没有。也有怀孕后期子宫破裂的，每当这个时候，听到病人的哭喊，我们作医生的心里特别不是滋味。男人，女人，爱情也好，家庭也好，都是以生理作基础的，你们之间感情的事儿我不管，但我请你尊重一下别人的生命，我以一个医生的角度请求善待你的女朋友！这个要求不过分吧？"

男人一下缩回了头。

罗雪樱傲慢地说："我的话完了，你现在可以走了。"

男人看看女朋友，说："你也没说非要孩子不可啊！"

女病人怯怯地说："我敢说吗？我一说你就瞪眼睛。"

罗雪樱骂得很痛快。午饭时间，她去食堂的路上，女病人和她的男朋友拦住了她，告诉罗雪樱她们已经决定留下孩子，马上结婚。那个男的也挺逗，刚才的横气全没有了，难为情地告诉罗雪樱她的话他全听进去了，他以后会好好的，并保证好好待他的女朋友。

罗雪樱开心地笑起来："你不用向我保证，向你女朋友保证就行了！"

罗雪樱一路小跑进了食堂，丁海闷闷地在吃饭，罗雪樱拿着饭坐过来，心情大好。丁海看看她，不做声。罗雪樱好奇地看看丁海："怎么了？怎么看见我也不热情？"丁海说了声："没事儿！"又看看罗雪樱，"你有什么高兴的事儿？看着那么欢喜？"

"我高兴吗？也没什么特别的事，就是，今天有个女病人，已经做了六次流产，还要做，我打了电话把她男朋友叫来训了一顿！"

丁海："啊？训人就高兴啊？"

"我有那么浅薄吗？是因为他答应那个女孩子，尽快结婚！"

丁海笑了起来："啊，这事儿啊，敢情当了一回红娘！这成就感也没多么高深。"

罗雪樱一笑："你别贬低我，我不生气，我就是高兴。你忘了克鲁特先生的名言：有时，去治愈；常常，去帮助；总是，去安慰。我今天做的事只能算是帮助吧。"丁海不以为然地笑笑。

罗雪樱突然扳过丁海的肩膀："丁海，看着我的眼睛！"丁海困惑。

第二十九章 乱象

罗雪樱认真地说:"丁海,我知道你最近情绪不高,我也知道你们科遇到了一个难缠的病人,可是我希望你不要放弃,我也不放弃,我们都不能放弃。今天我特别高兴,本来,我只是情绪不好,乱发脾气,却成全了一对有情人,你明白我的意思吗?"

丁海怔怔地看着罗雪樱,他虽然没有罗雪樱那么有兴致,但还是听进去了。

2

武明训走进办公室,刘晓光正等着他。武明训看见他,脸色一沉。刘晓光走过来,解释说:"明训,对不起,我知道你忙,只能一早来找你!我就不进去了,就几句话,那个快速化验单,已经两个星期了,你们还是没拿出来,王欢的父母很急,他们说这个星期就要庭审。"武明训脸色沉重。

"明训,我还是那句话,这个案子如果我不代理,他们也会找别的律师,我虽然是原告代理,但相信我,还是有自己的操守的。"武明训从鼻子里哼了一声。

刘晓光说:"王欢家属提出,不信任医院的行业鉴定而要去做司法鉴定。我劝了她们很长时间,但他们很固执。"

武明训挥手打断了刘晓光:"我没意见,你们按程序走吧,我只有一个要求,一旦进入法律程序,就不要再来找我了,直接找我们的赵律师,我实在太忙了。"

刘晓光同情地看着武明训:"明训,你不要这么直接,也别这么大火气,事情既然发生了,就要面对,我希望你能认真对待。"

武明训眼里闪过感动,随即又冷了下来:"我知道了,谢谢你,我不会低估你的能力和智力的!"说着走到沙发前,一屁股坐下,他感到从来没有过的虚弱和绝望,他一直以为自己并不在乎这场官司,但自从他接到法院传票那天起,才知道自己有多么恐惧,多么在乎,仿佛有人在他脑子里重重给了一拳。他仔细分析过自己的心态,自己到底为什么这么愤怒,他想了很久,才一点点儿理清,是委屈,是屈辱,是多少年一直往前冲从未停下过的疲倦,还有他隐隐担心,他很可能会因为这场官司而丢掉院长这个位子。他并不在意能不能当院长,而是他不能输,尤其是不能以这样的方式输。

3

钱宽父亲的观察期早就过去了,事实上,已经又过了一周,所有的生理指标依然没有好转的迹象。丁海查完房,来请钟立行,希望他给个意见,于是说道:"钟大夫,钱国兴的观察期已经一周了,没有任何好转的迹象。"钟立行点点头:"好吧,我马上过去。"

钱宽正好沿走廊过来,听见丁海的话,一下呆住了。好一会儿,他转身冲进父亲的病房,一进门就把护士往外推。护士急得直叫:"哎,钱先生,您怎么又进来了,你推我干什么?"钱宽死死把住床前的位置,钟立行、丁海、刘敏走过来。刘敏看见钱宽,一下急了:"哎,你怎么进来了?家属不能进来!"钱宽激动地说:"你们是不是不想给我爸爸治病了?"

刘敏上来拦钱宽,钱宽情绪激动,钟立行示意刘敏停下,平静地对钱宽说:"钱先生,你来得正好,我们今天认真地跟您讲讲钱老先生的病情。希望你要理性,目前病人情况实在不好,我希望你能作好心理准备……"

钱宽没等钟立行说完,激动地挥着手:"我不跟你谈,我跟你们没什么好谈的,不行,不行,就是不行,你们得给我爸爸继续治!求你们了!"

丁海往前走了一步,和气地说:"钱先生……"

钱宽很激动:"你别过来,你再过来我、我……"说着四处找,拿过一个输液瓶,对着自己的头,"我就死在这儿,我也不活了。"

钟立行拉回丁海,对钱宽说:"你冷静点,把东西放下。"

钱宽说:"那你们得答应继续给我爸治。"

丁海耐住性子:"钱先生,我们不是谈过了吗,您父亲现在肾脏、肺、肝脏都已经严重衰竭了,再继续治疗也是无意义的事了。"

钱宽吼道:"狗屁,我才不信你们这些狗屁医生的话呢。只要我爸还有心跳,我就要治。我有的是钱,我掏钱,你们就给治不就完了吗?呸呸呸,什么完了。你们给治不就好了吗?"丁海压着火:"钱先生,您冷静点!我们这不是跟您商量嘛!"

钟立行低声但坚决地对丁海说:"现在患者本人的意愿我们没办法知道了,如果患者家属坚持,我们就继续治疗看看吧。"

钱宽见钟立行有所动摇,便一下子跪在地上,爬过来,抓住丁海和钟立行的衣服:"谢谢您了,钟主任,谢谢!"

钟立行和丁海连忙扶起钱宽:"钱先生,你怎么又这样啊,快起来。"

钱宽就是不起来,干脆坐在地上抓着两个医生:"我知道钱买不了命,可他肚子里面都烂了不也还没死吗?说明你们都是有本事的医生,求求你们就再给看看吧,求求你们了。"

丁海无奈,再拉钱宽起来:"你先起来。你不起来让我怎么说啊。"钱宽这才站起来。丁海继续道,"不是不给看,你也知道,你父亲现在心跳和呼吸都是靠仪器维持着而已,他的其他脏器都已经……"

"这我都知道,可既然仪器还能维持,那就再维持维持,说不定哪个药碰上了,就能有奇迹呢?兄弟我从来没求过你们,我就求求你们了,你们不知道,兄弟小时候家里穷,兄弟十一岁才穿上鞋啊,十一岁啊,容易吗?好容易兄弟有了今天了,我爸这还没沾过我什么光呢,刚有钱的时候总想着他老人家还有的是日子,也没时间关心他,连他有糖尿病我都不知道。"说着给自己一个耳刮子,"兄弟我也就是想尽尽孝,让他老人家看看儿子有出息了,所以求求你们,再给看看吧。啊?"钟立行沉稳地说:"那就这么办吧。"

第二十九章 乱象

钱宽一下破涕为笑，猛地用力抱住丁海，好像很久没见的老友："谢谢，谢谢，太谢谢了！"丁海被钱宽抱着脱不了身，哭笑不得。

钟立行带着其他医生转身离开，钱宽冲过来："钟主任，我还有个请求，能不能让我爸爸单独一个房间，能让我陪着他，我什么条件都答应你们！我跟我爹快五年没见面了，他天天躺在那儿，我又看不见他，求你们可怜可怜我！"

钟立行同情地看着钱宽，好一会儿："我们跟院里请示一下吧，我们会尽量满足你！"钱宽激动地哭了起来。

4

刘敏疲惫地走进办公室，一屁股坐在椅子上："狗屁！闹剧！闹剧！什么狗屁大款，简直荒唐到家了，俗不可耐！不可理喻！"她心里突然涌出的愤怒把她自己也吓了一跳。刘敏是个优雅的女人，从不说脏话，再不高兴的事也不会挂在脸上，但不知从什么时候起，她发现自己开始变得粗俗，变得暴躁，变得恶毒，穿着也不讲究了。她其实很清楚自己心理的变化，但就是不愿意制止，苏教授的死对她打击很大，这种打击让她变得心灰意冷，她并没有指望能嫁给他，其实根本没有往那上面想过，她就是喜欢他的风趣和纯真，喜欢他的教养和风度，如果病人都像他那样，她这个护士长当得多么体面。刘敏是个爱美的人，爱美到其实有些病态，但女人如果自己不珍惜自己，不爱美，活着还有什么意思？胡思乱想中，门慢慢地开了，一个肉脑袋钻了进来。

刘敏吓了一跳："哎，您有什么事吗？"

胖男人拎着两盒礼物进来："刘护士长。"

刘敏疑惑地问："您有事？"

"您不记得我了？"

刘敏微笑着："是有点面熟。"

胖男人笑道："您是贵人多忘事，我是吴德仁啊，您还在急诊当护士长的时候我找过您，为血的事。"

刘敏的笑容慢慢消失了，冷冷地问："您有事吗？"

吴德仁笑着把东西放在刘敏桌子下面："我本来就是想来拜访一下这儿的护士长，没想到是您，咱们也算是老相识了。"

刘敏说："如果不是病人有情况，就请你出去吧，对不起我很忙。"

"哎呀，您看您，买卖不成仁义在嘛。"

刘敏冷笑着："什么买卖？我跟你有什么买卖可谈？你赶快走吧。"说着起身要走。

吴德仁拦住刘敏："哎，刘护士长，咱聊会儿呗。"

"我跟你没什么可聊的，以前没有，现在也没有。"说着走到门口，又回过头，"你的东西别忘了拿，我这没那么多空地方。"说完自己走了。吴德仁不服气

283

地冷笑了一下，拿着东西也走了出去。

　　刘敏走出办公室，向病房走去，刚拐弯就听见钱宽不知又在跟谁吵架。刘敏厌恶地回过身，再次看到吴德仁，她急忙闭上眼睛，此时的她突然感觉自己有点走投无路，以前熟悉的热爱的工作场所现在在她眼里看起来那么丑恶，她不知道自己该做点什么，也不知道该对谁说点什么。严老师，丁海，钟主任，他们虽然对自己都很好，可是一个个都那么忙，谁会有时间听她那些莫名其妙的情绪？她在走廊里茫然地站了好一会儿，决定请人替今晚的夜班，她要早点回家。

5

　　刘敏跳下公共汽车，向家的方向走去。刚一进小区大门，远远就听见琪琪的笑声。刘敏抬头一看，路灯下，琪琪背对着自己蹲在地上捂着肚子笑，而曹成刚正在努力地做一个天鹅展翅的动作，一条腿跷着，样子很难看。

　　曹成刚单腿有些站不稳，来回摇摆着喊道："你别光笑啊，看看怎么样？标准不？"

　　琪琪笑着勉强站起来："丑死了，腿再高点。"说着上来抬曹成刚的腿，"站直啊，你老胳膊老腿的，太硬了！"说着用力往上抬腿。曹成刚再也站不住了，一下子脸朝下摔倒了。刘敏也忍不住笑起来。曹成刚和琪琪这才发现刘敏。

　　琪琪扔下曹成刚，跑过来扑到刘敏怀里："妈妈！您回来啦！你快看，曹叔叔跳舞可太难看了！"

　　刘敏困惑地看着曹成刚："曹警官，你怎么在这儿？您找我有事吗？"

　　曹成刚看着刘敏，突然有些紧张："我，我……"

　　琪琪跟曹成刚对视了一下，都不说话了。

　　刘敏看看女儿："怎么回事？琪琪？"

　　女儿紧张地说："妈妈，叔叔其实，经常来陪我玩儿！"刘敏一惊。

　　曹成刚急忙说："我知道您工作忙，不能准点下班，琪琪经常一个人……"

　　刘敏责怪地看看女儿："你为什么不早点告诉我？"

　　"是叔叔不让我说。"

　　刘敏感激地说："曹警官，谢谢你照顾我女儿！"曹成刚害羞地笑笑。

　　刘敏看着女儿，又看看曹成刚："那，我们就上去了。琪琪，跟叔叔说再见。"

　　曹成刚急忙喊道："刘姐！"

　　刘敏一惊。

　　曹成刚说："您吃饭了吗？我请您和琪琪吃饭吧！"

　　刘敏紧张地说："不，不用了，一会儿琪琪还得写作业，她得早睡觉。"

　　"不去太远的地方，就在前面，我知道一家火锅店，又便宜又好吃。"

　　"不了，谢谢你！"刘敏说完领着琪琪走了。

曹成刚失落地站在原地。

刘敏领着琪琪进了屋，把门关上，表情立刻严肃起来："怎么回事？"

琪琪一下哭了起来："妈妈，对不起，我不是故意要骗你的，是小曹叔叔不让我告诉你！"

刘敏看到女儿哭了，急忙说："别哭，别哭！"

孩子委屈地哭着："您天天回家那么晚，我一个人放学回家，害怕。"

刘敏抱住女儿："别哭，以后妈妈下班早点儿回来！"她心疼地看着女儿，抚摸着她的头发，"妈妈给你带了好吃的，赶快吃饭吧。"两人坐下开始吃饭，琪琪欢天喜地地告诉妈妈，她拿到了舞蹈学校的录取通知书了，全班只有她一个人考进去了。刘敏很为女儿高兴，她从小的理想就是当芭蕾舞演员，自己的愿望不能实现，就把全部的希望寄托在女儿身上，一直坚持送她学跳舞，但当她看到通知书上写的一年三万多学费的时候，她欢欣的笑终于化成了苦笑。

6

刘敏坐在办公室里，从包里拿出少儿舞蹈学院的宣传册看了看，想了想，又拿起电话，犹豫着。

刘敏自己劝自己："刘敏，为了女儿就放弃一次自尊吧。"说完拨通了卫思云的电话。没有等她开口，卫思云就告诉她："上个月带学生实习去了，钱汇晚了，以后孩子的生活费我会按时汇的，没必要的时候我们还是尽量别联系了，对大家都好，容易平复情绪。"卫思云说完无情地挂断了电话。

刘敏听着电话里"嘟嘟"的声音，默默挂上电话，默默地哭泣着，她心很冷。护士跑进来说钱宽又在闹，她急忙赶过去。

钱宽手拎着针头，正冲着小护士发火："你是怎么毕业的？啊？手比脚后跟还笨呢……"

刘敏进来，钱宽又急又怒地指着刘敏的鼻子吼着："你这护士长是怎么当的？也不看着病人。"

刘敏冷冷地回答："我不止一个病人，不可能24小时看着。"

"行，你来看，你来看看。"钱宽拿起老人的手，"我爸这手都让她扎成筛子了，换不了就别停药，总扎什么？我又不是给不起钱。"

刘敏走过来先用酒精对输液针头进行消毒，然后拿着老人浮肿的手慢慢地扎进去，"这药是定时定量的，不能总输。"

她麻利地操作完，走出病房，钱宽追出来，不依不饶喊道："你能不能态度好点？你摆着这张臭脸给谁看啊？"

刘敏更加难受，强忍着眼泪，说了句："对不起！"转身对跟出来的小护士说，"有什么情况叫我。"说完要走，钱宽冲过来拽刘敏，把她拽了个趔趄。刘敏愤怒地说："请你放尊重点，你再这样无理取闹，我就叫警察了！"

钱宽笑着："还叫警察？我让你叫……"说着扑过来要打刘敏。

曹成刚一头冲了进来，一把抓住钱宽的胳膊。钱宽一回头，曹成刚手里拿着一盒冰激淋正举起来对着他的脸。

钱宽挣扎着："你谁呀？"

曹成刚威严地说："我是警察！"

钱宽挣脱，往后退，看清了曹成刚穿的警服："你，你干什么？"

曹成刚一把抓住他的衣领："你再敢在医院胡闹，我绝对花了你！信不信！"

钱宽被震住。

刘敏拉着曹成刚："哎，算了。"

曹成刚说："不行。"

"他也是因为他父亲病重心里着急，有点邪火。"刘敏不想把事情闹大。

曹成刚有点心疼："那就拿你撒气？"

刘敏无奈地说："你又不是第一次见了。"说着转身往办公室走，曹成刚回头瞪了钱宽一眼，跟了过来。

刘敏进了办公室，回头看了一眼曹成刚："你怎么来了，有什么事儿吗？"昨天她下班回家一看见曹成刚跟琪琪在一起，就知道他的用意。今天他再次出现，她早就明白会发生什么。刘敏是个漂亮女人，漂亮女人从小的功课就是学会躲开男人，虽然她现在离婚了，但无论如何不会降低身段。

曹成刚有些尴尬："我听琪琪说，你最喜欢吃香草冰激淋，我正好看见了，又离医院不远，就送过来了，没想到成了武器了。"

刘敏淡淡地笑了一下，曹成刚也笑起来，含情脉脉地看着刘敏，有点害羞。

刘敏急忙板起脸："行了，谢谢你送冰激淋来，赶快走吧，谢谢你曹警官！"

曹成刚呆呆地看着刘敏："刘姐，别这么叫我。"

刘敏紧张地说："什么？"

"往后我就叫你姐，你就叫我弟弟，我的命都是你救的，我早就想着来看你，又怕你……"

刘敏看着曹成刚认真的样子，知道事情严重了："曹警官，你不要这样想，我救你是我应尽的本分，你别想多了！"

曹成刚冲动地走上来，说道："姐，我不想瞒你，也不想骗自己了，我，今天来，是想跟你说，我喜欢你，要是你愿意，我就天天来看你，有人欺负你，我就保护你，再也不让你受委屈了。"

刘敏虽然早有预感，但曹成刚说得这么真切，她还是愣住了。说真的，她漂亮了一辈子，让男人追了一辈子，光顾着躲了，没听过这么真诚的话，好一会儿，她才说了句："你瞎说什么呢，你赶紧走吧。"

曹成刚很固执："姐，我不走，我今天是跟我们所长请了假，特意来看你的，我今天要是不来看你，我就要疯了，你今天要是不答应我，我就不走了！"刘敏瞠目结舌。

第二十九章 乱象

一个小护士端了饭走过来："刘护士长，吃饭了。"看见曹成刚，吓了一跳，急忙退出去。

刘敏对曹成刚说："我要去吃饭了，今天病房特别忙，你也赶快走吧！"

曹成刚坚决地说："不，我不走，姐，你带我去吃饭，我要跟你一块儿去吃饭！"

刘敏又急又无奈："曹警官，求你了，你赶快走吧，我不能带你去吃饭！"

曹成刚走上来，热情地盯着刘敏："你害怕了，是不是？你心里其实也是喜欢我的，你怕让人看见，姐，你在躲什么？你那么漂亮，那么年轻，为什么要拒绝我？"

刘敏愣愣地看着曹成刚："我，我，我根本没有心理准备，你不要多想，我比你大那么多，我们是不可能的！"

曹成刚握住她的手，用命令的口气说道："带我去吃饭，我要跟你一起去食堂！"

刘敏呆呆地看着曹成刚，好一会儿才说道："走吧，我送你出去，我有话要对你说，你一定要听我说！"

曹成刚脸上的笑容僵住了。他已知道刘敏要说什么。两人一前一后下楼，走到大楼门口，刘敏停下来，严肃地说："小曹，有句话我必须跟你说，你听了不要难过……"

曹成刚急忙挡住她："您别说了，我还有事儿，先走了，以后再说！"

刘敏坚决地说："小曹，你对我的感情，我了解，也很感谢，可是，你以后，不要再来找我了，也不要，去接琪琪了！"

曹成刚急了："姐！"

"我们之间是没有任何可能的，所以，请你尊重我的想法。"

"姐，你到底在怕什么？我是比你小，可是我不在乎，我喜欢你，就是喜欢，我要娶你，跟你结婚，我想好好照顾你，让你开心，让你幸福，不管你怎么说，我都不会放弃的！"

刘敏呆呆地看着曹成刚，她没想到曹成刚会这么直接，干脆。那些话，那些写出来会让人笑话，听起来会让人脸红的话从他嘴里说出来居然那么真诚，让人心里热腾腾的。刘敏一瞬间有点晕。曹成刚走过来，也不管四周有没有人，上前在她脸上亲了一口。刘敏满脸通红，一把推开曹成刚，曹成刚坚定地对刘敏说了声："我要走了，我晚上来接你！"转身跑开。

刘敏呆呆地站在那儿看着曹成刚离开，摸摸发烫的脸，她从没想过自己会跟一个警察好，会让一个警察亲自己的脸，她不是看不起他，而是，那个世界离她太远了。

7

　　丁海和两名实习医生正观测着钱国兴的血液指数，表情很沉重。
　　丁海急切地对刘敏说："再提四袋冻干血浆和两瓶白蛋白。"刘敏答应着往外走。她到血库取了血浆，将冻干血浆配好，放进透析仪器里。指标开始好转。丁海的表情轻松了许多。
　　"各项指数都达到标准了，可以停止了。"
　　丁海吩咐着："可以了，刘护士长，可以停止了。"刘敏答应着吩咐护士："你们密切监护病人的情况。"转身拿起剩下的两袋血液制品和一瓶白蛋白，走了出去。
　　钱宽见刘敏抱着药出来，上来就质问："怎么不给用完啊？"
　　丁海跟在后面出来，急忙解释："现在血容量和各项血液指数都达到标准了，虽然不能和正常人一样，但就老人现在的情况，就算输再多也不可能达到正常人的指标的。"
　　钱宽点头："哦。"刘敏拿着东西走了。
　　钱宽赔笑着："看您说的，我哪儿还在乎这点钱啊，我还以为不舍得给用呢。"
　　"不会的。"丁海说完要走。
　　钱宽拉住他说："丁大夫，你说现在药也没有更好的，我能不能自己想办法啊？"
　　丁海已经被钱宽缠得不行了，急忙回答："好啊，只要不影响医生的治疗就可以。"说着逃命似的跑开了。
　　刘敏冷眼看了一眼钱宽，钱宽看看刘敏，翻了翻眼睛。刘敏突然感觉到一阵恶心，这个土大款，已经把所有人全弄得精疲力尽了，她抱着血浆进了办公室，在上面写上钱国兴的名字，然后放入冷柜。
　　吴德仁探头探脑地走了进来。刘敏回头，看到吴德仁："你干什么？你有什么事儿吗？"
　　吴德仁指指冷柜："刘姐，我看你好半天了，你那白蛋白，能不能卖给我？"
　　刘敏一惊："你什么意思？这是病人的。"
　　吴德仁笑着："那个姓钱的是个凯子，谁不知道，再说这血液制品只要出了库就不能再回去了，您留着也没用，不如卖给我！"
　　"你怎么知道不能用？你赶快出去。"
　　吴德仁并没有出去，反而关上了门："大姐，我在这医院进进出出也不是一天了，我知道您是好人，但是，你好有什么用？人家对你好吗？"
　　刘敏整理桌子上的病案，果断地回绝说："不行。"压在病案下面的少儿舞蹈学校的介绍册子露了出来。

第二十九章 乱象

吴德仁从包里拿出一千块钱放在桌子上,说:"这是按市面的规矩,我收购血液制品的价格,您就收下吧。"

刘敏看了一眼,皱着眉头扭过头,却看到了舞蹈学校的册子。

吴德仁紧接着说道:"我知道,您看不起我们这种人,可是您何必跟钱有仇啊。这世道,干什么不用钱,您说是不是啊?"

刘敏看着册子没说话。吴德仁高兴起来:"您说您这一天累死累活的能赚几个钱啊?现在物价都这么高,猪肉都二十块钱一斤了!养孩子,将来养老都需要钱。您趁着现在有这种机会能赚点就赚点,又不是做假药,谁也不会为这就没命了,那些有钱人放他们点血那叫败火!"

刘敏还是不说话,依旧看着学校的册子。吴德仁高兴地看着刘敏,之后从包里拿出一张名片,放在刘敏的桌子上,见刘敏没反应就说:"这是我的名片,您要是有什么事给我打电话,血浆、血液制品我都要。我还是那句话,买卖不成仁义在,您要是个人有什么事找我好了,我一定帮忙。"

刘敏仍然不说话。

吴德仁从桌上拿起白蛋白和冻干血浆:"那您忙着,我先走了。"说着起身离开。

吴德仁离开后,刘敏看着桌子上的钱和名片,把钱、名片和学院的册子一起收到抽屉里,并锁上了抽屉。

第三十章
人性的光芒

　　人性的光芒总是在你意想不到的地方、意想不到的时刻显现。

　　这个让人头疼让人厌恶的钱宽，他的孝心，突然就把愤怒的丁海击中了。

　　那天丁海哭得像个孩子，在日忙夜忙中，每个人都失去了对最普通也是最真实的情感的感受力，失去了平常心。

第三十章 人性的光芒

1

丁海坐在草地上，看着眼前的喷泉发呆。林秀看见丁海，走过来："哎，怎么了？出什么事儿了？上班时间怎么在这儿啊？"丁海两个胳膊架在腿上，头伏在胳膊上。

林秀走过去，丁海猛地抬起头，林秀倒是吓了一跳，因为丁海的眼睛有些红。丁海看来人是林秀，白了她一眼，也不理她。林秀也不说话，挨着丁海坐下，两个人就这么坐着。

丁海叹气："哎，当医生当到这个份上，真没劲！"

林秀瞟了丁海一眼："你哭了？"

"没有。就是生气。"

林秀笑道："怎么了？谁又给你气受了？"

丁海用力摇头："没有，谁也没有。"

林秀笑起来："还不承认啊？一定是那个大款给你气受了吧？那天我都看见了，他还差点动手打刘护士长。"

丁海看看林秀："我说不是就不是，你懂什么呀。"

林秀欢快地笑着："哈，我还以为只有我是受气包呢，原来你们也是受气包啊！看你这样我还挺平衡的。"丁海瞪了一眼林秀，没说话。

林秀爽快地说："晚上去喝酒吧，我陪你。"

丁海站起身来走了两步，又折回来。林秀抬头看丁海。

丁海说："晚上我请你喝酒。"林秀笑了。

"不过说好了，不谈病人，不提药啊。"丁海说着转身走了。

林秀看着丁海的背影，一个人笑了好一会儿，原来所有的人都不开心，不开心的不止她一个，这足以让她高兴一个下午了。

2

慢摇吧，轩尼诗VSOP，酒很烈，丁海像复仇一样，一口气干掉了大半瓶，很快就醉了。音乐震耳欲聋，这样的气氛让人放松，无所顾忌，丁海解开领带，扯着嗓子对着林秀喊："你知道病人是医生的什么吗？"

林秀天真地问："什么啊？"

"是祖宗。"

林秀笑得前仰后合，虽然干医药代表时间也不短了，这种场合她还是第一次来，跟陈光远的关系让她很踏实，但也不自在。两人偷偷摸摸，从来不上街，不在外面吃饭，每次见面不是冻饺子就是面包香肠，陈光远不让她做什么，大部分时间两人都是待在床上。他像个贪吃的孩子，索求无度。有时她也会很失落，但想到陈光远对她的好，给她带来的生意，她也就认了。今天能有这样的机会，跟丁海这样的年轻人一起玩乐，她还是挺兴奋的，酒喝下去，她就开始傻笑。

丁海问："你笑什么笑？"

"我笑的是，不管你说什么，我就知道你是我祖宗！"

"得了吧，你们才是病人的原始祖宗。"

林秀不解："原始祖宗？"

"病人没见过你们，但其实好多钱都是孝敬你们的。"林秀大笑。

丁海喝了杯中酒："哎，你说这得是什么辈分啊？"两个人大笑着喝酒。

"林秀，你知道我为什么不给你开处方吗？"

"怕被医院抓住呗。"

"错，我不是为了发财才当医生的，医生自古上过富豪榜吗？别人都以为医生是个好职业，其实才不是呢，我爸我妈都是医生，那个累，那个苦谁看见了？我为什么还学医啊？我傻不傻？"

林秀点点头："傻。"

"被医生的神圣感蒙住了心啊，过去医生没钱好歹还有尊重，现在？别说尊重了，连自尊都没了。"

"不都一回事吗？"

丁海认真地说："不，尊重是对别人的底线，自尊是对自己的底线。要真给你开了处方，拿你们回扣，就真没自尊了。我是在坚守我自己的自尊，你懂不懂？这比当医生还痛苦啦。"

林秀听不大懂："别说了！就你有苦恼啊？你们比我们强多了，我们受的苦才真是苦呢！哎，不说了，喝酒！"说着自己拿酒灌下去，丁海也跟着灌。一会儿工夫，两人就全醉了。他们跳了会舞，丁海和林秀分别跑到厕所里吐了两回，终于熬不住了。林秀争着去买单，酒钱加餐费共两千多块钱。丁海制止了她，这个底线他是不会破的，这让林秀很意外，也很感动，突然觉得自己不是陪客户，而是跟朋友出来玩的。

半夜时分，两人都喝得酩酊大醉，互相搀扶着站在路边。

丁海晃晃悠悠地说："林秀，对不起，我喝太多了，我可能送不了你了，你自己叫辆车吧！"

林秀仗义地说："我送你回去，你请我吃饭，我送你回家！你够意思，我也得够意思，我得送你！"伸手叫住一辆出租车。她费了好大劲才把丁海塞进车里，车到了医院，丁海又要吐，林秀急忙把他拉下车，丁海又吐了一阵。林秀扶着他往楼里走，丁海边走边胡言乱语："我郁闷！我还想喝。"

林秀扶着丁海说："行啦，别喊，这是你们医院，你得注意形象！"

丁海看着林秀红红的脸，突然伸手搂住她，亲了一口。

林秀嗔怪道："丁海！"

丁海一把抱住林秀，又是一通猛亲："走，跟我上楼！我不想让你走！"林秀急忙推开丁海："丁海，你喝多了，别动手动脚的！"

丁海有点尴尬："我不是借酒装疯，我就是想让你陪我！"

林秀恼怒地说："你拿我当什么了？不要钱的鸡是不是？你们这些人平时全都假正经，根本不拿我当回事，就喝了酒闷了的时候才拿我当个女人，从心里是瞧不起我的，你跟徐达恺都一样！"

罗雪樱从楼外走过来，一眼看见丁海和林秀正在撕扯，瞬间惊呆了。丁海也看见了罗雪樱。罗雪樱回过神来，一言不发，转身就走了。

丁海着急地喊着："罗雪樱！"

罗雪樱头也不回地走了，丁海急忙追了过来，"罗雪樱！"罗雪樱跑得更快了。

丁海茫然地站在那里。林秀走过来，恨恨地看了一眼丁海："好了，我把你送到了，我要回去了。"

丁海郁闷之极，一屁股坐在了路边。爱谁谁吧！

3

刘敏走进办公室，疲倦地在桌前坐下，端起桌上的水喝了一口，她打开抽屉，拿出里面的信封，拿出电话，准备拨号。吴德仁探头探脑走了进来。

刘敏抬头看见他，脸色有些变了："你来得正好，我正要给你打电话呢。"

吴德仁笑着："刘大姐，别这么严肃啊！我这不是来了吗！"说着递上一个信封，"这里边是三千块钱，还有一张单子，是我想要的东西，这儿人多说话不方便，我晚上给你打电话。"说着往外走。

刘敏急忙叫住他："你回来！"她追过来，把刚才的信封连同前一天的信封一块儿交给吴德仁，"你的东西赶快拿走！"吴德仁一闪，信封掉在了地上。刘敏有些紧张。

吴德仁满不在乎地说："刘姐，别这么当真，你就帮我一回吧！这钱你收着，我走了啊！"

有护士从门前经过，刘敏急忙把信封捡起来。

丁海刚好过来："刘护士长！"刘敏一惊。

丁海没有注意，接着说："钱宽父亲那儿要补液，单子我已经下了，您看着点！"

刘敏答应着。

丁海走出去。刘敏把那信封拿在手里，看了好一会儿，重新锁进抽屉里。

钱宽正在帮父亲洗脸。刘敏神色紧张地进来，走到钱宽面前。

护士拿着单子进来："刘护士长，您来了，丁大夫下的单子，要去提白蛋白和血小板。"

钱宽回过身:"你怎么还不赶快去!快着点!多提点!"

刘敏看了钱宽一眼,对小护士说:"单子给我吧!"

小护士把单子交给刘敏:"我去吧,刘护士长……"

刘敏忙说:"我去吧。"说着走了出去。

小护士不安地跟了出来:"刘护士长,还是我去吧,这种事让我们来!"

钱宽叫了声:"你,你别走,帮我翻个身!"小护士回身走了过来。

4

刘敏手里拿着单子,匆匆走到血库窗口。窗口的小护士看见她,问道:"哟,刘护士长,又来了,今儿提什么?"刘敏把单子递了上去。

护士看了一眼:"哟,这是几瓶啊?这是3还是8啊?"

刘敏接过来看了一眼,眼睛飞快地动了一下:"应该是8。"拿笔在上面描了一下。

护士笑道:"我也觉得应该是8。刘姐,你们那个大款全医院都有名了,真够人受的。"

刘敏笑笑:"人病了,都是这样的。"

一瞬间她心里突然觉得不那么难过了,什么大款,什么曹成刚,什么卫思云,都见鬼去吧!

5

罗雪樱买了饭找位置坐下,丁海端着饭跟在后面,在罗雪樱对面坐下。罗雪樱看丁海坐到自己对面,端起盘子去找别的桌子。丁海也跟着罗雪樱站起来,罗雪樱厌恶地看看他,把餐盘放在一张桌子上,朝门口走去。丁海有些无趣。

徐达恺拎着一个大袋子出现在门口,和罗雪樱碰了个正着。罗雪樱没停步,徐达恺看见罗雪樱一脸阴沉,再看看神情落寞的丁海,情知两人有了问题,急忙跟着出去了:"雪樱,你怎么了?谁惹你了?"

罗雪樱看看徐达恺,冷着脸:"没谁!"一抬头,看见丁海正从窗户里往外看她,随即对徐达恺露出灿烂的笑容,"你今天怎么有空过来了?你那个鱼鹰给你赚了不少钱吧?"

徐达恺一怔:"什么呀?你说谁呢?"

罗雪樱笑着:"就是那个医药代表啊?告诉你,她可是个通用二奶!这医院里,年轻的大夫都快让她拿下了,你也留神卫生!"说完转身走了。

徐达恺晕了,往楼上看,丁海的头缩回去不见了。他知道罗雪樱的气不是冲他来的,急忙追了上去:"哎,雪樱,你是不是说林秀跟丁海?哎,我告诉你,我可是从来没招过她,我知道她是什么人,我向你发誓我没有,我心里只有你,真的!"

罗雪樱愤怒地说:"可是,你却让她来纠缠丁海!徐达恺,我怎么也没想到你是这种人,你为了生存,下海做生意,没什么,可是你也太坏了,你居然向你自己的朋友下手!拉你的朋友下水!"

徐达恺一脸惊愕:"不可能,你听谁说的?丁海绝对不是那种人,连我都看不上的人,他怎么能看得上?"

罗雪樱哭着:"昨天晚上,我亲眼看见她和丁海在楼下拉拉扯扯!"

徐达恺傻眼了:"我,对不起,雪樱,我回去就把她开了,我让她走!"

"算了吧!徐达恺,你别装了,我再次警告你,你可以侮辱自己,但不能侮辱医生!"

徐达恺有口难言,丁海走了出来。两人互相看看,徐达恺问丁海:"哎,她说的是真的吗?你怎么跟林秀搅在一起了?"罗雪樱怒目看着丁海。丁海翻了翻眼睛,一句话也不说就走了,徐达恺追过来:"丁海,我问你话呢!"

丁海怒气冲冲来了一句:"你招得我怎么就招不得?医生也是人啊!"

徐达恺挥起拳头:"你!"

丁海眯着眼睛:"你打呀!"

徐达恺生气地说:"丁海,我也告诉你,你是我的朋友,是我的好哥们,我不可能用这种方式害你!你离林秀远点!"

丁海一下来了脾气,从昨天到今天,他一直在自责,但看到罗雪樱一副不依不饶的样子,也烦了,成天伸着个脖子,端着个架子,不理她吧,她天天来招,一理她她就端起来,不就是女人吗?不就那点事吗?于是他喊道:"罗雪樱,我告诉你,别把自己弄得跟正义女神似的!我不欠你什么!"说着扬长而去。罗雪樱一下下不了台,大哭。

丁海走到住院大楼前,一眼看见钱宽从外面进来,他不胜其烦,扭头往回走。

罗雪樱还在那儿哭个不停,丁海原地闭上眼睛,钱宽笑眯眯地站在他面前,说道:"丁大夫,怎么了?跟女朋友吵架了?"

丁海愤怒:"你又要干什么呀?"

钱宽赔着笑:"丁大夫,兄弟是来跟你道歉的,我昨天脾气不好,又跟护士乱发火,我向你保证……"丁海没等他说完转身就走。

钱宽跟上来继续说道:"丁大夫,你是男子汉,跟我生气,千万别把气撒到我爸爸身上。"

丁海猛地停下:"你什么意思?"

钱宽笑着:"你别生气,我这人不会说话,脾气还不好。我给你赔礼,就想求你还好好地给我爸治病。"

林秀打扮得花枝招展,正迎面走来,看见丁海和钱宽在撕扯,停下来笑。罗雪樱看见林秀,扭头就走。

林秀瞟了一眼罗雪樱："丁大夫，你怎么在这儿啊？我到处找你！"

丁海头发都要立起来了："你找我干什么？"

林秀笑着："你不是要给我介绍病人吗？你答应的怎么忘了？"

丁海低声吼着："走你的！"钱宽看到林秀，走过来："这位大妹子是医药公司的吧？"

林秀点头："是啊，您是？"

钱宽道："我姓钱，钱宽！我爸爸在这儿住院。"

林秀欢快地说："你就是钱宽先生啊？我听丁大夫说起过您！"

丁海厉声说："林秀，你赶快离开这儿，不然我饶不了你！"

林秀和钱宽看丁海真的生气了，互相看了一眼，林秀对钱宽使了个眼色，示意先出去。

丁海对钱宽说："钱先生，我再次警告你，你父亲的病真的已经没希望了，你自己找什么人是你的事，跟我没关系！"说着逃命似的走开。

全乱了，什么跟什么呀！丁海怒了！

6

林秀终于搭上了钱宽，她跟钱宽在医院门口的咖啡厅见了面。钱宽对林秀很是傲慢，不愿意跟她谈，林秀无奈，只好请徐达恺出来。徐达恺早就知道钱宽的事了，他急忙打电话请药剂科孙科长出面，冒充药学专家。这可是头肥猪，不宰他宰谁！"钱宽这种人，有富无贵，喜欢专家，喜欢当官的，满足他！"听徐达恺这么一说，林秀哈哈笑起来。

搞定了钱宽，徐达恺决定让丁海走路，他不想让丁海卷进来，于是花心思设了个局。这天下午，丁海正在办公室写病案，徐达恺来找他。他把一本旅游宣传册放在丁海眼前。丁海停笔看，是海南五日游的宣传册。打开册子，他见里面夹着机票和各种单据，便问："这是什么？"

徐达恺内疚地说："赔礼的。"

"什么意思？"

"丁海，我们是同学，也是好朋友，以前有钱都是一块儿花，现在你心情不好，我想让你出去走走，林秀那里，我骂了她，你要是看她不顺眼，我就炒了她。"

丁海有些感动："算了，我根本没往心里去，早就忘了。"

"我是诚心诚意想请你出去玩，我知道钱宽那小子挺让你心烦的，这是我的票，我去不了，你就去吧，回来换换心情，就好了。"

丁海迟疑了一下："你放这儿吧。"

7

钱宽提了一大包药走进 CCU 办公室，看见刘敏，高兴地说："哎，刘护士长，刘护士长，可找着您了！"他把包放在桌子上，接着说道："这是我给我爸爸买的药，宝丽达，你给用上吧。"

刘敏惊讶地看了一眼钱宽："你买的？这是多少？"

钱宽兴奋地说："一百支，医药公司的人说，这药特好！"

说着又从口袋里掏出一张单子："这是刘主任给开的处方，丁海休假了，我爸爸暂时由他管着。"

刘敏看了钱宽好一会儿，点头说道："好，我给你用！"

她拿着药瓶走进病房把药换上。钱国兴睡在床上，一动不动。刘敏走过来，看看老人。钟立行和顾磊走了进来。

钟立行问刘敏："怎么样了？"刘敏摇头。

钟立行走过来，看看床上的病人，用手电筒照了一下病人的眼睛，没有反应，又把手电筒放回口袋，问刘敏："丁海休假了，这个病人谁管？"

刘敏说："刘主任！"

"这几天都用了什么药？"

刘敏迟疑了一下："跟以前的一样，就是些营养药。"

钟立行伸出手："医嘱拿来我看看。"刘敏急忙走过去，把日志递给他。

钟立行看了一眼，刘敏迟疑了好一会儿，说道："钟主任，有件事，不知道是不是应该跟您说一句。"

"说！"

"钱宽自己从外面买了一百支宝丽达……"

钟立行眉毛一挑："谁下的医嘱？我怎么不知道？"

刘敏低头："说是刘主任。"钟立行看了刘敏好一会儿，转身走了出去，直接找到刘主任。他把处方拍在刘主任的面前。刘主任的脸一下红了。

钟立行失望地看着他："刘主任，这种事还需要我来说吗？"刘主任羞愧难当。

钟立行很生气："一百支，你知道一百支是什么概念吗？就算一天用三次，也要三十天，你看病人这种情况，还能支持那么久吗？"

刘主任满脸通红："钟主任，您别说我了，我也是不得已，药是钱宽自己买的，钱已经花了，如果不给他用，他就天天来缠着我，说真的，我实在熬不过他了。"

"你是医生，怎么能屈从于医疗以外的东西？"

刘主任难过地说："是，陈院长给我打的电话，让我下的医嘱，他说家属有要求，就尽量满足……"

钟立行听了这话，很吃惊。

"我……我，我这就去下医嘱把药停下来。"刘主任转身往外走。

钟立行叫住他："刘主任！"刘主任回头。钟立行严肃说道："我想问一句，这里面不会有其他的事儿吧？"刘主任一怔。

"我的意思你明白，你跟钱宽没有其他的交往吧？"

刘主任有些委屈，又坚决地说："没有，钟主任，绝对没有！"

钟立行点头："好，那我就放心了，去吧。"

8

刘主任匆匆忙忙走出办公室。钱宽正迎面走过来："哎，刘主任，我正满世界找你呢！我爸爸那边药已经用上好几天了，怎么还不见起色？"

刘主任连忙说："钱先生，我正要找您呢，那个药可能要停下来了。"

钱宽一惊："你说什么？停下来？"

"对，刚才钟主任去看过你父亲了，情况始终不见好转，需要减一些药！"

钱宽一下急了："这怎么行，这怎么行？不行，绝对不行！"

"钱先生，你听我说……"

钱宽一挥手："我不听你说！"

钟立行走了出来。钱宽看见钟立行，忙说："钟主任，钟主任，你行行好，求求你了，那药接着用！怎么能不用？我买都买来了，你就看在我一片孝心的分上……"

"这样吧，你来，我们谈谈。"钟立行把钱宽带进办公室，请他落座，耐心地对他说："钱先生，我，不知道怎么劝你接受现实，但是，我还是想告诉你，您父亲的病接着治下去真的是一点希望也没有了，希望你能冷……"

钱宽几乎哭了出来："你……让我怎么冷静？那是我爹，我爹……"

钟立行冷静地说："钱先生，你对你父亲的一片孝心，我们都看在眼里，也很感动，人人都有父母，可是不见得人人都像你这么孝顺，你的孝心我们都看见了，相信你父亲也会明白。"

钱宽怔怔地看了钟立行好一会儿："钟大夫，你，你真的觉得我挺孝顺的？"

钟立行点头："当然，我觉得你是个大孝子。"

钱宽眼泪流下来："钟主任，谢谢你，说实话，我爸爸住医院这么长时间，我天天待在医院里，我觉得你们医生都是冷冰冰的，尤其是，我听说你是美国回来的专家，高高在上，你这么看得起我，我真是，真是祖上积德啊……我十几岁离开家，在外面什么苦都吃过，好不容易有了今天，我刚有点钱的时候，接我爹到我家住过一个礼拜，老人家他，生活习惯不好，我媳妇嫌弃他，他一声不响就走了，就再也没来过……"

钟立行有些感动。

钱宽继续说着:"这些年我忙着生意上的事,过年也没回去过,我打电话让他来,他说什么也不来,他这回来看我,说不定心里是有预感……我对不起他老人家。"

钟立行耐心地听着,随即说:"好了,我都知道了,钱先生,您的心情我都知道,这个事就这样,药先停下,再观察一个星期,看看没有任何外部支持的情况下,会有什么改变。"

"那就是说眼睁睁看着他死?"钱宽突然很激动,"不行,绝对不行!我不答应,我绝不答应!"说着起身往外走。

钟立行叫了声:"钱先生!"钱宽摔门而去。钟立行追了出来。

9

丁海大包小包的进来,两个年轻大夫看见丁海,笑道:"哎呀,丁海,你可回来了!呀,这是什么啊?"

丁海把东西放在桌子上:"海南带回来的特产,椰子干,芒果干。"

两个人拿起一袋打开拿出来吃。丁海边换衣服边问:"医院这几天没出什么事吧?"

"怎么说呢,应该还可以吧。"

丁海穿上白大褂过来,坐下:"真的吗?那个钱宽没再闹事?"

"他呀,挺老实的,就是有点磨人,他从外面买了一百支宝丽达,天天喊着让用,天天追着我们给他开处方。"

丁海一下站起来:"什么?一百支?谁下的处方?"

两个医生互相看看,都不再说话。丁海眼睛一下直了,转身走了出去。

10

钱宽跑进病房,护士正守着钱国兴。他冲护士挥了挥手:"出去,给我出去!"喊着把护士推了出去。钟立行和刘主任一块儿走了进来。

钱宽站在门口:"别进来,谁也别进来!"

丁海一头撞进来。看见钟立行,急忙点头:"钟主任,我回来了!"

钱宽站起来:"丁大夫,你回来了,你不是劝我停药的吧?你跟钟主任说,无论如何也要把那一百支药用完,我可以给你签字画押,人死了责任是我的。"

丁海点头,尽量使自己语气平和:"钱先生,我都听说了……我们必须好好谈谈了。"

钱宽挥手:"不谈,不再谈了,你们有你们的理由,我有我的理由……"说着把丁海往外推。

钟立行急忙示意钱宽放手,示意丁海走开,自己也走了出来。走到门口,钟立行劝丁海："他现在情绪比较偏执，先别逼他了，过两天再看吧。"丁海茫然地看着门里。

钱宽的手机响了起来，他接起手机，走了出来："哎，徐经理，对，你在哪儿？医院门口了？不行，我现在不去，他们要给我爸爸停药，我得在这儿看着！要不你上来吧！"放下电话，丁海正看着他："钱先生！"

钱宽紧张地问："干什么？"

"谁的电话？"

"你管呢！"

"我都听见了，刚才是不是徐达恺？是不是有个叫徐达恺的人让你买的药？"

钱宽看看丁海："是又怎么样？不是又怎么样？我的事儿你就别管了！"

丁海急忙转身，边走边拿出手机，给徐达恺打电话。电话通了，里面是徐达恺的声音："喂？丁海你回来了？"

丁海严肃地说："徐达恺，你在哪儿？"

"我在医院门口，你什么时候回来的？"

"我刚回来，你等着我，我去找你！"丁海挂断电话，跑了出来。

11

徐达恺在医院大门口站着，看见丁海，热情地招呼他："你回来了？海南好玩吗？"

丁海冲过来，一把拉住徐达恺，正色道："我有事问你。"

徐达恺知道丁海要说什么，急忙敷衍："回头再说。"

丁海严厉地说："就现在。"他用力抓着徐达恺的胳膊，"是你鼓动钱宽买药的？"

徐达恺示意丁海放手："也算是帮他点忙吧。"

丁海冷笑道："啊！这么多年我都没发现原来你是这么有爱心的人！你赚这种钱不觉得太黑心了？"

徐达恺笑着："都这么清楚了，还问我干什么啊？"说着要走。

丁海又一把拽住了他，讽刺道："请我旅游就是为了支开我，你的老鼠脑袋里竟然有这么高的智商。"

徐达恺这回干脆甩开丁海的手，不客气地说："丁海，你别说得那么委屈，我也没你说的那么卑鄙。"

丁海指着徐达恺："我告诉你，你必须给我停手。还有，想办法让钱宽也停下来，这都是你惹出来的。"

徐达恺不服气："丁海，钱宽这种人，他想干什么你能拦得住的吗？我实话跟你说，要不是我也当过医生，了解当医生的苦处，我何必非要请你去旅游？还不是为了让你回避，让你没那么为难？"

"他花那么多钱买药就是一心指望他父亲能好，到时候他希望落空，你知道他还会做出什么事？你让我怎么办？"

徐达恺拍拍丁海的肩膀："丁海，别这么幼稚，也别这么假装正义，你赶快回去上班吧，你知道我多羡慕你！"说着走开了。

丁海愤怒地说道："你羡慕我是因为我手里有开处方的权利，你羡慕我是因为你想着要是你还是医生，你恨不得把你所有的药全塞给病人是不是？"

徐达恺猛地回身，看了丁海好一会儿，然后低头走了。

丁海冲着他的背影喊了句："去海南的机票钱我会还给你的！"说着转身往楼里跑，他跑得飞快，敞开的白大褂飞了起来。"完了，什么都完了！"丁海边跑边骂自己。他大步冲到 CCU，推门冲了进去。

钱宽正在为父亲擦脸，他用棉签沾了水，一点点给父亲擦脸："爸爸，我给你洗洗脸，就是不能动，咱也得干干净净的！"

丁海眼圈一下红了，呆呆地站在那儿。

"爸，我也知道我买那些药、花那些钱都是没用的，可是，你躺在这儿一天，我心里总有个希望，你要是真走了，你让儿子怎么活呀？"

丁海突然悲从中来，再也忍不住，跑了出去。他飞奔着穿过走廊，跑到没有人的地方，抹起了眼泪。他越抹眼泪越多，哭得像个孩子，终于，他再也忍不住了，转身跑了起来。

12

人性的光芒总是在你意想不到的地方、意想不到的时刻显现。这个让人头疼、让人厌恶的钱宽，他的孝心，突然就把愤怒的丁海击中了。丁海哭得像个孩子，在日忙夜忙中，每个人都失去了对最普通也是最真实的情感的感受力，失去了平常心。丁海冲进丁祖望的病房，丁祖望正昏昏欲睡。

丁海冲过来，跪在床前，拉起丁祖望的手，不顾一切地像个孩子一样哭了起来。

丁祖望的眉头皱了一下，慢慢地睁开眼睛，看到床边哭得稀里哗啦的丁海，吓了一跳，忙问："小海，怎么了？怎么了？出什么事儿了？"丁海哭得上气不接下气，已经说不出话来。

丁祖望伸手摸摸他的头："傻孩子，哭什么呀，爸爸不是挺好的吗？"

丁海边哭边拉着丁祖望的手，说："爸，爸，您什么时候能好啊？您赶快好起来吧，我觉得自己特别没用，帮不了您，也救不了您！爸，我好难受，我没有本事……"

丁祖望欣慰地看了丁海好一会儿，眼圈红了，伸手摸摸丁海的头说："傻孩子，有你这片心就够了，爸爸会好的，你专心工作，没事儿别往这儿跑！"

丁海趴在丁祖望的手上，哭了好一阵，才停下来，抹了一把眼泪。

丁祖望一直慈祥地看着他,看到丁海平静了一些,说了句:"孩子,给我倒杯水。"

丁海急忙起身倒了杯水,又扶丁祖望半坐起来。丁海把水递给他,丁祖望喝了两口,丁海接过杯子,放在床头桌上。低头不说话。

"怎么了,孩子?是不是又遇到什么事儿了?"丁海木然地看看丁祖望,摇头。

丁祖望微笑道:"一定是又遇到什么事儿了,跟我说说?"

丁海犹豫了一下,说道:"我,爸……其实我只是……现在……觉得很……迷茫。医生到底是干什么的?为什么我们尽了所有的力,却不能挽救一个人的生命?"

丁祖望叹了口气,慢慢地说道:"我做了一辈子医生,心里经常问自己这个问题,年轻的时候,也经常痛苦,后来,我慢慢调整自己,安慰自己说,病就是病,跟生病的那个人没关系,所以,有的时候,对病人痛苦、难过的心情虽然表面上很理解,但心里真的没有那么深的感受,但是现在,我生病的时候,才知道一个病人的心里有多么脆弱,我只希望我的医生只好好地关心我,关心我的病,能无时无刻不注意到我的情绪变化……"丁海认真听着。

丁祖望摸摸丁海的头,继续说道:"你的困扰我明白,我从前是个医生,但我躺在这儿的时候,我只是个彻底的病人……我才知道,做病人也是很辛苦的,非常辛苦,所以我想,医生最应该考虑的就是病人真正的需求,我们必须承认医学的局限,有时面对疾病,医生能做的是有限的,这种时候,也许放弃是最好的方式,放弃是最痛苦的,也是必需的……"说完,疲倦地长出了一口气。

丁海抓住丁祖望的手:"爸,你现在是不是也很痛苦?"

丁祖望微微一笑:"是的,孩子,可是我还不能放弃,我还得坚持……"

丁海泪眼迷离。他身上的手机响起来,丁海接起来:"你说什么?钱国兴?"撒腿就跑……

13

钱国兴不行了。这回是彻底不行了。所有的抢救手段都用上了,还是不行。

钱宽嚎叫着、哭喊着,指天骂地,捶胸顿足,病房里乱成一团。丁海冲过来,紧急救护:"静脉注射10ml多巴酚丁胺!"边说着边按了一下钱国兴的腹部。血液顿时从钱国兴的嘴里涌出来。一个护士忙接上吸管抽吸血液。另一个护士拿来注射器,丁海接过来注射。

这时,心电监测仪上的跳跃线消失,变成了直线。

大家停手了。钱宽急得直蹦:"怎么办?怎么办?你们怎么停下了?为什么停啊?"他冲过来拉着丁海,连推带拉地说,"快点啊,心肺复苏,快啊,你们干什么的?"说着开始乱摔东西,药品,葡萄糖,血浆都摔在地上破了,血压仪器也被摔到了地上。两个医生过来阻止，钱宽拽着医生哭着："求你，求求你。"

医生无奈，忙按压钱国兴的胸腔，但是没有一点效果，钱国兴的口里慢慢地往外流着血液。医生看着老人的脸不忍心，手按不下去了。

钱宽疯狂地推开医生，自己上来进行心肺复苏。老人浮肿的身体晃动着，血液从嘴里和鼻孔里流了出来。

钱宽疯狂地喊着："都不是人，你们都不是人，爸……爸……你坚持住……儿子不能没有你……"

丁海再也看不下去了，冲过来，一把扯开钱宽："行了，您别再闹了，让老人家走得安详一点吧！你已经尽了力了！我们都尽了力了！"

钱宽摔倒在地上，就势趴在地上，大哭。他慢慢地跪在了病床前，叫了声："爸！您怎么走了？我还没好好孝敬你呢！儿子现在有钱了，儿子还没孝敬您呢！"说完抱住钱国兴放声恸哭。

没有人说话，没有人离开，满屋子的狼藉，只有钱宽的哭声，所有人都悲哀地看着钱宽。

第三十一章
巨额医疗费

毁了，全毁了！医院的名声，我们职业的尊严，全毁了！很长时间以来，医院发生了各种各样的事，大家都知道，姚淑云的死亡，包括王欢的事，虽然我们有这样那样的问题，但是，我心里一直是坦然的，因为，我们至少态度上没有问题，所以我们可以跟家属沟通、做工作，可是现在，现在，你们让我说什么？我还有什么可说的？你们告诉我，我怎么面对病人家属？怎么面对那些眼巴巴等着我们救治的病人？

1

  每一个生命都应该得到尊重，包括离开时不被打扰。死亡的过程其实是一个达成协议的过程，这个协议的意义在于，让生者与死者都能解脱。钱宽对丁海的纠纠缠缠，终于放下了。

  这天丁海早班，一早查房回来，路过CCU，经过钱宽父亲的病房，突然看见钱宽坐在空病房里发呆。他下意识地紧张，随即意识到人已经走了。看到空床，再看到憔悴的钱宽，他心动了一下，看来钱宽真是孝顺，那种憔悴不是装出来的。

  钱宽捂着脸哭了起来，丁海迟疑了一下，走了进去。钱宽看见丁海，带着哭声叫了声："丁大夫。"

  丁海有些难过："你……在这儿做什么？"

  "我是来结账的……这心里空落落的，总感觉人还没走。"

  丁海点头："我能理解！"两人沉默。

  钱宽又补了句："你放心，我不是来闹事的。"丁海有些尴尬地笑笑。

  钱宽抹着眼泪，红着眼睛："兄弟，这几天我想过了，你说得对，兄弟的确是个没出息的人。"

  "别这么说，老人家走得安详，对大家都是解脱。"

  钱宽叹口气："哎，走了也好！我谢谢你，丁大夫！"说着伸出手，丁海犹豫着和他握了握手。

  钱宽握住丁海的手，咧着嘴又要哭，丁海心头一紧，好在钱宽及时克制住了自己，尴尬地笑笑，起身走了。丁海把门带上，走了出来，心情突然变得很好，他替钱宽高兴，也替自己高兴。

  他吹着口哨，回到办公室。一位医生拿着CT片进来，看见丁海："哎，今天怎么这么清闲？"丁海放松地一笑。门被猛地推开，一个小护士慌慌张张地冲进来，急切地问："丁海医生在吗？"丁海急忙起身："我就是。"医生笑着："你是新来的吧？连丁大夫都不认识！"

  小护士不好意思："对，我刚来的，在收费科。"她焦急地对丁海说，"丁大夫，有个人骂人，特别凶，我们科长说是您的病人，让我找你，他不肯结账，还骂人，你快去吧！"丁海急忙冲了出去。

2

  钱宽在收费处门前大喊大叫，门口围了很多人看热闹。女收费员低着头一句话也不敢说，她跟前的办公桌上放着刚打印出来的单子。

钱宽掐着腰，气呼呼地喊道："你们这是讹诈！看我像冤大头吗？想讹诈我？你们再修炼二百年吧！浑蛋！我一分钱都不会给你们，你们这是讹诈。"

收费科科长客气地说："钱先生，你不能这么讲话，我们所有的收费都是有据可查的。"

钱宽上来，拿起刚打印出来的东西，说着："少跟我装蛋玩！你们，都是披着医生皮的狼！"丁海冲进来，小护士跟在后面。

收费科科长看见丁海："丁大夫，你跟他解释吧。"

钱宽看见丁海，一下急了，冲过来指着丁海的鼻子："哎，我说丁海，我刚还向你检讨说我应该早点清醒，还奇怪你们为什么不早让我清醒呢。现在我都明白了，你们就是为了要讹我是吧？看着我傻，哄着我当冤大头是吧？你们还是不是人？这种丧天良的事也做得出来？"

丁海激动地说："你有话好好说，这么闹有意思吗？"

钱宽一拍桌子："那我就有话直说了！"他拍着桌子上的账单，"这人没治好也就算了，我陆陆续续已经给你们医院一百五十多万，算着这住院押金还能退点。"说着拿起账单在丁海脸前猛晃，"这可好，反倒又欠了你们三十多万，看个病就要我一百八十万，这还不算我自己另买药的钱呢。你还想让我谢谢你吗？你们医院把我当白痴了是吧？"

丁海冷静地说道："这些钱都是正常的治疗费用，如果你不相信，可以一笔一笔的查。""我当然会查。"

丁海厉声说："那你废什么话？你说讹诈，那就找到证据再来说话吧！还有，你说医院故意拖延想在你身上获利，那你就好好回忆一下整个治疗过程，看看到底谁该负责任！"钱宽凑过来："你在恐吓我吗？"

"随便你怎么理解！"丁海说着走到门边，对门外的人喊道："散了散了，有什么可看的！"

围观的人都散开了，钱宽收起桌子上所有的单据，恶狠狠地瞪着屋里的人："你们等着。"说完走了出去。

3

钱宽在武明训办公室里慷慨陈词，神情激动："你说的什么治疗程序什么的我根本搞不清楚，可是我就不明白了，做了那么贵的心脏换瓣手术不说，四十多天花了我一百八十万！你等等啊！"说着掰着手指头又算了起来，过了片刻后又说，"加上我自己在外面买的药，一共就将近二百五十万！花了这么多钱，治好了我也不说什么了，可人也死了，还要花这么多钱，凭什么啊？"

武明训、严如意、丁海、钟立行全都坐在办公室里。

武明训耐心地向钱宽解释着："钱先生，我明白您的心情。对于您父亲的去世，我也很遗憾。您可能觉得花了这么多的钱，却没能让您的父亲好起来，所以

第三十一章 巨额医疗费

这些钱花得很不值。但是钱先生，我想您应该明白，对有些疾病，医生也是无能为力的。"

钱宽根本不听武明训的解释，挥着手："别跟我说那些个没有用的，我就是问为什么花了那么多钱人却没治好！"

丁海耐不住性子了："钱先生，我早就跟您解释过您父亲的病情了，您也说您明白。是您自己说只要您父亲心脏还跳您就不放弃，是您一直坚持治疗，是您自己天天说不管花多少钱都无所谓，只要有办法您就要试试的。您知道'试试'这个词的意思吗？"

钱宽转身质问丁海："哎，丁大夫，你这话什么意思啊？"

丁海刚要说话，严如意呵斥："丁海！"

丁海举起双手，表示不说了。之后把双手环抱在胸前，别过脸去。

钱宽走回来对武明训说："哈，他这话说得好像我是个既没文化又反复无常的小人！兄弟我自己有超市，开的是奔驰，我钱宽还在乎这几个钱？我爸去世了，好，我不说你们医生没能力，也没说是你们给治死的。但这一百八十万的治疗费我就是觉得不值！嗨，值不值的我现在也不说了，我就当自己倒霉了。可你们这些钱里有问题啊！这我能认吗？我不成了冤大头了？"

听了这话，大家的表情都是一惊。

钱宽继续说道："这人要是好了，花点冤枉钱，我也无所谓，就当是谢礼了，可人死了，我凭什么还要吃这哑巴亏啊？"

武明训急忙道："钱先生，您对收费方面有什么疑惑我们可以解释，但是请您不要乱加猜测。"

"哎，我可没乱说啊。"钱宽说着回身，从沙发上拿起自己的老板包打开，从里面拿出一大捆单据还有一个小本子，放在武明训的办公桌上，说道："我数过了，24小时，就做了8次血气分析，还有什么痰培养，什么X光检查……一天都做十几二十次？这不就是那个……都叫重复检查吗？还有……"说着又拿出几十张单据，"血钱也太吓人了吧？用多少啊这得？这么多血都干什么用了？"转头问丁海，"我爸怎么就能用得了这么多血？"又继续对武明训说，"还有还有，明明我自己买了药了，怎么还有这么多药费？"指着单子："这个液那个液，什么酸啊，氨的，还有好多我根本叫不上名字来的。所有这些东西我算了算，平均每天都要给我爸灌将近200斤的药水，快有我爸两个重了，太逗了吧？你们也能灌得进去吗？"

丁海双手抱胸，歪坐在椅子上，毫不在意地回答："这些都是治疗必需的，你要是觉得不可能，我可以向你解释！"

钱宽根本不听："那换瓣的事儿又怎么说？你说？换了，人又死了，有什么意义吗？"

钟立行语气平静但严肃地对钱宽说："钱先生，这个情况我需要向你解释！关于换瓣手术的事，在当时的情况下是必需的治疗，你不能用结果推论过程，病人死了一切就变得无意义。所以要把整个治疗分成两个阶段,手术前,我们希望能通过手术增强病人的心脏机能,术后效果还是很好的,但其他脏器功能的衰竭并不是手术就能解决的。"

"那用了那么多液体怎么说?那么多检查怎么说,你给我说说!"

钟立行说:"病人入院需要作大量检查,是因为要探查全面情况。因为病人病情复杂,还要通过大量的检查来监测各种机能的变化。用血量多,是因为在检查分析时,发现病人使用全血会有不良反应,于是改用血液制品,这样需要大量全血做分离后使用,而且是要对病人整个身体的血做置换,这个概念不同于输血的概念……"

丁海又忍不住插嘴:"使用液体过多,也是做透析用,而不是输液的概念,用日常用语说就是冲洗,难道说洗澡用的水一定等同你的体重或者体液?"

钱宽张了张嘴:"什么乱七八糟的?我不听你们说,反正,这事没完!"

屋里的人都不再说话,钱宽在屋里走来走去。

这样的事情,这样的场面,医院里并不是头一次遇到,武明训感到从未有过的厌烦,他强忍着心里的不快,耐心地对钱宽说:"钱先生,这些情况,我们的医生也解释得很清楚了,您看怎么解决?"

钱宽摆起手:"我不接受,我完全不能接受你们的这些解释,就算用量是超过一般人理解范围的,但是……"他站起来,拿起桌子上和那些单据放在一起的小本子,"这是我每天记录的你们的用药情况,根本对不上,这账单上的钱好多都是多收的,明明没用这么多药,你们却多跟我要这么多钱,这钱你们是怎么算出来的?这你们还能解释吗?"丁海有点惊奇:"你记录的?"

钱宽颇为得意:"当然。你平常看着我跟你点头哈腰的,就真以为我是傻子啊?你们说什么我就信什么?我那是为了哄着你们好好给我爸看病,我告诉你。"

丁海气得冷笑:"这么复杂的东西,你怎么可能一笔不漏地都记了,何况你从来都没问过我们怎么用药……"

"虽然我不懂,可我有我的办法,这抄点,那算算,照样可以记。这就是本事,不然我怎么可能自己开超市当老板!"武明训等人都忍着笑。

钱宽说:"你们别笑,反正我有账,你们怎么说吧?"

武明训忍无可忍,站起来说:"这样吧,钱先生,既然您认为这里面是有出入的,那我可以查一查。不过您自己记的这个东西,因为没有专业人士的参与,而且考虑到您也不是24小时监护病人,所以我们也实在没办法取信。这样好了,我们把各个科室的出货记录和账目记录全部汇总,核实一下,然后给您一个满意的答复,您看怎么样?"

钱宽想了想:"好吧,不过要快点,我可是忙人。"说着站起来,收起桌子上的单据,往他的老板包里塞,好容易装进去,拉上拉链,伸手跟武明训握手,傲慢地说了句"再见"。武明训点头:"好,再见。"钱宽转身离开。屋里的人面面相觑,谁也不想多说一句。

4

钱宽大摇大摆地出来，对等在路边的几个年轻人说："走，过几天再来。"几个人站起来，走出去没几步。钱宽突然停下，想了想："你们先回去，我还得办点事。"说完又折回到医院的大厅。他来到收费处，让收费员给他把所有的药单打出来，收费员告诉他打印药单子需要领导签字。钱宽大怒，又开始大吵大闹。吵闹中严如意推门进来，看到钱宽先愣了一下。

钱宽看到严如意，立马来了精神，吵着让严如意给他打药单。严如意大度地挥挥手："钱国兴的所有出药单，一共两份，给钱先生一份。"钱宽没想到严如意答应得如此痛快。严如意微笑着："钱先生，我也是来拿出药单的，这回您自己亲眼看着，能放心了吧。"钱宽尴尬地笑着点点头。

严如意的自信来得太早了，之所以敢让收费员打单子给钱宽，是因为她相信钱国兴的整个治疗过程和收费不会有什么问题，这样的事见多了，家属吵吵闹闹，过几天就接受了，她万万没有想到，还真的有事。她拿了药费单子亲自连夜加班核算。一大早，收费科郑科长慌慌张张跑来找她，给她看了一张药单，是一大早划价室送过来的，账单上显示的是昨天钱国兴出药的单据。

严如意拿到单据的一瞬间，突然感觉喘不上气来，半天发出一声："天呐，我们医院出耗子了！"

她突然感觉很悲伤，好长一会儿，才用沙哑的声音吐出几个字："这件事先不要跟任何人说。"说着匆匆忙忙去找武明训。

5

桌子上放着那叠已经被揉皱的单据，武明训铁青着脸坐在椅子后面。

严如意坐在对面的沙发里，双手环绕在胸前也不说话。

武明训冷笑一声："真是太荒唐了，人都死了还能开出药单，这种事放在谁身上也不会接受的！"

"看这个情况，钱国兴的治疗费还真是有问题，恐怕问题还不少。"

"查！必须仔细地查！把每个环节都查清楚！竟然荒唐到这种地步。"武明训起身，严肃地说，"严老师，您就辛苦一下，彻底地仔细地查一下。医生开处方、医生用药、护士用药记录、病案记录、检查、化验记录、提血单、提药单、出血单、出药单这些都汇总起来，一项一项地核对检查，看看问题到底出在哪儿了，不管怎么样，也要把这个人找出来。"严如意答应着。

最后武明训又小心地说了一句："严老师，我想这件事在最终结果没有出来以前，尽可能地保密，我不想医院里人心惶惶。"

"知道，这你就不用担心了。"

严如意吩咐罗雪樱连夜加班。第二天一早，罗雪樱报来了数目："严老师，问题可能比您想象的还多，具体问题出在谁身上还不知道，但是就这些单据来看，有多项多收费、乱收费、重复计账，血库的出血量与用血量对不上，药剂科出药单和病房的提药单也对不上……"

严如意沉默良久，拿着单子去找武明训。武明训听完汇报，脸色难看极了，他开始在屋里来回踱步，不知道过了多久，他开了口："先停止深入调查吧。"

严如意怔住了："那，钱宽那儿你打算怎么办？"

"避重就轻地谈谈吧，希望他能接受。"

武明训武断地说："通知明天下午四点开会！各个科室的主任，还有所有的主治医生、住院总医生都必须到场，不得缺席。"

严如意走了出去，武明训走到座位上慢慢坐下，看了看桌上的报告，将它锁进抽屉。之后靠在椅背上长长地叹了一口气，闭上了眼睛。

6

一大早，严如意就约来了钱宽，开始了他所谓的"避重就轻"的谈话。武明训真诚地看着钱宽："钱先生，我真的非常抱歉，我们有员工因为粗心大意，所以您的费用确实多交了，为此我代表我们医院给您道歉。"

钱宽有些意外："这么说，你们确实是有责任的？"那些单据他还没有看完，他吵吵闹闹其实只想赖掉他还欠着医院的费用，所以听到武明训这么一说，他也吓了一跳。他拿出生意人做生意的常用手法，想多要些优惠，于是冷冷一笑："这不是道歉就能解决的问题，你们知道这对我造成多大的伤害吗？"说着一脸委屈："我爹都死了，我还傻乎乎地交钱，我也太窝囊了，我钱宽这辈子有了钱之后还没受过这个窝囊气呢！"说着眼泪要流出来，他夸张地用手指抠了眼角一下，之后愤怒地说，"你们这不是趁火打劫，欺负人吗？"

武明训尴尬地说道："钱先生，对不起，我们真的不是故意要伤害你，绝对没有这个意思！"

钱宽毫无逻辑地愤怒："那个王八蛋在哪儿？你给我叫来，我饶不了他。"

武明训有些无奈："这，恐怕是不行的。"

"为什么不行？"

严如意解释说："这个人已经不在我们医院工作了。"

钱宽想了想："那这事也不能算完，你们医院也有管理不善的责任。"

武明训客气地说："这是当然，我们真的非常抱歉！"

钱宽想了想："你们医院有责任，是不是应该全部免费啊？"

武明训和严如意对视一眼。武明训对钱宽说："这，恐怕不行，虽然我们在费用上是出了错，但毕竟病人还是用了药并接受了正确的治疗，所以不可能全部减免的……希望您能理解。"

钱宽不太乐意，勉强说道："这种事不会再发生了吧？我可不是好惹的。"

武明训松了口气："肯定不会了，一查清楚，我马上通知您。"

钱宽靠在椅背上，一副暴发户的坐相："那好吧，我也是讲道理的人。"

武明训站起来，伸出手："那真是太感谢您了，感谢您的理解。"

钱宽坐着不动，很不情愿地跟武明训握了手。严如意偷偷地白了钱宽一眼。

7

一个小护士拿着一打单据进来，交给收费科科长："这是今天的病房用药交费单。"

收费科科长接过来："好。"刚翻看了两张。另一个小护士探进头来："科长，门诊收费处叫您去一下。"

"哦。"收费科科长站起来，并把单据交给收费员："打电话通知缴费。"说完出去。

收费员接过来，拿起电话开始拨打。

电话通了，传出钱宽的声音："喂。"

收费员边看着电脑边说："喂，钱先生您好，这里是仁华医院，通知您缴费，昨天病人所用药品的费用是8791。您还没有缴的费用现在一共是……"

钱宽打断："你等会儿？是什么费？"

"是昨天病人所用药品的费用……"

钱宽一下子很愤怒："你再说一遍？"

收费员停顿一下："是昨天病人所用药品的费用……"

钱宽怒道："又来了是吧？你们真当自己是玫瑰花了，给你们点阳光你们就没头没脑地盛开是吧？等着吧！"电话里一声巨响，接着传出盲音。

钱宽把手里的电话扔到了地上，又愤怒地把货架上的东西砸到地上。几个员工紧张地围过来，钱宽气得原地转圈。他好不容易找到出口的方向，开上车直奔仁华医院。他怒气冲冲地进了收费大厅，掏出一张卡摔在桌子上："刚谁打电话叫我交费？我是钱宽！"

刚打电话的收费员急忙起身："啊，钱宽先生是吧？您稍等！"拿过单子，看了一眼，拿起卡，走到POSE机上刷卡，请钱宽输密码。钱宽脸上带着嘲讽的表情输了密码，刷卡机打出单子。

收费员请他签完字，把收据还回来："你稍等，我帮您打单子。"她在电脑前操作着，打印机在打印着单据。

一位见过钱宽的收费员进来，擦着湿漉漉的手，一抬头看见钱宽，吃了一惊："钱先生，您有什么事吗？"

钱宽假装白痴地说："给你们交钱啊！"收费员急忙转身出去。

单据打印完成，收费员拿下来交给钱宽："请您收好。"

钱宽冷笑道:"哼,就是我脑袋丢了,这也不会丢的。"接过来往老板包里塞。

收费科郑科长和刚出去的收费员匆匆进来。郑科长看见钱宽,有些奇怪:"钱先生,您的事情处理好了?"

钱宽严肃地说:"好了,谢谢!你们处理得太好了,上午跟我又认错又赔礼的,下午就让我交费。哈,还是,还是……"找出最后一张单据,生气地说,"看看。这是我爸昨天用的药,你们还给死人用药,玩穿越吗?"

郑科长情知有变,急忙赔起笑脸:"您先别生气,这肯定是什么误会。"

钱宽冷笑着:"我就知道你们会这么说,天底下哪儿有那么多误会?钱我是交了,这回是我交了钱你们也收了,你们这是诈骗。"说着举起自己的老板包,"这里面就是我被诈骗的证据。"

郑科长慌了,恳求说:"钱先生,别忙着走,您等一下,我叫武院长来跟您解释。"说着拿起电话。

钱宽哈哈笑着:"你别忙了,谁来也没用,走了,走了!你们就等着收法院传票吧!"说着扬长而去。他走到医院门口,气呼呼地拿出电话,"喂,朱三儿吗?我是钱宽……好个屁,气死我了,你在哪儿呢?我有事找你!"他边说边走到自己的车旁边,"好,一会儿见。"说完挂了电话,上了车,离开了医院。

严如意闻讯赶来,停车场早就不见了钱宽,郑科长不停地打电话,钱宽怎么也不接。严如意问:"打不通?"

"他不接。"

严如意无奈地说:"他现在在气头上,明天再找他谈吧。"

武明训不知什么时候站在严如意身后,突然大声对严如意喊:"通知各科室主任,所有的主治医生、住院总医生还有各科室护士长一个小时后召开紧急会议,不得有人缺席。"

"今天轮休的呢?"

武明训暴怒:"打电话叫他们来,不来的以后也不用来了。"说完冲出了收费科。

8

会场上黑压压地坐满了人。武明训走到讲台前,怒气冲冲地看着台下的人。好一会儿,他突然拍着桌子吼:"你们还有点尊严没有?难道你们自己也想看自己的笑话吗?钱国兴一百八十万的医疗费,有将近三分之一都是虚假的,人都死了,还能开出药单来!"

所有人全傻了。钟立行脸色一变,看了陈光远一眼,陈光远眼神闪烁。

武明训拍着桌子:"可笑!可耻!荒唐!不可思议!让我说什么?让我能说什么?检查费,药费,血费没有一项是没问题的!"刘敏哆嗦了一下。

第三十一章 巨额医疗费

"我想问问在座的各位，你们是怎么管理的？你们主任的帽子，主治医生的帽子就是为了给你们涨工资用的吗？你们辛辛苦苦学医，就是为了到最后让别人找上门来大吵大闹的吗？"大家都觉得不可思议。

武明训愤怒地说："毁了，全毁了！医院的名声，我们职业的尊严，全毁了！很长时间以来，医院发生了各种各样的事，大家都知道，姚淑云的死亡，包括王欢的事，虽然我们有这样那样的问题，但是，我心里一直是坦然的，因为，我们至少态度上没有问题，所以我们可以跟家属沟通、做工作，可是现在，现在，你们让我说什么？我还有什么可说的？你们告诉我，我怎么面对病人家属？怎么面对那些眼巴巴等着我们救治的病人？"他突然说不下去了，有些悲伤。

台下的人呆若木鸡。

严如意接着说道："我先检讨一下，因为我的疏忽管理，才会出现今天这样的局面，我有很大的责任。"

武明训厉声说："先不用急着检讨！"严如意一脸尴尬。

武明训变得有些哀伤："我知道各位都很辛苦，收入也不高，但是我们不能因为辛苦因为报酬低就不自重了吧！这件事，我一定会追查到底，但我会给大家留点面子，谁有问题，自己出来说，任何时间，任何地点，找我，找严老师，这事只有我们两个人知道，不会告诉第三个人！另外，任何人不许议论这件事，如果，病人家属来闹事，任何人不能激怒他们，如果有新闻媒体来采访，也不许任何人说起半句！"

医生们沉默，刘敏低下头。陈光远往椅背上靠了靠，两手的大拇指开始搅动。

武明训坚决地说："从明天起各个科室的主任要负责整顿纪律，加强管理，凡是再有违规的医生必须给予严肃的处理。主治医生也尽到自己的责任，如果再有什么违背医德的事发生，我会直接追究上级主管的责任，而且绝对不会再留一点情面……就这样，散会！"

会议室门开了，医生们走出来，没有人议论，没有人交谈。

武明训跟在陈光远身后喊道："陈院长，跟你说两句。"说完避开人群。陈光远急忙跟了过去。

两人走到一个背人的地方，武明训从口袋里掏出了两张单据递给陈光远："这是药剂科在钱国兴死亡后开出来的两份出药单。你兼管药房，你来查吧。"

陈光远接过单据看了看："好，我会查清楚的。"武明训转身走开，陈光远看着武明训的背影，生气地看着两张单据。

9

武明训走进办公室，钟立行跟了进来。武明训走到桌前，对钟立行说："坐！"钟立行忧虑地问："明训，到底怎么回事？问题严重吗？"

武明训开始脱白大褂:"严重!从没有过的严重!人都死了,还有药费,这是一!罗雪樱查过,血液制品用量对不上,这是二!还有重复计费,多收费,乱收费,问题太多了!"

钟立行思索着:"有的时候,病人的费用是要在第二天第三天才会反应出来的,这是常规!"

"不是!是凭空出来的,完全复制的前面的账单,你也可以理解成重复,这说明,这个人不知道钱宽的父亲已经死了,如果真是这样,前面的重复收费就不会是收费员的错,而是有人盯着这个病人,时不时往里塞单子!"钟立行震惊。

武明训悲愤地说:"你想想,我能不震惊吗?难道只是这一个病例吗?会不会以前也有这样的情况?我不敢想,真的不敢想,药房里肯定有耗子,这我清楚,可是这一次,很麻烦!"

钟立行劝说:"下决心查吧,不然的话,永远解决不了。"

"怎么查?查出来怎么办?我们医院就这么多人,医院要运作,查出来个个都有问题,你让我怎么办?怎么跟上面交代?怎么跟社会交代?病人都不来了,我们这么多设备,这么多贷款,用不了三个月,医院就得关门!"

钟立行忧虑地点头。

10

刘敏走进办公室,关上门,走到桌前,拉开抽屉,拿出那两个信封。她拿出手机,拨通了吴德仁电话,吴德仁的声音:"喂?刘姐,是不是有好消息要告诉我?"

刘敏紧张地四下看看:"老吴,你能不能到我们医院门口来一趟,我有事要见你!"

"刘姐,是不是说那钱的事儿啊?跟你说,那钱我是不会收的,我也不催你,什么时候有货了你通知我一声。"

刘敏急得快哭了:"老吴,求你了,赶快把钱拿走吧,我们医院在查,查……"电话突然断了。

刘敏怔了一下,再拨。电话通了,里面却传出一个声音:"对不起,您所拨打的电话已关机。"

11

钱宽父亲的事沸沸扬扬地上了报纸。叶惠林好像盯上了仁华,盯上了武明训,专门找他的麻烦。

一大早他就堵在医院大厅,给他送来了报纸,真是太欺负人了!

叶惠林把报纸举高,武明训看到报纸头条标题"百万医疗费从何而来"。

武明训抢下报纸仔细一看，小标题分别是"七十一岁老人高烧昏迷紧急住院，四十天医疗费用竟然高达一百八十万"。"患者死亡五天后家属离奇收到当天所用药品缴费通知，数额高达八千多元""既然诊断无意治疗，为何还要推荐药商"。

叶惠林理直气壮："怎么样？这些都是当事人口述的事实。"

武明训冷冷地看着叶惠林："没有调查就写这些东西，这就是你的职业道德？"

"对啊，所以今天我就是来调查的。您有什么可说的？"

武明训哑然："我？无可奉告。"

叶惠林笑着："那好吧，我还想再问一个问题，你能告诉我你们医院还有说实话的医生吗？"

武明训咬紧牙关，怒视叶惠林片刻，撞开他走了。

钟立行从大厅走进来，看见这一幕，走到叶惠林面前："叶记者，你这样也有点太咄咄逼人了吧？"

叶惠林看看钟立行："钟主任？您有什么要说的吗？"

"当然有，你的报道我看了，首先我要向你提出抗议！你在这篇报道中没有做到客观、中立，只有病家的一面之词，你应该对双方都作一个采访调查才能发表意见！"

叶惠林怔了一下："我打过电话，你们不接受采访，现在我来了，武明训不是不愿意说吗？"

"不，你错了，你应该在同一篇文章里，给当事人双方同样的篇幅进行报道，而不是像现在这样，先给事件下结论再来采访，上来就把我们放在申辩的位置上，这对我们是不公平的！"

"哈，钟大夫果然是美国回来的，对付记者还很有一套。"

钟立行脸色沉了下来："叶记者，我请你把态度放庄重点！你是不是觉得自己的样子很酷？让这么多人在你面前落荒而逃，你感觉自己很威风，很有力量？我告诉你，你的感觉是错的！记者有监督的权利，但你们不是警察，不是法院，你更没有权利侮辱当事人和采访对象，哪怕他不愿意接受你的采访！"

叶惠林脸上冷笑着："钟主任，求你别再给我上课了！我没有侮辱谁，是你们自己做错了事，还有，关于记者的权利，我比你清楚，不劳提醒！"

12

仁华医院又一次坐到了火山口上，又一次坐到了舆论的风口浪尖上。

医院里气氛很差，医生们愤怒、生气、伤心却又无可奈何，整个医院笼罩在阴暗的气氛里。

钟立行跟叶惠林吵了两句，急忙去办公室找武明训商量对策："明训，我们还是赶快开个记者会,向社会作一些回应吧!"

武明训惊讶地说:"开记者会?回应?怎么回应?"

"措辞上可以注意一些,但是,至少要有一个态度,告诉大家,这个事件里,医院有失当的地方,医院内部正在调查。"

武明训有些恼怒:"这怎么可能?你不认错,人家还要打你,承认了,还有你说话的地方吗?刚才那个记者你自己也看见了,他是带着成见、带着想好的立场来的,你的话他们根本听不进去,不会给你任何解释的机会,只要你低头,统统是一棍子打死。"

"不管怎么说,我还是相信大多数人是有判断能力的,这样压着盖着总不是办法!"

武明训打断他:"你根本不懂!算了,跟你说你也不懂。你就专心做你的手术吧!"

钟立行怔怔地看着武明训:"明训,手术我当然会专心做,但是我希望你能客观地看这件事!"

武明训挥挥手:"这事你别管了,我现在什么也不想说,我谁也不能相信,我希望你能带着大家安心工作,这些事我会处理的。"

武明训让严如意约钱宽来医院商谈,钱宽趾高气扬。

严如意一个劲赔笑脸,钱宽不耐烦地说:"找我什么事,我可是很忙的。"

武明训开门见山:"钱先生,我只能再一次说抱歉了。我们已经把账目核对出来了,按照约定,我们减免了百分之三十,今天就可以汇到账户上。"

钱宽断然道:"用不着!"他端起架子:"你们还真是欺软怕硬啊,以为我是软柿子,就捏起来没完没了,现在知道看错人了?晚了。你们让我不舒服,我也不会让你们好过!哼。"说着站起来。

严如意连忙说:"我们是有错,可您也不用这么不依不饶的吧,那些治疗都是你自己坚持的,当初是你强烈要求的。"

钱宽拿起自己的包:"我可以明确地告诉你们,你们提出的方案我不接受,我已经把你们多收费的证据,送到了卫生局,至于什么专家会诊,你们是不是跟卖药的有什么关系,我也会请让卫生局一块来查。"

武明训也急忙站起来:"钱先生……"

钱宽做了个阻止的手势:"武院长,老话说得对,鸡窝里飞不出金凤凰,压根儿我就没信过你们,哼!"说着转身往外走,嘴里还说着,"卫生局不管我就告到中央,整不死你们!"摔门出去。

严如意气得直发抖。

武明训问:"严老师,今天已经开过会第三天了吧?你那儿有没有人,去主动说明情况的?"

严如意摇头:"没有。"

"我这儿也没有!看来这问题大了!"

13

　　武明训说得没错，问题的确大了！传媒有时会得传染病，一个话题出来，众人蜂拥而上，完全不会考虑当事人的感受。第二天一早，电视台的就来了。

　　一辆白色面包车到大楼前，一位三十多岁的女记者跳下车，手里拿了一支话筒，后面，一位摄像师扛着机器跟在后面。

　　摄像师跳下车，开始对着医院的招牌拍摄，随后摇到记者处境，一行人边说着边走进大厅。

　　保安立刻上前阻挡："你们是干什么的？"

　　记者说："我们是电视台的，请问你们院长在不在？"

　　"电视台的？你们跟谁联系的？我们院长说过，没有他的允许，任何人不能拍摄。"

　　武明训正在做手术。严如意匆匆跑进来，向他通报了记者来的消息。武明训怔住了："我正在手术，走不开，您先去应付一下，请到院办去。"

　　"我一会儿也要上手术，有个孕妇羊水已经破了，八个小时还没生，弄不好要剖腹。"

　　武明训一下泄了气："那就不管了，先忙手术的事吧，通知所有部门一律封口，还有，不要让丁院长知道。"

　　严如意急忙去布置，钟立行、江一丹、顾磊、丁海也在做手术。两个护士来送血。

　　江一丹不满地问："怎么搞的？这么长时间？"

　　护士说："有个电视台记者堵在血库前采访，我们出不来。"

　　江一丹怔了一下，与钟立行对了一下眼神。顾磊与丁海也互相看了一眼。钟立行低头做手术，他对准一个部位，丁海手没跟上，在发愣。

　　钟立行踢了他一脚："想什么呢？干活！"

　　丁海急忙动手，却弄错了位置。钟立行抬起头："你们谁想去看热闹可以去！"众人急忙低头。

14

　　武明训做完手术，匆匆往办公室走去，刘晓光和王欢父母正站在门外。

　　刘晓光看到武明训，急忙走过来："明训，对不起，知道你们今天肯定很忙，但是，他们一定要过来见你……"说着指指王欢父母。

　　武明训看看两人，微微点头："你好！"孙丽娜脸扭向一边。

　　武明训克制着情绪推开门："进来坐吧。"

　　孙丽娜一行人进了武明训办公室。孙丽娜没等武明训坐稳就开了口："武院长，我们今天来是想告诉你，我们已经正式委托法医鉴定中心去给王欢做鉴定了。"

武明训平静地点头："好，我知道了。"对刘晓光："我不是说过了，案子进入司法程序，有什么事就直接找律师谈就是了。"

孙丽娜不满地说："武院长，你话不好这样说的，我告诉你，今天的报纸我们看到了，记者也采访了我们，我们现在要求对王欢的医疗费重新检查，你们一直说我们欠你们三十几万，现在我们怀疑我们的费用也有问题，所以要求重新检查，如果真的有问题，我们也就不会觉得欠了你们医院的，也就不用觉得对不起了。"

武明训冷笑了一下："这么说，你心里觉得对不起我们？欠我们的了？"刘晓光看了武明训一眼。

孙丽娜说："武院长，你最好不要这样说，我们心里对你一直是很尊敬的，想不到你们是这样的人，我们也不是凭空来找麻烦，你们医院自己的人都让我们出来告！"说着拿出一张纸，就是王冬写的那张。

武明训接过来，看了一眼："这，是哪儿来的？"

孙丽娜说："有天晚上我们在医院大厅坐着，睡着了，有人放在我身边的。"

刘晓光接过纸条看了一眼，对孙丽娜说："这是什么时候的事？你怎么不早点告诉我？"

"就是找你的前一天啊！我为什么要告诉你？"孙丽娜强硬地说，"我告诉你，刘律师，我们对你也是有意见的，如果你再不努力，我们就要换律师了，以前嘛，我们还担心，现在我们有底气了。"

武明训叹了口气："好，王欢妈妈，你不要激动，您提的要求，关于王欢手术计费的事，我们一定会查，官司您可以继续打！"

孙丽娜哼了一声。

武明训对刘晓光说："刘晓光，这张纸条，我能不能复印一个，如果这人真是我们医院的，说不定能帮我查出一些问题来。"

武明训虽然嘴上很强硬，其实心里已经垮了。刘律师走了，他一个人坐在沙发上，一个更大的打击来了，卫生局电话通知，调查组明天要进驻医院。武明训一声不响挂断了电话，他失魂又落魄。

第三十二章
斯文扫地

毁了，真的全毁了，你知道什么叫地狱吗？

你所有的付出和辛苦，不论你有多么优秀的团队，不管你救活过多少人，不管你为谁流过真心的眼泪！你知道什么叫蚂蚁变大象吗？知道什么叫放大效应吗？

在仁华，大家都知道谁是武明训，谁是钟立行，谁是江一丹，谁多么有本事，谁多么高尚，当一个事件放大，这个事件里没有具体的人，只有一个名字——医生！

1

夜幕低垂,灾难降临。武明训静静坐在客厅里,盯着电视屏幕,像是等着死亡降临。

一位年轻的女记者面对镜头正说着:"观众朋友,晚上好,欢迎收看本期的现场直击。一位七十多岁的老人,因为高烧,不明原因住院,在本市的仁华医院住了四十天,花掉了一百八十万,至死没有查明原因,死者家属不能接受如此高昂的医药费,向医院提出申诉,却迟迟得不到院方的正面答复,本台记者联合本市卫生报的记者共同调查了这一事件,看看这高价医疗事件后面有没有什么黑幕。"

武明训坐在电视机前,江一丹听到电视里传来的声音,急忙跑过来,看看电视,再看看武明训,呆住了。

严如意家,电视也开着,钱宽在对记者谈话:"我爸爸十月二十号住院,十一月三十号过世,四十天,下了七次病危通知,花钱如流水……"说着比画着手里的厚厚的一叠账单,"你们看,收费的单据这么厚,我就是想不明白,什么病要花这么多钱?那钱到底花在哪儿了?"

严如意恼怒地将遥控器扔向电视屏幕,抓起电话找江一丹。江一丹拿起电话:"喂?严老师?在看,知道了,看完再说,没事。"

电视里,叶惠林在接受采访:"从去年,我就一直在关注医疗、医药这一块,对这家医院的问题,这个事件,我也是一直有所耳闻,在医疗行为中,患者始终处于弱势,所以我们有责任查清楚事情的真相……"

女记者在医院采访导医护士:"你好,您是在这家医院工作吗?您知道有个病人在你们医院去世了,花了一百八十多万的医药费吗?"

护士急忙背过身:"对不起,我不知道,不要问我。"

记者再问丁海:"您好,请问您是钱国兴老人的主治医生吗?能问您几个问题吗?"

丁海伸手挡住镜头:"对不起,我不知道,别问我。"

记者拦住刘敏:"你好,请问您是在这个病房工作的吗?您知道钱国兴老人吗?能问您几个问题吗?"

刘敏面对镜头有些困惑,记者说:"我看这处方上,有两位主治医生的名字,你能带我们去采访一下两位医生吗?"刘敏急忙往回走,把门关上。有医生护士来回从镜头前走过,看到记者,急忙避开。

江一丹关掉了电视。武明训坐在沙发上一动不动,脸色铁青。电话铃声再次响了起来,江一丹走过去,要接电话,武明训示意她别动,江一丹听着电话铃不停地响,随即停止了,江一丹把电话线拔了。

2

毁了，真的全毁了，你知道什么叫地狱吗？

你所有的付出和辛苦，不论你有多么优秀的团队，不管你救活过多少人，不管你为谁流过真心的眼泪！你知道什么叫蚂蚁变大象吗？知道什么叫放大效应吗？

在仁华，大家都知道谁是武明训，谁是钟立行，谁是江一丹，谁多么有本事，谁多么高尚，当一个事件放大，这个事件里没有具体的人，只有一个名字——医生！

第二天一大早，卫生局调查组一行五人就到了医院，组长是老洪。武明训和严如意在门口迎接。老洪客气地跟武明训握手："明训啊，别背包袱，有什么难处也直说，我们会实事求是的。"

武明训苦笑了一下："谢谢洪老师。我不背什么包袱，只怕是现在的局面，我们说什么不会有人听得进去的。"

老洪干笑了两声，武明训一言不发把人让进了行政楼的会议室。

一夜无眠，武明训眼圈都黑了。他请专家入座，之后，用嘶哑的声音对老洪说："洪老师，这是我们医院的小会议室，我们把办公楼的顶楼都腾出来，这个会议室旁边有几个办公室，有水房，卫生间，吃饭就在我们小食堂吃，如果还觉得不放心，我就让严老师到外面宾馆开几个房间，你们全封闭也行。"

老洪哈哈笑起来："哎，明训，别那么紧张好不好，我们打了一辈子交道了，彼此知根知底，我不担心你在这种事情上做文章，这样安排挺好，老严也不用回避，谁都不用回避，你在每个办公室里放张行军床，时间晚了我们就可能不回去了，食堂的师傅要辛苦一些了。"

武明训叹了口气："好的，洪老师，一会儿我就去安排，您想找什么人谈话，想问什么问题，想调什么档案随时跟严老师说，也可以直接去，我会跟医院里所有的人都打招呼，随时接受调查。"

老洪笑着："好，谢谢你配合，再说一次，不用背包袱，我们会实事求是的。"

武明训点头，与严如意对视："那您现在是休息一下，还是怎么着？"

老洪说："我们先商量一下，如果方便，把你们整理的材料我们先看看吧。"

3

武明训走进办公室，对秘书交代说："除了调查组，什么人找我都说我不在。"说着把手机扔给秘书，"我把手机也呼叫转移到你电话上，你替我接，问清什么事再告诉我。"说着走进门里，把门关上，在沙发上重重躺下。

门外响起轻轻的敲门声，随即是严如意的声音："明训，是我！"

武明训睁开眼睛，敲门声继续，武明训无奈地起身，拉开门，严如意正站在门口，秘书有些无奈地向武明训做了个表情。武明训放开门，走回来，严如意跟了进来："明训，人已经进驻医院了，你打算怎么办？"武明训不语。

"你真打算放手？什么工作也不做？"

"怎么做，严老师？跟全院的人打招呼？请调查组吃饭？"

严如意焦急地说："不，不是那个意思，我是说，总不能真由着他们到处走、到处问，总要做点防备。"

武明训死死盯着严如意："严老师，您听我的，什么也不要做，我也什么都不做，如果您真的为我好，为我们医院好，就保持冷静，什么也不要做！"

严如意长叹一口气："好，我听你的，其实我也知道，这个时候做什么不如什么都不做，医院里的人，凡是正直的人，都知道怎么说，至于那些小人，说什么做什么，说多了做多了，自己也就先露马脚了，老洪还是个正派的人，那就等吧。"武明训沉默。

严如意又问："那这事要不要跟丁院长说？怎么说？"

武明训摇头："还是不说了吧，本来这件事跟他毫无关系，再说，他现在身体这种状态……调查组也不会找他的"

武明训突然想起什么，从抽屉里拿出王欢妈妈给他那张纸条，说道："严老师，给你看个东西。"

严如意接过来，上面写着："打官司，告武明训！"心头一惊："哪儿来的？"

"王欢妈妈拿来的，说这是医院里的人写给她的，她还要求重新计算王欢的医药费。"

严如意看了一眼纸条，眉头一动。

"怎么了？你认识？"严如意迟疑了一下。

武明训追问："是谁？"

严如意迟疑地说："如果我没认错，这是……王冬的字。"武明训瞠目结舌。

严如意很肯定地："就是他，我怎么就没有想起他，他应该最恨你，一定是他离开医院的时候干的！"

武明训脸色很难看。

"我再去确认一下！"严如意说着往外走。

武明训叫住她："严老师，不用了，纸条留给我吧。这件事不要向任何人说！"

严如意怔怔地看看武明训，走开了。

武明训拿着纸条去病案室，花了一个小时查到了王冬的档案，他把纸条和档案上王冬的字比对了一下，确认无疑，果然是他！一瞬间他好像被谁打了一拳，他踉踉跄跄走回办公室，把门反锁上，在阳台上整整坐了一个下午，二月的寒风吹着他，他毫无知觉。他心底无限悲凉，难道，真的什么地方做错了？

4

调查组进展神速，只花了两天，就把所有的资料看完了，然后通知严如意，从当事人谈话开始。第一个就是丁海，依次是刘敏、顾磊、钟立行、严如意、陈光远，最后是武明训。

钟立行得知调查组的安排，直接来找武明训，虽然他并不知道国内这一套行政程序，但他知道这个时候不能胡来，他一直担心武明训能不能承受，武明训心高气傲，怎么能受得了这种委屈？

"调查组已经下了通知，这个星期五约我谈话。"

武明训虽然也得到了通知，听到钟立行一说，心里还是一紧，但他装出不在乎的样子："啊，好，那就谈吧。"

"明训，我还是想跟你谈谈，我想，我们最好实话实说。"

"实话实说？说什么？"

"你了解到的情况，多收费，重复收费，出血量对不上，你所知道的一切。"

武明训困惑地看着钟立行："我自己都不知道底线在哪儿的事，你让我去跟调查组说？然后派来无数的会计、审计，把医院翻个底朝天？"

钟立行劝说道："明训，我理解你的想法，也知道你对医院的感情，但是，你要明白一点，这个问题看起来是管理的问题，实际上是一个关于诚信的问题，这是个根本原则问题，我们应该诚实地面对所有的问题，这才是解决问题的态度。"

武明训眯起眼睛看了钟立行好一会儿，他一肚子委屈不知道跟谁说，本想着能一说，没想到他开口就给人讲大道理，这让他不胜其烦："你想让我怎么诚实？你以为这是一两个人的问题吗？整个事件里牵涉了那么多人，你让我把谁丢出来？把事件里的任何一个医生扔到大众面前去接受批判都是行不通的，这个事件里牵连这么多人，说明什么？说明是一个群体出了问题！这不是惩处一两个人就能解决的，现在这个时候，我只有一个选择，就是尽量保持沉默，他们能问出多少就问多少。而我自己，立行，我可以向你保证，事情过去，我会一点点解决问题，一个也不会放过！"

钟立行平时基本上能让着武明训就让着他，但今天，他再也不想隐瞒自己的观点了："你说的没错，是我们的群体出了问题，可是为什么会出问题？如果不把事情弄清楚，不面对我们自己的错误，医生们就不会去深入看待，这样，一个行业的道德的自律就不复存在，只要不被抓住，人人都可能干坏事，就变成了猫和老鼠的关系，抓住了是猫的本事，抓不住是老鼠聪明，这样下去的后果是什么？到那个时候，我们还有什么尊严和自尊可言？"

"你以为你说的这些我不明白吗？要承认错误必须面对理智的群体才可以，而我们所处的大环境是偏执的，在这里没有任何理智的声音可以发出来！"

"总要有人先面对，才会有机会改变！我们是医患中相对理智的一方，那就应该由我们先拿出勇气来承担该承担的错误。"

武明训心里笑钟立行天真，认为他是个呆子，根本不知道现实有多么复杂。他无可奈何地叹口气，说道："算了，我跟你说不明白。我也不想再跟你讨论了。这些事你就别管了。"说完他开门走了出去。

钟立行生气地看着武明训的背影，大叫一声："你在堕落！"

武明训回身看看钟立行，好一会儿才说道："那你就继续你的高尚吧！"看着武明训的背影，钟立行气得脸色发青。

5

陈光远走到药剂科门口，推开门。孙礼华看到陈光远，急忙问："陈院长，有事？"

陈光远四下看看，从口袋里掏出那两张单子："这两张单子怎么回事？"

孙礼华接过来，看了一眼："怎么了？陈院长？"

陈光远不满地说："怎么了？人都死了，怎么还有单子出来？"

孙礼华很惊讶："没人跟我说呀。"

"赶快把单子再查一遍！太大意了！"陈光远说着走开了。

他回到办公室，一转弯，看见林秀在门外站着。

陈光远看见她，一下慌了，四下看看，没有人，走过来，脸上的表情有些不悦："你怎么又到这儿来了？"

林秀两眼乌溜溜地盯着他："我打你电话你不接，发短信你也不回。"

陈光远打开门走了进去："我忙着呢！"林秀跟了进去。

陈光远一进门就不耐烦地说："什么事你快说！"

林秀把一张化验单放在陈光远面前："我怀孕了！"

陈光远愣住了，拿过化验单看了一眼，又扔回去："这种事你找我干什么？"

林秀眼泪汪汪地说："不找你找谁？"

"怀孕是你们女人的事，自己处理了不就完了！"

林秀腾地站起来："你，你不会丢下我不管吧？陈院长，我、我对你可是真心的！我……"陈光远烦恼地说："行了行了，我这儿忙着呢，你赶快离开，不然让人看见了！有事儿回去再说！"

林秀腾地起身走了，把门"嘭"地摔上。她一出门，正撞上迎面走来的孙礼华。林秀吓了一跳，急忙向电梯间走去，她身上的化验单掉了出来，孙礼华捡起来，看了一眼，怔住了。

门开了，陈光远走出来，孙礼华急忙把化验单藏在身后："陈院长……"

陈光远转身走进里屋，孙礼华跟了进来，他慌乱地告诉陈光远，他去调钱国兴的药费单子，单子已经被封存了，没有严如意和武明训的命令谁也不能动。

陈光远知道大事不好,他无力地挥挥手:"你先去吧!"孙礼华走了出去。

陈光远坐在宽大的办公室里,沉默。夕阳的余晖从窗外照射进来,陈光远的脸色很难看。

6

陈光远在办公室一直坐到天完全黑了才穿上外套,准备回家。刚一拉开门,唐小婉站在他门口,看见陈光远,她叫了声:"陈院长!"陈光远有些困惑。

唐小婉说:"陈院长,您可能不认识我了!我叫唐小婉,是施工监理公司的,开工仪式上我们见过,您每月看的监理报告就是我做的。"

陈光远这才回过神:"小唐?"唐小婉高兴地点点头。

"你找我有事吗?"唐小婉点头。

陈光远迟疑了一下:"进来谈吧。"

两人走进办公室,唐小婉不等陈光远坐稳,拿出一个黑皮笔记本:"陈院长,我来是向你反映一个问题,你们的新大楼在施工上有严重问题,有一批装修用的不锈钢板,检验不合格,已经提了多少次意见,可是郑经理还是坚持要用,昨天材料已经运到工地了,明天就要开始用了。"

陈光远惊讶地问:"你说的是实情?"

唐小婉递上一叠材料:"这是我整理的一份材料,我也是冒着丢工作的危险才来找你的,施工方郑经理已经下了死命令,不许任何人说出去,可是我想,盖医院是千秋大计,如果真的有什么问题,我觉得对不起甲方,也对不起医院、医生以及所有的病人。"

陈光远有些感动:"小唐,谢谢你!我一定认真对待!"

唐小婉欣慰地点头:"陈院长,请您一定替我保密,我其实早就想来找您了,就是一直下不了决心,我跟你们医院的丁海和严主任都认识,我知道你们医院的大夫都很正直。"

陈光远很意外:"你认识丁海和严如意?"

"是啊,我有次来看病,跟丁海起了冲突,还打过他,不过后来我亲眼看见他救人,你们医院个个都是好人!"

陈光远表情复杂:"你放心,我不会把你说出去的,现在社会像你这样的人不多了。"

唐小婉真诚地说:"谢谢陈院长这么说,其实这个社会像我这样的年轻人越来越多了,我们从小受的教育就是要诚实,我们公司不光我一个,很多人都是这样的。陈院长,我跟您打交道次数不多,可我一直在观察您,我发现您身上有很多传统知识分子的美德,我要向您学习!"

陈光远心里很不是滋味,看了唐小婉好一会儿:"谢谢!谢谢!"

7

林秀坐在沙发上痛哭。徐达恺心烦地看着她："这孩子到底是谁的？你倒是说啊！"

"当然是陈光远的！还能有谁？"

徐达恺呆了好一会儿："那这事怎么办？这事也不能就这么完了啊！陈光远现在想自保，连我电话也不接，他光想着不认账就完了，他没想过这种事，你肚里的孩子就是证据！你先别急，我找他！"

徐达恺鼓足勇气来到陈光远家，按了按门铃，陈光远从猫眼里看见是徐达恺，倒也没迟疑，打开门放他进来。徐达恺在客厅坐下，才觉得自己有点冒失，他算什么啊，他是林秀什么人啊，这话怎么开口？

陈光远在他对面坐着，一言不发。其实他早就知道徐达恺来找他是为什么，直接开了口："林秀让你来的是不是？她想把这事弄得尽人皆知是不是？"

徐达恺急忙赔上笑脸："陈院长，您误会了，不是林秀让我来的，她回到公司就是哭……陈院长，按说我是晚辈，不该跟您说这些事，可是，林秀说，你不想要这个孩子是吧？"

陈光远淡然地说："我怎么知道是不是我的？她跟的人多了。"

徐达恺笑笑："陈院长，都是男人，这样说话就没意思了吧？"

陈光远盯着徐达恺："你们天天住一块儿，还来问我？"

徐达恺尴尬地笑笑："陈院长，您这么想是正常的，是我不正常，我可以明白告诉您，林秀不是我喜欢的类型，还有，我心里有喜欢的人，您可能不会相信我的话，可是我说的是真的。"陈光远表情困惑。

"每个人心里都有过不去的坎，对我来说，我喜欢的是罗雪樱，为了她，我可以吃所有的苦，也可以拒绝所有的女人。"陈光远不说话了。

"林秀也不像你想的那样是个乱来的人，怎么说呢，她呢有她自己的一套，但我知道的，她一方面什么事都敢干，另一方面，她对您，我觉得是真心的。"

陈光远苦笑一下："'真心'两个字就算了吧，她对我好我是知道的，但是，这种女人，谁敢娶？"

"问题是，问题是，现在孩子在她肚子里，她要是心一横真把孩子生下来，你说怎么办？我是个做生意的，没组织没纪律管着，她也是，您可是副院长。"

陈光远目光扫向徐达恺："你是来威胁我的？"

徐达恺急忙说："不是，真的不是，陈院长，我……"

陈光远打断了他："这样吧，到了现在也没什么好说的了，现在大家是一荣俱荣、一损俱损，现在医院正从上到下查账，有些事，怕是瞒不住的，这也是我不愿见林秀的原因，你让她别多心。"

徐达恺感觉有些意外的表情。

陈光远地看着徐达恺："你让林秀别急，我会给她打电话的，孩子要真是我的，我会负责的。"

8

洪组长和调查组的成员坐在桌子一边，钟立行走进来，向众人点头示意，坐在桌子另一边。

老洪看看记录的成员，示意开始，把一只录音笔放在钟立行面前："可以吧？"

钟立行点头。

老洪说："钟主任，关于钱国兴入院到死亡的治疗过程，我们想向你了解一下情况，我们希望把你知道的都告诉我们。"

钟立行点头："是！"

"这几天，我们先后约了刘护士长、丁海和参加治疗的相关人员进行了谈话，我们这里，也有钱宽方面写来的申诉材料……"

钟立行点头："我明白，我会实话实说……"

"那么，钟主任，根据你的医疗经验，和你参加此次治疗，你个人认为这里面是不是有问题，问题出在什么地方？"

钟立行看着老洪，思索着："这个事件，从治疗方面看，我个人认为是没有什么问题的，但医院方面的确存在一些问题。钱宽所反映的关于多收费、重复计费、乱收费的情况，可能都存在……"

老洪和几个人都有些吃惊，坐正了看着钟立行。

钟立行继续说："武明训院长发现了一些问题，正在内部严密地追查。他在事发的当天，就是钱宽本人发现问题之前，就召开了紧急会议，要求所有部门自查，并主动报告情况，他在院务会上也提出了要一查到底的决心……"

"嗯，那么，你所知道的问题是在什么地方？"

"具体情况，我想武院长会在合适的时候跟你们谈的，我不负责业务管理，所以不清楚具体情况，但我想，谈一下我个人对整个事件的看法。从事情发生到今天，我想这不是一个单独的事件，这个事件集中体现了我们现在整体的医患失和，沟通不畅。钱宽作为病人家属，过于强势，过多地介入医疗活动，医生的医疗行为受到严重干扰，整整四十天，所有参加治疗的医生、护士都精疲力竭。当然，这不是医院方面出问题的理由，但我想把这一点提出来，希望你们考虑，两方面都有问题，对于这件事，我个人的意见是不希望隐瞒，包括向调查组汇报，并向社会公布……"

老洪感兴趣地："噢，你认为应该怎么做？"

"事件发生后，钱宽那边开始运用舆论先发制人，让医院很被动，我认为这方面，医院方面反应是失当的，回避不是办法，电视台记者大规模采访，医院方面缺乏相应的应对，表现得集体失语，使社会舆论对我们相当不利。我认为，我们应该把整个事件公布出去，必要的时候公布治疗方案，不害怕社会的质疑，这样，至少我们的诚信才不出问题。而在收费问题上，有什么问题，解决什么问题，只有诚实地面对，诚实地检讨，才能解决问题。我知道，这样做的后果很可能会引起更强烈的质疑和反弹，但我相信，经过最初的混乱与质疑后，事情最终会回到本来的样子，这样遮掩并不利于解决问题。尤其在这个混乱的'全民医疗'的时代，在这个认为'求医不如求己'的时代，在这个药品泛滥的时代，我们更应该本着科学的态度，还医学以尊严，澄清事实真相，这就是我的基本态度。"

老洪认真听着，用敬佩的眼光长时间看着钟立行。

钟立行自己也长出一口气，不管怎么说，他把自己的想法都说了出来。他走出会议室。严如意、顾磊、罗雪樱都在门外站着。

这时，严如意的电话响了，她接起电话："喂？老洪，是我，我在，啊，让武明训过来？好，我现在就去通知他，没问题！"她放下电话看看钟立行，"老洪要找明训，怎么这么急？"

钟立行看着严如意："严老师，我把我知道的都说了，我认为这对大家都有好处。"所有的人都呆住了。

钟立行没想到大家反应那么激烈，他决定先去找武明训。

9

武明训长时间看着钟立行，冷笑了一声："你就这么说的？"

钟立行点头："是！"

武明训一拳打在桌上："立行，你，你，你出卖了我！你知道吗？"

钟立行冷静地看着武明训："不，明训，你理解错了，我在拯救你！"

"你，这样说了，你让我怎么办？老洪找我谈，你说我谈还是不谈？我跟你说过多少次了，不是你的事你不要管！我自己都不知道情况有多严重，你让我怎么谈？我说过，我不是要隐瞒，只是要一点时间大声说道分清轻重里外，你打乱了我所有的计划，你让我很被动，你，你太让我失望了！"

钟立行冷静地看着武明训："明训，你不要急，你理解错了，我郑重建议你，请你一定要实话实说，不然，你会更被动！"

武明训大声地说："我用不着你来告诉我怎么做！"

钟立行更大声地说："每个人必须对自己的行为负责，你现在不清醒，我有责任告诉你怎么保持清醒！"

"钟立行，我真是看错了你！"武明训说着，怒气冲冲地走了出去。

钟立行大声说道："我没看错你，我相信你知道怎么做！"

武明训猛地回头看了钟立行一眼，两人长时间对视，武明训摔门而去。

第三十二章 斯文扫地

钟立行满脸忧伤，追过来："你给我站住！"武明训猛地回头。

钟立行冲过来："明训，事情到了今天，我不想再隐瞒我的观点了，你不要认为这只是一个多收费的问题，我可以明确地告诉你，今天这件事跟王欢的案子，跟苏教授的死，跟所有的一切都有关系！"

武明训惊讶地看着钟立行："你什么意思？你是说多收费也跟我有关？"

"对了，可以这么说！苏教授的死，明明是王冬的错，你对王冬平时有很多不满，可是关键时刻你依然偏袒了他，声称保护医院，保护我们刚开展的手术，结果怎么样？你为王欢费尽了心思，依然被告，真正的坏人逃脱了。你成了被告，你觉得冤枉，我也替你难过，可这一切都是你亲手造成的，原因就是你好坏不分，是非不分，一味站在医院的角度，把自己放在大众的对立面！"

武明训一脸震惊："立行，你，你怎么会这样看我？"

"明训，你应该知道我对你的感情，可是我不想因为感情伤害了原则，如果你继续错下去，后果不堪设想！我可以明确地告诉你，苏教授的事出来后，我曾一度真的也想走了！我回来，你对我很好，为我争取一切，处处保护我，可是我越来越觉得我只是你手里的一把刀！有的时候我在心里嘲笑我自己，我越来越得过且过了，越来越没有原则，我心里对你是有看法的，现在我把我的想法全说出来，希望你能认清自己！"

武明训看了钟立行好一会儿："我做的事我很清楚，你有你的立场，我有我的观点，就这样，我要去调查组了！你给我设的局！你给我的！"他摔门而去，严如意、罗雪樱、顾磊等人站在门外，看见武明训出来，都吓了一跳。

武明训看看门外的人，大步往外走去。钟立行走出来，所有人都用一种异样的目光看着他。

钟立行叫了声："严老师……"

严如意眼里都是责怪，她看了看钟立行，默默走开，其余的人也都看看他，转身离去。

钟立行孤独地站在门前，好一会儿，他向心外走去。

他穿过医院大厅，走进外科大楼，进了心外病区，走廊边的每扇门都开了，医生护士们都站在门口，看着钟立行，眼里是某种责怪和惧怕。

钟立行从人们的目光中走过，很孤独。

10

江一丹挺着大肚子走进办公室，脱下帽子，在椅子上坐下。

高小雅匆匆忙忙进来："江大夫，出事了！"江一丹急忙回头。

"听说钟主任跟武院长吵起来，因为调查组找钟主任谈话，钟主任把情况都说了，现在调查组把武院长也找去了。"

江一丹心头一惊，急忙起身往外走。

"江主任,你去哪儿?"

江一丹头也不回:"去调查组。"

11

老洪和调查组的人坐在会议室里,武明训走进来,老洪急忙起身,伸出手:"明训,来了!"

武明训也伸出手:"洪老师!"

老洪边坐下边说:"明训,不好意思,这几天给你们不少压力,心情不太好吧?"

"不好意思的是我们,我们工作不力,让领导操心了。"武明训笑笑"不是说晚上才找我谈吗?"

老洪说:"谈得比较快,所以就提前了。"

屋里气氛突然有些紧张,大家都沉默着。

老洪看看记录的成员,示意开始,然后把一只录音笔放在武明训面前:"可以吧?"

武明训有些紧张,看了一眼录音笔,迟疑了一下,点头:"当然。"

老洪笑笑:"明训啊,关于钱国兴入院到死亡的治疗过程,我们想向你了解一下情况,我们希望把你知道的都告诉我们。"

武明训点头:"是!"

"这几天,我们先后约了刘护士长、丁海、钟立行和参加治疗的相关人员进行了谈话,我们这里,也有钱宽方面写来的申诉材料……"

武明训点头:"我明白了,我会实话实说……"

"那么,明训,根据你的医疗经验,和你掌握的情况,你个人认为这里面是不是有问题?问题出在什么地方?"

武明训看着老洪,思索着:"这个事件,从治疗方面看,我个人认为是没有什么问题的,但是……"

门突然开了,江一丹走了进来。

老洪面对门坐着,看到江一丹,愣了一下:"江主任,你怎么来了?"

武明训回头看见江一丹,也愣住了:"一丹,你有事儿吗?"

江一丹干脆地说:"有事!"

老洪怔了一下,随即热情地说:"坐坐!"武明训起身为江一丹拉椅子。

"不,我不坐了,坐不住也坐不下。"江一丹指指自己的肚子,"洪组长,关于钱国兴的治疗过程,作为参与人之一,我了解的情况是,治疗过程没有大的问题,但是,医院方面,的确存在着多收费、乱收费和重复收费的一些情况,这些情况,武明训院长已经作了一些调查,相信他会把相关情况做一个汇报……"

武明训惊讶地看着江一丹,老洪也惊讶地看着她。武明训脸上的表情很震惊，也很尴尬。

江一丹意味深长地看了武明训一眼，笑着对老洪说："我刚下手术，有点累，不等了，所以就夹个塞，表个态，对不起，打扰你们了！"说着一笑，在武明训肩膀上拍了一下，用手摸了下他的头发。武明训抬眼看江一丹，江一丹对他苦涩又温柔地一笑，转身走了出去。

老洪尴尬地笑了笑："明训，江一丹不容易啊，快生了吧？"

武明训回过神："啊，快了。"

老洪又道："那，我们接着说？"

武明训沉默了一下："洪组长，钱国兴的收费上面的确有很多问题，我们正在展开全方位的调查，争取近期内把结果拿出来……"

老洪长出一口气，调查组的其他人也出了一口气。

12

钟立行静静坐在办公室里，夕阳透过纱帘投进来，照在他身上。门开了，江一丹出现在门口。

钟立行看见江一丹，愣了一下："你怎么来了？"

江一丹微微一笑："我都听说了。"

钟立行急忙起身给她拉椅子，江一丹重重地坐下："我刚从调查组回来，当着武明训的面表明了我的态度，我希望他不要犯糊涂！"

钟立行有点儿惊讶。

江一丹轻轻一笑，有些伤感，也有些失落："他是我丈夫，我比任何人都了解他……他，根本不是个会说谎的人，我只是怕他万一什么地方没想明白……"

钟立行默默点头："我也是这样想的，所以，才……"

江一丹看着钟立行，有些伤感："立行，你不用解释，你做得对！我们是做医生的，这个职业对人最大的要求就是科学、诚实。按我的理解，诚实的意义就在于，不管发生了什么事，不管局势是不是对自己有利，都要在第一时间说出真相，否则就是撒谎和抵赖！"

钟立行欣赏地看着江一丹。

江一丹坚定地点头："武明训不是糊涂人，如果他真的做错了什么，我也会跟他一起承担……"

钟立行点头："我也会一块儿承担。"

江一丹感动地点头："立行，我也要告诉你，如果因为你的诚实，武明训和其他的人对你有什么误解，我也会站在你这一边！"

13

　　武明训沿着走廊那头缓缓地走来。严如意、罗雪樱、顾磊、丁海不安地看着他。武明训看看严如意，一句话也没有说，继续往前走。

　　他走进自己办公室，吩咐秘书："你今天早点下班，让我一个人待一会儿！"秘书点点头急忙收拾东西走了出去。

　　武明训走进里间，把自己重重地摔在沙发上，躺下，闭上眼睛。

　　说了，全说了，不说也得说。钟立行和江一丹两面夹击，他被迫说出了全部的实情。他说的时候，心情很沉痛，他不知道会有什么样的后果在等着他。其实他何尝不想说真话，只是说真话，真的就会有好结果吗？武明训长叹一口气，感觉到从来没有的轻松，也从来没有的沉重。他昏昏沉沉地睡了过去，一夜没回家，江一丹也没找他。他不知道，江一丹也没回家，她一个人住到了值班室。有人说，夫妻两个遇到困难的时候要守在一起，其实也不尽然，遇到分歧的时候，其实最好的方法是回避，把一切交给时间。是的，时间是最伟大的老师，它能给出最完美的答案，可是，现在有多少人懂这个道理？忙着生，忙着死，忙着享受，忙着爱，忙着吵架，忙着问别人是不是爱自己，忙着把自己的想法全说出来，根本不考虑别人的感受。哎，这世界，无事忙！

　　第二天一早，武明训刚睁开眼睛就接到调查组老洪的电话，通知他紧急召开院务会。他急忙起身打电话通知班子成员，匆匆洗了把脸就去了会议室。

　　陈光远迟到了半小时才赶到，他也是一夜未眠，唐小婉的事加上林秀的事让他压力很大，晚上又接到孙礼华电话，说钟立行已经把情况全说了，武明训好像也招了，他知道，他的日子不远了。一大早就赶快到工地，背水一战，跟老郑直接翻了脸，下令停止使用那批钢材。老郑威胁他说，如果不念旧情就告发他，他也不管了，该来的迟早都会来，听天由命吧。

　　老洪紧急召开的院务会只开了五分钟，只宣布了一个决定：经过调查组的深入了解，由于武明训和本院各部门的配合，情况已经很清楚，他已连夜向局党组作了汇报，局里决定，这个事件，由医院自查为主，调查组从旁协助，由武明训牵头，把涉及到多收费的情况作一个调查，明确指出从两张在人死后还出现的药单入手。武明训听到这个决定，多少松了一口气，谢天谢地，自查，意味着他和医院都得到了信任。结果虽然不可知，但现在看来，应该不至于太坏！

第三十三章
危难真情

你们这是何苦呢？

今天为了抢救那三十个民工，所有的人都一心一意，这样多好，可是，没事儿的时候，为什么要互相折磨，互相伤害？

有时候，我真希望这世界天天地震、海啸、台风，这样，人们就觉得医生重要了，也没时间互相伤害了！

1

这天晚上，孙礼华来找林秀。这让林秀有些意外，这个凶巴巴的药剂科长从来就没有给过自己好脸，大半夜的他来干什么？

孙礼华巡视屋内，问道："徐达恺什么时候回来？"

林秀紧张地回答："他出差了，明天才回来。孙，孙科长，这么晚了，有事吗？"

孙礼华点头，在沙发上坐下："我刚从陈院长那儿来……"

林秀听到陈院长，一下紧张起来："陈院长？他怎么说？他让你来找我的？"

孙礼华怔了一下，含糊地点头："陈院长不方便来，让我来找你，林秀，帮我做件事！"

林秀困惑地看着他："我，能帮上您什么？"

"医院上上下下在查账，钱宽父亲的事，你知道了吧？"

"听说了。"

"林秀，你到江东几年了？"

"两年。"

孙礼华点点头："你跟陈院长的事，我是知道的，钱宽的事我帮你，也是看着陈院长的面子，所以，这回的事，你得帮我。"

林秀轻声笑了起来："帮你？怎么帮？陈院长有什么事儿？再说那药的事，是钱宽自己愿意的，就是查也查不到你头上。"

孙礼华看着林秀好一会儿，笑了笑："林秀脑子就是清楚，看来陈院长眼光不错！"

林秀耸耸肩。

"这么说吧，是陈院长让我来找你的，钱宽的事跟他没关系，但是他有别的事儿！"

林秀有点紧张："什么事儿？陈院长是个好人，他有什么事儿？"

孙礼华冷笑着："他是不是好人，你怎么会知道？这么跟你说吧，武明训在查所有的事，不知道哪天就查到陈院长头上，所以，陈院长的意思，是希望你能帮他一把，这一次如果能过去，他就跟你结婚。"

林秀一脸惊喜，随即不相信地问道："那他怎么不自己跟我说？"

孙礼华笑笑："他是个院长，脸儿薄，这不让我来跟你商量嘛。"

林秀拿起手机："我给他打个电话。"孙礼华抢过手机："不急！你要是打了电话，他可能就改主意了。"

林秀点点头："也是，不过孙科长，您得跟我说清楚了，我能帮您什么，怎么帮！"

孙礼华笑笑："当然是女人的方式，这一次，事情比较复杂，你要把事情想办法弄到钟立行身上，把他在医院搞臭，这样，他们自己内部出了问题，就不会再往下查了，陈院长才能过得了关。"

林秀很吃惊："钟主任？他能有什么事儿？我跟他根本说不上话！我总不能，总不能……"

孙礼华邪恶地笑着："有什么不能的？你能跟陈院长就不能跟他？他是个单身汉，又是医院里人见人爱的帅哥……"

林秀惊恐地："不，不行，我干不了，这事不会有人信的，我不过是个打工妹，绝对不行！"

孙礼华脸沉下来："你不去是吧？那好，我找人去，要是陈院长真的有事，你可不要后悔！"

林秀害怕地看着孙礼华。

孙礼华威逼的语气："陈院长说了，如果这次他能过关，就跟你结婚，如果你不答应，那就随便吧。"

林秀害怕地看着孙礼华。

"林秀，你是聪明人，也是敢作敢当的人，自己的幸福要靠自己争取，你说呢？"

林秀惊恐地看着孙礼华……

2

钟立行洗完澡，穿了浴袍从浴室走出来，边走边擦着头发。房间里放着蓝调blues音乐，门外，传来一阵轻轻的敲门声，钟立行把音乐关小，走到门边，轻声问了句："谁呀？"没有人应声。

钟立行又问了一句："谁？"还是没有人应声。

钟立行往回走，敲门声又响起来，他困惑地走过来，听了一下，猛地拉开门。林秀站在门口，怯生生地看着他。钟立行一怔："怎么是你？"他急忙把门关上，林秀却往前一挤，从门边钻了进来。

钟立行心头一惊："你干什么？你想干什么？"

林秀一句话也不说，直接走到床边坐下。钟立行心里已经明白林秀想干什么了，走过来抓起沙发上的衣服，闪身要进浴室。林秀扑过来，从后面抱住了钟立行："钟主任，钟大夫，我喜欢你！"

钟立行身体僵直了，冷冷地说："别这样！放开！"林秀抱着钟立行不松开。

钟立行冷静说道："林小姐，请你自重！"

林秀抱着钟立行不松手："你不答应，我就不松开！"

钟立行转过头，用困惑的眼神看着林秀："你到底想干什么？"

林秀有些害怕了，看着钟立行。钟立行甩开林秀的手，进了浴室。他边换衣服心里边冷笑，这也太小儿科了。他轻蔑地笑了一下，换上长裤，套上套头衫，随即拉开门走出来，一个年轻的男子正站在浴室门口。

钟立行吓了一跳，往后退了一步，再看床上，林秀已经躺在了被子里。钟立行脸色一下变了，他没想到对手这么严谨，感到问题严重了。他静静地看着对手，飞快地想着怎么脱身。男人走到床边，掀起被子，林秀从床上坐起来，用手护着胸部。

男人阴沉着脸："我想请你解释一下，这是什么意思，林秀是我的女朋友，怎么到了你床上？"

钟立行轻蔑地笑了一下："啊，就是，我也觉得奇怪呢！"

男人说："你说吧，这事儿怎么办！"

钟立行冷静地："没什么怎么办的，你们还是赶快走吧！"说着厉声对林秀说，"林秀，起来！离开这里！"

男人上前扯住钟立行就往床上推，"你这个混蛋，你睡了我的女朋友还假装没事，我今天跟你没完！"钟立行一巴掌挡开对方，生气地说："你们闹够了没有？想干什么？敲诈？"对方凶悍地抓住钟立行的手："不想干什么，就是想请你说清楚！"他一把把钟立行按倒在床上，另一只手端着相机，对着钟立行和床上的林秀拍照。林秀开始的时候一直看着镜头，随即用手捂住脸，钟立行满脸惊愕。对方拍完照片，扬长而去。钟立行惊愕地看着门关上，林秀捂着脸哭了起来。

钟立行暴怒！猛地起身，看着捂着脸哭的林秀，一时不知道应该说什么，这一切发生得太突然，让他有种万劫不复之感，他想骂人，想喊，但他还是忍住了，他厌恶地看了林秀一眼，只说了一句："你会为今天发生的事后悔的！"

林秀哭着："对不起，钟主任，我也是没办法，如果我不这样做，他们就不会放过我！"

钟立行悲愤地说："你，怎么会卷到这么肮脏的事情里？你知道那些人是什么人？你一个年轻的女孩子，怎么能这样不珍惜自己？这些事情怎么是你能懂的？是你能控制得了的？"

林秀表情震惊。

钟立行正色道："别以为你们这样就可以堵住我的嘴，就可以制服得了我，有一天你会明白，你们所做的一切都要由你自己承担责任！你太幼稚了！"

林秀扑过来要抓钟立行的手："钟大夫，我求求你，带我走，离开这里，我很害怕，真的很害怕！"

钟立行厌恶地扭开林秀的手："你还是先想想怎么离开这里吧！"林秀害怕地看看钟立行。钟立行拿起外套，往外走。

林秀怯生生地问："您去哪儿？"

钟立行怒道："我给你十分钟，离开这里，如果我回来，你还在这儿，我就不会这么客气了！"说着拉开门走了。

3

钟立行走出电梯,向心外病区走去。罗雪樱迎面走过来,看见钟立行,罗雪樱惊喜地打招呼:"钟主任?"

钟立行严肃地点了点头。

罗雪樱看到他头发还是湿的,惊讶地问:"您?洗头了?"

钟立行,点了下头,急忙往办公室走去。

罗雪樱其实是看钟立行神色不对,但又不知道怎么问,只好没头没脑地问了那么一句,她看着钟立行的背影,有些困惑,严如意走过来:"看什么呢?"

罗雪樱自言自语:"钟主任今天这是怎么了?看样子像刚洗完澡,头发还是湿的,这衣服也穿得不对,怎么好像出什么事儿了!"

严如意觉得罗雪樱多事:"哎,你这才叫无聊呢!人家洗不洗澡,穿什么衣服,你还管?"

罗雪樱不以为然地耸了耸肩。

"怎么了?我说话你不爱听?"

"没有,我就是觉得有点怪,哎,算了。"罗雪樱看看严如意,欲言又止。

4

空旷的门诊大厅,自动门不时开关,人们进进出出。

一位护士抱着一叠资料走到导医台,准备将资料粘贴在导医台的白板上。白板上,贴着一张照片,一张化验单复印件,护士没看见,走开了。化验单掉了下来,滑到地上。

陈光远正好走进大厅,护士跟他打着招呼:"陈院长早!"陈光远打着招呼:"早!"一低头,看到了地上的化验单,捡起来,看了一眼,脸色一下变了。他急忙四下看着,发现白板上的照片,走过来看了一眼,匆匆走开。

急诊室门口的张贴栏上,也赫然贴着那张照片和化验单复印件。

几个护士和医生围在前面,悄声议论着:"这是什么呀?钟主任?那女的是谁?林秀?林秀是谁呀?我的天呐,钟主任看上去不是这种人啊!"

何大康走过来:"干什么?不去准备?"众人急忙散开。何大康把照片和化验单拿起来看了一眼,怔住了。

心外护士站,刘敏在换衣服,身边几个小护士在议论:"我的天,钟主任不是那种人呐,他怎么能这样?怎么还让人拍了照片了?"

另一个说:"肯定是把人肚子搞大了又不认吧。"

"真是知人知面不知心,我白崇拜他了,那个女的看上去也不怎么样啊。"

"听说他跟武院长吵翻了,我最看不起这种人,武院长对他那么好,他还落井下石，真是忘恩负义！"

刘敏换好衣服走过来，看到白板上的照片，拿过来撕碎，扔在纸篓里。众人停止了议论。

5

陈光远积极走回办公室，扔下包，冲到电话前拨通，里面传出一个声音："你好，这是药剂科！"

"孙科长在不在？"

电话里传出声音："啊，陈院长，孙科长他请假了，去外地调货了。"陈光远一怔，放下电话，再次拨通电话，里面是林秀的声音："喂？"

陈光远生气地问道："你在什么地方？你赶快给我到医院来！快到的时候给我打电话，在门口等我！"陈光远放下电话不安地在屋里来回走动着。

6

江一丹边系白大褂的子边走进手术室，两个小护士正在议论："听说钟主任和一个女的上了床，还让人家的男朋友抓了现行。"

"你们别瞎说，钟主任绝对不是那种人。"

"肚子都搞大了，化验单、照片全贴出来了，不承认也没用啊！"

江一丹走进来，几个人停下来："江主任！"

江一丹问："你们在说谁？钟主任怎么了？"

护士不敢说话，其中一个指了指门口的张贴板。江一丹走过来，看了一眼，脸色一下变了，拿起照片和化验单就往外走。

7

武明训和严如意看着那照片也有些发愣，武明训生气地说："谁干的？这是谁干的？这太可怕了！"

"怎么办，明训？看样子来者不善，就算达不到目的，也够恶心的，明摆着是要钟立行的好看。"

武明训气得直咬牙："他们这是想把我和立行全打下去，浑水摸鱼！严老师，你说，还能有谁？我和立行出了事，谁能得好处？"

严如意想了想，立刻明白了："我知道了，大致跑不出那几个吧！"

"严老师，你先去看看哪儿还有照片和这个单子，通知各科室就地销毁！"

严如意走了出去。

8

顾磊、丁海、王小鱼、周小白和其他几个医生护士全都围在白板前看着。顾磊急得直跺脚:"丁海,怎么办?你有没有林秀的电话,打个电话叫她来,让她说清楚!"

丁海脸色阴沉。钟立行走进办公室,众人都回头看。

顾磊惊讶地看着钟立行:"钟主任!"

钟立行沉稳地说:"你们都站在这儿干什么?今天星期一,总查房!忘了?"

顾磊急忙拿起夹子往外走,王小鱼关切地看着钟立行:"钟主任,您?"

钟立行眉头皱了一下:"我怎么了?"说着走了出去。

9

江一丹挺着大肚子匆匆向心外病区赶去,她要去见钟立行,她要看看钟立行会不会有事。她冲进钟立行办公室,办公室没人,护士告诉她钟主任带人查房去了。她生气地说了句:"他可真有心,这个时候还查什么房啊!"说着想往病房去,走到一半,又折了回来,算了,一会儿还有手术,下了手术再说,她急忙往外走,边走边拿电话,她要找林秀,电话通了,传出林秀的声音:"江主任?有事吗?你干吗给我打电话?"

江一丹听见林秀的声音,气就不打一处来,她愤怒地骂着:"林秀,你给我听着,你可以做出任何下三烂的事儿来,但是你要记住,纸是包不住火的,你这样做迟早要自食其果的。"

林秀还不知道发生了什么,电话里嘴很硬:"我又怎么了?我又没上你们科室,你凭什么骂我?"

江一丹生气地说:"林秀,你自己干的事你真的不知道?你在哪儿?赶快给我过来!"她一抬头,看见林秀正在等电梯,放下电话就冲了过来:"林秀,你给我站住!"

林秀回身看看江一丹,停了下来,脸上带着嘲讽:"有什么事吗?"

江一丹愤怒地说:"你到底害人要到什么时候?你想干什么?"

林秀困惑了,随即冷笑着:"我到底怎么了?你凭什么老跟我过不去?"

"你是真不知道还是假不知道!"江一丹说着将化验单和照片递给她,"你自己看!你自己看看!一大早这东西贴满了医院,你到底想干什么?"

林秀看到化验单,惊恐地说:"这,我……"

江一丹一个耳光打过去,愤怒地说:"我怎么也没想到你会干出这种事来!你太过分了!"

林秀一下被打傻了,捂着脸哭了起来:"我干什么了?我干了又怎么样?你们凭什么都欺负我？都是女人，为什么你怀了孩子可以横行霸道，我就要受人的气！"上来就要打江一丹。

丁海不知从什么地方冲过来，一把将林秀推出好远。林秀后退了几步，差点摔倒，丁海走过来，盯着林秀质问："你的存在让我知道一个真理，无耻无极限、下流无下限是吧？你不觉得玩得太下贱了？你到底想干什么？想干什么？"

林秀哭着："我，我，我不是，我……"丁海上来就要打林秀，人们拉着林秀走了。

江一丹气得站在原地动不了，突然涌起的腹痛，她捂着肚子弯下腰。钟立行沿着走廊走过来，看见江一丹，急忙走过来，用手扶住她："你怎么了？"

江一丹抱住钟立行："立行，怎么会这样？怎么会这样？为什么现在的人都这么坏？为什么？"

钟立行轻声抚摸着她后背："别激动，一丹，别激动！你不能生气，不要生气，这种事，不值得生气。"江一丹伏在钟立行手臂上哭了起来。

武明训走过来，看到这一幕，脸色铁青。

突然，院里的广播系统里传出一个声音："全院紧急抢救，新开路化工厂三十个民工集体中毒！"人们都不约而同抬头，声音继续："全院紧急抢救，新开路化工厂三十个民工集体中毒！"

医院广播系统已经一年没有使用过了，全院紧急抢救是一级抢救。武明训一听到广播，急忙冲过来，低声吼："各就各位，没有手术的人全到急诊室去！通知各部门随时听命！启动一级预案！"

钟立行冲过来："要不要我停下手术一起上？"

武明训回头看看钟立行说道："你把手术室给我把好！！"说着冲了出去！

身后，丁海、罗雪樱和医生们都鱼贯冲了出去。

10

一阵救护车声呼啸而来。随即，急诊室的医生和护士冲了出来。接着一队救护车过来，三十几个民工被陆续送进了急诊室。医院大厅，走廊里，急诊室里到处是民工。全院紧急动员，凡是没有手术的医生全部上了场。

打点滴，开窗户通风，群体性中毒事件紧急上报。毒源不清，中毒者除了口唇、指甲呈青紫色外，还有头痛、头晕、无力、胸闷、心律加速、气短、恶心、呕吐、腹痛等症状！

中毒是神内科的事，沈容月第一时间赶到。她在老家做过乡村医生，对付中毒自有一套，多年前她就凭着一手土办法指挥过一次中毒抢救，给丁祖望留下了深刻印象，现在，她又要挑大梁了。

武明训见到沈容月，急忙吩咐："沈老师，这次抢救由您指挥，您分配一下任务。"

第三十三章 危难真情

沈容月干脆地答应着："知道了！"她冲到前面，查看病情，病人呼吸急促、嘴唇发紫、不停地抓着衣服。

沈容月高声喊："现在听我的指挥，中毒源不清，请化验室立即取样分析毒源！所有人员分成三个组，每组配备三个医生、六个护士，负责照顾十个人，一组给患者建立静脉液路，配合医生用药并抽血；二组负责吸氧、监护及每个患者生命体征的测量记录，给每一位患者左腕部贴上姓名，便于辨认；三组紧急抢救危重病人。"

布置完沈容月又对刘敏说："刘护士长，请你去通知食堂，用最快的速度送盐开水来，浓一些，赶快给病人灌下去，催吐！再告诉他们，煮绿豆汤！多煮些，越快越好！"

一个病人已经出现意识模糊。沈容月急忙冲过来："来不及了，要盐水，灌下去！快快！"

沈如月指挥若定，很快，三个抢救小组成立了。一会儿工夫，食堂的师傅抬了一只大锅从后面跑过来，绿豆汤来了，沈容月急忙指挥："赶快来几个人，把这些绿豆汤给他们灌下去。"

几个护士冲过来，帮着把绿豆汤盛在碗里。

沈容月冲过来："太烫了，把电扇抬过来，对着吹，让汤赶快凉！"

几个民工不住地干呕，浑身发冷，护士急得直叫："沈大夫，病人吐不出来……"

沈容月扶起民工，高声喊："来几个人，赶快去取被子，把空调热风全打开，病人需要保暖！"

她回身拍着民工后背，说道："来，自己用手抠嗓子，要吐出来，一定要吐出来！"

民工用手去抠嗓子，依然吐不出来。

沈容月急得高声叫："来个人！你们谁赶快去菜场买几只活鸡，要活的，我要用鸡毛！鸡毛！"

众人回头看她，一脸困惑。

沈容月高声叫着："鸡毛扫喉，才能有效催吐，要喝绿豆汤，再吐，反复吐，又省钱又能防止毒性发作！毒源不清之前，这是最有效的办法！"

丁海敬佩地看着沈容月，跳了出来："我去！我去，我知道哪儿有活鸡！"说着跑开了。

武明训看到沈容月指挥有方，急忙赶到化验室了解化验情况，毒源还没有查清，情况危急。

一会儿工夫，丁海拎着两只大公鸡跑了进来，递到沈容月手里："快，快！"

沈容月接过来，拔了几根鸡毛，递给丁海："快，扫喉咙！"

丁海接过鸡毛，对着一位民工说："张嘴！"鸡毛伸了进去。

民工"哇"地一声就吐了，喷了丁海一身。丁海吓了一跳，看着满身的脏物，他开心地笑起来："哎，真管用！管用！快快！"

沈容月看着丁海兴奋的样子，自己也很高兴。

严如意听见鸡叫,跑了进来:"怎么回事?怎么回事?怎么还有鸡?"

丁海正从鸡身上拔毛。严如意看见丁海狼狈的样子,忙问:"丁海,你在干什么?又在搞什么鬼名堂?"冲着沈容月喊:"是不是又是你出的幺蛾子?这是医院,不是你们乡下的打谷场。"沈容月怔住了。

丁海小声地说了句:"妈,这是土办法,可是最有效!"严如意瞪了丁海一眼。

鸡毛扫喉挺管用,民工们开始狂吐。医院里到处是呕吐声,气味难闻得一塌糊涂。护士进进出出打扫,没有人顾得上气味,只是不停地忙碌着。一般人很少见到这样的场面,如果你见到一次,那种场面会让人终生难忘。

化验员跑进来,把单子递给沈容月:"沈老师,结果出来了!亚硝酸盐中毒!"

沈容月接过来看了一眼,立即高声喊着:"亚硝酸盐中毒!'亚克西'疗法,按病情轻重分别给予每公斤体重1~2mg亚甲兰,以5%葡萄糖250~500ml静脉滴注,对重症出现休克的患者,采用多巴胺40~100mg加0.9%氯化钠注射液500ml静点,10mg/min,维生素C疗法,快去!"所有的医生护士都行动起来。

一位护士跑进来:"沈大夫!药房来电话,咱们院的亚甲兰已经过期了,不能用!"

武明训正好走进来,听见这话,一下呆住了。所有的人全呆住了。

大厅里,一位民工缩在角落里发抖,护士在为他量血压,边量边叫:"大夫,这个人血压七十、四十,已经开始抽搐了!"

沈容月冲过来:"赶快送手术室,气管插管,上呼吸机,快!叫麻醉科的人来插管!"

武明训急忙冲了出去,他冲到化验室门口,陈光远正跑过来,焦急地说:"明训!亚甲兰过期了,我刚查过了,只有两箱是好的,怎么办?"

武明训一下火了:"你怎么搞的?这种药怎么能不更新?"

"是你说不用更新的,王欢的医疗费就从这钱里出的!"

武明训一下呆住了,懊恼地说:"对不起,全是我的错!"

陈光远有些不忍:"你别急,我现在去想办法调货!"掏出手机,打通电话,里面是徐达恺的声音:"喂?陈院长!"

"徐达恺,你听着,我们医院送来了三十个亚硝酸盐中毒的民工,你赶快想办法给我去找十箱亚甲兰,要最新批号的,不管多少钱也要搞到,我限你一个小时!"

徐达恺正在开车,他挂断电话,急忙把车停在路边。

他一口气拨了十几个电话,终于找到了药。货要自取,半小时车程,徐达恺挂断电话,发动了车子,向路上冲去。他一路打着应急灯,把车开得飞快,取了药,直奔仁华。陈光远在门外等他,徐达恺下车,拉开车门,抱出一箱药:"陈院长,药,最新批号的,我先拿了五箱,不够那边还有!"

几个护士冲过来,搬药。徐达恺一屁股坐在门前的台阶上,累得喘不上气。

11

黄昏时分，所有的中毒民工全都脱离了危险，三个重症患者被送进了重症监护室，情况也稳定住了。参加抢救的医生、护士也一个个累得直不起腰了。人们陆陆续续向食堂走去，一天没顾上吃饭了。

食堂的师傅抬了饭菜，为医生们盛上，送到桌前。人们看着桌上的饭，谁也不想动。徐达恺出现在食堂门口。

丁海看见他，跳起来："你来干什么？"

徐达恺虚弱地说："我饿了。吃点东西。"

丁海气势汹汹："吃东西？这是你该来的地方吗？你还吃得下去吗？你是吃人饭的吗？你不是喝人血的吗？这种五谷杂粮能喂得饱你这种狼吗？"

他把盘子里的东西全扣在徐达恺头上，医生们一个个看着丁海发飙，都坐着不动。

徐达恺小声地说："丁海，别闹了，对不起，我知道你讨厌我，但我真的是饿了，我一个上午都在给医院找亚甲兰，那些药都是我找来的。"

丁海勃然大怒："你他妈的就是找来王母娘娘的尿我也不稀罕，又大赚了一笔吧？你们这些药耗子是不是巴望明天就打仗、地震，你们就有钱赚了是不是？有本事你白送！"

徐达恺不疾不徐地说："丁海，你别这么说我，你以为我容易？我们怎么说也算是同学，我也算是读过书的人，我做医药代表怎么了？我没卖过假药，没有做过违心的事，我也有我自己的原则和底线，你可以看不起我，不能看不起我的职业！"

丁海被他说得没脾气了："哎，徐达恺，这个世界上我最服的，就是你了，算你狠，算你行，你是我老师！你给我走！听见没有？"

罗雪樱一直听着两人吵架，却不动声色地吃着饭，一口一口从容不迫。

钟立行起身走过来："行了行了，你说够了没有？小徐，过来吃饭吧。"拉着他坐下。

沈容月过来，把一盘饭菜放在他面前："吃吧！丁海是你同学，他说了什么，你别往心里去啊，今天的事儿多亏了你！"

徐达恺坐下，拿起筷子开始吃饭，一边吃，眼泪却忍不住往下掉。罗雪樱、钟立行看着徐达恺，一脸困惑。罗雪樱突然把筷子放下，也哭了起来。

周围的人都惊讶地看着她，急忙劝道："怎么了，罗雪樱？怎么了？"

罗雪樱哭着："你们这是何苦呢？今天为了抢救那三十个民工，所有的人都一心一意，这样多好，可是，没事儿的时候，为什么要互相折磨，互相伤害？有时候，我真希望这世界天天地震、海啸、台风，这样，人们就觉得医生重要了，也没时间互相伤害了！"

第三十四章
割不断的情丝

  我们都是自以为高尚的人，都是对自己有要求的人，有些感情，很珍贵，所以，不可经常触碰，只能感觉，只能让它随着你的血液流淌，时时撞击你的心房，却不能触碰……

  立行，谢谢你这么说，其实，我心里对你也一直有一种牵挂，在我心里，一直给你留了位置，但那个位置，不是，不是爱情，只是一种牵挂，我小心翼翼，踩着这条线，不知道什么时候就会失去平衡，心里也很艰难，现在听你这样说，我觉得好像很轻松，希望你不要觉得我是背叛了你……

1

　　林秀躺在床上，满脸泪痕。徐达恺怒气冲冲走进来，拉起林秀，二话不说就给了她一个大耳光。林秀惨叫一声："你干什么？你为什么要打我？"
　　徐达恺愤怒问道："说，拍照的那个人是谁？谁让你干的？"
　　林秀哭着："你们干吗都要跟我过不去，你怎么这么狠！"
　　徐达恺愤怒地扬起手："再嘴硬！"
　　林秀吓得已经失了声："我说还不行！是我找的人，我以前的一个同乡，是孙科长让我做的，他说陈院长有麻烦，要把钟立行搞掉，不然他会有麻烦！"
　　徐达恺一脸震惊，随即把林秀推到沙发上："你怎么这么没脑子？孙礼华算什么东西？你一个女人，怎么卷到这种事情里去？这种游戏是你玩的吗？你真是太笨了，太蠢了，钟立行那样的人，是这种事情搞得垮的吗？武明训和钟立行那么聪明的人，会吃你们这一套吗？"
　　"你们不是成天说要玩这个游戏那个游戏的吗？我怎么知道？"
　　"闭嘴！"
　　徐达恺伸出手："那个人的电话，住址，给我！"
　　林秀爬起来，颤抖着写下电话。
　　徐达恺抓起电话，愤怒地对林秀说："你给我滚，离开我的公司，别再让我看见你！"
　　林秀追过来："徐经理，对不起，全是我的错，求你别让我走，你让我上哪儿去呀？"
　　"你愿意上哪儿就上哪！"徐达恺拉开门走出去，走到门口回头，"我再跟你说一次，你以后少自作聪明！少耍你的小聪明，不管走到哪儿，都老老实实做人，你听到没有？"

2

　　武明训来找江一丹，他敲了敲值班室的门。门开了，江一丹见是武明训，便转身往里走，武明训跟了进来。江一丹在床边坐下。武明训走过来，假装没事儿人一样看着江一丹："你今天，还想住在值班室？"江一丹不理他。
　　"你今天白天太不冷静了，不该当着那么多人的面，跟林秀发火。"
　　江一丹沉着脸："我不这么看，立行作为当事人，他不发火，但我们，不能没有一个态度。"
　　武明训提高了声音："江一丹，你也太小看我们自己了，立行是什么样的人，我又是什么样的人。你难道不清楚吗？就算我跟立行之间出现了问题，但我们，是不可能怀疑对方的品行的,这是我们友谊的基础,你太不理智了!"

江一丹怔了好一会儿:"对不起,我太冲动了。"

"还有,你这么公开偏袒钟立行,就不怕别人议论?"

江一丹一怔:"议论什么?"

"你不觉得,你有的时候,对钟立行,有点太亲密了?你不怕我脸上挂不住,不怕别人说武明训的老婆一点不给他留面子?"

江一丹有些心虚,嘴上却很硬:"武明训,你什么意思?你不会这么,这么封建吧?"

武明训挥了下手:"我知道在你心里,立行很重要,对他,我也一样,我让着你,护着你,我也理解你,我先声明,我不是小心眼,我是说,你这样做,却根本忽略了我的感觉,你心里是不是把我当成了小人?当成了心胸狭隘、吃醋的小男人,我告诉你我不是!"

江一丹看看武明训,好一会儿问道:"你发那么大火干什么?"说着起身要走。

武明训在她身后叫了声:"江一丹!"

"怎么了?"

"你可以不回家,可以精神上跟钟立行站在一起,我也请你有的时候关怀一下你的丈夫,他很孤独,他的孤独并不是因为他害怕失去爱情,而是因为,他有远大的理想,忍受着现实的折磨,却不被人理解!我很痛苦,你知道吗?"武明训对着江一丹的背影喊了起来。

江一丹心中一震,回身看看武明训。武明训眼窝深陷,神情疲倦,江一丹有些心疼,眼圈红了:"对不起,我,我不是故意冷落你的。我比任何人都关心你,我也希望你,能把很多事情想清楚,我不回家,是因为,不想跟你发生无谓的争吵,以免伤感情,我相信你会作出正确的选择……"说着哭了起来。

武明训心中一阵感动,他知道江一丹说的是心里话,他最看不得江一丹哭。他走过来,一把揽住江一丹,摸着她的头发:"别哭,别哭!哭对孩子不好。"

江一丹哭着点头。

武明训的电话响了起来,他急忙接起电话:"喂?"电话里是严如意的声音:"明训,是我,立行照片的事有眉目了,你赶快到办公室来,有要紧的事跟你说!"

武明训急忙说了句:"我马上过来!"

江一丹急切地问:"你去哪儿?"武明训已经冲了出去,江一丹迟疑了一下,也跟了出去。

3

徐达恺先去病房找的罗雪樱,罗雪樱带着他找到了严如意。

武明训和江一丹赶到严如意办公室的时候，罗雪樱、严如意、徐达恺和钟立行已经都在了。

武明训听完徐达恺的讲述，觉得整件事既荒唐，又可怕。严如意更是愤怒至极，她情绪激动地来回走动着："我的天呐，这个孙礼华，简直太浑蛋了，他怎么能做出这种事！没有什么可说的，报警吧！把老陈，孙礼华全找来！把事情当面说清楚！"说着拿出电话，对徐达恺说，"你打电话，把那个叫林秀的女人也叫过来，我就不信，没了王法了。"

徐达恺拿出电话要打，钟立行制止了他："等一下。"

"怎么了？"严如意不解地问

钟立行愣了一下说："算了吧，这事已经清楚了，就没有必要报警了。"

严如意和罗雪樱同时问："你什么意思？"江一丹也有些不解。

钟立行沉默了一下："本来，这件事就是一出闹剧，既没价值，也没意义，现在已经弄清楚了，就没必要再浪费精力了。"武明训看看钟立行。钟立行很坚持："今天大家已经够累的了，病房里还有那么多病人，大家早点散了吧。"

众人面面相觑，徐达恺有些失落。钟立行看出了徐达恺的失落，对徐达恺笑笑："徐达恺，谢谢你！谢谢你帮我澄清，希望你不要误会我的话，我说没意义，并不是说您所做的一切，而是说，像这样的事情，对我，我们医院，对我们这些人根本不会有杀伤力，在今天这样一个时代，有人还想用这样低级的手法攻击别人，只能是自取其辱，我非常感谢你，这么快就让这种低级手段现形，谢谢！"

徐达恺激动地点头，钟立行伸出手握住他的手，徐达恺哭了。

4

罗雪樱和徐达恺走出大楼。两人在楼前停下。

这几天发生的事对他震动很大，今晚的事，他满心以为会得到武明训、钟立行、严如意他们的称赞和鼓励，但是结果跟他想象的有点儿不太一样，他们谢也谢了，客气话也说了，手也握了，但就是多少有那么点淡漠，这让他心里很失落。下海当了医药代表，钱虽然赚了不少，但他心里其实一直空落落的，其实他知道那点淡漠是什么，医生的世界是另一个世界，虽然他曾经是那个世界的一分子，但现在，他是融不进去。金钱不是衡量一切的标准，只有情感，心心相印，那种感觉才不一样。

他和罗雪樱随意走了几步，罗雪樱只淡淡说了句："徐达恺，谢谢你！"

徐达恺有些伤感："不用谢，雪樱，我只希望你能原谅我，还能跟我做朋友。"

罗雪樱目光扫过徐达恺的脸，他其实还是很英俊的，只不过几年生意场上的经历让他多了些沧桑和油滑，不像丁海、顾磊那么单纯，她真诚地说道："我其实，一直就拿你当朋友来着。"徐达恺感动地点头。

罗雪樱淡淡一笑："我还得去值班，先走了。"

"雪樱！"徐达恺叫住了她。一瞬间他很失落，觉得有很多话要对罗雪樱说。"雪樱，我知道，我现在说这样的话，可能不太合适，可是我还是想告诉你，我对你的感情，是真的，我是真的很喜欢你……"

罗雪樱急忙打断他："你别说了，我相信你的话。"

徐达恺眼里闪过希望："那我们？"

罗雪樱轻轻摇头："但是，就算我相信你的话，相信你对我的感觉，我还是不能接受……"

徐达恺急了，脱口而出："为什么？是因为，丁海吗？"

罗雪樱轻轻摇头，这样的谈话对她来说很艰难，但她还是咬牙往下说，她知道过了今天，她不把话说清楚，很容易让徐达恺有错觉，那就害了他："不，是因为，你的职业。"

徐达恺有些困惑："是因为我的职业？如果你不喜欢，我可以改行！"

罗雪樱看到徐达恺认真的样子，有点心疼："不，不是，徐达恺，不是你的职业，而是因为……因为……"她想了好一会儿，"不管怎么说，我就是不能接受，所以，对不起，让你失望了。"

徐达恺凄然一笑："你不用说了，我已经明白了，你是因为我离开医院，因为我，不够坚定？"

罗雪樱哭了起来，点头。

徐达恺也哭了，他拉起罗雪樱的手："雪樱，谢谢你能跟我说心里话，不管怎么说，我总算知道了我为什么死的……"罗雪樱哭着："对不起。"

徐达恺伤心地说："跟你说心里话，我现在最后悔的就是离开医院，但后悔也晚了，我知道我已经掉队了，所以，我只能希望你以后一切都好，你也放心，我以后，会努力做一个好人，至少是个不好不坏的人。"

罗雪樱哭着点头，低头走了。徐达恺站在那儿看着她走远，伤心欲绝。

5

钟立行陪着江一丹走到她值班室门口，江一丹用钥匙打开门，走了进去。钟立行站在门口，江一丹回身看看他，钟立行有些迟疑，随即走了进来。江一丹有些不自然，在床边坐下。

钟立行看着江一丹，好一会儿："你，还打算住在值班室？"江一丹看看钟立行，沉默。

钟立行迟疑了一下："我知道你在想什么，你在想，我和明训之间出现了分歧，你怕我心里过不去，所以，想用这种方式在精神上支持我，对不对？"江一丹飞快地看了钟立行一眼，随即转开。

钟立行真诚地说："回去吧！我没问题，明训他压力比我大，而且，你现在，需要有人照顾。"江一丹眼圈红了。

"一丹,以我们现在的身份,有些话其实是不用说出口,也不能说的,但是我想,今天晚上,我还是说了吧,我承认,我对你,内心深处是有某种眷恋的,我承认……"钟立行缓缓说道:"但是,我们都是自以为高尚的人,都是对自己有要求的人,有些感情,很珍贵,所以,不可经常触碰,只能感觉,只能让它随着你的血液流淌,时时撞击你的心房,却不能触碰……"

江一丹一下哭了起来。

钟立行眼圈也红了:"回去吧,明训很需要你,这个时候,如果你站在他身边,不,是我们三个人站在一起,会比现在有力量。"

江一丹伤感地哭着:"今天明训也说了我,我这样做是不是像个小女人?"

"不,别这么说,你所做的一切,都是那么高尚,磊落,没有任何阴暗和暧昧,这是最珍贵的礼物,我会好好珍惜的。我在这世上已经没有了亲人,在我心里,你和明训都是我最亲的亲人,相信我,也相信我们,我们会走过去,一切都会好起来!"

江一丹眼泪流了下来:"立行,谢谢你这么说,其实,我心里对你也一直有一种牵挂,在我心里,一直给你留了位置,但那个位置,不是,不是爱情,只是一种牵挂,我小心翼翼,踩着这条线,不知道什么时候就会失去平衡,心里也很艰难,现在听你这样说,我觉得好像很轻松,希望你不要觉得我是背叛了你……"

钟立行把手指放在唇边,示意江一丹不要再说下去。江一丹默默点头,眼泪却再次滑落。两人深情对望,一瞬间,电光四射,都有些依依不舍。过了好一会儿,仿佛过了一生一世,钟立行轻轻一笑:"早点休息吧!我走了!"

江一丹点头。钟立行一步三回头,退了出去。江一丹一直看着钟立行走开,他们彼此都知道,过了今夜,他们之间那种说不清道不明的牵挂与情愫就永远只能埋在心里了。

钟立行走出江一丹的值班室,身体重重地靠在墙上,他的身体再也承受不了内心情感的撞击,他是多么不情愿离开江一丹,但他必须这样做!他把头靠在墙上好一会儿,才平复下来,艰难地向办公室走去。他走到心外病区,值班大夫告诉他,刚才高干病房那边打过电话,说要找他。

钟立行知道是丁祖望。从手术到现在,两个月过去了,丁祖望的病情已经明显恶化,加上近期这么多事情,丁院长承受了太多的压力,钟立行突然意识到丁祖望找他一定是有话要说,他很可能去日无多了。

6

果然,钟立行一走进丁祖望病房,就知道老院长今天与平时不一样,他一走进来,老院长直接拉住他的手,随即眼圈红了。

钟立行心头一震，感觉最后的日子来临了，他拉住丁祖望的手："丁老师，您……怎么了？"

　　丁祖望满脸是泪："立行，你可来了，我找了你好几次，我疼，我很疼……"

　　钟立行的眼泪哗哗地往下流，丁院长突如其来的脆弱一瞬间让他失去了往日的镇定，他急忙起身按铃，护士走进来，钟立行吩咐："给丁院长注射2mg吗啡！"护士急忙走了出去，随即拿了针剂进来，为丁祖望注射。丁祖望虚弱地躺在床上，渐渐平静下来："我好多了，好多了。"钟立行也平复了一下情绪，在他床边坐下。

　　丁祖望温柔地看着他："你晚上没事儿吧？陪我坐一会儿！"

　　钟立行点头："没事儿，我陪着您。"

　　丁祖望长时间看着钟立行："立行，告诉我实话吧，我还有多长时间？"

　　钟立行怔了一下，沉默。

　　"你不告诉我，我也能猜到，不会超过这个月了。"

　　钟立行有些难过："别想那么多了。"

　　"如果可能，能不能停止治疗了？我已经累了。"钟立行惊讶。

　　"立行，告诉我吧，我也是医生，但现在我更是病人。"

　　钟立行沉默了一下："一个月，也许更长一些。"

　　丁祖望放松地出了一口气："那就别再费劲了，最后的一个月，让我活得轻松一点吧。"

　　钟立行询问的目光："您，真的打算就这么放弃了？"

　　丁祖望坚定地点头："嗯，明明知道结果，为什么还要费那个劲？放弃也是一种治疗，立行，说真的，我一直在想，有的时候，我们真的需要那么多治疗吗？"

　　"但是大多数人，并不这样想问题，尤其是现在的人们。"

　　丁祖望点头："立行，答应我一件事，我想有尊严地死，如果我出问题，不要插管，我不想失去尊严。"

　　钟立行点头："我知道了，我会跟沈老师和明训商量方案的。"

　　丁祖望脸上是欣慰的表情："那样就太好了！我并不难过，我当了一辈子的医生，跟病人打了一辈子交道，其实，我并不了解病人的感受，但现在，我都明白了，医生总是想尽一切办法救人，其实，怎么让病人克服对死亡的恐惧，走得安心，也许有时更有用。"钟立行轻轻点头。

　　丁祖望平静地讲述着："我的岳父，就是严老师的父亲，'文革'的时候，我有机会跟他在一起，在牛棚里住过半年，那半年他给我讲了很多，现在想想，很有道理，他对我说，过去，医生和神甫是一体的，一面治病救人、解救肉体的痛苦，一面负责安慰那些死去的灵魂，现在，医学的分工越来越细，医生们都太忙了，所以，没有精力去做这些事了。有时晚上睡不着，我常常在想，这医院里的天花板上，会不会有很多不甘心的灵魂？我们为他们做过多少？"

第三十四章 割不断的情丝

钟立行紧紧抓住丁祖望的手，不是安慰，而是因为感激，他突然意识到，今天晚上丁祖望不是向他求助的，而是把一个大医生一生的思考传授给他，这让他，心存感激："丁老师！您……"

丁祖望用力握了握钟立行的手："别害怕，孩子，我很正常，我们是医生，我是无神论者，但是，我其实经常思考人到底有没有灵魂。"

钟立行拼命点头："是的，丁老师，我也经常在想，我觉得人是有灵魂的，我也很愿意相信。这样，我们在面对危重病的时候，在面对困境的时候，觉得脆弱的时候，会觉得有一种力量支撑我们。"

丁祖望欣慰地说："是的，这些天我努力回想我这一生走过的路，想起我看过的一个个病人的名字，我治疗过的那些人，我居然能想起来很多，一张张脸好像都在我眼前浮现，我一直在想我是不是个好医生，我想我应该是，否则，我不会记住这些人，否则这些人也不会让我看到他们的脸。"

钟立行眼泪奔涌而下："您是好医生，丁院长。"

丁祖望努力地笑了，一阵疼痛袭来，他有些难过，但强忍着。钟立行急忙起身："很疼是吧？我再给您点药吧。"丁祖望期待的表情，但又克制着。

钟立行起身，走出去，转身回来，拿了一支针剂，为丁祖望打上："我一会儿下个医嘱，如果您不想忍，就让护士随时给您……注射止疼的药，没必要忍着。"丁祖望像个孩子一样看着钟立行，随即脆弱地哭了起来。

钟立行心疼地坐下，拉住丁祖望的手，看到他的手有些粗糙，说了声："这手，怎么这么干？我帮您涂点凡士林吧！"说着从口袋里掏出一支凡士林护手霜，打开，挤出一些，为丁祖望抹上。

丁祖望呆呆地看着钟立行："立行，你的心真细，你真是个好大夫，从生活方式到想问题的方式都非常细心，我真高兴！"

钟立行微笑，丁祖望点头说："孩子，给我讲讲你的事吧，这么多年，我还从来没听你说起过你的事，我们这些人，太忙了，忙得，连说句家常话的时间也没有。"

钟立行笑笑："是，我们都以为自己不需要日常生活，其实我们和普通人没有什么两样，我母亲生我妹妹的时候，难产死了，那时我才八岁，我父亲是个乡村医生，他走街串巷为人治病，一个镇子的人都感谢他。可是我母亲生妹妹的时候，他却不在家，我眼睁睁看着母亲又哭又叫，血流了满地，却无能为力……这可能就是我为什么一看到病人就受不了，就要拼命救。后来，我考上了咱们医学院，那时候给那个失明的女孩做手术，也是因为，看不得她受苦。再后来，我离开医院不久去了另一家医院，父亲过世了，我回老家奔丧，死前没能见到最后一面，听乡亲们说，父亲一直不肯闭眼。我心里最大的遗憾就是在父亲病重的时候，没能在床前伺候他……"他说不下去了，有些伤感："后来，我在家住了一个星期，回来的火车上，一个旅客突发心脏病，广播里找医生，我就去了，救了他，那个人，是个局长，主管我们那家医院所属的行业的，回来后，他给我一个名额，派我去留学，我觉得，遇到这个人，是我父亲给我的庇佑。后来，我在美国站住脚，把妹妹也接走了，供她上了大学，找到工作，有了男朋友，一切好像都很美好，突然，一夜之间，什么都失去了……我觉得空虚，不知道路在什么地方，明训出现了，帮我处理了后事，带我回来……他在我心里，就像一个兄长，我其实一直就把他当成自己的哥哥……"

丁祖望默默听着："孩子，你和明训，你们之间的事，会找到解决的办法的。这世界，只有两种人，有心人和无心的人，有心的人会互相珍惜，无心的人会互相伤害。你们的问题，我一点儿也不担心，明训他会想明白的，他知道自己想要什么，也知道怎么做，给他点时间。"

钟立行点头。丁祖望长出一口气："孩子，我问你个问题。"钟立行抬头看着丁祖望。丁祖望虚弱地问："我死了，你们……会想我吗？"

钟立行眼圈一下红了，深深点头："会的，丁院长，我明白您为什么会问我这个问题，我记得我们上学的时候，您跟我说过您的岳父，也是从前的老院长，您说，他经常问您，您怀念过什么人吗？您想过死后会被什么人怀念吗？不知道为什么，这句话我记得特别清楚，我想，我们都在努力，做一个能够被人怀念的人……我也会的。"

丁祖望欣慰地点头："孩子，再答应我一个请求吧。"钟立行抬头。"我，很饿，很想吃一碗面条，我已经好多天没吃过什么东西了。"

钟立行紧张地说："可是，这儿只有方便面，没有手擀面……要不叫沈老师来？"

丁祖望笑了一下："原来你什么都知道……方便面就行，会做吧？"

钟立行急忙说："当然会，我现在就去，你等着。"说着起身，他到护士站，要了一包方便面，煮好，看着丁祖望吃下去。丁祖望吃得很香，却吃不了多少。钟立行一直陪着他，直到丁祖望倦了，要睡了，他为他掖好被角，悄悄退了出去。今晚，对他来说是个漫长的夜晚，也是个值得纪念的夜晚，他突然觉得，父亲突然离去的那种遗憾不那么强烈了，医院里这些天的纷纷扰扰对他的刺激也不那么深了，有些东西渐渐离他而去，他想了想，觉得是因为自己尽力了。

7

半夜时分，钟立行被电话惊醒了，柴护士长打电话来，说丁院长呼吸衰竭。钟立行急冲冲赶到丁祖望的病房，医生护士已经站满了走廊。武明训和江一丹也赶来了。丁祖望呼吸已经停止了，钟立行急忙为丁祖望做电击。天快亮时，丁祖望才缓过气来，屋里的人也松了一口气。

武明训吩咐值班医生密切监护，带着钟立行往外走。他们下电梯，穿过空旷的大厅，武明训看看钟立行，突然说了一句："立行，我想过了，你是对的！"钟立行一时回不过神来。

"你给他吃面条也是对的，我在想，我应该换个思路解决问题了。"

钟立行怔了一下，两人对视，都明白对方的意思，钟立行轻轻点头。武明训拿出电话，找到丁海，让他去守着丁祖望。江一丹悄悄给严如意也打了个电话。他们都知道，丁祖望的日子不多了，尽人事听天命吧。

丁海匆匆忙忙赶到丁祖望的病房时，丁祖望在床上熟睡着。

丁海扑过来："爸，您怎么了？您没事吧？"

丁祖望睁开眼睛，看看丁海，摇摇头，一夜的抢救几乎让他耗尽了力气，他已经说不出话来。

丁海吓得哭了起来："爸，您怎么了？你说话啊！"

丁祖望虚弱地睁开眼睛，无力地笑笑："傻孩子，爸爸没事儿，刚吃了面条，困了。"

丁海哭着笑了起来："爸，你能说话了？你还能吃面条啊？爸，对不起，我错了，我错了，我跟您说实话吧，您可千万别打我，我收了徐达恺一套去三亚的旅游套票……我错了！"

丁祖望眼神僵住了，随即又是一笑："爸爸现在打不动你了……认错就是好孩子！"随即虚弱地闭上眼睛。

丁海大哭："爸，您放心吧，天一亮我就去找洪伯伯，找武院长，把我知道的都说出来，我会承担责任的。"丁祖望微微点头，又睡了过去。

丁海在床边坐了好一会儿，走出来，一抬头，严如意站在门外，他惊讶地叫了声："妈！"

严如意冲过来抬手就给了丁海一个大嘴巴。

丁海急忙捂住脸："妈！"

严如意愤怒地说道："你这个浑蛋！我不是你妈！你不是我儿子！丁家的脸都让你丢尽了！"

"你早就不是丁家的人了！跟你说过多少回了，没事儿别老打人脸！"

严如意气得又挥手，丁海吓得一躲。

严如意和丁海愤怒地对视。严如意伤心地掉下眼泪："丁海，丁海，你什么时候才能懂事？你惹了天大的麻烦，这下全完了！你知道吗？"

丁海呆呆地看着严如意："妈，你别哭，爸说了，认错就是好孩子。"

严如意放声哭了起来。

第三十五章
一封遗书

不知道什么时候起,护士这个职业不那么崇高了,我们在劳碌辛苦中、在人们的呵斥声中没日没夜地工作,没有人关心你,也没有人在乎你,就是在这种年复一年日复一日的煎熬中,我一点点变老,一点点变得绝望。

如果这个世界有是非,有正义,那么我们的奉献就是崇高的,否则就是受罪,我心意已定,并不是因为什么外力,所以请你们不要为我难过。

1

"各位调查组成员,武院长,陈院长,钟主任,严主任,今天我怀着沉痛的心情向各位坦白我的过失,就是在钱国兴治疗案的后期,我收受了医药代表徐达恺的一张旅游套票,去海南三亚作了五天的旅行,在我离开期间,徐达恺向钱宽推销了宝丽达,并且安排了一系列会诊活动……"会场上的人不约而同地发出了叹息。严如意脸色发青,丁海向她看了一眼,严如意眼圈红了。丁海把一个信封放在桌子上:"这里有我写的一份情况说明,还有我去海南旅行的机票、住宿发票,我愿意赔偿这笔费用,并且随时随地接受询问,并接受医院对我的任何处分。"

老洪与调查组成员互相看看,点头。严如意脸色铁青,武明训没有表情,陈光远的手在桌上神经质地敲着,钟立行注意到了他的动作,随即与武明训对视了一眼。丁海看了看钟立行,钟立行向丁海投去赞许的目光。

丁海沉痛地说:"我心情很沉重,我知道我应该早点把事情说出来,但又害怕被误解,我从小生在这个医院,长在这个医院,母亲和父亲一直对我要求很严,我对不起他们。整个治疗过程中,我认为,在钟主任主张停止治疗之前,所有的医疗行为都是严格的,没什么问题,事情开始演变是从,就是从我离开去三亚的时候开始的,我承认,我其实是有意识回避,因为我承受不了家属的纠缠,心里有过一些抱怨,不平衡,甚至厌恶,但对家属的这种心情,也能理解,对死者有一种同情,即使作为一个医生,当我们面对死亡无能为力的时候,也期待着奇迹,这就是我没制止使用宝丽达的心理原因,我本以为自作聪明地离开,回避,不承担什么责任,其实正是这个做法,害了大家,也让医院蒙受了耻辱,所以我不辩解,有什么后果,我一个人承担……"严如意叹了口气。

老洪说:"丁海,你已经说得很清楚了,我知道你是真心地认错,有些细节,我们会再核实,你也不要背包袱。"丁海点头。

老洪清了清嗓子:"好,既然这样,我们就从宝丽达开始吧,武院长、陈院长,你们有什么意见?"

武明训与陈光远互相看了看,点头:"没意见!"

2

武明训、钟立行走上楼梯,上了办公室外面的平台。两人一句话也不说,看着远方,沉默着。风吹过来,吹着两人的头发,衣服。突如其来的现实,让他们觉得沉重,更有些解脱,虽然还多少有些隔膜,但两人的感情似乎拉近了不少。

钟立行看看武明训,有些茫然,现实面前,他虽然坚决,但显然也感觉到了未知的压力。

　　武明训幽幽地看着远处："盖子掀开了，不知道后面还会发生什么，我们都要有心理准备，我的直觉，这件事，没有那么简单。"

　　钟立行也看着远方："不管发生什么，我们都要面对，我还是那句话，诚实地面对自己，面对所有的一切。"武明训点头。

　　钟立行说："我知道你心里对我是有怨恨的，但我并不想跟你道歉，我只希望你能冷静，我们都要冷静。"

　　武明训回头看看钟立行："不，立行，你误会了，我对你没有怨恨，从来没有！"他感情复杂地看看钟立行——这个让他吃不下咽不下、总是刺他心窝子的人，又回头看着远处："从上大学开始，我们就是最好的朋友，我心里一直把你当成自己的兄弟，但我也承认我心里其实是有某种优越感的，因为我比你大，因为你们一直都习惯听我指挥。所以，我去美国找你的时候，你在我心里也只是老同学，兄弟，是一个名气很大的外科医生。但是当我们回来的那个晚上，当你冲进手术室的那一瞬间，我心里一下就明白了，你跟我从前认识的那个你不一样了！陌生，意外，也让我刮目相看！"钟立行心头一动，看着武明训。

　　武明训有些忧虑地看着远处，他思绪有些飘忽，沉吟了好一会儿："这一次的事，我何尝不知道什么是正确的方式，只不过……现实，让我不得不扭曲……"

　　钟立行纠正："不，明训，能让我们扭曲的只有我们自己的内心……"

　　武明训打断了他："你不要再说了……"

　　钟立行怔了一下。武明训勉强笑了笑："立行，我再说一次，我对你没有怨，只有感谢！我谢谢你立行，你让我认清了我自己！"说着拍拍他的手臂，"我要一个人待一会儿！"转身走了。

　　钟立行站在平台上，看着武明训远去，有些迷茫。

　　穿过长长的走廊，武明训一个人孤独地走着，步履有些沉重。白大褂的衣摆掀起来，他显得很帅，又很沧桑。他仿佛走了一个世纪那么长，终于进了办公室。他把门反锁上，一头睡在沙发上，他要好好想一想所有的一切。

3

　　丁海坐在床边，顾磊坐在他对面。桌子上放着一盒饭，顾磊说："丁海，你吃点东西吧，已经一天了。"丁海看看顾磊，不说话。

　　"说出来，心里就轻松了，你也别自责了。"顾磊安慰着。

　　丁海绝望地躺下："哎，天下的乌鸦都是我染黑的，这下我完了，我们家，咱们医院，我真的没脸见人了。"

　　顾磊忧虑地看着他，听见有人敲门，便高声问道："谁呀？进来！"

　　罗雪樱一阵风似的推门走了进来。

丁海看见罗雪樱:"你来干什么?我已经臭不可闻,不可救药了。"

罗雪樱看看桌上的饭,拿过来,放在他面前:"行了,你就别再闹了,差不多就行了。"

丁海看看罗雪樱,背过脸去。罗雪樱坐在床边,扳过他的脸。丁海吓得:"你要干什么?"

"你到底吃不吃?你要不吃,我把这饭全扣你脸上信不信?"罗雪樱恶狠狠地说。

丁海怔怔地看着罗雪樱,罗雪樱举起饭:"你撒的什么娇啊?你把全院都掀翻了,自个儿躲着不见人了!你给我吃饭,吃完了该干什么干什么,这是最好的赎罪!"

丁海一声不响坐起来,接过碗,拿起一个馒头咬了一大口,边吃边说:"我真想做一个馒头!"

罗雪樱眉毛一挑:"什么意思?"

丁海没有表情:"其实馒头是万能的,饿了就可以吃。想吃饼,就把馒头拍扁;想吃面条,就用刀切成细长条;想吃汉堡,就把馒头切开夹菜吃……可惜我做不成馒头,只能当个失败的医生……"

罗雪樱气晕了,顾磊想笑又不敢笑,走了出去。

4

刘敏走进办公室,把门关上,拿起手机,拨打吴德仁的电话,电话里头却传出已经停机的声音。刘敏困惑地放下电话,知道吴德仁怕事已经跑了,她脸色一下变得苍白,知道事情麻烦了。她对着药柜上的镜子理了理头发,重新戴好帽子,去找严如意,她想告诉她,她所做的一切。

她进了严如意的办公室,严如意完全没有意识到刘敏在这个特殊时期到她办公室来是为了什么,她完全没把刘敏和这件事联系在一起,虽然她一直知道刘敏是钱国兴的主管护士长。

严如意把资料放在桌上:"正要找你呢,刘敏,钱宽的事,现在看来问题不少,武院长下令要查医院这一年里所有的账,一笔一笔地查,一张一张地对单子,你呢,帮我一个忙,查一下血液制品这一项的,出库单和医嘱,一张张查,看问题到底出在什么地方。"刘敏心头一惊。

"怎么了刘敏,看你精神好像不太好,是不是有什么事儿啊?"严如意注意到刘敏脸色不太好。

刘敏苦笑:"没有。"

"你呀,就是心太重,什么事儿,别太往心里去,哎,你跟那个小警察怎么样了?我看人家对你可是一往情深。"

刘敏凄凉地笑笑:"严老师,您别逗了,曹警官是个好人,但我跟他不可能。"

严如意一怔："为什么？刘敏，你是不是有什么心事，我听、听、听人说，你好像有点喜欢那个苏教授，是不是因为他让你伤心了？"

刘敏的眼泪扑簌簌地滚落下来。

严如意一惊："真有这回事，你怎么这么傻？人都死了，就别想那么多了。"

刘敏抹了一把眼泪："严老师，不是这样的，是，我心里有个疙瘩过不去。"她直视严如意，"严老师，您离婚多少年了？"

严如意怔了一下："我？"想了一下，"得有十几年了吧。"

"后来您怎么一直没再找？"

严如意愣了一下，笑起来："找了啊，可我都这岁数了，谁要我啊？我要有你那么好的命，有人那么爱我，我早就嫁了。"

"您是不想找吧？"刘敏直盯着严如意，眼光丝毫不回避。

"谁说的？"

"我说的，我想，您是没法平衡自己吧？您还爱着丁院长，丁院长不管怎么说是个院长，如果，找不着一位身份相当的人，随便下嫁，还不如守着前院长夫人的名分，是不是？"

严如意用异样的眼神看了刘敏一眼，随即笑了起来，用手戳了刘敏脑袋一下："哎，你什么时候学得这么尖刻？我这张老脸全让你揭下来了！"

刘敏淡淡地笑着："严老师，对不起，我话说重了，您说苏教授，我是挺喜欢他的，因为他是教授，有学问，又风趣，但是，我伤心又不全是因为这个……"

"那又是为什么？"

"严老师，您不觉得他死得不明不白吗？"

严如意惊讶地看着刘敏："刘敏，你的意思是说，你是不是因为他的死对武院长对我们有意见？跟你说实话，我这心里也不是滋味，可是，人已经死了，再说家属也没闹，如果我们自己把事情公开，你说这医院还开不开得下去？"

刘敏眼中的光芒渐渐淡下去了，好一会儿，她失望地看着严如意。

严如意感觉刘敏有点怪怪的："刘敏，你怎么了？你是不是一直生我的气？生武院长的气？你呀，别想太多……"

严如意还在说着，刘敏心已经飞走了，她已经听不见严如意的声音，只看见她嘴在动。她突然起身往外走。

严如意有些惊讶："哎，你……你怎么走了？"

刘敏凄然回头，看着严如意，意味深长地一笑，然后走开了。

严如意不放心地跟了几步："哎，材料，我让你拿的材料。"刘敏回身接过材料，走开了。

5

刘敏走出严如意办公室,她身上的电话响了,她拿出手机看了一眼,接起电话:"喂,曹警官,你有什么事儿?"

曹成刚热情的声音传过来:"姐,我在你办公室呢,你在哪儿呢?我接你去吃饭。"

刘敏怔了一下:"我马上过来。"挂断电话,她失魂落魄地走进办公室,曹成刚正在屋里等她。

看到刘敏,曹成刚高兴地说:"姐,我们去吃西餐吧,吃完了给琪琪带回去,我有要紧的话要跟你说。"

刘敏神情麻木:"我晚上还有事,去不了,小曹,我知道你想说什么,我再告诉你一次,你不要再来找我了,我们之间没可能。"曹成刚脸上的笑容僵住了。

刘敏收拾一下包:"我先走了,我真的有事。"

小曹一下抱住刘敏:"姐,你到底怎么了?我到底什么地方不好?你为什么要拒绝我?"

刘敏被曹成刚热情的身体一抱,浑身一震,她那样享受了几秒钟,也许有一分钟,随即努力保持着镇静,伸手摸索着掰开曹成刚的手。曹成刚抓住她的手,激动地说:"姐,我知道你是喜欢我的,我知道,你为什么要逃避?为什么要逃避幸福?"

刘敏有些意乱情迷,仍然用力推开曹成刚,伤心地说:"小曹,别再逼我了,我承认,我是喜欢你的,可是你不懂,你真的不懂,你不知道我的生活是什么样的,你不了解我的世界,我是个护士,我前夫是个大学教授,我,我,我曾经有过心上人,可是,他是,他是……"

曹成刚毫不在意地说:"你说的是不是苏教授?他不是死了吗?"

刘敏震惊地看着曹成刚:"原来你什么都知道了?"

曹成刚急忙说:"对不起,姐,我不是故意要伤害你,也不是想窥视你,是丁海告诉我的,我知道你心里难过,我只是想安慰你!保护你!"

刘敏绝望地看着曹成刚:"你安慰不了我,你也保护不了我,我求你再也别来了,这对你没好处!"

曹成刚还要说什么,门外进来一个护士:"刘护士长,您的交班日志忘了签字了。"

刘敏急忙走出去,曹成刚失落地站在那儿。

6

刘敏失魂落魄地打开门,女儿正在餐桌前做作业,回头看看刘敏:"妈妈回来了！"

　　刘敏点点头，问琪琪："今天作业多不多？"

　　"不多，快写完了。"

　　刘敏放下包，在沙发上坐下："琪琪，要是作业不多，晚上去你爸爸那儿好不好？"

　　琪琪看看刘敏："为什么？妈妈，我晚上一个人可以在家的，我不怕，要是怕了就给小曹哥哥打电话！"

　　刘敏笑笑："妈妈这几天可能要出一趟远门，你一个人在家不行，你还是去你爸爸那儿吧，我给他打个电话，你快点写。"她拨打卫思云的手机，却是关机，她放下电话，发了好一阵呆，起身去给女儿做饭。吃过饭，她把女儿送到楼上邻居家，洗了澡，换了件白色长裙，匆匆向医院走去。进了办公室，她打开严如意给她的资料，坐下来写着什么。

　　此时，严如意和罗雪樱依然在加班查账。

　　罗雪樱拿过一张单子，看了看，奇怪地"咦"了一声，她又拿了几张单子，放在严如意面前："严老师，您看，这几张单子，都是丁海的签名，可这不是丁海的字啊。"

　　严如意接过来，看了一眼："那你看这是谁的字？谁模仿丁海的？"

　　罗雪樱研究着，又拿过一张单子，看到刘敏的字，脸色一下变了。她把单子放在严如意面前："严老师。"

　　严如意看了一眼，脸色也变了："刘敏？她摹仿丁海的？不会吧？"罗雪樱也傻眼了。

　　严如意脸色突然一沉："坏了，刘敏，可能出事了！"罗雪樱一惊。

　　严如意急忙起身："不对，不对，出事了，刘敏出事了！雪樱，快打电话找刘敏，快快！"

　　罗雪樱急忙拨打刘敏的电话，边打边问："严老师，到底怎么回事？"

　　电话通了，里面传出一个声音："对不起，您所拨打的电话已关机。"罗雪樱紧张地脸色变了："关机了！"

　　严如意急忙起身往外跑："打电话去她家里问问她去哪儿了。"

　　罗雪樱有些急了："我没有她家里的电话。"边说话往外跑，"我去找丁海问问。"

　　罗雪樱打刘敏家电话，没人接，严如意觉得情况更加不妙，两人匆匆忙忙往刘敏办公室跑。远远看见刘敏办公室亮着灯，罗雪樱急忙跑过来，敲门："谁在里面？刘护士长？刘敏？"没有人应声。

　　透过百叶窗，她看到刘敏坐在椅子上一动不动，她一下急了，继续敲门："刘护士长？你在里面吗？"

　　刘主任和几个护士都跑了过来："怎么了，罗大夫？"

　　罗雪樱指着里面："快把门打开，刘护士长在里面。"

护士急忙拿出钥匙开门。门开了，罗雪樱冲进去，刘敏坐在椅子上，手腕切开了，血流了满地，染红了她的白裙子。

罗雪樱叫了起来："刘护士长！刘护士长！"

严如意冲进来，一眼看到刘敏死去的样子，一下子瘫软在了地上，这个坚强的女人号啕大哭起来："我的天呐，刘敏！刘敏，怎么会是你，你怎么会这样？我的天呐，你今天说的话全是说给我听的，我怎么一句也没听出来！我的天呐！"

7

"丁院长、武院长、严主任：

我做梦也想不到，我自己成了一个堕落的人。我很惭愧，也觉得很屈辱，不想再活下去了。我对不起医院，对不起严老师，对不起武院长，对不起那些教过我的老师，也对不起自己，更对不起我的女儿。从十八岁卫校毕业，我在这家医院干了二十年，我喜欢自己的工作，觉得自豪、光荣，可是没想到却用这种方式离开。不知道什么时候起，护士这个职业不那么崇高了，我们在劳碌辛苦中、在人们的呵斥声中没日没夜地工作，没有人关心你，也没有人在乎你，就是在这种年复一年日复一日的煎熬中，我一点点变老，一点点变得绝望。这一年在我身上发生的事，让我很悲伤，也很愤怒，可以说是苏教授的死让我变得灰心了，确切地说，不是他的死，而是他死得不明不白，医院在处置苏教授死亡的事件中表现出的含糊让我寒心。也正是因为这种寒心，让我作了错误的选择，让我不再坚持内心的是非，才做下了这么荒唐的事，连我自己都不能原谅自己。

你们可以说我傻，可以说我痴，为了一个死去的男人，不值得，是的，我傻，我痴，但是我并不是因为苏教授，而是因为一种绝望。我一直认为自己的职业是崇高的，可是这个事件让我怀疑我承受的一切还有没有价值。如果这个世界有是非，有正义，那么我们的奉献就是崇高的，否则就是受罪，我心意已定，并不是因为什么外力，所以请你们不要为我难过。

卫思云，我心里一直是爱你的，我知道一个男人需要什么，可是我必须待在医院里，照顾病人，虽然他们不领情，可是我还得做，所以你跟我离婚，我伤心，却不怨你。多少个晚上，天快亮的时候，病人都安置完了，我多想跑回家陪你一会儿，跟你说几句心里话，或者什么也不说，就贴在你身上，靠在你怀里，或者打个电话，就说上一句，告诉你我对你的牵挂，可是你和孩子在睡觉，我不愿意打扰你。我对不起你，这辈子没给你一个妻子的温暖，下辈子我补偿你。我求你好好儿待我们的女儿，不管跟谁生活在一起，看在我的分上，对孩子好点。现在先别告诉孩子我的事，等她大一点，把所有的都告诉她，告诉她做一个好人，一个正派的人，别因为任何外力改变自己，还有，就是求你记住一件事，别让她当护士，千万别让，这是我唯一的请求。"

刘敏

第三十六章
真相报道

一个长年坚守在一线的女护士长，因为一时心理失衡，做了不该做的事，无法面对自己的内心，选择轻生，她用死洗刷自己的耻辱，也给了我们活着的人的心头重重一击，我们探讨医患失和，探讨医疗费过高，是想制造悲剧吗？医院、医生、患者、民众、社会，我们每个人都在充当什么样的角色？女护士长恳求已经离婚的丈夫无论如何不要让女儿做护士，若干年后，谁来给我们治病？我们一直在抱怨医院，抱怨医生，但我们是合格的患者吗？因为压力，医生有话不能说，不能与社会作有效的沟通，导致整个医疗行业形成强烈的自我保护，反而造成真相不能有效地揭示，这是一种正常现象吗？

1

"仁华医院多收费事件总爆发，护士长倒卖血液制品畏罪自杀"

刘敏的死对武明训刺激太深了，很少流泪的他，在刘敏的葬礼上哭成了泪人。他深深自责，却不知道怎么说。看到报纸，他再也忍不住了，还要把人逼成什么样子！他把报纸团成一团，扔在垃圾桶里，拉开门往外走。

秘书问："武院长，你要去哪儿？"

武明训头也不回地回答："去报社！"武明训冲到报社，不顾保安阻拦，拉住叶惠林直接上了二楼天台。

武明训道："我们找个地方谈谈吧，我们需要好好沟通一下！"

叶惠林挡开他："算了吧，我觉得没什么好谈的。"

武明训生气地看着叶惠林："叶记者，我承认我们有错，我承认我以前对你的方式有些冲动，但是这样对抗下去不是办法，我是真心诚意来找你的，你可以说我，但你不能这么污蔑一个女护士长！她是个母亲，是个女人！"

"怎么是污蔑，我报道的是事实。"叶惠林强硬地回答。

"什么是事实？你告诉我，她的确有错，可是，你就一定要用那种煽动性的语言，把那些恶劣的词汇加在她身上？她不是坏人，不是恶人，我们这位护士长是我们医院技术最全面最优秀的护士长，她曾经用自己的血救过一个警察，你这样说她，是想把所有的医生护士推到社会的对立面上，制造分化，让所有的医生心都变凉！这根本不是事实！"

叶惠林大声说道："那请你告诉我事实是什么？我一次次找你们采访，可是你们有谁愿意跟我说真话？你们有理，为什么不出来说话？"

当叶惠林和武明训在天台理论的时候，钟立行正撒腿往楼上冲。他是一看到报纸，就往武明训办公室打电话，秘书说他去了报社，他急忙往这儿赶，他知道武明训的脾气，会闯祸的！

见武明训正抓住叶惠林的脖子，钟立行冲过来，拉开两个人。

武明训先是一愣，而后生气地说："立行，你干什么？这儿没你事儿！"

钟立行反问："你干什么？你这样解决不了问题。"叶惠林见没有了危险，反而露出了嘲讽的笑容。却不防钟立行突然挥起拳头对着他的脸就是一拳："还是我来，让我来犯这个错误吧！"叶惠林没有防备，一下被打翻在地。武明训惊呆了。

钟立行愤怒地说："知道为什么打你吗？是因为你脸上那种幸灾乐祸嘲讽的表情！你是记者！记者，不是街上的小混混！你为了追求眼球效应就置别人的尊严于不顾，你这是落井下石！"说着又举起拳头。

武明训冲过来抱住钟立行："立行，别再打了。"叶惠林坐在地上擦鼻血。

钟立行指着叶惠林："你还欠一拳，你欠社会的，你不客观，你在误导大众！你要的结果是什么？就是病人不相信医生，医生不愿意付出，大家吵成一团，这就是你想要的结果吗？这样你就可以天天有事干了，有稿费拿了是不是？"

叶惠林吼了一声："不是！"

钟立行盯着叶惠林说："我刚说了你一句你就不干了，你想没想过别人的心情？"叶惠林没有回答，沉默着。

钟立行整整衣服，揉自己的手："我可以傲慢地告诉你，我这双手值一百万美元，可以做世界上最精密的不停跳状态下的心脏搭桥手术！为了这双手，我不做任何粗活，每天用心保养，可是我今天，却用这双手打了你！我自己都心疼！因为我知道，你的手比我的更值钱，如果你写的文章有价值，你救的就是民心！一个人如果心思坏了、心脏好了也是没有意义的！"叶惠林震惊地看着钟立行。

"你去写文章骂我！想去报警，想去法院告我，都行，我奉陪到底！"钟立行说完就走了。武明训愤怒地看了叶惠林一眼，两个人一起走下楼。叶惠林呆呆地看着两人走开。

2

钟立行和武明训走出来，钟立行活动着手腕，手指上破了块皮，流出了血。

武明训关切地说："手怎么了？没事儿吧？"

钟立行看了看："没事儿！"他从口袋里掏出一块创可贴，熟练地粘上。

武明训后怕地说："没想到你会打人！"

"奇怪吗？"

"你不是说那不解决问题吗？"

钟立行生气地说："对呀，所以我就用拳头解决问题了！"

武明训苦笑了一下："你说叶惠林会不会去告我们？"

钟立行说："不会的，他也是个热血青年，骨子里有正义感，只不过有点偏激，我这是用丛林法则教育他！希望他能懂！"钟立行看看手，"虽然代价有点高！"

两人回到医院，来到了武明训办公室外面的平台上。风吹动着他们的头发和他们的白大褂，武明训心情沉重，刘敏的死让事情的性质已经发生了改变，他隐约感觉到后面的事会很难办，但此时他已经没有了前些天那种恼怒，该来的迟早都会来，不当院长，换个活法又如何？好一会儿，他开了口："立行，答应我一件事，如果我有什么事情，我希望你能出面竞选院长！"钟立行一怔。

武明训认真地说："不，立行，你听我说！我是认真的！我也不是害怕什么！你不了解事情的严重性！事情一旦公开化，一旦进入社会程序，就会发生一连串意想不到的变化，所以，我们必须做好心理准备！"

钟立行忧伤地看着武明训："对不起，明训，我是不是太理想化了？没有考虑现实和你的处境？"

武明训坚决说："不，不是，我们说好了要诚实面对，就要承受所有的后果！"
钟立行迟疑地看看武明训，敬佩地点头。

武明训忧伤地看着远处："上个星期，也是在这里，就是'盖子'掀开的那天，虽然我知道后面会有很多事，但我没想到，会是刘敏，会是现在这样……"

武明训长叹一口气："很多年前，从我到了仁华开始，甚至上医学院的时候，我的梦想很简单，就是当一个最好的外科医生，这个理想支撑着我从外科主任，到大外科主任，一直干到副院长。后来，当我发现我们行业有很多问题的时候，我的想法变了，我不光想当个好医生，还想当个好院长！"

武明训苦笑一下："一个好医生只能管好自己，一个好院长却能管很多医生，这是我给我自己做的算术题。所以，这些年，不管面对多少困难、压力，我都努力去面对。有时，我自己也快撑不下去了，经常一觉醒来不知道自己成天忙些什么，为的什么，所以有时我会暴躁，会发脾气，会大喊大叫……我也知道很多人心里是怎么看我的，觉得我这个人，喜欢权力，喜欢当官，有些武断，听不进别人的意见……"

钟立行忍不住插了一句话："别这样说自己，明训，大家都很敬重你！"

武明训没有理会，顺着思路继续说："而我也一直认为是故作清高，所以，一直不愿意跟你沟通……那天，刘护士长出事之前，我虽然向调查组坦白了一切，但心里却并不情愿，我甚至后悔在很多事情上我没有更强硬，更果断，更冷酷……所以我那些天一直心里很遗憾，觉得我可能会倒在路上，觉得为自己悲哀。如果我没有实现自己的愿望，甚至会被世人嘲笑成一个追求权利的小爬虫，一个为了当官不择手段的小丑……直到刘敏出事之后，我才明白，我这些想法，这些做法多么荒唐！我现在非常的懊悔……所以，我恳求你，如果我真的有什么问题，你一定要接着做，一定要做院长，一定要做个好院长，遵守一个医生的本分，遵守我们的诺言，这样才能维护一种正气，而我，就是回去做一个普通的医生，也心甘情愿了。"武明训的话在钟立行的心中翻腾，望着眼前这个满脸沧桑的男人，他沉默了。

武明训有些激动，又有些伤感，望着远处："我今天才明白，理想存在的意义，不仅在于让我们去追求、去奋斗，更在于，由于它的存在，能让我们追求的过程更纯洁、更干净，结果重要，过程更重要！"

3

叶惠林坐在办公室电脑前发呆。走廊里传出一阵脚步声，随即主编的脸探了进来。叶惠林看见主编，急忙起身："王主编！""小叶，还不走？"看看叶惠林脸上贴的创可贴，担心地问，"你没事儿吧？"叶惠林摇头："没事儿。"

王主编在叶惠林对面的座位坐下，说："我都听说了，刚才，卫生局宣传处的同志给我打了电话，说想找时间跟我们沟通一下。小叶，你对这事儿怎么看？"

"说真的，王主任，我心里也很矛盾，我们在报社，天天接到的都是读者、患者的投诉，说医院的问题，那些事听起来真的很气人，可我们去采访调查，医院动不动就把人往外轰，一问三不知，要不就左推右挡，我们不这样做，也引不起他们的重视，你不能说医院是没有问题的，可是今天，武明训说的那些话，包括那个钟立行说的那些话，又不能不让我想……我现在真的有点困惑了。"

主编点头："嗯，我明白你的意思，我想，医院问题是有的，患者这边问题也是有的，问题的关键在于有效的沟通……我们肩上的担子也很重，可能我们都要重新思考这些问题了……"

和王主编沟通之后，叶惠林前思后想大半天，随即作出一个决定。他迅速收拾好工作包，离开报社再次前往仁华。

走进医院大厅，导医台前的护士看到了他，怔住了，嘴巴张了张。

叶惠林向护士点头，护士吓了一跳，急忙地把头扭向一边。武明训边走边打着手机，进了大厅："叶记者，我想你再到医院来一趟，我下午有个手术，晚点见……"话没说完，他就看见叶惠林在大厅里接他的电话，他挂断手机，停下来看着他。两人互相看了好一会儿，武明训往前走，叶惠林跟了过来。

"武院长！"叶惠林主动打了个招呼，"我是来向你道歉的！"武明训一惊，看着叶惠林。

"我们主编批评我了，那天您和钟主任的话，我也听进去了！"

武明训愣了好一会儿，说："我请你来也是跟你道歉的！"叶惠林表情惊讶。

武明训带叶惠林进了自己的办公室，拉开柜子，从里面拿出一份文件，放在叶惠林面前。叶惠林有些困惑，拿起桌上的纸看着，是刘敏的遗书，他飞快地看了一遍："刘敏，不就是那个护士长吗？"

武明训点头："是，就是她！"

叶惠林手有些发抖："这，你为什么要给我看这个？"

武明训沉痛地说："这就是我想告诉你的，这是我犯下的错误，本来应该是我受的惩罚，现在却让一个脆弱的女人承受了。"

叶惠林飞快地看着遗书。

"你不是一直想知道真相吗？我现在把最真的东西给你看！你以为我是怕？我不愿意记者采访是怕你们知道真相？我过去只是害怕真相不能有效地揭示，所以，我请求你，如果你想知道真相，那就说最真的，别扭曲，别任意剪接！"

叶惠林惊讶地看着武明训。

武明训难过地说："知道我为什么生你的气吗？是因为你真的不够客观！一个七十多岁的老人，因为不明原因的高烧被送进了医院，治疗四十多天后，不治而亡，花了高达一百八十万的医药费！这样的导语，这样的介绍，这不是介绍，是结论，一顶大帽子直接扣到了医院头上，民众怎么看？怎么想？医生成了什么人？为什么不听听我们的声音？"

叶惠林有些尴尬："对不起，我过去是太主观了。"

武明训接着说:"你把我们放在了解释的位置上,我们作任何解释都是无力的,知道那种无力感吗?这样的环境,这样的背景,有谁能听我们说话?听我们把那些复杂的漫长的瞬间万变的医疗过程,复杂的诊断过程讲给民众听,有谁愿意听,有谁能听得懂?当你面对一个不信任你的人,或者根本不愿意信任你的人,你有什么可说的?只要一句话:怎么治那是你们自己的事,我只知道人死了,四十天,一百八十万,这三点足以把任何人压垮!"叶惠林呆呆地看着武明训。

"偏执的人最有杀伤力,无知的人最有杀伤力!当社会普遍质疑一个行业,当医生被放在社会情绪的对立面,我们只能选择沉默!但真相、正义就在这种质疑中被淹灭了。我们有七百八十万医生,这七百八十万里大多数是好的,可是你们这样一说,我们有什么可说的?"叶惠林怔怔地看着武明训,一句话也说不出来。

武明训颓然在椅子上坐下:"这一年里,我们两个吵吵闹闹,其实我心里也不好受,我一直以为我所做的一切都是正确的,是在维护医院的利益,所以,我对你态度很强硬,但是这一次,刘护士长的死,却让我看清了真相……'如果这个世界有是非,有正义,那么我们的奉献就是崇高的,否则就是受罪……'这是刘护士长给我最后的话,我看到这些,心都要碎了!"

叶惠林呆呆地看着武明训。

武明训伤感地说:"我最不能接受的就是,这一切本来应该由我来承担,却让刘敏,刘护士长,一个脆弱、自尊又敏感的女人来承担了,我觉得罪恶……"他搓了一下脸,眼圈红了。

叶惠林看着武明训,武明训看了他一眼,把脸扭向一边。叶惠林看了看手里的信,轻声问:"武院长,这封信,我能带走吗?"

武明训抬头看看叶惠林,叶惠林解释说:"如果您同意,我想,把这封信的一部分内容,在报纸上公开。"

武明训长时间看着叶惠林:"这,不合适吧?"

叶惠林思索着:"我不知道,我只是,觉得心里有说不出的难过,我只是觉得,很想让人们知道刘护士长的故事,她的委屈,她的压抑……"

武明训长时间看着叶惠林:"你决定吧,我没什么好说的,我只希望,不要再一次伤害到刘护士长,还有她的孩子、她的丈夫。"

叶惠林肯定地说:"我知道怎么做,我知道的。"

4

叶惠林走到主编办公室门口停下,很无力地站着。主编正在与人谈话,抬头看见他:"小叶,怎么了?出什么事了?"

叶惠林把录音笔和刘敏的遗书拿出来:"王主编,我拿到了一个采访资料,不知道怎么处理，想让您帮我看看。"

主编困惑地看着他："你已经是很成熟的记者了，什么资料还有你处理不了的？"

叶惠林低下头，主编急忙对身边的人说："这事我们回头再议吧。"

叶惠林把刘敏的遗书拿给主编看，并请他一起听了武明训的录音。

主编看完，手有些发抖："小叶，发吧，我给你一个整版，做一些技术处理，别伤害到刘护士长的丈夫和孩子，把武明训的话也放上去，技术上处理一下！"

叶惠林有点担心："王主编，谢谢您，可是，您，不怕，读者说我们报纸突然转向，现在老百姓对医院的抱怨可是很大……"

"不怕，小叶，我要亲自写个编者按，我们各个角度都报，不怕！"

叶惠林坚定地点头："谢谢您，王主编，我这就去写稿。"

两天后，报纸的头版头条，出现了叶惠林的文章："一个女护士长的故事"的半幅专版，内容除了刘敏的遗书内容和记者采访专稿外，还有一篇很有分量的编者按："一个长年坚守在一线的女护士长，因为一时心理失衡，做了不该做的事，无法面对自己的内心，选择轻生，她用死洗刷自己的耻辱，也给了我们活着的人的心头重重一击，我们探讨医患失和，探讨医疗费过高，是想制造悲剧吗？医院、医生、患者、民众、社会，我们每个人都在充当什么样的角色？女护士长恳求已经离婚的丈夫无论如何不要让女儿做护士，若干年后，谁来给我们治病？我们一直在抱怨医院，抱怨医生，但我们是合格的患者吗？因为压力，医生有话不能说，不能与社会作有效的沟通，导致整个医疗行业形成强烈的自我保护，反而造成真相不能有效地揭示，这是一种正常现象吗？"

叶惠林的文章轰动了，这天上午，医院的各科室，到处都是这张报纸，仁华的人心里总算舒服了些。虽然刘护士长的死让人惋惜，但不管怎么说，总算有人替他们说话了。

坐在医院会议室，武明训和老洪面对面地坐着。桌上放着那张报纸，老洪把报纸对着武明训晃了一下："明训，报纸我看了，很受震动，你工作做得不错。我觉得，跟社会沟通，跟大众沟通，这是一个很好的开始。"

武明训难过地对洪组长说："洪老师，我今天来，是想把我所有的想法全都说出来，我想过了，我要把所有的想法都说出来。"

老洪严肃地看着武明训："好，明训，我一直等着这一天，我知道你会这么做……"他的手机响了起来，他看了一眼，对武明训说了声，"对不起，这个电话我要接。"老洪挂断电话说："明训，局长打电话来，他想亲自跟你谈，我们现在就过去，你觉得怎么样？"武明训点点头。"别紧张，该怎么谈就怎么谈！"老洪安慰武明训。

第三十七章
倾诉

　　医生本来应该是一个高尚体面的职业，医生的受人尊敬不仅仅在于表面的尊严，尊严的后面其实是权利，是用最好的方式救治病人的权利，可是现在，很难做到！

　　医生和患者，他们本来应该是相互信任、相互依存的关系，突然让很多这样的因素隔离开了，医生想用最好的方法给病人治病，可是做不到，患者想得到最好的救治，也做不到，于是互相提防、互相猜忌，这样的局面怎么能治好病？

1

老洪和武明训走到局长办公室门前，推开门。

局长站起身，迎接武明训。他绕过桌子向武明训伸出了手，武明训也伸出手，握了上去，局长示意他在对面的沙发上坐下，自己也坐下。

秘书送上了茶，退下了。局长向老洪示意，老洪稍微一怔，随即也退下，将门轻轻带上了。局长看着武明训，把报纸放在他面前："明训，报纸我看了，写得很好……"

武明训意外地看了一眼局长。

局长微笑着说："今天就我们两个，我们面对面，你把你的心里话都讲给我听听，明天，我要去市里开会，书记要听我的汇报。"

武明训心头一阵翻腾，双手来回搓动着："谢谢局长，我会实话实说的，到了这个时候，我个人，已经算不了什么……只是，我不知道，您能允许我说到什么程度？"

局长笑笑："明训，我们，也算是有过师生情谊，这是一。另外，最重要的是，在国家、社会这样的责任面前，我们有什么可隐瞒的呢？当然是心里话了！"

武明训低头沉思了一下："那好，那我就实话实说了！局长，这次的事件，详细的情况我已经向老洪全盘倒出来了，这件事，先说责任，绝对是我的责任！医院管理不严，医生和医药代表一起搞出事来，这些事都是不能否认的事实。所以我无条件承认错误，并承担后果！"

局长点头："好，很好！"

"现在说说我的心态……开始的时候，我曾经竭力掩盖事情的真相，并不是因为我不清楚事情的严重性，而是因为，我曾经坚决地认为，目前这种局面，医患矛盾这么尖锐，社会对医院、医生的意见比较大，如果没有任何遮掩地把我们的人推到社会上，后果无法预料！但现在，我想明白了，不管别人怎么看你，说真话，永远不会错，所以不管是在医院内部，还是面对社会大众，不再隐瞒，要完全透明。"

局长点头："嗯，在这点上，我的想法跟你是一致的，老实说，我也是这几天才想清楚的，要相信国家、社会、政府，也要相信人民，更要相信我们的时代。"

武明训沉思了一下："也正是基于这样的想法，我才觉得，更有必要说出自己的心里话，下面，我就要说说我们医生的委屈了！"局长认真地听着："好，说！"

"我觉得，我们的医疗行业，其实正面临着前所未有的困难，改革开放三十年，我们的社会发生了翻天覆地的变化。人们的生活水平提高了，物质极大地丰富了,但是,人们的整体人文素质并没有同步地提高,医学和公共卫生事业,是一个国家最基本的保障,往大了说,是第二国防,但这个行业,总体上并没有同步地发展,这表现在两个方面,一是对我们的医疗事业的进步、我们的成就总结认识得不够,二是国家对医疗的投入没有同步地增加!三十年,我们的医疗保健水平进步还是很大的!随着医学技术的进步,诊断技术的提高,我们的新生儿死亡率、孕产妇死亡率、猝死病人已经大大地减少,在一般的省地级的医院里,有的甚至县级的医院里,那些濒危的、猝死的病人,被紧急送到医院基本能循环起来,重新获得生存的机会,这是医学巨大的进步,我希望社会能够看到我们这个行业的发展,希望老百姓能够信任我们!"局长认真听着,连连点头。

"另一方面,中国社会人均GDP目前已经达到一千两百美元,这是一个从温饱到小康转型的时代,纵观所有发达国家的成长经历,一个社会在转型期,医疗费用增加,用于诊断和看病的费用增加,这是社会进步的表现,就好比一个家庭,穷的时候,病了只能忍着,有钱了就要好好儿看看,有副作用小的药就不用副作用大的,这都是要花钱的!"局长认真听着,连连点头:"你说得有道理!"

"过去,我们的医疗水平低,病人生病了,弄块门板抬到医院,死了,不知道什么原因。现在,医学进步了,各种检测技术都提高了,一般情况下,不管得的什么病,都能有个基本判断,但是能诊断并不等于能治疗,这正是医学需要发展的地方。可是现在的人们,知道得的什么病,却治不好,就要怪到医生头上,而医生在探索治疗过程中,需要一次次看片子、看报告,需要仪器辅助治疗,才能准确治疗。治疗结果和治疗手段的差异,需要分开看,这一点需要向大众宣传!"局长点头:"你说得有道理!"

武明训激动了:"局长,你说说看,过去有多少手术是开放性的,但现在,技术进步了,治疗手段也进步了,像胆囊切除这一类,现在早已经是微创了,比如心脏支架、搭桥,再比如肝癌这样的病都已经能治了……这一切,都需要技术仪器在后面支持,这是进步,可是,很多人在享受到先进治疗技术的同时却不能接受高昂的费用,这是不正常的!所以关于看病贵的问题,要全面地看,不是看病贵而是国家应该多投入!"

局长意外地看着武明训。

武明训感慨地说:"光我们医院,在去年一年里,就抢救了多少濒危的病人,治愈的病人就更多了。放在过去十年,甚至几年前,能把他们救活,都是无法想象的!这些抢救过来的病人,经常在我眼前晃,那些抢救过程,也经常在我脑子里闪过,有时我自己都无法相信这样的奇迹,生和死,就是那么脆弱的一条线,我们每天踏在那条线上,就是那些抢救不下去的病人,我们在治疗过程中,也都有效地延长了他们的生命,或者让他们在有限的生命期限里获得相应的治疗和尊严。医生的使命是什么?除了挽救生命,也要让那些逝去的生命走得平静,安详……可是,现在我们面临的却是,医生都让经济压力压得喘不过气了,医生整天被那些关于费用,关于诊断过程,关于检查程序压迫着,每一个过程都要说清楚，每一个过程都要考虑费用。医疗的过程，医生下诊断的过程，是一个多么复杂又多么多变的过程，人体，又是一个多么复杂的世界，一个多么脆弱多么复杂的系统，医生们要整天向那些外行的家属解释这个药是怎么回事，那个药是怎么回事，说错一句话，就要惹来太多的麻烦……"

局长认真听着，不时点头。

"我们的医生，是世上最辛苦的群体，其实在全世界，做医生都是一样的辛苦，而中国的医生承受的就更多一些，有时，我想想那些手术，那些忙碌的工作……我都不知道这么多年是怎么过来的。江一丹已经怀孕八个月了，还在手术室里工作，每天两台手术，面对着血污、病人、病毒和混乱的人们的情绪。我们医院专家少，医疗资源少，医生少，病人看病难，好不容易排了队，医生三言两语就打发了，当然不愿意。要是花了钱，又没有好的疗效，就更会把怨气撒到医院头上。我知道，病人们很不容易，他们生了病，身体上承受着痛苦，又要花很多钱，治不好当然有情绪，但是，他们不知道，医学是有局限的，医生不是万能的，医生和患者是一体的，共同面对的是疾病！如果是一个正常的医疗环境，这些东西都可以通过沟通解决，但现在，因为中间的一个'钱'字，就都没法沟通了。局长，原谅我说得太直接了……医生本来应该是一个高尚体面的职业，医生的受人尊敬不仅仅在于表面的尊严，尊严的后面其实是权利，是用最好的方式救治病人的权利，可是现在，很难做到！医生和患者，他们本来应该是相互信任、相互依存的关系，突然让很多这样的因素隔离开了，医生想用最好的方法给病人治病，可是做不到，患者想得到最好的救治，也做不到，于是互相提防、互相猜忌，这样的局面怎么能治好病？古语说'医者父母心'，医生哪还有这份胆量！"

局长陷入了深思。

武明训还在激动地说着："医生叫苦，患者叫苦，我这个副院长就成天应付这些事，我整天考虑的就是怎么能让我们的医生和护士们平衡。光凭信念，没办法团结队伍，医生们也要养家，要生活，我们医院，已经做得很过分了，我没有能力给医生们更多的奖金，也不主张这个，我每天向他们讲的都是奉献……到了现在，当我自己面对危机的时候，我才知道我多么对不起他们，我真后悔给他们谋的福利太少了，我是认真的，局长，我很后悔！我武明训不爱钱，不贪不占，可是，我凭什么要求我的几千名员工跟我一样？我拿什么去补偿他们年复一年日复一日的辛苦？"

武明训突然有些伤心："其实，这些都不是理由，都不是，不管有多少个理由，病人是最辛苦的，他们是把自己的身体、自己的命交给我们，我们就算再难，又有什么理由不好好做？有什么理由……"局长默默听着武明训的话，武明训说不下去了。屋内一阵沉默，长时间的沉默。

武明训深吸一口气："我说得太多了，这些天，我想了太多太多，这一次的事件，其实是我们整个行业、社会心态的一个缩影，局里要处分我，不管怎么样，我都接受，不管面临多大的压力，什么样的质疑，我都会面对。"

局长长时间看着武明训,看着他坚毅的表情:"明训,你能敞开心说这么多,我很高兴,你说的这些也一直是我在思考的。这一次,我打算跟你一起面对,我们做错了,我们向社会承认,请求原谅,社会有误解、有偏见,我们去解释、去引导,你说得对,是到了该说真话的时候,也是到了该解决问题的时候了!"

2

武明训走出卫生局大楼,钟立行正站在门外等他。武明训看到钟立行,一怔:"你怎么来了?"

钟立行一笑:"路过!"

武明训一怔,随即有些感动:"好,那我们就走走吧,晚上在外面吃饭,我已经很久没见过夕阳了,也没在街上随便走走了,你也是吧?"

钟立行理解武明训的心思,说:"我好像从来就没见过夕阳,更不知道外面的世界什么样。"

武明训苦笑一下:"好,那我们就逛个够,江一丹就要生孩子了,她一直说让我陪她去买婴儿床,干脆,我们两个去逛商场,给孩子买东西吧。"

两个男人逛街的场景是可以想象的,但这也让武明训和钟立行有了另一种对生活的体验和感受。

武明训和钟立行沿着街道走过来,手里拎着大包小包婴儿用品,很是狼狈。

两人互相看看,武明训尴尬地笑起来:"买这么多,真的走路回去?"

"是啊,真是不少,走一走吧,难得走一走。"

"好,走就走,你还记得我们上大学,有一次去看电影,回来没车了,我们也是走了四个小时才回到学校的,今天怎么也不会走四个小时吧。"

两人沿着街道往前走,他们身后,街灯依次亮起来。

武明训看看身边的钟立行:"立行,谢谢你来接我,我已经记不得,有多少年没这样轻松过了。"

钟立行微笑无语。

武明训问道:"我一直想问你个问题。"

钟立行点头:"嗯。"

"你,为什么还不结婚?"

钟立行怔了一下,随即笑了:"我也不知道,太忙了,没时间。"

武明训眉头一动:"就这个?"

钟立行飞快地看了武明训一眼:"你今天这是怎么了?"

武明训笑笑:"没什么,好奇!"

"同样的问题,也有一个……朋友问过我,我真的没想过,可能,真的就是太忙了,没时间吧。"

"你这么说,我信,我们真的都太忙了,有时忙得,都不知道自己是谁了。"

钟立行望着夜色中的街道："我是个对生活不太关心的人……从我选择学医的那一天开始，从我第一次拿起手术刀的那天起，我就已经选择了一种不同的生活，我不能想象，离开手术室，我的生活会是什么样，所以，在我内心深处，一直有一种恐惧，也许，我也许害怕那种感觉，害怕日常生活会让我失去对一件事情的专注……"

"那，你不会有孤独的时候吗？这么多年你不觉得，孤单？"

"我没想过，我可能很享受这种孤独吧！在美国的时候，我曾经治疗过一个女病人，有一次她对我说，当有一天，你发现你的情绪不能用语言表达出来，而宁愿让自己渐渐消失在深夜亮着华丽街灯的街道上，这就是孤独，那时候，我是有过那种感觉的，我心里对她，也有过瞬间的感情……"

"那后来呢？"

钟立行思索了一下，好像沉浸在回忆里："她出院了，我也就把这些都忘了。"

"你没再找过她？"

钟立行笑笑摇头，"我……我没时间，也不知道该怎么做。"

武明训哑然而笑："你呀，就是个呆子！"

钟立行也笑了起来："我看你也好不到哪儿去！"

两人继续往前走，脚下的落叶发出沙沙的声音。走了一会儿，武明训突然说："我突然觉得，我很对不起江一丹，我真的忽略她太久了……"

钟立行紧张地看着他。

武明训说："我这些年一直忙着工作，很少关心她的感受，忽略她作为一个医生的职业理想，我想她心里有时一定很孤独……"

钟立行看看武明训，有些尴尬。

武明训急忙说："不过你别担心，我知道该怎么做！说实话，我很感谢这一段时间的经历，我发现，当你拼命想抓住一样东西的时候，世界在你眼前是不存在的，而你把一切都放下，世界就在你眼前。我现在有一种劫后余生的感觉。"

钟立行深吸一口气，说："我也有这种感觉，其实，每一次进手术室，每一次下了手术，我都有劫后余生的感觉，也是因为有了这种感觉，也会让我们更珍惜每一天的生活，我想这就是我们医生的心情吧！"

武明训看了钟立行一眼，默默地点头。

3

武明训用钥匙打开门，进了屋，放下手里的大包小包，换上拖鞋。他大声叫着："我回来了！"走进客厅。

江一丹靠在沙发上睡着了，电视开着。她头歪着，肚子大大的，姿势很难受。武明训关上电视，听到江一丹发出轻微的鼾声，武明训有点不敢相信，走过来，再次听到了江一丹的鼾声，他眼睛一下湿了。

江一丹头发挡住了脸，他伸出手想替她理一下，手却停住了。

武明训长时间凝视着妻子，一动不动。

4

丁海坐在宿舍发呆，罗雪樱推门走了进来，手里端着饭。丁海看见罗雪樱，坐着不动。罗雪樱走过来，丁海让开椅子，坐到床边，罗雪樱在椅子上坐下。丁海说："你不用这么关心我，我这个人一无是处！"

罗雪樱有些生气了："丁海，你什么时候才能不这么幼稚？"丁海看看罗雪樱，不再说话。

罗雪樱："丁海，我可以告诉你，我很恨你，很讨厌你……可是，我又觉得，喜欢一个人，有时和恨一个人，是分不清的，我讨厌你身上的很多毛病，可是又愿意跟你待在一起，因为我说什么你都知道，你做的事我也了解，如果你一直都很顺利，我可能不会跟你在一起，但是现在，我觉得我对你有一种责任……"

"你，当大夫当出毛病了吧？把我也当成你的病人了？你不需要对我负什么责任！你不是我什么人！"丁海依然用一种有点满不在乎的语气说着。

罗雪樱一下哭了起来："丁海！"丁海愣住了。

罗雪樱轻声问道："那你以前说的那些话全不是真的？你是不是只是逗我玩玩，拿我寻开心？"

丁海有些慌了："我没有，我不是，我只是觉得我配不上你……"

罗雪樱斥着："丁海，你别这样，你别用假装冷酷折磨我！我以后也不假装高傲了，其实，在我心里，这么多年只有你一个人，我喜欢你，喜欢你聪明、阳光，喜欢你逗我、拿我开心，你总是告诉我女孩子不要这样，不要那样，我喜欢你这样说我，你让我觉得我除了是一个整天穿着白大褂的女医生，更是个女人，我喜欢这种感觉！"

丁海听到罗雪樱的话，完全愣住了："雪樱，你说的是真心话吗？真的是真心话吗？"

罗雪樱哭着："人家骗你干什么？"

丁海冲过来，一把抱住罗雪樱："雪樱，雪樱，我爱你，我喜欢你，我就是怕你不喜欢我，看不起我！你要是喜欢我，我就天天逗你开心，我就再也不让你为我担心，让你为我哭了。"说着没头没脑地就亲。

罗雪樱开始还有些紧张，随即两人热切地亲吻。

第三十八章
伟大的救赎

　　阿姨，你不明白，其实人有的时候，就是一念之差，现在的人跟以前不一样，道理都懂，就看当时怎么想的，您说他要那么多钱不也一分没花过，他要那钱干什么？我觉得他是心乱了，我也是，我们都是一样的，都是心乱了，不知道自己想要什么，也不知道想干什么，好多人都是这样的！

第三十八章 伟大的救赎

1

这些天，陈光远一直在回想自己所做的那些事，也已料到自己的命运会如何。尤其是武明训去卫生局谈话回来以后，他感到山雨欲来，这让他更加地不安。

陈光远用钥匙打开门，走进来，放下包，走进里屋。屋里只有一张双人床，一只衣柜，床上放着一条被子。

陈光远在床上坐下，四下打量着，太阳射进来，晃了他的眼睛，他起身，拉起窗帘。回身走到床边，掀开床垫子，床下露出堆得满满的一扎一扎的百元大钞，足有几百万之多。

他把床垫子推到一边，坐在那堆钱上面，把一堆堆钱拿过来，一叠叠地码着，漫无目的。

他的手机响了起来，他有些心惊肉跳，走出卧室，拿出电话："喂？"

电话里是老郑的声音："老陈，是我，老郑！"

"啊，怎么了？"

"老陈，你有点太不够意思了吧？我听说，你已经下令把那批材料封了？"

"那批材料有问题，你不是不知道。"

"那可是好几百万的东西，你这不是砸我饭碗吗？我们可是朋友。"

"我早就跟你说过，盖这楼要当心，你也答应过我，你会用心，你这样做还当我是朋友吗？"

老郑在电话那边笑了起来："好，老陈，你好样的，是条汉子，你别忘了，我们可是有交易的，你要是非跟我较真，别怪我不认你这个朋友。"

陈光远很坚决地说："老郑，这个真我是要较的，不管怎么说，我都不会答应你，你随便吧！"电话挂断了，陈光远坐在屋里发呆。

2

武明训刚下手术，见纪委彭书记正在他办公室门前张望。

"彭书记，有事儿吗？"武明训一边招呼，一边急忙开门，将彭书记让进屋。彭书记把一封信放到他面前："武院长，这是我，早上从门缝里捡着的。"武明训接过来看了一眼，愣住了。

彭书记道："我们新大楼施工方的人写的匿名信，揭发陈院长在施工过程中收受贿赂二十万。"

武明训震惊："老陈他人呢？"

"我试着打过他电话，秘书说他好几天没来医院了，打电话，手机关机。"

"你去调查过了吗？"

"我试着联络了施工方的人，那个姓郑的经理说出差了……"

武明训一下慌了："你，赶快去把严老师找来，再把纪检委的人都找来，咱们开个会。还有，一定要想办法先找到老陈。"

彭书记答应着走了出去。武明训颓然坐下："完了，老陈还是出事了！"

3

陈光远坐在那堆钱上。他把那钱一叠一叠地码着，码来码去，倒来倒去。他身边放着几个方便面的空碗，还有几瓶矿泉水。手机一直在响，一条条短信涌进来。

"陈院长，武院长通知您下午五点务必到会议室开院务会。办公室。"

"陈院长，有一个文件请您签字，请速回医院。宣传科。"

"陈院长，速回医院，武院长找。院办。"

陈光远怔怔地看着这些短信，不用说，他们什么都知道了。好一会儿，他拨了一个电话，找林秀，此时此刻，他已经无路可走，只想见林秀一面。

4

林秀按照陈光远给的地址找了过来，看见家徒四壁的房子，有些困惑："这是什么地方？你怎么会在这儿？陈光远一言不发，拉起林秀直接往里屋走去。林秀看见满屋子都是钱，吓了一跳："这，这，你这是，这是什么？"

陈光远把林秀推到那堆钱前面，林秀蹲下，拿起那些钱，一摞摞地翻看着，眼里的目光又是惊羡又是恐惧："天呐，这么多？哪儿来的？是你的？这是多少？得有，得有一百万吧？"

陈光远双手插在头发里："四百万！都是这些年，我，搞来的。"

林秀震惊，眼睛一转，随即惊恐："你搞来的？你……贪的？"陈光远点头。

"那，你叫我来干什么？"转身就想走，陈光远一把拉住她。林秀回身，惊恐地说，"你要干什么？你放开我！"

陈光远死死抱住林秀："我不让你走！"

林秀害怕地叫起来："你放开我！放开我！"

陈光远一下把林秀推倒在床上："你叫，叫！再叫警察就来了！"林秀吓得不敢说话。

陈光远有点神经质了，他逼问林秀："你不是最喜欢钱吗？见了这么多钱怎么又害怕了？你害怕了是不是？你想扔下我一个人不管是不是？"

林秀恐惧地说："不是，不是，我，我，不是……"找机会想跑。

陈光远抱住林秀："林秀，别走，别离开我，别丢下我！"

第三十八章 伟大的救赎

林秀脱不了身,回身看着那些钱:"那这怎么办?你想让我干什么?"

陈光远急切地说:"这些钱都是我的,我们的!没人知道,我们一起离开这里,带上这些钱,你跟我一起走!我们远走高飞,你不是怀了我的孩子吗?你把孩子生下来,我们一起隐姓埋名过神仙日子!"

林秀害怕地说:"不,不,我不要!我不要!"

陈光远愤怒了:"我就知道你不会跟我走的!你们女人,没有一个好东西,一点良心也没有!告诉你,你来了,已经知道了,你要是不答应,就别想再从这儿走出去!"

林秀叫了起来:"你贪这么多钱也不是为了我!我一分钱也没花过!我怀了你的孩子你根本不认!凭什么让我给你陪葬!"

陈光远愤怒地说:"你胡说,我的钱你没有花过?我一个月给你两千块钱,那不是钱?那是我一半的工资!你也太没良心了!"

林秀理亏了:"你对我好我知道,可你这是犯罪!"说着就往外跑,陈光远冲过来死死抱住林秀。两人厮打起来,林秀拼命打陈光远:"你怎么是这么一个人?我一直觉得你是好人!你现在让我怎么办?你是坏人!"陈光远不还手,死命抱住林秀,跪了下来:"秀儿,秀儿,我求你了,别走!别丢下我!看在我们好过一场的分上,我求你了!我现在真的是走投无路,我很害怕!这些钱不是为了你,也没给你花过,不是我舍不得,是我不敢动!我自己也不明白我为什么要弄这么多钱,弄这些钱我没想好,我不知道该怎么办!现在,医院已经查到我了,老郑也要举报我,我想死,可是没勇气,想跑又跑不了,你帮帮我,救救我!我对你真是真心的,我给你的真的是我工资的一半!孩子的事,我对不起你,我也是自身难保!求你了,帮我一把!"

林秀哭了起来:"我怎么帮你?我一个乡下妹子,在城里无依无靠,我怎么帮你?陈院长,求你了,放我走吧,我不是没良心,我们走不远的!这钱不是好来的,早晚会让人抓住!除非你去自首,不然这么多钱非枪毙不可!"

陈光远绝望地看着林秀:"自首?我当了一辈子医生,你让我怎么见人?我现在就是想把这钱退回去都退不回去了!"

林秀蹲下来:"你去自首,把钱退回去,只要态度好,兴许能保住命!"

陈光远抓住林秀:"那你陪着我,别离开我!"

林秀害怕地哭着:"好,我陪着你!我陪着你!"陈光远抱住林秀哭了起来。

陈光远的电话突然响了起来,他吓了一跳,急忙扑过来,拿起电话,看了一眼号码,紧张地把手机放在一边。电话不停地响,然后停了。

林秀紧张地问:"谁呀?是不是警察?"

陈光远摇头,把手机拿在手里,想了好一会儿,把手机电池拆了下来。

屋里很黑,陈光远和林秀坐在半明半暗中。

林秀怯怯地说:"这地上有点凉,我要起来了。"

陈光远神经质地低吼:"你别动!你别走!"

林秀凄凉地看着陈光远:"我不能坐在地上,太凉了,你看天要黑了,我也饿了。"

陈光远紧张地抱着林秀:"你坐到我腿上!"林秀摇摇头。

陈光远失魂落魄地看着林秀,拉过她,想让他坐在自己腿上。林秀一下哭了起来:"陈院长,你不要这样,我真的饿了,我下楼去买点吃的吧!"

陈光远紧紧抱住林秀:"不,你不能去,我去!"

"你去?你现在还敢出去?说不定警察就在楼下等着你!"

陈光远冲动地抓过书包,从里面拿出一瓶药:"林秀,你敢不敢跟我一起去死?"

林秀害怕地说:"你到底要干什么?你真要是敢死,为什么不敢活着?"陈光远沮丧地低下头。

林秀挣扎着起身,坐到床边上,看着眼前那堆钞票,脸上是冷笑。

陈光远看到林秀的表情问:"林秀,你在笑话我是不是?"

林秀急忙:"没有,我不是笑你,我只是,突然觉得我自己挺可怜的,一辈子想钱,我还从来没见过这么多钱呢。"

陈光远长叹一口气:"不要说你,我自己看见这些钱,也是吓一跳!以前不知道什么叫害怕,拼命捞,现在看见这红通通一片,觉得……很血腥!"他苦笑着,"秀儿,你说,我要真的去自首了,你等不等我?"林秀迟疑地看着陈光远。

陈光远充满期待地说道:"这些钱我一分都没动过,如果我真的自首了,把这些钱全还回去了,兴许罪不至死,如果只判几年,我出来以后,还能靠当医生养活自己……"说着看了看林秀,"秀儿……你愿意不愿意等我?要是你答应等我,我就去自首,出来我就跟你结婚,我能养活你!我以前是个很好的医生,我是著名的神经内科医生,不骗你!"

林秀怔怔地看着陈光远:"你,你说的是真的吗?你真的不会死?你,以后还能当医生吗?"

"当然能,我可以自己开个诊所,那样就能养活你!"

林秀眼里充满希望,凑过来:"如果你真的不会死,我就等你!!"

就在陈光远和林秀讨论自首不自首的时候,武明训带着严如意和彭书记去了陈光远家,门锁着,没人。严如意提出要报警,武明训制止了她。他让严如意给陈光远再发一个短信,明天上午八点到他办公室,不来后果自负。他寄希望于陈光远能够自己出现,那样事情的性质就会不一样。他希望能有奇迹,能给自己,给医院,给陈光远本人和这个世界留下最后一点脸面。

而陈光远终于出现了。

第二天上午七点五十,武明训刚进办公室,陈光远就出现了。他脸色憔悴,胡子很长,一夜之间好像老了十岁。武明训还没来得及问上一句话,秘书就通报说有两个检察院的人来了,说是医院通知他们来的。武明训一下就明白了陈光远在干什么。

5

"情况就是这样，老郑是我的同乡，医院装修，他愿意垫资，所以就中标了，他给我二十万，我开始不要，他说，是朋友，不算受贿，我，就收了。但是，最近内装修的时候，他们进了一批钢材，是不合格产品，监理公司的一个年轻的工程师冒险把情况通报给了我，我去找老郑理论，把材料封存了，他就翻脸了。我，对不起医院，对不起党，也对不起丁院长，可是，我还是想对得起自己的良心，就算坐牢我也认了。"

陈光远讲述着事情的经过，平静地好像在说别人的故事。

武明训别过头去，这样的场面实在太不堪，班子里出了这样的事，他心情沉重，一想到事情暴露后又将面对的压力，他几乎想揍老陈一顿。陈光远却给了他更大的震撼："还有一件事，我没有法说清楚，就是，就是……"他从口袋里掏出一个信封，上面写着一个地址："明训，这个交给你，这是我租的一个房子，你们，去看看就明白了，我实在没法说，我说不清楚，我陈光远老实了一辈子，我一心想当个好医生，可是却做了可耻的事……"

武明训震惊，他不知道还会有什么事。检察官也预感到案情重大，接过信封，起身，直接拿出了手铐："陈副院长，有什么话我们回院里说吧，您在这个单子上签个字，我们有什么话回去说。"

陈光远望着手铐几乎哭出来："能不能，不带这个啊？"

两个检察官互相看了看，摇头。

男检察官把手拷戴上，陈光远眼泪流下来。

检察官对陈光远说："走吧！"陈光远起身，脚步不稳，差点摔倒。

武明训扶了他一下，突然抓住陈光远的手："老陈，你怎么搞的！你怎么能这么糊涂！你怎么能做这种糊涂事！！"

陈光远一下就哭了："明训，对不起，对不起，我给医院抹黑了，我让你们失望了！对不起！"

武明训眼圈红了，看了陈光远好一会儿："把事儿说清楚，是你的别推，不是你的也别揽，我会去看你的！"

6

早上的医院大厅熙熙攘攘，不时有病人和医生护士进进出出。陈光远走到大厅前，突然停住了，这条路他走了二十年，但这次，他实在没勇气穿过这个大厅。

擦肩而过的人们只看到一张苍白惊恐的脸，走近看到他手上明晃晃的手铐时突然反应过来，下意识让开，再看看身后的两位检察官，脸上霎时现出惊恐，很快就形成一个围观的通道。陈光远脸色苍白，汗水淋漓，再也挪不动步子了。

钟立行匆匆穿过大厅，无意中回头看到陈光远的手铐，愣住了。

陈光远看到钟立行，嘴动了动，几乎要瘫倒。钟立行飞快意识到了陈光远面临的处境，急忙脱下白大褂，盖到他的手上。一瞬间，陈光远真像触了电，眼泪奔涌而下，伸手紧紧握住钟立行的手，钟立行眼圈也红了。陈光远涕泪交加，哽咽着说了句："立行，对不起，我对不起你，我真的是打心眼里佩服你，我……"

钟立行用力握着陈光远的手："我都明白，别想太多，保重！"

围观的人越来越多，检察官示意陈光远快走。钟立行拍拍陈光远的手背，目送他远去。检察院的车停在楼前，陈光远一行走出来。过往的医生护士纷纷停下来，紧张地看着这一幕。孙礼华跑出来，看到了陈光远，瘫坐在地上。

警灯无声地闪烁，林秀悄悄出现在车后面，陈光远走到车前，抬眼看到林秀。林秀眼里含着泪看着他，他凄凉地看了一眼林秀，上了车。

林秀不顾一切地冲过来，抱住陈光远："你不要走，别扔下我！"

陈光远难过地看着林秀，两个检察官急忙上前拉开林秀，林秀大声叫着："把事情说清楚，我等你，我等你！"

江一丹正从院里走过来，看到林秀，心中一动。车门开了，车开走了。林秀追着车在跑，她脚下不稳，远远地摔了出去。她抬起头，脸上全是绝望。这一切，全被住在十二层的丁祖望看在眼里，他站在窗前长时间看着楼下。

护士端着盘子进来，看到了丁祖望："丁院长，您怎么起来了？"

丁祖望回头，满眼是泪。护士走过来，往窗下看了一眼，随即明白丁祖望看到了什么，她难过地劝道："丁院长，您现在是病人，什么也不要想。"

丁祖望老泪纵横，挥挥手，示意护士退出去。他泪流满面，抓起床上的电话，颤抖着拨通了卫生局周局长的电话，请他无论如何到自己病房来一趟。他感觉自己去日无多，必须奋力一搏，他要承担一切，牺牲自己救仁华！

7

检察官用钥匙打开陈光远所租的房子，走进里屋。武明训和彭书记跟了进来。

看见床前摆放着整整齐齐的一摞摞的人民币，所有人惊呆了。

检察官看到上面有一张纸，拿过来，上面写着："这是我当了五年药房主任，从各种药品上加价得来的钱，一共四百万，药房里孙礼华帮着做的。"

武明训接过单子看了一眼，脸色骤变，完了，仁华完了！

8

林秀虚弱地从病床上下来。

医生对她说："到外面的床上躺一会儿，觉得能走了再走，另外这几天不要吃太油的东西，不能吃凉的，也别碰凉水。"

林秀答应着，吃力地往外走。她身上的电话响了起来，她掏出电话看了一眼号码，接起来："喂？"

江一丹的声音："林秀？我是江一丹！"

林秀怔了一下："我知道。"

"你在什么地方？现在有空吗？我想见见你！"

林秀忍着疼："我，我忙着呢，您有什么事就电话里说吧。"

江一丹拿着电话："林秀，我刚下手术，你要是有空，晚上咱们一块儿吃个饭，我身子重不方便，能不能到医院食堂来？要不就在医院门口找个饭馆。"

林秀拿着电话迟疑了好一会儿，虚弱地说："我就在医院……阿姨，我在医院，在妇科，我刚做了手术，我的孩子没了！"说着哭了起来。

江一丹听到林秀的哭声，一惊，随即说道："林秀，你别哭，我马上就过来，你等着我！"

江一丹笨重地走了过来，罗雪樱迎面过来，看见江一丹："江主任？你有事吗？"

江一丹指指手术室："林秀在里面，我找她。"说着往里走。罗雪樱急忙跟了过来。林秀在走廊的长椅上躺着。江一丹和罗雪樱走了进来。

江一丹看见林秀："你怎么这么傻，你怎么一个人来了？"

林秀哭着："阿姨，我，我昨天摔了一跤，就开始流血，我好疼，好疼！"

江一丹急忙抱住林秀："别哭！"对罗雪樱说，"帮我把她扶到我值班室去。让谁给弄杯红糖水！"

罗雪樱扶着林秀在床上躺下，接着又跑了出去。一会儿，她端了一个杯子进来："快，红糖水，我管一个产妇要的。"林秀感动地看着罗雪樱。罗雪樱把杯子放在桌子上说："赶快趁热喝了吧！"对江一丹说，"江主任，我得走了，病房一大堆事儿！"转身走开。

林秀感动说："阿姨，你也去忙吧，不用管我，我一会儿就好了。"

江一丹把杯子端给林秀："赶快喝吧！"林秀接过杯子喝了一口，哭了起来。

江一丹看见林秀哭了，眼里全是怜悯。林秀放下杯子，看着江一丹："阿姨，这孩子是陈院长的，我本来想把他生下来的。"江一丹有些惊讶。

林秀伤心地说："阿姨，我知道你心里很讨厌我，看不起我，可我对陈院长是真心的，还是我劝他自首的！"

江一丹惊讶地看看林秀："林秀，你，你别再说了，你现在要休息。"

林秀倔强地说："不，阿姨，我得告诉您，我其实有好多话想跟您说，我以前挺恨你的，但现在不恨了。我心里真的有好多话要说，但不知道该跟谁说。"

江一丹坐过来，拉起林秀："林秀，我知道你心里也有很多委屈，我以前脾气不好，老……我跟你道歉！"

林秀哭了起来："阿姨，我知道你是个好人，你说我骂我都是希望我好，我不怪你！可是你不了解我，你生活在一个干净的环境里，你是城里人，上过大学,有好工作,又嫁了院长,自己有本事,走到哪儿都受人尊敬,没人敢跟你说重话,看到的都是笑脸,你的生活黑是黑白是白,您根本不知道我们这些人过的是什么生活,是怎么长大的,也理解不了我们的感情……"

江一丹很难过:"对不起,林秀,让你受委屈了。"

"我不委屈,我就是觉得不公平,阿姨,我跟陈院长的事,我是认真的,他对我好,他很疼我,他虽然贪了钱,可是他一分也没动过,他很孤独,也很节俭,他第一次见到我就跟我说,他不想让我出头露面去做医药代表,不想让我受别人的气……"

江一丹怔怔地看着林秀:"林秀,我,我明白,老陈他的确是个老实人,可是我不明白,他为什么会表现得这么分裂,为什么要跟孙礼华搅在一起。"

"阿姨,你不明白,其实人有的时候,就是一念之差,现在的人跟以前不一样,道理都懂,就看当时怎么想的,您说他要那么多钱不也一分没花过,他要那钱干什么?我觉得他是心乱了,我也是,我们都是一样的,都是心乱了,不知道自己想要什么,也不知道想干什么,好多人都是这样的!"

江一丹震惊地看着林秀:"林秀,我觉得,你能这样看问题,很有头脑,我以前对你不够了解,也不够尊重,更不够关心,但是有一点,我必须纠正你,就是不管怎么说,不管你跟老陈有多深的感情,他做的事是不可原谅的,他除了是他自己,还是医院的副院长,他对社会,对医院有责任,他违背了自己的诺言……"

林秀怔怔地看着江一丹,好一会儿才说道:"阿姨,我明白!我现在全明白了,我以后会好好的。"

江一丹点头:"以后有什么事,生活上的事,就来找我,我会真心待你的。"

林秀抹了一把眼泪:"不用阿姨,我不会去麻烦您的,徐达恺刚跟我说,他让我回他公司上班,还让我住他那儿……"

江一丹困惑地看着林秀。

"阿姨,我们是两个不同阶层的人,我并不想沾你什么光,我以后也会好好工作,我只是希望你以后能用一眨眼的精力看看我们这些人就行了。"

江一丹目瞪口呆:"哦,对,对,林秀,是,我以后一定好好对你!"

林秀开心地笑了起来。

9

江一丹进门。武明训从书房走出来:"回来了?怎么才回来?"

江一丹脱下鞋,武明训为她拿过拖鞋,江一丹穿上,往里走。

武明训关切地问:"怎么了?出什么事儿了?我到处找你!"江一丹拿过小板凳坐下,有些发呆。

江一丹缓过神说:"林秀今天去做了手术,老陈的孩子,我让她先住我值班室了，刚去看看她。"

武明训感觉有点意外："噢，那，她没事吧！不行让她住到家里吧。"

江一丹苦笑着摇摇头："我也想来着，她不会答应的！"她接着说道："林秀变了，她已经长大了，或者说，我们从来不了解她。她今天跟我说了好多话，我觉得她有她的道理，她活得挺真的，我以后真得对她好点！"

见武明训奇怪的表情，江一丹解释说："不明白是吧？林秀说她跟我们不是一个阶层，只要我以后对她们这样的人能好点就行了，我挺受震动的。"

武明训也是震惊的表情："这是林秀说的？"

江一丹点头："嗯，是她说的！刚才回来的路上，我一直在想她的话，我突然觉得这个世界变了，以前，我自信，清高，看不起人，总认为只有自己是正确的，现在我知道，很多事情，不全是这样，人活着，除了追求真理，有时候还需要一点情怀，我觉得，这方面，我差了点……林秀说我，从小到大一帆风顺，根本不知道她们这些人是怎么过来的，我的世界不是黑的就是白的，我觉得她说得挺对的，我需要学习用更宽容的心态看待别人，这样我们才能有厚度。"

武明训张大了嘴："哎，我说这是怎么着，让人上了一课？你什么时候变得这么谦虚了？"

江一丹不满地说："我不谦虚吗？我其实一直谦虚，有时我说话直，是因为我们追求真理，觉得在真理面前，我们都是孩子，我说别人其实心里对自己要求也是很严的……"

武明训连连点头："明白明白！你接着说……"

江一丹叹了口气："所以，因为这个，明训，我今天也跟你说几句心里话吧！"武明训表情紧张。

江一丹迟疑了一下，难为情地说："我知道你心里有个疙瘩，关于立行的事……本来，我并不想解释半句，但现在我知道，有的时候，有些话还是要说的……在调查组那件事上，我选择跟立行站在一起，是因为我觉得他是对的。我和他之间，精神上有一种牵挂，但不是世俗的，而是精神上，是因为共同的成长环境、共同的职业背景、共同的价值观，立行对我，是一种职业理想，他身上有我没法实现的东西，有我青春时代的记忆，我跟他在一起工作，觉得踏实。而你，不一样，你是我的丈夫，我的老公！我孩子的爸爸，这是两种不同的东西，希望你能理解，如果我让你不舒服了，你也别往心里去，我以后会注意！"

武明训有些尴尬，又有些吃惊："你……你看你这人，谁问你这个了！"

江一丹狡猾地笑笑："你不问不代表你不想！你说，你想了没有？"

武明训咧着嘴笑起来，又有些尴尬："我想了吗，我没那么想，我想了吗？我没有！我有那么小心眼吗？我没有！"

江一丹笑着："嘴硬！"

武明训开心地笑起来。两人对视，眼睛里有一种温情和透彻。

10

仁华医院召开全院大会。穿着工作服的医生护士鱼贯进入会场，各个神情严肃。武明训走了进来，走上了讲台，他习惯地看了一眼陈光远坐的位子，是空的。

严如意首先说话："好了，都安静了，我们现在开会。"

武明训站起来，走到讲台前面，看着台下坐着的人，艰难地开了口："同志们，我们今天开全院大会，是有件事要向各位通报，就是宣布撤销陈光远副院长职务并开除党籍的决定。现在我们请卫生局纪检委的彭书记宣布处理决定。"

一位四十多岁的中年妇女走上来，一板一眼地宣布决定，她简要叙述了陈光远的事，最后顿了一下说："综上所述，经局党委研究决定，撤销陈光远副院长职务，开除党籍。"人们沉默着。

武明训起身，走到了会场中央："同志们，出了这样的事，我和大家一样，都很沉痛。我知道，大家心里都有些不平衡，觉得老陈出事，走到今天，很可惜。我和你们的心情一样，也觉得可惜，老陈他曾经是个很不错的大夫，他从医几十年，也曾经有过自己的理想，也救过不少人，你们各位也许并不知道，他的事情最终被暴露出来，也是因为，在我们的新大楼装修过程中，他代表我们医院，对大楼的质量提出了一些问题，施工方因为不愿意整改，就把一些内幕揭露了出来，才导致了一连串的事情……我知道我这样说，并不符合我的身份，好像在为老陈喊冤，不是，我不是这个意思，我给大家讲这些，是想告诉你们，每个人必须为自己的行为负责，在复杂多变的大环境中，他没有把持住自己，对老陈的堕落，我感到很伤心，也替他不值！"

人们静静听着。

武明训的声音越来越沉缓："为什么我要这么说？因为，国家培养一个好的医生要十几年，医生的年龄越大，经验越多，像老陈这样的人，正是最有经验，人生中最好的时候，却因为这些事毁了自己的一生，这太让人寒心了。在这里，我也给大家一个警告，复杂的社会，不是一个医生能懂的，所以，不要想着去捞世界，人一旦走了邪路，就永远不可能再回头……"

11

护士推着丁祖望一直在门外，丁祖望示意护士把他推进去。丁祖望的轮椅被推了进来。

丁海看到丁祖望，怔住了："爸！"

武明训和严如意也向门边看，看到丁祖望，急忙跑过来，武明训吃惊地问道："丁院长，您怎么来了？"

第三十八章 伟大的救赎

丁祖望向武明训点头示意，随即示意护士把他推上台。

丁祖望向台下的人们点头："同志们，很久没有看到大家了，很想你们。"

台下的人们看着丁祖望消瘦憔悴的样子都大吃一惊。

丁祖望努力地笑着："我最近一段时间生病了，也许很多同志都已经知道了……我很好，大家不要为我担心。"沈容月擦了一下眼泪，无意中抬头看见严如意也在哭。

丁祖望缓缓地说："医院里发生的事，我都知道了，刚才，明训的话我也听见了。同志们，你们心里怎么想，我都清楚，医院出这样的事，不是一天两天造成的，是我这个院长失职，我对不起组织，对不起同志们，我在这儿向大家赔罪了。"他艰难地起身，向众人鞠躬。罗雪樱和江一丹都捂着嘴哭了起来。

丁祖望重新坐下，望着大家："同志们，除了这些抱歉的话，我还想再说几句，我知道大家心里有很多的失望，我都明白，这段时间发生的事，虽然都是明训出面处理的，但都是我的意思，如果同志们有什么意见，记在我头上，我是院长，又是书记，我来承担……"

武明训惊讶地看着丁祖望。

丁祖望坚定地说下去："我在这个医院，干了一辈子，我的岳父，严老师，很多人，也都对这医院有很深的感情，当初选择做医生，我们都立过誓言，希波克拉底誓言，我们都承诺过，要为病家尽我们的本分，不论穷达。过去，医生没有这么好的条件，想救人，没药，没仪器，没有手段，我们的先师，摇铃，走街串巷，过的是多么艰苦的日子，有人会说，那时候的病家对医生们多好呀，有一碗米也会煮给大夫吃。不错，现在的病人，的确比以前复杂了，但是，不是有句老话说，医者父母心吗？当医生的对病人要有父母一样的心，不光是指治病，还有一种宽容，我们是医生，他们是病人，他们不懂，我们懂，懂的人就要包容那些不懂的人。孔子有句话，叫仁者爱人，一个人只要立志行仁，就不会做坏事了。什么是仁，就是真诚而主动，这种真诚是不求回报的，也是自愿的。我们这个社会，大多数人都知道要按照社会规范做一个好人，却不知道为什么。大多数人都是别人对我好，我就对别人好，别人对我不好，我就对别人不好，而我们说行仁的意义，就在于，当别人对我们好，我们要对别人好，别人对我们不好，我们也要对别人好……同志们，我不想说假话，说好听的，我承认，我们处在一个变化的时代，好的方面在于我们的国家、我们的社会，一直在进步，生活在改善，什么都在往好了变；不好的在于，人和人之间的差异还是有的，有的人明白，有的人不明白，这种时候，我们做医生的就要清楚，你面对的是什么人。明白人，什么也不用说，不明白的人，说什么也没用，我们能做的，只有尽自己的本分，想着我们的责任。我希望我的同志们，你们要坚持，想想我们的理想，想想如果真的离开医院，会不会想，会不会留恋当医生那种感觉，扪心自问，我们真能做到麻木，冷漠，见死不救？如果做不到，就不要再抱怨，不要去想别人怎么发了大财，别人怎么过了好日子，求田问舍，花天酒地是医生的理想吗？坚持理想不是那么容易说的，如果每天锦衣玉食，那还算什么坚持理想？"

丁祖望声音越来越虚弱："我知道我说的这些，可能有人听不进去，但是，我还是要说。同志们，你们知道，我现在，多想重新站到手术台上，多留恋做医生的那种生活，一天有忙不完的事，我很满足，因为我一生都很充实，从没有感觉到寂寞空虚，我们见惯了生，我们看到一个个生命的诞生。我们也见过太多的死，不论贫富贵贱，不论声名多么显赫，有多少钱，最终都会一死，看惯了这一切，难道，我们还会在乎那些世俗的得与失，还会在乎那些失落和苦恼吗？"

人们默默听着。丁祖望歇了一口气，用一种依恋的目光看着众人。就在这时，会场的门开了。局长、老洪和调查组的几个人一块儿走了进来。武明训看到局长，更吃惊了："周局长？"

周局长指指老洪："老洪给我打电话说你们下午有个会，我就赶过来了，我刚从市里开会回来，关于钱宽父亲的事，有了结论，我想在这儿宣布一下。"

武明训有些紧张。

周局长说："事前没跟你沟通，一块儿听听吧。"说着把一份文件递给老洪。

老洪清了清嗓子："同志们，我宣布关于钱宽申诉父亲钱国兴医疗案的处理意见，经过调查组一个月的调查，整个事件已经结束，调查组全面了解了情况，并跟当事人作了沟通，结论如下："钱国兴治疗过程中，主管医生丁海的医疗行为没有明显失当，钱宽提出的换瓣手术是过度医疗的问题，我们经过调查，认定这个程序是必要的，所作的各项检查没有过失。丁海同志在治疗后期，家属强烈要求会诊，并采用宝丽达一事，调查组认为，会诊一事，由家属提出，医务处长严如意有失察之责，但由于是家属本人主动提出，所以，医院没有明显的主观故意。丁海治疗后期接受了医药代表的旅游套票，价值一万元，明显属于受贿，但鉴于丁海同志能主动坦白，并退赔相关费用，因此在此宣布处理如下：鉴于此事在社会上引起不良影响，卫生局局长周启泰负有领导责任，党内记大过一次。"

话音刚一落，全场一片哗然，武明训更是惊讶不已。

周局长与他对视，武明训急忙说："周局长，您怎么能自己揽过？"

周局长摆摆手。

老洪继续宣布："仁华医院院长、党委书记丁祖望党内记过一次。"

武明训一脸惊讶，直愣愣地望着丁祖望。

丁祖望微笑着向他点头。

"医务处长严如意，在整个事件上，负有管理不严之责，党内记过一次……"

"副院长武明训在事件发生后，能主动与社会沟通，承担责任，负有领导责任，在全市卫生系统通报批评。"

武明训此时完全了解了局领导和丁院长的苦心，努力压抑着内心的翻腾。

"丁海，身为医生，收受医药代表贿赂，给医院声誉带来严重影响，鉴于能主动坦白并退赔，给予留院察看一年处分！"

丁海坐在下面，脸上的表情很平静。罗雪樱伸手拉了他一下，丁海勉强一笑。

第三十九章
生与死

　　你是医疗方，我们是病人方，你们可以从任何方面解释你们自己的行为，我们当然挑不出毛病。钟主任，我们也知道你是个好大夫！作为一个技术精湛，一个有良知的大夫，我只想问您最后一个问题，那就是，你能不能跟我们说实话，作一个保证，王欢的死，医院、武明训到底有没有责任？我想这也是王欢的父母真正想知道的……

　　一个社会，必须让弱者发出声音！这，是我信仰的来源，也是我坚持下来的力量。

THE DOCTORS

医者仁心

1

　　沈容月和护士把丁祖望推回了病房。所有人都知道丁院长的日子不多了。丁祖望自己也明白，他最后的使命已经完成了。医院保住了，武明训保住了，丁海保住了。

　　现在，他可以放弃了。"无论你是多么伟大的医生，你都将以一个患者的身份走完生命的全程。"此时他只有一个愿望，只希望自己走得体面。

　　沈容月和护士费力地把丁祖望抱回到床上，护士知趣地退了出去。

　　丁祖望温情地看着沈容月，此刻他心情平静，目光温柔。

　　沈容月温柔地朝他笑笑："说了那么多话，渴了吧？我给你倒点水喝？"

　　结婚十几年，夫妻两个这样俩俩相对的时候不多。沈容月不是一个内心很丰富的人，甚至有些干巴。她身上更多的只有质朴，而这，却是丁祖望最看重的。丁祖望摇摇头，用手拍拍床边："小沈，过来坐会儿。"沈容月放下杯子，在床边坐下。

　　丁祖望从枕头底下摸出一个存折："这个交给你，这是我全部的积蓄，不多，只有八万多，是我这么多年的稿费、加班费和出去开会人家给的补助，我就都攒下了，工资卡一直在你那儿，这是我的私房钱。"

　　沈容月温柔地笑着："老丁，我不要，给丁海留着吧。"

　　丁祖望笑笑："不用，他年轻。"

　　丁祖望平静地说着："我办公室抽屉里有个小钥匙，那是开文件柜里最底层的抽屉的，抽屉里放着我一些证书，以前的一些书信，还有些年轻时候的照片，有些，是严老师的，还有丁海小时候的，你看了，别往心里去，就交给她吧。"

　　沈容月惊异地看着丁祖望，虽然她不那么聪明，但凭本能知道，丁祖望在交代后事。丁祖望已经完全信任了她，这让她幸福。自从丁祖望病了，她其实一直有些发愁，怎么送老丁走，医院上上下下，武明训，江一丹，严如意，丁海，在她心目中，每个人的位置都比她靠前，她有时甚至有些害怕，不知道怎么面对，没想到，老丁用这样一种平静简单的方式，告诉她该怎么做。这让她一下觉得很踏实，更庆幸自己当初选择比自己大十几岁的老丁结婚是对的。每个人真正在乎的事其实不多，只这一瞬间就够了。她这样想着，痴痴地看着丁祖望。丁祖望微笑地看着沈容月："有些事，不是故意瞒着你，是说不清楚，怕你知道了伤心，还有严老师脾气不好，怕你们闹别扭。"

　　沈容月一下哭了起来，这就是她敬爱的丁院长，她最亲爱的丈夫，永远三言两语能让她心安："老丁，我知道，您别说了，对不起，都是我不好，我不懂事，我应该让着她。"

　　丁祖望拉起沈容月的手："小沈，你是个好女人，这辈子跟着我，委屈你了，我走了以后，你好好的，有合适的人再找一个。"

"不，老丁，我不找，我谁也不找，我守着你，我就守着你，这辈子能跟你一块儿生活，就是十年，我也值了，我不委屈，我觉得心里挺美的，回老家，人人都知道我嫁了个院长，嫁了个有本事的人，连我爹我娘都跟着脸上有光……"

丁祖望微笑着看着沈容月，摸摸她的头发："傻丫头，说话老是那么直，那么实在。"

沈容月含着泪笑着。

两人手拉着手互相望着，对坐了好一会儿，丁祖望叹了口气："我累了，想休息一会儿。"

沈容月急忙起身："嗯，你睡会儿吧！我也回科里看看，那几个中毒的，还有没好的。"她替丁祖望掖好被角，悄悄走了出去。

她匆匆忙忙赶到科里，看了看病人，伸手摸摸口袋里的钥匙，不知道为什么心里像揣了个兔子，老丁把所有的秘密都托付给了她，她有些激动，匆匆来到丁祖望办公室。这几乎是她第一次在丁祖望不在的时候到他办公室来，就是他在的时候，他的办公室对她来说似乎永远都是禁地。

她用钥匙打开丁祖望办公室的门，轻手轻脚走进去。有些紧张，有些茫然。她走到丁祖望办公桌前，掏出钥匙，小心地摸了一下，打开抽屉，拉开，有些新奇，一样样捡着看，手落到了角上的一串钥匙上。这就是老丁最大的秘密，不是财富，只有回忆。沈容月拿起钥匙，在桌前坐下，好一会儿，她决定不开这个抽屉了。她要把这个钥匙交给严如意。有些事还是不说破了更好。

2

丁祖望昏昏沉沉地睡着。突然，他感到一阵强烈的不适，张大嘴喘着气，监护仪上的曲线胡乱跳起来。他颤抖着手去摸紧急按钮。

最后的时刻终于来了。医生和护士冲进病房。丁祖望情况危急，已经陷入昏迷。

值班医生急忙指挥："注射2mg多巴胺，紧急心肺复苏。赶快打电话叫武院长、钟大夫过来！"

十分钟后，武明训、钟立行、江一丹等人全都赶到了。钟立行冲过来，为丁祖望做心脏按压。丁祖望长出一口气，恢复了呼吸。他睁开眼睛，看到了武明训、钟立行、江一丹，脸上浮现出微笑，轻轻点头。

钟立行轻声问道："您，难受吗？要不要做插管？"

丁祖望摇头："立行，别忘了我们的约定。"钟立行怔了一下，点头。

武明训俯过身来："丁老师，您有什么话要说吗？要见什么人吗？"

丁祖望眼睛里闪过一丝犹豫。

武明训告诉他："丁海我已经让人去叫了，沈老师……"话音没落，走廊里传出杂乱的脚步声，随即严如意和沈容月冲了进来。

屋里的人见到严如意和沈容月同时出现，都怔了一下。

严如意哭着扑过来："老丁，老丁，你怎么了？"丁祖望露出欣慰的表情，向沈容月点头。

武明训、钟立行互相看了一眼，都退了出去。江一丹为丁祖望调试了一下氧气，也退了出去。

严如意哭得上气不接下气，沈容月迟疑了一下，也悄悄退了出去。

3

丁祖望温情地看着严如意，严如意神情悲怆，早已经泪流满面："老丁！你可不能走啊！"

丁祖望疲惫地对严如意露出一个笑脸："如意，别哭！"

严如意泣不成声，丁祖望从被子里伸出手，颤抖着想拉严如意。严如意看到了，伸手抓起他的手，脸伏上去："老丁，我对不起你！我这辈子让你操心了，没让你过上好日子，离了婚还让你操心！"

丁祖望努力保持着微笑："如意，别这么说，你心里对我好，我领情！"严如意除了哭什么也说不出来。

丁祖望拉着严如意的手："你呀，脾气不好，心眼好，刀子嘴，豆腐心……"严如意变得更伤悲。

丁祖望说："你是撅嘴骡子卖了个驴价钱……"

听到这句话，严如意有些困惑。

"你听不懂，这是我老家话，骡子值钱，可就是脾气不好，主家就把它当驴卖了……"

严如意突然笑了起来，含着泪笑，丁祖望也笑了。

严如意随即哭了起来："老丁，对不起，我一辈子没好好听过你说话，你说的那些话我也听不懂，也没有想过要听懂，现在我都听懂了！我真后悔，我怎么那么倔！我真是不该！"

丁祖望温柔地笑着："你本来就是城里的千金大小姐，跟着我已经够委屈的了，你让我讲卫生，逼着我洗手洗澡换衣服，给我做好吃的，都是为我好……"

严如意的泪水无法止住，但她依然努力听着。丁祖望说的每一个字："如意啊，我不放心你，我走了以后，你得好好生活，有合适的人能找一个就找一个，我走了，你就可以安心再找了，我知道这么多年你一直不找，是为了我！"

"不是不是，我是舍不得你！"

丁祖望吃力地点头："我都有数……还有小沈，她还年轻，你以后要多照顾她，能让着她就让着点……"

严如意羞愧地说："老丁，对不起，是我不对，我不该跟她怄气，其实是跟你怄气……她比我厚道，心眼也好，我心里其实从来没怪过她，我是受不了，我羡慕她能那么随和，那么本分……"

丁祖望表示听懂了："她是个好女人，当大夫的心眼得好，她心眼好，能受委屈，知道让人，为了让你放心，本来一直想要个孩子，可是一次都没提过，她不容易……"

正说着，走廊里传出杂乱的脚步声，接着丁海冲了进来："爸爸，爸爸！"丁祖望已经没有了反应。

丁海跪在了床前："爸，对不起，我刚在急诊室盯手术！爸，您不是一直想让我做个好医生吗？我在努力，爸爸，您放心吧，我以后再也不把自己的心藏起来，我以后当个善良热情的好医生，我以后再也不装酷了，天天像你希望的那样，爸……"

丁祖望还是一动不动，武明训、钟立行、江一丹、沈容月冲了进来。

武明训解开丁祖望的衣服："准备心肺复苏，上呼吸机……"

丁海急忙去准备，沈容月一把拉住了丁海："小海，别做了，别再让他受罪了，他说过，不想受那个罪，让他安静地走吧！"

所有在场的人全看着沈容月。沈容月脸上很平静，她走过来，把丁祖望的衣服穿好："丁院长，丁老师，老丁，您就放心走吧，我们都会好好儿的。"

监护仪上的曲线跳了一下，随即拉成了直线。"滴"地一声，时间仿佛停止了。屋里的人神情肃穆。时钟指向十二点。

4

"同志们，今天，我们怀着沉痛的心情聚集在一起，送别我们敬爱的老院长丁祖望先生！我们都为失去工作上的好导师，精神上的支柱，生活中一位可敬的老人而难过。其实，一个医生的死和一个普通人的死没什么两样，同样要忍受疾病的折磨，但不同的是，他走的时候，心里有着对很多普通人的牵挂，很多遗憾。我们都知道，那是一个医生未尽的职责。想到这里，我们既辛酸又骄傲。辛酸的是，他的离去，太突然，他只有五十九岁，作为一个普通人，他没有过过一天真正放松的生活，从年轻时代起，就埋头苦读，在清贫和忙碌中度过一个个白天和黑夜，在漫长的医生生涯中，在手术室和值班室里，拯救一个个生命，挽救一个个家庭，却牺牲了自己的个人幸福。他没有接送过孩子上幼儿园，错过很多次家长会……他太年轻了，只有五十九岁，我多么希望他能够有一个幸福平和的晚年，在公园的长椅上，在落日的余晖里安静地坐一坐，看看繁华的街道，过往的行人，哪怕是争吵，哪怕是抱怨……可是我更知道，如果他真的能活得更长，他也一定会把他的生命同样奉献给医学事业，会在实验室、手术室、办公室度过另外的那些白天和黑夜……这也就是我所说的骄傲……所以，想到这里，他的离去，也许会给我们稍许的安慰与释然，他太累了，他需要休息，他从此以后可以休息了……"

5

丁祖望火化那天晚上，江一丹开始了产前的阵痛。太阳东起西落，总有人死，总有人要生。因为是初产，江一丹疼了十几个小时，严如意建议她剖腹产，她坚持要自己生。

直到第二天下午，孩子才终于露头。她用力喊叫着，在她精疲力竭的最后瞬间，她脑子里突然冒出一句话：这世界，除了生死，其余都是闲事。想起这句话的时候，她突然笑了一下，接着，一个婴儿就从她子宫里被扯了出来。

生了，女孩儿！

黄昏时分，江一丹和孩子一起被送回了病房。

江一丹生孩子的时候，武明训正带了丁海、沈容月一起帮丁院长选墓地，等他得知消息快回来的时候，江一丹已经进了产房。严如意、罗雪樱一直问他要不要进去，他还是拒绝了，江一丹也不让他进去，她知道武明训其实很胆小，更害怕武明训看到她生孩子的痛苦心里会有阴影，她就是这样一个聪明独立的女人，其实她太了解人了，她不愿意把生孩子这样一件私密的事弄成男人的负担。生儿育女是女人的本能，这世界谁也不欠谁的。

武明训走进来，把一支玫瑰花插在她床头上，抓住江一丹的手，轻轻吻了一下，江一丹微笑着看着他。

女人生了孩子才完整，短短一天，江一丹好像觉得自己变了一个人，她突然觉得自己的世界安静了，好像什么都不怕了。武明训似乎感觉到了江一丹的这种变化，他们互相对视了一下，然后，就像普通夫妻那样，就像普通的刚新生下孩子的夫妻那样，很自然地讨论起了孩子的长相、眉眼、吃什么奶粉、用什么尿布的事。他们之间一直若有若无的那种隔膜一瞬间就消失了。家常，对，就是这个词，他们为人父母了，他们的生活家常化了。这就对了。

孩子拉了第一泡屎，绿的，一不留神弄到了武明训手上，他急着去擦，又沾到了身上，两人哈哈大笑了半天。接着，孩子吃了点奶，打了个哈欠，两人又笑了半天。

天快黑了，武明训的电话响了，电话是赵律师打来的，王欢父母告武明训的案子法院通知三天后第二次开庭。武明训怕江一丹听见，小声应付着，匆匆离开了病房。

6

武明训一走进办公室，严如意和赵律师已经坐在那儿等他了。

没等赵律师开口，他直接告诉他，他决定放弃出庭。严如意和赵律师都松了口气，他们已经商量过了，也不想让武明训出这个庭。理由很简单，武明训是副院长，这种医患纠纷的案子他不是非出庭不可，还有，就是丁院长刚过世，他的位子空了下来，这个时候任何风吹草动都会影响武明训。严如意和赵律师的想法武明训不是不清楚，他自己也不是没考虑，但他的想法却跟他们的不太一样，其实他早就知道这个案子一旦上法院，他不会输，但他不出庭的理由却另有一层，他不想在法庭上面对王欢的父母，一旦结果对他们不利，他们会接受不了，如果接着闹下去，那才是真的麻烦。武明训很清楚自己处在两难中，不出庭，会让人觉得他在逃避，不那么磊落，出了庭，弄不好两败俱伤。他决定好好想想。

他让严如意和赵律师先走，自己上了楼上的天台。

夕阳西下，落日的余晖照在他身上。在纷扰的世事间里，获得这么片刻的清静。身后传来脚步声，他一听就知道是钟立行，而且他还知道钟立行是来找他说开庭的事，但他不想跟他讨论这事。

而钟立行走过来只对他说了一句："你不要去，我替你去！"

武明训愣了，长时间看着钟立行，这个人，关键时刻总有大智慧，他一瞬间就接受了这个建议，只说了一句："要沟通！"

7

钟立行、严如意、赵律师、丁海、罗雪樱、顾磊走进来，在被告席上坐下。孙丽娜和王茂森、刘晓光走过来，与这一行人对视了一下，在另一边坐下。铃声响，女书记员走了进来。书记员喊了声："全体起立！"庭下的人都站了起来。

一位五十多岁的男法官走出来，书记员喊了声："坐下！"众人坐下。

叶惠林匆匆忙忙进来，迟疑了一下，在医院这边的人后面坐下。

孙丽娜看到叶惠林坐的位置，惊讶，不满，叶惠林却向孙丽娜点头。

法官开口："本庭今天第二次开庭审理原告孙丽娜诉仁华医院及武明训医疗纠纷案，现在开庭。上一次开庭，我们已对原被告双方的主要证据进行了质证，双方代理人，你们有没有新的证据要提供？"

刘晓光摇头，赵律师也摇头。

法官说："现在，本庭将公布委托法医鉴定中心对原告王欢死亡一案所做的司法鉴定结果。"

书记员起身："受法庭委托，本中心对王欢进行检验，死者死于爆发性肝炎，本中心仅能就死亡结果得出如下结论，无证据支持肾移植与肝炎发作有必然的联系……"

孙丽娜捂着嘴哭了起来。

王茂森拍拍她的手臂，刘晓光劝道："别哭了，不是跟你说过，司法鉴定就是这样的，不会对医疗过程进行评价。"孙丽娜哭着点头。

法官看了一下手中的文件，说道："今天，仁华医院主任医师、心外科主任钟立行作为被告方代理人到庭，现在请原告方律师提问，代理人钟立行请到前面来！"

刘晓光问道："请问代理人，你在这例王欢死亡事件中参与到什么程度？"

钟立行沉默了一下："这个病例，病人最后抢救的时候我参加了，直到抢救结束。"

"作为医生，在美国从事多年临床工作的医生，您对于王欢因为肾移植导致爆发性肝炎的诊治怎么看？"

钟立行说："我本人是心脏外科医生，但在美国从事的是全外科的工作，所以对肾移植的程序也是比较了解的……这例肾移植的案例，因为病人本身是二次移植，病人的身体状况，愈后就肯定不如第一次的移植效果好，这一点相信家属很清楚……"

法庭里的人都在静静地听着钟立行的述说。

"病人在术后第三天曾出现肠梗阻并发症，虽然经过抢救，但是身体状况，各方面的指标已经明显地受到损害，最后的爆发性肝炎，严格地说，是爆发性多器官衰竭，身体的各个器官此时已经严重处于衰竭状态，就看发作在哪个器官上，这是病人的体质决定的，也是移植前的身体状态决定的，所以，当爆发时，根本没有任何办法阻止……"

严如意和几个医生点头，孙丽娜听得眼睛有点发直，她忍不住吼起来："你是说我儿子身体不好，那你们知道他这样，为什么还要给他做移植？要我们花那么多钱？"

刘晓光连忙插话："是，既然你已经解释得这么清楚，那这个问题就转变成另一个，明知道病人身体状况很糟糕，为什么还要做二次移植？这里是不是存在过度医疗？而医院借机多收费？"

钟立行沉默了一下："关于二次移植的必要性，我想武明训武院长在手术前一定对您作过详细的说明，一般说来，医生决定是不是要做二次移植，或者决定是不是要冒一点险，第一要看疾病的情况，第二更要看病人本身的情况，王欢的情况是，他很年轻，只有二十岁，是个大学生，是家庭的精神支柱，医生很清楚在这种情况下，一定会想办法治疗，还有他的病，移植是最好的治疗办法，当然前提是成功。显然，这个治疗失败了，但治疗结果的失败不代表治疗方法的失败，大夫是期望成功的情况下能让孩子多活几年，手术失败虽然是有可能的，但不能因为有失败的风险就不选择手术，这是大夫一般的思路，这一点上我认为武明训的治疗方案并没有错。"

孙丽娜不依不饶："你说了半天，那我的孩子就白死了？就是我们倒霉？"

钟立行说："不能这么说，但结果就是，孩子没有挺过手术后的反应期……这是事实。"

孙丽娜伤心地哭了起来："说这些有什么用？你们当医生的当然要向着医生说话！钟主任，仁华上上下下都说你是个好大夫，没想到你也这么说话……"

法官看了孙丽娜一眼。孙丽娜还在哭。法庭里沉默。

钟立行同情地看了孙丽娜一眼，若有所思。

这时法官说话了："原告律师，还有问题吗？"

刘晓光缓缓起身："好，我来说几句话吧，我和武明训其实是高中同学……"

听众席里发出惊叹，"只不过这之前我们好多年没有联系了。这些年，我一直在打医疗官司，当我因为代理姚淑云的案子去医院找武明训的时候，他，表现出强烈的震撼和不满，我明白那是一种被伤害，我能理解，说明他对我其实是有感情的。因为他觉得，我们从前是同学，我们的关系不应该是对立的，不应该以这样的身份见面。但我从未妥协过，也没有放弃过！这一次，我代理王欢的案子，也是因为同样的原因，因为病人，在医疗过程中的确是处于被动的地位，不管是检查、手术还是任何处置都是由医生决定的，病人不懂，而现在的确有很多医生对病人是不太负责任的，一个社会，必须让弱者发出声音！这，是我信仰的来源，也是我坚持下来的力量。钟主任，你是医疗方，我们是病人方，你们可以从任何方面解释你们自己的行为，我们当然挑不出毛病。钟主任，我们也知道你是个好大夫！作为一个技术精湛，一个有良知的大夫，我只想问您最后一个问题，那就是，你能不能跟我们说实话，作一个保证，王欢的死，医院、武明训到底有没有责任？我想这也是王欢的父母真正想知道的……"

赵律师站起来说："抗议，原告律师的提问超出范围。"

第四十章
辩护词

　　这个世界上！失去亲人的不只你一个！
　　没有人杀死你的孩子！是疾病！是病魔！而医生，是站在人类生命的前沿，拯救生命、与疾病搏斗的人！
　　你永远不能理解一个医生失去病人时的痛苦！
　　因为我们无能！因为我们没办法挽救生命！
　　请你相信我们的心情跟所有的家属是一样的！一样的！没有区别！

第四十章 辩护词

1

刘晓光的发问让所有人心头都紧了一下。

是的，他问的，正是王欢父母想知道的，也是所有人想知道的。这个问题一点儿也不过分。

钟立行知道，他答应替武明训出庭，一定会面临这个问题。

最紧张的是严如意，她早就知道，刘晓光一定会问这个问题，这是她坚持不让武明训出庭的原因，也是她最不放心钟立行的地方。钟立行太难以让人把握了，她知道，这个人早已不是需要她保护的那个沉默有些羞怯的大男孩，她一直担心他会在某些时刻给所有人重重一击，想到这儿，她闭上了眼睛，该来的都会来，她不再多想了。

长时间的沉默。法官询问的目光投向刘晓光。对于法官来说，这样的开庭不是第一次了，他的原则告诉他，只能尊重事实。这些年见了太多的医疗官司，他知道结果是什么，知道医患纠结的点是什么。这是本案第二次开庭了，他见过王欢父母，也与仁华的人打了很多交道，他知道这个案子与别的案子不太一样，王欢的父母需要的是一个解释。他很想帮她一下，但他知道他能做的并不多，他试探着看看律师，再看看钟立行，他希望钟立行回答这个问题，但他的经验告诉他，这样的奇迹不多，这种场合，没有人愿意冒这个险。不料钟立行突然站了起来，沉稳地说了句："我回答这个问题……"

法官心头一阵激动。所有的人都捏了一把汗。

2

钟立行心头长叹一口气，他知道他迟早要面对这个问题，他也知道，凭证据武明训的官司输不了，然而他更知道，王欢的父母纠缠什么。人财两空，心有不甘！是的，这事放在谁身上都会这么想，但这么想就一定对吗？回国行医快一年了，他对医患的事心里很清楚，有时就差那么一句话，可这句话谁也不愿意多说。就像王欢的父母，告诉他们实情又能怎么样？告诉他们你们不要再闹了，王欢的治疗没有错，但有些病是治不了的，说这些有用吗？告诉他们你们的孩子就是该死？太残忍了吧！可是不说，眼看着这两个人就这么闹下去，弄得所有人都很狼狈。有时他也想劝武明训，不然就把王欢的医疗费免了，但是如果真的免了医疗费就更说不清了，你们没错，为什么要免我们的费用？这事越扯越扯不清，于是就只能这么拖着。既然上了法院，就让法官判吧。钟立行清楚，法官可以判胜负，但断不了王欢父母的心痛。昨天他决定替武明训出庭后，想了一晚上，其实他早就想好了怎么说了，他不想让武明训出庭还有另外一重意思，武明训不能出庭，他想帮他当上这个院长，这不是卑鄙，是生存！他身上寄托着他们一代人的理想，不能让他倒下！医患之间说一声对不起太难了，他不想轻易说出来，不是怕，是不能！只不过，他知道他的话一出口，说不定会引来更多的麻烦。不管那么多了，他决定说，直说，把心里话全说出来。

"刘晓光，我愿意回答你这个问题！"

他把脸转向王欢的父母："王欢的父母一直想知道事情的真相，一直不能理解为什么好好的孩子送进了医院，越治越差，不断地抢救，孩子却死了。我愿意尽我所能作解释！欢欢妈妈，请你一定要相信我们做医生的心情跟你们一样难过，或者会更难过，为什么？因为，我们作为医生，我们是保卫生命的人，我们救不了自己的病人，那种无力感真的很让人绝望……为什么要替这个孩子治病？为什么要一而再再而三地挽救他的生命？为什么在明明知道可能会有死亡后果的情况下还要不惜一切代价抢救？为什么明明知道病人家属已经付不出高额医药费，还要坚持治？那是因为，我们是医生！医生的职责就是治病救人，就是想尽一切办法去救人！钱不是最重要的，只要人在，总能想出办法！我们知道王欢的情况，也知道他的家庭已经没有能力支付高昂的费用，可是，当生命的考验出现的时候，我可以告诉你，这些都不重要！我们绝对不会因为任何医疗以外的原因去救人！更不会因为要多收费而救人！任何一个医生，在生死面前都不敢动歪脑筋，否则他就不配当这个医生！欢欢妈妈，我知道你心里其实是相信武明训的，只是接受不了王欢死去的现实！在我来之前，武院长跟我们专门谈过，他不是怕出庭，怕面对这个事，而是不愿意在法庭上面对你们，他觉得……这样的见面，对双方都很残忍……"

"说这个有什么用？他不敢来就是他对不起我们！"孙丽娜粗暴地打断了钟立行的话。

钟立行同情地看着孙丽娜："欢欢妈，的确，武院长也说过，他心里很自责，觉得跟你们沟通不够。作为我个人，我也希望你不要生活在仇恨和猜忌里，让自己痛苦！我见过王欢，参加过抢救，他是个可爱的优秀的男孩子，我想如果他活着，他并不希望你们这样活在痛苦里！从开始到现在，我和武院长，我们所有的人从心里都明白你的心情……"说到激动处，他眼里充满了泪水。

孙丽娜高声叫起来："你胡说，别装好人了！我就是不能接受，好好的孩子为什么做了手术就死了，他是我们全家唯一的希望，没有他我们怎么活？"

钟立行愤怒了，他强忍着，一字一句地说："这个世界上！失去亲人的不只你一个！没有人杀死你的孩子！是疾病！是病魔！而医生，是站在人类生命的前沿，拯救生命、与疾病搏斗的人！你永远不能理解一个医生失去病人时的痛苦！因为我们无能！因为我们没办法挽救生命！请你相信我们的心情跟所有的家属是一样的！一样的！没有区别！"

孙丽娜呆住了，怔怔地看着钟立行。法庭上的人也被钟立行的愤怒吓住了。

法官敲敲桌子："代理人注意情绪！"

钟立行激动地看看法官，看看法庭下的人："法官先生，请给我点时间，请允许我讲一个我的故事……"法官迟疑了一下，点点头。

钟立行停顿了一下："欢欢妈，刘晓光，你们知道我为什么回国当医生？是因为……我的妹妹在美国出了车祸死了……"法庭下的人们一下子安静了。

钟立行难过地说："圣诞节的前夜，她三十五岁，刚拿到博士学位，找到了好工作，跟未婚夫一起从外州搬家准备跟我住在一起，我……在马里兰最好的外科医院当大夫，我的父母都过世了，我就这么一个妹妹，我们相依为命！我们有好的房子，好的收入，拥有幸福的一切！可是她出了车祸！我和七八个医生一起救她，我亲手挽救她却没能把她救活！她是我的妹妹，我怎么能不想救她，可是她就那么死了……"法庭下的人们静静听着。

"而且，就在她死后不到一个小时，她的心脏被移植给了一位已经换过一次心脏的七十岁的病人！这位病人曾经拒绝再次移植，因为她怕疼，不喜欢生病。而我们，在她家人的恳求下，违背了她本人的意愿，给她换上了我妹妹的心脏！是我亲手换的！十七个小时的大手术，我支撑下来了……接着，病人的女儿来到医院，要告我！要告我违背她母亲的意愿……"

孙丽娜自言自语了一句："这人也太没良心了！人家是好心救她呀！"

钟立行眼里含着热泪，目光投向孙丽娜。孙丽娜呆住了，惊讶地看着钟立行，两人长久地对视。法庭上的人一起看着她，孙丽娜开始发抖。

王茂森眼泪流下来，紧紧拉住孙丽娜："欢欢妈妈，你这不是挺明白的吗？求你了，别再闹了！求你了！"

孙丽娜脸上的表情急剧变化着，突然放声大哭："我一辈子老老实实，本本分分，没做过一件坏事，为什么是我的儿子，为什么是我家，为什么是我？我觉得冤！"她晕了过去。

3

孙丽娜躺在医院的床上，眼泪不停地往下流。王茂森在一边拉着她的手。

孙丽娜回身看看，问王茂森："老公，武院长在哪儿？"

王茂森愣了一下："你，你要干什么？"

"你去找他，跟他说，这官司我们不打了，医疗费我们还，我们回家去！"孙丽娜边说边哭。

王茂森又感动又心疼："欢欢妈妈……"

孙丽娜双泪长流，她心里有太多的想不通，但她知道她心里的某个地方有个死结突然解开了，不是想通了，也不是不心疼，只是她不想再纠缠了。她累了。她其实早就累了，只有一口气撑着。当她看到钟立行的眼泪时，她知道那眼泪是真的，与其说她被钟立行说服了，不如说她被他感动了，与其说她被钟立行感动了，不如说她看到了另外一个人的疼痛，这种对等的疼痛在她心里产生了强烈的共振，不是共鸣，是共振！是的，她看到了医生的眼泪，眼泪后面是疼痛，疼后面是真心，她看到了钟立行的心。哦，原来你们也是人！那一瞬间，她放下了。她并没有那么自觉，那么明确，但她就是放下了，就在那一瞬间。

王茂森紧紧抱着妻子，他并不知道孙丽娜此刻的心情，作为父亲，儿子的死让他疼，作为男人，他也是有担当的。但作为丈夫，妻子想不开，他必须陪着，一年多，他的心态就一直这样纠结着，他不是不知道发生了什么，他甚至心里是认了命的。他抱住孙丽娜哭了起来："欢欢妈，我求你了，别再闹了，我知道你心里难受，孩子是你生的，你一手带大的，这当妈的心情跟当爸的不一样，得你自己想通了，我早就想过了，不管你怎么着，我都陪着你！"

孙丽娜泪眼看着丈夫，看到他头顶上的白发，伸手摸了一下，随即放声大哭。这一次，她哭得天崩地裂。她知道，过了今天，她再也不会这样哭，再也不可能这样没完没了地哭了。她认了。

4

武明训接到刘晓光电话的时候，当他听到刘晓光告诉他王欢妈妈已经决定撤诉的一瞬间也哭了。好像一个溺水的人突然上了岸，回头再看那纠缠在一起的旋涡，没有喜悦，只有后怕。

刘晓光告诉他，王欢妈妈决定卖房子还医院医疗费，她只有一个请求，希望医院能等等，给她时间。

武明训一时间不知道怎么处理，通过刘晓光传话希望能免一些费用，王欢妈妈却坚决拒绝了。这个刚强的女人用自己的倔强再次冲击了武明训的内心，她说，她不想欠任何人的，就是再难，她也要还医院的钱，她想用自己的行为证明自己打这个官司不是为了钱，而是因为她就是想弄清楚儿子到底怎么死的。这个世界没有那么多大团圆，武明训明白。这个案子虽然结了，但当事人心中的结却没解。是的，谁也无法解开那个心结，只有一个办法，王欢复活。但绝无可能。

5

几个月后的一个清晨，依然是熙熙攘攘的仁华医院的门诊大厅。

武明训像往常一样穿过大厅走向办公室。刚一上楼，秘书就叫住了他："武院长！卫生局的两位领导在里面等你！"

武明训吓了一跳："怎么了？有什么问题吗？"

门口，一男一女两位官员已经走过来。武明训忙将他们让进了办公室。

女的开了腔："武院长，我们来是代表卫生局干部处来传达一个任命，您作为仁华医院院长的任命已经通过，这是任命通知。"说着把一份文件递到武明训面前。

武明训恍惚了一下，接过任命书，飞快地看了一眼，随即说："这……我、我身上有处分，我怎么可能？我觉得自己配不上这个任命……"

男的微笑着说："这是组织上对你的信任！"

武明训突然眼圈就红了。

送走两位干部，他走进办公室，把那份文件拿起来看了很久，拿起电话，拨通了号码，电话通了，里面传出江一丹的声音："喂？武明训，怎么了？"

武明训低沉的声音："你在哪儿？"

"手术室，有个换瓣的，刚送进来！"江一丹本来可以休半年产假，但她不想在家待那么久，三个月就上班了。

"我去找你！等着我！"武明训放下电话，冲出去。

武明训换了刷手服走进手术室，一眼看见钟立行正在刷手。江一丹迎面走过来，看到武明训神情有些异样，急忙迎上去："怎么了明训？出什么事儿了？"

武明训心头一酸："我刚接到任命了！"

江一丹兴奋地说："真的?!"左右看看，害怕自己的兴奋让人看见。

钟立行回身看着武明训，武明训向他深深点头，钟立行转身走开了，他知道武明训如愿以偿欣慰地一笑！

此时，手术室里只剩下武明训和江一丹，武明训突然从后面抱住了江一丹。

江一丹心头一紧，急忙左右看看，想推开武明训，武明训却抱得更紧了："一丹，谢谢你！"

江一丹温柔地笑了。回身看着武明训，武明训眼圈红红的，盯着江一丹。江一丹温柔一笑："我要进去了，你先回办公室吧，回家再说。"说着转身走开。

武明训久久地站那儿看着她走开，直到闪身不见。

6

武明训把车开得飞快，快得有些吓人。他并不喜欢开快车，但今天，他克制不住了。

他不知道怎么整理自己的心情，喜悦，掺杂着心酸，甚至失落，他说不清楚。说心里话，他一直渴望当这个院长，心里暗暗想象过无数次，想象着有一天接到任命的时候他会是什么样的心情，这些想法他甚至没有告诉过江一丹。男人嘛，骑马坐轿，就算不求功利，求个说话算数。但当他真的拿到任命的时候，突然有些慌乱。这种感觉太复杂了，他不知道怎么宣泄。他没有回办公室而是把车开到外环线上一路狂奔，直到天擦黑才重新进城，远远地，他看见一家仓储式超市的招牌，决定去买菜。他要回家给江一丹做一顿饭吃。此时此刻，他决定了。

他把车停在了停车场，走进超市，拿起一只筐子，走到食品柜台前挑选，他很久没逛过超市了，里面的食品让他有些陌生。突然，一个熟悉的声音传到他耳际："这东西怎么放这儿了？顾客不要的东西要记得随时放回原位！说多少回怎么也记不住，猪脑人脑啊！啊？"

"钱宽？难道是钱宽？"武明训一瞬间有些紧张，那个让人头疼的钱宽，让他颜面尽失的钱宽，他那可恶的公鸭嗓、霸道的语气让他一辈子也忘不了，下辈子也不想听。他悄悄回头，钱宽正惊讶地瞪着他："哎，这不是武院长吗？"

冤家路窄，他苦笑了一下："哦，钱，钱先生！"

钱宽兴奋地走过来："您怎么上这儿来了？哪阵风把您吹来了？"

武明训皱了下眉头，心里骂自己的坏运气，鬼使神差，为什么要到这儿，嘴上却客气地说："你这是？"

钱宽海派地挥挥手："嘿，这超市是我开的呀！连锁的，都是我的！原来您不知道啊！"

武明训恍然大悟，飞快地耸耸肩。

钱宽完全没在意他的表情，热情地张罗着："哎，你们过来个人，快，快，把这吃的用的给武院长装上。"说着自己动手往武明训的推车里装，"嘿，武院长，您怎么还买菜做饭啊？真是稀罕！给嫂子拿两盒大虾，生了吧？男的女的？"

武明训急忙阻拦："别别，不用不用，谢谢，谢谢！生了个女儿。"

钱宽七手八脚地张罗着："不行，不行，这不是赶上了，快，给武院长装这个，装到车里，给您送到家！"不由分说装了一大车，往外推着，边走边兴奋地说，"嘿，我说我今儿个眼皮一个劲地跳，原来是贵客上门。"对边上的服务员喊着，"你们看见了没有？我说我跟武院长是哥们你们都不信，看见了吗？看见了吗？"他脸上挂着灿烂的笑，仿佛武明训真的是他的什么朋友。

他把购物车推到停车场，逼着武明训打开后备箱，把东西往里装。武明训突然有些过意不去，心里涌起一种说不出的感觉，他看到钱宽真诚的样子，突然觉得自己有点虚伪，他迟疑了一下："钱先生，您别忙了，我们能不能说几句话。"

钱宽有些茫然，他茫然的时候脸上有一种傻傻的表情，不太像他平时的张扬："谈谈？怎么了？有人整您？是不是有人整您？用不用我找你们领导谈谈？"

武明训心一下软了，他站在路边看着钱宽好一会儿，低声说了句："钱先生，您想多了，我，其实心里一直有句话，就是您父亲的事……我心里一直觉得很内疚，一直想找个机会跟你道个歉，我们，对您做了不该做的事，伤害了您的感情。"

钱宽一瞬间呆住了，他没有想到武明训会跟他说这个，虽然他其实一直期待着谁能跟他说句类似这样的话，但当武明训真的开口的时候，他突然愣住了，人家可是堂堂的院长，他没想到！他就那么愣着，眼圈红了，好一会儿，他突然挥挥手："什么话啊武院长，您说什么呢，您可是大院长！您是好人，我不记恨您，也不怪医院，是我爹他没福气。"

武明训突然感觉很轻松，他长叹一口气，语气变得更真诚了："老人家受了不少罪，而我们，做错了很多事，我希望，我们从心里不要结怨。"

钱宽一下就哭了，他相信武明训说的是真心话，他完全被武明训感动了，他哭得稀里哗啦的。

武明训看到钱宽突然间就哭成那样，心里也突然有点酸酸的，他朝钱宽怪异地笑了笑："今天下午，我刚接到任命，我要当正院长了！我觉得，我对不起好多人！"

钱宽张大了嘴看着武明训，脸上还挂着泪。虽然他没什么文化，但他真的听懂了！武明训的话是真诚的，他也知道武明训说这话有多不容易，他不想让武明训再说下去了。这时他生意人的本色又出来了，他不想看见武明训在他面前丢脸，然后后悔，以后他可就再也没这个朋友了！他可是真心想交这个朋友，谁没个三长两短，交下武明训这个朋友可是不容易，于是他急忙拦住武明训："武院长，别说了，什么也别说了！您是好人，我再说一遍，这年头像您这样的好人真的不多了，您完全没有必要跟我说这些，别再说了，我谢谢您！真的谢谢！"

武明训怔怔地看着钱宽，他也不明白自己为什么突然会对他说这些，他甚至有些沮丧，他怎么也想不到，从接到任命到现在，他酝酿了一整天的情绪，想到了无数种的庆祝方式，他甚至都不想回家，想找个地方醉一场，想不到把心里话居然倒给了钱宽！这让他有点哭笑不得。但是，就在这哭笑不得的一瞬间，他突然感到前所未有的轻松。是的，他觉得轻松！他觉得，他欠王欢妈妈的，他欠很多人的，欠自己的，全都放下了。

他解脱了。

7

"我亲爱的钟，我是通过很多人，才知道你现在的地址，我不知道你是不是能很顺利地收到这封信，所以只简单地写了几句。你不在的这一年，我们都很想念你，我知道你是累了，并不是逃避。也知道你现在工作得很好，所以并不替你担心。露茜，你应该记得露茜，她现在恢复得很好，康复得很好，她的女儿已经完全理解了你对她母亲所做的一切，并且深怀感激，她早就撤销了对医院的起诉，并一直在打听你的消息。在没有征得你的同意之前，我没有告诉她你的任何消息，只附寄了一张照片，让你看看她们母女在一起的样子，也让你知道，爱行她现在很好！爱你的 richard."

钟立行静静地坐在办公桌前，面前放着这封信。信是从马里兰来的，院长写的，里面附了一张照片，照片上，露茜和女儿灿烂地笑着，露茜的手放在心脏的位置上。这一对母女也算是有心了，她们知道怎样表达自己的感激，钟立行明白。

钟立行静静地看着照片，目不转睛地盯着露茜心脏的位置。他这样坐着已经好几个小时了。一年多前的经历在他心里翻腾，他一直以为自己把马里兰，把医院，把院长，把露茜忘了。但拿到信的那一刻，他知道，自己什么也没有忘，他根本忘不了。他知道自己面临一个选择。但他不急着选择，他就那样静静坐着，他要享受这片刻，这瞬间。不知所措的瞬间，他这一生都太清醒了这一次，他要享受犹豫。因为他知道，这选择的两端都是他热爱的人和热爱的事，他不着急。

整整一个晚上，一个星期，他都在沉默。医院的人仿佛都知道了这件事，人们目光互相询问着，猜测着，但没有人问他。一个星期后的早上，他悄然收拾了行李，留下一张字条走了，字条上没有多说什么，只说他走了，谢谢这美好的一年。武明训和江一丹看了钟立行留下的字条，一句话也没说，甚至没有讨论过一句，医院里也没有人议论这件事。

他们不知道怎么定义这件事，心里更担心，说多了，万一钟主任真的不回来怎么办？

8

钟立行开着他的白色雪佛兰汽车行驶在马里兰熟悉的街道上。左转，上了车道，前面就是医院了。

他把车开到停车场，他的车位还在，没有人占用。

美东的四月，到处是初春的新意。远远地透过栅栏，庭院里，病人和医生，很多孩子正在找复活节彩蛋。

钟立行站在庭院外面，看到人们兴高采烈地叫着，脸上是愉快的表情。

Ken 在一丛树丛里找到了彩蛋，兴奋地举起来："我找到了，我找到了！"兴奋得像个孩子。

钟立行笑了。

Ken 无意间回头，看到钟立行，惊讶地叫了一声："钟大夫？"他把彩蛋交给身边的孩子，跑了过来，"钟大夫！您回来了？是您吗？您怎么回来了？"

草坪上的人们向这边看，院长也看到了钟立行，急忙向这边走过来。当他看到的确是钟立行站在他面前，冲过来给了他一个结实的拥抱：钟立行回来了，他的摇钱树回来了！

他把钟立行带到医院顶楼的办公室，将一份厚厚的文件放在钟立行面前："钟，这是露茜的女儿签署的法律文件，放弃起诉，她还承诺，向我们医院捐助三十万美元，设立一个基金，专门救助车祸中受伤的人，她说这个基金叫'爱行基金'。"

钟立行愣了一下。

"她知道你妹妹的名字叫爱行。"

钟立行一瞬间被击中了，他沉默了好一会儿，轻轻点头。

院长眼里也满是感动，在这个事件上，他也承受了很多，某种程度上虽然他更多地是个商人，但在钟立行的事上，他付出了太多感情，他对这对来自中国的伟大兄妹有一种很深的敬意。事情圆满解决，让他非常欣慰。他起身，走到钟立行面前，伸出手，再一次郑重地欢迎钟立行："欢迎你回来，我的孩子！你不在的这段时间，我们都很想念你，觉得好像缺了点什么，后来我们想了一下，我们缺了一种叫良知的东西，你回来，我们感觉伤口痊愈了。"

钟立行深情地望着院长，望着这位让他敬重的师长，微微一笑："我没有你说的那么重要，我的心里也有一个地方好像缺了一点东西，现在我知道，叫职业精神！"

院长眼圈突然红了，眼前这个个子不高、话语不多的中国小伙子总是有让他意想不到的坚忍和感动。从他第一次站在自己面前，他就愿意用一种超出师生的情意待他，而他永远不会让他失望。不管相隔多远多久，这个人一站到自己面前，永远是这样让人第一秒内就信任，第二秒内就尊敬，这就叫做伟大人格，就是在美国的医生里，也是少见的。他长时间看着钟立行："钟，当你说这句话的时候，我仿佛看到了上帝站在你身后向你微笑。"

钟立行轻松一笑："也许吧，事实上我并没有那么好运气，我只感觉到我的心跟我在一起，那就够了。"

院长哈哈大笑，随即真诚地说："那么，我想问问这位身体和心在一起的钟大夫，你打算什么时候来上班？下个星期？"

钟立行安静地说了句："我要再考虑一下。"

院长知道他对面的这个人，说话永远是算数的，他说要考虑，就让他考虑吧。"那么露茜和她女儿想与你见一次面，你有什么想法吗？"

钟立行这回认真地想了好久，然后说了一句："不必了，我不想建立超出医生和患者的关系，生活平静比戏剧性的场景更让人迷恋。"

院长深深点头："好，我知道，我会转达。"他的内心深处有一种预感，这个人，今生今世，不会再回到他身边；今生今世，不会再有什么能打垮他了！

9

钟立行沿着山坡走到妹妹的墓前，一抬头，赫然看到墓前，一束红色康乃馨在微风中抖动。

钟立行心中一动：谁送的花？快步走过去，拿起花，上面有张卡片，写了一行字：永远怀念，你的生命在延续……露茜和戴瑞。他知道露茜和她的女儿来过了。他把卡片重新放到花束上，在妹妹墓前坐下。从怀里掏出一个中国风车，插在墓前，风车吹动着转了起来。此刻他心里没有怨恨；只有满足。

尾声

1

　　仁华医院的新大楼终于落成了。武明训带领着全体医护人员，庄严地站在新大楼前进行落成仪式的最后一项议程：宣誓！
　　我郑重地保证自己要奉献一切为人类服务。
　　我将要给我的师长应有的崇敬及感戴；
　　我将要凭我的良心和尊严从事医业；
　　病人的健康应为我的首要顾念；
　　我将要尊重所寄托给我的秘密；
　　我将要尽我的力量维护医业的荣誉和高尚的传统；
　　我的同业应视为我的手足；
　　我将不容许有任何宗教，国籍，种族，政见或地位的考虑
　　介于我的职责和病人间；
　　我将要尽可能维护人的生命，
　　自从受胎时起；
　　即使在威胁之下，
　　我将不运用我的医学知识去违反人道。
　　我郑重地，自主地并且以我的人格宣誓以上的约定。

2

　　宣誓队伍后，一个熟悉的身影悄然出现，他风尘仆仆，但目光灼灼。是钟立行。

2011-3-9 于北京海丰园